I0831708

Jeremias Gotthelf

Kleine Erzählungen
Dritter Band

Salzwasser

Jeremias Gotthelf

Kleine Erzählungen
Dritter Band

1. Auflage | ISBN: 978-3-84607-823-5

Erscheinungsort: Paderborn, Deutschland

Erscheinungsjahr: 2015

Salzwasser Verlag GmbH, Paderborn.

Kleine Erzählungen von Jeremias Gotthelf, hier: Hans Jakob und Heiri oder die beiden Seidenweber aus 1851, Der Sonntag des Großvaters aus 1852 oder Der Ball aus 1853. Insgesamt elf Geschichten, Nachdruck des Originals.

Jeremias Gotthelf

Kleine Erzählungen

Dritter Band

Salzwasser

Jeremias Gotthelf

Große deutsche Ausgabe

Jeremias Gotthelf

Große deutsche Ausgabe

Herausgegeben von

Hans Löwe

Kleine Erzählungen
in drei Bänden

Jeremias Gotthelf

Kleine Erzählungen

Dritter Band

Hans Jakob und Heiri
oder die beiden Seidenweber

1851

Baselstadt und Baselland
Sind zwei Finger an einer Hand —

jetzt! Es gab eine Zeit, wo sie nur ein Finger waren. Da kam ein Sprießen drein, der Finger ward bös, und endlich gab es zwei daraus. Beide sahen einander lange ganz erschrecklich an, wie man es tut, wenn man sich doppelt sieht auf einmal. Sie fürchteten sich sehr voreinander; rührte sich der eine, machte der andere schon die Faust, was sehr rührend war. Nun ist's wieder anders, steht zwar noch nirgends gedruckt. Sie sind so gleichsam die am Rücken zusammengewachsenen Brüder. Was dem einen weh tut, macht dem andern nicht wohl, und niest der eine, sagt der andere: „Prosit!" dazu. Wo Lieb und Leid geteilt werden, da steht's mit der Einigkeit nicht schlecht; vermag ein Finger eine Last nicht zu heben, hilft der andere, und beide zwingen's.

Im Zwängen sind die Basler Meister zu Stadt und Land, vide Exempel in der alten und in der neuen Geschichte. So haben sie zum Beispiel ihre Nase zwischen Frankreich und Deutschland und ihre Finger in allen Weltteilen, und wo sie einmal die haben, bringt man sie mit keinem Lieb mehr weg. Wo was zu erjagen ist, riechen sie es auf hundert Stunden weit, drei Tage vor allen andern, wo was zu fischen ist, haben sie es am Angel, ehe ein Engeländer seine Glasaugen aufgemacht; wenn ganz Europa im Schlamme steckt, sitzen sie im Hirse und pfeifen das Lied: „Silber in der Tasche, Nektar in der Flasche: Jä!"

Baselstadt stellt die stotzige Nase zwischen Frankreich und Deutschland vor, und wo eine Nase ist, da steckt alleweil noch was dahinter, das ist dann eben Baselland. Das ist ein gut Ländchen oder Land, wenn man lieber will. Wenn darin auch nicht wirklich Milch und

Honig fließt, hat man doch vortreffliches Salz darin mehr als genug und Mönchensteiner, fast soviel man will, und wem das eine oder das andere nicht gut genug ist, kann das eine mit dem andern verbessern. Zwischen Baselstadt und Baselland ist aber ein Unterschied, daß Baselstadt mehr Steine hat und Baselland mehr Land; da liegt der wahre Grund, warum die Basler, wenn sie Appetit nach Kraut und Kabis haben, auf dem Markte kaufen müssen, während die Basellandschäftler, welche nicht fauler sind als fleißig und die frische Luft ertragen mögen, beides nach Belieben selbst pflanzen können. Bekanntlich gibt es im Tierreich Leute, welche die Luft nicht anders ertragen mögen, als wenn sie halb voll Wein ist. Das sind Leute mit einer eigenen Art Auszehrung behaftet. So, wie eine andere Art von Auszehrenden die zuträglichste Luft in Kuhställen findet, so jene in wohlvermachten Weinställen oder -stuben. Solche Kurorte findet man durchs ganze Land reichlichst, auf die uneigennützigste Weise sorgt die edelste der Menschenklassen, die Wirte, für ungelüftete Lokale hageldick.

Der größte Vorteil, welchen die Landschaft vor der Stadt hat, ist der, daß die Stadt nur eine Stadt ist, das Land aber viele Dörfer hat und eine Stadt obendrein. Ist es dem Basler in seiner Stadt erleidet, was zuweilen geschehen soll, so muß er in die Fremde; ist es dem Landschäftler in seinem Dorfe erleidet, geht er drei Schritte weit in ein ander Dorf, ja, er kann sogar in seine Stadt gehen; es ist nicht verboten, die Tore stehen alleweil offen, und es ist eine schöne Stadt, hat zweiehalb Gassen, eine schöner als die andere. Die Dörfer sind aber auch schön und kommod eingerichtet. Wenn es regnet, kann man auf den Mistgüllen von einem Hause zum andern schiffen und kriegt gar kein Fußwasser, wenn's Schifflein keine Löcher hat. In vielen Dörfern hat man schöne Aussichten, ja, man sieht sogar den Rhein in schönster Mannskraft, wie er so munter Basel zuschwenkt, als ob er sich dort eine reiche Frau holen wollte; wird aber kaum eine finden, wird wohl selbst einer Baslerin zu kalt sein.

In Baselland ist auch ein Dörfchen, da sieht man freilich den Rhein nicht, aber wenn man bolzgrad aufguckt, sieht man den Himmel, und guckt man bolzgrad nieder, so sieht man seine Füße, wenn nämlich kein Vorgebirg dazwischenliegt. Gegen Osten sieht man am Morgen die Sonne, gegen Abend sieht man sie im Westen, im Norden sieht man Wald, gegen Süden Feld. Wer arbeiten mag, hat Land zum Pflanzen, wer was zu kochen hat, Holz zum Feuern, wer sich waschen will, mehr als Wasser genug, wer arbeitet, verdient Geld, und wer nicht alles braucht, schlägt vor. Was will man mehr in der Welt? Darum sagen wir auch nicht, wie das Dörfchen heißt und wo es liegt; statt nach Kalifornien wollte sonst die ganze Welt dorthin, und die hätte nicht Platz darin.

In diesem Dörfchen wohnten vor Zeiten, doch nicht, ehe die Basler zwängisch wurden, sondern seither, zwei junge Bursche, Hans Jakob und Heiri, junges Blut, welches die Tauben lieber gerupft, gespickt und gebraten hatte als noch in den Federn und ungefangen. Heiri konnte pfeifen wie eine Nachtigall und tanzen, als ob er Fecken hätte. Die hatte er eigentlich nicht, sondern bloß seine Kreuzer hatten welche. Wie viele er auch des Morgens in der Tasche hatte, bis auf den Abend waren ihm alle davongeflogen. Hans Jakob war minder lüftig; wo er abtrappete, wurden alle seine Schuhnägel sichtbar, und wenn er auch um alle seine Kreuzer kam, so gingen sie doch mehr, als sie flogen.

Strebsame Leute waren beide, beide wollten glücklich, das heißt reich werden. Wie allen Menschen, war auch ihnen der Trieb nach Verbesserung ihres Zustandes angeboren. Daß sie ihn nicht besser verstunden, Geld und Glück verwechselten, außen suchten, was nur innen zu finden ist, ist ihnen zu verzeihen; waren sie doch noch jung, also dumm, kannten Welt und Weltlauf nicht. Sind ja tausend und tausend graue Häupter, welche Welt und Weltlauf kennen sollten, Geld haben und nicht glücklich sind und doch immer meinen, auf dem Gelde sitze das Glück wie auf den Eiern das Huhn und nirgends sonst. Das ist halt auch ein Vorurteil, herstammend von den Erzvätern und eingepaukt von Jugend auf und eingebürgert in Basel und an allen andern Orten; man trägt es als eine in alle Ewigkeit ausgemachte Sache in sich, wagt weder selbst Zweifel an seiner Gültigkeit zu haben, noch duldet man sie an andern.

Also glücklich und reich werden wollten sie, fingen das Werk aber einstweilen bloß mit Fluchen an, daß sie es nicht schon seien, und über den Kaibenlohn, mit welchem man es ja nirgends hinbringe. Wennschon nur alle vierzehn Tage Sonntag wäre, so hätte man hundert Jahre daran, um einen Gulden zusammenzubringen. Da sie mit Fluchen aber doch nirgends hinkamen, versuchten sie etwas Neues, es schaffte sich jeder einen Schatz an; wer einen Schatz habe, dem könne es nicht mehr fehlen, dachten sie. Sie vertanzten und verklopften nun zu zweien, was früher für eins kaum hingereicht, und fluchten nun auch doppelt über die Ungerechtigkeit in der Welt und die niederträchtige Zeit.

Es ist kurios, die junge Burscht hat vor nichts so Angst als vor einer Meitschitüri. Wenn einer drei Tage nach der Konfirmation nicht schon eine hat, so meint er, er kriege keine mehr. Es nimmt einem nur wunder, daß nicht jeder die seine schon auf die Welt bringt. Wäre sehr zweckmäßig, sollte bei einer Verfassungsrevision erkannt werden.

Heiri hatte ein Kathrinli, Hans Jakob ein Anne Marei. Heiri hatte die Hübschere, e lüftig Maidli wie ein Eichhorn, und einen Schnabel hatte es, kein Mühlerad im Baselbiet war ihm zu vergleichen. Wie bekanntlich, muß die Liebe gezankt haben. Wenn nun Heiri ihm wüst sagte, daß der Boden zitterte und die Schandworte an den Wänden klebenblieben, so ließ es sein Rädlein schnurren, trieb ihm Worte an den Kopf wie pfündige Hagelsteine, daß Heiri nicht bloß das Reden verging, sondern fast das Atmen erleidete.

Hans Jakobs Schatz, Anne Marei, war kürzer und dicker, Schnabel und Beine gingen ihm langsamer, aber fing es einmal an, hörte es desto länger nicht auf. Tat Hans Jakob nur ein wenig wüst, so achtete es es nicht, tat er wüster, weinte es, tat er sehr wüste, streckte es ihm wohl eine ab, daß er zweifelhaft wurde, hatte er das Ohr am oder im Kopf. Es ging nicht ungern ins Wirtshaus, aber wenn eine gewisse Zeit um war, hatte es keine Ruhe mehr darin; es war ihm, als säße es in einem Ameisenhaufen, pressierte fort, zerrte an Hans Jakob, zankte mit Kathrinli, machte Hans Jakob böse, ward ausgespottet, daß es in ein Elend kam, daß es ihns dünkte: wenn nur die ganze Welt ein Harzkübel wäre und sie allesamt mittendrin.

Heiri lachte Hans Jakob oft aus mit seinem Holzbock, wie er Anne Marei titelierte. „Mit diesem dicken Bündel kömmst du nirgends hin", sagte er. „Hast eine Freude, grännet es dir drein; sollte ich so ein Mensch mein Lebtag im Hause haben, täte ich noch heute ins tiefste Salzloch springen." Hans Jakob war leicht aufzuweisen, bekam einen Kopf wie ein großer Kohlhaufen und ganz feurig, wollte dem Mensch sagen, was es sei, so recht vaterländisch und es dann fahren lassen in Ewigkeit. Er lief ab, und das dicke Anne

Marei löschte dem Hans das Feuer im Kopf, machte ihm das Herz wieder voll Liebe, daß er heimkam wie eine große Ankenballe so weich, zart und süß. Wie es das anfing, wissen wir nicht, wollen es aber bekanntmachen, sobald wir es vernehmen, von wegen diese Methode könnte nicht nur manchem Anne Marei, sondern auch manchem Anne Bäbi sehr kommod kommen.

Bekannt ist in der ganzen Welt, daß auf die Länge ein Schatz doch erleidet, daß sie lieber einen Mann haben, dieweil ein Schatz davonlaufen kann, ein Mann aber in der Regel warten muß; darum einen Schatz man hüten muß mit Liebe oder Zorn oder mit beidem untereinander, der Mann kommt immer von selbst wieder, wenigstens dreimal im Tag, wenn das Essen auf dem Tische steht; dem Schatz muß man aufwarten, dem Mann gibt man es ungefähr, wie es kommt, bald gebräntet, bald ungebräntet.

Bekannt ist wiederum, daß, wenn man heiraten will, man eigentlich Geld haben sollte. Manche achten sich dessen, manche nicht, meinen, das Ding komme schon nach. Allerdings kömmt immer was nach, aber zumeist nur Kinder, kein Geld; das Geld kömmt gewöhnlich da am wenigsten, wo man es am nötigsten hätte.

Heiri und Hans Jakob hatten schon oft von Heiraten gesprochen und wahrscheinlich ihre Maidli noch öfter. Aber im Baselland, wo man eben nicht am dümmsten ist auf der Welt, heiraten nur die Dümmsten ohne Geld, sind halt so gut baslerisch gesinnt als die in der Stadt drinnen. Heiri und Hans Jakob gehörten nicht zu den Dümmsten, wollten das Geld abwarten, aber die Zeiten seien so schlecht, daß, wenn nicht andere kämen, sie mit dem Heiraten warten wollten bis in der Ewigkeit. Heiri meinte: an jedem Sonntag gehe ihm dahin, was er in der Woche verdiene; wenn nun eine Frau alle Tage Geld brauchen wollte und dann noch des Sonntags mit ihm ins Wirtshaus gehen, so wüßte er nicht, wie das sich machen sollte. Einen Schatz könne man doch zuweilen an Sonntagen überspringen, eine Frau aber nicht; heiße man sie nicht mitkommen, liefe sie ungeheißen nach. Ans Einfachste, an Sonntagen die Wirtshäuser zu überspringen, dachte er nicht; so geht es oft.

Plötzlich kam Heiri eine Floh hinters Ohr. Er wolle in die Stadt, sagte er; hier komme er zu nichts, in der Stadt sei der Verdienst viel besser, und Kathrinli meine es auch so. Einer aus ihrem Laden habe ihnen gesagt, sie kämen in der Stadt d's Halb weiter, kämen ohne

Kosten zum Seidengarn, und die beste Arbeit bleibe alleweil in der Stadt. Alle viere gaben sich nämlich mit Seidenweben oder Posamenten ab, wie es üblich ist im Baselbiet, wo es die kleinsten Kinder schon lernen an der Mutter Brust während dem Saugen. In der Seidenweberei liegt ein prächtiges Brot, aber bedenklichen Durst soll es den Webern machen, wir wissen nicht, ob das Weben oder das Brot. Diesen Durst kann, wer es versteht, mit Kartoffeln löschen, besonders mit selbstgepflanzten, das heißt man dann den Knollendurst.

Das ist das Schöne bei der Seidenweberei, daß sie nicht in Fabriken betrieben wird. Wo einer Platz für einen Webstuhl hat und Scherm darüber, kann er ihn abstellen und weben stundenweit von der Stadt. Dem Seidenherr ist es schon recht, wenn nur der Mann vertraut ist; darum gibt es auch keine Fabrikherren, sondern nur Seidenherren, ach und das ist gar zu schön! Wer noch nie einen Fabrikherren gesehen, der stellt sich ein groß Ding vor mit großen Hörnern und schrecklichen Klauen, so viel hat man schon von denselben gehört, aber so einen Seidenherr muß man sich denken mit seidenem Herzen und seidenen Händen und daß sie ganz seiden mit den Leuten umgehen. Man glaubt gar nicht, was so ein Basler Herr, der sein Lebtag nur in Seide macht, mit der Zeit liebenswürdig werden muß, ganz wie von Sammet und Seide, und was das für einen Einfluß haben muß auf die Sitten der Seidenweber. Diese kommen auch zu großen Liebenswürdigkeiten, daß man ganz erstaunen muß.

Als Heiri dem Hans Jakob sein Vorhaben mitteilte, gefiel es diesem auch; er versprach, mit Anne Marei mitzukommen. Aber Anne Marei war anderer Meinung. Mit vier Rossen bringe man es nicht in die Stadt hinein, wenigstens lebendig nicht, erklärte es und blieb dabei. Hans Jakob kratzte hinter den Ohren und brachte Heiri den Bescheid. Da kam großer Spott über Hans Jakob, wie das Anne Marei ihn unter dem Daumen habe und man nicht wisse, welches das Dümmere sei, ob er oder Anne Marei; von einem solchen Erdäpfelstämpfel sollte man sich doch nicht so kommandieren lassen. Da ward dem Hans Jakob sein Kopf wiederum ganz feurig, diesmal wollte er dem Anne Marei zeigen, wer Meister sei, und wolle es nicht, es fahren lassen. Aber wohl, die dicke Anne Marei vertrieb ihrem Hans Jakob solche Flausen, wusch ihm den Kopf, daß das Feuer verging und er weich ward wie Kindsbrei.

Dem Heiri, der meinte, es sei mit Hans Jakob eine ausgemachte Sache, sagte er, er komme nicht, es heiße in der G'schrift: „Bleibe im Lande und nähre dich redlich!" Heiri fing von neuem an zu spotten. „Spott du nur", sagte Hans Jakob, „wenn du halbwitzig wärest, ließest du Kathrinli nicht mit der Nasenspitze zur Stadt hinein." „Warum nicht?" frug Heiri. „Wirst es schon erfahren", antwortete Hans Jakob und machte sich weiter. Heiri sagte Kathrinli, was Hans Jakob gesagt. Himmeltürk, wie fuhr das auf und zweispännig gegen Hans Jakob zu! Aber der blieb kaltblütig und blieb, wie Kathrinli auch die Zunge an ihm wetzte, bei den Worten: „Du weißt es besser als ich, was ich meinte, und weißt du es nicht, so wirst du es erfahren." Darauf ging es auf Anne Marei los und sagte ihm: es sei schlecht von ihm, eine Jugendfreundin so zu verdächtigen; wenn es nicht selbst schlecht wäre, sagte es nicht schlechte Sachen von andern. Daneben sei es ihm ganz recht, wenn sie nicht kämen. Es müßte sich ja schämen, tags mit einem solchen Ampelistock über die Rheinbrücke zu gehen oder durch die St. Albe Vorstadt. Das war aufrichtig geredet. Es fiel Kathrinli ein Stein ab dem Herzen, daß sie nicht mitkamen; es brachte um so weniger vom Dorfe mit und konnte ungenierter mit ganzem Herzen der Stadt leben. Der Abschied war also nicht tränenreich, er wäre ganz trocken gewesen, hätte man ihn nicht mit einigen Flaschen Wein begossen; man war gegenseitig froh, als man sich die Rücken sah.

Hans Jakob und Anne Marei lebten bei ihren Eltern; beiderseits besaßen diese ein Heimwesen, worauf sie zwei Kühe mager erhalten konnten. Die Kinder mußten dieses bearbeiten helfen, konnten also nicht ununterbrochen arbeiten, brauchten oft für eine Rechnung Seide zu verweben die doppelte Zeit und mußten natürlich den bessern Teil des Lohns als Kostgeld in den Händen der Eltern lassen. Haufen Geldes gingen ihnen also nicht durch die Hände, aber es kam ihnen doch bald vor, als hätten sie seit der Abreise von Heiri und Kathrinli mehr Geld. Sie schrieben natürlich nichts auf, weder Einnahmen noch Ausgaben, tun das ja bedeutende Leute nicht, ja, hat man nicht Exempel, daß man in Staatsverwaltungen Verkäufe von einundzwanzigtausend Franken weder aufschrieb noch im Kopf behielt; sollte man es also einem Hans Jakob und einem Anne Marei zumuten?

Das Geld weiherte sich allmählich, wie man im Bernbiet beim

Wässern sagt, wenn nicht alles Wasser wieder abläuft, sondern stehenbleibt. Früher waren sie von Heiri und Kathrinli angetrieben worden zu allen Lustbarkeiten, meinten, es müsse so sein. Jetzt, da die Triebräder fort waren, blieben sie daheim; sie wußten anfangs nicht, wie und warum. Nach und nach fiel's dem Hans Jakob ein, es sei eigentlich doch dumm, sich draußen müde Beine und einen sturmen Kopf zu holen und dieselben noch teuer zu bezahlen. Blieben sie daheim, seien sie am Montag frisch, die Arbeit gehe d's Halb leichter, und das Geld hätten sie noch im Sack, und da sammelte es sich nach und nach, wenn nicht zu einem großen Haufen, so doch zu einem artigen Schübeli.

Mit dem in die Stadt gezogenen Paare stunden sie in keinem Verkehr; bloß durch die dritte Hand hatten sie vernommen, wie vornehm und hoffärtig sie geworden, Kathrinli daherkomme wie die vornehmste Prinzessin, daß man wohl sehe, sie verdienten Geld wie Heu. Hans Jakob war wohl in der Stadt gewesen, hatte sie aber nicht aufgesucht, teils aus Bequemlichkeit, teils aus Schüchternheit.

Der große Verdienst kam ihm wieder hinter die Ohren; er wollte vernehmen, was dran war. Wenn sie so viel verdienten, ein Heimwesen kaufen, heiraten könnten, ehe er daran denken dürfe, wie würden sie ihn doch auslachen, dachte er. Als er das nächste Mal in die Stadt ging, suchte er Heiri auf; von seinem Vorhaben hatte er aber dem Anne Marei nichts gesagt. Anfangs sah Heiri ihn kaum an, wußte nicht, wollte er eigentlich mit ihm reden oder nicht. Nach und nach ließ er sich herab und ging mit Hans Jakob eine Flasche zu trinken. Heiri tat so adelig und vornehm, daß Hans Jakob sich gedrückt fühlte. Aus Heiri gebe es was Apartes, dachte er, entweder ein Seidenherr oder ein Halunk. Heiri tat groß mit Worten, nicht mit Geld wie die Bauernsöhne; Geld sah Hans Jakob keins bei ihm. Und doch prasselte ihm das Geld fast das Kamin herunter, und er verdiente fast noch einmal soviel als früher, wie er selbst sagte. Auf dem Heimweg war Hans Jakob ganz maßleidig; das müsse auch ändern, dachte er, dem Anne Marei wolle er ein Kapitel verlesen, daß es das Räsonieren vergesse und nicht ferner begehren werde, ihm immer vor dem Glück zu stehen.

So kam er heim, trat noch selben Abend mit kriegerischem Angesicht vor Anne Marei und tat ihm seine Predigt dar. Anne Marei blieb kaltblütig und ließ seinen Hans Jakob reden. Der war kein Hauptredner, liebte das lange Reden nicht wie die Radikalen in Frankfurt oder Bern, denen die Worte aus dem Maul laufen wie das Wasser aus einer Brunnröhre. Als er sein G'satz gesagt und Anne Marei schwieg, fing er von vornen an und repetierte dasselbe, und als es schwieg, repetierte er noch einmal und noch einmal, und endlich ward er aus lauter Verlegenheit zornig und schrie: „Mach auch d's Maul auf und red!"

Da tat Anne Marei das Maul auf und frug: „Was haben sie erspart?" Ja, da stand Hans Jakob auch da und hatte das Maul offen, als ob er es nicht mehr zutun wolle, aber es kam lange nichts raus. Endlich schnauzte er: „Erspart! Was geht das dich und mich an? Und hätte ich gefragt, er würde mir schön gesagt haben, was ich für ein Bauernlümmel sei und was das mich angehe." „Da hätte er dir gerade das Rechte gesagt", antwortete Anne Marei, „was du bist und was er ist. Tut er dir groß mit dem Verdienst, konntest du fragen: ‚Was machst vor, was brauchst in der Stadt, und was brauchst nit?' Was hilft mir ein großer Verdienst, wenn ich ihn ganz brauche und noch mehr dazu? Was ich davonbringe, das ist die Hauptsache."

Da stand Hans Jakob ganz dumm vor seinem Schatz, endlich machte er abermal das Maul auf und sagte: „Selb ist, wenn man ein Heimwesen kaufen will, so ist, was man davonbringt, die Hauptsache." Da fuhr aber wieder der böse Geist in ihn, und: „Was bringen wir davon?" frug er mit aufgesperrten Augen. „So manches Jahr schaffen wir, und was haben wir?" „Wie lange sparen wir vor?" frug Anne Marei. „Seit Heiri und Kathrinli fort sind. Geh und frag, was sie haben und wer mehr hat, wenn wir unseres zusammenlegen. Wieviel hast du?" „Wieviel hast du?" frug Hans Jakob.

So zankten sie eine Weile, bis Anne Marei nachgab und seinen Schatz offenbarte. Hans Jakob konnte mehr an der Arbeit sein als Anne Marei, verdiente mehr und hatte bei weitem nicht soviel Geld als dasselbe; er sah, daß es nicht aufs Verdienen, sondern auf das Sparen ankam. Es sei doch noch bald etwas beieinander, sagte er, er hätte es nicht geglaubt. Jetzt glaube er, er komme zu einer Frau und Anne Marei zu einem Mann, ehe sie das Schwabenalter hätten.

Nun aber nahm es ihn auch wunder, was der Heiri habe. Das müsse er vernehmen, sagte er, ehe viel Zeit vergehe. Da kam ihm die

Gelegenheit zu fragen ung'sinnet. An einem schönen Sonntag erschienen beide im Dorfe unerwartet. Gar prächtig waren sie anzusehen, besonders von weitem; man hätte glauben sollen, Heiri sei ein Seidenherr und Kathrinli eine Seidenfrau. Die Leute schlugen die Hände über dem Kopf zusammen, als sie in die Nähe kamen und merkten, daß es nur der Heiri und sein Kathrinli waren. Erst gab's ein großes Gerede. „Hast du sie gesehen, hast sie gesehen?" Dann gab es ein groß Geläufe, um sie zu sehen, akkurat als sei ein Kamel da und ein Aff darauf oder gar ein Elefant und ein Mohr darauf.

Der Heiri machte den Lustigen, tat nicht hochmütig, nahm bloß das Maul voll, sprach von Louisd'ors, als ob es Kreuzer wären — tausend Franken waren ihm ein Bettlergeld, nach dem er sich kaum bückte, — und warf mit Millionen um sich, als ob er sie schon hätte. Das Kathrinli dagegen tat zimpfer. Wenn es jemand die Hand geben mußte, geschah es mit großer Vorsicht, als glaube es, die Leute hätten die Krätze. Es hatte auch sehr feine Hände und spienzelte sie sehr. Sah sie jemand an, so sagte es, solche Hände müsse man haben für die Arbeit, welche es mache. Mit Knebeln, welche man auf dem Lande an der Hand hätte und ihnen Finger sage, richte man nichts aus und bekäme in der Stadt nicht einmal Arbeit. Das gute Anne Marei sah es kaum an, und als es grüßen mußte, tat es, als ob ihm was in Hals käme, daß es nicht reden könne. Aber wenn es von Basel reden konnte, was es dort gelte, wie man es halte, wie es Aufsehen mache, dann konnte es reden. Nicht acht Tage sollte es gehen, so wollte es alle Tage zweispännig spazierenfahren, wenn es Heiri nicht so treu wäre. Das werde es, solange Heiri tue wie bis dahin. Es könne von ihm haben, was es begehre. Sei an einem Ort eine Lustbarkeit, so seien sie auch dabei; der Heiri tät's nicht anders.

Das halbe Dorf vergaß das Maul offen ob all dem Gerede und dem Tun. Es war, als seien zwei Störche ins Dorf geflogen zu Weihnacht und säßen auf einem Hause zu jedermanns Erstaunen und klapperten tapfer. Das junge Volk wurde ganz unwirsch im Kopf, es kriegte das Baselfieber, wie jetzt das kalifornische regiert. Ein Glück war's, daß man gerade die meiste Arbeit hatte; es wäre sonst eine großartige Auswanderung erfolgt, freilich nur nach Basel. Als die Arbeit nachließ, war auch das Fieber vorüber.

Mit Hans Jakob hatte Heiri wenig geredet. Als er fortwollte, sagte er zu ihm: „Gib mir doch fünf oder sechs Franken; steckte im

Vergeß nicht mehr zu mir." Hans Jakob griff in seine wohlversorgte Tasche, gab ihm das Geld und sagte: „Du wirst brav vorschlagen und vor mir ans Heiraten kommen?" Da lachte Heiri und sagte: einstweilen denke er an beides nicht. Viel Geld hätten die Kleider gekostet, bis sie sich nur hätten zeigen dürfen. Lustig sei das Leben in Basel; da lerne man erst, was ein Mensch sei, aber es koste viel Geld. So wollten sie einstweilen lustig sein und leben. Es sei bald viel verbraucht, aber auch bald viel beisammen, wenn man es haben müßte. Wollte man ihm jetzt auch ein Heimwesen schenken, daß er drin wohnen sollte, er versetzte keinen Schritt, nur um zu sehen, wo es sei. Heiri hatte Wein im Kopf, als er so sprach, aber es graute Hans Jakob doch. So könne man sich schwerlich versündigen, dachte er, daß man es nachher bitter büßen müsse; mit vermessenen Worten sei nicht zu spaßen. Daneben hielt er es so gleichsam für eine Ehre, daß er dem vornehmen Heiri Geld leihen konnte. Das ist aber der Ehren eine, die man bald satt kriegt.

Als nun Hans Jakob vor Anne Marei Heiris Ruhmrednereien wiederholte, fragte es trocken: „Und jetzt, hast gefragt, was sie vorgeschlagen haben?" „Das andere Mal frag selbst, wenn es dich wundernimmt", schnauzte Hans Jakob. „Heiri sagt, man sei nur einmal jung, jetzt wolle er einmal leben wie ein Mensch und nicht wie ein Vieh. Wolle man es einmal anders, so könne man es immer machen. Und Heiri hat recht; warum soll man es sich nicht gönnen, während man es hat und mag? Das nächste Mal, wenn ich in die Stadt und zu ihm gehe, um mein Geld wiederzuholen, will ich mit ihm reden, wie wir es anstellen müssen, um auch hineinzukommen, und dann mußt mit, magst wollen oder nicht." „So, noch Geld leihen mußtest? Du wirst nie witzig, Hans Jakob", sagte Anne Marei. „Das ist e lustig Lebe, wo man nicht einmal für einen ganzen Tag Geld genug hat, das ist e Lebe, wo man zuletzt auch was davonbringt: Läuse und Lumpen! Kannst das nicht an den Fingern abzählen, Hans Jakob?" „Ja", sagte Hans Jakob, „gehabt hätte er es wohl, aber nicht bei sich; komm ich zu ihm, gibt er mir's wieder."

„O Hans Jakob, muß dir einmal die Dummheit mit der Schaufel abschorren! Meinst, wenn Heiri mehr gehabt, er hätte es nicht zu sich gesteckt, mit demselben im Hosensack geklingelt, die Taler auf den Tischen herumgeschlagen? Schämtest du dich nicht, solchen Aufwand und nicht für einen Tag Geld im Sack? Jetzt Schulden und kein Geld, ist das e lustig Lebe? Selb Leben begehre ich nicht. Kathrinli hatte auch kein Geld; was es seiner Mutter kramete, war ein Elend. Ich käme lieber nicht heim als mit einem solchen Halstüchelchen, wo nicht vier Batzen wert ist; vielleicht ist es dasselbe noch schuldig. Was ist das für ein Leben, wo immer alles im voraus versoffen und verhudelt ist, und was hat man vom Versaufen und Verhudeln, wenn es vorbei ist und man kein Geld mehr hat? Ersparen wir, haben wir's im Alter, dann können wir es brauchen, und es tut uns wohl. Das ist gelebt wie ein Mensch und nicht wie ein Vieh, wenn du es wissen willst, Hans Jakob. Aber auf Heiris Mode mit dir leben will ich nicht, mit dir betteln mag ich nicht, und wenn du stehlen willst, kannst auch alleine gehen."

„Brauchst mir nicht so zu kommen!" sagte Hans Jakob unwirsch, „du hast den Verstand nicht alleine mit Löffeln gefressen, ich habe soviel als du." „He, so zeig ihn her!" antwortete Anne Marei. Aber Hans Jakob überhörte dies und fuhr fort: „Es gibt viele Leute, und die haben am kleinen Finger mehr Verstand als du am ganzen Leibe, und wärest noch einmal so groß; die gönnen sich das Leben auch und gehen deswegen weder betteln noch stehlen. Immer nur schaffen, nichts davon haben, keine einzige Freude, das ist ein Hundeleben, ist dem Teufel z'gönne, aber auf die Länge mag ich nicht dabeisein."

„He nun", sagte Anne Marei, „so geh in Gottes Namen, wenn du Freude am Lumpenleben hast. Habe geglaubt, du seiest ein braver Bursche, und mit den Jahren werde dir der Verstand schon kommen. Aber es wird nicht sein sollen. Ich habe nicht geglaubt, daß das ein Hundeleben sei, wenn man sechs Tage arbeitet in Ehren und den Sonntag zubringt mit Ehrbarkeit statt mit Saufen und Spielen und sorget für den alten Mann oder für Weib und Kind. Ich glaubte, es sei dir anständig und wohl dabei, das Geld zu sparen, statt dafür einen bösen, sturmen Kopf zu kaufen. Aber ich weiß wohl, was es ist; bin dir nicht mehr lieb, bin dir zu gering, wirst eine Hübschere wollen für in die Stadt, wirst dich des Sauerkabiskübels, wie du mich einmal genannt, schämen. Merk's wohl, will dir nicht im Wege sein; geh in Gottes Namen, wenn du magst. O mein Herz, wie tut das mir so weh, es will mir abeinander! Hatte dich so lieb, Hans Jakobli, oh, ach, oh! Aber ich will mich drein schicken, will dir nichts Böses nachwünschen. Du findest eine zehnmal Hübschere, aber sieh, ob du eine findest, die es besser mit dir meint, die dich lieber hat als ich, o Hans Jakobli, es will mich zerreißen!" Nun brach das Schluchzen, welches schon lange in einzelnen Stößen sich kundgegeben, mit aller Macht los und verschlang alle verständlichen Töne.

Der Leser wird merken, daß Anne Marei den Hans Jakob nicht immer beim gleichen Strubel nahm, sondern abwechselte nach den Umständen. Das ist eine vortreffliche Manier, denn geiget man immer auf der gleichen Saite, macht man am Ende keinen Eindruck mehr. Diese Kunst kennen die meisten Weiber, lernen sie aber nicht von den Professoren, sondern teils von der Natur, teils von den Müttern. Sie haben einen feinen Instinkt, zu unterscheiden, welche Saiten im gegebenen Augenblick mehr Eindruck machen, die groben oder die feinen, die harten oder die zarten. Die Weiber hüten sich wohl, Theorien über diese Wissenschaft bekanntzumachen, wir glauben jedoch bemerkt zu haben, daß in der Regel, besonders wenn der Mann Wein im Kopf hat, die weichern und zarten vorzuziehen sind. Wir glauben fest behaupten zu dürfen, daß Weiber oder Mädchen, welche diese Saiten so recht zu streichen wissen, jeden Mann, besonders wenn sie ihm dazu noch ein wenig im Barte kratzen, zähmen, und sei er wilder als der wildeste Löwe und gehe er brüllend umher, als ob er Himmel und Hölle verschlucken wolle. Mädchen und Weiber, welche diese Kunst verstehen, die sind die eigentlichen Hexen, und die wird man nicht ausrotten mit keiner Aufklärung und keinem Fortschritt, solange Evas Blut in den Adern ihrer Enkelinnen rollt.

Als Hans Jakob sah, wie elend es seiner Anne Marei war ums Gemüt, und zwar wegen der Liebe zu ihm, so hat's nicht viel gefehlt, er hätte auch angefangen zu heulen und weh zu schreien. Doch begriff er, daß nicht viel dabei herauskomme, wenn nun zwei heulten statt nur einem; er legte sich daher aufs Tröſten. „Tu nicht so!" sagte er. „Es hat doch jedes das Recht zu sagen, was ihns dünkt; daneben ist dann ja noch nicht geschrieben, daß es gerade so sein müsse. Das Sparen ist mir ja ganz recht, das könnte man in der Stadt auch. Aber wenn du lieber hierbleiben willst, so ist's mir auch recht, wenn man sich zuweilen was gönnt und du nicht meinst, es solle kein Kreuzer für einen Schoppen oder zwei gebraucht werden. Aber jetzt sei wieder zufrieden und tu nit so wüst!"

Anne Marei hatte Verstand, machte nicht den Tubelkopf, steifte sich nicht in seinem Elend, bis Hans Jakob der Zorn wiederkam und er davonfuhr mit den Worten: „Adies derweilen, jetzt kannst warten, bis ich wiederkomm!“ Da ihm der Hals noch zu voll Schluchzens war, längte es ihm vorläufig die Hand. Kein Mensch hätte dem dicken Pfudumpf die Klugheit und den Takt zugetraut, den Anne Marei in den verschiedenen Manövers an den Tag legte. Sobald es reden konnte, tat es es, und wie es im Liede heißt: „Der König und die Kaiserin, des langen Haders müde, erweichten ihren harten Sinn und machten endlich Friede“, taten auch Hans Jakob und Anne Marei.

Dem Hans Jakob war eigentlich ihr neues Leben ganz recht; er hatte am Sparen und dem Mehren ihres Schatzes Freude, aber er hatte von den Köpfen einen, die nicht rar sind, wo man gar leicht eine Floh hinters Ohr setzen kann, die sich da einbeißt und wüst tut. Die Kunst ist nur die, diese Floh so schnell als möglich wegzufangen und unschädlich zu machen. Darum auch werden die Weiber ganz naturgemäß von Jugend auf in diesem Fang geübt, und die meisten verstehen ihn aus dem Fundament, wenden ihn leider nicht immer am rechten Orte und mit dem rechten Fleiße an. Anne Marei wohl, die wußte, wo das Flohnen am meisten abtrug, und trieb es meisterlich.

In einem Dörfchen ist es nicht wie in einer Stadt. In einer Stadt gibt es alle Tage was Neues. Das Gestrige wird heute schon aus dem Gedächtnis gestüpft. So ist's im Dörfchen nicht; da surret ein Erlebnis vielleicht ein halbes Jahr in den Köpfen, bis wieder was anderes es ablöst. So war der Besuch aus der Stadt nicht so bald vergessen. Wenn die Mädchen in der Ernte schwitzten auf den heißen Äckern, dachten sie ans Kathrinli, wie kühl es hätte in der Stadt und wie weiße Hände es kriegte am Schatten. Wenn die Burschen beim Weine saßen, sprachen sie von Heiri, wie der es habe, wie der daherkomme und Geld habe nicht bloß zum Verklopfen, sondern zum Fressen.

Einmal zur Seltenheit war Hans Jakob auch dabei, da stach ihn der Gugger, er schmunzelte lange, sagte endlich: es komme darauf an, wie man es anfange; wer es verstehe, komme hier weiter als in der Stadt; Heiri habe wohl großgetan, aber es könnte noch mancher großtun, wenn er das Geld dazu entlehnen wollte, und andere könnten großtun, wenn sie ihr Geld brauchen, statt sparen wollten. Was er Heiri geliehen, habe der ihm noch nicht wiedergegeben; er aber habe es entbehren können und seither vorgeschlagen, daß er noch manchem Heiri geben könnte, ehe er sagen müßte: „Kann nicht, hab selbsten nichts.“ Er kam so ins Reden und Pralatzgen hinein über alle die Weisheit, welche er und Anne Marei hatten, daß er ganz sturm wurde und andere ebenfalls. Man zankte gewaltig; einige gaben dem Heiri recht, einige dem Hans Jakob. Als man es mit Worten nicht ausmachen konnte, versuchte man es mit Schlägen, und als man endlich auch damit nicht zu einem bestimmten Resultat kam, ging man mit den sturmen und blutigen Köpfen heim.

Es ging nicht manchen Tag, kam einer, der dabeigewesen, zu Hans Jakob und sagte: „Du weißt, wir sind von Kindsbeinen an die besten Kameraden gewesen; so lieb, wie du mir bist, ist mir niemand auf der Welt, lieber nützte nichts. Ich habe das Vertrauen zu dir wie zu keinem andern, darum komme ich auch zu dir. Du wirst mir deswegen nicht zürnen, sondern es wird dich sicher noch freuen, wenn du mir helfen kannst. Sieh, ich bin in Verlegenheit; zwölf Franken soll ich morgen zahlen und habe diesen Augenblick das Geld nicht bei der Hand. Ich habe einzuziehen, b'hüt is, viel mehr als das, es war mir verheißen, aber die Leute konnten es nicht z'weg bringen, und das Wüstest alles machen, die Leute auf die Gasse bringen, das mag ich in Gottes Namen nicht. Von wegen ich habe ein Gefühl, ich muß denken, wie es mir wäre, wenn man es mir so machen würde. Längstens in vierzehn Tagen mußt du das Geld wiederhaben. Ich zahle dir dafür, was du willst, und kann ich dir wieder helfen Tag oder Nacht, sprich zu, von wegen ich werde es dir nie vergessen, im Leben und im Sterben nicht.“

Das dünkten den Hans Jakob schöne Worte, sie gefielen ihm sonderbar wohl. Bravs wär's nicht, wenn er da nicht hülfe, das Geld liege da, unfruchtbar; gebe er es, so kriege er es in vierzehn Tagen wieder und dazu noch Gottes Lohn, und der sei doch immer noch was wert. Er gab also das Geld; der gute Kamerad dankete grusam und sagte: „Zähl darauf, ich gehe dir an die Hand, wie ich es versprochen. Wenn du das Geld in drei Wochen nicht wiederhast, kannst mir Schelm sagen, wo du willst.“

„Nun, es wär schön“, sagte Hans Jakob, „daneben ist es nicht gesagt, daß es Punktum in drei Wochen sein muß; wenn es in viere ist, bin ich schon zufrieden." Und darauf ward Hans Jakob, im Bewußtsein, einem Freunde geholfen zu haben, recht glücklich im Gemüte und schlief ganz herrlich darauf. Man sieht, unser Hans Jakob war in Geldsachen zum Verwundern unschuldig, besonders für einen Basler.

Nicht acht Tage ging's, schlich ihm ein anderer nach, bis er ihn hatte. „Hans Jakob", sagte der, „Hans Jakobli, ich habe was, darf es dir aber fast nicht sagen; daß es mir so gehen könnte, nein, daran habe ich nie gedacht. Sieh, wie es mir ging. Ich hatte viel Geld beisammen, nie so viel, da fällt meiner Mutter Bruder eine Kuh; Kinder hat er keine, ich soll ihn erben, das ist bestimmt; der kommt und sagt: ‚Gib mir, was du an Geld hast, ich muß eine andere haben und bin ung'sinnet nicht bei Gelde.' Begreiflich gab ich her, was ich hatte. Da kömmt mir plötzlich die Aufforderung zu Bezahlung einer Summe. Vor Zeiten war ich einem Freund Bürg, hatte es ganz vergessen; der soll zahlen, ist krank, kann nicht, jetzt kömmt man auf mich los; kann ich nicht, muß ich verganten. Und zu allem Unglück habe ich eben eine reiche Heirat z'weg, es ist alles richtig, und es ist ein schrecklich Vermögen da; d's Halb Elsis und fast d's ganz Markgrafenland ist dem Schwäher. Ich sagte noch keinem Menschen was davon, und du bringst es mir bei Leib und Sterben nicht aus, du weißt, wie einem beim Heiraten so leicht z'Böst geredet wird, b'sunderbar wo ein solcher Reichtum ist. Dem Schwäher darf ich es nicht sagen, sonst meint er, wie tief ich drin sei. Es sind gar schlechte Leute in der Welt; er würde es mir kaum glauben, wenn ich ihm sagte, es wäre nur das; der Mutter Bruder darf ich nicht plagen, sonst komme ich ums Erbe; da dachte ich: du gehst zu Hans Jakob, das ist dir der liebste Mensch auf Erden, der hilft dir, das fehlt dir nicht, der hat ein Herz wie Gold. Du verdienst den Himmel drob, alle Jahr ein Fäßli vom besten Markgräfler aus des Schwähers Reben mußt haben, und obendrein sollen es Kind und Kindeskinder nicht vergessen, was du an mir getan."

Das dünkte Hans Jakob nur wohl viel und grüslich, wenn sein Freund so ganz um sein Glück kommen sollte, und vielleicht dachte er auch an den Markgräfler aus des Schwähers Reben, wir wissen es nicht; solch Vertrauen konnte er nicht täuschen, er gab das Geld und sagte: „Ich zähle darauf, daß du es mir bald wiederbringst; es könnte einen Fall geben, wo ich es selbsten brauchte." „Versteh", sagte der andere, „aber bau darauf, in sechs Wochen sollst es wiederhaben. Und wenn ich stürbe, ich käme tot und brächte es dir.“ „Selb lieber nicht“, sagte Hans Jakob und sah mit bedenklichem Gemüte seinem neuen Schuldner nach, wie der mit flüchtigen Beinen dahinsegelte.

Wer erinnert sich noch des Gefühls, welches in ihm aufstieg, als er das erste Grundstück gekauft, das erste Kapital ausgeliehen und dafür einen sichern Brief in Händen hatte? Kam es ihm da nicht vor, als sei er um einen halben Kopf gewachsen, als dürfe er erst jetzt ordentlich abtrappen auf der Erde, war doch auch ein Plätz davon sein oder ihm wenigstens verschrieben, erst jetzt den Kopf recht aufrecht tragen, gehörte er doch der vornehmsten Klasse an, den Grundbesitzern. Dieses Gefühl hatte Hans Jakob gar nicht, im Gegenteil, es war ihm ganz flau ums Herz; je mehr er dem Schuldner nachsah, desto mehr war es ihm akkurat wie einem Jungen, dem ein gefangener Vogel aus der Hand entronnen. Traurig zählte er den Rest seines schönen Silbers nach. Traurig dachte er an die Zeit, wo er sie wohl wieder alle beisammenhabe, die Taler, die halben Taler und die Dreibätzler. Züriböcke hatte er keine, die gehen nicht aus dem Kanton, von wegen man schätzt sie nirgends so hoch und hat soviel darauf als im Kanton selbst.

Nun ging es eine Weile, wo Hans Jakob Zeit hatte, dem Vogel, der ihm aus der Hand geflogen, nachzudenken und sich umzusehen nach dem ersten Vogel, der längst wiederkommen sollte und nicht kam. Als er eines Abends vom Felde heimkam, sprang ihn einer an hinter einem Zaun hervor. „Hans Jakob“, sagte er, „wollte schon lange mit dir reden, traf dich aber nie alleine. Du bist ein guter Bursche, keinen bessern gibt's und du hast Geld, ich weiß es, und beides ist selten beisammen; du hilfst gerne, wo du vielleicht besser tätest, du hülfest nicht; jetzt hilf mir auch!“ Da kam ein dritter dazu, derweilen kam Hans Jakob wieder zu Atem, denn bei der Ansprache war es ihm gewesen, als schlage ihm jemand mit dem Holzschlegel aufs Herz. Um eine Ausrede nicht verlegen, sagte der erste: „Komme gleich mit dir heim, kann die Sache besehen, dann werden wir des Handels wohl einig.“ Es sei ihm leid, sagte Hans Jakob, er gehe nicht heim, sei pressiert, er müsse noch wohin, schwenkte ab und war fort, ehe der erste ihm sein Begleit anbieten konnte.

Er lief, als ob der schwarze Dillersdilder hinter ihm sei, auf einem

Umwege nach Hause, faßte sein Geldlein zusammen und machte sich damit zu Anne Marei, hastig wie einer, der seine letzte Habe aus dem Feuer trägt. Das erschrak sehr, als es ihn so ung'sinnet daherkommen sah als wie aus den Lüften, wo er dem Dillersdilder ab dem Karren gefallen. Von seinen Kapitalanwendungen hatte Hans Jakob seinem Anne Marei nichts gesagt; vielleicht daß er seine Freunde nicht verraten wollte, vielleicht empfand er ein gewisses Gefühl, Anne Marei könnte Glossen machen, ihm eine vaterländische Abwaschung seiner Sünden z'weg machen, vielleicht auch wollte er Anne Marei daran gewöhnen, daß es nicht immer wissen müsse, was er mache. Das ist manchem Manne sehr lästig, wenn seine Frau gar zu g'wunderig ist und gar alles wissen will.

Als Anne Marei die Geschichte vernahm, tat ihm erst das Herz weh, dann tat es wüst, daß Hans Jakob endlich auch aufbegehrte und sagte: er wollte, er hätte das Geld versoffen, so hätte es dann deretwegen nicht wüst zu tun. „Hättest meinethalb!" sagte Anne Marei, „es kömmt so auf eins, wenn du den Esel machen und dein Geld geben willst dem ersten besten Schelm." „Kameraden, Freunde waren's", sagte Hans Jakob. „Fründ wie Hünd!" antwortete Anne Marei. „Soll man Freunden in der Not nicht helfen?", frug Hans Jakob, „ist das nicht Christentum, ja sogar Pflicht?" (Redeweise des Mani auf dem Galgenmösli bei Bern.) „Waren die Bursche in der Not? Und waren sie es, waren sie es wegen rechten Sachen oder weil sie die Knöpfe ab den Röcken versoffen? Hast die Sache untersucht? Solchen Geld zu geben ist nicht Christentum, sondern Reisegeld der Hölle zu. Geradeso pflanzt man den Leichtsinn. Fänden solche Brandschatzer nicht immer Tröpfe wie dich, das Handwerk würde ihnen bald erleiden. Aber wie kömmt es, daß alles auf einmal von dir Geld will, selb möchte ich wissen", redete Anne Marei. „Weiß es nicht", sagte Hans Jakob. „Ich sagte bloß, als einmal die Leute so Aufhebens machten wegen Heiri und wie der verdiene, es wäre doch möglich, daß einer auf dem Lande soviel Geld mache als so ein Heiri in der Stadt. Ich hätte ihm das letztemal, als er dagewesen, das Geld vorgestreckt für die Heimreise und hätte noch für mehr als einen Heiri übrigbehalten. Es komme nicht bloß auf das Verdienen an, sondern hauptsächlich auf das Vorschlagen. Mehr als hundertmal hast du das ja gesagt, so werde ich es doch auch einmal haben nachsagen dürfen."

Es geht die Sage, diesmal hätte Anne Marei durch eine ganz andere Demonstration Hans Jakob zu der Einsicht gebracht, daß es Fälle gebe, wo man hundertmal gesagte Dinge nicht ein einzigmal wiederholen dürfe, und daß der dümmer als der dümmste Esel sei, der rühme, wie reich er sei und wieviel Geld er daheim habe. Rühmen tue sich nur, wer es nötig habe, das heißt, wer des Ruhmes mangle oder des Geldes. Fötzlen besserten mit Rühmen nach, er sollte sich schämen, mit ihnen z'g'meinen. Wo die größten Rühmer seien, da solle man zusehen, wo man trappe, wenn man nicht einen Schuh voll hinausnehmen wolle.

Endlich, aber erst nach einer langen Predigt kam Hans Jakob zum Verstand und wurde breiweich. Er erhob Anne Marei zum Finanzminister und übergab ihm seinen Kassensaldo, wie die Gelehrten sich auszudrücken pflegen. Anne Marei besaß für dies wichtige Amt nicht große Vorbildung, aber es hatte große natürliche Anlagen. System hatte es gar keins, aber immer Geld, und dieses ging ihm nicht verloren in seinen Defizits; es versilberte keine Titel, aber zu dem, welches es kriegte, trug es Sorge. Es verließ sich hauptsächlich auf das, was es hatte, und nicht auf das, was es möglicherweise kriegen konnte, und was die Hauptsache war, es nahm nicht dem Hans Jakob das Geld ab, unter dem Vorwand, dasselbe nach dem besten System zu verwalten, und sagte ihm dann, wenn er nach dem Gelde sah: ja, es sei keins mehr da, von wegen nach dem neusten System sei das die beste Verwaltung, welche das Geld zu brauchen wisse und wie! Anne Marei hatte Geld, und bei Anne Marei suchte niemand Geld, und das ist ein großer Vorteil. Es schien ihnen freilich zuweilen, kommod wäre es, wenn es nicht so tot daläge, sondern Zins trüge. Aber wem geben, daß Zins kam und das Kapital sicher blieb und daß man das Kapital haben konnte, wenn man es nötig hatte? Das ist ein Handel, der oft beide in bittere Verlegenheit bringt, den Gläubiger und den Schuldner. Der Gläubiger sollte notwendig sein Geld wiederhaben, kriegt er es nicht, kann er einen Schaden leiden, der größer ist als das Kapital, geschweige dann der Zins. Der Schuldner soll wiedergeben unerwartet, ehe er sich gehörig erholt und gekehrt, gerät in die bitterste Verlegenheit, versäumt unglaubliche Zeit mit Geld zu suchen, hat Pein, Kosten, muß am Ende verganten, ja und nicht selten mit ihm auch der Gläubiger. Auf Grundbesitz namentlich sollte man immer Geld haben, welches nicht aufgekündet wird bei richtigem Zinsen oder doch in seltenen Fällen. Erst dann kann der Besitzer ruhig schlafen. Wer alle Tage eine Abkündung erwarten muß, der kann es nicht, der muß ja alle Tage bereit sein, sein Bett an einem andern Orte aufschlagen zu müssen. In neuster Zeit ging das Gerede von Hans Jakob: er stehe mit dem berüchtigten schmierigen Rechtsagenten, der bekanntlich der Schuldeneintreiber der Juden ist und dieses Amtlein im Namen der hochmütigen englischen Nation verwaltet, wahrscheinlich gegen ein gewisses Prozent, in lebhaften Unterhandlungen. Palmerston soll sich erklärt haben, das Geschäft, dem Hans Jakob seine Gelder einzutreiben, übernehmen zu wollen, will es aber nur durch Dreimaster und Dampf betreiben, und zu dem Ende sollte Hans Jakob alle Pfützen und Mistgüllen in Baselland für Linienschiffe schiffbar machen, während Hans Jakob meint: Palmerston könnte das Geschäft füglich durch seine Lords und Ladies zu Fuß betreiben lassen, sie wären langbeinig genug. Es ist auch wahrscheinlich, daß Palmerston nachgeben wird, da derselbe in seinen Geschäften schlecht zu stehen scheint. Wo er noch das kleinste Schüldlein weiß von Vater und Großvater selig her, da schickt er auf Schiffen seine Bulldoggs aus und läßt es eintreiben bis auf den letzten Pfennig. Gott gnad aber Hans Jakobs Schuldnern, wenn Amtsweibel und Schuldenbot Palmerston das Geschäft in die Hände kriegt, da heißt es: „Vogel, friß oder stirb!", da wird entweder das Geld gefaßt oder das Fleisch gefressen.

Nun verfloß in einförmigem Fahrwasser eine geraume Zeit, wo nichts Absonderliches zu bemerken ist. Heiri und Kathrinli schaukelten sich auf den leichten, lustigen Wellen des Stadtlebens, verkehrten wenig mit ihrer Heimat. Von Kathrinli redete man allerlei, aber es wird viel geredet, ohne daß es allemal wahr zu sein braucht.

Noch einförmiger floß das Leben von Hans Jakob und Anne Marei dahin. Wie sie es angefangen, lebten sie äußerlich sparsam und arbeitsam fast einen Tag wie den andern fort. Wer sich aber mit ihnen näher eingelassen hätte, würde an ihnen eine Verständigkeit, ein gesundes Urteil bemerkt haben, welches er ihrem Äußern nach ihnen nicht zugetraut hätte. Ja, es geschah zuweilen, daß ältere Bekannte, welche eine Zeitlang mit ihnen nicht zusammengetroffen, sich über sie verwunderten und sagten: sie hätten das nie hinter ihnen gesucht, sie hätten es gut verbergen können. Nein, sie hatten nichts verborgen; was auffiel, besaßen sie erst seit kurzem, es war ihnen unvermerkt gekommen wie der Tau vom Himmel.

Der Menschen eigentliches Leben bildet sich innerlich, von innen heraus kommen Torheit und Weisheit. Der Mensch denkt des Tages, der Mensch träumt des Nachts. Denkt und träumt der Mensch nun Tag und Nacht lauter torrechte Dinge, hat er nur Lustbarkeiten im Kopf, hoffärtiges Zeug, Befriedigungen seiner Sinnlichkeit, sinnet er bloß an die Fehler seiner Nächsten, ihr Guthaben und sein Böshaben, so wird er voll Mißvergnügen, voll Bosheit und voll Torheit; die wachsen alle Tage, glotzen heraus sichtbarlich, der Mensch zeigt sich alle Tage boshafter, liederlicher, mißvergnügter, träger — schlechter mit einem Wort. Dann schlagen die Leute die Hände über dem Kopf zusammen und sagen: dem hätten sie dies und jenes doch nicht zugetraut, wie der doch so plötzlich sich geändert, wer es ihm so auf einmal eingegeben, ein Mensch oder der Teufel! Das ging ganz natürlich zu, der verführte sich selbst. Der speiste und tränkte sein inneres Leben nicht mit Gottes Wort und ernsthaften Betrachtungen, sondern mit lüsternen, nichtsnützigen Gedanken, schmutzigen Worten, vielleicht auch schlechten Büchern; er lebte längst wohl an seiner innerlichen Sündhaftigkeit wie ein Bube an gestohlenem Naschwerk, nährte und pflegte sie alle Tage. Was er lange nur gedacht, tat er endlich, was er längst gewesen, aber nur sich bewußt, das offenbarte er endlich auch den andern. Wir reden, wohlverstanden, nicht von einzelnen Handlungen, welche mit dem ganzen Wesen in keinem Zusammenhang stehen, zu welchen man verführt oder irgendwie verleitet wurde, da geht es dann allerdings oft ganz anders.

Gehen aber die Gedanken der Menschen in einer andern Richtung, nähren sie sich an besserer, kräftigerer Nahrung, so wächst das innere Leben des Menschen auch anders und schöner aus. Es ist daher nichts Einfältigeres, als wenn man meint, es solle der Mensch immer der gleiche bleiben, oder gar, wenn man einem Menschen die Änderung zum Vorwurf macht. Es soll und muß der Mensch sich ändern, und zwar eben zum Bessern, sonst kann er ja das Reich Gottes nicht sehen. Es müssen Schlacken wegfallen aus seiner Seele, seine Gefühle sich läutern, dunkle Gebiete sich aufhellen, die Ansichten über den Wert der Dinge sich berichtigen, der Wille sich festigen, und eben dieses Ändern ist sein Ruhm vor Gott und ein Exempel für andere.

So änderten sich auch Hans Jakob und sein Anne Marei, aber langsam. So wie sie aus der leichtsinnigen Lebweise ausgetreten waren, vergingen ihnen auch die Gedanken daran und die Lust dazu; sie siedelten ihre Freude über in ihr zukünftiges Leben und dachten an die Mittel, dasselbe zu gestalten, sie spannen daran mit allem Fleiß. Es werden zwar die meisten Menschen an das zukünftige Leben, das heißt an das diesseits dem Grabe, denken und mehr oder weniger es sich vergegenwärtigen. Wir glauben, auch Heiri und sein Kathrinli dachten zuweilen daran. Aber es ist ein großer Unterschied, ob man dieses Leben als ein Luftschloß ins Blaue stellt, spanische Schlösser, böhmische Dörfer baut ohne allen Zusammenhang mit Vergangenheit und Gegenwart oder ob man dieses Leben genau knüpft an die bestehenden Zustände und Verhältnisse, es sich denkt in inniger Verbindung, ungefähr nach den Worten: „Was einer säet, das wird er auch ernten.“ Das erstere bringt nur Verdruß, das letztere Verstand.

Hans Jakob und Anne Marei freuten sich dessen, was sie bereits hatten und wie es sich mehrte langsam. Zu dieser Freude waren sie berechtigt; ihr Reichtum war die Frucht ihres Schweißes und ihres Fleißes. Sie besprachen sein Verhältnis zu einem Besitztum, den Gang eines Haushalts, sprachen gerne mit ältern, erfahrnen Leuten über allerlei nützliche Dinge. Es erwachte in ihnen ein Bedürfnis nach gesunder Nahrung, für verständige Gedanken oder, um es vornehm zu sagen, Hunger nach Weisheit und Wahrheit.

Wo Leben ist, da ist auch Bedürfnis, je nach der Art dieses Lebens. Die Gedanken werden gleichsam hungerig und durstig, verlangen nach Speise und Trank, verlangen nach verständigen Worten, gesprochenen und gedruckten, welche ihr inneres Leben berühren, beleuchten, entwickeln. Wie machen es zum Beispiel die, welche wachend und schlafend in Amerika sind, deren Sinn dorthin steht? Sie spitzen die Ohren wie e Has, wenn sie das Wort Amerika von ferne hören, und wo sie was von Amerika zu lesen in die Hände kriegen, lesen sie sich sturm daran, lernen es gleichsam auswendig und können b'richten aus Amerika, wie teuer dort der Schnaps sei und in welcher Pinte man das beste Bier finde, als ob sie dort gewesen seien. So hat es der innere Sinn, wenn er lebendig ist.

Sein zukünftig Leben wird auch der fleischlich gesinnte Mensch sich anfangs selten ganz fleischlich denken ohne Gott, ohne dessen Macht und Segen und ohne den endlichen Ausgang ins eigentliche, zukünftige, ins ewige Leben. Wer die Augen offen hat, sieht ja, wie alles Gedeihen von Gott abhängt, Armut und Reichtum, Gesundheit und Krankheit, gute und böse Jahre nicht von ungefähr, sondern aus seiner väterlichen Hand uns zukommen. Er hat daher auch ein Verlangen nach Gottes Wort, vernimmt gerne von den Wegen Gottes und dem Walten seiner Hand. So sollte es bleiben, und wie Leib und Seele ineinandergewoben sind, sollte auch das Geistige alle unsere Gedanken durchziehen, das Göttliche alles Fleischliche heiligen und weihen. So sollte es sein, so bleibt es leider nicht immer. Der Same geht wohl auf, aber er fällt unter Dornen und Disteln, die überwuchern, ersticken ihn; der Sinn für das Geld und was daran hängt, wird der allmächtige, ausschließliche. Alles Liebliche und Frische entweicht diesem Leben, es wird wie ein vertrockneter Korianderstengel, wie ein abgestandener Kamillenbüschel. Die Inhaber desselben könnten auch singen, wenn sie überhaupt noch sängen, wie es im Psalmenbuche heißt:

Traurig denk ich an die Zeit,
Da ich mich in Gott erfreut,
Da ich dankend ging, den Herren
Mit den Frommen zu verehren.

Die Welt hat sie gepackt mit eisernen Klammern, ihr Geschäft ist ihr Gott geworden, den sie verehren mit Herz und Nieren, Hirn und Seele, ihr Himmel ist Java oder Brasilien, dorther kommen ihnen ihre Evangelien, das Laufen nach der Post ist ihr Kirchgang, das Lesen der Briefe ihr Gottesdienst, Öffnen und Schließen der Kasse ihre Messe, das Aufschließen und Zuschließen des Himmelreichs, das Handeln und Markten um Prozente und Pferde, um Ochsen und Kälber, Schafe und Ziegen ihr Gebet. Und sind solche Leute auch einmal in einer Kirche, geht doch nichts Geistiges in ihre Seele hinein; die bleibt angefüllt mit Gedanken an Wechsel und Frachtpreise, an Märkte und Zölle und allfällig auch noch, wo man den bessern Wein habe, im Bubendorfer oder im Schauenburger Bade. Ein solches Eintrocknen kommt langsam, ist darum um so gefährlicher; es ist ein Feind, der nicht wie ein brüllender Löwe kommt, sondern leise wie der Schlaf.

So war es bei Hans Jakob und Anne Marei nun nicht; die wahre Lebenssonne schien noch in ihren Herzen. Man sah es ihnen auf der Gasse nicht an, aber wer wie Moses an den Felsen verstund in günstiger Stunde bei ihnen anzuklopfen, fand guten Glauben, fromme Gefühle, ein Gewissen, in welchem geschrieben stund: „Wie sollte ich ein so großes Übel tun, zu sündigen wider den Herrn, meinen Gott?" Wenn sie an Sonntagen daheim saßen statt im Wirtshause, lasen sie oft ein Kapitel oder zwei miteinander, wenn sie von ihrem zukünftigen Leben und Haushalt sprachen, brachten sie Gott mit in Rechnung, sahen überhaupt den Finger Gottes in den Verläufen der Welt. Dann war noch eins, was ihnen Gott nicht aus den Augen kommen ließ, ihn beständig in Erinnerung brachte. Sie arbeiteten auf dem Lande, zogen Nahrung und Gewinn daraus. Da war es ihnen ja klar, daß sie nichts zwingen konnten, daß Gott zu allem das Gedeihen geben mußte. Sie hatten die Sonne nicht in einem Druckli, den Regen nicht in einem eigenen Gütterli, Blitz und Hagel nicht am Bändel, sie konnten nicht auf- und zumachen, lösen oder zurückziehen nach Belieben, daß es sonnenscheine, regne oder hagle. Das hat der, welcher pflanzet, vor allen andern Menschen voraus, daß ihm täglich gepredigt wird, es sei Gott der Herr, der alles gemacht und von dem jede gute Gabe komme.

So hat es zum Beispiel ein Weber nicht; der hat seinen Webstuhl am Schermen, kann sich selbst warm und feucht genug machen, Regen braucht er keinen, die Seide verhagelt es ihm nicht, die gibt ihm der Seidenherr, solange es ihm beliebt; dieser ist es auch, der ihm den Lohn gibt unter Donner und Blitz oder unter freundlichen Gebärden im Säuseln des Windes. Da kann es denn wohl kommen, wenn der Weber nicht gut aufpaßt, daß der Seidenherr so gleichsam zu seinem Gott und die aus dessen Laden zu seinen heiligen Engeln werden. Das ist denn doch nicht bloß fatal, sondern unglücklich. Wir wollen nicht davon reden, daß der Wille Gottes und der des Seidenherrn denn doch nicht immer völlig egal sein werden, daß bloß der eine selig machen, der andere nur mit Seide aufwarten kann, wir wollen darauf aufmerksam machen, daß der Seidenherr sterben, also gar nichts mehr geben, ja verganten kann, man denke! Wenn nun ein Mensch einen solchen für seinen Gott gehalten, was soll jetzt der Arme anfangen mit seinem gestorbenen oder gar verganteten Gott? Mit den heiligen Engeln aus dem Laden ist er erst übel dran. Nicht daß die nicht zur Not auch blitzen, donnern und hageln könnten, mit dem Maul heißt das, aber wie oft bleiben die stecken hinter einer Flasche Liestaler Wintersinger oder gar Maispracher, gerade wenn man sie am nötigsten hätte; mit vier Rossen bringt man sie nicht weg, ja sogar mausen tun sich zuzeiten diese Engel und verlieren aus ihrer Heiligkeit alle Federn.

Es ist aber noch eins, welches in allen Häusern, in denen Familien wohnen, das geistige Leben erhält, die heilige Flamme der Gottseligkeit nie so ganz ausgehen läßt, das sind die Familienereignisse. Handwerker in den Städten, in Kosthäusern oder sonst unter fremden Leuten Lebende stehen außerhalb diesem geweihten Kreise, werden von den darin vorfallenden Ereignissen wenig oder gar nicht berührt. In den Familienereignissen offenbart sich Gott den Seinigen ganz besonders, es wird auch anerkannt, daher werden solche Ereignisse kirchlich gefeiert und diese Feiern zu Festtagen der Familien. Ein solch Ereignis ist die Geburt eines Kindes, diese Gabe des Allerhöchsten, wie David sie nennt, und zwar die allerhöchste Gabe, die er gibt, wie Abraham zum Beispiel es erkennt. Wenn es dann dem Herrn zugetragen und ihm geweiht wird, der Vater seine Gelübde bringt, die Gabe als ein Pfand der Huld des Herrn hoch und heilig zu bewahren, der Bruder als Taufzeuge, die Schwester als Zeugin mitgehen und dies nicht an Gott mahnt, Schlafende weckt, gehaltene Augen aufsprengt, was sollte es dann? Wenn ein Bruder, eine Schwester zum erstenmal zu des Herren Tische geht, Vater und Mutter, Brüder und Schwestern, das ganze Haus mitgehen, muß das denn doch nicht mahnen an die Gemeinschaft mit Gott und die Liebe, die wir untereinander haben sollen, mahnen an den, der solche Liebe zu uns hatte, daß er ward zum Lamm, das der Welt Schulden trug, sein Leben für uns ließ, damit wir Frieden hätten und Vergebung für unsere Sünden? Wenn ein Unglücksfall ins Haus schlägt unerwartet, nicht von Menschenhand und keine menschliche Hülfe ausreicht, wenn man nichts zu machen weiß als zu beten: „Vater, ist's möglich, so gehe der Kelch an mir vorüber, doch nicht mein Wille, sondern dein Wille geschehe!", kommt einem da nicht als ein wunderbarer Trost die Demut wieder, die sich als schwaches Kind fühlt in des mächtigen Vaters Hand, weiß, daß die Haare auf dem Haupte gezählt sind, und völlig dem Vater vertraut, er werde alles wohl machen, er gebe, er nehme und denen, die ihn lieben, immer zum Besten? Und wenn die Mutter erkrankt und ihre Seufzer wie das Picken der Uhr gehört werden ganze Nächte durch rings in der Hütte, einem Vater das Lebenslicht ausgeht, der Staub dem Staube wiedergegeben wird, sind da wohl Kinder, vor deren Augen nicht Gott steht, die nicht seinen Blick in ihren Herzen fühlen, wie er da kindliche Reue, ein kindlich Leid, ein kindlich Sehnen sucht nach denen, die er genommen? Das sind die offenbarenden Stimmen Gottes in den Häusern und Familien, mit denen er die Steine ab den Gräbern sprengt, in welchen der neue Mensch begraben liegt, ihn ins Leben ruft, ihn am Leben erhält, ihn mahnt an den heiligen Dienst, an den Tag, wo alle erscheinen müssen vor dem Richterstuhle Christi, zu empfangen, je nachdem sie getan bei Leibesleben.

Diese Stimmen drangen zu Hans Jakob und Anne Marei öfters; die Hand Gottes war mächtig in ihren Hütten, brachte Leben, gab den Tod, ließ über denselben blitzen und donnern, ließ sie nicht entschlafen im Schlafe der Welt. Am gewaltigsten wirkte der Tod von Anne Mareis Mutter auf ihr Leben ein. Sie war eine tapfere Frau, hatte zu kämpfen ihr ganzes Leben, fast wie Jakob in jener Nacht, wo er sich den Namen Israel errungen. Ihr Mann war eine gutmütige, aber gleichgültige Haut. „Komme ich nicht heute, komme ich doch morgen", war sein Wahlspruch. Für die Kinder hatte er, wie es am schlimmsten ist, viel Liebe, aber keine Augen. War Geld da, so brauchte er, bis keins mehr war; war keins mehr da, so sagte er: „In Gottes Namen, man wird sich leiden müssen, bis wieder kommt", aber damit es komme, versetzte er extra keinen Tritt. Er liebte seine Frau, machte sie aber fast alle Tage des Teufels, nicht mit Wüsttun, sondern mit Stillschweigen und Zusehen und mit dem ewigen Trost: „Warte nur, häb Geduld, angst nit so, du zwängst doch nichts; will's bessern, kömmt's von selbst!"

Anne Marei war der Mutter Ebenbild, hatte ihr tapfer geholfen und dem Hans Jakob oft gesagt: „Ich liebe den Vater, von wegen es ist der Vater, ich habe Respekt vor ihm, warum nicht, aber sieh, wenn ich wüßte, du würdest ein Mann, wie mein Vater einer ist, so spränge ich noch heute über die Sissachfluh aus oder in den Rhein, wo er am tiefsten ist, Gott verzeih mir meine Sünde! Das ist ein

Dabeisein, die Mutter erbarmet mich, ich kann nicht sagen, wie. Wenn einer im Lehm steckt bis an die Knie und er sollte springen nur einen Tag lang, es tötete ihn, und so ist die Mutter mehr als fünfundzwanzig Jahre drin, denk! Hans Jakob, wenn ich dich ansehe und denke, aus dir könnte es auch so einen geben, so dünkt es mich, ich möchte dir z'sämefüßlige ins Gesicht springen." Der Verlust dieser Mutter betrübte daher Anne Marei tief. „Hans Jakob", sagte es, „jetzt wird es mit dem Heiraten aus sein, wenigstens für lange, wer sollte dem Vater d'Sach machen, wenn ich fort wäre?"

Aber es geht oft nicht nach der Menschen Gedanken, sondern umgekehrt. Wenige Wochen, andere sagen Monate, aber wir halten die erstere Lesart für die richtigere, nach dem Tode der braven Frau kam der trostlose Witwer zum Pfarrer, um das Hochzeit anzugeben. „Aber mein Gott, Niklaus!" sagte der Pfarrer, „wann ist Euere brave Frau begraben worden, und schon wieder eine andere?" Nun hätte der Niklaus fast auch antworten können wie jener: „Herr Pfarrer, in vierzehn Tagen wird es drei Wochen sein." Und als der Pfarrer fragte: „Aber wie fandet Ihr so schnell eine andere?", sagte er: „Oh, als ich von der Begräbnis heimkam, warteten schon dreie auf mich." Doch völlig so antwortete Niklaus nicht, sondern weinte sehr, sprach von Längizyti, die er nicht ausstehen könne — Öde im Herzen, täte ein Gebildeter sagen —, und daß er absolut seinen Kindern habe eine Mutter geben müssen.

D'Sach war aber auch nicht so. Ein bös Räf hatte es dem Niklaus angetan mit Flattieren und andern Zärtlichkeiten. Er, der es gewohnt gewesen, von seiner Seligen ausgehunzt und abkapitelt zu werden, freilich immer zu seinem Besten, er vernahm auf einmal lauter süße Töne und schöne Worte. Was Wunder, daß er bezaubert wurde, war er doch nicht der erste, dem es so erging, und wird nicht der letzte sein; ein altes Sprüchwort sagt ja, daß von hundert Witwern hundertundeiner zu Narren würden und dumm täten. Der gute Niklaus meinte, welche Holdseligkeit er am Halse habe. Es hatten Leute Erbarmen mit ihm, wollten ihn aus dem Blendwerk reißen. Aber da halfen keine Vorstellungen; Zeugnisse mit sieben Siegeln und vom Bürgermeister von Basel unterschrieben hätte er falsch gescholten. Von wegen die hatte es ihm angetan aus dem ff.

Anne Marei hatte der Mutter Stelle wacker vertreten, hatte, im Hause angebunden, lange keine Ahnung von dem aufsteigenden Unwetter. Endlich brachte Hans Jakob ihm das Gerede zu, wie das Neßle Bäbi um den Vater buhle. Es war Anne Marei eins mit dem Holzschlegel auf den Kopf, denn daran hatte es nicht gedacht; es hätte geglaubt, es lasse die Hausmutter nicht vermissen. Das gute Anne Marei hatte nicht daran gedacht, wie es eben weder große Weisheit noch lange Mühen fordere, um einem Witwer Heiratsgedanken in den Kopf zu jagen; ein schlau Weibsbild mit einem Stück Zärtlichkeit, es braucht gar nicht von der feinsten zu sein, richtet unglaubliche Dinge aus. Anne Marei tat wüst mit dem Vater, ungefähr wie die Mutter getan, wenn sie noch hätte reden können. Daß dies nicht viel nützte, kann man sich denken, daß im Wüsttun Gutmeinen sein kann und im Flattieren Falschheit, das begreifen noch gar viele Niggi nicht, und stünden sie auf der allerhöchsten Stufe der Kultur. Erst jetzt werde er lernen, was leben sei, meinte der Alte und heiratete.

Die neue Frau zog alsbald ein, und alsbald ging der Tanz an. Sie wußte wohl, wie willkommen sie war. Hätte es ihr der Alte nicht gesagt, so hätten es andere Leute getan, und wenn nicht, hätte sie es den Kindern angesehen. So klug Anne Marei mit Hans Jakob zu manöverieren wußte, so unklug manöverierte es mit der Stiefmutter. Da half ihm der weibliche Instinkt nicht aus. In Beziehung auf die Männer haben Weiber und Mädchen große Gaben von Gott, aber in Beziehung auf Stiefmütter ist selten Mädchen oder Weib mit Verstand gesegnet. Von Anfang an gab Anne Marei ihr kein gutes Wort, sie ihm daher auch nicht, sondern lauter böse. Alles, was es getan, war ihr nicht recht, alles, was es tat, schalt sie aus; die ganze Meisterschaft nahm sie zur Hand, ordnete alles anders, ja, legte alles darauf an, die Kinder der ersten Frau baldmöglichst aus dem Hause zu treiben. Das begriff Anne Marei alsbald. „Hans Jakob", sagte es, „da halte ich es nicht länger aus, fort muß ich. Wenn es mir geordnet ist, Hund zu sein, will ich es doch nicht bei dieser sein. Hans Jakob, jetzt wie du willst, entweder heiraten, oder ich geh fort. Schaffe ich nur halb soviel als jetzt, verdiene ich als Magd oder mit Posamenten mein Brot, mehr als ich essen mag."

Im ersten Augenblick kam dies dem Hans Jakob stotzig vor, er vergaß das Maul offen und machte Bollaugen. Er war nicht der Mann des schnellen Entschlusses; was unerwartet an ihn kam, verwerchete er nur langsam. Kurz vorher hatte Anne Marei selbst gesagt, aus dem Heiraten werde es einstweilen nichts geben. Wenn der Vater schon das Mensch ins Haus bringe, so gehe es deswegen nicht; es habe noch das größere Recht, dort zu sein, als dasselbe, es müsse zu den Geschwistern sehen, es habe es der Mutter versprochen. Aber es geht oft ganz anders, als man denkt, und wandelbar sind des Menschen Entschlüsse. Anne Marei ward, als Hans Jakob es anglotzte, als wäre es ein neues Tennstor, sehr böse. „Mein aber ja nicht, daß ich dich nöten wolle! Magst nicht, kannst es bleibenlassen; es wird für mich z'essen und z'arbeiten genug sein in der Welt", grollte es. „Bist doch gleich wie Feuer und Büchsenpulver", sagte Hans Jakob, „erst noch redetest ganz anders." „Und jetzt ist's dir nicht recht?" frug Anne Marei. „Warum nicht?" sagte Hans Jakob.

Aber jetzt, wie machen so ung'sinnet? Das war eine Frage, welche zu bedenken gab. Vom ersten Eingericht eines Haushalts hängt dessen Fortgang beträchtlich ab. Weil so viele ung'sinnet errichtet werden, geht es auch in so vielen ung'sinnet zu und leichtsinnig, oder das Eingericht ist unbequem, paßt nicht zu den Verhältnissen, muß geändert werden, und dies kostet alleweil Geld. Wenn daher Hans Jakob stutzig wurde, so war's natürlich. Er war kein reicher Herr, der in sein wohleingerichtet Haus einziehen konnte, wann es ihm beliebte, oder der bei seinem Bankier kann Geld holen lassen, soviel er will und sooft seine Frau einen neuen G'lust kriegt. Das begriff endlich Anne Marei, und sie hielten eine Beratung zusammen, eine heimelige, friedliche und nicht eine landesväterliche, wo einer dem andern wüst sagt, ihn verdächtigt, jeder den Zwänggring macht für sich und keiner dem allgemeinen Besten e Tüfel nachfrägt. Also jetzt, was machen und wo unter Dach? Hans Jakobs Eltern lebten noch, er hatte Geschwister, sie wohnten so eng, daß, wenn sie sich recht gestreckt oder der Länge nach bequem gemacht, sie entweder das Dach oben ab- oder die Wände auseinandergesprengt hätten. Zudem fürchtete Hans Jakob, Anne Marei mit seinem handlichen Wesen und seine Schwestern möchten nicht miteinander geigen können. Schwestern betrachteten und betrachten gewöhnlich eines Bruders Frau wie Hauskatzen eine fremde Katze, die aus dem gleichen Plättli fressen will.

Geld hatten sie ein artig Sümmchen, aber ein Haushalt hat auch ein weites Maul. Beim Kaufen eines Grundstückes ist im Preis ein beträchtlicher Unterschied, ob dasselbe als feil angeboten wird oder ob man darum fragen, es feil machen muß. Man sollte immer Zeit haben, die Gelegenheit abzupassen; man täte viel Geld ersparen. Zum Ahäiche hatten sie wohl Geld, aber d's Ebha ist die Kunst. Es häichte schon mancher an, mußte wieder fahren lassen, und alles, was er erspart hatte, ging mit davon. So wollte schon mancher einen Mastbaum erklettern, tat zu hastig, rutschte wieder runter, und vorbei war's für immer. Wenn das Geld nur zum bösdings Ahäiche langt und sonst nirgends hin, man sich nicht kehren kann, dann ist ein bös Dabeisein. Das überschlugen sie gut, und da sie nichts Feiles wußten und ihr Vermögen doch für wohl gering achteten für beides, fürs Kaufen und Einrichten, so dachten sie ans Einmieten für einstweilen. Sie musterten die Häuser des Dorfes, wo wohl ein Plätzchen für sie wäre, wo sie Bette und Stühle abstellen könnten. Wenn man auf so was ausgeht, macht man gewöhnlich die Entdeckung, daß man nichts findet, wie man es möchte, daß die, welche gebaut, herzwenig Verstand gehabt.

Der Schluß ihrer Beratung war der, daß sie, ehe sie jemand weiter was sagten und sich nach etwas umtäten, den beidseitigen Eltern den Entschluß ankündigen wollten. Es reißt eine heillose Unsitte ein, ein traurig Zeugnis der sich auflösenden Familienbande, daß die Kinder bei allen wichtigern Ereignissen, die in ihr Leben treten, um die Eltern sich wenig mehr kümmern. Es geschieht oft, daß, wenn die Kinder nur einige Stunden von den Eltern entfernt wohnen, die Eltern, die sich nicht in ihren Burgergemeinden aufhalten, wo die Kinder sich müssen verkünden lassen, mit großem Erstaunen zufällig vernehmen, daß ihre Kinder vor mehrern Jahren schon sich verheiratet hätten. Wo es so kömmt, steht es nicht gut; das sind Kennzeichen einer Fäulnis in der Gesellschaft, Vorboten der nahenden Barbarei.

Anne Marei, welches meinte, man werde sich seiner Botschaft freuen und ihm noch die Kappe nachwerfen, kam daheim sehr schlecht an. Die Mutter heulte sehr, es sei ihr wegen der Liebe und wegen den Leuten, aber es war pure Heuchelei; sie wußte noch nicht, was sie an Anne Marei verlor. Der Vater tat wüst, und zwar im Ernst. Ob das der Dank sei? So schlecht hätte er es nicht geglaubt, daß es so schnell vergessen, was Kinder den Eltern schuldig seien; es werde ihm aber wenig Glück und Segen bringen. Der Alte hatte es wie viele: sie denken nur daran, was Kinder den Eltern schuldig sind, und nicht daran, daß sie ihnen in der Erfüllung der Schuldigkeiten das Beispiel zu geben hätten. Die Worte g'mühten Anne Marei sehr; ob das sein Segen und sein Erbteil sein solle, dachte es.

Bei Hans Jakob ging's anders. Zwar schüttelte der Vater den Kopf auch ein wenig. Dagegen könne er nichts haben, sagte er, aber gerade jetzt komme es ihm sehr ungeschickt, die Arbeit gehe streng, und das Land müsse auch gearbeitet sein; wie machen, wisse er nicht. Die Mutter sagte: sie wüßte nichts zu sagen, als ihm Gottes Glück und Segen zu wünschen; er hätte ob ihnen beides verdient, nie ein bös Wort gegeben und, was er ihnen hätte abnehmen können, abgenommen. Sie wisse auch nicht, wie es gehen solle, aber es sei auch Zeit, daß er für sich selbsten sehe, und jetzt, wo die Weberei so streng gehe, sei auch das Anfangen gut. Daneben denke sie, die andern Kinder täten an ihm ein Exempel nehmen und keines sich dafür halten, nicht das möglichste zu tun, um ihn soviel möglich zu ersetzen. Sie sollten nur in Gottes Namen anfangen, einmal müsse es doch sein, sollten auf Gott vertrauen und ja nicht meinen, mit Kummern und Sparen könne man alles zwingen. Helfen könne sie ihnen nicht anders als mit Rat und Beten, und da wolle sie nicht sparen, wenn sie es was schätzten.

Es ist kurios in der Welt. Oft hat man was im Auge und meint, es könne nicht fehlen, aber es kömmt nicht, und oft kommt etwas zu rechter Zeit, gerade wie expreß, an das man gar nicht gedacht. Sie hatten sich endlich eine Wohnung ausgesucht, doch war der Akkord noch nicht geschlossen; sie war ihnen nicht in allen Dingen recht, darum war es ihnen mit Pressieren nicht angst. Ung'sinnet kam eines Abends ein Nachbar und bot Hans Jakob sein Heimwesen zum Kauf, billig, um fünftausend Franken, an denen tausend Franken bezahlt werden mußten an den Besitzer, der Rest war fremdes Geld, von dem man hoffte, es bleibe, richtig verzinset, stehen. Das Häuschen war nicht alt, das Land nicht schlecht; man konnte bequem das Nötige pflanzen, gut eine Kuh halten und noch was daneben, sogar noch Hausleute, welche an den zu zahlenden Zins wenigstens vierzig Franken steuern mußten.

Der Mann, europamüde, wollte nach Amerika. „Aber warum?“ fragte Hans Jakob, „dir geht's ja gut. Viele, wenn sie es so hätten, meinten, sie säßen im Hirs.“ „Ja“, sagte der Mann, „zu essen habe ich genug; lebe ich wie ein Hund, schlage ich was vor; lebe ich dreihundert Jahre, bringe ich es zu einem artigen Vermögen und kann gute Tage haben, das heißt, wenn die Mäuse die Kartoffel nicht fressen, die Käfer nicht ins Land kommen, das Korn mir nicht verhagelt wird, es allezeit eben recht warm und eben recht kalt ist. So mag ich nicht mehr dabeisein, und anders es zu machen ist's hier nicht, das geht halt seinen alten Trapp; dies Lirum Larum ist mir erleidet, halt es nicht mehr aus. Als ich deine Heirat vernahm, dachte ich, das gebe einen gemachten Handel und dir und mir werde geholfen. Du bist so ein Tröckni und Trappi, dem es am liebsten wäre, wenn man ihn annagelte an den Kuttenfecken, daß er nicht unter dem Dachtrauf wegmüßte, dem sein Labsal ist, wenn er arbeiten darf von einer Tagheiteri zur andern, bis er die Finger nicht mehr krümmen kann, und am Ende des Lebens Gott dankt für seine Güte, wenn er unter einem Dache und in einem Bette sterben kann."

Solche Redensarten g'mühten Hans Jakob und mit Recht. Ausdauernder Fleiß und Genügsamkeit sind doch wirklich nicht Eigenschaften, welche man sich gerne als Laster vorhalten läßt, und Ungenügen, Unbeständigkeit und Schlaffheit nicht Tugenden, welche eine höhere Natur bezeichnen und berechtigen, auf andere verächtlich herabzusehen. Aber so geschieht es halt heute, eine solche Begriffsverwirrung herrscht; noch einen Schritt, so stehn wir am Turmbau zu Babel, zu welchem die neuen Philosophen bereits fundamenten. Der Ausgang, sagt König David, werde zeigen, wo Recht und Wahrheit seien.

Indessen den Mann jagte er nicht mit Wüstsagen fort; der Kauf war ein wahrer Fund für ihn, besonders da er dadurch nahe bei den Eltern blieb und Hans Jakob es wirklich hatte wie die Katzen, die sich auch nicht gerne weit von ihrem Geburtshause entfernen. Der Haken waren die tausend Franken, welche der Verkäufer als Reisegeld bar wollte. Jetzt hätte Hans Jakob gerne sein Geld beisammengehabt, aber Lord Palmerston hatte ihn im Stich gelassen wegen Geschäften mit Juden und Heiden, welche ihm schönere Prozente abtrugen. Der Mann gab ihm drei Tage Frist, um sich nach der nötigen Summe umzusehen.

Als Anne Marei das Anerbieten vernahm, tat die dicke Anne Marei einen braven Satz vor Freude über die Aussicht auf eigenes Haus, eigenes Land und Pflanzland nach Belieben für alles, was das Herz gelüstete. Anne Marei war, wie man zu sagen pflegt, eine Werchader, welche nie zuviel zu tun sah, lieber auf dem Lande arbeitete als auf dem Webstuhl, doch nicht meinte, es wolle nur das machen, was ihm bequem und angenehm war. So bedächtig Anne Marei sonst war, diesmal nahm es alles leicht, es zappelte vor Ungeduld, bis die Sache abgemacht war, fürchtend, der gute Schick möchte ihnen entgehen. Ihr Geld langte nicht, und dann war nichts für B'satz und Einrichtung. Da wurden Hans Jakobs Leute rätig, mit allem Geld, was sie auftreiben konnten, ihm an die Hand zu gehen; auch der Seidenherr, dessen Vater man schon gearbeitet hatte, wurde um einen Vorschuß angegangen und nicht vergeblich, jedoch mit dem ausdrücklichen Vorbehalt des tiefsten Stillschweigens. Es ging bösdings, aber man kalkulierte so: wenn man auch im Anfang tief hineingerate, bös haben und im trocknen leben müsse, so schade das einem nicht an der Seele, und das spätere Guthaben schmecke um dest besser, und dem lieben Gott müsse man doch auch etwas anvertrauen dürfen; er werde schon helfen, wenn man den rechten Glauben habe. Als die drei Tage um waren, war die Sache richtig. Als es unter die Leute kam, war das Gerede groß, der Neid plagte viele sehr. Dieser Neid tat Hans Jakob wohl und machte ihm Mut. So geht es in der Welt. Jetzt wurde die Hochzeit ab Brett getrieben, denn wenn man ein Kräzli hat, warum sollte man zögern, das Vögeli einzutun?

Endlich kam der Hochzeittag. Das ist ein hochwichtiger Tag, daß man es nur bedenke! Da nimmt der Mann ein Weib und das Weib einen Mann und machen einen Bund, eins zu sein an Leib und Seele, im Namen Gottes treu ihr Haus und alle, die Gott ihnen gibt, zu erhalten und zu regieren und Hand in Hand die enge Himmelstür zu suchen. Mann und Weib sind Statthalter Gottes auf Erden, geordnet und gesetzt von Gott als Erzeuger und Hüter des kommenden Geschlechtes, aus deren Hand er es wieder fordert, von jedem Ehepaare die Antwort vernehmen will: „Vater, hier sind sie, siehe, es ist keins verlorengegangen von denen, die du uns gegeben hast." Das ist also ein hochwichtig Amt, es ist das höchste, denn das anvertraute Pfund ist das Köstlichste auf Erden, und von dem Treuerfundenwerden hängt ja das Höchste ab: ob der Knecht verworfen oder über vieles gesetzt werde. Da kömmt es denn darauf an, ob man die Kraft habe und die Einsicht zum Erhalten und

Regieren. Offenbar ist das Erhalten das Leichtere; dazu haben alle gesunden Menschen die nötigen Kräfte von Gott erhalten, am Menschen liegt ihre richtige Ausbildung und Anwendung. Jetzt, in der heutigen Welt muß der Mensch denn doch bedenken, wie es in dieser Beziehung mit ihm stehe und wie sein Leben zu seinem Einkommen, sei es Ertrag von Arbeit oder Besitz, stehe. Das Regieren ist ein anderes. Wer regieren will, muß die Probe, ob er regieren könne, vor allem an sich selbsten gemacht haben; wer Kräfte entwickeln, ordnen will, muß vor allem die seinigen kennen und sie untereinander ins Gleichgewicht gebracht haben; wer dem neuen Menschen den Schutt vom Grabe räumen, Bahnen ihm ebnen will, muß vor allem bekannt sein mit der Auferstehung des neuen Menschen und den Wegen, die er geht. Wer Kinder erziehen will, muß in sich die Liebe tragen, die alleine das rechte Gedeihen bedingt wie das Sonnenlicht Wachstum und Fruchtbarkeit der Pflanzen. Wer ein sicherer Stab der schwankenden Jugend sein will, muß selbsten fest sein und gegründet auf den Felsen, auf dem alleine ein Bau sicher steht. Ja, und dann die schwere Frage: werden die Seelen sich einen zum Bunde, den die Lippen schließen?

Darum fühlt man unwillkürlich am zitterenden Herzen, am Sturm von Gedanken, der durch die Seele fährt, des Tages Wichtigkeit. Wer es nicht so hätte, gleichgültig wäre oder nur das Einmaleins repetierte oder an Flausen dächte, für dessen Seele würden wir einstweilen nicht viel geben, würden weinen und Gott bitten, daß er diese Seele ändere, sonst gehe eine oder zwei Seelen verloren. Man schreit zetermordio, wenn Mann und Weib einander klopfen oder kratzen, daß die Haut springt, das Blut flüssig wird, die Haare herumfliegen. Nun, wir wollen solche Manieren just nicht rühmen, nicht sagen, sie seien schön, nein, sie sind wüst, aber es ist doch nichts gegen die Art, wie man oft gegenseitig mit den Seelen umgeht. Die Haare wachsen nach, die Haut wird wieder ganz, ums Blut ist's oft gar nicht schade, aber wie man sich die Seelen vergiftet mit Zorn und Rachgierigkeit, mit Neid und Eifersucht, mit Bitterwasser sie füllt, ihr Seufzer, sündige Wünsche auspreßt, in die Seele Wunden schlägt, daß sie in Harm und Gram vereitert, keinen gesunden Gedanken mehr hat, kein Fünklein Liebe mehr glimmt, kein Gott gefälliges Gebet mehr möglich wird, weil jedes zum Rachegeschrei wird, wie man so die Seelen foltert und martert, selb ist schrecklich, da geht es nicht bloß um Haut und Haare, da geht eine Seele verloren, da geht eine Seele in der Ehe verloren, und warum? weil Satan zwischen ihnen war, der Feindselige, und nicht Christus Immanuel, der Friedensfürst.

Oh, wenn man abdecken könnte den Deckel ab den Seelen allen, die in der Ehe leben, und da schauen würde die Zustände und die Schrecknisse, das Elend und die Teufelsüchtigkeit, man würde blind, man würde wirbelsinnig. Da wird so recht gewaltiglich offenbar, daß denen, die Gott lieben, alle Dinge zur Seligkeit dienen müssen und alle Dinge zum Fluch denen, die ihn nicht lieben. Und je köstlicher eine Gabe den Frommen ist, desto verfluchter wird sie den Gottlosen. Wie leicht ist's aber, daß eine Ehe fehlt, wenn der sie nicht behütet, ohne dessen Hut umsonst alle Wächter wachen.

Anne Marei und Hans Jakob waren ergriffen von den wunderbaren, unaussprechlichen Schauern dieses Tages, und wenn sie auch Zeichen der Freude gaben, so war darin doch immer ein tiefer Grundton bemerklich. Wer Ohren und Augen hatte für das, was aus dem Gemüte kömmt, und solche Sinne fürs Gemüt sind immer etwas mehr wert als die, die das Donnern hören, die Blitze sehen und Feuer und Wasser fühlen, der merkte die Grundstimmung ihrer Gemüter. Unter allen Hochzeitgästen war aber nur ein solches Gehör oder Gesicht, das besaß Hans Jakobs Mutter; die freute sich auch des Tags, aber mit Tränen, aber von denen, welche zur Seligkeit dienen. Sie freute sich Gottes, daß er sie diesen Tag hatte erleben lassen, wo sie besaß einen braven Sohn, Frieden in der Familie und obendrein noch gesegnet ward mit einer braven Sohnsfrau. Es weinte noch manche Mutter mit Freuden, wenn sie dies erlebt hätte oder erleben könnte. Diese Freude wurde aber doch noch von der Freude des jungen Ehepaares übertroffen, als sie in ihrem Hause waren, alles ihnen gehörte, sie mit allem, was sie hatten, mit Zeit und Land, mit Geld und sich selbsten schalten und walten konnten, wie sie wollten. Diese Freude läßt sich nicht beschreiben, man muß sie selbst erlebt haben. Das ist übrigens mit vielen Dingen so, vor allem aus mit dem Christentum; das fassen die Weisen der Welt nicht, das begreift nur der, welcher es mit kindlichem Glauben wie ein Kind das Weihnachtskindlein auf- und annimmt. So begreift auch Christus niemand in seiner Fülle, Gnade und Herrlichkeit, es sei denn, er habe denselben in sich.

Es dünkte Hans Jakob, er komme überall obenan und müsse sich bücken, und Anne Marei hörte den ganzen Tag seine Hühner gackeln oder mußte in den Stall, weil es ihm war, als muckle die Kuh. Es konnte weder Feierabend machen, noch stand ihm die Sonne früh genug auf; es hätte die ganze Nacht durch gearbeitet, wenn Hans Jakob geholfen und dessen Mutter nicht abgewehrt hätte. „Übertreiben nützt nüt", sagte diese, „glaub mir's, hab's hundertmal erfahren. Allemal, wenn ich was erzwingen wollte und den Verstand vergessen, ward es mir eingetrieben; der liebe Gott machte halt und zeigte mir, wer Meister sei. Macht schön vorab, aber gönnt euch die Ruhe, daß ihr frisch bleibt, ihr kommt viel weiter. Angstet nicht mutwillig, das Angsten kommt von selbst, glaubt's!"

Anne Marei wehrte sich begreiflich, rechnete der Mutter vor, was sie schuldig seien, was sie zinsen müßten, nicht wüßten, ob ihnen nicht Geld abgesagt werde, Haus und Land verwahrlost seien. Sie habe ja selbst gesagt, man müsse arbeiten, während man jung sei und wohl möge. Am Mögen fehle es ihm nicht, es dünke ihns, es möchte über alle Häge, und wenn es am Abend Feierabend machen sollte, hätte es erst recht Mut ans Wüsteste hin. „Aber Kind", sagte die Mutter, „so kömmt es dir wahrlich nicht gut. Was du magst, mutest du auch Hans Jakob zu, meinst, weil er ein Mannevolk sei, möge er noch besser als du; das ist Zwang, und der tut nie gut. Entweder wird er krank, oder er schlägt dir von Arbeit und Nest, dann hast's! Brauch Verstand zu rechter Zeit, plären hintendrein hilft nichts. Glaub's nur, so hat manche den Mann verderbt in Grund und Boden hinein."

Nun hatte es Anne Marei nicht wie manche Sohnsfrau, die immer das Gegenteil macht, was die Schwiegermutter rät; es hatte Glauben und Vertrauen zu ihr, aber es sagte doch: wenn dies gemacht sei oder jenes, das müsse noch sein, dann wolle es der Mutter gehorchen und gerne absetzen. Und war dies fertig, so mußte was anders ebenso notwendig gemacht werden und erlaubte das Rasten nicht. Ein Stück Geist von dem Geist, der in viele junge Weiber fährt, war sicher auch noch in Anne Marei gefahren; das ist der Geist, der sie verleitet, zeigen zu wollen, daß sie nicht nur keiner Frau nachstünden, sondern daß bis auf den heutigen Tag noch keine wie sie gewesen sei.

Zudem wissen junge Weiber aus Erfahrung, daß viele alte und

ältere ihnen aufpassen und eine rechte Burgerlust haben, wenn sie faul, dumm, nichtsnutzig täten, und es ausschreien würden, daß man es von Langenbruck bis eine Stunde unter Basel hörte. „Da ist aber eine Junge", würden sie schreien, „meinte, es sei noch keine so gewesen und ist dem Teufel ab dem Karren gefallen! Es kann uns niemand dauern als der Mann, der Lappi, aber warum nimmt er so eine? Was hilft ihm jetzt die glatte Haut und daß sie singen kann wie eine Nachtigall, wenn sie paarig ist; es wäre ihm nützer, er hätte eine, welche die Erdäpfel nicht auf den Nußbäumen sucht, die Kuh nicht an den Hörnern melken will, die weiß, wo man den Hühnern die Eier greift und was man in eine Pfanne tun muß, wenn es eine Suppe geben soll." Zu solchen Worten wird oft noch geweint. Diese vergossenen Tränen sollen nach sorgfältiger Untersuchung durch den berühmten Professor Schönbein den Krokodilstränen in all ihren Bestandteilen vollkommen egal sein. Setzte nun Anne Marei ab, schrien alle diese Weiber: „Da seht, so eine wollte die Beste sein, alle ausstechen, und jetzt ist's ihr schon erleidet. Ja, ja, neu Besen wischen gut, aber währen nicht lang, gerade wie die Ratsherren. Nagelneu meint man, was man habe, aber nicht drei Wochen behalten die besten den Glanz."

Da Anne Marei gute Worte gab und doch nicht darum tat, trat der liebe Gott dazwischen und half der Mutter. Er ließ es zuerst dem Hans Jakob im Magen fehlen. Zweimal mußte man zum Doktor, Rustig zum Ausputzen holen, die dem Hans Jakob grusam übel machte. Von wegen selbiger Doktor gab die Tränker mannhaft. Er hatte die Kräuter wohlfeil, auf eine Handvoll mehr oder weniger kam es ihm nicht an; je sterbensübler es dem Patienten ward, desto mehr hielten die Leute darauf, und desto mehr lächerete es den Arzt. Das hatte Anne Marei grusam ungern, wiederum von wegen den Weibern, weil die jetzt groß Gespött haben würden, wie es das Kochen verstehe, daß es dem Mann in Magen schlage.

Als es Hans Jakob besserte, fing es Anne Marei an zu fehlen, und zwar an allen Orten. Die Mutter sagte: „Jetzt mußt dir schonen, magst wollen oder nicht; daneben wird es dir schon wieder bessern zu seiner Zeit." Das glaubte aber Anne Marei wieder nicht, sondern redete nur von Sterben und das sei ihm das Rechte, lieber sterben als immer krank sein, nichts verdienen, so viel schuldig! Es wollte, es hätte ihr Häuschen nie gesehen, so tät es ihm doch nicht wehe, wenn es ihm den Rücken kehren müßte. Solche Reden verwies ihm dann die Mutter streng. Es seien zwar nur Worte, sagte sie, aber man könne sich mit denselben grusam versündigen, das habe schon mancher Mensch erfahren. Es ist allerdings eine strenge Sache, wenn ein Mensch tief im Schlamme steckt, mit allem Fleiß nach sicherm Boden strebt, statt draus- immer tiefer dreinkömmt, immer alles anders sich dreht, als er es gedacht, ein Strich nach dem andern durch alle seine Rechnungen fährt. Ist die Natur nicht fest und gut und das Vertrauen auf den rechten Fels gestellt, verliert sie die Spannkraft, geht unter. Nun, Anne Marei ging nicht unter, es sagte: „Mutter, Ihr habt wohl recht, da befiehlt ein anderer, und wir sollten es in Geduld annehmen; wenn ich es nur könnte, und wie werden die andern Weiber mich auslachen!" Das war aber auch nicht halb so bös, als Anne Marei sich's dachte. Sobald es nicht mehr die Erste und Beste sein zu wollen schien, trat der Neid ab, und die Gutmütigkeit kam zum Vorschein; sie wurden teilnehmend und gut gegen ihns.

Auch kam's, wie die Mutter gesagt: wenn die Zeit um sei, werde es schon bessern. Statt der Tod kam ein neues Leben, ein munterer Junge, der das Haus vollbrüllte. Da kam große Freude über das junge Ehepaar, es war, als sei es der erste Junge dieser Art, der in die Welt gekommen. Es ist aber wirklich auch auf Erden keine Freude schöner, ja himmlischer als die Freude an dieser Gabe, ein Pfand der Gnade, der schöne Regenbogen Gottes über dem Ehebund, daß seine Gnade über diesem Bunde sei und nie vergehen werde, wenn treu gehütet würden die anvertrauten Pfänder seiner Liebe. Erst jetzt freute sie das Haus, der eigene Grund und Boden so recht herzlich. „Gottlob", sagte Hans Jakob, „wir haben es unter unserm Dach und können die Wiege abstellen, wo wir wollen; es stellt sie uns niemand vor die Türe. Erst jetzt habe ich rechten Mut, zu schaffen und zu sparen, weiß ich doch, für wen ich's tue, und erst jetzt wollen wir recht beten, daß wir den Segen haben und Gott uns läßt, wozu er uns verholfen." „Geradeso ist's mir auch", sagte Anne Marei, „es ist mir, ich möchte schon heute auf und anfangen, übermorgen aber muß es denn doch sein." „Alles mit Verstand", sagte die Mutter, „für was habt ihr ihn, wenn ihr ihn nicht brauchen wollt? Und wo man den Verstand nicht braucht, trägt die Arbeit wenig ab."

Ihre Freude wurde aber erst vollkommen, als sie den derben

Jungen zur Kirche zum Taufen trugen und er ins Bürgerrecht des Himmels öffentlich aufgenommen wurde. Es war ihnen gewesen, als fehle noch etwas; jetzt hatten sie volles Genügen. Sie fühlten aber auch, als sie das Kind zur heiligen Weihe vor die Gemeinde brachten, den christlichen Elternstolz, der da sagt: „Auch wir sind Gesegnete des Herrn, auch wir bringen das größte Opfer, das der Mensch Gott bringen kann, das Opfer Abrahams, auch wir gehören zum königlichen Priestertum, welches die Opfer bringt in seinem heiligen Tempel."

Es geht sonderbar in der Welt, es ist selten, daß, wenn man an einer Freude so recht wohl lebt, nicht plötzlich etwas ganz ung'sinnet kömmt und sie stört.

Einmal, als Hans Jakob den Buben ums Haus herumtrug und kalkulierte, ehe man die Hand umdrehe, könne der Bube ihm melken und das Land alleine arbeiten, stund Heiri vor ihm, aber nicht in besonderm Glanze, was weniger auffiel, weil es Werktag war. Er kündete an, sie wollten heiraten, das In-die-Kost-Gehen sei ihnen erleidet; das gehe, wenn man gesund sei, werde man aber krank, so komme es auf eins hinaus, sei man ein Mensch oder ein Hund, man werde gleich behandelt. Da wollten sie aber wieder aufs Land; der Verdienst sei wohl groß in der Stadt, aber der Verbrauch noch größer, besonders wenn man eine eigene Haushalt haben wolle. Für e Zimmerli oder zwei müsse man zahlen, es stelle einem Millionär die Haare. Sei man einmal in der Stadt und mit der Arbeit recht bekannt, habe man auf dem Lande den gleichen Verdienst und könne fast mit nichts leben. So komme man wohl vorwärts, in der Stadt gebe es sich halt nicht.

Die Leute wunderten sich darüber, wenn sie an seine frühern Reden dachten, wo Heiri getan, als ob die Stadt aus Lebkuchen und Speckseiten gebaut, mit Pasteten und Hammen gepflastert sei. Wer ihm seine Verwunderung zu verstehen gab, den schnauzte er an. Man könne nicht immer am nämlichen Orte sein, sagte er, und daß einem alles auf der Welt erleide, dafür könne er nichts, er habe die Welt nicht eingerichtet. Als Anne Marei sich auch wunderte, daß Kathrinli wieder aufs Land wolle, es dünke ihns, es sollte nicht mehr mögen, begann Heiri über das Weibervolk aufzubegehren: wie keinem zu trauen sei, die Beste sei, als wäre sie bei des Teufels Großmutter in die Schule gegangen oder Stubenmagd bei ihr geweren. Jetzt wolle er heiraten oder nie, und sei er geheiratet, wolle er aus der Stadt, er wisse warum, und wenn Kathrinli nicht mitwolle, könne es drin bleiben, aber dann wolle er sein Lebtag nichts mehr von ihm wissen.

Nach dem Abendessen bei Hans Jakob nötete er denselben, mit ihm ins Wirtshaus zu gehen. Unterwegs schimpfte er, daß er nur sich einmieten müsse, nichts kaufen könne, da er nichts Schickliches erfragt und, wo was sei, man alsbald Geld wolle, was er nicht habe. Viel komme bei großem Verdienst nicht heraus in der Stadt, und was er habe, sei hier und dort, und schwer werde es gehen, bis er es zur Hand habe. Er habe nach einer Mietswohnung sich umgesehen, keine ihm gefallen; ob er ihm wohl eine wisse? „Ich hätte eine", sagte Hans Jakob in seiner Gutmütigkeit, „aber dir allweg nicht anständig." „E warum nicht", sagte Heiri, „für einstweilen. Man kann sich leiden, bis man was Besseres weiß. Was willst dafür?" Er wisse es nicht, sagte Hans Jakob, er müßte erst mit seiner Frau reden; dann wisse er nicht, ob Heiri Land zum Pflanzen dazu wolle oder nicht.

Nun begann Heiri den Hans Jakob tapfer auszuspotten, daß die Frau sein Vogt sei, ohne deren Befehl oder Gutheißen er nichts machen dürfe, bis es endlich Hans Jakob mit ihm richtig machte, und zwar ohne Land. Wegem Krautfressen komme er nicht aufs Land, sagte Heiri, von Geißenfutter sei er nicht Liebhaber, und wenn er es wäre, so gehe es viel leichter, es zu kaufen als zu pflanzen, man versäume mit Pflanzen zehnmal mehr, als es abtrage. Zu den Worten goß Heiri tapfer Wein, bis der Handel ohne Anne Marei abgeschlossen war. Darauf erzählte er allerlei Kurzweiliges von Basel, daß der Wein den Hals ab und die Zeit umging, sie wußten nicht wie.

Als sie endlich aufbrachen und heimgingen, hatte Hans Jakob einen wackern Säbel, der ihm immer zwischen die Beine kam, das Heimgehen bedenklich machte und sehr beschwerlich, und doch merkte er ihn nicht. Es war der erste Rausch, den Hans Jakob in sein Haus brachte; schon lange vorher war keiner an ihm gesehen worden. Hilf Himmel, wie es dem Anne Marei wurde, als es den Schaden merkte! Es wird dieses jede junge Frau begreifen, die auch einmal ihren Ehemann zum erstenmal in andern Umständen sah. Nun, in früheren Zeiten hatte Anne Marei den Hans Jakob nicht selten angestochen erfahren und deswegen sich nie hintersinnet, aber jetzt als Mann und Vater, wo sie das Geld so nötig hatten und Heiri heimkam und mit ihm, wie es schien, das alte Leben wieder angehen solle, jetzt war es ihm bald ums Sterben, bald gelüstete es ihns, den Hans Jakob so recht vaterländisch abzuhabern.

Und während es dem Anne Marei so elend war im Gemüte, war Hans Jakob ganz lustig, sang allerlei und meinte für alle Gewalt, Anne Marei solle ihm helfen singen. Man kann es sich denken, wie es der guten Frau ums Singen war; sie begann nach Noten ihm den Text zu lesen. Aber Hans Jakob fand sich ganz berechtigt zu sein, wie er war. „Tue doch nicht so wüst!" sagte er. „Es ist von je der Brauch gewesen, daß man Weinkauf macht bei einem guten Handel. Denk, Frau, ich habe Heiri unsere leere Behausung vermietet, so viel weniger Zins müssen wir nun jährlich haben, und Heiri und Kathrinli sind lustige Leute, da geht's dann lustig zu bei uns!" Ja, jetzt war es Anne Marei nicht mehr zu helfen. Es machte Augen, gegen welche Stierenaugen Kleinigkeiten sind, und fing endlich an zu heulen und zu schreien, daß der Boden bebte, das Dach wackelte; dazu erwachte das Kind und schrie wie am Spieß.

Da verging Hans Jakob das Singen; er fiel als wie aus dem Himmel, aber am Spektakel konnte er nichts begreifen. Er tat ängstlich um Anne Marei, wollte wissen, ob ihns ein Weh angekommen oder ein Tier gestochen. Aber er konnte lange auf verständliche Antwort warten; je näher er ihm kam, desto lauter schrie Anne Marei, desto nötlicher tat es. Jetzt wußte Hans Jakob sich nicht zu helfen, kriegte aber glücklicherweise einen gescheuten Einfall; er stolperte zur Mutter hinüber und machte an der verschlossenen Türe dort einen solchen Randal, daß alles in großem Schreck auf die Beine fuhr, des Schrecklichsten gewärtig. Da war es nun der Hans Jakob, der gar seltsam und wunderlich tat und für Anne Marei um Hülfe schrie, daß man nicht wußte, war es gestorben oder wollte es erst noch sterben. So schnell sie konnte, lief mit einer Tochter die Mutter ab, den Schaden zu schätzen. Aber Hans Jakob lief nicht mit, sondern stellte Vater und Brüdern die Ereignisse des Abends dar, ungefähr wie im Parlamente zu Frankfurt die rechten Feger machten, daß sie anfangs nicht wußten, sollten sie lachen oder weinen. Indessen erkannten sie bald den wahren Grund seines Zustandes und hielten ihn auf, was auch das beste war.

Unterdessen stand die Mutter Anne Marei bei, brachte es bald in einen ruhigern Zustand und endlich dahin, daß es erst vernünftig seufzen, dann aber auch zusammenhängend reden, den Kropf leeren konnte. Das war ein groß Glück, daß die Mutter, und zwar eine rechte Mutter, zuerst dazukam und nicht der Teufel oder eine seiner Schwestern. Von wegen das sind Zustände, wo der Teufel am liebsten seine Eier legt oder legen läßt, und sind sie einmal gelegt, so gehen sie von selbst und ohne langes Brüten aus wie die Krokodilseier. Für eine rechte Teufelsbase wäre Anne Mareis Zustand ein wahres Herrenfressen gewesen; die hätte dem Hans Jakob in Anne Mareis Herzen eine Suppe gebraut, welche sein Glück in alle Ewigkeit vergiftet.

Die Mutter ließ Anne Marei das Gröbste vorabstoßen, erst dann fing sie an zu trösten. „Wegem Rausch“, meinte sie, „nimm's nicht zu hoch! Wenn alle Weiber, welche ihre Männer mit einem Stüber, Tips oder Rausch gesehen, sich hängen wollten, so wären die alten Weiber rare Vögel in Baselland und im ganzen Schweizerland, rarer als Störche um Weihnacht und Schneegänse im Heuet. Wegen der Behausung kannst es schwerer nehmen, mir gefällt es auch nicht, aber wenn man billig ist, so sieht man, daß Hans Jakob fast nicht anders konnte. Heiri und er sind Kameraden, die Wohnung ist leer, ihr habt das Geld nötig: was sollte Hans Jakob machen, als Heiri mit dem Antrag, ung'sinnet, wie es scheint, kam? Wenn Heiri dir so gekommen wäre, du hättest es, gern oder ungern, kaum anders machen können. Du konntest doch nicht sagen: ‚Wir mögen euch nicht, ihr seid schlechte Leute.‘ Und was würden die Leute sagen, wenn ihr fast mutwillig die Wohnung leer ließet und Geld daraus lösen könntet? Nimm's an, wie es jetzt ist, und tue nicht wüst! Ich will Kaffee machen, dir tut er wohl und Hans Jakob auch, und am Morgen seid ihr wieder zufrieden miteinander.“

Aber wohl, wie da die Geister, welche auch Anne Marei im Leibe hatte, sich sträubten, in allen Gliedern herumfuhren, zu allen Löchern auswollten, ja straks der Mutter ins Gesicht! Endlich, nachdem sie lange wüst getan, setzten sie sich, und Anne Marei sagte: „Mutter, ich will ins Bett, Kaffee nehme ich ein Plättli voll, aber heute noch mit Hans Jakob reden und zufrieden sein kann ich, weiß Gott, nicht, vielleicht daß es morgen sich gibt.“ „Nun“, sagte die

Mutter, „dir mehr zuzumuten, wäre ja unvernünftig; wenn morgen wieder alles gut ist, hat man Ursache, Gott zu danken.“

Das hatte man dann aber auch. Anne Marei nahm sich zusammen, und Hans Jakob war demütig wie der ärmste Pudelhund. Er schämte sich des Rausches, wenn er ihn auch kein Geld gekostet, denn Heiri hatte bezahlt. Er zeigte sich darin nobler als mancher Ratsherr, der auf jede Fahne stolz ist, die er gratis kriegt und von wegen dem Vaterland. Hans Jakob war windelweich, gab die besten Worte, und Anne Marei nahm dadurch nicht Anlaß, aufs hohe Roß zu steigen und Hans Jakob niederzudonnern, als sollte er stötzlige durch den Boden ab und unten wieder raus, wärmte ihm das Ding nicht immer wieder auf — solchen Aufwärmeten ist kaltes Kraut unendlich vorzuziehen —, sondern was hinten war, ließ es hinten und vergessen bleiben, und so kam es gut.

Am nächsten Wochenmarkte gingen wohl ein Dutzend Menschen mehr auf Basel, um zu vernehmen, warum Heiri und Kathrinli so schnell Hochzeit machen und wieder aufs Land wollten. Sie vernahmen allerlei, aber ganz klares Wasser schien ihnen nirgends eingeschenkt worden zu sein, und die eingezogenen Nachrichten stimmten nicht überein; am wenigsten wußten die, auf die man am meisten gehofft, die Engel im Laden. Jedenfalls schien Kathrinli mit der Treue es nicht genau genommen, es mehr mit der Liebe im allgemeinen als mit der besondern gehalten, Heiri Gegenrecht geübt zu haben, deswegen viel Streit zwischen ihnen gewesen zu sein. Es schien auch, beide hätten mehr gebraucht als verdient, und weil sie nicht ganz sauber über das Nierenstück gewesen, der Herr ihnen die Arbeit entzogen zu haben. Das war am deutlichsten, daß auch in Basel nicht immer alles lauter ist und daß auch in Basel viel geklappert wird über Dinge, die man nicht weiß.

Einige waren so glücklich, das Kathrinli zu Gesichte zu kriegen, hoffärtig und hochmütig wie immer. Das grännete sehr über das Wegziehen aufs Land, wo kein Unterschied sei zwischen Veh und Mensch; darum sei es ihm gerade, als müsse es eine Kuhhaut anziehen. Aber weiter vernahm man nichts von ihm, als daß Heiri es zwängen, es ihm dann aber auf dem Lande das Ding eintreiben wolle, daß er wieder nach Basel schreie wie ein Kalb am Messer. Das sind sehr interessante Vorsätze für eine Braut.

Alles und noch etwas mehr, als die Leute in Basel gesehen und gehört, ward daheim berichtet; das war nicht geeignet, Hans Jakob und Anne Marei die Herzen zu erleichtern. Sie ersorgeten die neuen Hausleute sehr und mit Recht. Jeder neue Hausgenosse ist eine Macht, welche eine eigene Stellung einnimmt, gegen die ganze Umgebung sich geltend macht. Jeder Mensch ist für seine Umgebung ein Schleifstein, welcher ein eigenes Korn hat und die Eigentümlichkeit jeglichen Metalles an Tag gibt. Sie waren einig: es wäre besser, sie hätten die Wohnung leer. Man habe Exempel, wie durch Hausleute alles Unglück ins Haus gekommen und man den größten Schaden genommen an Leib und Seele. So zwei neue Schleifsteine, vor der Nase aufgepflanzt, haben wirklich etwas Angsthaftes für ein junges Ehepaar, dessen Glück Jahre noch nicht gehärtet, deren Herzen Erfahrungen noch nicht erprobt. Anne Marei absonderlich war noch durch die heimliche Angst geplagt, mit dem Heiri möchte die alte Liederlichkeit wieder an Hans Jakob kommen.

Einmal kamen Heiri und Kathrinli hinaus, um ihre Behausung zu sehen, damit sie sich, wie Kathrinli vornehm sich ausdrückte, mit ihren Möbeln darnach einrichten könnten. Kathrinli tat zimperlicher, hochmütiger als nie, ging wie auf Stelzen und als ob es mit der Nase ein Loch in Himmel stüpfen wollte. Das ist auch eine Manier, hinter welche man die Armütigkeit verbergen will, aber es ist eine schlechte Manier. Es rümpfte sehr die Nase über die Wohnung, hob die Füße auf wie ein Storch im Moos, zog die Röcke auf, daß mehr nichts nützte, und sagte endlich: „Nein, das hätte ich nicht geglaubt, daß es mir je dazu käme, so wohnen zu müssen; das ist ja kein Losament für Menschen, ein Loch ist's, eine hoffärtige Sau zöge nicht ein."

„Mach, was du willst; wenn du glaubst, es sei nicht für so eine, wie du bist, so ist's uns ganz recht, wenn ihr eine andere suchet", sagte Anne Marei. „Ich hätte eigentlich geglaubt, ihr würdet gar nicht zur Miete wohnen wollen, sondern mit euerem Vermögen ein schönes Gut kaufen oder ein neues Haus bauen lassen, so wie man in Basel daran gewöhnt ist. Wer es vermag, kann es ja haben, wie er will, unsereinen muß sich nach seiner Decke strecken." Kathrinli schoß Anne Marei einen Blick zu, der durch einen eichenen Laden gegangen wäre; an solche unverschämte Antworten von dem dummen Anne Marei war Kathrinli nicht gewöhnt.

Aber Anne Marei war Hausbesitzerin, Kathrinli nur des G'husmanns Frau, und dies macht einen beträchtlichen Unterschied im

Gemüte, besonders in einem weiblichen. So war vor dem Einzug der Feldzug zwischen beiden Weibern eröffnet, doch brach einstweilen der Krieg nicht offen aus, sondern ward verdeckt betrieben, ungefähr wie zwischen Rußland und England.

Groß war nun die Spannung auf die Pracht des Einzuges und die Herrlichkeit der Möbeln, aber es zog sie ein erbärmlich Rößlein her, und was es zog, war ganz miserabel, ganz armütiglich. Das war ein Jux für die Weiber, und wie die das der Stadtdame gönnen mochten! Aber Kathrinli war auch nicht die, die sich nicht zu helfen wußte und vor einem Schwarm Mücken zusammensinkt. Kathrinli war in der Stadt gewesen, hatte Selbstbewußtsein und Geistesgegenwart. Kathrinli sagte: sie sollten sich über den schlechten Hausrat nicht wundern; bei einem Trödler hätten sie das Wohlfeilst ausgesucht und teilweise nur geliehen, es wäre ja himmelschreiend für jedes bessere Stück, welches man in ein solch Hundeloch stellte. „Wir werden aber nur so lange hier bleiben, bis wir was Rechtes kaufen können, sonst wollen wir bauen lassen und uns dann einrichten, wie wir es lieben und es jetzt gewohnt sind, die Bestellungen sind schon gemacht. Aber diesem Nest täten wir nicht die Ehre an, ein Bein von einem rechten Sessel hineinzustellen." „Red nur", dachte Anne Marei, „du wirst vielleicht froh sein, wenn du dein Lebtag in einem solchen Neste wohnen kannst." Weiter sagte es nichts darauf, sondern schrieb es sich einfach hinter die Ohren; das ist beim Weibervolk das verfluchtest, zehnmal besser wär's, sie redeten ganze Körbe voll.

Die zwei Paare, welche auseinandergegangen waren, kamen nun wieder zusammen und bildeten zwei Haushaltungen; Jahre lagen dazwischen, hatten an ihnen wie an allen Sterblichen ihre Macht geübt. Der Lauf der Jahre ist der wahre Fortbildungskurs und Gott der Direktor, der ihn leitet. Jede Haushaltung hat ein eigenes Leben, und dieses Leben ist zusammengesetzt aus dem Leben aller Glieder derselben. Jede Haushaltung wächst, entfaltet sich einer Pflanze ähnlich je nach ihrer Art und dem Boden, in dem sie wächst: entweder als schwaches Stengelchen matt und langsam oder als üppiges Schlinggewächs über den Boden streichend, an großen Stämmen Halt und Saft suchend, oder aus schwachen Wurzeln dünn und lang hoch aufstrebend, aber nicht für lange, oder aber tief wurzelnd, langsam wachsend, in starken Stamm sich rundend, weit sich ausbreitend, sicher im Boden gefußet, über die andern emporragend. Heiri und Kathrinli kümmerten sich ums Wurzeln nicht, sie erwarteten gute Tage, aber sie bereiteten sie nicht. Wenn sie arbeiteten fleißig und stetig, so verdienten sie wirklich sehr viel und hätten ganz füglich in der Woche zwei bis drei Gulden erübrigen und doch flott leben können, besonders solange sie nur ihrer zwei waren. Sie konnten das Posamenten wie wenige, und besonders Kathrinli war wie eine Hexe so flink, wenn es ihm Ernst darum war und es den guten Geist hatte.

In der andern Haushaltung war der Verdienst bedeutend geringer. Erstlich waren sie nicht so ausgebildete Arbeiter, hatten daher auch geringer bezahlte Arbeit. Zweitens brauchten sie Zeit zur Landarbeit, verdienten auf diese Weise fast die Hälfte weniger als die andern auf dem Webstuhle, wurden daher von ihnen sehr oft ausgelacht, wenn sie für zwei Rechnungen das Geld zogen, während jene nur für eine und dazu noch doppelt soviel Geld. So hätte man glauben sollen, Heiri und Kathrinli würden bald reich werden, wenigstens noch einmal so reich als Hans Jakob und Anne Marei, aber in der Wirklichkeit stellte es sich anders heraus.

Anfangs waren Heiri und Kathrinli wirklich fleißig, zogen die Zeit zu Ehren, das heißt, versäumten keine Minute und füllten jede mit der größtmöglichen Arbeit aus, denn d's Halb mehr und d's Halb minder machen in einer Minute, das ist keine Kunst, das können sogar die Schwaben und ganz von Natur. Sie wollten zeigen, was sie könnten und wie niemand sei, der ihnen die Schuhriemen aufzulösen vermöge. Zweitens wußte niemand besser als sie, daß an all ihren Großsprechereien nichts Wahres war, daß sie nichts Vorgespartes hatten. Niemand sah besser als sie ein, was ihnen alles fehlte in den Haushalt, im allernötigsten Eingericht. Fast an das Hundertste hatten sie nicht gedacht, alle Augenblicke mußte Kathrinli bei Anne Marei dies, das entlehnen; dessen schämte es sich doch anfangs, und es wurden Anschaffungen gemacht und gewöhnlich schöner als besser, und der gierige Schlund wollte nie sich schließen, verlangte alle Tage Neues. Kathrinli brauchte auch immer noch für seine Person, wollte immer die Herrenfrau machen und konnte dazu keinem Kleidungsstück schonen; die Flecken sah es wohl, konnte sie aber nicht meiden. Keine größere Freude hatte es, als wenn jemand ihns für die Hausfrau ansah und Anne Marei für die

Mietsfrau oder gar die Magd. Kathrinli behandelte überhaupt Anne Marei von oben herab mit dem Stadtgeist im Kopf, der seltsam genug überall spukt in allen Landen. So wird eine Kammerfrau die stattlichste Bäurin immer nur als einen halben Menschen ansehen, nur vorsichtig sich in ihre Nähe wagen, doch ganz nahe nie, jamais! Zu diesem kamen noch die täglichen Bedürfnisse, das bekannte und fatale Loch, aus welchem das Geld beständig rinnt, das man von Leibes wegen nicht vermachen darf, das dagegen täglich größer werden will. Das ist eine große Kunst, dieses Loch in eben rechtem Zustande zu erhalten; die haben nun wirklich auch die Schwaben nicht alle von Natur.

Weiber wissen am besten, wie die Hände zum Brauchen von gar ungleichem Kaliber sind. Laßt zwei oder ein Dutzend verschiedene Hände ins Salzfaß, ins Mehlfaß, in die Pulverdrucke oder in die Kaffeebüchse fahren, so wird für die nämliche Portion keine Hand das gleiche Maß haben. Die einen nehmen viel oder wenig, ungefähr nachdem sie eine Laune haben, andere viel, wenn das Mehlfaß voll ist, und wenig, wenn es auf den Boden geht. Der Unterschied per Mal ist vielleicht nicht groß, aber das Jahr ist lang; wer im Tage dreimal Salz braucht, fährt im Jahr tausendundachtzigmal ins Salzfaß, jä, das macht ein Unterschied, d's Halb mehr oder d's Halb weniger. Jetzt, wo es heißt, die Aargauer wollten allen, welche von ihrem Salz brauchen, sieben und ein halb Rappen per Pfund vergüten, ist viel brauchen ein großer Profit. Wenn man Kathrinlis und Anne Mareis Hände nebeneinander sah, wo die erste ganz niedlich war, die andere fast eine grobe Mannshand, hätte man gar nicht glauben sollen, daß Kathrinlis Hand viel gröber griff in Sack und Faß als Anne Mareis, von der es schien, als ginge wenigstens ein Pfund von allen Dingen hinein. Aber wenn sie was zusammen kauften, war Kathrinli immer früher fertig als Anne Marei, oft um manchen Tag. Dann sagte Kathrinli nicht etwa: „Weiß nicht, wie es es macht, aber es ist viel weniger bräuchig als ich", sondern es sagte zu Heiri: „Jetzt sieh, hat das Mensch, es weiß kein Mensch, wieviel noch; das kocht ihnen, ein Hund grännete darüber, ich weiß nicht, wie sie das Leben davonbringen. Wohl, du würdest mir!"

Aber es war nicht so. Wenn beide das gleiche kochten, war sicher Anne Mareis Speise besser, als was Kathrinli fabrizierte, von wegen Anne Marei nahm zu allem etwas, was Kathrinli selten hatte. Anne Marei kochte alles mit Gedanken. Man glaubt gar nicht, wie wohl Gedanken allen Speisen tun und sie schmackhaft machen, und kosten dazu so wenig, geraten aber leider nicht in allen Köpfen. Anne Marei salzte, schmalzte, brauchte Feuer und Wasser, alles mit Gedanken, Kathrinli aber gar nichts. Es hatte auch Gedanken, aber es brauchte sie nicht zum Kochen; es hätte es für eine Entehrung der Gedanken gehalten, so wie es ihm auch eine Erniedrigung seiner Person schien, daß es kochen mußte. Es brachte gar keine Bildung in sein Essen, daher war es meist sehr ungebildet, entweder zuwenig oder zuviel von diesem und jenem, zuviel oder zuwenig gerührt, zuviel oder wenig gekocht, während Anne Marei seine Bildung auf sein Kochamt verwandte, so daß alles, was es auf den Tisch stellte, gehörig und eßbar war, einen Tag wie den andern appetitlich gebildet.

Doch waren Kathrinlis Speisen kostbarer und verschlangen ein bedeutend Geld. Heiri und Kathrinli waren mehr oder weniger an eine städtische Kost gewöhnt, hatten auch lange in einem Kosthaus gegessen, hatten sich dort an Fleisch gewöhnt, waren darob meisterlosig geworden, gewöhnt, beständig über die Kost zu schimpfen und alle Augenblicke mit einem Schnefeli extra nachzubessern; Kathrinli hatte oft gesagt: es möge nicht warten, bis es eine eigene Haushaltung habe und kochen könne, was und wie es ihm beliebe. Jetzt ward es gestraft mit seinen vermessenen Worten. Es erfuhr erst jetzt, daß kochen eine Nase hat und was Speisen, wie es begehrte, kosten und wieviel Zeit sie zum Kochen brauchen. Das Geld wollte sich bei ihnen nicht weiheren, was oben reinkam, ging alles wieder unten ab; es schien, als werde das Loch oben enger, das Loch unten weiter.

Die Hitze in der Arbeit entwich, der nachhaltende Fleiß spannte sich ab. Sie gehörten beide zu den leichtsinnigen Naturen, die nicht das rechte Sitzleder haben, welchen der Geist der Arbeitsamkeit fehlt. Dieses unstete, schlaffe, flüchtige Wesen, das nicht sechs Tage hintereinander gehörig bei der Arbeit sein kann, ist ein giftiger Wurm im Gewerbsstande, und dieser Wurm hat sein Lebenselement in der Entheiligung des Sonntags. Kathrinli und Heiri konnten Stunden, halbe Tage versäumen, sie wußten eigentlich nicht, warum; sie mochten halt nicht, hatten keine Lust dazu. Hatten sie einige Tage nachhaltig gearbeitet, so war's, als fange es an zu brennen unter dem H..., es litt sie nicht mehr am Stuhl; das eine mußte notwendig hieraus, das andere hatte dort was zu verrichten, hauptsächlich zog es sie nach Basel, und zwar Kathrinli nicht weniger als Heiri.

Heiri behauptete: der Bote sei ein Esel, ein Kalb, verrichte in Basel ihm alles schlecht, vergesse die Hälfte, trage nicht Sorge für das Anvertraute, lasse Ware und Seide naß werden; gehe er nicht selbst, so riskiere er, in großen Schaden zu kommen. Kathrinli behauptete: gehe es nicht selbst, so bekomme es mindere Arbeit, welche es nicht machen möge. Es sei keine Ordnung im Laden, man achte sich nicht, wem man dies oder jenes gebe. Jüngst habe es eine Arbeit erhalten, welche ein Lehrmeitschi hätte machen können. Eine ganze Woche sei es aufgehalten worden, man solle denken! Nun, viel nach Basel zu gehen, ward dem Kathrinli bald vertrieben, es kriegte daheim zu gaumen; desto nötiger fand aber darum Heiri, daß er gehe, versäumte einen Tag für die Reise, und den Tag darauf tat er sonst nichts, verdiente nichts und brauchte desto mehr.

Mehr und mehr kam das Omnibusfahren auf, und Leute wie Heiri gewöhnten sich das Fußgehen ab, „wegen der Zeitersparnis", wie sie sagten. Aber was fragen der Art Leute der Zeit nach, an den Geldverbrauch dachten sie nicht, und bekanntlich ist niemand stärker in Ausreden als der böse Geist. Kurios ist's mit dem Zeitersparen. Ehemals, wo man zu Fuße ging, kam man weit früher heim als jetzt, wo man fährt. Wes Grunds? Es gibt halt ein gar kurioses Fahren in der Welt, so wie es auch kuriose Engel gibt, zum Beispiel in Basel einen, in Liestal einen und wahrscheinlich noch an andern Orten mehr. Sonst meint man, die Engel hätten Flügel und könnten fliegen auf und nieder und über Land und Meer. Der in Basel hat zwar auch Flügel, kann aber nicht fliegen, und das wäre doch eine Hauptsache; der in Liestal hat auch Flügel, kann aber auch nicht fliegen. Jetzt hat man ihn freilich in der Kur und salbet sie ihm mit fünfziger Höllensteiner; wird aber nicht viel helfen. Diese Engel stehen seit Menschengedenken am gleichen Ort wie die Ölgötzen, warten auf gute Gelegenheit, wahrscheinlich auf die Eisenbahn. Wer nun bei diesen Engeln einkehrt, dem, statt daß er fliegen lernt, geht es fast wie den Engeln selbst: er kann nicht mehr vom Platz; wenn er nicht ein wirklicher Ölgötz wird, so werden ihm doch Kopf und Beine schwer und nichts leicht als der Geldsäckel, den kann er dann festhalten oder wohl verwahren, daß ihn der Bysluft nicht nimmt und mit ihm über den Hauenstein fährt. Würden ihm dort nicht einmal viel nachfragen, dem leeren Geldsäckel, haben deren genug. Jä, wenn Geld drin wär, wär's schon anders!

Geradeso geht es mit dem Fahren auch, denn es ist mancher Omnibus ungefähr auch so ein Engel, der Fecken hat und nicht fliegen kann, der nicht vom Platz kann und auf gute Gelegenheit zu warten scheint. Da steckt man beim Engel in Basel oder irgendwo ums Aschemer Tor herum und wartet, bis der Omnibus sattsam gesalbet ist mit irgendeinem gängigen Jahrgang, und das geht manchmal, daß es einem dünkt, man sehe, wie dem Mann im Mond der Bart wachse, und rutscht er endlich weiter, so kann man von Glück reden, wenn die Salbe hält bis ins Birsfeld, wo dann mit einem noch gängigern Jahrgang gesalbet werden muß, zugleich auch Kuraschi — nicht zu verwechseln mit Furaschi — gefaßt werden muß, um ohne Zittern durch den langen, ung'hürigen Hard zu kommen. Im Rothen Haus hält man, um Gott zu danken, daß man glücklich bis hieher gekommen, und sich zu erholen, läßt daher einige Schoppen kommen und riecht daran. Der Salzgeruch, der überall, auch in den Kellern vorherrschend ist, soll überaus nervenstärkend sein.

Nun wird die Welt trostlos, öde und leer, die Brünnlein in der Wüste rinnen sparsam, von Engeln ist gar keine Rede, bis man endlich nach Liestal kömmt, dem wahren Jakobsbrunnen, wo die Samariterinnen und Rebekkas zahllos sind, den Kindern Israels und andern Christen der Durst gestillet wird vaterländisch, doch nicht in alle Ewigkeit, sondern höchstens bis Lausen oder ins Bubendorfer Bad, wo er dann erst recht angeht. Das geht halt beim Fahren nicht anders, könnten sonst die Räder angehen oder gar die Passagiere, denn wenn der Wagen schon feurig würde, so ist damit noch nicht gesagt, daß er gen Himmel führe. Wenn er auch voll Waldenburger, Reigolzwyler und Langenbrugger wäre, so ist doch nicht gesagt, daß unter ihnen ein Elias wäre, darum könnte der Wagen z'Guntrari fahren.

Wer zu Fuß geht, riskiert dieses Verbrennen nicht, besonders im Winter nicht, er muß pressieren, es ist ihm, wenn er nur daheim wäre, so daß ordinäri Personen zu Fuß schneller reisen als im Omnibus. Von Station zu Station kommen die Fußgänger den

Fahrenden vor, besonders wenn mal einer an Jakobs Brunnen liegt, sein Maul am Kruge einer Rebekka hat oder gar beim Engel ist, der immer am gleichen Orte steht, und die Gäste festsitzen als wie im Pech. Ganz mittelmäßige Beine können ganz füglich bis Sissach kommen, während der Fahrende, der mit ihnen durch die Stadt kam und im Engel blieb, noch immer dort harzet. Man muß die Macht des Glaubens nicht vergessen, welche in der Fabel vom Füllen und Schnecken so gut dargestellt ist. Die Schnecke glaubte, sie habe zu pressieren, das Füllen glaubte, es habe nicht zu pressieren; wenn es einmal laufe, so rücke es dann. Die Schnecke pressiert, das Füllen pressiert nicht, und vor dem Füllen ist die Schnecke am Ziele. Wie mancher mit kurzen Beinen lief schon des F... bachers Schimmel vor, und doch soll das eine Hex mit Laufen sein!

So kam Heiri nicht vorwärts, ließ kein neues Haus bauen, kaufte kein schönes Gut, saß im Hundeloch als wie im Pech und ließ die schönen Möbeln nicht nachkommen von Basel. Darüber wurden Heiri und Kathrinli sehr unzufrieden; so arbeiten und nichts haben davon und nirgends hinkommen, das sei ein verfluchter Zwang, so könne es nicht bleiben in der Welt, das müsse geändert sein. Ihr Zorn entlud sich hauptsächlich über die Seidenherren, die so reich waren, während sie so arm blieben; da habe man den klarsten Beweis, sagten sie, daß die Reichen den Profit hätten, die Armen die Arbeit.

Der dumme Heiri dachte nicht daran, daß alle Seidenherren oder ihre Vorfahren einmal arm gewesen und reich wurden durch Arbeit, und zwar nicht etwa weil der Verdienst größer, nein, sondern weil der Verbrauch kleiner war, weil sie den Kreuzer nicht verachtet, sondern viere zusammenlegten, welche einen Batzen machten, die Batzen zusammenlegten, bis es Franken gab, aus den Franken Taler, aus den Talern Dublonen wurden. Geradeso konnten es Heiri und Kathrinli auch machen, es wehrte es ihnen niemand als eben solche Engel, wo er als wie im Peche saß. Er haßte die Reichen so sehr; wäre er selbst reich gewesen, er hätte es anders gehabt, dann hätte er begriffen, daß Reiche sein müßten, und zwar gerade um der Armen willen.

Wer mit Seidenwaren handeln will, muß Geld haben, und zwar viel, muß vermögen, ein Jahr lang zu kaufen, arbeiten zu lassen, alles zu zahlen, auch wenn ihm nichts eingeht. Er muß wissen, wo man kauft und verkauft. Er muß die Welt nicht bloß kennen vom Paßwang bis Mariastein, wo man solothurnerisch hexet, oder bis Wyl, wo man markgräflerisch tanzt, er muß wissen, wo die Schiffe hinkommen, welche man den Rhein abschickt, und woher der Kanal kömmt, der bei Mülhausen vorbeifließt, und daß man auf Eisenbahnen nicht über Meer kann, sondern nur bis dran. Kurz, ein Seidenherr darf in jeder Beziehung nicht bloß so ein Heiri sein, muß ein fester, solider Mann sein, dem man nicht bloß eine Rechnung Seide, sondern Waren für viele tausend Franken anvertrauen kann, ohne, wenn ein Wechsel drei Tage ausbleibt, Kummer haben zu müssen, man kriege das leere Nachsehen. Die Notwendigkeit, solche Herren zu haben, begriff er sowenig als die Notwendigkeit, daß ein Gott sein müsse, wenn er Kartoffeln essen wolle. (Wir hoffen, es sei niemand, wie die Zürcher sagen, so strohlig dumm und meine, wir zählten damit Gott und Seidenherren zusammen.)

Heiri und Kathrinli waren hohl geworden inwendig, darum war ihr Zustand trost- und hoffnungslos. Sie hatten sich in Basel der Religion nach und nach entfremdet, den glimmenden Docht hatten Familienereignisse, Mahnungen Gottes, nicht angeblasen, in wüster Umgebung unter fremden Leuten war er ausgelöscht, und die nackte Selbstsucht hatte sich ausgebildet, die nichts als sich im Auge hat und den Wert aller Dinge mißt, nach dem sie ihr wohl oder übel machen, Vorteil oder Nachteil bringen. Ein solcher Mensch macht sich ohne alle Philosophie zum Mittelpunkt aller Dinge, sucht den Grund von allem Übel, welches ihm begegnet, außer sich, nie in sich; er verliert ohne Philosophie allen Begriff von Sünde, hat keinen Gedanken daran, daß nur wahre Buße und Bekehrung seinen Zustand zu ändern vermögen, und meint, das hänge rein von andern ab, aber aus Bosheit und Tüfelsüchtige täten sie es nicht.

Auf diesem Boden stehen die meisten Unzufriedenen, diese unglücklichen Kinder des Zeitgeistes; ihnen kann durch gar nichts geholfen werden als durch den, dessen Name einzig gegeben ist, damit die Völker darin selig werden. Im Christentum alleine liegt das Mittel zur Verbesserung der Zustände durch Vervollkommnung jedes einzelnen, das heißt durch das Trachten darnach, vollkommen zu werden, wie der Vater im Himmel vollkommen ist. Im Christentum alleine liegt das wahre Fundament der Zufriedenheit oder des Friedens, der über allen Verstand geht, dadurch daß man alles, was man nicht ändern kann, trägt als von Gott, der alle Haare auf unserm Haupte gezählt und denen, die ihn lieben, alle Dinge zum Besten leitet und die Tage mit Weisheit zählt, jeden als ein Pfand, von dem der Herr Rechnung will.

Jetzt gingen Heiri und Kathrinli in die Kirche, von wegen es ist in Baselland noch nicht das gottloseste Land, und wenn dort auch gottlose Mäuler sind, so muß man nicht meinen, daß sie den Besten in Baselland angehören oder daß nicht manches Herz besser ist als das Maul. Wenn es halt windet, werden die dürrsten und leichtesten Blätter am höchsten und weitesten geweht. Der Kirchgang ist noch Sitte, und wennschon mancher spottet, schämt er sich doch, nicht hinzugehen. So ging Heiri auch, aber menschlichem Bedünken nach wäre es besser gewesen, er wäre nicht gegangen. Er spottete darüber, er fragte, was es abtrage, er merke nicht, daß, seitdem er wieder gehe, er um ein Haar besser geworden. Er stellte sich wahrscheinlich vor, wie in einen heißen Ofen Krätzige kriechen und nach einem ans Leben gehenden Schwitzbade von der Krätze frei werden sollen, so sei die Kirche auch ein Schwitzbad für die Sünder; wenn sie es gehörig aushielten, täten sie so gleichsam den sündlichen Stoff ausschwitzen und würden von Sünden rein. So meinte es Heiri, meinte nebenbei auch, er sei gebildet. So mag es noch mit mancher Meinung über die eigene Bildung stehen. Kathrinli ließ sich in Theorien weniger ein. Es ging fleißig in die Kirche, solange seine Kleider im Glanz waren; als sie aber fadenscheinig wurden, da zeigte es sich in der Kirche nur in Notfällen.

Ungefähr wie den Kleidern ging es auch ihrer Liebe; sie war schon fadenscheinig aufs Land gekommen, jetzt kriegte sie gar Löcher; die oben erwähnte Selbstsucht machte sich auch in diesem wie in allen andern Verhältnissen geltend. Kathrinli kam Heiri vor wie ein Schleppsack, seine Kinder wie Schleppsäcke, und daß er sie erhalten, dafür an seinem Maul abbrechen mußte, schien ihm die größte Ungerechtigkeit. Kathrinli sollte mehr machen, mehr pflanzen, mehr weben, weniger brauchen oder zusehen, woher es das Geld nehme usw. Nun verstund Kathrinli das Pflanzen so gut wie das Kochen und machte beide gleich gerne; dazu machten die Werkhölzer ihm Blattern in den Händen, seine Arme wurden so müde, daß es nicht weben konnte, die Sonne machte ihm Kopfweh, und war der Boden feucht, kriegte es Gliedersucht in die Beine. Mit der Zeit war es auch im Ung'reis; wenn es andere Bohnen setzen sah, fiel es ihm erst ein, setzen wär gut; auf dem Jäten hielt es auch nicht viel, es sagte: warum Unkraut ausreißen? Weil es schneller wachse, werde es dasein, für den andern Pflanzen Schatten zu geben, es wüßte sonst nicht, für was.

Man begreift, daß Kathrinli bei solchen Ansichten und Eigentümlichkeiten mit dem Pflanzen nicht weit kam und daß mehr pflanzen ihm nicht besonders angenehm war. Wenn Heiri das wolle, so solle er helfen, Hans Jakob mache es auch, sagte es. In die Haushaltung brauche es nicht mehr als nötig; wenn kein Wirtshaus wäre, kein Engel, nirgends kein Basel, kein Liestal, so wäre Geld genug da für zwei Haushaltungen. „Aber nicht, wenn du sie machen sollst", zankte dann Heiri, „du, wo immer mit doppeltem Faden nähst! Und wegem Wirtshaus schweig, und den Weg auf Basel kennst auch" usw. So konnte tagelang ein Esel dem andern Langohr sagen, und dabei kam nichts heraus als immer größere Maßleidigkeit, immer größere Löcher in die Liebe. Aber so geht es, wo der rechte Grund fehlt und keine Augen da sind, um ihn zu suchen.

Bei Hans Jakob ging's anders, schwer, aber im Frieden. Sie arbeiteten gerne, die Wirtshäuser plagten sie nicht, Geld machte ihnen die meiste Not, viel mehr als Heiris. Diese hatten bloß für den Hauszins zu sorgen und das Laufende; konnten sie nicht zahlen, blieben sie halt schuldig in vollem Vertrauen, daß niemand große Lust haben werde, sein gut Geld schlechtem nachzujagen. Hans Jakob dagegen mußte Kapital verzinsen und vom Kapital oft ung'sinnet abzahlen, besaß ein Heimwesen, welches man ihm nehmen konnte und welches er nicht gerne ließ. Er hatte unsicheres Geld auf seinem Eigentum, auch war er Vater und Brüdern schuldig, die all ihren Vorrat zusammengetan hatten, damit er kaufen und sich einrichten könne.

Nun schien ein eigenes Mißgeschick über ihnen zu walten. Hans Jakob brauchte nur einmal zu Anne Marei zu sagen: „Jetzt, glaube ich, können wir ein wenig verschnaufen, für das Jahr ist gesorget, und haben noch einzuziehen", so kam ein Bruder und sagte: „Hans Jakob, es tut mir leid, ich sollte mein Geld haben, ich weiß sonst nicht, wie machen", oder der Vater sagte: „Hans Jakob, wenn es dir möglich wäre, solltest mir etwas geben, du weißt, wie es mir mit der Kuh gegangen." Nun hatte Hans Jakob nicht das Gemüt, wo Heiri, der eine ganze Welt hätte schuldig sein können und zahlen sollen, ohne daß es ihm eine Minute den Schlaf genommen, der es nie unverschämt fand, wenn er mutwillig schuldig blieb, aber unverschämt, wenn jemand in der Not war und von ihm Geld begehrte, was er demselben mutwillig schuldig war. Wenn jemand eine Schuld von ihnen forderte, machte es Hans Jakob und Anne Marei wind und angst; sie betrachteten es als ihre große Schuldigkeit, zu entsprechen, weil man es ihnen aus Gefälligkeit gegeben. Man habe ihnen aus der Verlegenheit geholfen, billig sei es nun nicht, wenn sie die, die ihnen geholfen, nun in Verlegenheit brächten zum Dank. So meinten sie; so meinen es leider nicht alle, waren halt noch sehr altväterisch, Hans Jakob und Anne Marei.

Hatten sie sich dann von Geld entblößt, kam richtig noch was ung'sinnet dazu, eine Krankheit oder man mußte Kuh ändern oder Heu kaufen oder sonst was, dann war erst die Bedrängnis groß. Wenn auch das schuldige Kapital kleiner geworden, Hans Jakob also vermöglicher, erschien es doch in der Wirklichkeit wie das Gegenteil. Als Kamerad und Hausgenosse wußte Heiri gewöhnlich darum. Anstatt Hans Jakob an die Hand zu gehen mit rückständigen Zinsen, spottete er ihn aus. Er wollte lieber, sagte er, der Hund im Kegelspiel sein als Hans Jakob in seinen ewigen Angsten.

Aber Hans Jakob und Anne Marei waren nicht hohl inwendig, sie besaßen einen guten Glauben. Sie trösteten sich in ihren Angsten gegenseitig. Sie sagten, der, welcher ihnen bis hieher geholfen, werde ihnen auch weiter helfen, wenn sie nicht absetzten, denn es heiße ja, werausharre bis ans Ende, der werde selig werden. Wenn sie nur einmal diese Stümpelten zu Ende bringen und zu sicherem Gelde kommen könnten! Indessen sei es so in der Welt, daß jedermann einmal bös haben und chum tun müsse; nun sei es besser, sie hätten ihren Kehr jetzt in ihren gesunden Tagen als im Alter, wo dann behagliche, ruhige Tage so schön und nötig seien. So gönnten sie sich die Worte, trugen das Kreuz vereint, und keins sagte zum andern: „Du bist schuld", sondern man nahm alles als aus der Hand von oben, und wenn eines die Schuld bei einem Menschen suchte, so war es bei sich selbst. Man glaubt gar nicht, welcher Trost in solchen freundlichen Besprechungen liegt, besonders wenn ein Gebet Hand in Hand und aus einem Herzen sie schließt. In einer solchen Einigkeit der Seelen liegt eine Kraft, welche die Welt überwindet und alles erträgt. Zu dieser Macht zu gelangen, bedarf es weder Geld noch Genie, weder Wissenschaft noch Adel; das ist auch dem Armen und Unmündigen gegeben, dazu können kommen alle Hans Jakob und alle Anne Marei, sobald sie wollen, sobald sie glauben.

Daß das Verhältnis dieser so verschiedenen Hausgenossen kein inniges, einmütiges sein konnte, begreift man, aber es war auch kein feindseliges, wie man glauben möchte; es war ein sehr seltsames. Heiri und Kathrinli hielten sich für die Vornehmern, gleichsam für die Berechtigten, sie waren in der Stadt gewesen und hatten Bildung. Sie behandelten ihre Hausherrschaft daher von oben herab, mit einer gewissen Wegwerfung, benutzten sie dabei aber ohne Gewissensbisse, soviel sie konnten, als ob sich das von selbst verstünde. Heiri und Kathrinli hätten es ganz natürlich gefunden, wenn die andern für sie gepflanzt und gearbeitet hätten. Hatte Anne Marei viel gepflanzt, viel Gemüse, viel Obst, machte Kathrinli sicher, daß es davon erhielt, und von Bezahlung war keine Rede. Hatte es ein Gerät nötig, so mußte es Anne Marei erst leihen, dann wieder holen; Kathrinli gab es nie wieder. Sich unbewußt, gaben sie so recht praktisch und handgreiflich an Tag, wie der Kommunismus eigentlich zu verstehen sei; theoretisch kannten ihn damals Leute wie Heiri und Kathrinli noch nicht.

Hans Jakob und Anne Marei fühlten dieses alles ganz gut, ärgerten sich darüber und ließen es sich doch gefallen, nahmen's stillschweigend hin in der Regel; Anne Marei machte zuweilen Ausnahmen. Es war dieses aber nicht Dummheit, nicht Gleichgültigkeit oder unwillkürliche Unterwürfigkeit, wie viele und vielleicht Heiri und Kathrinli selbst es auslegten, es war Gutmütigkeit, Erbarmen mit ihnen und ihren Kindern. Sie waren miteinander aufgewachsen, von Jugend auf war Kameradschaft; die übt in gutmütigen Gemütern eine große Gewalt und dauert oft lange, oft bis zum Grabe und läßt sich gar nicht verbittern. Hätte Heiri dem Hans Jakob noch öfters zu einem Rausche verholfen, ja, dann hätte Anne Marei wohl auch den Kübel umgeleert und das Alte vergessen. Ja, und selbst bei Heiri und Kathrinli war ein ähnlich Gefühl und nahm ihrem sonstigen Benehmen die Schärfe. Beiläufig müssen wir hier bemerken, daß aus dem Kathrinli, nachdem seine Haut beträchtlich an Glätte und Farbe eingebüßt hatte, ein einfaches Kathri geworden war.

Zu dem alten Bande kam noch ein neues: die Kinder, die waren ganz ineinandergewachsen. Anne Mareis Kinder stachen vor im Alter, waren entwickelter, während die andern vielleicht begabter waren. Hans Jakobs gaben sich mit den Kindern viel mehr ab als Heiris, die Landarbeiten boten hundert Gelegenheiten dazu, und an Sonntagen und Abenden, wo Heiri nicht daheim war, bot sich ebenfalls gute Gelegenheit. Kathri fragte den Kindern auch wenig nach, sie waren mehr seine Last als seine Liebe. Bloß wenn es sie mit was Neuem putzen und sie auf den Arm nehmen und einer flotten Klappereten nachlaufen konnte, waren sie ihm anständig. Es gibt allenthalben deren Weiber, welche man oft mit Kindern auf den Armen herumlaufen sieht. Es gibt unter ihnen gute Hausfrauen, aber achte man sich, man wird unter ihnen viele stehen, absitzen, plaudern, kurz offenbar sehen, daß es ihnen nicht ums Kind ist, sondern um dem Hause und der Arbeit zu entrinnen.

Kathris Kinder schlossen sich an die andern; im Kinde lebt früh der Trieb der Geselligkeit und der Geschäftigkeit. Daheim hatten sie Langeweile, mit Hans Jakobs Kindern konnten sie etwas verrichten, konnten mit ihnen teilen die Herrlichkeiten, wozu im Herbste besonders das Obst gehörte. Anne Marei ließ die Kinder machen, hatte noch Freude daran, wenn sein ältester Junge das Kindermädchen von Kathris Mädchen machte, und trotz seiner trocknen Weise liebten es die Kinder mehr als Kathri, das ungleiche Launen hatte und oft bitter hässelete, und nicht viel besser tat Heiri. Sie lebten beide jedes für sich und nicht für die Kinder, und für die Selbstsucht haben die Kinder ein unaussprechlich feines Gefühl. Es ist aber auch nichts, das alle Bande so rasch zersetzt, Familien, Gemeinden, Staaten so unwiderstehlich zerstört als diese kurzsichtige Selbstsucht, die von allgemeiner Wohlfahrt und dem Zusammenhange des eigenen Wohls mit dem allgemeinen keinen Begriff hat, daher selbst nie zu einem dauernden Wohl gelangen kann. Das ist der Geist, der die Kinder so erzieht, daß sie, sobald die Kraft in ihre Hände kommt, die Eltern zu Bettlern machen, ihnen das Brot vor dem Munde wegessen, sie verlassen, entblößt dem Grabe zustoßen.

So lebten die beiden Familien beieinander. Die einen taten genug, aber der Boden unter ihren Füßen ward allgemach fester, die andern übertaten sich nicht mit der Arbeit, brauchten immer vor; was sie verbrauchen konnten, das reute sie nie, nur das reute sie, was sie nicht erschwingen konnten. Sie wurden ärmer, denn sie schafften nichts an, aber Kummer hatten sie deswegen nicht; sie sagten bloß, es nehme sie doch d'r Tüfel wunder, ob es nicht bald besser kommen müsse.

Der liebe Gott meint es gut mit den Menschen. Er hat ihnen ein großes Buch voll Weisheit geschenket, in welchem geschrieben steht, was er will und wie es geht, in welchem man sehen kann als wie in einem Spiegel die Ordnung, welche Gott gemacht hat, und den Gang der Dinge nach dieser Ordnung. Dann kömmt er von Zeit zu Zeit und examiniert die Menschenkinder, ob sie eine rechte Portion gelernt, klug geworden, den Gang der Dinge begriffen und nach diesem Gange eingerichtet ihre eigenen Wege. Oft examiniert der liebe Gott sehr scharf, und wenn er einen findet, der nichts gelernt, den straft er übel, den andern zum Exempel.

Bekanntlich war einmal im Ägypterlande ein König, der hieß Pharao; den ließ Gott träumen, er stehe an einem Bache und aus demselben Bache stiegen herauf sieben Kühe, schön von Gestalt, wohl gehalten am Leibe, und gingen an der Weid im Grase. Und siehe, sieben andere Kühe stiegen herauf nach jenen aus demselben Bach, häßlich von Gestalt und mager, und sie stünden neben jene Kühe am Ufer des Baches. Darnach fraßen dieselben Kühe, die häßlich waren von Gestalt und mager, jene sieben Kühe, die schön waren von Gestalt und wohl gehalten. Da erwachte Pharao. Darnach schlief er wieder ein und, er träumte zum andern Male, und siehe, da waren sieben Ähren, die gingen auf aus einem Halm dick und schön. Und siehe, sieben dünne Ähren und vom Ostwinde versengt wuchsen herfür nach jenen. Darnach verschlangen dieselben dünnen Ähren jene sieben dicken und vollen Ähren. Da erwachte Pharao, und siehe, es war ein Traum, aber zerschlagen war sein Geist, weil er des Traumes Deutung nicht finden konnte. Da mußte Freund Joseph aus dem Kerker kommen; der deutete ihm den Traum. „Siehe", sagte er, „es werden sieben Jahre kommen, da eine große Fülle sein wird im ganzen Ägypterlande. Aber es werden entstehen sieben Jahre der Teurung nach jenen, in denen man vergessen wird alle die Fülle im Ägypterlande, denn es wird die Teurung das Land verzehren, und man wird nicht merken dieselbe Fülle im Lande von wegen derselben Teurung, die darnach sein wird, darum daß dieselbe sehr schwer sein wird. Belangend aber die Wiederholung des Traumes bei Pharao zum zweitenmal, so ist er wiederholt worden, weil diese Sache fest beschlossen ist bei Gott und weil sie Gott eilends ins Werk setzen wird. Wohlan, so sehe sich um Pharao nach einem verständigen Manne, den er setze über Ägyptenland. Dies tue Pharao, darnach ordne er Amtleute über das Land und nehme den Fünften von Ägyptenland in den sieben Jahren der Fülle und lasse sie einsammeln alle Speise dieser guten Jahre, die da kommen werden, und Getreide aufschütten unter des Pharaos Hand zur Speise in den Städten und sie verwahren. Und dieselbe Speise sei zum Vorrat für das Land auf die sieben Jahre der Teurung, welche sein werden im Ägyptenlande, auf daß das Land nicht ausgerottet werde durch die Teurung!" Das glaubte Pharao und tat darnach. Als die sieben guten Jahre um waren, kamen die bösen, und es ward eine Teurung in allen denselben Landen, aber in Ägyptenland war Brot. So steht es geschrieben im ersten Buch Moses im einundvierzigsten Kapitel, wo es jedermann zu lesen findet, wer eine Bibel hat und lesen kann.

Das ist ein merkwürdig Kapitel beiläufig, viertausend Jahre alt und doch ganz wie neu, denn wie es dort geschrieben steht zur Warnung, so geht es noch bis auf den heutigen Tag, und wohl denen, die sich warnen lassen und daran glauben; die werden errettet, wenn die bösen Tage kommen. Gute und böse Jahre wechseln miteinander, und die bösen fressen die guten; wer in den guten nicht für die bösen sorget, über den kommt der Hunger, und hat nicht jemand anders für ihn gesorget, so tötet ihn der Hunger. Und diese Wahrheit bestätigt Gott neu von Zeit zu Zeit zu Nutz und Frommen der Menschen. Und doch gibt es immer wieder tausend und abermal tausend, welche dieses weder glauben noch sich daran kehren; die müssen es dann aber auch büßen elendiglich. Daraus kann man sehen, wie dumm von Natur die Menschen sind und die am allerdümmsten, welche meinen, sie hätten Weisheit klafterweise im Leibe, und von Gott sich nicht wollen weisen lassen. Solche Leute gibt es überall, sogar in Basel, Stadt und Land, dagegen denn doch auch andere, denen Gottes Wort die Leuchte auf ihrem Wege ist und der Stab in ihren Händen.

Joseph ließ Behälter bauen, wo man in guten Tagen seinen Überfluß aufbewahren konnte, und der war so groß, daß man ihn nicht zu zählen vermochte. Dort war er nun sicher, dort konnte man ihn wieder holen, sobald man ihn nötig hatte.

Das war die erste Sparkasse.

Allenthalben gibt es also gute und böse Jahre, auch im Baselbiet; das haben sicher alle erfahren, welche nicht bei diesem oder jenem Engel das Gedächtnis verloren haben. Es gibt Jahre, wo der Verdienst sehr reichlich ist, die Posamenter nicht Hände genug haben, die Seidenherren zu Treiber Jehus geraten, ihren Arbeitern keine Ruhe lassen, die Seidenportionen oder sogenannten Rechnungen einander jagen, die Weber in Ohnmacht fallen, wenn sie einen Seidenengel daherfliegen sehen wie eine Schnepfe im Frühjahr dem Waldsaum nach, triefend wie eine gebadete Maus, der nach Arbeiten fragen soll, welche kaum angefangen, geschweige vollendet sind. Das sind Tage für die Weber wie für die Bienen der Morgen, in welchen der sogenannte Honigtau fällt. Wie da die Bienen emsig sich rühren mit einer Hast, als wenn es nie wieder gut wäre, und in wenig Tagen, es braucht kaum eine Woche, so sind die Körbe gefüllt. Es ist, als ob sie wüßten, daß solche Honigmorgen selten sind, daß sie nicht alle Jahre kommen. Es sind nur Tierchen, aber es könnte mancher Weber und andere Prinzen auch an den Tierchen Exempel nehmen.

Darauf kommen dann wiederum Tage, wo es ganz anders geht, wo man nicht sammeln kann, wo man wie die Bienen im Winter vom Überfluß zehren oder, hat man keinen, betteln oder sterben muß, Tage, wo die Seidenherren flämsche Gesichter schneiden, die Nachtkappe den ganzen Tag nicht mehr abziehen, sie bloß auf dem Kopfe herumtreiben, daß sie einen übel erbarmet, Tage, wo der Seidenherr bei der Erscheinung eines Arbeiters noch viel tiefer in Ohnmacht fällt als in den Honigtagen der Weber vor dem Ladenengel und, wenn er wieder Sprache kriegt, den Weber ausschimpft wegen seinem Pressieren mit der Arbeit — ob er dann meine, man wolle in Basel die Häuser mit seidenen Bändern überziehen? —, endlich den Weber ausschimpft über die gemachte Arbeit — ob er dann meine, solches Zeug könne man brauchen, schon in Lörrach sehe dies kein Hund mehr an, geschweige eine Köchin oder gar eine Kammerjungfer —, wo der Seidenherr, wenn endlich der Weber wieder um Arbeit frägt, zu brüllen anfängt wie die bekannten fünfhundert Ochsen, als man sie sämtlich angestochen, und wettert und blitzet über Franzosen, Engeländer, Chinesen, daß es dem Rhein übel wird und er kaum bei Basel vorbeidarf aus Angst, es verschlucke ihn der weit geöffnete Schlund eines donnernden Seidenmonarchen oder Aristokraten, wo endlich der Weber entlassen wird mit dem strengen Gebote, ungerufen nicht mehr zu erscheinen, und tue er es, kriege er keine Arbeit mehr, so wahr der Herr Jakob heiße. Dann kann der Weber traurig heimgehen mit wenig Geld und ohne Arbeit, kann sinnen und denken: „Was jetzt anfangen, was werden wir essen, was werden wir trinken, womit werden wir uns kleiden?" Da kommen ihm die Gedanken hageldick; wenn sein Kopf ein Erdäpfelplätz wäre und seine Gedanken Erdäpfelstauden, er kriegte Vorrat auf viele Jahre.

Aber die Jahre wechseln nicht bloß in Beziehung auf den Verdienst, sondern noch immer wie zu Pharaos Zeiten in Beziehung auf Laub und Gras, Korn und Haber. Es gibt Jahre, wo sozusagen Milch und Honig fließen, die Äpfel zu Kindsköpfen werden, die Trauben zu kleinen Kirchtürmen, Liestal im Kanonendonner liegt Tag und Nacht, weil der Most von Schattenhalb in den Kellern die Fässer sprengt, die Gurken zu zentnerigen Melonen geraten und doch niemand sie mag als höchstens ein hungerig Schwein aus dem Schwabenland, Jahre, wo alles so spottwohlfeil ist, daß, wenn man einem Bauer einen Malter Korn abkauft, er einem zwei obendrein gibt, wo man den Kabis ums Abhauen hat, wo kein Spatz mehr gemeines Korn fressen will, sondern bloß Mumienweizen, Himmelajagerste und andere rare Dinge, ein Fluch durch die Luft fährt, wenn ein Mensch nur von weitem einen Kartoffel sieht, wo kluge Leute denken, warum der liebe Gott jeden Menschenmagen nicht zu einem Magazin à la Joseph eingerichtet, damit man in guten Jahren so einpacken könnte, daß man, wenn die bösen Zeiten kämen, sieben Jahre genug dran hätte, die bösen sieben Jahre, wo die Kraft der Erde versiegt, der Sonne Wärme verglommen scheinet, überall der Segen Gottes fehlt im Schoße der Erde, in den Kronen der Bäume, nichts gedeiht als Mäuse, Wespen, Käfer und Wucherer, ein schlimmes, unheilvolles, vierblätteriges Kleeblatt, Jahre, wo alle Tage die Brote kleiner werden und der Hunger größer, jede Speise alle Tage teurer wird und alle Tage schlechter zu haben ist, das Geld rarer, der Betrug häufiger, ein Mensch zum Quälgeist und Blutsauger des andern wird, die Nachkommen von Pharaos Hofbäcker der Menschheit gegenüber sind, was Gewandläuse auf einem Bettler: je armseliger und elender der Bettler, desto plaghafter und gieriger die Läuse.

Das sind die Tage, wo die Mutter mit Schrecken das Erwachen der Kinder hört, mit Schrecken zu Tische ruft, mit Schrecken ein Kind ansieht, weil auf jedem Gesicht der Seufzer steht: „Ach Mutter, wie wenig, ach Mutter, wie hungerig!", die Tage, wo die alten Leute denken müssen, wenn sie doch nicht mehr wären, sie beten müssen, der Herr möchte sie nehmen, damit den andern mehr Speise bleibe, Tage, wo der Beste sich kaum zu ernähren vermag, geschweige andere, alle überflüssigen Mäuler vom Tische entfernt werden, ja, mancher Vater seine Kinder fortschickt, nicht wissend, wo in der Welt ihnen Brot gebacken, ein Obdach bereitet ist, sowenig als Moses Mutter wußte, als sie das Kästlein ins Wasser legte, ob ihr Söhnlein zwischen die Zähne eines Krokodils oder in königliche Arme kommen werde, Tage, wo nur Vorräte, Erübrigtes die Menschen erhält. Das sind fürchterliche Tage, und sie predigen mit fürchterlicher Stimme, daß man sie hören sollte vom Anfang eines Jahrhunderts bis zu dessen Ende, in der niedrigsten Hütte, im hintersten Graben, auf den höchsten Alpen, wo die Geißen gehn, auf den Thronen, wo die Könige sitzen. Das sind Tage, wo man wieder beten lernt, wo man es erkennt, daß es der Herr ist, der alles macht oder zu allem, was der Mensch macht, sät oder wässert, Segen und Gedeihen geben muß. Oh, es gibt der Herr so viel, ist Geber so mancher guten Gabe, und der Mensch erkennt sie nicht, weiß erst, was sie gewesen, wenn der Herr sie genommen, das Gegenteil gegeben hat.

Das sind wohl schöne Tage, wo man nicht weiß, was Gesundheit ist, weil man die Krankheit nicht kennt, kein Finger einem wehe tut, alle Glieder gehörig ihre Dienste tun, der Magen abnimmt und verwerchet, was den Mund gelüstet, der Schlaf ein dienstbarer Geist ist, der da kömmt und geht auf Geheiß und Begehr. Schöne Tage sind's, wo jedes Bein im Hause munter ist, unterm Tische nie eines fehlt, der Hausvater getrost beten kann: „Gottlob, daß m'r's hei, gottlob, daß m'r's meu!", wo man vom Doktor nichts weiß, vom Apotheker nichts holt, arbeiten mag von einer Tagheiterei zur andern, jeden Morgen frisch an seine Arbeit mag, jeder Tag bar Geld ist, das Leben einen sichern Gang zu haben scheint wie die Sterne am Himmel, die in hundert Jahren auch nicht eine Minute fehlen, daß das arme Menschenkind in Wahn gerät, Verdienst und Verbrauch auf Jahre hinaus berechnen, ja aufs ganze Leben zum voraus eine sichere Bilanz ziehen zu können, und nun ganz gemütlich an einem Tage verzehrt, was es an einem Tage verdient, damit schön alle Tage null von null aufgehe, was allerdings die Rechnung beträchtlich erleichtert.

Aber wie über Nacht die grüne Erde weiß wird, in Schnee gehüllt, grüne Pflanzen schwarz werden, vom Frost vergiftet, blühende Bäume wüst rot von giftigem Windeshauch, so erscheint oft mitten in der Nacht das wüsteste der Gespenster, die Krankheit, in einem Hause, das scheinbar so sicher eingerichtete Räderwerk ist gehemmt, die Rechnungen des klügsten Rechenmeisters sind vernichtet. Das Gespenst haucht die einen an mit langsamem Siechtum, andere mit wilden Fiebern, alle miteinander oder eins nach dem andern nach seinem Gelüsten, quält mit Schmerzen die einen, mit Sorgen und Wachen die andern. Aus dem einen Hause verschwindet es, wie man wähnte, erscheint dann plötzlich wieder greulicher und giftiger und geht nur mit geraubtem Leben weiter. In andern Häusern bleibt es als Hausgenosse, läßt sich nicht vertreiben; stehen die einen auf, legt es die andern nieder unerbittlich, jahrelang muß man den Arzt haben, alle Tage aus der Apotheke was holen, Bitteres und Süßes und eins schlechter als das andere. Was nun das für eine Zuversicht gibt, wenn das Gespenst so plötzlich kommt und das Rad stellt, die Arbeit unterbricht, der Verdienst ausläuft, zum Geisterbanner die Gesunden laufen, ihre Zeit mit dem Kranken verbrauchen, zahlen und zahlen müssen, und kein Verdienst ist da. Und wenn Tag um Tag so vergeht, und der wüste Gast bleibt hartnäckig da, kostet alle Tage mehr, und es ist immer weniger da für den Kranken, geschweige für die Gesunden, und endlich ist nichts mehr da! Was das für eine Zuversicht ist! Und endlich, endlich wird das Gespenst gebannt, es weicht der wüste Gast, langsam erhebt der Kranke sein Haupt wieder; es erwachen die Bedürfnisse wieder, der Körper fordert seine verletzten Grundrechte zurück, er will die Rückstände und das eben Laufende alles auf einmal; er will essen und immer wieder essen, und es ist nichts da, es ist keine Kraft da, um zu verdienen, keine Nahrung, um zur Kraft zu kommen. Das sind Zuversichten, das sind Aussichten in die schauerliche Öde, in einen langen Tag hinaus voll Hunger und ohne Speise, und nach dem einen langen

Tag eine lange, eine unendliche Reihe unendlicher Tage voll Hunger und ohne Speise, was das für eine Zuversicht ist, was das für Aussichten sind!

An einem andern Orte aber gebärdet das Gespenst sich anders; es weicht nicht, bis es alles verzehrt, das Brot im Hause, das Leben im Kranken. Tot liegt er nun, Hausvater oder Hausmutter, um ihn die Lebenden, bleich, matt, weinend, ohne Aussicht, ohne Zuversicht, ohne Brot, nichts als öde Zukunft, voll Schulden und voll Not. Was das für eine Zuversicht ist, was das für Tage sind! Und wie oft geht es nicht so, und wie streng wiederholt es sich nicht! O ihr Leute, dieses bedenkt! Bedenkt's, ihr Hausmütter, ihr Hausväter! Bedenkt es zu rechter Zeit! Denkt in den guten Tagen an die bösen, die auch Salomo kennt und von denen er sagt, daß sie dem Menschen nicht gefallen.

Verdienstlosigkeit, Teurung, Krankheit, das sind drei Plagen, welche die Tage bös machen. Bannen, sie von sich fernhalten kann der Mensch nicht; ihr Kommen und Gehen steht außerhalb dem Bereiche menschlicher Kraft oder Weisheit, einer höhern Hand sind sie untertan, der König aller Geister regiert auch diese Geister. Die drei kommen vereinzelt, sie kommen miteinander, sie kommen einer nach dem andern. Kommen sie vereinzelt, so sind sie zu bestehen, besonders von denen, welche in den guten Tagen an die bösen gedacht; die Plagen sind überhaupt weniger grausam.

Wer sich seine Nahrung, teilweise seine Kleidung selbst baut, die Arbeit auf dem Lande gern und gut macht, die Zinse nachgezahlt, nicht alles bis an die Spinnhubbele unter dem Dache nach verkauft hat, überhaupt ein vertraueter Mann ist, der kann es eine geraume Zeit aushalten, wenn auch die Fabrikation nicht besonders gut geht, vielleicht gar stillesteht, die Seidenherren trotz der währschaftesten Leibesbeschaffenheit total unsichtbar werden, akkurat als wie die Geister. Ein solcher hat wenig Geld auszugeben; geht es auch kümmerlich, hat er doch zu essen, kann es daher machen ohne Schulden. Kömmt Teurung alleine, so zehrt sie wohl an Leibern und Beuteln der Menschen, manches arme Mutterli wird magerer, bleicher, manches arme Kind muß hungern, selb ist wahr, aber wenn Verdienst ist, ist sie zu ertragen. Unter allem Volk geht die Rede: „D'Sach ist teuer, aber der Verdienst ist gut, gottlob, der Handel läuft, Geld fließt, und für Geld ist alles noch zu haben. Solange Geld und

Sachen sind, was will man klagen?" Krankheit ist immer schlimm; wer krank ist, kann nichts verdienen, aber hat er gerechnet auf kranke Tage, so kann er vom Verdienst der vergangenen Tage zehren, und ist's nicht eine ansteckende Krankheit, welche ganze Familien darniederlegt, so haben in der Regel die andern Glieder Verdienst, etwas tropfet immer zur nötigsten Aushülfe.

Aber wenn einmal alle zusammen einbrechen oder sich doch auf dem Fuße folgen, Verdienstlosigkeit, Teurung, Krankheit, und wie oft geschieht es nicht geradeso, denn zwischen den drei Geistern besteht ein gewisser Zusammenhang, eine Solidarität, wie die allerneusten Staatsbüchsen sich auszudrücken pflegen, dann geht es bös, dann sind nicht bloß böse Geister, Gespenster los, dann schreitet der Würgengel wieder über die Erde und schlägt mit blutigem Schwerte die Menschenkinder.

In dieser Not helfen bloß drei Dinge, lindern sie, halten aufrecht, helfen durch: erstlich Vertrauen und Glauben, es komme nichts von ungefähr, sondern alles aus der väterlichen Hand Gottes, aus der jede gute Gabe kommt und jeder Tag und die jedem Tage mitgibt, daß er es bringe dem Menschen, was zu dessen Frieden dient, der Glaube, der ausharren läßt ohne Wanken bis ans Ende, bis er ausrufen kann: „Es ist vollbracht, Vater, in deine Hände befehle ich meinen Geist!"

Zweitens die Liebe, welche von Gott ausgeht, der die Welt zuerst geliebt hat, und zwar so, daß er seinen Sohn sandte für uns, da wir noch seine Feinde waren, die tätige Liebe, die mit Christus einzieht in des Menschen Herz, wenn es ihm sich weiht zu seinem heiligen Tempel. In dieser Liebe liegt eine unendliche Macht, diese Liebe hält die Mutter Wochen aufrecht ohne Schlaf, stählt den Vater, des Tags zu arbeiten, des Nachts zu wachen, Tag und Nacht Unglaubliches zu entbehren. Wenn sie auch in leeren Händen keine Gabe mehr hat, so hat sie auf der matten Zunge freundliche Worte, Liebe im brechenden Auge, Friede in den erblaßten Zügen.

Das dritte ist dann endlich, was Gott durch Joseph verkünden ließ, daß nach den guten Jahren die bösen kommen, in den guten für die bösen man sorgen müsse und dieses jedem obliege, der des Herren Willen kennt, denn wer sich selbst nicht hilft, dem hilft Gott auch nicht. Dieses wichtige Wort wird in unserer schlechten Zeit schlecht verstanden und gottlos mißbraucht von den Gottlosen. Sie sagen auch: „Mensch, hilf dir selbst, so hilft dir Gott!" Sie meinen damit: „Deine eigene Hülfe, dein Verbringen und Schaffen, das allein ist Gottes Hülfe, erwarte keine andere, denn es gibt keine andere; dein Geschick ist in deine Hand alleine gestellt." Das ist gottlos geredet und abermal gottlos, denn damit sagt man: „Es ist kein Gott, der sich um dich kümmert, denn es ist überhaupt kein Gott." „Hilf dir selbst, so hilft dir Gott" will ganz was anderes sagen, nämlich: „Tue, was in deinen Kräften liegt, denn das tut dir Gott nicht; er spaltet weder Holz für dich, noch kocht er dir Suppe. Hast du aber das deine im Maße deiner Kräfte treu und redlich getan, so hilft dir auch Gott, denn er verläßt die Seinen nicht. Er ist bei dir mit seinem Segen; wo du wässerst und ackerst, da gibt er das Gedeihen, was bei allem die Hauptsache ist, ohne welches du umsonst früh aufstehst, umsonst spät dich niederlegst, und wenn du auch nicht erntest, wenn du auch von denen einer bist, die da säen, aber nicht schneiden, so gedenke an sein Wort, daß er an den Kindern bis in die Tausende vergiltet, was einer in seinem Namen Gutes getan!" So ist es gemeint, aber so ist es auch: Auf den Zungen der Gottlosen wird Honig Gift, Trost und Wahrheit verkehrt sich in Lästerung und Lüge.

Joseph ließ also den Fünften in Vorratshäuser legen, die Ägypter glaubten und gehorchten, brachten so viel als Sand am Meer, so daß man aufhörte zu zählen. Als die sieben Jahre der Teurung kamen, ward eine Teurung in all denselben Landen, aber in ganz Ägyptenland war Brot. Was damals möglich war und gut erfunden wurde, ist noch jetzt möglich und gut, denn der alte Gott, in welchem kein Schatten der Umkehr ist, lebt noch immer und regiert die Welt auf gleiche Weise wie zu Josephs Zeiten.

Nun hat jede Haushaltung — keine Regel ohne Ausnahme — ihre guten Tage, wo sie nicht brauchen muß, was sie verdient, versteht sich, wenn sie mit Verstand und Bedacht den Haushalt einrichtet und den Kreuzer zweimal kehrt, ehe sie ihn einmal ausgibt. Die Kunst des Haushaltens liegt, wie wir schon bemerkt, nicht sowohl im Verdienen als im Brauchen. Wer viel verdient und nur eben recht braucht, das ist ein Mensch, Mann oder Weib, vor dem man den Hut abziehen muß. Die werden wirklich selten sein, welche wie jener Mann, der bereits einmal angeführt wurde, in seinem hohen Alter sagte: so weit er hintere sinnen könne, wisse er nur von einem

Batzen, den er z'Unnutz verbraucht, und der reue ihn noch jetzt, der zugleich doch zu allen Dingen Verstand brauchte, denn man kann sparen ohne Verstand. Bauren sind genug bekannt, welche aus lauter Geiz zugrunde gingen, auch bei Handelsleuten will man das nämliche beobachtet haben.

Gut ist's, wenn man sich in Beziehung auf das Sparen eine bestimmte Regel macht, wie Joseph sie machte, nicht zu enge, daß es mehr gibt, als man dachte. Dies ist namentlich bei Eheleuten nötig, wo es des Unvorhergesehenen manches geben kann, weniger nötig bei ledigen Leuten, deren Ausgaben weit mehr in ihrer Willkür stehen. Kommen nun Gespenster, böse Tage, so hört zuerst die Regel auf; was man beiseitelegte, hat man zum Brauchen zur Verfügung, namentlich wenn Teurung kommt, der Verdienst bleibt. Schon dies gibt gegen den, welcher immer alles brauchte, was er einnahm, er wußte fast nicht wie, einen großen Vorsprung. Er kann alle Wochen viele Batzen mehr brauchen, ohne daß er etwas entbehrt oder das Ersparte verzehrt. Muß er auch daran glauben, so denke man, wie weit bereits dem einen, der nichts erspart hat, das Wasser zum Munde herauflaufen muß, während der andere von dem Eigenen nehmen kann und kommenden Tagen noch warten darf.

Es war eine große Teurung in allen Landen, aber in Ägyptenland war Brot! Von diesem allem hatten Heiri und Kathri keinen Begriff. Sie waren ganz tromsig drin mit ihren Gedanken, sie hofften auf bessere Zeiten. Daß viel schlechtere kommen könnten, daran dachten sie gar nicht, und während sie Besseres hofften von außen, bösete es ihnen inwendig von Jahr zu Jahr. Sie dachten noch immer an Haus und Gut, aber sie taten nicht darum; es sollte ihnen vom Himmel herabfallen, und weil da herab nichts fallen wollte, waren sie so mörderlich unzufrieden mit allen Menschen und der ganzen Welt. Es war kein ernstes Bedenken in ihnen, sondern eine gedankenlose Liederlichkeit, die mit den Jahren zunahm. Sie hatten eben nur den Sinn der Welt, den flüchtigen, veränderlichen; ans Ewige und Bleibende dachten sie nicht, kamen daher nicht zu vernünftigen Gedanken und einem besonnenen, verständigen Lebenslauf. Nur da, wo man den ewigen Gott vor Augen hat, den Unveränderlichen, und als Wegweiser sein ewig Wort, kommt man zu einem sichern Wandel dem ewigen Ziele zu, zu einem schönen Lebenslauf.

Je mehr Befriedigung sie in sinnlichen Genüssen suchten, desto unzufriedener wurden sie, und während sie auf diesem Wege im entschiedenen Fortschritt begriffen waren, stumpfte ihr Geist sich ab, die Empfänglichkeit für ein höheres Leben ging verloren, die Klänge aus einer höheren Welt hörten sie nicht mehr, hatten keine Augen mehr für das Walten Gottes; die Familienereignisse machten wenig oder keinen Eindruck mehr auf sie. Sie sahen Menschen kommen und gehen, sie dachten nicht, woher, wohin. Eltern starben, Kinder wurden geboren und starben, sie hatten dabei keine bessern Gefühle, keine Erweckung; was sie fühlten, stammte aus der Selbstsucht, je nachdem aus den Ereignissen ihnen Erleichterung oder Beschwerung zuwuchs. Gott gab ihnen — wir wissen nicht recht, dürfen wir den Ausdruck gebrauchen — den kleinen Finger, um sie aus dem Sumpfe zu ziehen, denn er will ja nicht den Tod des Sünders, sondern daß er lebe. Hätten sie diesen Finger recht ergriffen und festgehalten, wären sie nach und nach zur ganzen Hand gekommen, aber sie versäumten die gebotene Gelegenheit.

Gott ließ sie erben ung'sinnet, nicht Millionen, aber doch einige hundert Franken, so viel, daß, wenn der rechte Sinn dagewesen wäre, sie sich daran hätten emporrichten können. Was taten sie? Bald schimpften sie über den Bettel, bald taten sie dick damit, brauchten, als wenn es der Schatz aus der afrikanischen Höhle Xaxa wäre, machten gewaltige Projekte und zankten noch gewaltiger darüber, ob, wie Heiri wollte, ein großes Gut oder, nach Kathris Plan, ein schönes Haus in Basel — wir wissen nicht, ob das blaue oder das weiße — gekauft werden sollte. Ehe sie einig waren, war kein Geld mehr da, wie es kommen muß, wenn man immer davon nimmt und nichts dazutut, und wie es immer geht bei Leuten wie Heiri und Kathri, wenn sie bar Geld im Hause haben: es läßt sie nicht leben, bis es gebraucht ist. Sie haben es wie Kinder mit Äpfeln oder sonstigem Naschwerk in den Taschen: sie haben auch keine Ruhe, bis sie das letzte Brösmeli begraben.

So ging es bei Hans Jakob nicht; mit Träumen an hohe Dinge gaben sie sich nicht ab, weder an das blaue, noch an das weiße Haus dachten sie je. Der liebe Gott machte es ihnen nicht leicht; er rang mit ihnen, aber er erdrückte sie nicht. Wer einmal mit dem Wasser gekämpft hat, sei es mit einem Bach, einem Strom oder gar dem Meere, und ihm Land abringen wollte mit Schwellen und Dämmen und erfahren hat, wie g'nug das geht, wie heute eingerissen wird, was gestern gemacht wurde, wie, wenn man alles fertig zu haben glaubte und sicher, in einer einzigen Nacht die Arbeit von Jahren verlorenging, alles im alten schien, der begreift ungefähr, wie Hans Jakob mit dem Strom der Zeit rang, daß er ihm nicht dareinreiße sein kleines Grundeigentum, daß er es sicherstelle und unantastbar. Offenbar kam er vorwärts, das Land gab bessern Ertrag, das Häuschen war im guten Stand, die Schulden hatten gemindert, aber geleichtert hatte es ihm deswegen doch nicht viel; er saß noch immer nicht wie eine Wachtel im Hirse, stak viel eher wie ein Schaf im Dornhag. Es war immer noch fast wie verhexet, es ging immer anders, als er wollte, er konnte nie eine sichere Rechnung machen, immer kam was Ung'sinnets und machte einen Strich, bald eine Krankheit, bald ein Verlust, bald eine Forderung.

Wer einer Familie angehört, die sich treu ist, Lieb und Leid die Glieder miteinander teilen, dem ist ein großes Glück zuteil geworden; es liegt in einer solchen Familie eine große Kraft, sich gegenseitig aufzuhelfen, vor dem Falle sich zu schützen. Sie fordert aber auch Opfer, und wirklich kann die Verpflichtung zu helfen in bedenkliche Ungelegenheit bringen; es ist schon mancher Vater an den Söhnen und mancher gute Bruder an liederlichen Brüdern zugrunde gegangen. Seinen Brüdern, die sich nach und nach verheirateten, mußte Hans Jakob auch helfen, wie sie ihm geholfen. Er tat es gerne, und Anne Marei hatte nie was darwider. Das Geld hatte er nicht verloren, aber mußte sich entblößen, konnte kümmerlich sich kehren, dazu wuchs ihm noch von einer andern Seite her eine Last entgegen.

Anne Mareis Vater, der gute Mann, erfuhr, wie es vernarreten Witwern ergehen und wie ihre Narrheit ihnen Tage bereiten kann, gegen welche das Fegfeuer ein Kilbi ist. Nachdem ihm sein bös Räf nach und nach alle Kinder aus dem Hause getrieben hatte, war sie daran, auch ihn hinauszutreiben. Sie vertat alles und tat nichts, sein Vermögen ging dahin, er konnte die Nächte, welche er noch in seinem Hause schlafen durfte, fast an den Fingern abzählen. Jetzt dachte er oft an seine Frau selig, wie die für ihn gerade die rechte gewesen und wenn er ihr nur bald unter der Erde danken könnte für alle die Guttaten, die sie ihm erwiesen. Jetzt erst sehe er es ein, wie gut sie es mit ihm gemeint und wie er geradeso eine nötig gehabt.

Solche Erkenntnis hintenher kam schon manchem Witwer, solche Buße hat schon mancher getan um der Sünden willen, die er an seiner ersten Frau begangen; schon mancher hat gesagt, wenn er dreinkam wie Josephs Brüder selig: „Das hab ich an meiner Frau selig verdient." Wenn die Frau selig dieses unter der Erde vernehmen kann und sie ist mit Groll im Herzen ins Grab gegangen, so werden solche Bekenntnisse ihn wohl austreiben.

Der alte Mann wußte sich endlich nicht anders zu helfen, als zu seinem Tochtermann zu gehen und ihm sein Leid zu klagen. Wer den armen Mann, des Vergangenen eingedenk, so zwischen Tag und Nacht so zaghaft zu Hans Jakobs Hause gehen gesehen, so demütig anklopfen und fragen gehört, der hätte mit dem armen, alten Manne sicher Mitleiden gehabt. Das hatte auch Hans Jakob und zeigte es unverhohlen und herzlich, während Anne Marei nicht recht wußte, wie es tun sollte. Weiber lieben das Repetieren sehr, und ehe sie verzeihen, lassen sie gerne nicht bloß die ganze Weltgeschichte, seit Adam und Eva aus dem Paradies gejagt wurden, aufmarschieren, sondern auch alles, was sie gedacht und was sie gefühlt, wie manchmal ihnen das Herz weh getan und wie manchmal es ihnen sogar geblutet; erst wenn dieses alles vorab ist, gleichsam der Schutt verglommener Tage oder die Barrikaden vor dem Herzen, kommt dieses zutage in seiner alten Gestalt. Der alte Mann weinte bitterlich, Steine hätten sich seiner erbarmet.

Was jetzt, wie helfen? Nun, da war doch leicht zu raten: Scheiden! Das wäre aber eben ein sehr leichter Rat gewesen, und ist Scheiden ein so schweres Wort! Freilich nur für die Christen, nicht für Juden und Juristen. Scheiden, wenn nicht um des Ehebruches willen, ist das Bekenntnis, man habe keine Bußfertigkeit, keinen Bekehrungstrieb, weder Sanftmut noch Geduld, man halte sich gegenseitig für unverbesserlich. Ist das aber nicht ein schrecklich Zeugnis, gebe man es über sich, über das andere oder über beide zugleich ab? Scheiden ist eine Demonstration gegen Gott, ein gewaltsam Abwerfen der Bürde, die er aufgelegt oder die man leichtsinnig auf sich selbst genommen, ein Absagen des Vertrauens, daß bei ehrlichem und redlichem Streben Gott sei mit seinem Segen. Scheiden ist also ein sehr schwer Wort, aber ein sehr leichtfertiger Rat. Wo man die Gesetze macht nach Christi Befehl und Ordnung und den Verstand hat, ihren Sinn und Bedeutung in Beziehung auf die menschliche

Natur und die Bestimmung der Menschen zu erfassen, die Gesetze nicht macht nach der eigenen Lust und Gier und der Augen Lust und des Fleisches Lust, der Hoffart des Lebens, da wird auch das Gesetz das Wort schwer nehmen und dem Fleische, dem lüsternen und ungeduldigen, schwer machen das Scheiden.

Hans Jakob und Anne Marei taten wirklich recht erbaulich, ganz so wie Christen und nicht wie fleischliche, leichtfertige Ratsherren. Wir nennen nämlich Ratsherr jeden, der Rat erteilt, sei er nun durch das Volk erwählt oder habe er sich selbst dazu gemacht. Sie hörten ihm zu, erinnerten ihn nicht an seine Schuld, es war auch nicht nötig; sie bedauerten ihn, sprachen ihm Geduld zu. Hans Jakob versprach, dafür zu sorgen, daß von gewichtiger Seite her mit der Stiefmutter geredet werde. Wenn sie den rechten Ernst sehe und daß der Mann Beistand hätte, so sei sie gescheut genug, ihren Vorteil einzusehen, meinte man. „Und wenn alles umsonst sein sollte, Vater", sagte Hans Jakob, „so ist auch für Euch ein Plätzlein da und was Ihr sonst nötig habt, wenn Ihr Euch leiden wollt." Als der Alte das tief empfand und sagte: wie wüst er sich gegen die Tochter und die andern Kinder aufgeführt und er ein solches Anerbieten nicht annehmen dürfte, weil er es nicht verdient und sie ja selbst mehr als genug zu tun hätten, sagte Hans Jakob: er solle nicht Umstände machen und kommen, wenn er daheim nicht mehr sein könne; er habe noch nie gehört, daß jemanden das viel geschadet, wenn er an den Eltern seine Schuldigkeit getan und ihnen geholfen. Hans Jakob hatte recht; so etwas kann der liebe Gott immer gutmachen und oft so, daß man es nicht einmal recht merkt. Er machte es hier auch so, er vergalt es ihnen unvermerkt an den Kindern.

Es ist kurios, es ist immer noch so, daß oft den Weisen verborgen bleibt, was den Unmündigen geoffenbart ist. Man schreibt ganze Fuder voll über Pädagogik, sogar über Erziehung und vergißt gemeiniglich vor lauter Weisheit die Hauptsache in der Erziehung, die einfache, unverfälschte Liebe. Es ist mit den Kindern wie mit den Pflanzen. Pflanzen ziehen ist eine große Kunst; es werden auch Fuder geschrieben über Baumzucht, Blumenzucht, Feldwirtschaft, Wiesenbau und Rebenkultur, und zu allen Zuchten und Künsten ist eines nötig, und wenn das eine fehlt, ist alles nichts, kein Gedeihen, weder Saft noch Kraft in allen magern Stengeln, die zu einem blassen Leben sich emporgeschwungen, und dies eine und Hauptsächlichste ist einfach die Sonne. Künstelt, pröbelt, schwitzt, zieht, schafft, ohne Sonne ist all nichts; ihre Wärme und ihr Licht spenden Kraft, geben den Segen dem schaffenden Menschen. Nun ist's freilich wahr, wenn man über obige Dinge schreibt, so schreibt man nicht dazu: Nimm soundso viel Pfund Sonne, soundso manchen Schoppen Regen, denn Sonnenlicht und Regen stehen nicht in des Menschen Hand und Macht, die mißt unser Herrgott selbst uns ab und, Gott sei Dank, nicht wie ein Apotheker in allerschlechtestem Maß und Gewicht, sondern akkurat wie der liebe Gott, dessen Hand offen ist zu rechter Stunde, der sättiget alles, was da lebt. Höchstens schreibt man: Esparsette tut Sonnseite am besten, die Tannen wachsen Schattseite schneller. Man könnte glauben, die Pädagogen hätten es auch so mit der Liebe und schrieben deswegen nichts davon, weil sie dächten, die verstünde sich von selbst; aber das glauben wir eben nicht, sondern wir glauben, die einen hätten nichts von ihr geschrieben, weil sie aus lauter Weisheit nicht an sie dachten, andere, weil sie vor lauter Weisheit sie nicht kannten, und endlich die dritten, weil sie eben wegen ihrer Weisheit sie haßten und als nicht bloß überflüssig, sondern sogar schädlich bei der Erziehung ignoriert wissen wollten.

Hans Jakob und Anne Marei waren nicht selbstsüchtig, denn ihr Maul, überhaupt ihr Fleisch war nicht ihr Herrgott, die Kinder waren ihnen sehr lieb, einfach und unverfälscht. Darum redeten sie auch mit ihnen, und sobald ihr Tätigkeitstrieb sich regte, mochten sie die Mühe nehmen, denselben auf nützliche Verrichtungen zu lenken, wo dann ein Kind große Freude hatte und sich hoch meinte, wenn es schon helfen, der Mutter ein Scheit nachtragen konnte in die Küche oder dem Vater ziehen helfen an einem Karren usw. Das gab sich mit kurzen Worten bei Anne Marei, vielleicht auch mit rauhen, aber das irrte die Kinder nicht; an diese Stimme waren sie gewöhnt, und sie hatten es im Gefühl, daß die Mutter es doch so gut mit ihnen meinte.

So hatten es auch Heiris Kinder; sie fühlten das gleiche heraus, und wenn sie Anne Marei eine Gefälligkeit, einen Dienst erweisen konnten, so taten sie es, während es ihnen gegen ihre Mutter, gegen Kathri, nie einfiel. Kathri gab es ihnen viel zu deutlich zu verstehen, daß sie ihnen im Wege, eine Last, eine Bürde seien. Heiris waren imstande, wenn Kinder starben irgendwo, vor ihren Kindern zu sagen: dem sei es wohl gegangen, es hätte deren noch mehr als genug, so g'fellig seien sie nicht, ihnen sterbe keins; was sie mal hätten, könnten sie behalten. Da könnte man sehen, wie gerecht es gehe auf der Welt; die Armen könnten die Kinder haben, die Reichen, welche ihnen doch z'fressen genug hätten, die seien nicht damit geplagt, könnten gut haben, d'Sach selber brauchen. Daher verstunden sie auch ihre sich regende Tätigkeit nicht; alles, was sie machten, war anfangs nicht recht, sie sollten nichts anrühren, nirgends sein; war etwas verlegt, verloren, so kriegten sie Schläge, hatten sie es getan oder nicht; hintenher sollten sie alles können, und konnten sie es nicht, so zeigte man es ihnen nicht, sondern haberete sie ab; damit meinte man ihnen die Kunst vollkommen beigebracht zu haben, jetzt sollten sie es können, und konnten sie es wieder nicht, so titulierte man es Bosheit und haberete sie nochmals ab. Heiri und Kathri hatten wirklich ein Stück von allerneuster Pädagogik im Leibe; leider kam es ihnen nicht in Sinn, sich eigens auf dieses Fach zu legen, bei einigen pädagogischen Bekanntschaften hätten sie sicher sein können, in aller Bälde einen ehrenvollen Ruf zu erhalten.

Hans Jakobs Kinder halfen, man wußte eigentlich nicht, wie und wann, nicht am Webstuhl, nicht am Seidenrad, sondern drum herum, sahen allem zu, sahen alles an mit Freuden, und wenn sie mal etwas in die Hände nehmen, das Rad einmal drehen durften, war es ein Glück für sie. Ja, und wenn man eine Sache lange ins Auge gefaßt hat, weiß man am Ende denn auch, wo man mit den Händen sie anfassen kann. Und wie sie Freude hatten am Gelde, welches der Vater vom Seidenherrn erhielt oder heimbrachte! Schöne Batzen, große, große und wieviel! In dieser Freude am Gelde, welches der Vater verdient, liegt in solcher Haushaltung, wo alles, Freude und Leid, Sorgen und Hoffnungen, Gemeingut ist, überhaupt wenig Geheimes, ein Doppeltes: es gibt Respekt vor dem, der es verdient, es gibt den Kindern, wenn es mit den rechten Worten begleitet wird, einen Begriff, wieviel alles kostet und wie ernst gearbeitet werden muß, wenn man mit Ehren durch die Welt kommen und bei seiner Sache bleiben will. Nur muß man es nicht machen wie jener Sepp, der, wenn er seinen Jahrlohn bekam, das Geld auf den Tisch ausschüttete, alle zusammenrief und sagte: „Frau, was hast nötig, da ist Geld, da nimm! Kinder, was habt ihr nötig, da ist

Geld, da nehmt!", der weder an die alten Schulden noch an das kommende Jahr dachte, sondern, wenn noch was überblieb, den Vorschlag machte, zusammen ins Wirtshaus zu gehen und den Rest zu verbrauchen. Als die Kinder wirklich halfen, gab ihnen Hans Jakob eine Kleinigkeit, da war die Freude noch größer und eifriger zur Hülfe die kleine Mannschaft; doch hörte man oft von ihnen: „Vater, behalte es, wenn du es nötig hast, du brauchst ja so viel für z'zinse!"

Bei Heiris war das nicht so. Heiri spienzelte das Geld, welches er heimbrachte, den Kindern nicht; es wäre ihm lieber gewesen, auch Kathri hätte nicht darnach gefragt, aber Kathri schoß darauf hitziger als ein Habicht auf eine Taube. Heiri brauchte vorab, soviel es ihm möglich war, Kathri faßte, was es erhaschen konnte, meinte, an ihm sei es so gut angewendet als an Heiri, und was kam und was ging, brauchten die Kinder nicht zu wissen, dieweil es sie nichts anginge. Auch erhielten sie später auch nichts und sagten oft traurig, wenn sie bei Hans Jakobs Kindern die schönen Batzen sahen: „Sie geben uns keine, von wegen wir müssen das Essen anschaffen, und das kostet schrecklich viel Geld; die Mutter sagt uns, man wisse nicht mehr, wo Geld nehmen, wenn wir so viel essen." Es ist wohl niemand auf Erden, den Geld nicht reut, aber mit Unterschied; die einen reut's für das Saufen und für die Kinder nicht, die andern reut es für die Kinder, aber nicht für das Saufen usw.

Natürlich wirkt ein solches Benehmen betrübend auf die Kinder ein, macht sie mißmutig, lässig, tötet alle Freudigkeit in dem, was man soll, und lehrt sie an sich denken, sehnlich harren der Zeit, wo sie von diesen Ketten frei für sich sorgen könnten, doch auch etwas hätten von ihrem Fleiß als nur Verdruß. Diese Stimmung der Kinder wurde denn aber doch von den Eltern mit Ärger empfunden, und unfähig, den Grund irgendeiner Sache am rechten Ort zu suchen, beschwerten sie sich bitterlich über die Kinder, wie sie gegen sie seien, und Kathri stichelte manchmal, daß man es mit dem Pelzhandschuh greifen konnte, sie wüßten wohl, woher das käme. Wenn nicht immer Leute wären, die sie aufwiesen, sie wären auch anders. Sie könnten es auch machen, aber o jere, so schlecht seien sie nicht, sie hätten noch ein Gewissen, aber es gebe Leute, die keins hätten, wenn man auch glauben sollte, wie geistlich sie seien.

Hans Jakobs hatten ein halbes Dutzend Kinder, das jüngste war schon fünf Jahre alt, da ward Anne Marei schwermütig und sagte, es werde müssen gestorben sein, es fühle es wohl. Anne Marei hatte eine gute Frau, wir wissen nicht recht, war es die Frau Doktorin, aber wir glauben es fast; dieser lieferte es die Eier, Butter usw., hatte großes Zutrauen zu ihr, dieser weinte es einmal sein Leid vor; die tröstete es kräftig, sagte: es werde vielen Weibern so in diesen Umständen; wenn die Zeit um sei, werde es schon bessern. Ja, sagte Anne Marei, das habe ihm die Mutter auch schon einmal gesagt, und damals habe es ihm wirklich auch gebessert, aber jetzt sei es ihm darum ganz anders. Nit daß es sich vor dem Sterben fürchte, es sei ihm nur um die armen Kinder, wenn die auch so eine Stiefmutter bekommen sollten. Nit daß Hans Jakob so sei wie der Vater, aber man wisse wohl, was das Mannevolk für eine Art habe. Die Frau Doktorin versprach alles Gute, und wenn, was sie aber nicht glaube, Anne Marei dahintenbleiben sollte, so wolle sie die Kinder nicht aus dem Auge lassen, sich bestmöglichst ihrer annehmen, und das Ende vom Liede war, daß Anne Marei am Leben blieb und die Frau Doktorin Patin wurde. Aber was das Gevatterbitten Hans Jakob für Schweiß kostete, er hätte ringer zwei Kindbettene selbst ausgestanden.

Nun, die Erwählte tat nicht wüst, sondern nahm mit guten Worten das Amt an, von dem weltliche Leute sagen, es enthalte eine kurze Ehre und einen langen Kosten. Geistig genommen dagegen liegt in diesem Amt eine große Ehre. Es liegt darin das Zeugnis des Vertrauens, der erwählte Pate habe eine Hand, welche imstande sei, nach dem abgelegten Gelübde das Kind dem Herren zuzuführen. So geht es mit den meisten Sachen, je nachdem man sie geistlich oder weltlich ansieht, haben sie ganz andere Gesichter. Wie üblich brachte auch sie ein Patengeschenk. Man dankte schönstens und sagte: es hätte sich nicht nötig gehabt, b'hüt is, man dürfe es nicht nehmen, an das hätte man doch wahrhaftig nicht gedacht, und doch machte man große, seltsame Augen, denn man hatte nicht was Goldenes, nicht was Silbernes, man hatte ein bloß Papier in Händen. Die Frau Doktorin sagte ebenfalls Übliches: es lohne sich des Dankes gar nicht, es sei nur eine Kleinigkeit. Sie seien ihr schon lange liebe Leute gewesen, und es freue sie, daß sie des ein Zeichen tun könne. Sie hätte aber eben gedacht, die Patengelder lägen da so unfruchtbar, fast wie Wind und Wetter preisgegeben, denn wenn ein Blitz einschlagen sollte, wovor sie Gott behüten möge, so rette man solche Kleinigkeiten selten. Unzählige Kinder hätten nichts davon, dieweil es die Eltern verbrauchten so oder anders. Nun, davon würde hier nicht die Rede sein, und eben deswegen hätte sie gedacht, es sei ihnen anständig, wenn sie das Geld an einen Ort täte, wo es nicht bloß sicher sei, sondern Zins trage, daß das Kind, wenn es erwachsen sei, die doppelte Einlage zurückzufordern hätte. „Es ist ein Schein auf die Ersparniskasse von Langenbruck. Solltet ihr aber das Geld früher nötig haben, so zahlt man es zurück, welchen Augenblick ihr wollt; ihr braucht nur das Papier da vorzuweisen."

„Oh", sagten die Eltern, „das hätte sich doch gar nicht gebraucht, wir wären zufrieden gewesen auch ohne das. Und Kummer, daß wir den Kindern ihre Sache brauchten, braucht man nicht zu haben, das wäre das letzte, welches wir machten. Sie hätten noch alles beisammen, was sie erhalten, und noch manchen Batzen dazu, von wegen wenn sie recht fleißig sind mit Spulen und Winden, so müssen sie auch was haben, damit sie auch wissen, für was sie es machen, und daß sie nicht meinen, es sei alles nur für uns. Sie haben schon ein recht schön Hämpfeli Geld beisammen; zeiget das der Frau Gotte!"

Die Kinder schossen davon wie eine Schar gefangener Tauben, deren jede ihr eigen Nest hat, brachten ihre Schätze daher, breiteten sie vor der Frau Doktorin aus, wollten jedes das schönste Stück haben, wollten die Lebensgeschichte aller der Stücke erzählen, jagten einander die Worte ab und drängten sich weg von dem nächsten Stand der Frau Doktorin Angesicht. „Seht", sagte Anne Marei, „was sie für eine Freude haben am Gelde! Wenn sie recht ordentlich sind und fleißig, so erlauben wir ihnen, es hervorzunehmen und zu sehen, und es ist, als ob ihnen das erst recht Appetit zur Arbeit mache."

Ob dieser Rede, eine der längsten, welche Anne Marei bis dahin fallen ließ — hätte darum auch nicht zum Ständerat gepaßt, wo die Reden das Umgekehrte von Bratwürsten haben müssen: wie diese immer zu kurz sind, müssen jene immer zu lang sein, daher auch der lange Durst begreiflich, denn, wenn man einen ganzen langen Tag durch schwatzen mußte, warum sollte man nicht eine kurze Nacht durch löschen und trinken dürfen? —, war die Frau Doktorin kaputt geworden. Sie sah, daß sie in einen doppelten Ast gesägt, daß man meinte, sie hätte Mißtrauen gehabt, die Eltern brauchten die sogenannten Einbünde, wie es allerdings an vielen Orten der Fall ist, wo sie alsbald versoffen und verfressen werden, und zweitens, daß man Bedauern habe mit dem Kinde, weil ihm jetzt die Freude am Gelde verdorben sei. Was sollte es für Freude haben an so einem wüsten Papier, wo dazu noch so leicht verrissen oder gar von Mäusen gefressen werden konnte? Die Frau Doktorin sagte daher: es sei ihr leid, wenn sie gefehlt, wo sie es habe gut machen wollen, doch der Schaden sei bald geheilet und d'Sach geänderet. Sie könne die Einlage gegen das Papier jeden Augenblick eintauschen und wolle ihnen das Geld bringen oder schicken, daß dem Kinde die Freude nicht verdorben werde.

Das wollten nun aber Hans Jakobs nicht; sie wollten die Frau Patin sowenig erzürnen als diese sie. D'Sach werde schon recht sein, sagten sie, die Frau Gotte werde wohl gewußt haben, was sie mache, und nichts Ungeschicktes gemacht haben. Sie kennten den Verhalt der Sache nicht, es sei ihnen halt ungewohnt, ihrer Gattig Leute verstünden sich auf Neuigkeiten nicht, sie seien nur auf das Alte b'richtet, mit dem habe man es machen müssen bis dahin. Ob das als Trumpf gesagt wurde oder mit einem Seufzer, konnte die Frau Doktorin nicht recht unterscheiden. Sie war aber eine gute Frau und nicht leicht beleidigt, sie sagte: „Aparte neu ist es nicht, aber hier nur noch nicht bekannt. Es ist so mit mancher Sache, an andern Orten ist sie alt, hier ist sie noch nicht lang bekannt und doch gut. Den Fischtran per Exempel trinken die Lappländer schon seit Anfang der Welt, und Landrät haben die Pommern fast ebenso lang, und sind beide doch erst seit kurzem im Baselbiet bekannt und doch so gut und g'sund. Z'Langenbruck, wo die Leute etwas weiter kommen als bis zum Neuhüsi oder bis Dornach zu den Kapuzinern, da haben sie schon eine Weile eine Sparkasse, und sie sagen, d'Sach sei b'sunderbar kommod."

„Ja", sagte Hans Jakob, „die können es wissen, die verstanden den Pfiff, handeln weit, und denen ist allweg nichts kommoder als so eine Kasse, wo Geld sein wird. Ich habe schon manchmal gehört, beim Handeln sei keine Sache so kommod als Geld und brav Geld."

„So wird es sein", sagte die Frau Doktorin, „aber meint doch denn nicht, Gevattermann, daß sie das Geld da so mir nichts, dir nichts aus der Kasse nehmen und in ihren Nutzen verwenden können. Sie können wohl auch Geld nehmen, ja freilich, aber gegen einen guten Zins und gehörige Versicherung und nicht so bloß auf Hudelbürgschaft hin, wo Hansli dem Christeli Bürg ist, Christeli dem Hansli, der Hirsköbeli dem Hirsjakobli und Hirsjakobli dem Hirsköbeli, während keiner von ihnen, wenn er anfangen wollte zu mausen, Geld hätte, für die Haselstecken zu kaufen, geschweige für den Eisendraht. Dann können aber nicht bloß die Händler Geld haben; am kommodsten ist das gerade Leuten, wie ihr seid, Hans Jakob. Wenn einer ein braver Mann ist, daß man sieht, er sieht zu seiner Sache und vernachlässigt sein Land nicht, und er hat einiges an seinem Heimwesen bezahlt, so bekömmt er für seine andere Schuld Geld bei der Kasse gegen den Zins, wie er anderwärts ihn auch geben muß, und das ist dann sicheres Geld, das wird nicht abgekündet, solange es recht verzinset wird. Die Kasse handelt nicht, kauft nicht Häuser, nicht Güter; die Kasse ist froh, wenn sie ihr Geld an einem sichern Ort und einen richtigen Zinsmann an der Hand hat. Sie kündet daher nicht ab, wenn man am wenigsten daran denkt; dadurch kam schon so mancher in die bitterste Verlegenheit oder wurde über das Nest ausgestoßen, weil er Geld haben sollte und keines fand. Es ist mit dem Geld eine kuriose Sache; wenn man es am nötigsten hat, ist keins zu finden, es ist mit ihm wie mit den Elstern im Juni, wo sie auch sämtlich verschwunden sind und kein Mensch weiß, wo sie hingekommen."

„Ja", sagte Hans Jakob, „das habe ich erfahren; wenn ich nur davon höre, fühle ich es in den Gliedern. Das Schrecklichste, was mir ertraumen kann, ist das, daß mir Geld abgesagt wird auf einen bestimmten Tag, und ich muß laufen und Geld suchen und finde keins, und der Tag ist da, und ich habe keins. Die Frau weckte mich schon mehrere Male, daß sie sah, wie ich in einem bösen Traum war. Allemal war ich bachnaß und fühlte es den ganzen folgenden Tag in den Gliedern. Ja, dafür, das gebe ich zu, ist's eine kommode Sache, wenn es solche Leute wie ich bekommen, ja, für die wohl."

„Ja", sagte die Frau Doktorin, „für die ist es sehr kommod; es wäre gut, wenn man es recht begriffe. Aber es ist für die, welche einlegen, noch viel kommoder, und für die ist's eigentlich gemacht, gerade da ist der Hauptnutzen." Es werde sein, sagte Hans Jakob, daneben habe er geglaubt, wer Geld habe, finde demselben immer Platz; es sei eben nur fatal, daß nicht alle Leute übriges hätten.

„Es haben mehr Leute übrig, als man daran denkt, als sie selbst es wissen, und die kommen eben um dieses Geld; entweder brauchen sie es selbst, oder brauchen es ihnen andere, und wenn sie es brauchen sollten, habe man keins", sagte die Frau Doktorin. Ja, davon habe man Beispiele von Exempeln, sagte Hans Jakob, er könnte auch was darüber sagen.

„Nun, nehmt gerade die Patengeschenke der Kinder, wie selten bringt sie eins bis zur Heirat oder nur bis daß es zum heiligen Abendmahl geht. Während dieser Zeit liegen sie im Kasten, immer gleich viel; so in einer Kasse würden sie sich mehren, da tragen sie Zins; wer heute einen Louisd'or einlegt, hat in ungefähr zwanzig Jahren zwei Louisd'or, da kann er einen brauchen, und er hat immer noch einen, geradesoviel als er im Anfang hatte." „Ja, aber es haben nicht alle Leute eine gute Frau Patin, welche ihnen gleich einen Louisd'or gibt, um einzulegen", antwortete Anne Marei.

„Es braucht sich auch nicht", sagte die Frau Patin, „man kann fünf Batzen einlegen, und die schon tragen Zins, und das mehrt sich, man denkt nicht daran. Legt zum Beispiel für ein Kind alle Tage einen Kreuzer beiseite, das gibt im Monat einen halben Gulden; macht das zwanzig Jahre lang, nehmt keinen Zins, sondern laßt Zins auf Zins schlagen, so hat das Kind im zwanzigsten Jahr ein Vermögen von zweihundertfünfundvierzig Franken, und viele Kinder können vom vierzehnten Jahr weg viel mehr einlegen als einen halben Gulden monatlich. Das ist ein Kapital, mit dem sich denn doch schon etwas anfangen läßt, wenn nach altem Gebrauch, der kaum ergehen wird, zwei zusammenkommen. Man glaubt gar nicht, was aus Kreuzern werden kann, wenn man sie gehörig ästimiert, und dazu merkt man es kaum, wenn man Kreuzer beiseitelegt. Mancher, der jedem wüst sagen würde, wenn er ihm zumutete, er sollte einen Taler vorschlagen, hätte ung'sinnet einen, wenn er Kreuzer sparte. Das ist wie mit dem Lesenlernen; da stellt man einem auch nicht die ganze Bibel vor und sagt: ‚Da, ler!', sondern man nimmt das Namenbuch, fängt beim großen A an, kommt nach und nach zum B, bis man endlich hinten aus ist; erst dann schlägt man Silben zusammen, erst dann Worte, erst dann kleine Sätze, erst dann kommt man in kleine Bücher und erst nach langem, langem und wenn man Fleiß hat, in große."

„Ja, ja", sagte Hans Jakob, „wo man übrig hat, da kann man

vorschlagen, aber wo man immer zuwenig hat, da hört man, und wenn es schon nur Kreuzer wären, man nähme deren noch, wenn man sich nicht schämte zu betteln und sie jemand ungeheischen geben würde."

Die Frau Doktorin schüttelte ungläubig den Kopf, doch wohl wissend, daß man mit Disputieren bei solchen Leuten wenig abbringt, weil sie meinen, solche Leute wissen nicht, wie ärmere Leute es haben, davon hätten sie keinen Verstand, sagte bloß: „Und die Kinder, die schlagen doch vor." Wenn die es in die Sparkasse täten, mehrete es sich alle Tage, und wenn sie alleweil dazu täten, so hätten sie am Ende ein schönes Sümmchen beisammen. Und wenn ihm einmal ung'sinnet Geld abgesagt würde, so könnte er sich damit helfen und der Schuldner der Kinder werden. Ob er ihnen zinse oder jemand anders, das komme ja auf eins heraus.

Selb, sagte Hans Jakob, wäre ihm doch zuwider; er möchte nie seiner Kinder Geld in seinen Nutzen verwenden. Man könnte wohl sagen, er sei es ihnen schuldig, aber man wisse wohl, wie das gehe; es sei bös, das in Rechnung zu behalten, und wenn es schon aufgemacht sei, was das eine gegeben, wollten es die andern nicht glauben. Daneben hätten sie so große Freude an ihrem Gelde, die möchte er ihnen nicht verderben. Nun, bei dem Jüngsten mache es nichts; das habe es nie gesehen, es reue ihns also auch nicht, wegzugeben. Daneben habe er schon oft gehört, mit solchen Kassen sei es nicht immer richtig. Er wolle nicht davon reden, daß jeder, der sich damit g'mühe, sein Profitchen haben werde, warum würde er sich sonst damit befassen? Und es sei jedem seine Sache zu gönnen, warum nicht, aber wenn viel drin sei und es d'r wert sei, so sei man schon mit drausgegangen, und sein Lebtag habe man weder vom Kapital noch von der Kasse was wiedergesehen. Selb würde ihn doch dann übel reuen, wenn ein andrer an den Kreuzern wohl lebte, die er sich am Maul abgebrochen.

„Da habt nicht Kummer, Hans Jakob", sagte die Frau Doktorin, „das hängt nicht bloß an einem, sondern da ist von allen, die in der Verwaltung sind, einer für den andern gut, und das sind alles habhafte, gesessene Männer und nicht Fötzelvolk, wie manchmal deren in guten Weinjahren das Volk selbsten wählt und ihnen seine Kassen in die Finger gibt oder wie sie gewählt werden, wo einer dem andern Vetter ist vom Lumpensameli her, welcher ihr Erzvater war.

Daneben sind alles gemeinnützige Leute, wo das tun nicht wegem Profit, sondern dem allgemeinen Besten, aus Liebe zum Volk."

Selb wär schön, sagte Hans Jakob, von solchem habe er noch nicht viel gehört, daneben komme er nicht weit herum. Aber es werde sein, weil sie es sage. Es freue ihn, wenn es immer so bleibe.

Die Frau Doktorin ward fast böse, daß Hans Jakob an lauterer Gemeinnützigkeit zweifelte als an einer Sache, welche zwischen Himmel und Erde nicht mehr zu finden sei, sondern ins Gebiet der Sage gehöre, ungefähr wie Drachen und Lindwürmer. Sie meinte es gut, glaubte daher auch aufrichtig an das Gutmeinen anderer. Sie kriegte einen Zahn auf Hans Jakob und bedachte nicht, daß in dem Lebensgebiete, in welchem derselbe sich bewegte, er vielleicht diese aufrichtige Gemeinnützigkeit ohne alle Hintergedanken nie bemerkt, daher an ihr Dasein nicht glauben konnte, ungefähr wie seinerzeit ein alter Küher auf dem Paßwang nicht glauben wollte, daß dreißig Stunden unterher Basel ein Turm sei, dreimal so hoch als der größte in Solothurn. Er sei bald vierzig Jahre da oben, sagte der Küher, wenn einer wäre, er hätte ihn sehen müssen, und er habe ihn noch nie gesehen; mit solchen Lügen solle man ihm nicht mehr kommen.

Die Frau Doktorin dachte, bei solchem Stand der Dinge oder der Köpfe trage b'richten nicht viel ab, und ging, nachdem sie noch einmal die Auswechslung des Scheines angeboten.

„Wenn du die nur nicht böse gemacht", sagte Anne Marei, „da könnten es ich und das Kind entgelten. Wenn du zum Reden kommst, bist du auch gar zu grob und unmanierlich. Konntest nicht schweigen oder sagen: ‚Es wird sein, Ihr werdet das besser wissen'?" „Hätte können", sagte Hans Jakob. „Aber es machte mich bös, daß sie gemeint hat, wir sollten den Kindern ihre größte Freude verderben und ihnen das Geld nehmen und es da so in eine Kasse tun. Das ist wiederum so eine neue Ersinnete, wo die einen etwas vorstellen möchten damit, weil sie sonst nichts zu bedeuten haben, und möchten machen, daß man von ihnen rede, wo dann die andern und Schlauern benutzen, um uns armen Leuten das Geld abzuläscheln, fast so wie in einer Lotterie, und wenn sie genug haben, gehen sie damit über den Bach. Es mahnt mich an die Blutsauger; die fallen auch ab, wenn sie sich vollgesogen." „So wird es sein", sagte Anne Marei, „aber hättest schweigen können, man muß nicht meinen, man müsse immer alles sagen, wenn man schon recht hat. Was brauchen andere

Leute zu wissen, was man für eine Meinung hat, besonders wenn dieselbe übel angeht!"

An einem der folgenden Tage waren Hans Jakob und Hans Jakobli, der älteste Sohn, auf dem Lande mit Erdäpfelsetzen beschäftigt. „Vater", sagte der Sohn, „ich möchte mein Geld auch in die Kasse tun, wenn du nichts darwiderhättest." „Wie meinst?" frug der Vater. „Ich möchte auch in die Kasse tun", antwortete der Sohn. Da wurden dem Hans Jakob die Ohren lang und die Augen groß. „Was kömmt dich an?" sagte er. „Ist dir dein Geld, wo du so große Freude gehabt, erleidet, daß du es so verwerfen willst? Jetzt hast es, und ist's einmal fort, weißt du nicht, ob du es je wiedersiehst."

„Nein, Vater", antwortete Hans Jakobli, „erleidet ist es mir nicht, aber b'sunderbar hat es mir gefallen, daß es aus einem Batzen in zwanzig Jahren zwei Batzen gebe und in zwanzig Jahren aus einer Dublone auch zwei und daß, wenn man nur so Kreuzergeld einlege, man zuletzt einen großen Haufen Geld beisammenhabe. Das hat mir b'sunderbar wohl gefallen, ich mußte immer daran denken, und es kam mir diese Nacht im Traume vor. Was habe ich vom Ansehen? Dagegen in der Kasse mehret es, und wenn ich noch mehr dazutue, mehret es noch mehr, und wenn man es nötig hat, kann man es ja wiederhaben, und wenn es viel ist, kann man damit etwas ausrichten und braucht nicht so andern Leuten nachzulaufen."

Hans Jakob konnte die Dummheit seines Jungen gar nicht begreifen. Er schimpfte bei Anne Marei sehr über die Welt. Wenn man meine, man erziehe die Kinder, wie es üblich und bräuchlich, vor Gott und Menschen recht, kämen andere und verdürben sie, setzten ihnen deren neumodisch Zeug in Kopf und machten sie dumm, ganz dumm mit Verblendung. Hans Jakob kannte das Eingericht des menschlichen Geistes nicht, und dies ist ihm nicht übelzunehmen, kennen dies doch Ratsherren, Professoren, ja sogar Pädagogen nicht.

Hans Jakob begriff die Entwicklung, den Fortschritt des Geistes nicht. Das Kind hat Freude am Schauen, überhaupt an dem, was durch seine Sinne eingeht. Blanke Batzen sind ihm daher ans Herz gewachsen, kleine und große ungefähr gleich tief, vom Wert derselben hat es keinen Begriff. Bei einem vierzehnjährigen Knaben ist der Geist erwacht, er hat einen Begriff über den Wert der Dinge, und ganz besonders geht ihm weit über das Anschauen das Träumen, das Denken in die Zukunft hinaus. Die Einbildungskraft regt ihre mächtigen Flügel. Das Denken an das Wachsen der Kreuzer zu Batzen, der Batzen zu Talern, das Denken an den Verdienst, an dessen Steigen, an das Resultat, wenn endlich alle Bächlein zusammengeronnen und in einem Beutel sich gesammelt haben, das ist unendlich anziehender und geistreicher, möchten wir sagen, und gewährt daher auch viel größern und nachhaltigeren Genuß als das immer sich gleichbleibende Anschauen der Geldstücke. Der Traum des armen Eiermädchens, seine Freude und deren traurig Ende ist bekannt. Wer in Sparkassen legt, hat ähnliche Träume, gleiche Freude daran, dabei aber ist ein doppelter Unterschied. Die Träume über Sparkassen werden alle Tage neu und brechen nicht so traurig zusammen wie zerbrechliche Eier. Man glaube daher gar nicht, man verderbe Kindern Freude, wenn man ihnen das Geld nehme und in Sparkassen lege; es wird ihnen dadurch im Gegenteil größere und dauerndere bereitet und zugleich ihnen ein Gegengift gegeben. Jedenfalls regt sich in diesen Jahren die Einbildungskraft; wird derselben nicht eine vernünftige, gesunde Nahrung gegeben, so bieten ihr die Sinne Nahrung, zumeist so ungesunde, daß Leib und Seele in Ewigkeit dadurch vergiftet werden.

Man möchte vielleicht an dieser Ansicht Ärgernis nehmen, weil sie zuwenig geistig sei, zu Geiz oder wenigstens Geldsucht führen werde. Wir geben gerne zu, daß mit viel feinerem, edlerem Stoff die Einbildungskraft zu befruchten sei, aber wer soll in solchen Umgebungen ihn herbeischaffen, hegen und pflegen, und zwar so, daß derselbe greift und lebendig wird? Doch nicht etwa die Schweizer Geschichte oder gar die Naturlehre und Naturgeschichte, wie sie zumeist vorgetragen werden? Man hat Beispiele, daß Leute im Staube erstickt sind, und zwar in wirklichem Staube; wie viele Geister aber erstickt im Schweizer und Naturstaub, darüber sind noch keine Zahlen bekanntgemacht worden. Im Archiv des Departementes des Innern im Kanton Bern sollen Tabellen existieren. Bis dahin konnte leider niemand Auskunft geben, in welcher Ecke sie zu suchen seien, und so blindlings ans Ganze sich zu wagen, getraute sich bis dahin noch niemand; dafür müßte man ein Alter wie Methusalem vor sich haben, und zwar hinlänglich garantiert.

Das ist dann allerdings zu bemerken, daß diesem Sparen und Sammeln ein Zweck gegeben werden muß, der vor Geiz und Habsucht bewahrt. Das Geld an sich ist nichts, es soll nur Mittel sein, zu einem anständigen Dasein zu gelangen und den Kindern ebenfalls ein solches zu gründen. Mit diesem Zweck ist dann die Einbildungskraft der Kinder christlich zu läutern und zu verklären; das gibt solide Gedankenreihen.

Dem Anne Marei kam das Gelüsten des Jungen, in die Sparkasse zu legen, auch seltsam vor, doch nicht unwillkommen. Es war ihm immer banger geworden, die Frau Doktorin habe Hans Jakobs Gerede übelgenommen, und warum eine so gute Frau böse machen? Es meine ja nicht, daß man durchweg nach ihrer Geige tanzen müsse. Die Hauptsache sei, daß man gute Worte gebe und daß sie meinen, man wolle tanzen, hintenher könne man dann alleweil machen, was man wolle, wenn man sie nur immer bei ihrer guten Meinung behalte. Gegen diese nicht unpraktische Ansicht war gefehlt worden; jetzt war ein Opfer zur Versöhnung nötig, daher Hans Jakoblis Trieb der Mutter willkommen: seine Einlage sollte das Opfer sein. Hans Jakob begriff dieses nicht gleich, war sehr verwundert über Anne Mareis Zustimmung, ärgerte sich darob, ließ Anne Marei dann aber auch machen, wie er es gewohnt war, denn er war nicht von denen einer, die meinen, sie müßten alles zwängen.

Auf die gehabte Unterredung hin war die Frau Doktorin sehr verwundert, als Anne Marei mit einem Hämpfeli Geld anrückte und bat, sie möchte behülflich sein, daß das Geld ans rechte Ort komme. Sie hätte das auf das hin, was sie gehört, nicht erwartet, desto mehr freue es sie jetzt. Nun ließ Anne Marei eine schöne Rede fallen, wie ihrer Gattig Leute gar langsam in Gedanken seien, eine Sache zehnmal z'weg legen müßten, ehe sie dieselbe einmal in Kopf brächten, daher anfänglich an den Kassen nichts begriffen, dieweil die Sache ihnen zu neu gewesen. Nun hätten sie aber von der Sache noch mehr gesprochen und mehr daran begriffen und eingesehen, wie das eine kommode Sache sei, wenn man sie recht begreife und es mit rechten Dingen zugehe, was aber wohl sein werde, da die Frau Doktorin es gesagt. Ihrem Hans Jakobli b'sunderbar habe es gefallen, und seine Seele habe keine Ruhe gehabt, bis sie ihm versprochen, zu gehen und bei der Frau Doktorin das Geld abzugeben, wenn sie sich damit g'mühen wolle; sie wüßten der Sache nicht zu tun.

Man kann sich denken, wie wohl dies der Frau Doktorin tat und wie sehr sie sich freute. Beides sind nämlich verschiedene Dinger.

Wohltat ihr der gehabte Erfolg besonders ihrem Manne gegenüber, der sie gerne mit ihrem propagandistischen Eifer auslachte. Sie sprang alsbald zu ihm und rief: „Jetzt, Fritz, komm und sieh, was ich ausgerichtet habe, und lache mich dann ein andermal wieder aus, dann will ich dir! Du hättest hundertmal probieren können, hättest nichts abgebracht." So tat es ihr wohl, und darwider wird nicht viel zu haben sein, es ist halt menschlich, und war denn doch wirklich reine Freude für die Sache selbst auch dabei und keine Ahnung, daß in Anne Marei auch die allen Evatöchtern angeborne Portion Schalkheit stecke.

Anne Marei wurde diesmal zum Essen behalten, gäb wie es sich sträubte. Die Frau Doktorin freute sich, einmal ihre Beredsamkeit vor ihrem Fritz leuchten zu lassen, damit er es endlich fasse, wie sie mit den Leuten reden könne. Er strich seinen Senf auch dazwischen, so daß endlich Marei fragen mußte: „Ihr werdet an der Verwaltung sein?" und, als der Doktor mit Nein antwortete, es wiederum gar nicht begreifen konnte, warum er sich so eifrig um die Sache g'mühen möge, wenn er doch nichts davon hätte. Indessen gefiel ihm doch die Sache wirklich halb und halb; es sagte aufrichtig, die andern Kinder würden ihr Geld wohl auch abgeben, und wenn sie sich etwas besser kehren könnten, so sei es wohl noch möglich, daß sie selbst hineintäten.

„Frau", sagte der Doktor, „darauf wollte ich nicht warten, warten, bis Ihr kein Geld sonstwo zu brauchen wißt. Nehmt Euch vor, alle Woche ein Bestimmtes, sei es noch so wenig, zehn Kreuzer oder fünf Batzen, beiseitezulegen und in die Kasse zu spedieren. Glaubt es, Ihr merket das in Euerer Lage gar nicht, und habt Ihr sie, so braucht Ihr sie, merkt es wiederum nicht, lebt nicht besser." „O Herr Doktor", antwortete Anne Marei, „selb wird nicht sein, wir brauchen nichts z'Unnutz, leben gar so schlecht, jawohl, zehn Kreuzer in der Woche mehr oder weniger, geschweige dann fünf Batzen, die würden wir merken, ich wüßte nicht, wie weniger brauchen und wo abbrechen."

„Das könnte ich Euch auch nicht sagen, meine liebe Frau, aber daran denkt nicht, sondern tut zehn Kreuzer oder fünf Batzen rundweg beiseite und versprecht Euch selbst, sie nur anzurühren in der höchsten Not, so werdet Ihr ohne diese Batzen es machen können, Ihr wißt gar nicht wie. Man braucht so oft Geld, meine liebe Frau;

wenn man es nicht hätte, man brauchte es nicht und ist dabei nichts weniger als verschwenderisch. Nehmt nur ein Beispiel am Obst. In einem Jahre gibt es viel, in einem andern wenig, und man kann es auch machen; oder mit Euern Hühnern: bald legen sie, bald legen sie nicht, und wenn sie gar nicht mehr legten, Ihr könntet es auch machen und spürtet nicht einmal viel oder gar nichts.“ „Oh, was denkt Ihr doch, Herr Doktor, wir das nicht spüren, was meint Ihr auch!“

„Und“, fuhr die Frau Doktorin in ihrem Eifer dazwischen, „wißt Ihr was? Wir wollen das probieren; ich will Euch alle Wochen zehn Kreuzer oder fünf Batzen, wie Ihr wollt, einlegen, und das wollen wir dann an den Eiern und den andern Sachen verrechnen und so probieren, ob es gehe oder nicht. Ihr könnt ja immer aufhören, sobald Ihr wollt. Oder trauet Ihr mir etwa nicht und meint, ich könnte mit den zehn Kreuzern nach Amerika?“

Was sollte da Anne Marei machen? Es wäre ihm fast gegangen wie dem Hans Jakob, daß es der Frau Doktorin gesagt: das sei Zwang, und wenn es fünf Batzen übrig habe, so wolle es sie schon bringen, sie brauche ihm nicht inne zu behalten, und ihr also widerredet und Mißtrauen gezeigt. Doch zu rechter Zeit faßte es sich und sagte: wenn die Frau Doktorin die Mühe haben wolle, könne man probieren, aber für ungut solle sie es nicht haben, wenn es nicht lange so gehe; sie hätten das Geld nötiger, als sie sich vorstellen könnten, und wüßten nicht, was in einer Haushaltung, wie sie hätten, zehn Kreuzer per Woche bedeuteten. Die Frau Doktorin versprach das und sagte, als Anne Marei fort war, zu ihrem Fritz: „Sieh, was man abbringt, wenn man es recht anfängt!“

Anne Marei aber dachte bei sich, es sei doch kein unverschämter Volk als die Herrenleute, die meinten doch, gegen ihre Gattig Leute gehe ihnen alles an. So sich in ihre Sachen zu mischen und einen zu nöten zu etwas, was man gar nicht begehrt! Das dürfe es Hans Jakob nicht sagen, kalkulierte es weiter, sonst werde der aufs neue böse; es wolle sehen, wie es es mache, daß er es nicht merke. Eine Weile werde das schon gehen, dann könne es ja der Frau Doktorin absagen, für die Ewigkeit sei das ja nicht gemacht.

Als es heimkam, sah es sich mit großer Ungeduld erwartet von Hans Jakobli. „O Mutter“, sagte der, „warum kömmst expreß so lange nicht, das tatest du mir zuleid, so spät kamst noch nie. Konntest einlegen?" „Ja", sagte Anne Marei, „den Schein sollst bald erhalten." „O Mutter, jetzt Geld am Zins! Es nimmt mich so wunder, wie man auch schlafe, wenn man Geld am Zins hat!" Der Junge ward wohl ausgelacht, aber er ließ sich dadurch nicht irre machen. Seine Träume über seinen Reichtum waren sein Leben, er steckte damit die andern Geschwister an, und lange ging es nicht, waren die sämtlichen Sparbüchsen in die Kasse gewandert, obgleich der Vater munkelte und bedenklich den Kopf schüttelte. Er verbot es nicht, redete auch nicht dagegen, als er sah, wie sie Freude daran hatten, er war viel zu gutmütig dazu.

Er verbot bloß, daß sie niemand davon etwas sagten; er schämte sich so gleichsam vor den Leuten, fürchtete, sie möchten es ihm als Hochmut auslegen oder daß er klüger sein wolle als die andern. Aber das war natürlich ein eitel Verbot, ein unpraktisches, deren wir bereits so viel erlebt haben und von ganz andern Majestäten gegeben als von einem Hans Jakob. Heiris Kindern ward es unter dem Siegel des Geheimnisses anvertraut; ohne dieses hätten sie es gemerkt am Eifer, wie die Kinder Batzen zu erwerben suchten, an der Freude daran und ihrem Gerede, was alles so aus einem Batzen werden könne, wenn man ihn ans rechte Ort tue. Des wurden Heiris Kinder traurig, begreiflich, sie erhielten keine Batzen von den Eltern, und was sie sonst erwarben oder erhielten, mußten sie abgeben oder sich etwas anschaffen. „Du hast selbst Geld; wenn du es so übel nötig hast, warum schaffst du es dir nicht selbst an?" hieß es alsbald. Die Kinder besaßen begreiflich nicht die Resignation, daß sie ihr Weh und den Grund dazu den Eltern verbergen konnten.

Potz Gugger, wie es da losging, wie Heiri pülverte und Kathri stichelte! Heiri begehrte mit Hans Jakob auf. Erstlich wegem Hochmut. Er werde meinen, was das sei, wenn er in eine Kasse lege, wenigstens soviel als ein Basler Herr, wo sein Geld auch in den Bankhäusern habe. Täte er seine Schulden zahlen oder einem Freund helfen, er wisse auch noch nicht, wozu es ihm komme, so wäre dies in alle Wege viel klüger. Er wisse, wie das sei. Wo eine Kasse sei, sei keine Freundschaft mehr. Habe einer Geld nötig und gehe zu einem Freund, so heiße es: „Habe kein Geld, gab den letzten Liar in die Kasse; dorthin gehe, dort kannst schon Geld haben, wenn du Sicherheit hast." Einmal habe er sich narren lassen und sei hingegangen und habe einen Bürgen gehabt; da habe es geheißen, man gebe nicht auf Bürgschaft, ein Hudel mache den andern nicht gut, und einen mit dem andern hineinzusprengen begehre man nicht. „Solche Kassen sind für die Reichen, das sind Schröpfhörner, womit man die Armen um den letzten Blutstropfen bringt, gerade für so dumme Kerls wie du; du hast gute Augen, wenn du einen Kreuzer wiedersiehst. Kauf Brillen und sieh dem Gelde nach, bis du blind bist, das ist das einzige, was du noch machen kannst!"

Kathri stichelte giftig, das sei nur aus Teufelsüchtige, um die Kinder abspenstig und unwirsch zu machen, fragte, wo sie ihre Gültbriefe hätten, wieviel tausend Franken es mache in Ewigkeit, wenn man alle hundert Jahre einen Kreuzer einlege, ob sie künftig ein- oder zweispännig Seide holen wollten in Basel usw., hielt Anne Marei auch alle fingerslang den Hochmut vor, spöttelte, es werde wieder auf Basel müssen, um Manieren und fein reden zu lernen, um mit so einer vornehmen Frau fein genug reden und ihr eben genug trappen zu können.

Nun, Anne Marei nahm nicht alles stillschweigend, gab auch ab, aber es dachte doch: „O wie gut, daß ich allein und niemand sonst es weiß, daß ich in die Kasse tue; das will ich aber abstellen, ehe es mir auskömmt." Und es stellte es doch nicht ab! Erst durfte es es der Frau Doktorin noch nicht sagen, zweitens legten die Hühner Eier, als ob sie es erst ersinnet hätten, noch nie so, und drittens spürte es wirklich den Abgang der wenigen Kreuzer durchaus nicht, im Gegenteil, es sagte Hans Jakob mehr als einmal, es dünke ihns, sie hätten es noch nie so bequem machen können.

Ungesinnet fragte ihns einmal die Frau Doktorin: „Und jetzt, Frau, wißt Ihr, wieviel Ihr in der Kasse habt?" „Nein", sagte Anne Marei, „für bestimmt nicht, aber allweg nicht viel." „Nein", sagte die Frau Doktorin, „nicht tausend Franken, aber doch schon zehn, und habt Ihr's weniger machen können?" „Nein, ich müßte lügen, wenn ich das sagen wollte", antwortete Anne Marei. „Ich hätt's nicht gedacht, daß man so zehn Franken entbehren könnte, ohne es zu merken. Gar nicht daran gedacht hätte ich", sagte Anne Marei. „Zehn Franken, das ist schon Geld, damit läßt sich schon was machen."

„Ja", sagte die Frau Doktorin, „und bald ist ung'sinnet das Doppelte und Dreifache da, trägt Zins, und zum Zins wird alsbald der Zins geschlagen. Wenn der Zins auch zuerst nur zehn Batzen ist, so müssen die Hühner doch schon manches Ei legen, ehe man für zehn Batzen Eier verkaufen kann; die sind dann schon gelegt. Und sollte Euch was Ungeschicktes widerfahren oder Ihr das Geld sonst nötig haben, so will ich dafür sorgen, daß Ihr es zurückhaben könnt, wenn Ihr wollt. Kann die Kasse es nicht zahlen, was aber kaum sein wird, nehme ich euch den Zettel ab."

Ja, das wäre kommod, antwortete Anne Marei und erzählte nun, wie es ihnen ergangen, als sie noch ledig gewesen, wie Hans Jakob Freunden geliehen, nie einen Kreuzer wiedergesehen, wodurch es ihnen fast unmöglich geworden, sich anzukaufen. Wenn dann Heiri ihnen vorhalte, wo solche Kassen seien, könne kein Freund dem andern mehr helfen und Hans Jakob ihm so halbers beistimme, so habe es schon oft gesagt: wie man helfen könne, daß am Ende niemand mehr was habe?

Solchen Leuten sei nicht zu helfen; je mehr man ihnen gebe, desto liederlicher würden sie, es sollte verboten sein, ihnen etwas zu leihen. Wer recht tue und nicht apart schlecht, der könne ja bei den Kassen auch Geld haben, und b'sunders wenn er ein Unterpfand habe, an das er was gezahlt; da können es die einen geben, die andern nehmen, und alle seien wohl dabei. „Geradeso, wie Ihr es gesagt, aber ich komme nicht auf, mein Mann hilft mir nicht recht, und ich mag mit dem Maul nicht nach. Vielleicht hätte ich ganz geschwiegen, aber ich täte es der Kathri nicht zu Gefallen; die muß nicht meinen, sie hätte uns zu befehlen, und weil sie nichts hat in die Kasse zu tun und ihren Kindern keinen Kreuzer gönnt, geschweige einen Batzen, es sollte ihretwegen niemand hineintun."

Es ging Anne Marei fast wie dem Eiermädchen, es hätte bald hie und da auch einen Satz getan aus Freude, daß es, so ung'sinnet und daß ganz niemand was gemerkt, zehn Franken habe vorschlagen können. „Nein aber", dachte es immer, „wie wird doch Hans Jakob luegen, wenn ich einmal so ung'sinnet mit meinem Schatz ausrücke!" Es wäre mancher Mann froh, es täte auf diese Weise seine Frau ihm hintern packen, daß er nichts darum wüßte, und käme ihm dann ung'sinnet zu rechter Zeit damit hervor, aber es packen viele Weiber — nur ich weiß mehr als zwei Dutzend — hintern, daß der Mann nichts drum weiß, aber dann auch nichts davon wiedersieht. Nun, manchem geschieht es recht, ich täte es auch machen, wenn ich seine Frau wär, Gott behüt mich davor!

Die Zeiten waren eine Weile gewesen wie gewünscht. Nicht bloß die Hühner legten wie närrisch, als wenn es nachher nie mehr gut wäre, sondern Acker und Bäume hatten das möglichste getan, ein Verdienst war gewesen, daß es den ältern, fleißigen Arbeitern vorkam, als käme das Geld das Kamin herunter. Aber deswegen war bei Heiri doch immer zuwenig, in allem war kein Segen und vollends von Aufkommen keine Rede mehr, seit sie mit ihrem Erbe fertig geworden. Solche dargebotene Gelegenheiten kehren nimmer wieder, und wer einmal was gehabt und es mutwillig vertan, hat in seltenen Fällen den Mut und die Ausdauer, frisch ans Sammeln zu gehen, besonders wenn es kreuzerweise und nicht mit glücklichen Würfen, wie zum Beispiel in der Handelswelt, geschehen muß.

Nun kamen sie aber auch herangezogen, die bösen Tage, wo die magern Kühe die fetten fressen. Wie, wenn es ein Gewitter geben will, am Rande des Horizonts ein schwarzer Wolkenrand sich bildet, vom Unerfahrnen kaum beachtet, langsam sich erhebt, langsam näher und näher kommt, einzelne Wolken, einzelne Windstöße vorausschickt, bis es den Himmel bedeckt und mit ganzer Wucht losbricht über das zitterende Menschenkind, also geschah es auch hier. Bis dahin hatten Heiri und Kathri die eigentlichen bösen Tage nur von Hörensagen gekannt und, wenn sie andere davon erzählen hörten, sich schwer mit Auslachen und allerlei Witzen versündigt. Nun sollten sie es aber auch erfahren, was der Mensch vermag, wenn Gott es anders will.

Jeder Fabrikherr, mache er nun in Seide oder Baumwolle oder in etwas anderem, hat verschiedene Sorten Arbeiter. Wir meinen nicht sowohl geschicktere und ungeschicktere, sondern liebere und minder liebe oder, um nicht bei der keuschen Judith, der Nationalzeitung in Basel, in Verdacht zu fallen, als brauchten wir anzügliche Worte, vertrautere und minder vertraute. Die vertrautern sind die bombenfesten und treuen, die in allen Wettern erprobten, auf die der Herr in allen Beziehungen sich verlassen kann. Die zweite Sorte, in verschiedene Grade sich teilend, besteht aus solchen, welche zuweilen stolpern, zurechtgewiesen, genau beaufsichtigt werden müssen wegen Gewicht, Ellen, Maß usw., auf deren Arbeit und pünktliches Halten der Versprechungen man nicht bestimmt zählen kann. In diese Klasse gehören oft die geschicktesten Arbeiter, welche die höchsten Löhne verdienen könnten.

Zieht nun der Artikel nicht mehr, stockt der Handel, häufen sich die Vorräte oder wackelt der Handelsglaube, das heißt der Kredit im allgemeinen, so daß man wohl für Millionen Geschäfte machen kann, aber fürchten muß, nicht einen Kreuzer zu kriegen, da müssen die Fabrikherren vorsichtig werden, nicht bloß mit dem Handel: „Trau, schau, wem!", sondern auch mit der Fabrikation. Sie müssen weniger fabrizieren, und wenn auch nicht Arbeiter ganz entlassen, so doch zaudern mit Arbeitgeben, die Termine, in welchen die Arbeit geliefert werden muß, länger machen und, wenn man früher damit kommt, sagen: man habe nichts gerüstet, vielleicht in acht Tagen, wahrscheinlicher aber in vierzehn Tagen, da könne man wieder nachsehen. Es ist sehr möglich, daß, je mehr die Arbeiter mit den Lieferungen pressieren, desto tiefer die Herren mit den Zahlungen gehen, denn es ist auch die Arbeit eine Art Ware, welche hoch oder niedrig bezahlt wird, je nachdem der Artikel gesucht oder unwert ist.

Aber alle diese Malheurs, das Zaudern, Zucken, Zwacken, kurz, die durch die Notwendigkeiten gebotenen Reduktionen — denn auch der Fabrikherr muß sich nach der Decke strecken, dem Zeitgeist unterwerfen, und zwar gerade er um so eher, weil sein ganz Geschäft samt seiner Ware zeitlich sind — treffen nun vorab zuerst die zweite Sorte von Arbeitern, die unsichern und unzuverlässigen, die fahrende Habe. Den geliebten und vertrauten gibt man, solange man kann, beschäftigt sie bestmöglichst, behält sie dem Hause zugetan; wenigstens so macht man es in solchen Häusern, wo die Chefs Erfahrung haben und nicht bloß wissen, was eine Dublone, sondern auch, was ein Mensch wert ist. Von der bösen Zeit, welche aus Mangel an Verdienst entsteht, werden sie am spätesten und am mildesten betroffen. Das ist der Lohn der Treue, der bare Beweis, was verdientes Zutrauen und ein guter Name immer noch abtragen trotz der bösen Welt.

Der Handel begann zu stocken, ob aus Überfluß an Ware oder aus Mangel an Geld, ob wegen der Konkurrenz oder wegen einem Zollgesetz, können wir nicht sagen; den wahren Grund wissen Laien selten, denn sagt man ihnen das eine, ist's gewöhnlich etwas ganz anderes. Die Fabrikation minderte sich; ungeheure Vorräte seien vorhanden, denen man nicht Absatz finde, sie daher nicht noch täglich größer machen wolle, hieß es. Heiri und Kathri gehörten zu den geschicktesten, aber nicht den vertrauten Arbeitern; sie konnten's, aber sie wollten nicht immer. Ihnen begann man zu zucken und namentlich auch deswegen, weil die Sorte Bänder, welche sie machten und teuer bezahlt erhielten, unter die verpönten Artikel gehörten, während geringere Ware immer noch zog. Anfangs betrug es zwar nur einen Drittel; in drei Wochen konnten sie liefern, was sonst in vierzehn Tagen.

Jä, da entstund also ein Ausfall von einem Dritteil der Einnahmen, das mußte einen unmittelbaren Mangel oder eine Einschränkung zur Folge haben. Sie hatten nichts gespart, immer alles gebraucht, wie es verdienet war, oft zum voraus, ganz sicher waren sie nie ohne Rückstände für Brot, Milch usw.; jetzt also der plötzliche Abbruch, jetzt, was machen? Nun, das erstemal machten sie gar nichts; sie fuhren fort wie gewohnt, sie dachten: das sei für einmal, bis zur nächsten Rechnung werde das Ding sich schon kehren und d'Sach laufen wie gewohnt, und daraufhin lebten sie wie gewohnt.

Als das nächste Mal der Bescheid noch weniger tröstlich lautete, so waren sie bitterlich erbost, schimpften greulich und meinten anfangs: die Schuld liege einzig an ihrem Seidenherren, der ein Hund sei und obendrein sie persönlich hasse, weil sie nicht schmeicheln täten wie andere. Sie merkten aber bald, daß die Sache eine allgemeine sei und ihr Herr nicht einzig Hund. Sie hatten bis dahin bei ihrem so schönen Verdienst immer geschimpft über ihr Hundeleben, waren nie eine Stunde zufrieden gewesen, nicht einmal Heiri, während er sich betrank. Mancher trinkt, um sein Elend zu vergessen, macht sich einige lustige Stunden, wo er singt und lacht und gleichsam glücklich ist. Nun, mit einem solchen Menschen kann man noch Erbarmen haben, wenn man auch die Weise, wie er zu seinem Glücke kommt, im höchsten Grade verwerflich finden muß. Aber solchen Wein trank eben Heiri nicht, sondern sogenannten bösen; er kochte in ihm die Galle auf. Hatte er jemand zum Zanken und Ausschimpfen, so mußte der herhalten; war niemand da, schimpfte, lästerte er im allgemeinen über alles, was ihm in Sinn kam, über Gott und Welt, verwerchete ganze Fuder Galle, ward steinunglücklich, himmelstürmerisch, stellte vielleicht noch dummes Zeug an, welches Geld kostete. Das war sein Vergnügen, und ein solches Vergnügen fraß sein Geld, brachte sie alle in Mangel. Jetzt war Not an Mann, jetzt, wo abbrechen, hatte man doch bis dahin ja immer zu wenig gehabt!

Das „Wo abbrechen?“, das ist ein gar merkwürdiges Kapitel, besonders in unsern Tagen, es ist ein Hauptkapitel in einer Masse von Haushaltungen, und zwar von Haushaltungen, wo Kaiser am Tische sitzen und nicht bei magerer Kost, und Haushaltungen, wo man sie auch nicht gerne mager hat, aber doch nicht mehr weiß, was man auf den Tisch stellen soll. Hoch und niedrig, hat man im allgemeinen ungefähr gleich schlecht gewirtschaftet, hat in den guten Jahren nicht an die schlechten gedacht, ja hat die Torheit so weit getrieben, die Verschwendung in ein völkerbeglückendes System zu bringen, und darin übertrafen die Radikalen noch Könige und Kaiser und ihre Finanzminister; sie verhudelten grundsätzlich und gaben vor, die sicherste Basis der Freiheit seien Hudlen und Hudelei, sowohl staatsrechtlich als privatrechtlich. Exempla sunt odiosa! Als nun die bösen Zeiten kamen, kriegten hoch und niedrig die größte Verlegenheit, ja, es gab Finanzminister, welche sich Plätzen absinnten am Hirni und ganz sturm wurden, daß man sie an Schatten bringen mußte, und andere laufen keck herum, reden die Ziegel auf den Dächern sturm und behaupten mit der größten Frechheit, am heiterhellen Tag sogar: zwei mal zwei machen acht und zwei mal funfzehn neunundneunzig. Denen nun, die dato noch nicht sturm sind, denen kömmt die Frage vom Abbrechen akkurat wie von selbst, akkurat wie das Wasser ins Maul, wenn das Wasser tief ist und man nicht schwimmen kann.

Das Abbrechen an sich, obschon scheinbar die Hauptfrage, gibt daher bei weitem nicht das meiste Gerede; in derselben sind sogar die größten Gelehrten, welche sonst bekanntlich nicht viel von Einigkeit wissen, einig. Das Wo, das ist das kleine Wort, welches doch so viele Feuer anzündet und so viele Haare zusammenbindet. Wo abbrechen? Da ist's, wo aus dem Allgemeinen heraus plötzlich alle Persönlichkeiten mit ihren Ansichten, Gelüsten, Neigungen, Absichten und Aussichten zutage treten, jeder möchte und nicht will, jeder unerträgliche Lasten aufbürden möchte den andern, die aber er mit keinem Finger berühren will. In die ewigen Kriege zwischen dem Finanzminister und allen andern Ministern, zwischen den Finanzministern und den Majestäten, heißen sie nun Volk oder König, wollen wir nicht eintreten; wir haben es hier gottlob mit dem Krausimausi eines Staatshaushalts nicht zu tun, sondern mit Heiris Haushalt, wo aber eben auch das Wo gewaltig spektakelte.

Wo? Am Mann oder an der Frau oder an beiden? Wißt ihr, wie es dann gewöhnlich geht? Je mehr Macht einer hat, desto weniger kömmt das Abbrechen an ihn; die Machthaber haben es allweg am kommodesten. Es kömmt entweder ans Volk oder an die Kinder, ist der Mann nichts, kömmt es auch an den Mann, ist die Frau nichts, kömmt es auch an die Frau. Das geht in alle Wege, da kömmt es, wo es zum Abbrechen kommt, eben zumeist auf die Macht an; Verstand wird selten viel dabei gebraucht. Jedenfalls aber geht es dann am wüstesten, wenn alle Macht in die Hände der Unmündigen, seien es nun Kinder oder Volk, gekommen. Da ist ein strub Dabeisein, währt aber gottlob nie lang.

Bei Heiri waren Mann und Frau im Besitz von Macht, jedes war versessen auf seine Grundrechte. Die Grundpflichten waren in Abschied gekommen, wie man es ehedem auf den Tagsatzungen zu machen pflegte. Es kam also hauptsächlich an die Kinder, an die allgemeine Haushaltung. Heiri und Kathri wollten an ihren Privatvergnügen nichts ändern; sie müßten arbeiten, hieß es, sie müßten daher sorgen, daß sie arbeiten möchten; es sei auch nichts als billig, daß sie für sich luegten, und die Hauptsache, daß sie dablieben, denn wenn sie nicht mehr wären, was wollten die Kinder machen, denen ginge es viel zu übel. Dagegen sollten die Kinder mehr verdienen. „Geht, verdient", hieß es, „verdient!" Bald nach dem, bald nach diesem wurden sie ausgesandt, aber mit dem, was sie verrichteten, war man nie zufrieden; was sie heimbrachten, nahm man ihnen alsbald ab, daher bekamen sie nie den gehörigen Mut, den rechten Eifer zur Sache.

Die beiden, Heiri und Kathri, hatten also, wenn sie arbeiteten wie gewohnt — und übertan hatten sie sich nie —, freie Zeit, und Zeit ist Geld, wer sie mit Arbeit auszufüllen weiß. Aber das verstunden beide eben nicht. Sie lagen dest länger im Bette, verbrauchten die Zeit mit Drehen ums Haus herum, ehe man an die Arbeit ging, mit einem geschäftigen Herumtrappen, mit Arbeitsuchen, wo das müßige Suchen die Hauptsache ist und nicht die Arbeit, mit dem klapperreichen Herumlungern von Stube zu Stube, um was zu fragen, um was zu sagen. Und je weniger man tat, je mehr man herumlungerte, desto durstiger und hungeriger ward man, desto mehr hätte man gebraucht, wenn man es gehabt oder jemand es anvertraut, und was merkwürdig scheint, aber ganz natürlich ist, sie hatten kaum mehr Zeit, die wenige Arbeit zu machen. Je weniger Arbeit sie hatten, desto weniger Zeit hatten sie zur Arbeit, mochten kaum mehr damit zur bestimmten Zeit fertig werden. Daran aber waren sie nicht schuld, sondern der Seidenherr, der ihnen schlechte Seide gegeben und ihnen nicht stetige Beschäftigung gebe; so d'rzu u d'rvo verrichte man in Gottes Namen nichts, räsonierten sie.

Am bittersten machte sie die Lage Hans Jakobs. Wie bemerkt, sahen sie als gebildeter und geschickter auf dieselben herab, und solche Leute hätten es zehnmal besser als sie. Him . . ., welche Gerechtigkeit in der Welt, und wie schlecht die Leute! Hans Jakobs gehörten zu der ersten Klasse der Arbeiter, den soliden, vertrauten. Sie waren exakt wie ein Sonnenzeit. Ihr Seidenherr sagte oft: wenn ihm der Hans Jakob komme und ihm sage, es sei ihm leid, als er seine Seide gewoben, hätte es baumwollene Bänder gegeben, und als er bei dem Roten Haus vorbeigekommen, habe man ihm gesagt, das dortige Salzlager habe sich in einer Nacht in den prächtigsten Kindsbrei verwandelt, er habe es selbst gesehen und davon gekostet, er müßte es ihm glauben.

Hans Jakobs arbeiteten zudem nicht so rasch, obgleich nun auch schon Hans Jakobli auf dem Stuhle schaffte, und zudem gewöhnlichere, gängigere Sorten. Sie merkten also schon darum die Abnahme der Arbeit weniger. Sie hatten immer auf ihrem Lande zu tun, zu pflanzen und zu jäten und anderes zu betreiben. Wer so recht bei dem Landbau ist und ein Herz dafür hat, der sieht fast das ganze Jahr über etwas zu tun. Wer keinen Sinn dafür hat, meint, mit Säen und Ernten sei es abgetan. Wer ein Auge dafür hat, sieht von weitem jeder Matte, jedem Acker es an, was für ein Herz dazu ihre Besitzer haben. Das ist nicht bloß im Kleinen merkwürdig, sondern auch im Großen. So sieht man ohne Marchsteine die Marchen zwischen ackerbautreibenden und andern Kantonen. Hans Jakob liebte sein Heimwesen, und obgleich nicht in einer Gegend, wo man eben mit besonderer Zärtlichkeit für das Land behaftet war, tat er eben mehr als ein anderer, machte vieles, woran andern nicht der Sinn kam, so daß einmal einer, der zufällig bei seinem Heimet vorbeikam, stillestund und sagte: „So, das wäre was, der möchte, wenn er's könnte!" Wenn auch manchmal die Termine etwas länger wurden, sie merkten es kaum und litten deswegen nicht Mangel. Die nötigsten, alle Tage sich wiederholenden Bedürfnisse hatten sie selbst, und wenn sich am Ende ein Mangel ergab, so war er bloß in der Barschaft sichtbar, welche zu Zinsen verwandt werden sollte. Hans Jakobs hatten daher noch gar nichts zu klagen als allfällig über die Furcht: Heiris könnten nicht mehr zinsen, sie würden alle Tage unverschämter, es sei fast, als hätten sie die Pflicht, sie auch noch zu erhalten. Wenn die alte Kameradschaft nicht wäre und absonderlich die Kinder, sie müßten aus dem Hause, sagten Hans Jakob und Anne Marei oft zueinander.

Sie waren noch ganz an der Hilbe und merkten das Herbe der Zeit kaum. Heiri und Hans Jakob glichen auffallend zweien Wanderern, von denen einer eine warme Kutte anhat, der andere gar keine. Es beginnt ein kalter Wind zu streichen; der in der guten Kutte wandert noch lange behaglich weiter, während der ohne Kutte längst mit den Zähnen klappert und das Heulen ihm immer näherkömmt, wie der Wind immer kälter bläst. Hans Jakobs Dasein hing nicht an einem einzigen Nagel, das ist kommod und eigentlich Basler Brauch. Hängt man sich an einen einzigen Nagel und der bricht, riskiert man die Beine oder gar den Rückgrat. Hält man sich an zwei oder mehrern Nägeln und läßt einer, kann man sich an dem andern halten, bis der Nagel wieder eingeschlagen oder das Gewicht auf die andern übergetragen ist.

Wenn Hans Jakob und Anne Marei, von großem Geschrei umtobt — denn Heiris waren bei weitem nicht die einzige Haushaltung mit der Auszehrung am Halse —, ihre Lage bedachten, so wurden sie darin immer einig, daß sie Ursache hätten, Gott zu danken, und doch jetzt endlich Frucht hätten von langem Böshaben im Vergleich zu andern, sie hatten eine warme Kutte und die andern eben keine. Sie hatten das Zutrauen ihres Seidenherren, waren der Arbeit, wenn auch in geringerem Maße, sicher, solange er Arbeit gab. Am Heimwesen waren die Stümpelten fast alle abbezahlt, nicht viel mehr als die Hälfte waren sie darauf schuldig; wieviel sie verbessert, betrug auch ein Bedeutendes, und die Frau Doktorin hatte versprochen, sobald ihnen Geld abgekündet werden sollte, so sollten sie sich nicht bange machen lassen und mit Laufen und Suchen viele Mühe haben; sie wolle schon für sie sehen, daß sie Geld aus der Kasse bekämen, das ihnen nicht mehr abgesagt werden solle. Sie hatten also nicht die mindeste Ursache zum Klagen, und von seinem Schatze sagte Anne Marei noch gar nichts, ja war noch nicht einmal genötet, die wöchentlichen Beiträge einzustellen; man mißte sie nicht im mindesten, das ging ohne sie, man wußte nicht wie.

Und wenn das alles gefehlt hätte, so wußte auch Hans Jakob etwas. Sein Seidenherr hatte ihm einmal gesagt, als Hans Jakob ihm gejammert: „Hans Jakob, wehret Euch recht, so recht aus dem ff! Wenn der Mensch recht will, er kann sich noch wehren und durchschlagen, wenn andere schon hundertmal gesagt, sie geisten auf, und solange einer sich wehren kann, soll man ihm nicht helfen. Aber wenn Ihr einmal Matthäi am letzten seid, aber am allerletzten und hinten und vornen nichts mehr wißt, so bin ich auch noch da für Euch, aber nur für Euch. Unsereinem hat sein Geld sonst zu brauchen; wenn er sich mit Geldleihen abgeben wollte, so hätte er bald alle Lumpen vor seiner Türe, und alle steinigten, felsigten Hügel und alle morastigen Löcher und alles Land, wo weder Dornen noch Disteln trägt, geschweige was anderes, wären sein Eigentum in ganz Baselland." Das war ein Trost. Aber Hans Jakob kannte seinen Herren, wußte, daß er auf ihn zählen konnte; so weit wollte er aber lieber nicht kommen.

Zur selben Zeit traf sie ein Verlust, welcher ihnen tiefer ging als Heiris ihr Schmalbarten und wo kein Seidenherr der Welt ihm was dran helfen konnte: seine Mutter starb. Körperlich gehörte sie auch unter die alte Garde, wo man, wenn der Tod ein Glied derselben abfordert, gewöhnlich spricht, es ging ihm wohl und niemanden übel, aber hier war es doch ganz anders. Die Flügel eines höhern Wesens hatte sie entfaltet; sie war, was eigentlich alle alten Leute werden sollten, der Schutzgeist der Familie geworden. Äußerlich hatte sie nichts Ätherisches, sie war ein gerunzelt, zusammengefallenes Mutterli, aber der Sinn des Friedens war in ihr. Sie war mit ihrem Gott im Himmel wohl zufrieden. Sie könne ihm nicht genug danken, sagte sie oft, daß er sie mit nicht größern Gebrechen beschwert und es sie habe erleben lassen, daß alle ihre Kinder gerne beteten und arbeiteten und auf dem rechten Wege wandelten. Sie war daher auch zufrieden mit den Menschen, und diesen Frieden trug sie hin, wohin sie kam. Sie hatte ein feines Ohr für alle Mißklänge in den Gemütern und verstund die große Kunst, mit wenig guten Worten die rechte Stimmung wiederherzustellen. Sie konnte wirklich auch sagen: „Meinen Frieden bringe ich euch!", und wenn sie ging, hinterließ sie ein stilles, seltsames Wohlbehagen.

Ohne viel Leiden, fast unerwartet, rief der Herr sie ab. Der Schmerz war tief unter den Ihrigen, sie fühlten, wie übel es ihnen ergangen, daß die nun nicht mehr unter ihnen war, die immer alles gradmachte, was krumm werden wollte. Kaum werden Tränen an einem Grabe heißer und aufrichtiger geflossen sein als die, welche an ihrem Grabe so groß und schwer über alle Wangen rannen. Anne Marei war besonders heftig bewegt. „Jetzt geht mein Engel weg", jammerte es. „Wäre er nicht gewesen, weiß Gott, was aus mir geworden und wie weit Hans Jakob und ich auseinandergekommen wären!"

Als Hans Jakob und es heimgingen, sagte nach langem Schweigen Hans Jakob: „Jetzt mußt du die Mutter sein!" „Ach, mein Gott!" sagte Anne Marei und weinte heftiger. Aber die Worte waren doch nicht nebenaus gegangen, sondern in guten Grund gefallen. In der Familie war Anne Marei weitaus die älteste Frau und die, welche namentlich durch der Mutter Vermittlung als die tätigste, besonnenste Hausfrau anerkannt wurde und bei welcher die andern gerne zu Rat gingen. Anne Marei rühmte sich nicht, erhob sich nicht, gab sich nicht der ganzen Welt zum Exempel, was Weiber eben nicht lieben und an solchen Tugendspiegeln und Tugendmustern eben nicht mit großer Zärtlichkeit hängen. Und die andern, wenn sie das geordnete Hauswesen sahen und daß es in merklichem Aufgang sei, faßten Trost, daß man es mit Mühe und Arbeit, mit Verstand und Sparen doch wohin bringen könne in der Welt, wenn man den Glauben habe dazu, nicht lugg gebe und absetze. So fühlte Anne Marei wohl, daß Hans Jakob nicht ohne Grund gesprochen: „Jetzt mußt du die Mutter sein!"

In allen Familien, wo mehrere weibliche Glieder sind, mehrere Frauen von Söhnen usw., muß eine Mutter sein, wenn die Familie beisammenbleiben, nicht auseinandergehen soll; sie muß die geistige Verwandtenliebe wecken, nähren, wo keine natürliche ist, sie muß die Persönlichkeiten so gleichsam schleifen, aber sanft, daß sie es gar nicht merken, sie muß die persönlichen Ansprüche ausgleichen. Es war Anne Marei sehr feierlich im Gemüte, gesprochen ward nicht mehr darüber, aber man sah es ihm deutlich an, daß es innerlich viel zu verwerchen hatte.

Selbst Kathri merkte dies, legte es aber als Stolz und Hochmut aus. „Man sollte meinen, was da zu erben wäre! Seit die Alte im

Herd ist, macht Anne Marei ein Gesicht wie der Papst, und nicht drei Worte gibt es um einen Batzen, und wenn es einen alten Strumpf und ein halb Nastuch erbt, wird es allen Handel sein, und wegen solchem Bettel, den ich nicht mit dem kleinen Finger anrühren möchte, hochmütig zu werden, muß man dümmer sein als Roggenstroh", so räsonierte Kathri. Kathri hatte nicht Ursache, so zu tun, hatte tatsächliche Beweise, daß Anne Marei es immer gut meinte, hatte aber begreiflich keinen Begriff von dem, was im Innern von Anne Marei vorging, setzte das in demselben voraus, was in seinem eigenen Herzen sich geregt hätte, wenn ihm ein Erbe zugefallen. So haben es die Menschen, und am Maßstab, mit welchem sie messen, kann man die Messenden selbst am besten erkennen.

Heiri und Kathri wurden immer nötiger, und da sie selbst nichts zur Verbesserung ihres Zustandes taten, so wurden sie eine immer größere Last für andere, und auf wen fiel die mehr als gerade auf die Nächsten? Die Verdienstlosigkeit nahm eher zu als ab, und dazu schlug allgemach das Brot auf, zogen überhaupt alle Lebensmittel an bis gottlob an Milch und Kaffee; die blieben stabil den armen Leuten z'Lieb und z'Ehr.

Wir kennen auf dem Lande kaum einen schwereren Seufzer als: „Ja, ja, wer alles kaufen muß!" Der Nachsatz wird gewöhnlich verschluckt. Ja, wenn in einer Haushaltung alles, auch die Hauptspeisen, gekauft werden müssen, Kartoffel namentlich, dann hat sie ein weites Maul. Es ist dann mit diesen Speisen fast wie mit dem herbeigeführten Heu; es ist immer, als ob der Luft drin wäre. Nun, den Kaffee zwar, den kann man nicht selbst pflanzen, aber das Wasser dazu, und das ist an vielen Orten doch die Hauptsache, selb doch wohl. Kaffeepreise machen überhaupt nicht so viel. Alte Weiber reden noch mit Schaudern von Napolions Zeiten, wo das Pfund Kaffee einen Brabänter gekostet, lachen aber hintendrein und sagen: „Aber es hat nichts gemacht. Selbist ist Geld genug gewesen und Verdienst; es schien, als wie wenn die Napolion in der Luft herumflögen, und dann gerieten die Erbsen wohl, der Roggen, die Kastanien, absonderlich die Eicheln, und da machte man Kaffee, immer wohlfeilern, wenn es nur schwarz zur Kanne auskam." Mit Milch, Brot und Erdäpfel, da ist's was anders; für die hat man keine Ersatzmannschaft, für die sollte täglich Geld ausgegeben werden, wenn man sie nicht selbst hat. Da braucht es aber für eine Familie von sechs bis acht Köpfen ein Namhaftes, bis nur das Leben gefristet ist. Man glaubt es gar nicht, als wer es selbst erfahren hat, was nur eine Ziege oder gar zwei eine Haushaltung erleichtern und besonders, wenn man das Glück hat, zu einer zu kommen, welche zum Neujahrkindlein ein Zicklein bringt und in dieser milchnötigen Zeit volle Becher schenkt. Hat aber einer Erdäpfel genug, dann hat er einen breiten Rücken für einen langen Winter. Mit dem Brot macht es sich auch noch, da kann man sich nach der Decke strecken, kann sparen, wenn man nämlich was anderes zu vollständiger Sättigung hat. Aber alles, alles kaufen, und schlechten oder gar kein Verdienst! So hatten es Heiris; die Kinder weinten oft bitterlich, nicht ohne Grund, ihr Aussehen bezeugte es zur Genüge. Heiri und Kathri brüllten auch: so könne das nicht länger gehen, es müßten Kinder fort, es sei eine Unvernunft, daß man sie ihnen nicht abnehme.

„Höre", sagte Anne Marei einmal zu Hans Jakob, „so kann es bei Heiris doch nicht mehr gehen. Sie müssen alles kaufen, sind voll Schulden, verdienen wenig, es ist alles teuer, es ist unmöglich, daß sie alle erhalten können. Die Kinder haben Hunger, obschon unsere Kinder nachhelfen, was sie können. Aber in die Länge kann es nicht so gehen, wir werden auch zu uns selbsten sehen müssen. Wir müssen auch Brot kaufen, und wie weit wir mit den Erdäpfeln kommen, weiß ich nicht. Mich dünkt, die zwei Ältesten sollten fort, sie gingen so gerne, oh, du glaubst es nicht!" „Ja", sagte Hans Jakob, „das ist nicht unsere Sache, darein können wir uns nicht mischen; sagen wir was, so weißt ja wohl, tun sie das Gegenteil."

„Weiß es wohl", antwortete Anne Marei, „und während sie diese alle Tage gehen heißen, wollen sie doch gerade diese behalten und würden am liebsten die Jüngern abgeben. Die zwei müssen ihnen schon schaffen, was weniges sie zu schaffen haben; sind diese fort, kömmt desto mehr an sie, obschon nicht mehr, als ich oder du in einem halben Tage allein machen. Allein, je nötiger sie werden, desto fäuler werden sie. Heiri sieht ja aus, man darf ihn gar nicht mehr ansehen. Ich glaube, der wäscht und kämmt sich nur alle drei Wochen einmal. Und wo ist jetzt das hoffärtige Kathrinli hingekommen, wo immer war wie geschleckt und jetzt aussieht, als hätte man es in Staub und Baumwolle herumgewälzt!" „Ja", sagte Hans Jakob, „Kathri läßt das Mädchen nicht fort, und das hätte es am nötigsten, wenn es was Rechtes aus ihm geben soll."

„Wenn man den Pfarrer hinter sie reisen könnte“, sagte Anne Marei, „dem werden sie wohl auch ihr Elend klagen; da könnte er den Anlaß nehmen.“ „Mach es nicht gerne, so geradezu mich in anderer Leute Angelegenheit zu mischen; wenn ich so von ungefähr ein Wörtlein könnte fallen lassen, wäre es mir schon recht.“

Wie es nun oft geht im Leben, woher ganz sicher auch das Sprüchwort entstanden: „Wenn man vom Wolfe spricht, ist er weit oder nah“, so kam gerade der Pfarrer daher, so daß beide einander ganz verdutzt ansahen, was dem Pfarrer, dessen Kopf kein hagenbuchener Klotz war, alsbald auffiel. „Störe ich, komme ich ungelegen?“ frug er. „O nein“, sagte Hans Jakob, „aber wir sprachen gerade von Euch; darum kam es uns so auffallend vor, daß Ihr daherkamet. Es war gerade, als ob Gott Euch herführe.“ Nun erzählte er, um was es sich gehandelt.

Da sagte der Pfarrer: „Das ist wirklich kurios, wie man umeinander nichts weiß und doch gleiche Gedanken hat und wie man zum Austausch dieser Gedanken geführt wird, denn auch gerade wegen Heiris komme ich her. Heiri begehrt gar jämmerlich auf über Ungerechtigkeit in der Unterstützung der Armen in dieser bösen Zeit. Armer als er sei niemand, von allen Seiten geschunden und geplagt, alles wolle an ihm gewinnen, niemand ihm helfen. Aber er wisse wohl, warum und wem man alles gebe. Wenn er auch ein Pietist und Kirchenträppeler wäre, er hätte längst auch bekommen. So räsoniert Heiri, aber daß er sich melde, davon ist keine Rede, dazu ist er zu stolz, und wie man ihm auch helfen mag, wird es ihm nicht recht sein. Ich kenne diesen Schlag von Leuten; man mag es ankehren, wie man will, sie sind nicht zufrieden. Das sind die, welche einem das Mühen um die Armen erleiden würden, wenn dasselbe nicht einen tiefern Grund hätte als den Dank der Armen. Am besten sei's, dachte ich, mich bei euch des nähern zu erkundigen, dann, wenn's not tut, läßt sich sehen, was machen.“

Der Pfarrer fand allerdings auch in der Entfernung der beiden ältern Kinder die zweckmäßigste Hülfe für Eltern und Kinder. Aber Anne Marei riet Vorsicht an, daß man womöglich sie selbst den Vorschlag machen lasse, was sie sicherlich schon tun würden. „Wenn der Pfarrer ihnen von Arbeiten und Verdienen rede, so würden sie wahrscheinlich sagen: ‚Was, verdienen? Wir wollten gerne verdienen, aber niemand gibt uns Verdienst. Da die Kinder könnten auch verdienen, aber niemand will sie; da haben wir sie auf dem Hals und können sie so z'leerem füttern.' Und wenn der Pfarrer von Pflanzen und Auf-dem-Lande-Schaffen zu ihnen spricht, werden sie wahrscheinlich uns verklagen oder andere Leute, daß man ihnen schlechtes Land gebe, teuer und weiß Gott wie noch, und werden sagen, was ihnen pflanzen jetzt helfe, da müßte man doch erst warten, bis es gewachsen sei; was ihnen das hülfe, jetzt seien sie hungerig, und bis jenes gewachsen sei, könne noch viel anders werden."

Ungefähr so ging es auch. So sind die widerhaarigen Leute, welchen man gar nicht helfen kann, weil sie sich nicht vernünftig wollen helfen lassen, sondern bloß unvernünftig, wodurch das Elend täglich noch größer würde, weil ihre Laster täglich Nahrung erhielten. Das älteste Kind, ein gewichstes, lustig Mädchen, brachte der Pfarrer in der Stadt unter, in ein gutes Haus mit guter Zucht, der Knabe kam zu braven Leuten, wo er zu essen und zu arbeiten hatte und das Beten nicht vergaß. Beide kosteten nichts, Kathrinli war sogar Lohn in Aussicht gestellt; der Knabe sollte sich einstweilen mit Nahrung und Kleidern begnügen.

Der Abschied von ihren Eltern war ihnen leider nicht schwer. Es gibt leider deren Eltern genug, die ihren Kindern das Leben zu einer Pein machen, so daß ihnen das Diensthaus Ägyptens wenigstens wie ein halbes Paradies erscheinen würde. Man kann es den Kindern nicht übelnehmen, wenn sie, an die väterliche Hütte gekettet fast wie ein Hund an den Hundsstall, halb verhungern, halb erfrieren, nichts genug erhalten als Schimpf und Schläge, während sie ringsherum Dienstboten sehen in Menge, welche in Vergleich mit ihnen ein Herrenleben führen und Geld verdienen. Da muß es gerade den bessern Kindern übel werden, die schlechten würden ob Betteln und Stehlen sich schadlos zu halten suchen. Viel schwerer war ihnen die Entfernung von Hans Jakobs, Kathrinli besonders weinte unbändig; es soll aber nicht sowohl wegen Hans Jakobs als wegen Hans Jakobli gewesen sein. Man will geheime Konferenzen bemerkt haben; so viel ist gewiß, daß Hans Jakobli ein sehr betrübt Gesicht gemacht und viele Tage lang nicht gelacht hat.

Es ging mit Heiris, wie man gedacht hatte, hintenher schimpften sie schrecklich, daß man, statt ihnen zu helfen, sie nur tiefer hineingebracht. Die hätte man ihnen genommen, welche sie hätten brauchen können, und die gelassen, welche nur fressen wollten; habe man die ihnen lassen wollen, so könne man jetzt auch dafür sorgen, daß sie auch was für diese hätten. Hätte man aber diese ihnen genommen, so hätten sie ebenso wild aufbegehrt und über die Unbarmherzigkeit geschrien, unmündige Kinder von den Brüsten der Eltern zu reißen und die unnützen Freßwölfe ihnen am Tische zu lassen. Es waren allerdings Kathri und Heiri genötigt, was die Kinder gemacht, wieder selbst zu machen. Aber bei dem geringen Verdienst waren es eigentlich Kleinigkeiten, sie hatten zehnmal Zeit dazu, aber sie berzeten und gruchseten dabei, als wären ihnen auf einmal zwei Baurenhöfe auf den Hals gefallen. Fast wie jüngst im Bernbiet ein Gütermädchen hatten sie es: dasselbe mußte einen Korb mit Spänen auf die Bühnisbrücke tragen und hielt dabei folgendes Selbstgespräch: „So, das kömmt lustig, muß bald alles alleine machen zu G... mühle, und zuletzt werde ich alles alleine werchen sollen in der Gemeinde."

Es geschieht gerne, daß, wenn man einer Bürde ledig zu sein glaubt, sie nachher, wenn man sie wieder aufnehmen soll, doppelt so schwer zu sein scheint. Kurios ist aber, wie bei Leuten wie Heiris die brüderliche Hülfe wirkt; da wird es so recht sichtbar, wie es bei allen Dingen auf das Herz ankommt und wie einem schlechten Herzen das Beste zur Verdammnis wird, statt zur Seligkeit zu dienen. Heiri und Kathri waren eitel, hoffärtig gewesen, hochmütig, unchristlich geworden, in Dürftigkeit gekommen, und zwar handgreiflich durch eigene Schuld, was sie an Hans Jakobs ebenso handgreiflich sehen konnten, denn sie hätten in viel besserem Stand sein können als Hans Jakobs, wenn sie besser g'fundamentet, die ersten Jahre nicht so verliederlicht hätten. An dieser Dürftigkeit waren Gott und Menschen schuld, so hielten sie dafür, darum haßten sie dieselben auch wie billig. Jetzt, als ihnen unverdient auf manche Weise die christliche Liebe entgegenkam, denn sie erhielten viel aus guten Händen, wurden sie nicht demütig, schlugen an die Brust und sagten: „Wir sind's nicht wert, wir haben gesündigt vor Gott und Menschen", sie wurden nicht dankbar, erkannten die unverdiente Liebe nicht, sagten nicht: „Der liebe Gott im Himmel wolle es euch vergelten!" Nein, ihr Hochmut wandelte sich in Unzufriedenheit, und statt dankbar wurden sie unverschämt. Was ihnen gegeben wurde, war nicht recht, zu schlecht oder zuwenig, dessen die Geber sich hätten schämen sollen. Je mehr einer gab, desto mehr hätte er geben sollen, desto mehr zogen sie über ihn los; je mehr sie erhielten, desto weniger dankten sie, desto mehr forderten sie, warfen Hans Jakobs die bessere Lage vor, gerade als ob dieselben sie ihnen gestohlen hätten.

Es ist eine ganz merkwürdige, verkehrte Anschauung dieser Leute, aber das muß es eben sein, sonst würden sie nicht so hartnäckig den verkehrten Weg wandern, statt zum Heil ins Unglück. Eine solche Verkehrtheit aber ist fürchterlich, ist fürchterlicher als der Wahnsinn, denn im Wahnsinn ist nicht Bewußtsein, sind oft die schönsten Träume, in dieser Verkehrtheit ist völliges Bewußtsein, und wenn sie Träume hat, sind sie von der Rache ausgebrütet. Das sind unglückliche Leute; sie mögen schlucken, was sie wollen, so ist es bitter. Nebenbei lebten sie nicht, wie es sich ihnen geziemt, sondern so gleichsam von den Brosamen ihrer Herrlichkeit, und Heiri war noch immer im Wirtshause zu sehen, und wie er zu Geld dazu kam, begriff wirklich niemand.

Endlich kam noch zu den zweien das dritte, und das war die Krankheit. Es war nicht die Cholera; die hat zwei große Umgänge gehalten um uns herum, kleine Sprünge nicht gerechnet, und wir sind beide Male verschont geblieben; der liebe Gott muß die Schweizer liebhaben, daß er den Würgengel an ihnen vorübergehen ließ, aber wirklich nicht aus Verdienst, sondern aus Gnaden. Wenn wir selbstgerecht wären oder vorchristliche Ansichten von der Gerechtigkeit Gottes hätten, so könnten wir in den Wahn fallen, wir seien aparti gut und andern Völkern gegenüber Tugendmuster, könnten zu Basel auf die Rheinbrücke stehn und ausrufen: „Wir danken dir Gott, daß wir nicht sind wie die wirbelsinnigen Badenser und die wetterwendischen Franzosen!" Aber da könnten wir uns doch bitterlich versündigen, denn niemand besser als wir sollen es wissen, wie ein großer Wust von Sünden unter uns ist, wie viele abgefallen sind und wie ein gut Teil schlafen. Sehen wir diese Schonung, die allweg von Gott kömmt — denn vor den tausend und abermal tausend Kamillensäcken, welche man im Jahr 1831 in Basel aufhäufte, erschrak die Cholera kaum und flüchtete sich das Land hinab —, mit christlichen Augen an und vergessen wir des Spruches nicht: „Wen der Vater liebhat, den züchtigt er", so könnten wir eher auf das Gegenteil schließen, und ein großes Bangen sollte über uns kommen. Denn kann es nicht sein ein Sparen auf ein größeres Gericht, wie man die gröbsten Verbrecher auch zuletzt hängt, und wenn wir, die wir zur Freiheit berufen sind, sie nur mißbrauchen zu Anlaß dem Fleische, keine Liebe untereinander haben, einander nur beißen und fressen, müssen wir nicht untereinander und miteinander verzehret werden?

Die Krankheit, welche kam, war ein Fieber. Wir wissen eigentlich nicht recht, was für eins, von wegen es gibt gar viele Fieber; sind aber alle böse Gäste, die hitzigen und die schleichenden, die Nervenfieber und die kalten Fieber, ja, auch die Flußfieber sind fade, fatale Bursche. Wir glauben nicht, daß die Krankheit ein eigentliches Nervenfieber war, wenigstens ein solches nicht, welches man vor alten Zeiten Faulfieber nannte. Die Ärzte haben es nämlich wie die Gärtner, mit denen sie übrigens wegem Begießen, Schräpfen und Schneiden sonst noch viele Ähnlichkeiten haben: sie wechseln mit den Namen der Krankheiten wie die Gärtner mit den Namen der Blumen, haben auch für eine Sache siebenzehn Namen, einer gelehrter und kauderweltscher als der andere, reden von der gleichen Blume und merken es nicht, bis sie dieselbe unter der Nase haben, reden von der gleichen Krankheit und merken es nicht, bis sie den Puls gegriffen, das Wasser geschaut haben.

Es war ein langsames, sehr fatales Fieber, es währte lang und entkräftete sehr, nicht eigentlich tödlich, — konnte es aber werden. Ob die Krankheit durch die Luft oder die Berührung vererbt und weitergetragen wurde, darüber sind die Gelehrten bis auf den heutigen Tag nicht einig. Es war nicht die bösartigste der Krankheiten, aber namentlich für arme Leute eine äußerst peinliche; arbeiten sollen und nicht arbeiten können, nicht arbeiten mögen beim besten Willen, das ist eine große Qual. Man glaubt gar nicht, welche Macht eine solche Krankheit auf die Verhältnisse der Familien übt. Man redet von einer stillen Kälte, welche man nicht recht merkt, weil sie nicht kömmt mit äußerlichen Gebärden oder großem Getöse, aber nach und nach in alle Häuser, in alle Gemächer, tief in die Erde dringt, alles erkältet, daß man fast nichts mehr zu erwärmen vermag. So gibt es stille Not, es wird nach und nach alles verzehrt, es ist hell nichts mehr da, nirgend was zu finden, so daß eine Kirchenmaus ein üppig Leben hat gegen eine Maus in einem solchen Hause; wird aber auch keine lange darin bleiben, die haben das Zügeln frei.

Solche Not nimmt niemand besser wahr als Arzt, Hebamme und Pfarrer. Wo die Hebamme in Fall kömmt, in den benachbarten Häusern herumzuspringen, um ein Stück Leinwand zu bekommen, den neuen Weltbürger dareinzuwickeln, da ist sie, diese stille, schauerliche Not. Wo aber Frau oder Kind herumgehen und sagen, der Vater werde diese Nacht wahrscheinlich sterben, sie möchten ein Leintuch, um ihn einzuwickeln, da ist sie sehr zweifelhaft, diese Not.

Solche Not kam damals über gar viele Haushaltungen in Baselland und namentlich über den Ort, wo Hans Jakob und Heiri wohnten. Gar reiche Leute waren daselbst nicht; die meisten lebten nicht von der Väter Gut, sondern vom Verdienst, und wenn der stillestand, mußten sie schon zusehen, wie sie es machen wollten. Große Hülfe konnte daher auch in gewöhnlichen Zeiten keiner dem andern auf die Länge leisten, in solch besondern Zeiten eben erst nicht. Fast wie ein Dieb in der Nacht kam die Krankheit in die Umgegend und ins Dörfchen. Da sie es nicht grob machte, nicht großartig auftrat wie die Cholera mit Heulen und Zähneklappern, sondern wie eine Schlange im Grase, merkte man sie gar lange nicht. Es wurden Leute krank hier und dort und immer mehrere, und was krank war, wollte am folgenden Tage, in der folgenden Woche nicht aufstehen. So lagen immer mehr Leute, immer wenigere konnten einander helfen und die Sache verrichten.

Das sind schwere Zeiten, aber nicht bloß für die Kranken, auch für die Gesunden und ganz besonders für den, von dem man vorauszusetzen gewohnt ist, daß er von den Krankheiten lebe, den Arzt. Der hat Tag und Nacht nicht Ruhe, er muß mehr laufen, als er mag; kommt er heim, will absitzen, warten Leute auf ihn, er muß sie ferggen, geht er zu Bette, klopft es ihn auf, fährt er mit dem Löffel in die Suppe, rumpelt es an der Türe der Apotheke. All das Elend muß er mit den Augen schauen; in der Apotheke hat er nichts gegen dasselbe, sieht, was da helfen könnte, aber er hat's wieder nicht in der Apotheke; stellt er mit dem Zeug aus der Apotheke die Leute auf die Beine, wo das nehmen, was Kraft in die Beine gibt, daß sie feststehen, wieder ordentlich laufen können, die zweckmäßige Speise? Es ist sehr merkwürdig, wie bei diesen großen Mühsalen zumeist die Ärzte aufrecht bleiben, von der Krankheit ordentlich geflohen werden; das ist eine Gnade. Wer Glauben hat, weiß, woher sie kömmt; am wenigsten weiß es oft der, dem sie widerfährt.

Schön ist's, wo Arzt und Pfarrer einander unterstützen, keiner den andern zu scheuen braucht, der Pfarrer die Fieberkranken mit Heilsoperationen nicht quält, der Arzt mit Leichtfertigkeit und irreligiöser Unduldsamkeit, die ebenso ausschließlich ist als die religiöse, die Seelen nicht ängstigt, wo der Pfarrer bestmöglichst für alles zu sorgen sucht, was der Arzt nicht in seiner Apotheke hat, aber im Einverständnis mit dem Arzte. Da kömmt es dann wohl, wenn man hinter sich, vielleicht weit außerhalb der Gemeinde, gute Leute hat mit guten Herzen, offenen Händen und was darin, die da gerne helfen und helfen können, wo sie wissen, daß es ans rechte Ort kömmt, wo wahre, wirkliche Not ist. Es ist unglaublich, was zwei im Bunde vermögen für Leib und Seele, wenn sie einander verstehn, keiner dem andern sein Wirken verkümmert.

Hans Jakobs wurden unter den ersten von der Krankheit überfallen, ehe man noch recht wußte, was sie war, unerwartet und unvorbereitet. Sie waren zufällig ziemlich von Geld entblößt, wie es in solchen Haushaltungen und noch in viel vornehmern oft der Fall ist, wenn man was Bedeutendes angeschafft oder abbezahlt hat. Hans Jakob legte es zuerst und schnell hintereinander zwei Kinder. Alsbald wollte Anne Marei zum Arzt, aber Hans Jakob wehrte mit großer Ängstlichkeit. „Es wird schon bessern", sagte er, „und womit willst zahlen? Umsonst ist nichts als der Tod, und hat man einmal angefangen mit Doktern, muß man fortfahren. Wer zahlt den Arzt? Sind wir nicht aus mit Geld, und wie bekommen, wo man ja nichts verdienen kann, vielleicht, wenn's nicht bald bessert, noch fremde Leute haben muß?"

Als Anne Marei sah, wie es ihn beunruhigte, daß ung'sinnet diese Beschwerde über sie kam, wo man ihr kaum zu begegnen wußte, und es ihm zehnmal mehr angst machte als manchem, der zehnmal mehr Ursache dazu gehabt hätte, sagte es: es wolle ihm etwas sagen, dürfe aber fast nicht, und bekannte nun beinahe wie eine Sünde: es habe Geld in der Sparkasse, wahrscheinlich über achtzig Franken, das reiche doch schon wohin, und bis dies Geld gebraucht sei, könne es manchem Menschen bessern. Hans Jakob verstund erst, Anne Marei rede von den Einlagen der Kinder, und sagte: er wisse ja darum, wolle aber nichts davon. Anne Marei mußte weitläufig erklären, wem das Geld sei und wie es dazu gekommen, ehe Hans Jakob es fassen konnte. Es wollte ihm die Möglichkeit gar nicht in Kopf, daß Anne Marei so viel Geld habe beiseitemachen können in vier bis fünf Jahren, ohne daß er es gemerkt hätte, von wegen achtzig Franken sei eine Summe.

Es ging Hans Jakob nicht anders als manchem Mann, der es auch keinem Menschen glauben will, sein Weibervolk sei nicht treu an ihm. „Sie können nicht, sie können nicht, ich müßte es allweg merken, und wenn sie was machen, ist's ein Bagatell, führt nirgendshin, lohnt nicht der Mühe, Streit zu haben deswegen; drei Eier vielleicht und ein halbes Pfündli Anken für ein weißes Brötchen, was ist das?" schreit der Mann. Du meine Güte, was würde mancher Mann für Augen machen, wenn er die Summe kennte, welche ihm während zehn Jahren verflökt worden!" „Mein Hausbauer würde sein Weibervolk z'Dreck verschlagen, wenn er wüßte, was es ihm jahraus, jahrein verschleipft", sagte jüngst ein Mann. Ja, es würde manch Weib die Augen aufsperren und ob seiner Untreue erschrecken, wenn es summiert sehen könnte, wieviel seine Untreue im Laufe eines Jahres beträgt. Es meint, es lohne sich nicht, davon zu reden, hat keinen Begriff davon, wie weit das läuft und wieviel es ung'sinnet beträgt. Beträgt ung'sinnet viel, was man verschlecket und verhoffärtlet und doch in der Haushaltung nicht merkt, läuft sich ebenso ung'sinnet hoch, was man der Haushaltung abbricht, um es vorzuschlagen und an Zins zu tun, und zwar eben in kleinen Portionen, die man nicht merkt.

Hans Jakob hatte sehr Mühe, an den Hergang der Dinge zu glauben, und sehr Mühe, sich des Grunzens zu enthalten über den Hergang der Dinge. Es kam Anne Marei wohl, daß es eine glaubwürdige Person war, weil es nicht im Brauch hatte zu lügen, und am Ende sind achtzig Franken eine Sache, wo der Zorn nicht lange währen kann, wenn man sie kriegt; ein anderes wäre, wenn man sie verliert. Achtzig Franken sind keine große Summe, aber doch viel Geld, mit welchem man in einer Haushaltung, wie Hans Jakobs eine war, wo man denn doch eben nicht alles kaufen mußte, sondern die Hauptspeisen selbst hatte, lange ausreicht und noch etwas für den Arzt hat. Hans Jakob sagte endlich nicht viel darwider als: „Wenn man nur das Geld haben kann, wenn man es braucht, so wär d'Sach gut."

Und die Sache war gut. Anne Marei nahm den Weg zum Arzt mit klopfendem Herzen unter die Füße. Der Arzt hatte eine große

Praxis, jetzt kaum Zeit zum Schnaufen, gab jedoch allen immer den tröstlichen Bescheid: die Krankheit sei einstweilen gar nicht bösartig, etwas langweilig möglicherweise, aber bei der nötigen Sorgfalt komme alles gut; darum solle man Geduld haben, zu zwingen sei da nichts, derartige Fieber wollten ihren Lauf haben, die könne man nicht wegjagen wie eine Fliege auf der Nase oder eine Bremse an der Hand. Aber der Arzt ist zumeist ein unglücklicher Prediger auf dem Lande, auch wenn er die gründlichste Wahrheit verkündet, nur bei wenigen Auserwählten findet er Glauben; daher auch die Vexierfrage: welcher Glauben am geschwindesten selig mache? und die Antwort: der Glaube an einen Doktor. Der Arzt, von welchem wir reden, hätte wirklich Glauben verdient, denn die, welche solchen zu ihm hatten, blieben zumeist am Leben, während Ungläubige und Ungeduldige, welche alle Tage zu einem andern Arzte sandten und dann noch von allen Weibern alles Unsinnige probierten, kaputt gingen. Ob sie aber alle selig wurden, ist einstweilen noch nicht bekanntgemacht worden.

Anne Marei glaubte aber doch erst recht fest, als die Frau Doktorin ihm zusicherte, daß dafür gesorgt sei, daß in dieser Notzeit alle Einleger beliebig zurückziehen könnten, was sie nötig hätten. Es gebe etwas Mühe, aber eben dafür seien die Sparkassen da, für die Zeiten der Not, und wie man in guten Zeiten leicht und ohne viel Komplimente und Zeremonien einlegen könne, so müsse man in bösen Zeiten ohne Hemmung wieder nehmen können. Man habe daher dem Kassier für einstweilen per Woche drei Pfund Zucker zugeordnet, damit er bei der vielen Mühe nie ein sauer Gesicht mache, sondern immer ein ganz freundliches und holdseliges. Man glaube gar nicht, was so ein Gesicht an der Kasse einer Sparkasse zu bedeuten hätte. In einer großen Stadt seien zwei Angestellte gewesen, die Woche um Woche gemacht, ein freundlicher und ein unfreundlicher, der alle Leute entweder abgeschnauzt oder wenigstens angegrännet. Während der erste in einer Woche zehntausend Franken verkehrt, hätte der zweite kaum tausend Franken in den Händen gehabt. Einmal habe der Sauerkopf einige Zeit die Sache alleine gemacht, weil der andere krank gewesen, und bei doppelter Mühe sei er ein doppelter Uflat gewesen, daß man bloß mit dem Gesicht den Rhein für ein ganzes Jahr total hätte vergiften können. Zum Glück habe der Mensch weit vom Wasser gewohnt, aber nach und nach sei die Sparkasse ganz abtropfet, kein Mensch habe mehr dahin gewollt, ja man sei auf der andern Seite der Straße, wo er gewohnt, gegangen, aus Furcht, wenigstens angegrännet zu werden. Lange habe man den Handel nicht gemerkt, bis der freundlich entschädigen zu können, sondern man hat es da meist mit unden können für das zuströmende Geld. Da sei auf einmal der Nebel vor den Brillen verschwunden, und man habe die Sache begriffen.

Was die Frau Doktorin sagte, hat noch an andern Orten sich erwahret. An der Sparkasse werden nicht Geschäfte gemacht wie andere Geschäfte und nicht mit Juden, die sich von Herzen gerne wüst sagen lassen, in der Hoffnung, sich durch ein halbes Prozent reichlich entschädigen zu können, sondern man hat es da meist mit unerfahrnen, jungen, schüchternen Leuten zu tun, die man mit guten oder bösen Worten ziehen oder schrecken kann. Man hat die Sparkassen aus Wohlmeinen gegründet, vor allem muß daher dieses Wohlmeinen an der Kasse sichtbar sein; findet man es da nicht, glaubt man an das Wohlmeinen nicht, sondern ans Gegenteil.

Anne Marei ward dadurch eine Last abgewälzt. Es war also gegen Hans Jakob gerechtfertigt, hatte somit recht. Was das einer Frau sagen will, weiß jede Frau, und alle Männer werden es erfahren haben. Das wußte auch Micheli von Langnau, wie die bekannte Geschichte beweist, die hier zu Nutz und Frommen für klagbare Weiber noch einmal stehen mag. Es kam eine Frau zu Micheli und klagte über ihren Mann: er sei so grausam zornmütig, daß sie oft das Leben riskiere. Nachdem Micheli alle Wasser sorgsam geprüft, sagte er: „Frau, da ist gut helfen. Ich will dir eine Flasche mit gutem, aber kostbarem Zeug rüsten. Sooft nun der Mann anfängt, zornig zu werden, nimmst du einen braven Schluck voll ins Maul, behältst ihn aber eine Viertelstunde darin, und erst dann lässest du ihn hinunter!“ Die Frau nahm gläubig die Rustig, kam nach drei Wochen wieder und sagte, der Zeug habe grusam gut gewirkt und sei dazu noch b'sunderbar gut zu nehmen. Er habe oft böse werden wollen, aber wie sie einen Schluck ins Maul genommen, habe er sich gesetzt. Er solle ihr doch noch eine Flasche von dem Zeug rüsten; sie glaube, sie bringe damit den Mann noch ganz z'weg.

Anne Marei hatte aber dazu noch die frohe Aussicht, nicht Mangel leiden zu müssen, sondern imstande zu sein, der Haushaltung geraume Zeit gehörig Vorsorge tun zu können. Wenn im großen

Weltmeer über ein Schiff die schreckliche Windstille kommt, da wird der Kapitän auch in den Schiffsraum laufen, nachzuschauen, wie es mit den Vorräten stehe, absonderlich mit dem Wasser, und findet er sich reichlich versehen, dann wird es ihm wieder leicht ums Herz; er weiß, wie schrecklich oft schon für Geiz oder Leichtsinn der Kapitän gebüßt.

Mit dem doppelt guten Bescheid eilte daher Anne Marei mit leichten Beinen heim und erquickte damit Hans Jakob. Das habe er nicht geglaubt, sagte er, von wegen gebrannte Kinder fürchteten das Feuer. Er habe es erfahren, was es heiße, Geld ausleihen und es nicht wiedersehen. Und wenn man es endlich auch noch mit Mühe und Not wiederkriege, so leiste es einem doch nicht mehr den Dienst wie anfänglich, wo man es begehrt, und obendrein habe man unterdessen die Verlegenheit gehabt. Das trug viel dazu bei, daß er gelassener die Krankheit ertrug, sich darein schicken konnte, nicht bloß nichts zu verdienen, sondern das schönste Wetter für die Landarbeit unbenutzt vorüberzulassen und zufrieden zu sein, wenn immer noch eines blieb, welches den andern abwarten konnte.

Es nahm sie alle nacheinander bis an Hans Jakobli, den Ältesten. Man schrieb die Schonung dem zu, daß er fütterte und molk, daher viel bei den Kühen war, ob mit Recht, wissen wir nicht. Und wenn schon eins wieder aufstund, so war es doch unbeschreiblich matt, froh, wenn es einige Minuten den eigenen Leib schleppen mochte, geschweige daß es andern helfen konnte. Am Leben und ferner an der Gesundheit schadete es niemand von ihnen, aber sie hatten Pflege, Glauben zum Arzt und hernach die nötige Speise, aber weit über zwei Monat ging es doch, bis von allen die Krankheit gewichen war. Doch war das Geld, welches Anne Marei in der Sparkasse hatte, nicht ganz aufgebraucht, geschweige daß die Gelder der Kinder angegriffen worden wären, obgleich diese dieselben öfters angeboten. Natürlich hatten die Einlagen aufgehört und blieben für einstweilen eingestellt.

Ganz anders sah es aber bei Heiris aus und noch an vielen andern Orten, daß Gott erbarm! Der Arzt erzählte Wunder von Armut und wie er nicht geglaubt, wie die Leute vorratslos und entblößt seien. Er hätte es niemand geglaubt, daß es so aussehe: es sei doch so lange guter Verdienst, überhaupt gute Zeit gewesen, die Leute wären hoffärtig, stattlich aufgezogen, viele hätten geglänzt wie saftige Speckseiten über gelindem Feuer. Jetzt sei in Gottes Namen nichts da, Häuser, Tröge, Schränke, alles sei leer, er könne gar nicht begreifen, wo die Leute mit dem Gelde hingekommen; es sei, als hätten sie geglaubt, sparen sei nicht mehr gut, im nächsten Winter werde es Dublonen schneien und im Sommer darauf das Tausendjährige Reich anfangen, wo man tanze Tag und Nacht nach himmlischen Baßgeigen.

So ging es auch dem Pfarrer, der in die größte Not kam, helfen sollte und fast nicht wußte, wie, ohne zu stehlen. Wenn er auf seine Fürsprache hin schon viel bekam, so schien das Bedürfnis doch noch größer. Alles, was getan ward, schien Wasser, auf einen glühenden Stein gegossen; einen Augenblick zischte es, dann war es verschwunden, der Stein ward schwarz, um einen Augenblick nachher zu glühen wie zuvor.

Heiris hatte es später ergriffen als Hans Jakobs; daher reden sie noch bis auf den heutigen Tag davon, sie hätten es von Hans Jakobs geerbt, das habe man von seiner Guttätigkeit — Kathri hatte hier und da etwas geholfen, ein Kleines gegen das Große, welches sie zu verdanken hatten —, geben verblümt, daß man es mit dem Zwilchhandschuh greifen kann, zu verstehen, eigentlich wären Hans Jakobs schuld an der Krankheit, also verpflichtet, sie zu entschädigen, und sie hätten nichts gegeben, nichts als einige Male ein dünnes Süppli, eigentlich nur Wasser und ein dünn Nebeli darin von Mehl oder weiß Gott was; da könne man sehen, was das für Leute seien, und hielte doch der Pfarrer so viel auf ihnen und auch der Arzt!

Bei Heiris war auch hell nichts von Leinzeug, von Hausrat, die Betten so miserabel, daß, wie der Arzt sich ausdrückte, leicht eine hoffärtige Sau sich nicht dareingelegt hätte. Und das war der aufgepützerlete Heiri und das elegante Kathrinli! Wer ihnen das vor zwanzig Jahren vorausgesagt, was hätten sie dem gesagt? Und wie tausendfältig geht's nicht so. Die Beispiele wimmeln um uns wie die Sterne am Himmel über uns, und haben Augen und sehen sie doch nicht! Bei ihnen war die Krankheit sehr hartnäckig, die Genesung sehr langsam, der Arzt zweifelte manchmal, ob Heiris geschwächter Körper sich werde erholen können, obgleich man ihm an nichts fehlen ließ; er hatte nicht zu klagen, man setze ihn hintenan, weil er kein Pietist sei, und doch tat er es grob und Kathri spitz.

So schimpften sie auch bitterlich über ihr braves Kathrinli und den Jungen. Kathrinli war ein sehr braves Mädchen geworden und seiner Herrschaft lieb. Es war gar nicht gewesen, daß es seinen Eltern nicht begehrte zu helfen und wirklich auch half. Aber der Pfarrer, der ihm den Platz verschafft hatte, hatte ihm schon früher gesagt: „Vergiß deine Eltern nie, aber einstweilen meine nicht, du müßtest ihnen alles anhängen, was du auf- und anbringst. Sie sind im Alter, wo sie sich noch selbst durchbringen sollen, und was du ihnen auch geben magst, deswegen haben sie nicht dest besser; sie arbeiten halt weniger, und ihre Seelen haben keine Ruhe, bis es gebraucht ist. Spare du, was du übrig hast, sorgfältig, es wird schon die Zeit kommen, wo du es besser wirst anwenden können." Kathrinli fand diesen Rat sachgemäß, konnte sich aber doch nicht enthalten, wenn jemand von ihnen in die Stadt kam, etwas zu schenken oder ihnen durch Gelegenheit etwas zukommen zu lassen. Aber es machte damit doch nicht zufriedene Leute, es war immer alles zuwenig; wenn sie es in einem Tage hätten ausziehen können bis aufs Hemd, sie hätten es nicht gespart. Sie hatten den Mut, ihm Hoffart vorzuwerfen und daß es alles an den eigenen Leib wende, und das war geradezu nicht wahr.

Kathrinli war durchaus nicht hoffärtig, aber es stund ihm alles wohl an, war immer proper, man wußte nicht, wie es es machte. Es war seiner Herrschaft sehr lieb, denn es war treu, fleißig, gab immer guten Bescheid. Es besaß die Freundlichkeit, welche für alle Leute, aber namentlich für Dienstboten Gold wert ist. Man glaubt es gar nicht, wieviel Freundlichkeit einem Knechte, einer Magd wert sind, welche Gewalt sie dadurch erhalten, was es für einen Einfluß auf ihren Lohn hat. Was aber die Hauptsache bleibt, ist, daß die Freundlichkeit ihnen ihre Dienstörter zur Heimat macht und sie mehr oder weniger zu Gliedern der Familie, daß es ihnen allenthalben wohl wird, weil sie allenthalben lieb sind. Darum erhielt Kathrinli viele Geschenke, und die gab man ihm um so lieber, weil es das Geringste nicht verschmähte, sondern eine herzliche Freude daran hatte.

So brauchte es wenig Geld von seinem Lohn, tat, was es übrig hatte, in die Sparkasse; das durfte es aber eben seinen Eltern nicht sagen, wohl, die hätten ihm den Marsch gemacht, wenn sie es vernommen, und ihm seine höchste Freude tapfer eingetrieben! Wir wissen, wie traurig es Heiris Kinder gemacht, daß sie nicht in die Kasse tun konnten; Kathrinli besonders zerriß es fast das Herz, man kann wohl denken, warum. Wenn Hans Jakobli zu einer schönen Summe Geld kam, was frug er dann wohl noch einem armen Meitschi mit leeren Händen nach? Aber welche Freude, wenn es seinerzeit unerwartet ausrücken konnte mit seinem Schatze! In seinem feinen Gedächtnisse hatte Kathrinli wohl bewahrt, was Anne Marei oft erzählt, wie es ihnen nur dadurch möglich geworden, zu einem eigenen Heimwesen zu kommen, weil sie beide Vorgespartes gehabt, und daß, wer bis zum fünfundzwanzigsten Jahre nicht Boden unter die Füße gekriegt, schwerlich sein Lebtag zu was kommen werde. Man glaubt gar nicht, was für eine Freudigkeit die sichere Aussicht, bei besonnenem Leben einmal zu was Eigenem zu kommen, in die jungen Dienstjahre bringt.

Als Gerüchte von der Krankheit kamen, wollte Kathrinli alsbald auf die Beine und hin. Seine Herrschaft aber sagte ihm: „Hör, Kathrinli, wir wollen zuerst hinschreiben und fragen nach den Dingen. Bist du nötig dort, ja freilich, gar gerne lassen wir dich ziehen, bequem oder unbequem, das ist ganz gleichgültig. Bist du aber nicht nötig, vielleicht noch im Wege, dann wäre es dumm, hinzugehen, besonders da die Krankheit nicht bösartig sein soll, aber ansteckend." Kathrinli hatte nicht Mißtrauen in seine Herrschaft, daß es gerade das Gegenteil tat von dem, was sie riet, sondern Zutrauen.

Der Bericht vom Pfarrer kam. Das Elend bei Heiris sei groß, hieß es, aber Kathrinlis Gegenwart würde es wahrscheinlich nur vermehren, denn fast als gewiß sei es anzunehmen, daß auch es krank würde, so daß man nur einer Person mehr abzuwarten hätte und sie zu herbergen. Wo ein Bett nehmen für eine neue Kranke, wäre eine bedenkliche Frage. Man helfe einander, so gut es gehe; wenn nur Sachen da wären, Leinzeug und die nötigen und passenden Lebensmittel, dann werde die Not wohl zu überstehen sein. Auch so bloß zum Besuch begehre er Kathrinli nicht; was nütze es, daß es die Krankheit in die Stadt verschleppe. Mit Gott, mit Geduld und guter Leute passender Hülfe wollten sie die bösen Tage, die ihm wirklich auch nicht gefielen, miteinander zu verwerchen suchen.

Der Bericht war vernünftig und Kathrinli ergab sich darein.

Seine Herrschaft tat die milde Hand weit auf und öffnete noch andere milde Hände; Kathrinli gab, was man ihns geben ließ, es hätte alles gegeben, wenn es nötig gewesen wäre, so daß der Beistand ein sehr kräftiger war. Denn es ist dann doch nicht, daß man in Basel bloß mit dem Maul fromm ist und mit bloßem „Helf Gott!" helfen will, was nichts kostet und ring geht. Man gibt in Basel gern und reich, wenn man weiß, daß die Anwendung Gott wohlgefällig ist und nicht bloß so quasi zur Halunkenmast dienen soll. Ohne diese Hülfe hätte man wirklich kaum gewußt, wie Heiris durch- und wieder z'weg bringen, denn sie waren eben nicht die einzigen, welche Hülfe bedurften, und einer Haushaltung alles geben, den andern nichts, ist eben nicht passend.

Aber damit waren Heiris mit nichten zufrieden, schimpften grimmig über Kathrinli, und es gab nicht wenige Leute, welche es mit ihnen hielten. „Ist das Kathrinli noch nicht bei euch gewesen?" wurde gefragt. „O nein", wurde geantwortet, „das Mensch verschämt sich unserer, wir sind ihm zu arm. Es ist jetzt eine Stadtjungfer, kennt seine Eltern nicht mehr; das ist die Frömmigkeit, welche es in der Stadt lernt. Wenn es die Krankheit kriegte, würde es seiner Schönheit schaden, wird es denken, die ist ihm lieber als die Eltern" usw. „Das ist nicht schön", sagten dann die Leute, „wir hätten nicht gedacht, daß Kathrinli so schlecht würde, nein, das hätten wir nicht. Aber was in die Stadt kommt, wird in Gottes Namen schlecht und hochmütig, man hätte das wissen sollen." Das bestätigten dann Heiri und Kathri mit großem Zorn und sagten: sie seien nicht schuld daran, sie hätten es wohl gewußt; man wisse ja, wie die Leute in der Stadt seien, aber der Pfarrer habe es erzwängt, der doch immer so fromm tue und für das Heil der Seelen besorgt scheine, aber er mache Müsterchen, daß man wohl wisse, was man von ihm zu denken habe.

So sprachen sie und wußten doch sehr wohl, wie sie in die Stadt gekommen und wieder hinaus und daß Kathrinli ganz anders war als sie. Sie wußten sehr wohl, was der Pfarrer an ihnen tat, und die Gründe, warum er abgeraten, daß Kathrinli komme, denn er hatte mit ihnen darüber gesprochen. Aber so ist's: man tut lieber wüst, als daß man verständig ist, man schimpft lieber über die Wohltäter, als daß man sich dankbar zeigt, man will alle gegründeten Rechte abschaffen und stellt unbegründete Anforderungen an seine

Nächsten, man sorgt nicht für die Kinder, aber die Kinder sollen für solche Eltern unnötig Leben und Gesundheit aussetzen auf die Gefahr hin, nicht einmal in einem Bette krank sein und sterben zu können. Das ist aber eben der Zeitgeist, der unerträgliche Lasten andern aufbürdet, die er mit keinem Finger berühren will, der nur von Begehren weiß und nichts von Liebe.

Sie verhehlten diese Unzufriedenheit weder dem Pfarrer noch dem Doktor, sahen beide mit Augen an, als wären sie giftige Feinde, die ihnen alles Leid antäten und alles Gute vorenthielten, und besonders, als sie nach und nach sich erholten und hundert Begehren hatten, die man ihnen um ihretwillen versagen mußte. Dadurch ließen sich Doktor und Pfarrer beide nicht erbittern, zogen um nichts ihre Hände ab, aber sie sagten oft zusammen: es sei sich wirklich nicht zu wundern, daß viel Mitleid, welches nur auf einer sogenannt rein menschlichen Teilnahme beruhe und nicht tiefern Grund habe, gegenüber solchen Menschen recht eigentlich abdorre, denn dieses Wohltun bedürfe menschlicher Nahrung, entweder der Dankbarkeit aber doch wenigstens der Anerkennung vor den Menschen, auf daß man von den Menschen gepriesen werde. Solche Menschen seien daher die Prüfsteine des Wohltuns, ob es bloß um der Menschen oder um Gottes willen geschehe als dem zu Ehren, der um seiner Wohltaten willen gekreuzigt wurde.

Hätte Kathrinli um diese Ansicht der Eltern gewußt, wir zweifeln, ob es jemand in Basel zurückbehalten hätte, denn noch schwerer, als ohne Dank Gutes zu tun, ist es, gefaßt ungerechte Urteile zu ertragen. Von allem aber ist das das fürchterlichste, wenn das Schönste, welches der Mensch dem Menschen bieten kann, Gaben der Liebe, in ihm nicht erzeugen süße Empfindungen der Liebe, das wonnige Gefühl, Teilnahme zu finden, Menschen zu haben, die liebend sich unserer annehmen, sondern nichts als Grimm, Groll, Haß, Zorn, Neid, kurz, alle die Gefühle, die als Quälgeister in der Menschen Seele hausen, sie vergiften, mit einem stetigen Weh erfüllen, welches grimmiger ist als das grimmigste Bauchweh, wenn das, was sie dem Herren zuführen sollte, als wie mit Peitschen sie dem Teufel zujagt.

Man verdrehe uns die Worte nicht und sage, wir fordern vom Menschen für erhaltene Wohltaten ein hündisches Händelecken; das tun wir durchaus nicht, aber offen und frank erklären wir, daß das natürliche Händelecken des Hundes als natürlicher Ausdruck hündischer Gefühle unendlich rührend ist gegenüber jener unmenschlichen Verhärtung, welche flucht denen, die einem wohltun, was ein deutlich Zeichen der Anwartschaft auf die Hölle ist. Und wir fragen, wie unendlich glücklicher ist der Hund, dem die Zuneigung seines Herren zum Herzen dringt und der sich ohne Reflexion gedrungen fühlt, ihm die Hände zu lecken, als der Mensch, dem jede Gabe Galle macht und ihn in die Versuchung führt, den Geber zu beißen oder wenigstens ihn zu beneiden, zu verleumden, wenn nicht eben gar zu verfluchen.

Es ziehen zweierlei Gewitter über Länder und Völker, über Äcker und Menschen: Gewitter, von deren Schlägen sich niemand erholt, den sie getroffen, Untergang und Tod die Folge ist, und Gewitter, die ein neues Leben zeugen, wo ein rasches, unbegreifliches Aufblühen den angerichteten Schaden bald bedeckt und nur einzelne wenige Denkmäler bleiben dessen, was geschehen ist. Von der letztern Art war das Gewitter, welches wir beschrieben haben. Von der Krankheit erholten sich zwar die Menschen langsam. Mehrere brauchten Monate dazu, und hie und da blieb eine Schwäche, oder es entwickelte sich der Keim des Todes. Oft sah man Leute müßig an der Sonne sitzen, an deren warmen Strahlen sich erlabend, wie es vor Spitälern so häufig gesehen wird. Wie vor Militärspitälern die Genesenden sich erzählen ihre Heldentaten, wie sie ihre Wunden erhalten und wie sie dieselben zu rächen gedächten, so saßen hier die Leute zusammen, verhandelten die Vergangenheit und erzählten, wie sie sich durchgeschlagen durch die schwere Zeit. Es waren lehrreiche Stunden für die, welche noch lernfähig waren, welche Fähigkeit nach der Ansicht großer Pädagogen noch fünf Jahre, nachdem das Schwabenalter eingetreten, dauern soll.

Über Hans Jakobs wunderten sich die Leute sehr. Diese Familie erholte sich rasch, war auch nicht so auf die Tröckene gekommen wie die meisten — und doch wußte man wohl, daß sie früher öfters in Geldklamm gewesen —, hatte, soviel man wußte, nicht Schulden gemacht, sondern sogar den Arzt bezahlt, der zwar während dieser Zeit weder Seide spann noch Gold gewann, desto mehr aber Liebe und Achtung: er erntete nicht, aber er säete.

An einem lieblichen Tage, so an einer Sonneten, da mehrere gute Bekannte um Hans Jakobs Hause saßen, wo die Sonne apart mild und unverkümmert schien, sagte eine Frau zu Anne Marei: „Aber sag du mir, Base, wie habt ihr es gemacht? Euch fast allein sieht man keinen Mangel an, habt, soviel man weiß, nichts verkauft; wo nahmt ihr das Geld dazu? Verdienen konntet ihr sowenig als andere, und bei der bösen Zeit werdet ihr auch nicht im Vorrat gehabt haben?" „Ja", sagte Anne Marei, „wenn man mich nicht auslachen will und nicht etwa meinen, ich lüge — daneben können es Hans Jakob und unsere Kinder und noch andere Leute bestätigen —, so will ich euch das schon erzählen; es kann vielleicht einigen nützen."

Nun erzählte Anne Marei ehrlich und Punktum, wie es ihm ergangen, die Frau Doktorin es verführt, wie es Angst gehabt, wie aber niemand den Abbruch gemerkt, nicht einmal es selbsten, das Geld so wundersam sich geäufnet, daß mehr als achtzig Franken mit Zins und Zinseszins zusammen gewesen, ehe es daran gedacht, und wie wohl ihnen jetzt die gekommen, denn bitter übel wären sie dran gewesen, wenn sie das nicht gehabt, denn sie seien eben von Geld entblößt gewesen. Sie hätten der Kinder Geld brauchen müssen, und selb wäre ihnen doch z'wider gewesen. Hans Jakob habe es gehabt wie der Thomas: er habe gar nicht daran glauben wollen, bis er das Geld sehe und in Händen habe. Das habe es dann auch holen können. Wieviel es begehrt, habe man ihm gegeben, es hatte keinen Anstand, und obendrein noch mit guten Worten, welche sonst selten sind, wenn man sein Geld wiederwill.

Nun war es recht merkwürdig, was es da für Gesichter gab und für Ausrufungen, besonders bei den Zuhörerinnen. Wie das auch möglich sei, so viel beiseitezutun, daß man es nicht merke! Geld sei doch immer Geld, und wenn man weggebe, so habe man ja dest weniger, das sei doch ja so klar wie ein Erbsmus. Am lustigsten taten die Weiber, denen man sonst eben nicht die saubersten Finger zutraute. Das könnten sie nicht begreifen, sagten sie, einmal bei ihnen ginge das nicht, ihre Männer hätten z'beid Seiten Augen, und wenn nur ein Brösmeli wegkäme, daß es einer Laus im Auge kaum weh täte, so täten sie es merken, und dann wohl, dann würden sie ihnen, daß sie lieber eine totne Kuhhaut sein möchten, als einen lebendigen Rücken haben, wohl, die würden ihnen das Fell gerben, bis man Feuereimer daraus machen könnte! „Du mußt einen guten Schlabi haben, daß der das nicht gemerkt hat und so lang und so viel, ja wolle! Du wirst ihm nicht bloß ein Brett vor die Augen gemacht, sondern die Nase mit Tannzapfen vermacht haben, denn wenn er es auch nicht gesehen, so hätte er es doch müssen schmöcken."

So wurde nicht Anne Marei ausgelacht, sondern Hans Jakob nicht für Spaß, und nicht bloß die Weiber trieben das Spiel mit ihm und meinten, wenn sie doch auch so einen hätten, der an einem Auge blind sei und am andern sonst nichts sehe, sondern auch die Männer, welche faustdick betrogen wurden, zäpfelten über Hans Jakob und sagten: „Wohl, meine sollte mir das, der wollte ich das Mayi singen; aber die probiert es nicht, sie weiß wohl, warum." So sprachen sie untereinander mit gewaltiger Dreistigkeit und kannten einander doch die Sünden. Schuhmacher Michel versprengte fast vor Lachen, als Schneider Samis Frau erzählte, wie einen feinen Geruch ihr Mann hätte; wenn der Kaffee nicht ganz rein sei und nur eine Bohne groß darunter von dem, der in Lörrach wachse, so merke er es, und dann Gott gnade ihr! Und Schneider Sami versprang fast, als Schuhmacher Michels Frau erzählte, wie ihr Mann ein Auge hätte, es sei, als kenne er jeden Strohhalm im Hause, und niemand wollte sie raten, einen einzigen zu verflöken, von wegen Schneider Sami wußte wohl, wieviel jährlich in seine Hände kam, daß Schuhmacher Michel nichts darum wußte, und Schuhmacher Michel kannte den Kaffee ganz genau, den Schneider Sameli trank, aber keiner von beiden hatte eine Ahnung von den Gedanken des andern. Da kam es den Weibern wohl, ist es mit den Gedanken, wie es in einem alten Liede heißt: „Kein Mensch kann sie erraten, kein Jäger erschießen."

Indessen verließen die klügern der Weiber diesen Boden so bald als möglich und spielten die Scharmützel auf das Feld, auf welchem die Schoppen der Männer grünen und blühen. Da wäre was zu machen, hieß es, was das für eine Unsumme geben müßte, wenn man nur das ganz Überflüssige, ja Schädliche, so gleichsam den Überlauf sammeln und beiseitetun wollte! Das Geld hätte in keiner Kasse Platz, und wenn man schon eine hätte so groß, daß der ganze Hauenstein dreinmöchte. Da ging den Weibern der Schnabel, was die reden konnten; wer es nicht gehört, täte es gar nicht glauben! Das Mühlerädli ging, daß man wohl sah, daß das Wasser, welches es trieb, in großem Überfluß vorhanden, so ziemlich aufgestaucht war, von wegen da ist ein See, welcher, wenn man ihn am Abend beim Tropfen ausläßt, bei Sonnenaufgang schon wieder platschvoll ist, das ist der See, welchen jedes Weib hat, worin sie die Sünden der Männer sammeln, die Brühe drübermachen nebst gehöriger Schweitze.

So ganz unrecht haben eigentlich die Weiber in diesem Punkte nicht. Es sind wirklich viele Männer und namentlich auch in den Städten, welche zu meinen scheinen, die ganze Haushaltung sollte eigentlich nur leben von den Brosamen, welche von des Herrn Tische fallen, so gleichsam von den Resten oder dem Abhub ihrer Tafel, welche dem Kreuzer in der Haushaltung nachgucken möchten, aber um die Taler, welche sie brauchen, soll das Weib sich nicht kümmern, die fast leben als wie die Herren Offiziere in einem eroberten Lande, das Beste vorabfressen, unbekümmert, bleibt den andern etwas oder nichts. Was das für ein interessantes Karren ist mit einem Wagen, an dessen Deichsel das eine Roß zieht, das andere hinternhanget, das begreift sicher jeder auch nur halbgebildete Fuhrmann.

Daher floß vielen Weibern der Strom der Rede so rasch vom Maul, waren die Rechnungen, wieviel an den Männern erspart werden könnte, so rasch angefertigt und von manchem Weibe der Entschluß verkündet, wenn man hier auf diesem Bödeli anfangen wollte, vielleicht wäre dann in den Haushaltungen auch noch etwas zu machen. Doch ging das alles scherzweise; kurzweilig ging der Abend um. Das Elend hätte man vergessen können; wenn es immer so wäre, so wäre es dabeizusein, meinte man, ging heim zu Bette und verschlief die Nacht.

Aber das Gespräch verschlief man nicht, das spukte doch in manchem Gehirn herum und länger als eine Laxierig im Leibe; das sah man am besten daraus, daß noch oft das Gespräch auf diesen Gegenstand kam. Doch wurde die Sache immer nur spottweise behandelt; man neckte sich gegenseitig und lachte darüber. Aber für sich dachte man doch darüber nach, wie kommod ein Kreuzer vorrätig Geld ihnen gewesen wäre, wieviel weniger sie ausgestanden, wieviel leichter sie sich erholt hätten, dachte darüber nach, ob, was an einem Orte möglich gewesen, sich nicht bei ihnen auch ausführen ließe. Wenn man auch nicht sehe, wo man abbrechen könne, so könne man ja die paar Batzen regelmäßig beiseitetun; es werde sich dann am besten erzeigen, wo man sie am besten entbehren könne, das gebe sich dann von selbst. Nun, vielleicht wüßten mancher und auch manche nur zu gut, wo man abbrechen könnte, wenn man wolle. Einstweilen dachte kaum jemand ernstlich daran, es auszuführen und anzufangen; erstlich konnte man wirklich nicht, weil man es nicht hatte, und zweitens fühlte man eine unübersteigliche Schranke davor.

Diese Schranke war nicht von Eisen, nicht von Holz, sie war bloß Dunst und Nebel und doch unübersteiglicher als eine aus der festesten Materie; es war die Angst: „Was würden die Leute sagen, wie es auslegen, wie mich auslachen!" Es war Menschenfurcht. Menschenfurcht ist der wahre Erbfeind der Menschen, der Türk der Christen, der Grund, warum man sich Christus und alles Guten schämt und dem Teufel nachzottelt durch dick und dünn, wenn auch mit Heulen und Zähneklappern. Wer in das Getriebe der Menschen sieht, findet bald, daß diese Menschenfurcht meist die Gegnerin der Gottesfurcht, die mächtigste Gewalt auf Erden ist. Diese Menschenfurcht ist aber eigentlich nichts anders als die blinde Unterwerfung unter die Majorität, das äffische Treiben und Meiden alles dessen, was die meisten treiben und meiden, und weil die meisten die breite Straße laufen, laufen die andern auch die breite Straße und ja keine andere, aus Furcht vor der Majorität, die, je nachdem sie guter oder böser Laune ist, lacht und spottet oder aber hängt und köpft. Bei jeder Abweichung von ihrer gewohnten Bahn donnert sie: „Ruhig im Glied!" Wird nicht alsbald gehorcht, geht das Lachen oder Hängen an, eben je nach der Laune. Es wäre sehr kurzweilig, diese Macht auf der einen, die Untertänigkeit auf der andern Seite in die kleinsten Verhältnisse hinein nachzuweisen, es ist aber nicht Zeit dazu. Bloß sagen wollen wir, daß diese Sklaverei noch in keiner Verfassung, wie frei sie zu klingen scheint, abgeschafft, vielmehr manchmal erst recht ins Leben gerufen und gehandhabt wurde. Nun waren die Sparkassen was Neues, lagen nicht am Wege der Majorität, im Gegenteil an einem ganz andern Wege; daher die Furcht, welche sogar schon die ernsten Gedanken daran hinderte, geschweige die prüfende Rede.

Unterdessen verzogen sich allmählich Nebel und Wolken der bösen Zeit, die Engel aus den Laden erschienen wieder, oder es kam Bericht aus der Stadt, man solle wieder erscheinen, es sei was da, oder es brachte der Bote Pack um Pack. Was die für glückliche

Gesichter machten, welche Ladungen erhielten, und was die andern für lange Hälse machten und in die Ferne schauten, ob sie nicht bald auch dergleichen erhielten, oder zu den Glücklichen liefen und fragten, ob sie ihnen nicht auch zu was verhelfen könnten. Wer aufgepaßt damals, hätte sehen können, was für Gesichter seinerzeit die Jungfrauen gemacht, die klugen und die törichten. Doch diesmal ging es den torrechten nicht halb so bös wie ehedem, von wegen der liebe Gott kann sich Diener aus Steinen machen und Dienerinnen aus Feuerflammen. Das können die Seidenherren aber nicht, die müssen ihre Arbeiter nehmen, wo sie sie finden; das kömmt den Baselbietern wohl. Erst greifen sie wohl zu den Besten, dann zu den Bessern, aber wenn die Bestellungen sich häufen, daherkommen wie Spatzen auf den Kirschbaum, der die ersten Kirschen trägt, dann vergeht ihnen die Meisterlosigkeit, dann nehmen sie Krethi und Plethi in Huld und Gnade auf.

Bis zu Heiris kam die Arbeit, die erst Lust hatten, über die Unvernunft zu schimpfen, daß man ihnen schon das Arbeiten zumute. Indessen nahmen sie doch Arbeit an, das Schimpfen behielten sie sich vor. Das Almosen maß man ihnen zu, ihren Verdienst konnten sie ungemessen verbrauchen. Zudem begriffen sie, daß die beträchtlichen Zuschüsse ganz abtrocknen müßten, wenn es ander Wetter gab.

Wie eine verdurstete Wiese nach einem schönen Regen sich erholt und jedes Gräslein, das vorher siech und gelb zur Seite hing, kühn seine Spitze gen Himmel streckt, so sah es bald unter diesen Menschen aus. Man sah es allen an, wie wohl es ihnen war und wie sie es eigentlich erst jetzt begriffen, was es heißt, gesund sein, arbeiten können, arbeiten mögen, Geld und Notdurft haben, noch etwas mehr, als man knapperweise nötig hätte.

Da geschah, daß ein Kind geboren ward, was gar nichts Neues ist in Baselland, sowenig als anderswo, daher diese Tatsache hier auch nicht als Neuigkeit steht, sondern wegen etwas anderem. Dieses Kind gehörte einem von Hans Jakobs Brüdern, und Anne Marei mußte zu Gevatter stehn dabei. Anne Marei hatte Hans Jakobs Worte, welche er gesagt, als sie von der Gräbd der Mutter heimgingen: „Jetzt mußt du Mutter sein!“, nicht vergessen und sich schon oft als Mutter erzeigt und tat es jetzt wieder. Sein Patengeschenk bestund in einem Schein auf die Sparkasse. Man machte

Augen, doch schon nicht mehr halb so große, als Anne Marei sie gemacht, da die Frau Doktorin ihm einen solchen Schein gebracht.

Als die ganze Familie wohlgemut beisammen war, sagte Anne Marei: es habe wohl gesehen, daß man den Schein kurios angesehen, aber sie sollten es nicht für ungut halten, es hätte es nicht besser zu machen gewußt. So ein Schein sei ihr Glück gewesen, und es möchte es ihnen gönnen, wenn der Schein, den es gebracht, ein gleiches Glück ihnen brächte. Es habe expreß nachsehen lassen, als es diesen Schein gelöst, wieviel ihre Kinder in der Kasse hätten mit Zins und Zinseszins, und ob der Summe sei es ganz verstaunet, und geradeso ging es allen, die sie aussprechen hörten. Die könnte man haben auf den Tag, wann man wolle, und so hoffe es, es müsse keins seiner Kinder mit leeren Händen anfangen. Und wer einen solchen Anfang habe und Gottes Segen, dem fehle es selten, wenn er es nicht selbst zwänge, besonders jetzt nicht, wo man, wenn man leicht ein ordentlich Unterpfand habe, so leicht und mit geringen Kosten zu Geld kommen könne. Den Wucherern sei, wie man sagt, damit der Nagel gesteckt. Auch, sagte Anne Marei, hätten sie angefangen, jetzt, wo die Arbeit so laufe, wieder etwas wöchentlich in die Kasse zu tun, nicht viel, es fehle immer noch hie und da, aber viel Tropfen gäbten am Ende auch ein Glas voll; das hätten sie erfahren und möchten ihnen den Vorteil auch gönnen. Es wolle ihnen angehalten haben, daß sie den Glauben dazu hätten und probierten, es gehe sicher.

Dagegen erhob sich nun ein mächtig Geschnatter, weibliches und männliches, bald mehr das erstere, bald mehr das letztere, je nachdem das Gewissen dem einen oder dem andern sagte, wo das Abbrechen am vernünftigsten sein möchte. Erstlich behauptete man, es sei unmöglich; zweitens solle man doch denken, was die Leute sagen würden, wenn sie so was Apartes machen wollten. „Das würde ein schön Gelächter geben", dachte und sagte der eine oder der andere, „wenn ich meinen Schoppen nicht mehr trinken wollte; ich müßte mich ja schämen vor den Kameraden bis in den Boden hinein." „Es ist nicht von einem Schoppen die Rede, aber denk, ob es dir nicht manchmal eine ganze Woche lang wöhler gewesen wäre, wenn du einen oder zwei Schoppen weniger getrunken hättest. Mach's wie Jakob; der trinkt auch jeweilen einen, und der dünkt ihn dann für drei und vier gut, und gesehen habe ich nie, daß er sich schämen müßte. Es dünkt mich im Gegenteil, er sei mehr ästimiert bei den rechten Leuten als mancher, der drei-, viermal mehr Schoppen trinkt. Daneben geht das eigentlich niemand was an; es wird nicht von der Obrigkeit geboten sein, wieviel einer trinken müsse. Da wird es doch jedem freistehen, zu machen, wie es ihm beliebt; es zinset auch niemand für ihn oder richtet Steuern und Bräuche aus", antwortete Anne Marei.

Die Weiber jammerten besonders der Kinder wegen und sagten, wie die sie erbarmen würden, wenn die ihr Sächelchen nicht mehr haben sollten. Es sei ohnehin knapp gegangen, kaum habe es reichen wollen, auch wenn man alles auf das sorgfältigste zu Ehren gezogen; wie dabei nun noch beiseitezutun sei, das begriffen sie nicht. Nun tat auch Hans Jakob den Mund auf und sagte: „Es ist eine kuriose Sache, und das ist's! Ich hätte es auch keinem Menschen geglaubt, und mit bloßen Reden hätte man mich auch nicht dazu gebracht, aber d'Sach ist so, wir haben es erfahren; da ist's auch wie noch an vielen Orten, wie das Sprüchwort sagt: ‚Probieren geht über Studieren.' Die Frau hat's probiert, und ich merkte nichts, denn mir und den Kindern ging dabei nichts ab. Und die Sache wäre doch ganz begreiflich, wenn man sie recht ansehen würde. Man habe ja auch manchmal viel verdient und manchmal weniger, habe mehr und weniger gebraucht, ohne einen großen Unterschied zu merken, wenn es nicht zu arg ging wie das letztemal. Man brauchte, was da war, nicht mehr, nicht minder, und es ging auf beide Wege." Man wollte behaupten, das sei ganz was anderes, aber Hans Jakob blieb dabei, daß in einer Haushaltung etwas mehr oder etwas minder gebraucht werden könne, ohne daß man es absonderlich merke, er hab's erfahren; dabei blieb er, obschon die Weiber grimmiglich mit ihm kiefelten, ob er dann meine, sie machten so blindlings die Haushaltung und wüßten nicht, was sie brauchten.

Doch ging alles in Frieden, wie es in einer Familie und absonderlich an einer Kindtaufe sich ziemt, freilich manchmal etwas laut, daß ein Berner, der Basler Art nicht gekannt, geglaubt hätte, das Feuer sei bereits im Dach. Die Basler müssen laut reden, sonst verstünden sie ja das eigene Wort nicht, von wegen den Franzosen, den Badensern und dem Rhein. Von den drei macht ja jeder für sich einen ärgern Lärm als die größte Ölstampfe, geschweige alle drei zusammen. Da lernen die Basler von der Wiege an begreiflich reden, damit sie mitten aus dem dreieckigten Spektakel heraus verstanden werden, und sie lernen es gründlich, Mann und Weib, Kind und Knecht.

Endlich sagte die Frau, der Anne Marei zu Gevatter gestanden und die Anne Marei wirklich als die Mutter hielt und liebte: sie hulf das Disputieren sein lassen und mit dem Probieren anfangen. Sie begreife es auch nicht; ob es gehe, werde sich schon zeigen, aber habe es eine gekonnt, so denke sie, werden es die andern auch können, sie wüßte nicht, warum nicht. Freilich hätten Hans Jakobs ihre Sachen z'weg wie niemand von ihnen, und mit Anne Marei wollten sie sich nicht vergleichen, aber der Verdienst gehe jetzt so gut, und d'Sach wohlfeile auch alle Tage, daß man es wohl wagen dürfe z'probieren. Zum Hängen werde es nicht kommen, und gehe es nicht, könne man ja aufhören.

„Und die Leute, was werden die sagen und wie lachen?" meinte eine. „He", sagte Anne Marei, „den Leuten hülfe ich mich wenig achten. Selb ist wahr, ich alleine hätte es nicht gerne vor die Leute gelassen, daß ich in der Kasse hatte, hatten sie doch schon Wesens genug wegen unsern Kindern, aber wenn unser ein halb Dutzend dreintun, ist es schon ganz was anders. Da kommt sicher noch manche und manchen der G'lust an, es zu machen wie wir, aber anfangen und alleine sein wollte man nicht. Ja, ich will es geradeaus sagen: seit ich es erzählt, wie ich Geld gehabt und wie kommod es mir gekommen, kamen schon manche Männer und Weiber zu mir, freilich sollte ich nicht merken, warum, aber sie redeten mir von der Sache, frugen, wie es gegangen, sagten, ja, d'Sach wär schön, d'Sach wär kommod, ‚aber', sagte mir ein Mann und rückte einen Schritt näher, damit niemand ihn höre, ‚du glaubst nicht, wie ich eine habe, das ist mir die Vertunlichste von allen; du glaubst nicht, Anne Marei, was das für eine ist, die fräß den Kühen den Mist unterem Hintern weg, wenn's Zucker wäre. Ja, das ist eine, Anne Marei, du glaubst es nicht. Was man mit so einer doch geschlagen ist, und wenn ich halb Basel verdiente, die würde fertig damit vom Wädel bis zum Neu oder vom Neu bis zum Wädel. Mit so einer kommt man nirgendshin, wenn man auch den Willen dazu hätte.' Ein Weib meinte: ‚Ja, Anne Marei, wenn ich einen hätte wie du, ja, da wäre zu leben; es dünkte mich schon oft, wenn ich mit dir tauschen könnte, ich gäbte dir das halbe Himmelreich nach und noch ein Stück vom ewigen Leben. Oh, du glaubst nicht, was ich für einen habe. Es nimmt mich nur wunder, in welchem Zeichen ich geboren ward, daß mir der geordnet wurde. Wenn ich's wüßte, es müßte mir keine heiraten, die in diesem Zeichen jung wurde. O Anne Marei, du weißt nicht, was das für ein Leben ist! Ist er daheim, frißt er den Kindern alles vor dem Maul weg, ist er nicht daheim, versauft er alles; er täte den Rhein aussaufen, wenn der Wein wäre und warten möchte, bis er fertig wäre. Wenn er arbeiten wollte, er verdiente Geld wie Heu, aber er mag nicht, immer dazu und davon; fleißig ist das Veh nie, als wenn er uns prügelt vom ersten bis zum letzten, da kann er nicht aufhören. O Anne Marei, ja, wenn ich deinen hätte, werchbar, wie ich bin, ich wollte auf die Seite machen!' So und anders redete man bei mir, und sicher täten viele es gern, wenn nur der Anfang gemacht wäre. Sie denken daran, es wurmt in ihnen, und was gilt's, machen wir den Anfang, fahren uns viele nach, denn gerade jetzt ist's die rechte Zeit bei dem schönen Verdienst, und am Ende werden die ausgelacht, welche nicht mitmachen, und die müssen sich schämen."

Und das Ende vom Liede war, daß die Familie anfangen wollte, aber mit Verstand, es nicht zu hoch treiben, nicht gegeneinander eifern, welches mehr, niemand Mangel leiden lassen, jede Haushaltung nach ihrer Art abbrechen, wo es sich bei ihr am besten ertragen möge, was sich von selbst ergebe. So geschah die Abrede, doch nicht ohne Diskussion. Es ergaben sich Stimmen: man sollte zu gleichen Teilen einlegen, das sei der beste Zaum gegen das Eifern und den Unverstand; jedes wisse dann, was es müsse.

Das gefalle ihm nicht, sagte Hans Jakob. Wer eine Haushaltung habe, Land und Vieh, der lebe nicht wie ein Fabrikler oder einer in der Stadt, welcher vom Markte lebe, dem gebe es oft was Ung'sinnetes. In solchen Haushaltungen seien die Ausgaben und Einnahmen gar abwechselnd. Was das nur für einen Unterschied mache, ob man Milch kaufen müsse oder Milch verkaufen könne. So, wenn man frei sei, könne man viel oder wenig beiseitelegen, immer je nachdem. „Bei den Fabriklern wird es eingeführt, daß sie ein Genanntes einlegen müssen, da geht es schon eher. Es soll Fabriken geben, wo sie eine eigene Sparkasse haben, nur für sich." „Habe auch davon gehört", sagte einer der Brüder, „selb gefällt mir aber gar nicht, b'sunderbar wenn sie etwa das Geld in Händen behalten und in der Fabrike brauchen. Wenn die Arbeiter ein Genanntes vom Verdienst einlegen müssen, so sollte auch der Herr wie der Arbeiter wöchentlich oder monatlich ein Genanntes vom Profit einlegen. Mit dem könnte man dann auch in bösen Zeiten die Fabrike erhalten, damit immer etwas Arbeit sei, das wäre billig. Wenn sie schon eine kleine Summe zum Anfang geben, was ist das?"

„Verstehe mich nicht darauf", sagte Hans Jakob. „Aber abreden und anfangen hülfe ich und ohne langes Werweisen; Probieren geht über Studieren. Hart spannen soll man nicht, daß jemand darunter leiden muß, aber allweg jede Woche etwas legt man beiseite, macht, daß es in die Kasse kömmt; es geht ja immer jemand hin oder dort durch. So Gott will, kommen die bösen Zeiten nicht so bald wieder, aber wenn dann ein Schick zu machen, ein Stück Wiese oder Acker zu kaufen ist, hat man eine Handvoll Geld beisammen, kann alsbald einen Viertel oder Drittel oder mehr dran zahlen; für das übrige, wenn es gezahlt sein muß oder das Geld sonst unsicher ist, kriegt er schon Geld aus einer Kasse, wo er keinen Kummer zu haben braucht, daß man ihm über Nacht aufkündet und ihn übers Nest hinausstößt. Daneben wollen wir es weder verheimlichen noch ausposaunen wie andere Sachen auch; da werden die Leute am wenigsten räsonieren und machen es am ehesten nach."

So machten sie es. Das wurde natürlich bald bemerkt; man spottete darüber, und während man spottete, wurde man doch unwillkürlich angezogen, ja, es gab solche, die in eine wahre Angst gerieten: wenn die wöchentlich vorschlügen und Geld an Zins täten, würden sie ja reich, kämen ihnen vor, würden vornehmer als sie, und das sei ja vor Gott und Menschen nicht recht; da sei nichts dagegen zu machen, als daß man es gerade mache wie sie.

Das taten sie denn auch, aber allerdings einige zuweilen mit großem Unverstand, daß zeter und mordio geschrien wurde: die oder jene wollten verrebeln und verraxen, sie täten in die Sparkasse und meinten mit Schein, damit hätte man gelebt; Vater und Mutter gingen bereits durch ein Nadelöhr, die Kinder hätte man in Druckli getan, damit weder Mäuse noch Winde sie nähmten. Nun, so bös ging's doch nicht, und was allfällig übertrieben wurde, waren

Ausnahmen; dagegen war ein sichtbarer Segen bei der Sache, ganz eigentlich, als ob es schön und warm geregnet über verdurstetes Land. Das Beiseitetun ging, man wußte gar nicht, wie und wo man es eigentlich abbrach, denn mit Ausgabenbüchlein und Exakt-Aufschreiben jeden Kreuzers hatten sie weder Mühe noch Kosten, denn wer zum Gugger hätte wohl Zeit, jeden Kreuzer aufzumachen, das täte ja mehr Mühe geben, als er wert wäre! Und was nützt es? Ist er draus, hat man ihn nicht wieder, und ist er drin, so hat man ihn ja, und macht man ihn auf, so hat man doch nur einen und nicht zwei. So räsonierten die Leute; wäre aber darüber noch viel zu räsonieren und noch anderes zu sagen.

Hie und da mag es wohl eine größere oder kleinere Striegelten gegeben haben, bis das rechte Gleichgewicht gefunden war, aber merkwürdig gut lief die Sache. Es war, als ob plötzlich den Leuten ein Brett von den Augen gefallen und ein Mühlestein ab dem Hals. Sie atmeten frei und sahen in eine Zukunft hinaus, wo ihnen was wartete, bis zum Alter hinauf, wo für den alten Mann und die alte Mutter gesorgt war. Sie kamen sich nicht mehr vor wie Hunde oder Esel in einer Tretmühle, deren Leben darin besteht, daß sie zwölf bis vierzehn Stunden trappen und immer trappen müssen, um dreimal im Tag fressen zu können. Sie sahen mit Verstand in ihren Haushalt hinein, und mit Verstand walteten sie über dem anvertrauten Pfund und hatten es besser und waren zufriedener und waren einiger und — verdienten mehr. Sie führten ein geregelter Leben, sie blieben manchmal daheim, weil sie dachten: das Weggehen könnte ein bis zwei Franken kosten, so viel brächten sie weniger heim, dagegen einen sturmen Kopf, Kiefel eine ganze Schüssel voll und Nichtsnutzigkeit für einen Tag oder zwei. Von diesem kann aber eine Haushaltung nicht leben, das alles kann man nicht in Sparkassen tun. Potz Türk, wenn man in den letzten zehn Jahren alle sturmen Köpfe in der Eidgenossenschaft hätte in eine Kasse tun können, unser Herrgott hätte den Himmel um ein beträchtliches weiter hinaufmachen müssen, sie wären ihm sonst bis vor die Füße gekommen, und wenn jeder nur einen Gulden im Wert vorgestellt hätte, so hätte die Eidgenossenschaft ganz keck fragen können: „Wie teuer die Welt samt Sonne, Mond und Sternen?"

Es ward wirklich allen behaglicher, es schien, als hätten sie alle eine neue, gute Kutte erhalten und säßen an der Wärme. Man sah diese Veränderung nach und nach dem ganzen Orte an; er gewann eine reinlichere, aufgeräumtere, wohlhabendere Gestalt. Man hatte mehr Zeit, daheim etwas zu machen, weil man weniger Zeit im Wirtshaus verbrachte, und weil man mehr daheim blieb, machte man, daß einem daheim wohl war, hatte Freude daran, seinen Wohnsitz zu verschönern, sein Gärtchen aufzuputzen, sein Land zu verbessern. Ein kundiges Auge sieht eine solche Veränderung von weitem. Man würde sich sehr täuschen, wenn man glauben würde, das Geld, welches ein Mann im Wirtshaus vertue, sei der hauptsächlichste Schade des Nichtdaheimseins, des G'läufs und Wirtshaushöckelns: die Zeit, die er dort verbraucht, ist unendlich kostbarer, der größte Schaden an Leib und Seele. Es trübt ihm sein Auge für den Haushalt, es nährt seine Seele mit ungesunder Speise. Wohlverstanden, wir meinen nicht, man solle nie laufen, nie ins Wirtshaus gehen, man verdrehe uns die Worte nicht. Es ist auch ein Bedürfnis, alle Wochen ein- oder zweimal in verständiger Gesellschaft zuzubringen, und das geschieht wohl am besten beim Schoppen. Wer ehrlich ist, begreift, wie wir es meinen. Zudem hat jeder Ort einen Maßstab darin, und jeder weiß, wer darüber ausgeht, wer seinem Verderben zugeht.

Anfangs lachte man wohl diesen und jenen aus, wenn er einmal ausblieb, wenn er anfing, seltener sich zu zeigen, wenn es hieß, der gebe auch in die Kasse und meine, er sei jetzt auch schon ein Seidenherr. Aber nach und nach blieb man sicher vor diesem Gespött, weil die Mehrheit in die Kasse gab und zu sparen begann. Die öffentliche Stimmung hatte umgeschlagen, das Blatt sich gewandt; jetzt mußten Männer und Weiber sich bessern, sparen, aufräumen usw., um nicht ausgelacht zu werden, sich vor den andern nicht schämen zu müssen, damit es nicht heiße: „Der und der gehört auch noch zu den Dummen, hat ein Brett vor den Augen, sieht nicht, was gut ist."

Dieser Mehrheit gegenüber blieb aber immer eine nicht unbedeutende, zähe Opposition, die um keinen Schritt wich, und darunter gehörte Heiri als einer der ersten. An dem waren Hopfen und Malz verloren, menschliche und göttliche Zusprüche fruchteten an dem gleich wenig. Jetzt, da er Verdienst hatte vollauf, fluchte er brav über seinen Seidenherrn. Habe der Kerl ihm seinerzeit nicht Arbeit geben wollen, als er sie gerne gehabt, so könne der jetzt auch auf die Arbeit warten; seinetwegen tue er weder einen Zug mehr noch einen geschwinder. Von so einem lasse er sich noch lange nicht kujonieren, sein Hund wolle er nicht sein. Je pressierter der Herr war, desto trotziger wurde Heiri; dem K... wolle er jetzt auch zeigen, was Zwang sei, sagte er. So verstund Heiri seinen Vorteil.

Kathri war mit Heiri vollkommen einverstanden. An Hausen und Sparen dachten sie nicht von ferne, sondern höhnten mit wirklichem Ingrimm alle aus, welche es taten. Sie hätten über die gröbsten Verbrechen nicht ärger lästern können als über die Bestrebungen von Hans Jakobs, zu etwas zu kommen und andere auch dahin zu bringen. Wenn ein Fremder sie hätte reden hören über Hans Jakobs, so hätte er glauben sollen, man rede von Mördern, Räubern, Giftmischern usw., und es werde nächstens in Baselland wieder eine flotte Henketen geben. Hätte er dann nachgefragt und wissen wollen, in welchem Gefängnis man diese Kandidaten des Galgens bis zum verhängnisvollen Tage aufbewahre und ob man sie sehen könne, so würde er zu seinem großen Erstaunen vernommen haben, es sei von ganz ehrbaren, wackern Leuten die Rede gewesen, die in ihrem eigenen Hause säßen, alle Tage sichtbar, und die vermeintlichen Verbrechen bestünden darin, daß sie fleißig arbeiteten und nicht des Nachts vertäten, was sie des Tags verdienten, so wie es eben der mache, welcher so henkermäßig gesprochen und nur böse sei, weil er nicht auch noch zu seinem Verdienst den Verdienst der andern verklopfen könnte.

Denn richtig, was sie verdienten, mußte drauf. Es war, als ob es dem Heiri geordnet sei, nachzusaufen, was er zuwenig gehabt in den bösen Zeiten. Und dazu hatte er solchen Fleiß, daß männiglich behauptete: nachgesoffen hätte er längst; er werde jetzt vorsaufen, damit er, es möge kommen, wie es wolle, nicht zu kurz komme. Kathri, der alte Narr, fing wieder an, an die Kleider zu hängen, schimpfte über die Hoffart seines Meitschi, des Kathrinli, wollte hübscher sein als das und schien zu glauben, der Anstand fordere es, daß die Mutter hoffärtiger sei als die Tochter. Das scheint allerdings der Glaube von manchem alten Narr zu sein, aber wir gestehen aufrichtig, daß uns keine Narren ekelhafter vorkommen als die Narren von dieser Sorte.

Für ihre Kinder sorgten sie noch weniger als früher, geschweige daß sie ihnen etwas vom Verdienst ließen, ihnen die Freude gönnten, was Eigenes zu haben, auch in die Zukunft hinaus g'rüsten und bauen zu können, damit sie einmal auch was Festes hätten, wo sie den Fuß abstellen könnten. Zu diesem Tun glaubten sie sich vollkommen berechtigt. Sie hätten es an der Täsche, dem Kathrinli, erfahren, was man heutzutage an den Kindern habe; das mache es ihnen ja, schlechter nützte nichts. An dem Meitschi hätten sie getan, es spreche es kein Mensch aus, und was hätten sie von ihm, als daß es sie mit dem Rücken ansehe und verachte. Als sie krank gewesen, sei es nie hinausgekommen, habe sie im Elend steckenlassen, und als sie es geklagt, habe es sich auf den Pfarrer stützen wollen. Das sei die saubere Frömmigkeit. Wo sie sich erzeigen solle und es was koste, könne man eine Laterne nehmen und die Frommen suchen, so fände man keine, und doch stehe es in der Bibel, daß man die Kranken und Armen besuchen, alles verkaufen solle, was man habe, und es ihnen geben. Jetzt sei es wohl schon gekommen, aber so zimpfer und herrschelig, daß sie froh gewesen, als es wieder gegangen, und was habe es ihnen mitgebracht? Einmal Betbücher und solch Zeug, wohl, das habe vernommen, ob es ihnen mehr mit solchem kommen solle! Sie hätten wohl gemerkt, was es ihnen damit habe sagen wollen, aber wohl, sie hätten ihm die Nase geputzt! Am böſten habe es sie aber gemacht, daß sie es eben nicht hätten merken sollen, aber sie hätten eine feine Nase, die täte das Kraut riechen, wenn sie es schon nicht sehe. Das andere Mal habe es Strümpfe und Schuhe gebracht, als ob sie nichts hätten oder es ihnen nicht in Sinn komme, anzuschaffen. Das sei nur Bosheit gewesen, sie bös zu machen und vor den Leuten zu verdächtigen, als ob sie so wüst wären, den Kindern für den Winter nichts anzuschaffen. Aber wohl, dem hätten sie gezeigt, was sie ihm darauf hielten, so leicht komme das mit solchen Dingen ihnen nicht wieder. Sie plagten das arme Mädchen, welches es mit ihnen doch so gut meinte, wirklich kannibalisch, und wenn es ihrer satt worden wäre auf immer, so wären sie selbst schuld daran gewesen.

Das arme Mädchen hatte ohnehin den schweren Kummer, Hans Jakobli werde sicher um der Eltern willen von ihm abfallen, denn soviel kannte es bereits von der Welt, daß Schwiegereltern, wie Heiri und Kathri abgeben mußten, nicht zu den Annehmlichkeiten des Lebens gezählt zu werden pflegen. Gar deutlich sah, wer nicht einen gar zu dichten Nebel vor den Augen hatte, den Austrag des Handels bei beiden.

Heiri und Kathri hätten ihn auch sehen können, aber was sieht der, welcher blind ist? Den bösen Zeiten entronnen, taten sie, als ob keine solchen mehr möglich wären, als ob das Vergangene eine außerordentliche Störung im regelmäßigen Lauf der Zeiten gewesen, die nie wiederkehren werde, als ob von nun an Heiri und Kathri das Leitseil für alle Begebenheiten in hocheigenen Händen hätten. Und doch hätten sie den Gang der Dinge greifen können.

Heiris Augen schwacheten täglich, wurden überdies rot und bös. Er behauptete, es komme ihm dies von der verfluchten Seide, welche er zu weben hätte, sein v...... Seidenherr beize sie ihm extra, dieweil er ihn hasse und zu verderben trachte. Es gab Leute, welche, wenn Heiri so klagte, ihm sagten: „A bah, mag nicht hören, sauf weniger und nie Brönz, werden deine Augen bald wieder sein wie Brunnwasser; der Seidenherr macht dir nichts an deinen Augen." Dann begehrte Heiri gewaltig auf und sagte: das dulde er nicht, daß ihm einer sage, er sei an seinen Augen selbst schuld; wenn ihm das noch einer zumute, nehme er ihn vor den Richter. Kathri bösete es auch, doch nicht, daß man sagen konnte, hier oder da, oben oder unten, innen oder außen, sondern ganz im allgemeinen, allüberall. Gelehrte behaupten, das sei das gefährlichste Bösen, in der Regel sei es unheilbar.

Nicht umsonst machte es daher Kathrinli bange wegen Hans Jakobli. Einen guten Teil an diesen Alten war das einzige Weibergut, welches Kathrinli von den Eltern zu erwarten hatte, und diesen Teil hatte Hans Jakobli täglich vor Augen und kostete dessen Annehmlichkeiten. Als derselbe nun einmal nach Basel kam, ihns besuchte, was er selten versäumte, und erzählte, wie seine Eltern ihns vermalestierten und wie er deswegen mit ihnen Streit gehabt und gesagt, Kathrinli hätte recht, wenn es sich bei ihnen draußen niemals mehr zeigte, denn allemal, wenn es komme, und es möge bringen, was es wolle, vermalestierten sie es auf eine neue Art, daß man ihnen die Mäuler mit Steinen verklopfen sollte: es dürfe gar nicht mehr hinauskommen, jammerte Kathrinli, die Leute würden doch denken, was es für eins seie, und doch hätte es ein so gutes Herz gegen seine Eltern, und dazu weinte es so schön, daß es

Hans Jakobli dünkte, wenn er es auch nur so könnte, und fast versucht war, es zu probieren. Endlich sagte er: er an seinem Platz würde sie einstweilen auch machen lassen, es werde eine Zeit kommen, wo das Helfen nötiger sein werde als jetzt. Daneben wegen den Leuten sollte es nicht Kummer haben; was rechte Leute seien, kennten sie und ihns, und dann gebe es auch solche, welche die, die es nicht kennten oder es nicht kennen wollten, b'richten täten, bis sie es kennen müßten.

Das sei ein Trost, sagte Kathrinli, aber es könne doch allweg nicht so mit ihnen abbrechen, es sei ihm hauptsächlich um die Geschwister, die in dem Elend sein müßten; es hätte auch keine Freude mehr an Hausen und Sparen, wenn es nicht etwas davon denen daheim könnte verabfolgen lassen, denn es sei denn doch nicht, daß es alles für sich brauche und meine, es müsse alles verbraucht sein. Er könnte ihm ein Gefallen tun, es wollte es ihm nie vergessen. Wenn er nach Basel komme, solle er zu ihm kommen; es wolle ihm dann etwas für die Seinigen mitgeben, was er gut finde oder was es habe. Das solle er dann für sie verwenden, wie er könne und möge, soviel als möglich unvermerkt und daß sie nicht wüßten, woher es komme. Dann erst könnte es ruhig schlafen, und was geredet werde, gehe ihm nicht so zu Herzen, aber es wisse nicht, ob es ihm das anmuten dürfe.

Warum nicht, sagte Hans Jakobli und machte Augen dazu, daß man Zigarren daran hätte anzünden können, und als Kathrinlis Armenpfleger ging er stolzer und kühner heim, als wenn man ihm einen Spieß verehrt und ihn zum Leutenant gemacht oder gar zum eidgenössischen Trompeter. Und er ist glücklich geblieben, denn sein Glück wird alle drei bis vier Wochen neu, wenn er Bericht abstattet und neue Aufträge bekommt. Sein Amtlein, welches ihm Evas Tochter anvertraut hat, fesselt ihn viel fester an seine Wahlbehörde ohne Eid, als in den letzten Zeiten beeidigte Beamtete sich gefesselt achteten an ihre Wahlbehörde. Wenn er über Heiris berichtet hatte und wie sie immer die gleichen seien, stattete er dann auch allgemeinen Bericht ab übers Ganze, wie es da gut gehe und wie man bei ihnen noch nie so z'weg gewesen; es dünke einem, es sei Geld genug. Und mit diesem Rühmen tat er sehr nötlich; indessen fiel es nicht unangenehm auf, denn es kam augenscheinlich nicht aus Hochmut, um sich großzumachen, sondern mehr aus Demut, als ob er fürchte, das schöne Kathrinli möchte ihn doch für gar so nichts ansehen.

Bei diesem Rühmen ward dann hinwieder Kathrinli angst, Hans Jakobli möchte es für nichts mehr schätzen, und es rühmte dann auch, wie es sein Lebtag kein Stadtdämchen werde, kein Feigenbitzli, das nichts anrühren möchte. Es sei ihm immer hier wie einem Vogel im Käficht, es dünke ihns: wenn es nur wieder auf dem Lande wäre, das Gröbste wäre ihm nicht zu wüst. Wenn ihm seine Herrschaft nicht so lieb wäre und der Lohn so schön, daß es ihn nicht brauchen könnte, wenn es schon wollte, es wäre längst wieder draußen.

So pfiff jeder Vogel kehrum sein G'sätzli andächtig und demütig dem andern zu Gefallen, und ob sie noch so pfeifen, wissen wir nicht, aber vermuten es, hoffen: sie werden so pfeifen, bis sie rätig werden, es sei an der Zeit, ein eigen Nestchen zu bauen auf Grund und Fundament ihrer Ersparnisse und in der Zuversicht, mit Liebe und Treue, mit Gottes Hülf und Segen sei es immer noch schön durchs Leben zu kommen, absonderlich in Baselland, und zwar auf ehrlichen Wegen, die zum Himmel führen.

Der Besenbinder von Rychiswyl

1852

Glücklich möchten alle Menschen werden. Wenn sie reich wären, würden sie auch glücklich sein, meinen die meisten, meinen, Glück und Geld verhielten sich zusammen wie die Kartoffel zur Kartoffelstaude, die Wurzel zur Pflanze. Wie irren sie sich doch gröblich, wie wenig verstehen sie sich auf das Wesen der Menschen und haben es doch täglich vor Augen!

Die Heilige Schrift sagt: denen, die Gott lieben, täten alle Dinge zum Besten dienen, und so ist es auch. Geld ist und bleibt Geld, aber die Herzen, mit denen es zusammenkommt, sind so gar verschieden; daher erwächst aus den verschiedenen Ehen von Herz und Geld ein so verschiedenes Leben, und je nach diesem Leben bringt das Geld Glück oder Unglück. Aufs Herz kommt es an, ob man durch Geld glücklich oder unglücklich werde. Klar hat Gott eigentlich dies an die Sonne gelegt, aber leider sehen die Menschen gar selten klar die klarsten Dinge, machen sie vielmehr dunkel mit ihrer selbstgemachten Weisheit. Am Besenbinder von Rychiswyl greifen wir aus den hundert Exempeln, an welchen wir die obige Wahrheit angeschaut, eins heraus, welches ein Herz zeigen soll, dem Geld Glück brachte.

Besen sind bekanntlich ein schreiendes Bedürfnis der Zeit und waren das freilich schon seit langen Zeiten. Derartige Bedürfnisse, die täglich und wöchentlich befriedigt sein wollen, gibt es viele in jedem Haus und allenthalben Menschen, welche es sich freiwillig zur angenehmen Pflicht machen, diese Bedürfnisse zu befriedigen. Immer weniger achtet man der Personen, welche dieses tun, wenn man nur das Nötige kriegt und so wohlfeil als möglich.

Ehedem war es nicht so. Ehedem ward das Besenmannli, das Eierfraueli, das Tuft- oder Sandmeitschi usw. so gleichsam zur

Familie gerechnet; es war ein festes Verhältnis: man kannte die Tage, an welchen diese Personen erschienen; je nachdem sie in Hulden standen, ward ihnen etwas Absonderliches verabreicht, und fehlten sie um einen Tag, so entschuldigten sie sich das nächste Mal, als hätten sie eine Sünde begangen, und sprachen von ihrem Kummer, man möchte vielleicht geglaubt haben, sie kämen nicht mehr, und sich daher anderweitig versorgt. Sie betrachteten ihre Häuser als die Sterne an ihrem Himmel, gaben sich alle Mühe, sie gut zu bedienen, und wenn sie mit diesem Gewerbe aufhörten oder sich selbst auf einen höheren Zweig beförderten, so gaben sie sich alle Mühe, einem Kinde, einer Base, einem Vetter oder sonst so wem zu ihrer Stelle zu verhelfen. Es war da ein gegenseitig Band von Anhänglichkeit und Vertrauen, welches leider in unserer kalten Zeit, wo alle Familienwärme sich immer mehr verflüchtigt, immer lockerer und loser wird.

Ein solcher Hausfreund war der Besenmann von Rychiswyl, der viel in Bern zu sehen, so recht eigentlich aber in Thun angesehen und beliebt war. An kleineren Orten gestalten sich alle Verhältnisse viel inniger, einzelne Persönlichkeiten werden mehr bemerkt und gelten auch mehr. Eher hätte der Samstag im Kalender gefehlt als an einem Samstag das Besenmannli in Thun.

Es war nicht immer das Besenmannli gewesen, sondern lange, lange nur der Besenbub, bis man dahinterkam, daß der Besenbub Kinder hatte, die an seinem Karren stoßen konnten. Sein Vater war ein alter Soldat gewesen und früh gestorben; er war jung, seine Mutter kränklich, Vermögen hatten sie nicht, und betteln gingen sie nicht gerne. Eine ältere Schwester war schon früher ausgewandert, barfuß, und hatte bei einer Frau, welche Tannzapfen und Sägemehl nach Bern trug, ein Unterkommen gefunden. Als sie sich ihre Sporen, das heißt Schuhe und Strümpfe verdient hatte, beförderte sie sich und ward Hühnermagd bei einem Pachter auf einem herrschaftlichen Gute in der Nähe der Stadt. Mutter und Bruder waren stolz auf sie und redeten mit Respekt von dem vornehmen Bäbeli. Hansli konnte die Mutter nicht verlassen, die mußte jemand haben, der ihr für Holz sorgte und sonst half. Sie lebten von Gott und guten Leuten, aber bös.

Da sagte einmal der Bauer, bei dem sie im Haus waren, zu Hansli: „Bub, es dünkt mich, du solltest was verdienen, wärst groß und listig genug." „Wollte gerne", sagte Hansli, „wenn ich nur wüßte, wie." „Ich wüßte dir was, worin ein schöner Kreuzer Geld wäre: fange an, mit Besen zu machen! In meiner Weide ist Besenreis genug, es wird mir nur gestohlen, und kosten soll es dich nichts als alle Jahre ein paar Besen." „Ja, das wäre wohl gut, aber wo soll ich das Besenmachen lernen?" sagte Hansli. „Das ist kein Hexenwerk", sagte der Bauer, „das will ich dich schon lehren, machte viele Jahre alle Besen, welche wir brauchen, selbst und will's mit allen Besenbindern probieren. Das Werkzeug ist eine geringe Sache, und bis du's selbst anzuschaffen vermagst, kannst das meine brauchen."

So geschah es auch, und Glück und Gottes Segen war dabei. Hansli hatte großen Trieb zur Sache und der Bauer große Freude an Hansli. „Spar nicht, mach d'Sach recht! Mußt machen, daß du das Zutrauen bekommst; hast das einmal, so ist der Handel gewonnen", mahnte der Bauer immer, und Hansli tat darnach. Natürlich ging es im Anfang langsam zu, aber er setzte doch immer sein Fabrikat ab, und im Verhältnis, als es ihm besser von der Hand ging, nahm auch der Absatz zu. Es hieß bald, es habe niemand so brave Besen wie der Besenbub von Rychiswyl.

Je augenscheinlicher der gute Erfolg wurde, desto größer ward auch Hanslis Eifer. Seine Mutter lebte sichtbar auf. Jetzt sei es gewonnen, sagte sie, sobald man sein ehrlich Brot verdienen könne, habe man Ursache, zufrieden zu sein; was wolle man mehr? Sie hatte nun alle Tage genug zu essen, gewöhnlich noch was übrig für den folgenden Tag, konnte alle Tage Brot essen, wenn sie wollte. Ja, es war schon geschehen, daß Hansli ihr ein weißes Mütschli heimgebracht aus der Stadt. Wie sie so wohl dran lebte, und wie sie Gott dankte, daß er ihr in ihren alten Tagen ein solches Guthaben geordnet!

Hansli dagegen machte seit einiger Zeit ein sauer Gesicht, endlich fing er an zu muckeln, so könne es nicht länger gehen, so stehe er es nicht aus. Als ihn endlich der Bauer fragte, was das bedeuten solle und was er eigentlich meine, kam es heraus, daß er nicht imstande sei, die Besen zu tragen; auch wenn sie ihm der Müller zuweilen führe, so sei es ihm sehr unkommod; er sollte notwendig einen Karren haben, die Besen zu ziehen, das gehe ringer, und er komme weiter. Er habe aber das Geld nicht dazu und wisse niemand, der ihm es leihen würde. „Bist ein dummer Bub", sagte der Bauer. „Hör du, werde mir nicht einer von denen, welche meinen, wenn ihnen was durch den Kopf schieße, müsse es angeschafft sein! So kann man das Geld brauchen und andern die Fische ins Netz jagen. Jawolle, du einen Karren kaufen! Mach einen!"

Mit offenem Maul und Augen, in denen das Weinen im Anzuge stand, sah Hansli den Bauer an. „Ja, mach einen, das bringst z'weg, wenn du nur willst und Fleiß hast", fuhr der Bauer fort. „Du kannst ziemlich schnitzeln, und was du nicht weißt, kann ich dich b'richten. Das Holz wird dich nicht viel kosten; was ich nicht habe, hat ein anderer Bauer, kannst Besen dafür geben. Zum Beschläg wird sich altes Eisen wohl auch finden in einer Kammer. Wir haben auch noch so ein alt Karrli irgendwo; wollen es hervorreißen, kannst es wohl ins Auge fassen und einstweilen meinethalb brauchen. Der Winter ist vor der Türe, dann kannst dran gehen, im Frühjahr ist's fix und fertig, und nicht manchen Batzen hast dafür ausgegeben. Kannst es vielleicht auch beim Schmied mit Besen machen, und vielleicht kann man es ohne Schmied auch machen, wer weiß."

Jetzt machte Hansli wieder große Augen: er und einen Karren machen! „Was denkst, wie wollte ich das können, habe ja noch nie einen gemacht!" „Du dummer Bub!" fuhr der Bauer auf, „einmal muß immer das erste sein, kuraschiert dranhin, so ist es halb gemacht. Glaub's, wenn die Leute das rechte Kuraschi hätten, es säße mancher, der als Bettler herumläuft, im Gelde bis über die Ohren und nicht etwa gestohlenes, sondern rechtmäßig erworbenes." Hansli hätte fast den Bauer fragen mögen, ob er Verstand habe oder keinen. Es kam ihm vor, als täte er ihm ein großes Unrecht an, so was ihm zuzumuten.

Indessen der Gedanke ergreift doch Hansli; Hansli ging sachte drauf ein, ungefähr wie ein Kind in kaltes Wasser. Der Bauer half, und im Frühjahr war der neue Karren fix und fertig; am Dienstag nach Ostern zog ihn Hansli zum erstenmal nach Bern, am Samstag darauf zum erstenmal nach Thun.

Was Hansli für einen Stolz hatte und für eine Freude an seinem neuen Karren, davon kann sich schwerlich jemand eine richtige Vorstellung machen. Wenn man ihm auch den Ostermontagstier, der tags zuvor in Bern herumgeführt worden war und wohl seine fünfundzwanzig Zentner wog, zum Tausch angeboten, er hätte das Anerbieten mit großem Hohn von der Hand gewiesen. Es schien ihm, als stünden alle Leute still und schauten auf seinen Karren, und, wo er zu Platz kommen konnte mit Reden, da zeigte er mit beredter Zunge alle Vorteile, welche dieser Karren vor allen habe, welche bisher auf der Welt gewesen. Er behauptete mit großer Bestimmtheit, er gehe ganz von selbst; nur bergan müsse man etwas nachhelfen. Eine Köchin sagte, sie hätte nicht geglaubt, daß er so geschickt wäre; wenn sie einen Karren nötig hätte, er müßte ihr auch einen machen. Diese Köchin erhielt, sooft sie ihm Besen abkaufte, zwei ganz kleine Handbeselchen für den Herd obendrein; die sind sehr kommod für Köchinnen, welche auch die Ecken gerne rein haben, — das sind die, welche sich auch an den Werktagen waschen und sogar hinter den Ohren; so gar häufig sind die aber nicht.

Erst jetzt kam Hansli so recht in Eifer, sein Karren war ihm sein Bauernhof, und er war fleißig mit großer Freudigkeit, und Freudigkeit ist ganz was anderes als Verdrießlichkeit; sie verhalten sich zueinander wie ein scharfes und ein stumpfes Beil beim Holzhacken. Die Bauern in Rychiswyl hatten große Freude an dem Jungen. Es war keiner, der ihm nicht sagte: „Wenn du Reiser mangelst, so nimm nur in meiner Weid, aber g'schände mir die Birken nicht und denk an mein Weibervolk, das braucht dir Besen, es weiß kein Teufel, wieviel das Jahr durch." Das tat denn auch Hansli und war den Bäurinnen grusam anständig. Für Besen hatte man kein Geld auszugeben, das Männervolk sollte sie liefern. Nun weiß man, wie das geht, ist dasselbe ja oft zu faul zum Holzspalten, geschweige denn zum Besenmachen. So geschah es denn oft, daß die Weiber in große Besennot kamen, ja daß der Hausfriede mächtig wackelte. Jetzt war Hansli da mit Besen, ehe man dran dachte, und sehr selten geschah es, daß eine Bäurin sagen mußte: „Hansli, vergiß uns nicht, wir sind am letzten!" Zudem waren die Besen gut, ganz anders als die, welche das Mannsvolk mit Unlust zusammengebaggelt, die auseinanderfuhren oder stumpf waren, als wären sie gemacht aus Haferstroh.

Diese Besen gab Hansli natürlich umsonst, und doch waren es nicht die wohlfeilsten, welche aus seinen Händen gingen. Nicht wegen den Birkenreisern, welche er umsonst hatte, sondern wegen den Gaben, welche sie ihm das Jahr durch eintrugen, an Brot,

Milch und allerlei derart Dinge, welche eine Bäurin zur Hand hat und nichts rechnet. Selten wurde an einem Orte gebuttert, daß es nicht hieß: „Hansli, morgen anken wir, wenn du einen Hafen bringst, kannst Ankenmilch haben.“ Obst hatte er mehr, als er brauchte, und Brot brauchte er wenig zu kaufen.

So konnte es nicht fehlen, daß Hansli sich gut stand, denn er war sparsam. Wenn er an den Tagen, wo er in die Städte fuhr, einen Batzen brauchte, so war es viel. Am Morgen sorgte die Mutter dafür, daß er tapfer frühstücken konnte, dann steckte er meist noch etwas zu sich, hie und da kriegte er etwas in einer Küche, wo er wohlbekannt war. Endlich meinte er nicht, es müsse alsbald gegessen sein, wenn es einen gelüste. Hunger haben mache gar nichts, wenn man wisse, wann man zu essen bekomme, es dünke einen nur desto besser. Aber Hunger haben und nicht wissen, ob man je wieder was zu essen kriegt, das tue weh. Das wußte Hansli, daß, sobald er heimkam und seine Sachen geschermt, er essen konnte bis genug, dafür sorgte die Mutter treulich. Sie wußte, was das für eine Bedeutung hat, ob ein Mensch, wenn er heimkömmt, zu essen findet oder nicht findet. Wer da weiß, er findet daheim, der kehrt nicht ein, bringt einen leeren Magen heim, und wie er ihn füllt, wird es ihm wohl daheim. Wer nichts findet daheim, füllt draußen und bringt einen vollen Kopf heim; der ist nicht wohl daheim, sondern tut wüste.

Hansli war nicht geizig, aber sehr sparsam; für nützliche, anständige Sachen reute ihn das Geld nicht. In Essen und Kleidern wollte er, daß die Mutter es recht habe, er schaffte sich ein gutes Bett an; große Freude hatte er, wenn er ein schönes, gutes Messer oder ein ander Stück Werkzeug kaufen konnte. Er selbst kam brav daher, nicht kostbar, aber währschaft. Wer ein gutes Auge hat, sieht es den meisten Menschen und Häusern an, ob es da auf- oder abgehe. Bei Hansli war das Aufgehen recht sichtbar, aber eben nicht in der Hoffart, sondern in der Reinlichkeit und Sorgfältigkeit. Daran hatten die Bauern große Freude und mochten es Hansli von Herzen gönnen, kam er doch nicht mit Stehlen zu seiner Sache, sondern durch Fleiß.

Dabei ließ er vom Beten nicht, machte am Sonntag nicht Besen, ging in die Kirche des Morgens, las nachmittags der Mutter, deren Augen stark böseten, ein Kapitel vor und gönnte sich dann später wohl auch ein Privatvergnügen. Dieses bestand darin, daß er sein Geld hervorholte, es zählte und betrachtete und rechnete, wie es gemehret und wie es noch mehr mehren werde usw. Unter dem Gelde waren schöne Stücke, überhaupt meist sauberes Silbergeld. Hansli war stark auf dem Eintauschen, er nahm gerne Münze ein, aber bewahrte sie nicht gerne auf; es dünke ihn immer, der Wind komme gar zu leicht dahinter und trage sie fort. Die größte Freude hatte er an blanken, neuen Silberstücken, den schönen Bernertalern mit dem Bären und dem stattlichen Schweizermann. Wenn er ein solches erhaschen konnte, war er manchen Tag glücklich.

Er hatte aber auch Verdruß und seine bitterbösen Tage. So zum Beispiel war es ein böser Tag für ihn, wenn er einen Kunden verloren hatte oder verloren glaubte, wenn er gerechnet hatte, in einem Hause ein Dutzend Besen abzusetzen, und mit dem Bescheid: „Sind schon versehen!" barsch abgewiesen wurde. Es war vielleicht eine neue Köchin eingezogen, und die wußte nichts vom bekannten Besenbub und ließ ihre harthölzige Stimme die Treppe herunter erschallen: „Wir mangeln keine!" Nun dachte Hansli nicht an die wahre Ursache, wußte nicht, daß man an Orten mit den Köchinnen wechseln muß wie mit den Hemden, manchmal fast noch öfter. Er meinte dann wunder, was er gefehlt, ob ein Besen nicht recht gebunden gewesen, ob er verleumdet worden. Er nahm's sehr zu Herzen, es irrte ihn im Schlafen, er ruhte nicht, bis er den wahren Grund vernommen. Später nahm er es aber auch kaltblütiger, selbst wenn eine Köchin, der er wohl bekannt war, ihn wegschnauzte. Er dachte: Köchinnen seien sozusagen auch Menschen, und wenn Herr oder Madame die Köchin schnauzten, weil sie die Suppe verpfeffert und die Soße versalzen, dieweil ihr Schatz ins Land gegangen, wo der Pfeffer wächst, so hätte die Köchin auch Menschenrechte und könne wieder andere abschnauzen.

Doch noch bösere Tage machte ihm folgendes, und das lernte er nie kaltblütig nehmen. Seine Birken kannte er nachgerade alle, ja, für sich hatte er den Weiden und sogar einzelnen Bäumen bestimmte Namen gegeben, den schönsten Birken schöne Namen, Anne Mareili zum Beispiel, Liseli, Röseli, Sternenblume usw. Diese Bäume freuten ihn das ganze Jahr über; er teilte die Lust, ihnen ihre Reiser abzunehmen, sich ordentlich ein, behandelte die Bäume mit Zärtlichkeit, brachte die Besen von denselben seinen liebsten Kunden. Das waren denn auch wirkliche Staatsbesen, die diesen Namen besser verdienten als mancher andere Besen. Wenn er aber dann voller Freude in die Weide kam und sein Röseli, seine Sternenblume waren greulich gestumpet, der ganze Baum arg mißhandelt, dann tat es ihm im Herzen so weh, das Wasser lief ihm d'Backe ab, und vor Zorn ward allmählich sein Blut so heiß, daß man Schwefelhölzer daran hätte entzünden können.

Das machte ihm lange böse Tage, er konnte es nicht verwinden; er trachtete nach nichts, als den Frevler in die Finger zu kriegen, nicht wegen des Wertes der Reiser, sondern weil er ihm seinen Baum geschändet. Hansli war nicht groß, aber er wußte Kraft und Glieder wohl zu brauchen und hatte ein kuraschiertes Herz. Da war's, wo er der Mutter nicht gehorchte, wenn sie ihm um Gottes willen anlag: er solle doch die Sache vergessen, er habe ja Reiser genug, er solle ja nicht nach den Tätern trachten, sie könnten ihn töten oder sonst unglücklich machen. Aber dem allem frug Hansli nichts nach; er lauerte und strich herum, bis er jemand kriegte. Dann gab's Schläge, und mächtige Kämpfe geschahen in den einsamen Weiden. Manchmal siegte Hansli, manchmal kam er gezaust nach Haus.

Aber das gewann er in alle Wege, daß man mehr und mehr seine Weiden in Ruhe ließ, wie es immer geht, wo etwas mit nachhaltiger Tapferkeit verteidigt wird. Warum soll man sich Schlägen aussetzen um etwas, das man anderwärts ohne Gefahr sich verschaffen kann? Zudem hatten die Rychiswyler Bauern Freude an ihrem mutigen, kleinen Bannwart. Wurde er einmal gezaust, so sagte ihm wohl der oder dieser: „Es macht nichts, der muß seine Heiligen wiederhaben. Sag es mir, wenn du wieder was merkst, ich will dann auch dabeisein, dem wollen wir das Besenhauen ein für allemal verleiden." Dann sagte es Hansli, wenn er was merkte; der Bauer versteckte sich, Hansli tat den Angriff; der Gegner in der Meinung, er sei der Stärkere, floh nicht, wartete, wollte es machen wie das vorige Mal. Hatte Hansli einmal gefaßt, ließ sich der Bauer hervor. Dann wohl, dann hätte der Frevler gerne Fersengeld gegeben, aber Hansli ließ nicht los, er mußte herhalten, bis er den Buckel voll Schläge und den Kopf ohne Haare hatte. Das war ein sehr wirksames Mittel gegen das Birkenplündern; Mareili und Bäbeli blieben nachgerade so ziemlich sicher in den einsamsten Weiden.

So trieb es Hansli manches Jahr in ganz kurzweiliger Einförmigkeit, dachte gar nicht daran, daß es anders gehen könnte. Eine Woche ging ihm um wie der Zeiger an der Uhr, er wußte nicht wie; ehe er sich's versah, war es Dienstag, wo er nach Bern fuhr, und kaum war der Dienstag zum Loch aus, war der Samstag da, wo er nach Thun mußte, er mochte wollen oder nicht, denn wie hätte man es in Thun machen sollen ohne ihn?

Zwischendurch hatte er die Hände voll zu tun, seine Ladungen zu bereiten, Nachbarsleuten zu genügen, das heißt solchen, welche ihm anständig waren. Unser Hansli war auch ein Mensch, und jeder Mensch, wenn er immer dazu kommen mag, hat gnädige und ungnädige Launen. Wer ihn leicht je getreten, der mußte es klug anfangen, wenn er Besen von ihm kriegen wollte. Der Frau Pfarrerin zum Beispiel hätte er nicht für das doppelte Geld einen Besen abgelassen; sie mochte schicken, wann sie wollte, so war es ihm immer leid, daß er keine vorrätig hätte. Sie hatte ihm einmal gesagt: er mache es wie andere, er tue einige lange Reiser außen um, in der Mitte sei dann lauter kurzes G'stümpel. In diesem Falle komme es ja auf eins heraus, ob sie ihre Besen bei ihm oder bei jemand anders nehme, sagte er darauf, und dabei blieb er, und die Frau Pfarrerin starb, ehe sie wieder einen Besen von ihm bekommen hatte.

Eines Dienstages fuhr er wieder auf Bern mit schwer beladenem Karren, den schönsten Besen von seinen liebsten Bäumen, von Röseli, Sternenblume usw. Er zog mit Mühe und schwitzte stark. Er dachte: es sei kurios, sein Karren gehe nicht mehr so von selbst wie anfangs, er müsse gar zu schlimm ziehen, es werde wohl irgendwo fehlen. Er hielt öfters an, um zu Atem zu kommen und die Stirne abzuwischen. Wenn er nur den Stalden auf wäre, der mache ihm Kummer, dachte er. So hielt er auch still beim Murihölzli, gerade vor der Leubank. Auf der saß ein Mädchen mit einem Bündelchen neben sich und weinte bitterlich.

Hansli hatte ein gut Herz und fragte: „Was weinst?" Das Mädchen sagte: es sollte in die Stadt, und es sei ihm so z'wider, es dürfe fast nicht. Sein Vater sei ein Schuhmacher und habe seine beste Kundschaft in der Stadt. Da habe es schon lange Schuhe hineingetragen und nicht anders gewußt. Jetzt habe es in der Stadt einen neuen Haschierer gegeben, gar e grusam bösen; der habe es schon mehrere Dienstage, wenn es zum Tore hineingekommen, schrecklich geplagt und ihm gedroht, wenn es noch einmal komme, so nehme er ihm die Schuhe weg, und es müsse ins Gefängnis; es sei verboten, Schuhe in die Stadt zu tragen und damit zu hausieren. Es hätte sagen mögen, was es gewollt, alles habe nichts geholfen. Es habe dem Vater angehalten, er solle es nicht mehr schicken, aber der sei gar ein Exakter und Preußischer; der habe gesagt, es solle nur gehen, er wolle dann schon sehen, wenn man ihm was tue. Aber was ihm das helfe? D'Sach hätte es dann ausgestanden und die Schande gehabt, daß die Haschierer es genommen.

Hans fühlte großes Mitleiden, besonders weil das Mädchen solch Zutrauen zu ihm hatte und ihm sein Leid geklagt, was es wohl nicht jedem getan. Aber es hab es ihm auf den ersten Blick angesehen, daß er nicht der Wüsteste sei und was für ein Herz er habe, dachte er. Der gute Hansli! Aber der Glaube mache selig, heißt es.

„Meitschi, da ist dir z'helfe", sagte er, „gib mir deinen Sack, ich kann ihn zwischen die Besen tun, daß ihn kein Mensch sieht. Ich bin wohlbekannt, da kommt keinem Menschen in Sinn, daß deine Schuhe zwischen meinen Besen sind. Kannst mir sagen, wo ich sie abgeben oder dir warten soll, und von weitem hinterdrein gehen, daß es keinem Menschen z'Sinn kömmt, daß wir etwas miteinander hätten." Das Mädchen machte keine Komplimente. „Wolltest?" frug es mit aufgeheitertem Angesicht, „das ginge mir viel zu gut." Es brachte den Bündel, und Hansli barg ihn, daß keine Katze was davon merken konnte.

„Soll dir stoßen oder helfen ziehen?" fragte das Mädchen, als ob es sich von selbst verstehe, daß es das Seine beitrage. „Wie du lieber willst; eigentlich wär's nicht nötig, g'schweret hat's wegen der paar Schuhe nicht."

Anfangs stieß das Mädchen hinten am Karren, doch nicht lange ging's, so war es vorne und zog an der Stange. Es dünke ihm, es schicke sich ihm hier besser, sagte es. Es zog brav, man kann sich's denken, und hatte doch noch Atem genug, zu reden und beiher von allem Bericht zu geben, was ihm im Kopf und auf dem Herzen lag. Sie waren oben am äußern Stalden, Hansli wußte nicht wie; die lange Allee schien ihm um die Hälfte kürzer geworden zu sein. Hier blieb nach getroffener Abrede das Mädchen zurück, und Hansli zog mit Bündel und Besen unangefochten zur Stadt ein, unangefochten gab er dem Mädchen seinen Bündel, aber ehe sie noch weiter miteinander gesprochen, ehe das Mädchen gedankt, wurden sie durch die Flut von Leuten, Vieh und Fuhrwerk auseinandergedrängt, Hansli mußte sorgen, daß sein Karren ihm nicht entzweigerissen werde.

Somit war die Bekanntschaft aus. Es ärgerte Hansli ein wenig, doch sann er der Sache nicht weiter nach, geschweige daß er es zu Herzen nahm. Wir können leider nicht sagen, das Mädchen hätte einen unauslöschlichen Eindruck auf ihn gemacht; es war auch nicht darnach. Es war ein vierschrötig Ding mit breitem Gesicht, seine größten Schönheiten waren ein gutes, treues Herz und unermüdlicher Fleiß; diese Züge stechen aber gewöhnlich nicht besonders hervor, und viele halten nicht einmal viel darauf.

Am folgenden Dienstag jedoch, als Hansli wieder den Karren zog, kam er ihm sehr schwer vor; er hätte nicht geglaubt, sagte er zu sich selbst, was das mache, wenn zwei dran zögen statt nur eins. „Ist's wohl wieder da?" sagte er, als er gegen das Murihölzli kam, „ich wollte ihm gerne sein Säckli nehmen, wenn es wieder ziehen hülfe; es geht ohnehin nirgends so sauer als von hier bis in die Stadt." Und richtig, das Mädchen saß da auf der Leubank wie vor acht Tagen, weinen tat es aber nicht. „Hast mir wieder was zu laden?" frug Hansli, dem der Karren schon vom bloßen Sehen des Meitschis ganz leicht wurde.

„Es ist mir doch nicht bloß wegen diesem, daß ich da sitze; wenn ich schon nichts in die Stadt zu tragen gehabt, ich wäre gekommen", antwortete das Mädchen, „konnte dir vor acht Tagen nicht einmal danken und fragen, ob's was koste." „Das fehlte mir noch, gingest mir ja für ein Handroß, und fragte dich auch nicht, was du fürs Ziehen wollest."

Wie wenn es sich von selbst verstünde, brachte das Mädchen seinen Bündel, Hansli barg ihn, und als ob es es gelernt, stellte sich das Mädchen an die Stange. Es hätte erst gedacht, als es schon von Hause gewesen, es hätte einen Strick mitnehmen sollen, den man hinten am Wagli hätte befestigen können; so könnte es viel mehr abbringen. Das andere Mal aber, wenn es komme, wolle es den Strick nicht vergessen. Dieses Bündnis in betreff gegenseitiger Hülfleistung ging ohne weitläufige diplomatische Verhandlung zu, daß einfacher es wirklich kaum möglich war. Diesmal traf es sich, daß sie auch zusammen heimwanderten, soweit ihre Wege zusammengingen, doch so klug waren beide, daß die Haschierer sie nie zusammen im Tore sahen.

Die Mutter hatte seit einiger Zeit sonderbare Freude an Hansli. Es däuchte sie, er sei so aufgeheitert, sagte sie, er könne den ganzen lieben langen Tag pfeifen oder singen, und er pützerle sich z'weg, es habe keine Gattig. Er habe sich letzthin eine halbleinene Kutte machen lassen, er komme darin so staadisch, nit viel gefehlt, wie der Landvogt. Sie möge es ihm aber auch gönnen, er sei so gut gegen sie, der liebe Gott im Himmel wolle es ihm vergelten, sie könne es nicht; sie könne nichts als für ihn beten. Es sei denn aber doch nicht, daß er alles an die Hoffart hänge, er habe Geld auch. Sie glaube gewiß, wenn der das Leben habe und Gottes Segen, der bringe es einmal zu einer Kuh, von einer Geiß habe er schon lange geredet, aber sie werde es nicht erleben; es sei auch nicht, daß sie so dran hange und meine, es müsse sein.

„Mutter", sagte einmal Hansli, „ich weiß nicht, wie es geht, ob der Karren schwerer wird oder ich schwächer, ich mag ihn seit einiger Zeit fast nicht mehr allein z'regieren; es geht mir hart an, besonders nach Bern hinein, es geht da so viel bergauf." „Glaub's wohl", sagte die Mutter, „warum ladest alle Wochen mehr auf, es grusete mir schon manchmal für dich, von wegen das gibt böse Alter. Dem ist aber gut zu helfen: lade drei oder vier Dutzend weniger, dann magst wohl g'fahren wie ehedem."

„Mutter, das kann ich nicht wohl", sagte Hansli, „habe ohnehin fast immer zuwenig, und zweimal in der Woche zu fahren, habe ich nicht Zeit; Thun will ich auch nicht fahren lassen, habe meine besten Leute dort." „Hansli, und wenn du sehen würdest, ein Eselein zu bekommen? Habe schon oft davon gehört, wie das die allerkommodsten Tiere seien; sie kosteten fast nichts, sie fräßen fast nichts und ganz unwerte Sachen, zögen trotz einem Roß, und sogar die Milch könnte man brauchen — nit, daß ich möchte, aber um so zu sagen."

„Nein, Mutter", sagte Hansli, „sie sollen auch b'sunderbar köpfig sein, so daß man längs Stück nichts mit ihnen machen kann, und für was sollte ich es die fünf anderen Tage brauchen? Nein, aber Mutter, ich hatte an eine Frau gedacht, was sagt Ihr dazu?" „Aber Hansli, warum nicht lieber an eine Geiß oder an einen Esel, was dir nicht z'Sinn kommt! Was willst mit einer Frau machen?" „He, Mutter, öppe was ein anderer", sagte Hansli, „dann dachte ich, könnte sie mir helfen den Karren ziehen; es ginge mehr als einmal so leicht, wenn mir eine hülfe, und in der Zwischenzeit könnte sie pflanzen und helfen Besen machen, wo man weder eine Geiß noch einen Esel dazu anweisen kann."

„Aber Hansli, meinst denn, du findest eine, die dir hilft den Karren ziehen und die für andere Sachen auch noch was nütze ist?" frug bedenklich die Mutter. „O Mutter, es ist eine, welche mir schon oft geholfen hat den Karren ziehen", antwortete Hansli, „und die wäre noch für mehr Sachen gut, aber ob sie die Frau werden wolle, habe ich nicht gefragt. Ich dachte, ich wolle es Euch zuerst sagen." „Du Dillersbub, was du mir nicht sagst! Jetzt ist mir nicht mehr zu helfen!" rief die Mutter. „Was, bist du auch so einer? Das hätte ich unserm Herrgott nicht geglaubt, wenn er es mir gesagt hätte. Was, eine hat dir am Karren geholfen, und hast sie expreß angestellt dafür? Nein aber, jetzt traue einer noch einem Menschen!"

Da erzählte Hansli die Umstände, wie das so zufällig sich getroffen und wie das ein Meitschi sei, gerade wie für ihn gemacht, exakt wie eine Uhr, nicht hoffärtig, nicht vertunlich, und ziehen tue es, er wette, ein mittelmäßig Kuhli möchte es nicht. Geredt mit ihm derentwege habe er nicht, aber er glaube, unanständig sei es ihm nicht. Es habe oft gesagt, z'heiraten pressiere es ihm aparti nicht, aber wenn's es zu machen sehe, daß es nicht noch böser es haben müßte als jetzt, da besinne es sich nicht lang und tät's. Es wüßte doch dann auch, für was es auf der Welt wäre. Die jüngeren Geschwister wüchsen nach, und es wisse wohl, wie das gehe; die jüngeren seien immer werter als die älteren, und man sinne den älteren nicht daran, daß sie die jüngeren haben nachschleppen müssen.

Das gefiel der Mutter nicht schlecht, und je mehr sie das Unerwartete verwand und über die Sache nachdachte, desto anständiger kam es ihr vor. Sie legte sich auf Nachricht an und vernahm: Schlechtes wisse man nicht von ihm, es gehe den Eltern brav an die Hand; daneben z'fischen werde es da nicht viel geben. „He nun so dann, desto besser!" dachte die Mutter, „so hat doch dann keins dem anderen was vorzuhalten."

Als am Dienstag Hansli den Karren rüstete, sagte ihm die Mutter: „He nun so dann, so red mit dem Meitli! Wenn es will, mir ist's recht, aber nachlaufe tue ich ihm nicht; es soll am Sonntag zu uns kommen, so kann ich es g'schauen, und man kann miteinander reden. Wenn's gattlig tun will, so wird es schon gut kommen; einmal wird es doch sein müssen." „He, Mutter, das steht nirgends geschrieben, daß es sein müsse; ist's Euch nicht anständig, so kann man es ja unterwegen lassen", entgegnete Hansli. „Stürm nur nit und fahr du jetzt und sag dem Meitli, wenn es mich für die Mutter halten wolle, so solle es mir Gottwilche sein!"

Hansli fuhr und fand sein Meitschi, und als Hansli in der Stange, das Meitschi jetzt am Strick wacker zogen, sagte er: „Es geht doch mehr als d's Halb ringer, wenn zwei einander helfen und am gleichen Karren ziehen. Ich war am letzten Samstag in Thun und mußte mich fast töten." „Habe es schon oft gedacht", sagte das Meitschi, „es sei einfältig von dir, daß du nicht jemand anstellest; es ging dir alles d's halb leichter, und der Verdienst wär größer." „Was willst", sagte Hansli, „bald sinnet man zu früh auf eine Sache, bald zu spät, man ist halt geng e Mensch. Aber jetzt düecht es mich, ich möchte eine anstellen; wenn du wolltest, du wärst mir gerade recht. Ich wollte dich heiraten, wenn es dir anständig ist." „He, warum nicht, wenn ich dir nicht z'wüst und z'arm bin", antwortete das Meitschi. „Hast mich einmal, so nützt dich dann das Verachten nichts mehr. Ich werde es auch nie viel besser treffen; öppe einen bekömmt man immer, aber dann was für einen? Mir bist brav genug, hast Sorg zur Sache und wirst e Frau nit für e Hund haben."

„He, sie kann es haben wie ich, und ist ihr das nicht gut genug, so kann ich nicht helfen", antwortete Hansli. „Aber ich denke, schlimmer, als du's bisher gehabt, würdest du es bei mir nicht haben. Ist's dir recht so, so sollst am Sonntag zu uns kommen; die Mutter läßt dir sagen, du sollest Gottwilche sein, wenn du sie für die Mutter halten wollest." „He", sagte das Meitschi, „was sollte ich anders? Bin's gewohnt, die Mutter für die Mutter zu halten, mich zu unterziehen und es anzunehmen, wie es kömmt, böser und minder böse, sauer und minder sauer. Habe nie geglaubt, ein böses Wort mache ein Loch, da hätte ich ja kein Stück Haut einen Kreuzer groß am ganzen Leib." Daneben wolle es, wie üblich und bräuchlich, Vater und Mutter vorbehalten haben. Daneben werden die nichts dagegenhaben, es seien ihrer noch genug daheim, und sie würden froh sein, vorabzustoßen, was gehen wolle.

So war es auch. Am Sonntag erschien das Meitschi richtig zu Rychiswyl. Hansli hatte es gut b'richtet, so daß es nicht lange zu fragen brauchte, wo der Besenbinder wohne. Die Mutter examinierte es gut über Pflanzen und Kochen, wollte wissen, was es bete und ob es lesen könne im Testament und auch in der Bibel; es sei für die Kinder bös, und die hätten sich dessen zu entgelten, wenn eine Mutter sich nicht darauf verstehe, sagte die Alte. Ihr gefiel das Meitschi, und die Sach ward richtig.

„Eine Schöne hast nicht", sagte sie vor dem Meitschi zu Hansli, „und wegem Reichtum wirst auch nicht viel zu rühmen haben. Daneben macht das nichts; von der Hübschi hat man nicht gelebt, und mit dem Reichtum ward schon mancher angeschmiert, daß er meinte, wie eine Reiche er habe, und hinterdrein konnte er dem Schwäher die Schulden zahlen. Wenn's g'sunder Art ist und werkbar, so wird die Sache sich schon machen. Ein paar gute Hemdli und eine doppelte Kleidung, daß du am Sonntag und Werktag nicht gleich daherkommen mußt, sondern dich anders anziehen kannst, wirst du wohl haben." „B'hüt is ja", sagte das Meitschi, „wegen selbem braucht Ihr keinen Kummer zu haben. Ich habe ein ganz neues Hemd, zwei ganz gute und dann noch viere, die aber nicht mehr alles sind. Aber die Mutter hat gesagt, ich müsse noch eins haben, und der Vater hat gesagt, er wolle mir die Hochzeitschuhe machen, und sie sollen nichts kosten. Dann habe ich noch eine b'sonderbar gute Pate, die gibt mir alleweg auch etwas Schönes, vielleicht gar ein Pfänneli oder ein Breitöpfi, und wer weiß, ob's da nicht einmal was zu erben gibt! Sie hat zwar Kinder, aber die könnten sterben."

Gegenseitig vollkommen befriedigt, besonders von des Mädchens Seite, welchem die Wohnung, die sauber gehalten war, neben ihrem Schuhmacherloch voll Leder, Leisten und Kinder wie ein Palast vorkam, gingen sie auseinander, um bald wieder zusammenzukommen und zusammenzubleiben. So geschah es auch; Einspruch gab es keinen, die Vorbereitungen nahmen ebenfalls nicht Monate weg, neue Schuhe und ein neues Hemd sind bald gemacht, wenn man nämlich die Sachen dazu hat, und nach vier Wochen zog Hansli zu zwei den Karren nach Thun, und kurios war es, der alte Karren ging wieder ganz leicht und wie von selbst. Er hätte nicht geglaubt, daß ein Karren sich so zum Guten ändern könnte, es könnte mancher Mensch an ihm ein Exempel nehmen.

Um Hansli reute es manches Mädchen; den hätte es auch mögen, dachte es, wenn es geglaubt, dem pressiere es, so hätte es ihm schon in den Weg kommen wollen, daß er das Plättergesicht nicht mit dem Rücken angesehen. Es hätte nicht geglaubt, daß Hansli so dumm wäre, der hätte ganz anders weiben können, wenn er es gewußt hätte anzustellen; der werde noch reuig werden vor der nächsten Fasnacht, aber es möge es ihm gönnen, selber tan, selber han. Aber Hansli war nicht so dumm und ward nicht reuig; er hatte grade ein Fraueli, wie es für ihn paßte, ein demütiges, arbeitsames, genügsames Fraueli, dem es bei Hansli war, als hätte es den Himmel erheiratet.

Gar lange freilich half es dem Hansli den Karren nicht ziehen; der mußte bald wieder einspännig fahren. Aber als einmal ein Bube da war, tröstete er sich; ein sonderbar munterer sei er, sagte er, im Hui sei der nachgewachsen, daß er ihm helfen könne, und unversehens ziehe der den Karren alleine. Sein Fraueli wollte zwar bald wieder sich einspannen. Wenn sie sich pressierten mit Heimkommen, so möge es der Bub wohl aushalten; die Großmutter gebe ihm unterdessen schon zu trinken, meinte es. Aber der Bub meinte es anders, wohl, der machte ihnen den Marsch.

Sie hatten sehr pressiert mit dem Heimfahren, aber noch waren sie mehr als eine halbe Stunde vom Hause entfernt, als das Fraueli ausrief: „Mein Gott, was hört man?" Es waren Töne, als ob man ein junges Schwein am Messer hätte. „Mein Gott, was ist dort, was hat's gegeben!" rief wiederum das Fraueli, ließ den Karren fahren und lief davon. Es war die Großmutter, welcher der Bub mit Brüllen den Angstschweiß ausgetrieben und die sich nicht anders zu helfen wußte, als ihn der Mutter entgegenzutragen in tausend Ängsten, er falle in Krämpfe. Der schwere Bub, die Angst und das Laufen hatten die alte Frau so außer Atem gebracht, daß es die höchste Zeit war, daß jemand ihr den Bub abnahm. Sie war außer sich, und lange ging's, bis sie sagen konnte: „Nein, so will ich nicht dabeisein, so einen Handlichen habe ich mein Lebtag nie gesehen, lieber will ich den Karren ziehen." Die guten Leute erfuhren es, was es heißt, einen Zwingherrn im Hause zu haben, wenn es auch nur ein kleiner war.

Das tat aber ihrem Haushalt keinen Abbruch; das Fraueli waltete verzweifelt brav daheim, pflanzte viel, half Besen machen, überstürzte nichts, aber machte immer was, als ob es nie müde würde, und alles ging ihm flink von der Hand. Hansli war ganz verwundert, wie gut er z'weg kam mit einer Frau und wie sein Geld sich mehrte. Er empfing ein Äckerli, die Mutter erlebte eine Geiß, als käme sie von selbst, und bald zwei. Eseli wollte Hansli keins, aber er mußte sich mit dem Müller, der in die Stadt fuhr, verbinden, um einen Teil seiner Besen führen zu lassen, was freilich den Profit etwas schmälerte und Hansli sehr reute, denn jeder Kreuzer tat ihm weh, der nebenaus ging.

Hanslis Leben gestaltete sich wiederum glatt und eben; die Tage folgten einander ungefähr wie die Wellen im Fluß, eine von der anderen kaum zu unterscheiden. Die Besenreiser wuchsen alle Jahre, seine Frau brachte fast alle Jahre ihm ein Kind, ohne daß es sie viel irrte. Sie bekam es, legte es ab, es schrie alle Tage ein wenig, es wuchs alle Tage ein wenig, und handumkehrt konnte man es schon brauchen. Die Mutter sagte: sie sei alt und habe das nie so gesehen. Sie mahnten sie an nichts besser als an junge Katzen, die nach sechs Wochen schon mausen könnten.

Und mit den Kindern war der Segen da; je mehr Kinder, desto mehr Geld. Ja, man denke, die Mutter erlebte die Kuh noch. Wenn sie aber nicht gesehen hätte, wie Hansli sie bezahlt, sie hätte sich kaum ausreden lassen, er habe sie gestohlen.

Und hätte die Mutter noch zwei Jahre länger gelebt, so hätte sie erlebt, daß Hansli Eigentümer wurde des Häuschens, in welchem sie seit Jahren gewohnt, mit einer Taglöhnergerechtsame, welche ihnen mehr als genug Holz brachte und Land wohl für eine Kuh und zwei Schafe, welche besonders kommod sind, wenn man Kinder hat, welche wollene Strümpfe brauchen. Hansli blieb freilich ziemlich viel darauf schuldig, aber es war festes Geld, welches ihm stehenblieb, solange er fleißig zinsete. Übrigens machten ihm, wenn er das Leben hätte, die Schulden keinen Kummer, sagte er, und er hatte recht.

Hansli erfuhr es, wie die ersten Kreuzer zu erübrigen am schwersten hält. Es ist immer ein Loch da, durch welches sie entschlüpfen wollen, oder ein Mund, der sie verschlingen will. Ist einmal nachgewerchet, daß man ohne Schulden ist, mit ganzen Kleidern behaftet und ohne was vorgefressen zu haben, dann geht es schon. Es bildet sich der Boden unter den Füßen, es zaunet immer besser, der Bach breitet, das heißt, das Vorschlagen wird leichter und größer, wenn nämlich eins nicht ist: wenn sich die Lebensweise nicht ändert.

Da liegen Klippe und Sandbank nebeneinander, und die Durchfahrt ist merkwürdig schmal. Da wachsen gerne aus dem Boden herauf die Bedürfnisse über Nacht wie Schwämme auf dem Mist, und wenn nicht beim Mann, so doch beim Weib, und wenn nicht bei den Eltern, so doch bei den Kindern. Auf einmal sind hundert Dinge nötig, an die man nicht gedacht, und anderer schämt man sich, wo man sonst nichts anderes gewußt. Man überschätzt, was man hat, weil man vorher nichts gehabt, überschätzt sich, weil man das Gedeihen sich selbst zuschreibt, überschätzt seine Zukunft, weil man sie für notwendige Fortsetzung der Vergangenheit hält, und ändert die ganze Lebensweise. Im Verhältnis, daß der Verbrauch zunimmt, nimmt der Fleiß ab und somit der Erwerb, und wie man aufgeschossen, fällt man wieder. Die Herrlichkeit vergeht, wie sie gekommen, denn es ist noch immer wie ehedem: der Hochmut kommt vor dem Fall.

Das war nun bei Hansli aber nicht. Er lebte und schaffte durchaus im gleichen fort, vertat fast kein Geld, freute sich dann aber auch, daheim was Warmes zu finden, und tat sich daran gütlich. Er änderte nichts, als daß nach und nach die schaffenden Kräfte sich mehrten. Das Fraueli besaß, sich selbst ganz unbewußt, die merkwürdige, seltene Kunst, die Kinder alsbald zu gebrauchen, sie sich selbst helfen zu lehren, jedes nach seinem Alter, und das ganz ohne viel Redens, es wußte selbst nicht, wie es das machte. Ein Pädagog hätte sicherlich darüber kein vernünftig Wort von ihm herausgebracht. Sie warteten sich gegenseitig, halfen dem Vater mit dem Besenmachen, der Mutter trugen sie ab und zu, halfen beim Pflanzen, keines bekam eine Ahnung von der Süßigkeit des Müßigganges, des träumerischen Herumlungerns, und doch wurde keines strapliziert oder vernachlässigt mit Speise oder Unreinlichkeit. Sie wuchsen wie die Weiden am Bach, waren gesund und froh.

Die Eltern hatten nicht Zeit, mit den Kindern Narretei zu treiben, aber die Kinder fühlten die Liebe der Eltern, sahen, daß sie mit ihnen zufrieden waren, wenn sie ihre Sache gut machten. Die Eltern beteten mit ihnen, und am Sonntag las der Vater sein Kapitel und erklärte, was er wußte, und derentwegen hatten die Kinder großen Respekt vor ihm, betrachteten ihn wirklich als den Hausvater, der mit Gott rede und, wenn sie nicht gehorchten, es Gott sage und dem Heiland. Der wahre Respekt der Kinder vor den Eltern hängt ganz bestimmt vom Verhältnis der Eltern zu Gott ab, wie es die Kinder wahrnehmen können. Wenn das nur alle Eltern bedächten!

Ja, unser Hansli war selbst unter andern Leuten als nur unter den Kindern eine Art Respektsperson. Er war so bestimmt, so zuverlässig, gescheute Worte gingen von ihm, man sah ihn niemals anders als ehrbar, er tat nicht groß, machte aber auch nicht den Bettler, daß gar manche vornehme Herrenfrau expreß in die Küche kam, wenn sie hörte, das Besenmannli sei da, um zu vernehmen, wie es auf dem Lande gehe und wie dies und jenes gerate. Ja, in manchem Hause in Bern vertraute man ihm das Liefern von Wintervorräten an, und das trug manchen schönen Batzen ein. In Thun war das wohl nicht der Fall, denn dort ist jede Frau Ratsherrin eine halbe Bäurin und pflanzet für Menschen und Vieh, daß es sie fast versprengt. Aber sie kamen doch in die Küche, hießen ihn gar in die Stube kommen und verklapperten mit ihm manch trautes Halbstündchen bei süßem Thuner Wein. Denn wenn sie schon selbst pflanzten, so meinten sie deswegen nicht, daß sie nicht das Recht hätten zu klappern, mit wem sie wollten, so gut wie die andern Frauen Ratsherrinnen, welche nicht pflanzten. Ja, sogar die Frau Schultheißin sprach mit ihm, es war sozusagen ihr zum dringenden Bedürfnis geworden, ihn alle Samstage zu sehen, und wenn sie mit ihm sprach, so war es sogar erlebt worden, daß der fragende Herr Schultheiß auf Antwort warten mußte. Von wegen es tut auch einer Frau Schultheißin wohl, einmal in der Woche ein vernünftig Wort zu hören und zu reden.

Da einmal geschah es, daß Samstag war in Thun, aber in Thun war kein Besenmannli zu sehen. Das gab großes Aufsehen und bedenkliche Gesichter. Manche Köchin stand unter der Türe mit eingestemmten Armen und ließ kaltblütig oben in der Küche Suppe und Pfanne ineinanderwachsen, daß man mit keinem Lieb sie mehr auseinanderbrachte. „Hast ihn nicht gesehen, nichts von ihm gehört?" frug eine die andere. Manche Frau schoß in die Küche und wollte die Köchin abputzen, daß sie ihr nicht gerufen, als das Besenmannli dagewesen. Aber da fand sie keine Köchin, fand nichts als was auf dem Feuer, das stank wie der Teufel, das war die Pfanne und die Suppe, die Hochzeit hielten. Selbst die Frau Schultheißin kam in Bewegung, nahm erst ihren Herrn, dann den Landjäger vor, und als beide nichts wußten, stieg sie nach dem Essen selbst ins Städtchen hinab, um nach ihrem Besenmannli zu fragen. Sie sei ganz aus mit Besen, habe in der folgenden Woche fegen wollen und jetzt keine Besen, man solle denken!

Aber das Besenmannli erschien nicht. Es war die ganze folgende Woche eine gewisse Leere fühlbar in der Stadt und am nächsten Samstag große Spannung. „Kommt er? Kommt er nicht?" war das Losungswort. Und er kam, er kam wirklich, aber ringer wäre er daheim geblieben. Wenn er auf alle Fragen hätte Antwort geben wollen, so hätte er acht Tage in Thun bleiben müssen. Er fertigte die Leute mit dem einfachen Bescheid ab, er hätte z'Leicht müssen.

„Wem?" frug ihn die Frau Schultheißin, die er nicht so kurz abfertigen konnte. „Meiner Schwester", antwortete das Besenmannli. „Wer war sie, und wo wurde sie begraben?" frug die Dame weiter. Das Besenmannli antwortete kurz, aber wahr; da rief die Frau Schultheißin plötzlich aus: „Aber mein Gott! Was? Seid Ihr der Bruder von der Köchin, die so großes Aufsehen machte, weil es nach dem Tode des Herrn sich herausgestellt, daß sie seine Frau gewesen und ihn also erbe, und die dann darauf plötzlich starb?" „Gerade der bin ich", antwortete Hansli trocken.

„Aber du meine Güte!" rief die Frau Schultheißin und schlug die Hände zusammen, „fünzigtausend Taler geerbt zum wenigsten und jetzt noch mit Besen im Lande herumfahren!" „Warum nicht!" antwortete Hansli, „habe das Geld noch nicht, und wegen der Taube auf dem Dache lasse ich den Spatz in der Hand nicht fahren." „Taube auf dem Dache!" rief unwillig Frau Schultheißin. „Erst diesen Morgen habe ich und der Herr Schultheiß miteinander darüber geredet, und er sagte, d'Sach sei richtig, das Vermögen müsse dem Bruder zufallen." „He nun, desto besser", antwortete Hansli. „Aber, was ich fragen wollte, soll ich über acht Tage Besen bringen oder über vierzehn?" „A bah, Bese!" rief die Frau Schultheißin, „kommt herein, ich möchte sehen, was mein Herr für Augen macht." „Ich wär pressiert", antwortete Hansli, „ich habe weit heim, und die Tage sind kurz." „Kurz oder nicht kurz, kommt!" befahl die Herrin, und Hansli mußte gehorchen, versteht sich.

Sie führte ihn nicht in die Küche, sondern ins Eßzimmer, befahl der Gattung oder Fanchette oder wie die Kammermagd hieß, dem Herrn zu sagen, das Besenmannli sei da, und eine Flasche Wein zu bringen, und hieß das Mannli sitzen, wie auch das Mannli protestierte, es habe nicht Zeit und müsse weiter. Der Herr war da im Augenblick, setzte sich, schenkte sich auch Wein ein, machte Gesundheit, wünschte Glück, und Hansli mußte erzählen, wie er dazu gekommen.

Er machte es kurz. Er könne nicht viel sagen, erzählte er. Bald, als die Schwester vorm Herrn gewesen, sei sie fortgegangen um Arbeit aus. So sei sie von Platz zu Platz gekommen und stark gefördert worden mit Schein. Um sie daheim habe sie sich nie viel gekümmert, sei in der Zeit bloß zweimal heimgewesen und seit der Mutter Tode nie. Er habe sie wohl in Bern angetroffen, aber nie habe sie ihn heißen ins Haus kommen, wo sie gedient, nichts als den Gruß befohlen an Weib und Kinder und wohl gesagt, sie komme nächstens, aber es sei nie geschehen. Freilich sei sie nicht viel in Bern gewesen, sondern habe viel in Schlössern auf dem Lande herum gedient, sei auch im Weltschland gewesen, wie er vernommen. Sie habe ein unruhig Blut gehabt und einen wunderlichen Kopf, und die blieben nie lange an einem Orte. Darneben war sie b'sunderbar treu und fromm, man konnte ihr unbesorgt anvertrauen, was man wollte. Vor kurzem sei die Rede gegangen, seine Schwester habe einen alten, reichen Herrn geheiratet, der es den Verwandten zum Trotz getan, weil sie ihn schwer erzürnt, aber er habe der Sache nicht viel Glauben gegeben und ihr nicht nachgedacht. Da habe er plötzlich Bescheid bekommen, er solle alsbald zu seiner Schwester gehen, wenn er sie noch lebendig antreffen wolle, sie wohne im Murtenbiet; das habe er getan und sei noch früh genug gekommen, um sie sterben zu sehen, aber viel habe er mit ihr nicht mehr reden können. Als sie beerdigt gewesen, sei er wieder hergekommen, es habe ihm pressiert; seit er hause, habe er nie so viel Zeit versäumt.

„Du mein Gott", sagte die Frau Schultheiß, „versäumt, wenn man dabei fünfzigtausend Taler erbt! Und wollet Ihr denn bei einem solchen Vermögen fortfahren Besen machen und damit hausieren?" „He, das ist so, Frau Schultheißin", sagte Hansli, „ich traue der Sache nicht recht; es dünkt mich, es hätte keine Gattig, daß ich so viel erben sollte. Daneben sagt man mir, es könne nicht fehlen und wenn die Zeit um sei, werde ich es frei und frank in die Hände bekommen. Nun, sei das, wie es wolle, so fahre ich einstweilen im alten fort. Wenn es fehlen sollte, müßten die Leute nicht lachen: ‚Der hat schon gemeint, er sei ein Herr, und kann schön wieder an seinem Karren ziehen!' Habe ich einmal das Geld, werde ich es mit den Besen wohl lassen, obgleich es mich reut und mir nicht erleidet ist. Aber die Leute würden doch reden und ein Gespött haben, wenn ich es täte, und das mag ich auch nicht. Bauer sein ist auch eine schöne Sache, und wenn man Geld hat, wird schon ein Hof zu kaufen sein. Ich habe gottlob ein Häuschen und Land fast für zwei Kühe, und bei meinem Fahren habe ich manchmal gedacht: ‚Wäre ich nicht das Besenmannli, so möchte ich Bauer sein!‘, und vielleicht brächte ich es z'weg, so einen mindern Hof zu kaufen, wo für alle meine Kinder zu arbeiten und zu essen genug wäre; fest kann man dann sitzen."

„Aber ist das Vermögen in saubern Händen? Können da keine Gefährde getrieben werden?" frug der Herr Schultheiß. „Ich glaube, es sei sicher", sagte Hansli. „Ich habe die, welche am meisten dran machen können, probiert. Ich habe ihnen Geld angeboten, wenn sie machten, daß ich zum Erben komme. Da haben sie gescholten und gesagt: g'hör's mir, werde ich es erhalten, g'hör's mir nit, mache man da nichts mit Geld; für die Kosten werde man mir seinerzeit die Rechnung machen. Da sah ich, daß die Sache am rechten Orte ist, und mag jetzt wohl warten, bis die Zeit um ist." „Nein aber", sagte die Frau Schultheißin, „das ist mir unbegreiflich; das ist mir eine Kaltblütigkeit, die in Israel selten gefunden wird, die mich aus der Haut triebe, wenn ich Eure Frau wäre." „Die tut es nicht", sagte Hansli, „bis sie jemand b'richtet, wie sie wieder hineinkönnte."

Diese Kaltblütigkeit und das Fortfahren mit den Besen versöhnte viele Leute mit dem sonst so gerne beneideten sogenannten Glücklichen, während andere es als Beschränktheit und Dummheit verhöhnten. Einige meinten, Hansli sei dumm, und wer gescheut sei, könne da was zu fischen kriegen. Sie liefen ihn an, suchten ihm angst zu machen und hintendrein mit dem Anbieten ihrer Hülfe zu trösten. Andere wollten das Erbe ihm abkaufen, er kriege es doch nie, sagten sie. Es gebe da Prozesse, deren Ausgang er nicht erlebe; wo da Geld nehmen, um sie zu speisen? He, sagte Hansli, es sei alles ungewiß auf der Welt, einstweilen wolle er sich noch besinnen, es sei dann noch frühe genug, zuzusehen, wenn die Sache sich stecken sollte.

Die Sache steckte sich aber nicht. Zur gesetzten Zeit erhielt er Bericht, er solle auf Bern kommen; d'Sach sei im reinen.

Als er als ein reicher Mann heimkam, weinte seine Frau gar mörderlich und himmelschreiend. Er mußte mehrmal fragen: „Was hat's gegeben, ist ein Unglück geschehen?" „Jetzt", sagte endlich die Frau, die, je seltener sie weinte, um so schwerer zu sich selber kam, „jetzt wirst mich verachten, da du so reich bist, und denken, hättest nur eine andere! Ich tat, was mir möglich war, aber jetzt bin ich nichts mehr, ein alter Kratten. Oh, wenn ich nur schon unter der Erde wäre!"

Da setzte sich Hansli auf den Vorstuhl und sagte: „Hör, Frau, du weißt, fast dreißig Jahre haben wir gehaushaltet im Frieden; was das eine wollte, wollte das andere auch. Geprügelt habe ich dich nie, ja, die bösen Worte, die wir uns gegeben, wären bald gezählt. Jetzt, Frau, fang mir nicht an, wüst zu tun und ein Neues anzufangen; es soll zwischen uns beim alten bleiben. Das Erb kommt nicht von mir, es kommt nicht von dir, es kommt von Gott für uns beide und für unsere Kinder. Das kann ich dir sagen, und das soll fest sein wie ein Wort aus der Bibel, daß, sobald du mir noch einmal davon anfängst mit Heulen und ohne Heulen, so prügle ich dich mit einem neuen Seil, daß man dich am Bodensee kann schreien hören. Dabei bleibt's; jetzt mach, was du willst!"

Das lautete sehr bestimmt, bestimmter als der Briefwechsel zwischen Preußen und Österreich. Die Frau wußte, woran sie war, sie kannte Hansli, sie wärmte dieses Lied nicht mehr auf, es blieb unter ihnen beim alten. Sie zogen einträchtig am Karren, und der Karren blieb ganz leicht.

Hansli kaufte alsbald einen großen Hof, damit er für seine Kinder zu arbeiten und zu essen hätte. Aber ehe er als Besenmannli abtrat, machte er noch ein schön Stücklein: allen seinen Kunden brachte er noch ein Dutzend Besen als Geschenk ins Haus. Er sagte nachher oft, und gewöhnlich mit Wasser in den Augen: das sei der Tag, den er am wenigsten vergessen könne; er hätte nie geglaubt, daß er den Leuten so lieb sei. Er behielt als Bauer den gleichen Fleiß und die gleiche Einfachheit, betete und arbeitete wie vorher, und doch wußte er zwischen Bauer und Besenbinder den Unterschied zu machen, daß der erste zu geben, der andere zu nehmen hatte, tat beides gleich unbeschwert. Er hatte längst gewußt, was einem Bauernhause wohl anstehe; das vergaß er nicht und führte es jetzt in seinem Hause aus. Was er gerne gehabt für sich, das tat er auch an andern.

Das gleiche Maß hielt er mit den Kindern; das war wohl der schwerste Punkt. Er wußte wohl, daß er sie jetzt etwas besser kleiden mußte als des Besenbinders Kinder, aber den eben rechten Grad darin zu treffen, war nicht ganz leicht; nicht leicht war es, die Kinder zu befriedigen und es dem Publikum zu treffen, daß es nicht schrie über das Zuwenig oder das Zuviel. Hansli traf es nicht übel, und seine Frau stimmte ihm bei. Sie kleideten ihre Kinder dauerhaft und stattlich, meist in selbstgemachtes Zeug, aber er duldete nichts Auffallendes, in die Augen Schreiendes an ihnen.

Er sagte ihnen oft: „Kinder, tut nicht groß, machet nie den Narrn, sei es, mit was es wolle. Sobald eins von euch die Leute ärgert, sei es mit diesem oder mit jenem, so zählt darauf, ihr müßt von allen Seiten hören: ‚Das mag wohl, es ist ja des Besenbinders Kind; der zöge noch am Karren, wenn er nicht geerbt. Es wäre noch mancher reich, wenn er es erben könnte, das ist keine Kunst.‘ Ich schäme mich mein Lebtag dessen nicht, es kann mir Besenbinder sagen, wer will, aber ich bin auch nicht hochmütig; werdet ihr es aber, so werdet ihr euch des Vaters und der Mutter schämen, und die Leute werden euch den Besenbinder vorhalten euer Leben lang. Darauf zählt!"

Die Kinder glaubten daran und taten darnach. Indessen wollen wir nicht sagen, daß Eltern und Kinder alle Färbung ihrer frühern Lebensweise hätten abstreifen können und immer ganz fest und sicher auf dem neuen Boden umhergeschritten wären; das ist wohl unmöglich, und es braucht Generationen, um in einen neuen Stand hineinzuleben, und je ängstlicher man es will, je verlegner man tut, was jedoch bei unserm Besenbinder nicht der Fall war, desto weniger gelingt es.

Der liebe Gott ließ sie lange leben, er gab ihnen noch die Freude, zu sehen, wie brave Tochtermänner mit ihren Weibern wohl zufrieden waren und brave Söhnisweiber die Eltern um ihrer braven Männer willen liebten und ehrten, und wenn sie noch jetzt auf Erden wären, so würden sie sehen, wie die Familie Wurzel geschlagen, blüht und Früchte trägt unter den Ehrbaren des Landes, denn sie bewahrt noch jetzt die wahren Lebenskeime der Familie: Fleiß und Frömmigkeit, ein währschaft, kernhaft Wesen, das nicht alle Tage ein anderes wird, je nachdem der Wind geht und die Umstände wechseln.

Der Sonntag des Großvaters

1852

Amen!" so klang es von den blassen Lippen eines Greisen, der in einem reinlichen Bette hoch liegend, die Hände auf der Decke gefaltet, sein Morgengebet verrichtet hatte. Die Sonne schien freundlich ins Stübchen, in welchem wenig anders als ein schönes Buffert Platz hatte. Ihre schönsten Strahlen fielen auf ein blondes Mädchenhaupt, das auf des Bettes Rand schlafend lag. Es gehörte einem schlanken Mädchen, welches am Bette saß, dem Großvater einen Teil der Nacht gewacht hatte, sich unbewußt das Gesicht aufs Bett gelegt und eingeschlafen war. Der Großvater heftete sein klares Auge voll inniger Liebe auf das schlafende Mädchen; endlich legte er die Hand auf dessen Haupt und sagte leise: „Bäbeli!"

Wie von einem elektrischen Schlage getroffen, fuhr das Mädchen auf, zeigte ein Gesicht, wie selten ein lieblicheres gesehen wird, und rief: „O Großvater, Großvater, habe ich geschlafen? Bist doch recht nit höhn, will es gewiß nicht mehr tun." „Warum höhn sy, mys Bäbeli?" sagte der Großvater. „Hast gestern gewerchet bis spät, warum solltest nicht schlafen? Hätte ich dich nötig gehabt, würde ich dich schon geweckt haben." „O Großvater, wie bist so gut! Was willst? Soll d'r z'trinke gä?"

„Bin nit durstig", sagte der Alte, „aber tue mir das Fenster auf; die Sonne scheint so schön, und bald wird es das erste Zeichen läuten. Es tat mir immer so wohl, wenn ich es hörte an einem Sonntagmorgen. Es war mir immer, wenn es so über Wald und Hügel kam, als sei es ein Beten in den Lüften als eine Fürbitt der Engel für die armen Menschen, und manchmal war es mir, als sei es Gottes Stimme, welche die trägen Menschen wecke aus ihrem Sündenschlaf." Bäbeli, die Haare z'weg streichend, machte das Fenster auf und sagte: „Es ist wohl kühl, sagt, wann ich es wieder zumachen soll."

Und als ob die Glocke gewartet, bis der Großvater ihre Stimme höre, begann sie zu läuten gar mild und freundlich und doch so wunderbar und dringlich, daß es war, als töne sie aus allen Falten des Herzens wieder. Wie verklärt leuchtete des Großvaters Angesicht, und unter dem Fenster betete das Mädchen sein Morgengebet, und wie draußen Gras und Blumen im Tau glänzten dessen Augen in tiefer Inbrunst.

Das liebe Mädchen betete für den Großvater, der so rüstig geblieben tief in die achtzig Jahre hinein, plötzlich erschwachet war, von seinem Tode sprach und mit rührender Ergebung, ja Freudigkeit ihn erwartete, obschon es ihm wohl war auf Erden, denn er hatte Friede in sich und um sich, ward geliebt wie selten ein Großvater. Aber wer, der lange in den Vorhöfen gewesen, sehnt sich nicht nach dem Innern des heiligen Tempels? Sein Leben war Arbeit und Mühe gewesen, er aber besaß in seinem Gemüte einen hellen Sinn und mächtiges Gottvertrauen, da ward ihm die Arbeit Lust, und die Mühe verklärte sich ihm in Zeugnisse, was der Mensch vermag, wenn er den Glauben hat. Er schaffte sich die Schulden vom Hals, erzog die Kinder in der Zucht des Herren, erbaute sich ein schönes Haus, erwarb sich einen guten Namen, der weit und breit bekannt war; wie er Gott vertraute, vertrauten die Menschen ihm, und wer bedrängt war irgendwie, nahm gerne zu ihm die Zuflucht, suchte Trost und Rat. Sein Heimwesen hatte er dem Sohn abgetreten, aber er war doch Meister geblieben, denn ohne seinen Rat ward nichts getan; die rechte Meisterschaft läßt sich nicht abtreten, auch die Liebe nicht, an der er so reich und die ihm auch sein höchstes Gut war.

Als er so plötzlich schwach wurde, da war großes Herzeleid im Hause bei klein und groß, und Großvater hatte zum erstenmal keinen Trost für ihren Jammer. Der Arzt kam, er war des Großvaters Freund, man war ihm weit entgegengelaufen; Großvater hatte zugegeben, daß man ihn hole; es freue ihn, ihn zu sehen, daneben werde er ihm nicht viel helfen können, hatte er gesagt. Der Doktor gab den Fragenden nicht viel Bescheid; er müsse den Patienten doch erst sehen, hatte er gesagt. Als er den Puls gegriffen, sah er dem Großvater mit einem seltsamen Blick in die Augen; der

Großvater schien etwas zu verstehen und hatte dem Doktor die Hand gegeben, dieser gute Brühen und zuweilen einen Schluck guten Wein verordnet und ohne viel Reden sich entfernt.

Seither war der Großvater noch schwächer geworden, daß man bei ihm wachen mußte, aber hell im Geiste war er geblieben und noch freundlicher, wenn möglich, gegen alle. Aber wie es gewöhnlich geht, wenn ein solcher Zustand länger dauert, kein besonderer Schmerz dazukommt, die Hoffnung stellt sich wieder ein; was man wünscht, sieht man, und was vom Gegenteil zeugt, deutet man auf Genesung. So ging es auch hier oben, und zwar um so mehr, als der Großvater nie klagte, sondern immer sagte: ihm sei wohl und es gehe recht gut.

Als die Töne verklungen waren, das Bäbeli aber noch betete, ging leise die Türe auf, ein rundes, freundliches Gesicht kam zum Vorschein, guckte zum Großvater hin und sagte: „Ich hörte Euch reden und wollte fragen, ob Ihr gut geschlafen, Vater, und was Ihr z'Morgen wollt? Kaffee und es Eiertätschli d'rzu oder lieber es Schnefeli Käs? Hätt auch ganz früsche, süße Anke." „Dankeigist, du guts Kätheli!" sagte der Großvater, „hab nit Hunger; es Tröpfli Kaffee nimm ih dagege gern, er macht m'r wohl."

„Mutter, denk, ich schlief, und der Großvater mußte mich wekken", klagte das Mädchen. „Da siehst, wie es geht. Du wolltest absolut einmal dem Großvater wachen! Junge Meitschi wie du wissen nicht, was Wachen ist, die müssen geschlafen haben", sagte die Mutter freundlich. Es war die Sohnsfrau und dem Großvater sehr lieb. Sie aber betrachtete ihn fast wie den lieben Gott und liebte ihn, wie selten ein leiblicher Vater geliebt wurde. Auch ging sie nicht heraus, bis sie dem Vater die Kissen zurechtgelegt, mit einem reinen Tuch das Gesicht abgetrocknet und gefragt, ob er ein frisches Hemd verlange. Sie habe ihm draußen eins an der Wärme.

Als es bekannt war, Großvater sei erwacht, kam eins nach dem andern, ihm guten Morgen zu sagen und seiner ansichtig zu werden. Einer der letzten war der Sohn, der jetzt der Hausvater war, bereits ein Mann in mittlern Jahren, von etwas düsterm Gesicht und langsamem Wesen. So freundlich er konnte, frug er den Vater nach seinem Befinden, ging dann alsbald zu Geschäften über, berichtete, was im Stall vorgegangen, frug, was der Vater meine, daß in der nächsten Woche vorgenommen werde, ob man Reps säen oder Hanf und Flachs ziehen wolle. Wenn man das erstere wolle, so könnte er heute für Samen sehen, er hätte im Sinn, in die Predigt zu gehen, wenn nicht etwas dazwischenkomme; da ginge es in einem Gange zu. Der Großvater gab freundlichen Bescheid, trat in des Sohnes Wesen ein, obschon es von dem seinen sehr verschieden schien.

Als er dem Sohne Rat gegeben, soweit er ihn verlangte, sagte er: „Du könntest mir auch einen Gefallen tun, wenn du wolltest.“ „Gern, Vater“, sagte derselbe, „die Frau hat mir schon befohlen, ich solle sehen, daß ich ein schön Stückli Fleisch bekomme, und Zucker soll ich auch bringen.“ „Kätheli ist b'sunderbar es Guts, denkt mehr an andere als an sich. Häb's in Ehren, sellige Wyber git's nit dick, und zu allem e fründlige Miene un es guts Wort. Du glaubst nit, was das wert ist i re Hushaltig. Wenn du das Gegenteil erfahre müßtest ein Jahr oder zwei, so wüßtest erst, was das wert ist.“ „Ist's was anders, das ich dir verrichten soll, Vater“, frug der Sohn, „oder wär's das g'si?“

„Nein“, sagte der Vater, „möchte dir sonst was befehlen. Geh mir zum Pfarrer; ich laß ihn grüßen, sag ihm, und ihn bitten, er solle ein Gebet für mich verrichten, wenn er so gut sein wollte.“ „Vater, hat es dir böset?“ frug hastig der Sohn. „Aparti nit“, antwortete der Vater, „aber ich bin ein armer Sünder und habe das Beten nötig, wenn ich zu Gnaden kommen will. Es täte mir wohl, wenn ich denken könnte, es hülfen mir noch andere beten für meine arme Seele, und in derselben Chile, wo ich getauft wurde, Erlaubnis erhielt und so manchmal zum Nachtmahl ging, möchte ich gerne, daß auch für mich betet würd, damit das Plätzli z'weg sei, wenn ich komme für geng.“

„Aber Vater, ist's Euch denn so erleidet bei uns, daß Ihr nicht warten mögt und sövli pressiert?“ „Nein, Sohn, erleidet ist's mir nit bei euch, hätt gottlob auch keine Ursache dazu, sondern den Herrn zu loben und zu preisen, daß er mich so lange bei euch gelassen, und wenn er will, so bleibe ich noch lange mit Freuden hier. Aber einmal muß es sein, und denk, wie alt ich bin, da möchte ich gerne z'weg sein in allen Stucken. Deswegen, wenn ich schon für mich beten lasse, geschieht es nicht aus Blangen, daß ich meine, es pressiere, es müsse heute noch so sein; derentwegen geschieht es weder früher noch später, sondern wie es der Herr will und wie er es gesetzt hat. Aber es tut mir wohl, wenn ich denken kann: jetzt beten sie alle für dich, und wenn einer noch einen Groll gegen dich hat und das Geringste dir nachträgt, so läßt er es fahren, ist z'frieden mit dir, und ich kann auch denken: ich gehe so recht im Frieden heim, und wie die Leute sei auch der liebe Gott z'friede mit mir."

„Aber Vater, wer wollte nicht mit Euch zufrieden sein, Ihr tatet ja allen nur Liebs und Guts, wo solltet Ihr noch einen höhne Mensch haben?" „Lieber Sohn, wir machen viele Leute bös, wir wissen es nicht. Wir gehen unsern Weg, leben nach unserer Art, reden, wie wir's denken, achten uns anderer Menschen viel zuwenig, ob wir ihnen im Wege stehen oder sonst weh tun, darum weil wir nur an uns denken und anderer Art nicht in Obacht nehmen. Wir machen viele Leute bös; was hilft es uns, hintendrein zu sagen, wir hätten es nicht bös gemeint? Wir hätten denken sollen zu rechter Zeit. Warum sollte es mir anders gegangen sein, als es allen andern geht?" Der Sohn antwortete bloß: „Wenn Ihr es begehret, kann ich schon zum Pfarrer gehen. Will pressieren, daß ich noch vor dem Läuten zu ihm komme."

Die Mutter hatte des Großvaters Frühstück gerüstet; die ganze Kinderschar wollte etwas tragen, es wäre fast nötig gewesen, das Kaffekacheli entzweizubrechen, damit ein jedes etwas in die Hände kriege, und sechs Hände hätte der Großvater haben sollen, um abzunehmen, was ihm entgegengestreckt wurde; kaum ein Fürst hätte mehr Aufwärter und Aufwärterinnen haben können, jedenfalls nicht fleißigere, so daß die Mutter ganz ruhig ihren Geschäften nachgehen konnte.

Aber rasch kam sie wieder mit Augen voll Tränen: „Großätti, wollet für Ech beten lassen, het's Ech böset?" frug sie schluchzend. „Blangit Ihr fort oder meinet, Ihr seiet uns erleidet und die Abwart im Weg? O Vater, Ihr wißt nit, wie sich alles streitet, um Euch was tun zu können." Laut weinend kam Bäbeli und frug: „O Großvater, ist's meinetwegen, weil ich geschlafen und nicht zu Euch gesehen? O Großvater, verzeiht mir, ich will nie mehr schlafen, ich tat es nicht expreß, weiß gar nicht, wie es kam."

Der Großvater hatte Mühe, zum Reden zu kommen. „Nit, nit!" sagte er, „wenn ich gewußt, daß es euch so g'mühen würde, ich hätte ja nichts gesagt; ich habe dem Sohn es ja gesagt, warum ich es wünsche. Nit daß es mit mir diesen oder jenen Weg gehe zum Leben oder zum Sterben; es ist mir recht, wie der Herr es macht, und Ursache habe ich ja nicht, daß mir das Leben erleidet sein sollte. Es wäre mancher gerne krank, wenn man ihm so täte und zu ihm luegte wie zu mir. Aber ich möchte, daß meiner gedacht würde im Hause, welches Gott auf Erden hat, in welchem ich so oft war, und daß, wenn jemand gegen mich was hat, er es ablegt und mit mir zufrieden wird, denn gegen einen Kranken ist man barmherziger und verzeiht ihm, was man einem Gesunden nicht verzeiht. Und mancher betet sonst für mich, daß Gott mir gnädig sei."

„Aber Großvater, das mangelt Ihr ja nicht, daß man für Euch betet wegen den Sünden. Die Leute werden nicht wegen den Sünden beten, das tut man bei Leuten, wo es nötig ist; sie werden meinen, Ihr lasset ums Sterben bitten, und dann sterbet Ihr und wäret nicht gestorben, wenn ich recht gewachet hätte und Ihr nicht gedacht hättet, so wollet Ihr lieber nit länger dabeisein."

„Bäbeli", sagte der Großvater und gab dem Meitschi die Hand, „tu das aus dem Kopf, du plagst damit dich und mich; du sollst wissen, daß es heißt: ‚Betet für einander!' und daß wir allzumal Sünder sind und gegen alle Gebote Gottes schwerlich gehandelt und daß, wer meint, er habe das nicht not und sei besser als andere, ein Pharisäer ist. Daran denken die guten Leute nicht, an die Sünden denkt man nicht gerne; sie meinen, man lasse beten um Tod oder Gesundheit, damit man der Pein los werde, und das Beten von vielen werde mehr abbringen als das Beten von einem oder zweien, und wenn ihrer viel genug seien, so könnte man gleichsam den lieben Gott zwingen. So torrecht sind die Menschenkinder, Bäbeli. Nein, Bäbeli, so meine ich es nicht, sondern wo viele Liebe sei, da sei viele Vergebung, und wenn viele mir Liebe erweisen vor Gott, so werde mir um dieser Liebe willen der liebe Gott um so eher alles vergeben, was ich Schlimmes getan."

„O Vater", sagte die Mutter und konnte kaum vor Weinen, „wenn Ihr ein großer Sünder seid, was sind dann wir andern? Ihr waret ja von je unser Engel, und würde ich mich zu Tode sinnen, ich wüßte nichts Böses von Euch. Wann Ihr so nötlich tut, was soll dann aus uns werden, Vater?"

„Du gute Tochter, bist nicht der liebe Gott, siehst mein Herz nicht, kennst mich nicht vom Mutterleibe an, kennst meine Gedanken nicht von ferne, verstehst meine Rede nicht, ehe sie auf meiner Zunge ist. Wenn du meine Jahre hast, wirst du deinen Kindern ein noch viel lieberer Engel sein. Nötlich tue ich auch nicht, ich traue meinem Gott; im Leben hat er mich nicht verlassen, im Sterben wird er es auch nicht tun; er wird meinen Geist nicht verstoßen, ich glaube es mit aller Freudigkeit, aber es ist noch nicht vollbracht, darum darf ich nicht ablassen mit Ringen und Bitten, bis ich es ergriffen habe. Darum jammert und weinet nicht; solange wir noch beisammen sind, wollen wir uns freuen in aller Liebe und allem Frieden. Schöneres und Besseres ist ja nichts auf der Welt."

So stillte der Großvater den Jammer, und als Mutter und Tochter hinaus waren, sagte die letztere: „Mutter, kann ich i d'Chilche, oder hättest was darwider?" „Aparti nüt", sagte die Mutter, „dachte aber, du würdest schläferig und habest gestern selbst gesagt, du wollest heute daheim bleiben, du bliebest am liebsten beim Großvater." „Ich möchte darum gerne gehen, damit die Leute nicht lätz beten, in der Meinung, der Großvater solle sterben. Denk, wenn sie es täten, und es fehlte dann? Wenn der Vater zum Pfarrer geht vor der Predigt, so wollen alle Leute per se wissen, warum. Vielleicht sind Schulmeister und Sigrist bei ihm und sagen es auch, der Großvater sei übel und lasse für sich beten, und was können sie anders denken, als es sei, daß er sterben solle? Da ist es doch nötig, daß die Leute den rechten Bericht vernehmen." „Kannst gehen, wenn du willst", sagte die Mutter, „habe nichts darwider. Daneben denke ich, viel werde es nicht machen, wenn auch der eine oder der andere lätz beten würde. Man kann ja vor Gott nie lätz beten, wenn man es gut meint; er weiß ja besser als der Mensch selbst, was den Menschen zum Guten ist."

Als sie draußen waren, lag der Großvater stille in seinem Bette, auf der Decke waren die Hände gefaltet, und sein Gesicht begann mehr und mehr zu strahlen wie das eines Engels. Er dachte, und sein Gedanke war eigentlich ein Dankgebet: wie er doch glücklich sei, in so hohem Alter solche Liebe zu besitzen, daß er niemand verleidet, daß man seiner nicht müde sei, gerne ihn länger behalten wolle und mit Freuden mehr an ihm tue, als er verlange. Und wenn es schon noch länger daure, dachte er, wäre es immer das gleiche; ihr Gutmeinen sei so groß, daß man ihm nicht so bald z'Bode chäme. Dafür habe er dem lieben Gott zu danken, daß er ihm so gute Menschen gegeben, denn was könne ein alter Mensch mehr und Besseres verlangen als das? Aber es werde ihnen auch vergolten werden von dem, der mit seinem Segen guten Kindern Häuser baut und ihre Wege ebnet.

Daran dachte der Großvater nicht, daß er die guten Leute sich erzogen und er eigentlich nur ernte, was er ausgesät. Denn es ist mit der Liebe auch wie mit andern Pflanzen: wer Liebe ernten will, muß Liebe pflanzen. Aber daran dachte der Großvater nicht, sondern ihm kamen die Gedanken an so viele tausend und tausend Alte, die es nicht so hätten wie er, die nichts von Liebe wüßten, die nirgends sein sollten, überall im Wege wären, die keine Wärme mehr hätten, innen nicht und außen nicht, die es immer friert am Leib und an der Seele. Er erinnerte sich, wie er einmal dabeigewesen vor vielen, vielen Jahren, wo ein alter Mann gesagt: wenn er nur draußen säße, die Sonne scheine so schön warm und ihn friere so bitterlich, und man ihm antwortete: jetzt habe man nicht Zeit, ihn hinauszutragen, er müsse warten, bis man fertig gedroschen. Als man fertig gedroschen, trug man ihn hinaus, aber die Sonne schien nicht mehr, war hinter Wolken, und ihn fror noch bitterlicher. Man tröstete ihn, er solle nur sich leiden und Geduld haben, die Sonne werde schon wiederkommen. Die Sonne kam richtig wieder, aber als sie wiederkam, da war der Alte tot.

Und solche Geschichten mehr fielen ihm ein, wie es den Alten geht im Alter ohne Liebe, und sie erbarmten ihn sehr. „Wie kalt muß es für sie sein in den alten Tagen auf Erden ohne Liebe, denn Liebe ist noch mehr als Sonne. Ja, wenn ich es so hätte, dann blangete ich auch nach dem Sterben, und mein Seufzen wäre, wenn ich nur sterben könnte, wegkönnte, allem aus dem Wege. Und wenn ich es nicht könnte, würde mir auch angst, und ich müßte denken, Gott hätte mich vergessen auf der öden Welt. Oh, das ist eine schreckliche Furcht, von Gott vergessen zu sein, wenn man immer ruft: ‚O nimm mich, o nimm mich!', und er kommt nicht, nimmt einen nicht, und es ist, als ob er nichts mehr hörte." So dachte der Großvater, und für diese armen Alten alle betete er und bat Gott, er möchte ihnen Sonne und Liebe schenken die Fülle, daß nichts erkalte an ihnen, weder Glieder noch Herz, und wenn ihre Stimmen wimmerten: „Ach, nimm mich, ach, nimm mich!", so möchte er sie doch hören und sie holen, damit sie bei ihm sein könnten, nicht verzagen müssen auf der öden Erde und so allein und so frieren in der kalten Welt.

Wenn man so mit seinen Gedanken bei Gott ist, weiß man nicht, wie schnell die Zeit umgeht. Es läutete in des Großvaters Gedanken hinein unerwartet, mahnend und nötlich, wie einer einem langsamen Wandrer ruft, wenn er einem Tore bequemlich naht, in dem schon der Schlüssel zum Schließen steckt, oder Verfolger auf seinen Fersen sind, nur in Eile die Rettung. Es steht nirgends geschrieben, aber denn doch ist das zweite Zeichen von Gott befohlen. „Eile, eile!“ ruft es über Berg und Tal, überall den trägen Menschen, die in der Tiefe und in der Höhe wohnen, „eile, eile!“ O Menschenkind, versäume nicht die gelegene Zeit; „zu spät, zu spät!“ klingt gar fürchterlich. Den torrechten Jungfrauen ward nicht mehr aufgetan, sie mußten draußen bleiben; „draußen, draußen!“ klingt gar fürchterlich. Darum läutet es Zeichen um Zeichen, damit nicht versäumt die Zeit das träge Menschenkind, läutet ihm alle Sonntage so dringlich, daß es der Zeit nicht zu spät gedenke, daß Eile in seine träge Seele komme. Und trotz dem Läuten und Mahnen, wie viele kommen immer zu spät, und wie viele rüsten sich gar nicht, weil es zu früh ihnen läutet, und wie viele hören kein Zeichen, kein Läuten mehr einstweilen! Denn einmal werden sie wieder läuten hören, wenn am letzten Tage das Armesünderglöcklein geläutet wird, seine Stimme in die Gräber dringt und vor den Richterstuhl Gottes die Sünder ruft.

Der Großvater kannte seines Sohnes Art, immer wohl ängstlich und dennoch immer wohl spät, sandte einen seiner kleinen Hüter hinaus, nachzusehen, ob der Vater bald z'weg sei. Dem war der Auftrag, für den Großvater beten zu lassen, grusam z'wider; daher wollte ihm nichts von Händen gehen, er zögerte unwillkürlich. So haben es eben viele, leider, daß sie nie kommen zu dem, was sie sollen, aber nicht mögen. Der gute Sohn dachte nicht von ferne daran, den Auftrag seines Vaters nicht zu erfüllen, aber ohne Mahnung wäre es ihm doch vielleicht unmöglich geworden, denn wenn der Pfarrer einmal in der Kirche ist, läßt sich wenig mehr bei ihm anbringen.

Endlich stießen sie von Land; zum offenen Fenster hinaus sah der Großvater mit innigem Wohlgefallen seinem Bäbeli nach, ein lieblich Röseli in Gottes schönem Garten. Wie er so hinsah, sein

Blümeli ihm mehr und mehr entschwand, gingen ihm leise die Augen zu. Die beiden Kinder, welche im Stübchen waren als seine Engelein, die seine Botschaften verrichten sollten, hielten sich lange still, selten pläuderleten sie ein Wörtlein miteinander. Nach und nach ward ihnen bange, da Großvater die Augen immer zuhatte; sie güggeleten alle Augenblicke, ob sie noch zu seien, schlichen immer näher und näher, aber der Großvater rührte sich nicht, tat die Augen nicht auf. Da konnte das ältere Kind nicht länger warten; es stieg auf einen Stuhl am Bette und schob, freilich so sanft es konnte, dem Großvater einen der Augendeckel in die Höhe.

Da erwachte begreiflich der Großvater und tat beide Augen auf. „Schlaf nur wieder, Großvater", sagte das Kind, „brauchst gar nicht zu erwachen, ich wollte bloß sehen, ob du schlafest oder nicht." „Schlief ich dann?" frug der Großvater. „Ja, lang, lang", antworteten die Kinder. „Es hat doch noch nicht zusammengeläutet?" frug der Großvater. „Nein", sagten die Kinder, „geläutet hat es hier noch nicht, aber unten wird es schon lange angefangen haben; denk, wie weit es ist vom Dorf bis hier! Hinauf ist's noch viel weiter als hinab. Aber höre, Großvater, jetzt kömmt's, jetzt kömmt's!"

Und richtig, zum Fenster herein begann ein Quellen von Glockentönen, leise erst und vereinzelt, abgebrochen, als ob sie sich erst Bahn brechen müßten durch das vermittelnde Element, dann sich suchen und einen zu vollem Klang und einigem Geläute, dem mächtigen Rufen des Hirten, daß die Herde sich sammle an des Herren Hütte, daß die Schafe von den einzelnen Weiden her, wo sie das tägliche Brot gesucht, eilen möchten, das geistige Leben zu nähren und zu kräftigen mit den Worten, die aus des Herren Munde gehen. Es ist das freundliche Rufen an alle, welche auf des Herren Dornenpfade gehen: „Kommet her, die ihr mühselig und beladen seid, ich will euch erquicken, will euern Seelen Ruhe schaffen." Es ist das mahnende Wort des Vaters an seine Kinder: „Ich bin der Herr und sonst keiner mehr; ich, der ich die Gedanken in den Herzen kenne, ehe sie auf eurem Munde sind, ich bin da, bin mitten unter euch; vergeßt mein nicht, meinem Auge entrinnt ihr nicht, aber wer lautern Herzens ist, der komme und gehe ein zu den Türen meines Hauses, wo gesättigt werden die Meinen mit den Gaben des Geistes und der Gnaden." Es gehören diese mächtigen Klänge, die schwellenden Töne über Berg und Tal zu den immer in vollen Fluten strömenden Offenbarungen Gottes, in denen der Herr sich kündet den armen Menschenkindern, die Augen dem Lichte öffnen will, damit sie seine Wege sehen und die rechte Türe zum Heil, nach welchem alle Herzen sich sehnen und doch so viele den Eingang nicht finden.

Der Großvater lebte unbeschreiblich wohl daran. Er konnte zwar dem Rufen leiblich nicht folgen, aber im Geiste war er mitten unter den Scharen der Gläubigen und gedachte, wie oft er dort neue Kraft empfangen, zu schaffen und zu tragen, wie mancher helle Strahl der Wahrheit seine Seele erleuchtet, wie oft er mit herzinniglichem Verlangen die Pfänder empfangen, daß keine Kreatur weder im Leben noch im Sterben ihn von Gottes Liebe scheiden werde. Es ward ihm selig im Gemüte. Es war ihm, als hätten Ströme der Herrlichkeit Gottes sich in sein Herz ergossen.

Die Kinder hatten unter dem Fenster dem Läuten mit kindlicher Freude zugehört; als es verklungen war, kamen sie wieder zum Großvater, fragend, was er begehre: ob er zu trinken wolle oder zu essen. „Lernt ihr auch singen in der Schule?" frug der Großvater, der mit seinen Gedanken bei den Gläubigen in der Kirche war. „O ja, Großvater, wir singen auch, und der Schulmeister sagt, wir könnten es von allen am besten; wenn alle so wären wie wir, er wollte mit uns durchs ganze Psalmenbuch fahren wie Schnupf."

„Könntet ihr mir einen schönen Psalm singen?" frug der Großvater. Das war ein Jubel, daß sie dem Großvater einen Psalm singen sollten. „Großvater, wollt Ihr den, der geht schön, oh und der, und dieser geht am schönsten!" „Könnt ihr den fünfundzwanzigsten?" fragte der Großvater. „Ja, ja", schrien beide und wollten beginnen und jedes besser anstimmen und jedes dem andern zeigen, wie es besser gehe und wie es machen müsse, daß sie recht fortkommen, bis der Großvater ihnen sagte: am schönsten gehe es, wenn jedes es mache, so gut es könne, keines das andere unterbreche, bis sie fertig seien. Hintenher sollten sie dann einander berichten.

Und sie sangen mit ihren hellen Stimmen:

„Du mein einziges Verlangen,
Gott, zu dir erheb ich mich;
Laß mich keine Schmach umfangen:
Ich vertraue nur auf dich.

Die Verehrer deiner Huld
Hoffen nicht auf dich vergebens;
Nur die stürzet ihre Schuld,
Die dich hassen, Gott des Lebens.

Denke doch an dein Erbarmen,
Das du hast von Ewigkeit,
Und beweise an mir Armen
Deine Gnad und Freundlichkeit.
Ach, vergib nach deiner Huld
Meiner Jugend schwere Sünden,
Tilge meine große Schuld,
Lasse mich Erbarmung finden!

Wer ist willig, Gott zu ehren?
Denn er nimmt sich seiner an,
Ihn den besten Weg zu lehren,
Er zeigt ihm die Lebensbahn.
Seine Seele lässest du,
Herr, im Guten lange wohnen,
Und du wirst ihn mit der Ruh
In dem Himmel einst belohnen."

Gelehrte hätten sich vielleicht an dem Gesang geärgert, aber dem Großvater floß es wie eine süße Labung ins Herz. „Könnt ihr vielleicht den fünfundsechzigsten auch?" frug er. „Nein", antwortete das ältere, „singen nicht, der Schulmeister hat aber gesagt, wir wollten ihn lernen. Über acht Tage können wir ihn vielleicht, dann wollen wir ihn dir singen, aber auffsagen kann ich dir daran, wenn du willst, zwei G'satz kann ich:

‚Ich widme meinen Lebenslauf
Zu deinem Ruhm bis an das Ende.
Entzücket heb ich meine Hände
Zu dir in deinem Namen auf,
Du selbst wirst meine Seele speisen
Mit Wonne und mit Freudigkeit;
Ich werde dich zu jeder Zeit
Mit Dank und Lobgesängen preisen.

Ich denke, Herr, bei stiller Nacht
Vergnügt an dich und deine Güte;
Ich rühm mit wachendem Gemüte
Die Wunder deiner Gnad und Macht.
Im Schatten deiner Flügel findet
Die Seele Sicherheit und Ruh;
Mein Helfer und mein Trost bist du,
Mein Heil ist nur auf dich gegründet.'"

„Aber Großvater, habt Ihr Schule?" frug eine freundliche Stimme ins Stübchen hinein. „Kinder, ihr macht dem Großvater wohl viel Lärm. Geht hinaus, ich will jetzt bei ihm sein, bin einstweilen fertig mit der Haushaltung."

„Großvater, gäll, wir haben dich nicht geplagt, hießest du uns nicht auffsagen?" frugen die Kinder. „Wohl, Kinder, wohl! Ihr seid liebe Kinder und habt mir viele Freude gemacht. Könnt jetzt hinausgehen, Tauben und Kaninchen füttern, der Mutter zum Feuer sehen. Sie muß so viel auf den Beinen sein, und eine Weile abzusitzen, tut ihr auch wohl", fügte der Großvater hinzu, da er merkte, wie die Kinder gegen das Hinausschicken sich verwahren und die Wache fürder behalten wollten. „Aber Großvater, wir sind dir doch nicht erleidet, wir dürfen wiederkommen?" „Allweg, meine lieben Kinder", sagte derselbe. „Sobald die Mutter ihrer Sache nachmuß, soll sie euch rufen."

„Vater, soll ich Euch ein Kapitel lesen aus dem Testament oder aus dem Paradiesgärtli?" frug Kätheli. „Dankeigist", sagte der Großvater, „die Kinder haben mir gesungen und aufgesagt. Hock da beim Bett ab, ich möchte dir noch ein Wort sagen, wer weiß, ob ich es sonst noch tun könnte." „Aber Vater, aber Vater, was redet Ihr wieder; glaubet Ihr, es sei Ernst, und denkt Ihr, es müsse gestorben sein?" jammerte Kätheli. „Ich weiß es nicht", sagte der Großvater. „Ich weiß es nicht, was Gott mit mir vorhat; sonderbar bin ich erschwachet, und allweg möchte ich z'weg sein, wenn der Herr kömmt, daß ich nicht erschrecken muß, wie wenn er mir käme wie ein Dieb in der Nacht. Dich, Kätheli, möchte ich noch um Verzeihung bitten, vielleicht daß ich mich gegen niemand so verfehlt als gegen dich. Das machte mir schon manchmal schwer."

„Ihr Euch gegen mich verfehlt, aber was denkt Ihr? Ihr waret mir der beste Mensch auf Erden, Ihr truget mich auf den Händen, und wenn Ihr heimgeht, so möchte ich mit; ohne Euch was soll ich? O mein Gott!" so jammerte die Frau und weinte bitterlich.

„Sieh, Kätheli, das ist eben, was mich drückt, und dein Weinen ist die schwerste Anklage gegen mich. Du bist mit deinem Mann nicht glücklich, und daß du ihn hast, daran trage ich Schuld, das plagt mich." „O Großvater, was will ich mehr? Gläis ist ja so brav. Sachen haben wir mehr als genug, Freude an den Kindern, was will ich mehr? Wenn ich hundert andere betrachte, so habe ich ja Ursache, Gott auf den Knien zu danken, daß ich es so habe. Und wenn ich dran denke, wie leichtsinnig ich gewesen, wie kurz meine Gedanken waren, so wird es mir ganz angst, wie leicht ich der ärmste Tropf auf Gottes Erdboden hätte werden können."

„Manche", sagte der Großvater, „täte es nicht so aufnehmen, sondern sie würde mir alles Trübe und Schwere, welches in dieser Ehe zuwächst, nachtragen, denn an dieser Ehe bin ich schuld, wie du wohl weißt. Ich wußte, wie Gläis ist, unschlüssig, alles schwer nehmend; da dachte ich, mit einer Frau sei ihm am besten nachzuhelfen. Du warst mir lieb von Jugend auf; schon als du noch in die Schule gingest, sah ich dir manchmal nach und dachte, wenn das z'gutem ausfällt, so ist das wie gemacht für Gläis, das hat den heitern Mut, die raschen Gedanken und das anschlägige Wesen, was ihm fehlt. Wenn er eine Frau bekommt, wie er ist, geht es, weiß Gott, nicht gut, die werden nie fertig; wenn sie schon nicht zanken, so haben sie doch keine fröhliche Stunde; wenn sie Kinder bekommen sollten, so würden die die ärmsten Tröpflein von der Welt, es wäre ja gerade, als ob sie an einem Orte geboren worden, wo die Sonne nie zuechema, Sommer und Winter nit. Du weißt, wie es ging. Ihr zoget einander beidseitig nit, es mangelte, z'spatten und z'stoßen, bis es ging. Wie rauh es deine Eltern machten, weiß ich nicht, ihnen gefiel Gläis und was er zu erwarten hatte, weiß auch nicht, ob du eine andere Liebe hattest, aber ich hörte, wie du seufztest, als d'Sach richtig wurde, und sah nachher oft rote Augen. Das kam mir schwer auf das Herz; erst jetzt sah ich recht, was einer auf sich nimmt, wenn er fast gewaltsam den Lebenslauf zweier Menschen ordnet. Oppe rate und warne wird Eltern wohl erlaubt sein, aber das rechte Mittel z'treffe, das ist schwer. Auf einem Vater, der gesagt hätte: ‚Mira, we's d's Käthi tue will, so ist's mir recht', hätte ich nicht viel gehabt, hätte gedacht: das sei auch einer von den Neumodischen, denen es gleichgültig sei, fahren ihre Kinder hin, wohin sie wollen, von den gottvergessenen Vätern, die ihre Kinder betrachten wie Hunde ihre Flöhe, die nie lustiger sind, als wenn sie dieselben abschütteln können. Aber zwinge oder Ernst brauchen, und wenn es schon zum Besten ist, wie man glaubt, — wer sagt, daß man recht glaubt? Ich weiß nicht, was deine Eltern sagten, aber ich sah deine roten Augen und hörte deine schweren Seufzer und kenne die Bürde, die du tragen mußt, und glaub es mir, ich trug schwerer daran als du und immer schwerer, je lieber du mir wurdest."

„O Vater", schluchzte Kätheli, „hätte ich das gedacht! Ja, manchmal wurde es mir schwer, aber wo ist nichts, und wo ist immer ein solcher Vater dazu? Wie wäre es wohl gegangen, wenn zwei Leichtsinnige zusammengekommen, und wo wären wir jetzt? Gläis ist mir lieb, er hat ja keine Untugend! Und wie hätte ich mich in der Geduld und in der Sanftmut üben wollen, wenn er nicht gewesen wäre mit seiner langsamen Art? O Vater, ich verstund Euch wohl, wenn Ihr red'tet, wie man in der Ehe sich gegenseitig heiligen solle, eines am andern nicht Bosheiten auslassen, sondern die Fehler abreiben. Gläis hatte an mir auch zu tragen, und ich sah wohl, wie es ihm Mühe kostete, nicht unzufrieden zu werden, mir nachzugeben, um nicht zu streiten, und Gewalt brauchte an sich, um nicht zu kummern und nötlich zu tun, sondern gefaßt die Sache zu nehmen. Das freute mich, Vater, und glaubt es mir, unsere glücklichern Tage kommen nach und nach und werden bleiben, während es umgekehrt ist bei denen, welche die Narrheit zusammenbringt und nur heiraten, um gut zu haben und lustig zu leben. Man kann d'Sach zu schwer und zu leicht nehmen, und das letzte ist schlimmer als das erste, und wenn ich oft seufzte, so war es sicher mehr über mich als über Gläis oder weil sonst etwas mich ungeduldig machte, weil in der Welt nicht alles Krumme grad werden will. Aber Vater, daß ich gegen Euch etwas im Herzen gehabt, Vater, als große, große Liebe, mit der ich nicht weiß, wohin, wenn Gott Euch nehmen sollte, das, Vater, glaubet mir! Wenn alle Menschen so wären wie Ihr, so wär d'Welt ja d'r Himmel."

„Du nimmst mir viel ab dem Herzen", sagte der Greis. „Oh, wenn man einander mehr das Wort gönnte, wie manche Bürde wäre weniger auf der Welt oder leichter! Und wenn jede kämpfte wie du, wie vieles würde sich zum Segen wenden, was ohne Kampf zum Fluch wird. So überwindet man die Welt und nimmt dem Versucher seinen Stachel. Also du zürnst mir nicht? Gib mir die Hand. Jetzt ist es mir wohl, jetzt wird man für mich beten unten, und wenn es dort so freundlich geht wie hier, dann kann ich wohl sagen: ‚Jetzt, Herr, laß deinen Diener im Frieden fahren', denn was will ich mehr auf der Welt?" „Bei uns sein, Vater, bei uns sein, was wollen wir sonst, und wie wird Gläis tun?" „Dafür sorge nicht, da wird Gott helfen!"

Kätheli hatte noch viel auf dem Herzen, aber da lärmten die Kleinen herein, riefen die Mutter in die Küche, wo sie wirklich nötig war und mit dem Großvater nicht mehr verkehren konnte, ehe die Kirchgänger heimkamen.

Allen weit voraus kam Bäbeli daher, hatte kaum noch Atem, zu fragen: „O Großvater, wie geht's, hat es dir gebessert?" Darauf rollte dem Meitschi, das so glücklich war, daß der Großvater ab dem Beten nicht gestorben, sein dreistündiger Lebenslauf vom Munde wie vom Spulen der Faden: wen es alls gesehen, was die Leute gefragt, was sie über den Großvater gesagt und was der Vater mit dem Pfarrer geredet und der Pfarrer mit dem Vater und was die Leute geraten und was ihre Meinung gewesen über des Großvaters Zustand, daß sie nämlich alle gesagt, wenn er nicht Fieber habe oder Husten, so sei alles nichts, bloß wenn er Fieber hätte, wär's bös. Wie aber doch hie und dort jemand erschrocken und gesagt: um den wär's schad, für den sollte alles beten, daß Gott nit pressierte mit ihm, und wie des Vaters Götti Augenwasser bekommen, als er's gehört, und gesagt: wenn er es verbringen möge, so komme er diesen Nachmittag hinauf.

So schnäderte das Kind, da kam der Vater ebenfalls heim und trat ein zum Bericht. Der Pfarrer war erschrocken gewesen über das Begehren, hatte gefragt, ob er hinaufkommen solle, und wie Gläis meinte und Bäbeli bestätigte, den Fall ganz bestimmt in der Predigt angezogen, daß allen Leuten das Wasser in die Augen gekommen. „Gottlob!" sagte der Großvater. „Bös habe ich es mit niemand gemeint, aber man kann nie wissen. Habe doch manchen schönen Sonntag erlebt, für den ich Ursache habe, Gott zu danken. Aber ich wüßte doch keinen, wo es mir so leicht ums Herz geworden und mein Geist so hell und fröhlich war als heute. Eine Erquickung kommt mir nach der andern, es ist mir, als gingen mir alle Dornen aus, welche mich noch plagten, und es ist mir, als ob ich wirklich schon ein seliger Mensch sei. Gott Lob und Dank, so ist das Sterben schön und das Leben schön."

Der Sohn war düster. Der Pfarrer hatte ihm gesagt, eine solche Schwäche in so hohem Alter sei sehr gefährlich, er fürchte sehr, der gute Großvater erhole sich kaum wieder. Das sagte er aber niemand, sondern verdrückte es in sich und machte dazu ein Gesicht, daß niemand wußte, was er hatte, ob er böse sei oder traurig. Der gute Gläis war von den seltsamen Menschen einer, die es gut meinen, aber es nicht erzeigen können, zu denen sich daher niemand gezogen fühlt, die darum glauben, sie seien zurückgesetzt und niemand frage ihnen was nach, die darüber traurig werden, daß man sie nicht zu lieben scheint, darum dafür gelten, daß sie niemand leiden mögen. Er liebte seine Kinder, aber mit großer Ängstlichkeit, er fürchtete, sie möchten arm werden, wenn in so viele Teile das Vermögen zerfalle; er sparte für, wie er immer konnte, und gewann damit zuweilen fast den Schein, als ob er ihnen nichts gönne. Ihm fehlte neben der Rührigkeit die Freundlichkeit, diese goldene Gabe oder vielmehr Tugend, denn sie ist nicht bloß gegeben, sondern sie läßt sich auch erringen, welche das Leben lieblich macht und den freundlichen Glanz ihm gibt.

Man ward dieses Mangels nicht so gewahr im Hause, wie es anderswo geschehen wäre, da der Geist des Großvaters noch das Haus erleuchtete und auf allen Gesichtern mehr oder weniger sich spiegelte. Nur Käthi fühlte Gläises Art peinlich, und trübe Schatten zogen über sein sonst so heiteres Gesicht, und diese Schatten sah eben niemand so deutlich als der Großvater. Derselbe wußte, wie große Gewalt die Gemüter übereinander haben in der Ehe, wie die stärkere Kraft die schwächere überwältigt, die stärkere Natur der schwächern ihre Eigentümlichkeiten aufprägt, eine in der andern aufgeht. So hatte er gehofft, Käthelis holdselig, munter Wesen werde das düstere, g'stabelige seines Sohnes verschlingen und eine eben rechte Heiterkeit ihr Leben verklären. Aber bis dahin war seine Hoffnung nicht in Erfüllung gegangen, doch war es auch nicht bös gegangen; im Gegenteil schien ihm zuweilen, Gläis finde hie und da Freude am Wesen seiner Frau, fange an, es zu begreifen, währent er früher oft sichtbarlich daran sich geärgert. Wenn es so käme, so sei es gewonnen, hatte er dann gedacht, aber dann verschwanden diese Zeichen wieder, und der Großvater wußte nicht, woran er war.

Wenn d'Chilchelüt heimkommen, muß die Hausfrau mit dem Essen z'weg sein, Gottes Wort macht hungerig. Offenbar haben die, welche in der Kirche gewesen, und zwar andächtig, bessern Appetit als die, welche daheim geblieben sind oder in der Kirche geschlafen haben. Fleisch fehlt sonntags in guten Häusern ebenso selten auf dem Tisch, als man die Woche durch welches darauf sieht; dazu kömmt Gemüse oder gedörrtes Obst, die Suppe geht voran, und hie und da kömmt später Milch dazu, Wein nicht; neben dem Hause steht für den Durst, welchen die Milch nicht beg'wältigt, der Brunnen; Fleisch macht Durst, heißt es, vom Fleische kömmt die Lust, Fleischtage auch werden die Sonntage geheißen, an denen Fleisch auf dem Tische steht, und was das Fleisch erzeugt, wird beg'wältigt mit der Milch, die auf dem Tische steht, mit dem Wasser, das unter dem Dache quillt. Daran nimmt der Christ ein Exempel, wie er des Fleisches Lust zu meistern habe, nämlich mit der Milch des Evangeliums, mit dem Tranke des ewigen Lebens, der den Durst löscht für immerdar. So ißt und trinkt der christliche Bauersmann am Sonntag zur Ehre Gottes, weiht Leib und Speise dem Herren für die nächste Woche und weist sein ganzes Haus, von bösen Werken zu feiern und des Fleisches Lust zu löschen mit Wort und Geist von oben. Leider aber geht es anders den fleischlich Gesinnten; ihnen ist der Sonntag des Fleisches Fest- und Ehrentag und das Fleisch auf dem Tische nichts als Pfand und Siegel, daß dem Fleisch sein Recht geworden, es alle seine Lüste loslassen könne, für alle Befriedigung suchen dürfe nach Belieben. Nu, da geht es dann lustig zu, es wimmelt auf allen Wegen und Stegen, und wenn der Teufel ein Engeländer oder Angler ist, er findet nicht Kübel genug, um seine Beute zu bergen, und je schöner der Tag ist, desto größer wird seine Beute, und desto mehr tut es ihm an Kübeln fehlen.

Kätheli hatte für den Großvater nicht Fleisch. Es hatte Hirn wollen nehmen lassen in der Schal und keins mehr gefunden; von dem groben Fleisch, welches sie hatten, wollte es ihm nicht geben. Es brachte ihm einen Teller mit Suppe, in die weißes Brot geschnitten war, und sagte: er solle das einstweilen nehmen, nachher bringe es noch ein Kaffee und ein Eiertätschli dazu, aufs künftig wolle es sich besser versehen, er solle ihm doch recht nicht zürnen. „Häb nit Müh, Kätheli", sagte der Großvater, „hab ja gar nit Hunger, und wär's nit dir z'lieb, so nähme ich lieber gar nichts. Es ist mir jetzt so wohl, daß ich nichts bessern, nur bösern kann."

Aber Kätheli meinte, er schätze das nicht, es wollte ihm gerne was Besseres machen, wenn es nur wüßte was, und wenn er von dem nichts möge, so müsse es glauben, er sei höhn. Nun, der Großvater wollte Kätheli nicht traurig machen, er nahm ein wenig, rühmte sehr, wie gut es sei, wenn er nur möchte. „Gib es den Kleinen, welche mir so gut abgewartet und, denk, bald in die Kinderlehre müssen."

„Dürfen wir heute nicht daheim bleiben? Wir begehrten lieber nichts, wenn wir daheim bleiben könnten beim Großvater", sagten diese. „Nein, liebe Kinder, das geht nicht", sagte dieser, „denket, was würde der Schulmeister sagen oder gar der Pfarrer! Wenn man gesund ist, so muß man gehen, wenn der liebe Gott ruft; sonst ruft er einem dann einst auch nicht, wenn er die Himmelstür aufmacht. Denket, Kinder, wie wär es euch, wenn wir alle, ich und die Mutter und der Vater, da ins Haus gingen, machten es zu, ließen euch draußen stehen, täten nicht aufmachen, gäb wie ihr riefet und döppeltet, wenn wir euch riefen: ,Warum bliebet ihr dahinten, warum kamet ihr nicht mit uns?' Denket, wie das schrecklich wäre hier und dann erst beim Himmel: wir wären drinnen, und ihr müsset draußen bleiben!"

„Ja, aber der liebe Gott macht es nicht so, er ist gar e Gute!" „Ja", sagte der Großvater, „er ist e Gute und e b'sunderbar e Gute, aber habt ihr die Frage noch nicht gelernt: ,Gott ist wohl barmherzig, aber er ist auch gerecht, darum will er auch mit der höchsten Strafe strafen die Sünden gegen seine allerhöchste Majestät.' Und denket, ist das nicht eine große Sünde, wenn er rufet, und man kömmt nicht?"

„Ja aber", sagten die Kinder, „der liebe Gott ruft nicht, ume d'r Sigrist ist's, wo lütet." „O ihr gute Kinder", sagte der Großvater, „könnt ihr es auch schon, das Erklären und Vernütigen, und habt das doch wahrlich nirgends gelernt. Gott läßt euch in die Kinderlehr rufen, der Sigrist ist sein Diener, und wenn er in die Kinderlehr läutet, so läutet er die Worte des Heilandes: ‚Lasset die Kindlein zu mir kommen, denn denen gehört das Himmelreich.‘ Geht, Kinder, geht“, sagte der Großvater, „geht immer, wenn der liebe Gott rufet, wenn ihr könnet; ihr werdet nie reuig werden. Glaubt es dem Großvater; er ist jetzt auch nicht reuig, daß er es so getan.“

„Zürnet mir nicht, Vater“, sagte die Sohnsfrau, als die Kinder fort waren, „aber ich dachte doch manchmal, was es nütze, die Kinder so früh in die Kirche zu schicken bei allem Wind und Wetter und gar noch in die Predigt; sie verstehen doch von allem nichts. Wenn dann der Verstand da ist, so geht es dann in einem Jahr schneller als sonst in dreien.“

„Du liebe Frau“, sagte der Großvater, „es dünket den Menschen manches, es ist ganz das Gegenteil. Merkst an den Kindern, welche nie z'Chilche gehn, viel Religion, und hast du gehört, wieviel sie in der Unterweisung begreifen? Sagen ja unsere Kinder nicht immer, der Pfarrer könne sie erbarmen; wenn er zu solchen rede, sei es ja immer, als ob es an eine Mauer gehe. Es kann der Mensch nicht wissen, wie es dem Kind ist im Hause Gottes und was das für einen Eindruck gibt, und die Worte, die hie und da ins Herz fallen und Gedanken machen, zählt auch nur unser Herrgott, und wie lange sie brauchen aufzugehen, weiß auch nur er, denn Samenkörner müssen oft lange im Boden sein, bis sie verweset sind und aufgehen. Glaub mir das, liebes Kind, je wunderbarer die Worte sind, desto tiefer greifen sie, desto besser ist aber auch ihre Frucht. Laß dich nicht irren das Geschrei, daß die Kinder alles begreifen müßten, sonst sei es gefehlt, das ist läppisch und macht die Kinder dumm; darum werden die Kinder so dumm jetzt in den Schulen, weil man ihnen alles begreiflich machen will und, was man nicht begreiflich machen kann, dummerweise verachtet. O Kind, wenn die Menschen wüßten, wie niedrig ein Mensch bleibt, der nichts im Kopf hat als Begreifliches! Ihn erreichen die Offenbarungen Gottes nicht, ja, ihm bleibt Gott ein fremdes Wesen, und an ihm hat er keinen Teil.“

„O danke, Vater, aber Ihr zürnet mir doch nicht? Es redet alles so und selbst alte Leute, und so dachte ich, so sei's.“ „O liebs Kätheli, alt Lüt sy nit immer witzig, b'sunders wenn sie meine, si müsse mit de Junge d'r Narr mache. Ich werde schläfrig“, sagte der Großvater, „ich glaube, schlafe täte mir gut, aber wenn Gläise Götti kömmt, und der wird kommen, so schicke ihn nur herein; mit dem möchte ich noch ein vertraut Wort reden."

Sobald es draußen hieß, der Großvater wolle schlafen, ward es stille; die nötigen Geschäfte wurden alsbald abgemacht, dann hätte man das Haus für ausgestorben halten können oder für ein Seeräuberschiff, auf denen man oft auch keine lebendige Seele erblicken soll, bis man seine Nase zu nahe hinzusteckt, wo es dann einem ergeht wie ungeduldigen Jungen bei einem Feuerteufel. Kätheli hatte am längsten zu tun, denn daß man unabgewaschen Geschirr in der Küche stehenlassen könne, fiel ihm nicht ein; hätte es ihm aber jemand zugemutet, so hätte es ihn angesehen, als mute derselbe ihm Ungebührliches zu.

Aber es machte dasselbe so leise ab, als wäre es in einer Kirche, daß eine der handlichen Köchinnen, welche gewohnt sind, das Geschirr erst an allen vier Wänden herumzuwerfen, ehe sie es an ihren Ort stellen, mit offnem Maul stehengeblieben und wahrscheinlich versteinert wäre wie Lots Weib. Ganz sicher hätte sie geglaubt, sie stehe vor einer verzauberten Küche und eine Hexe oder ein Gespenst sei drinnen und werde ihr jetzt was antun, sie verhexen. So wäre es einer der fürtauben Köchinnen vorgekommen; was gar so ein Hauptkerl von Koch dazu gedacht, wissen wir nicht, vielleicht wüßte es uns ein begreiflicher Schulmeister begreiflich zu machen. Ein demütig Mädchen aber hätte ein Beispiel nehmen können, wie eine rechte Hausfrau waltet, daß es niemand sieht und niemand hört, und ohne Schulmeister begriffen, was das Sprüchwort sagt: die sei die beste Hausfrau, von der man am wenigsten höre. Nun, glücklicherweise verirrte sich keine rumpelsüchtige Köchin, kein Koch mit seinem halbheidnischen Huppi hierherauf; ohne ihre Gegenwart wurde Kätheli fertig.

Als alles fertig und sauber war und glitzerte, ging es ohne Schuh in die Stube, sah durch ein Spältchen in der Wand über dem Ofen nach dem Großvater. Der lag ruhig wie sonst, und sein Gesicht strahlte wie das eines Engels. Die Freudigkeit, die sein Herz erfüllte, mußte groß und mächtig sein, daß sie so hell und mächtig aufstieg und auf dem Angesicht sich kündete fast wie die aufsteigende Sonne. „Gott Lob und Dank!" dachte Kätheli, „wo noch solch Leben ist, da ist ferne der Tod." Kätheli kannte noch nicht das nahende ewige Leben, das sich kündet fast wie die junge Sonne an den in der Nacht erblaßten Bergen.

Kätheli ging leise wieder, ging ums Haus herum; da es niemand hörte, nahm es ihns doch wunder, wo sie wären oder ob es alleine sei. Bei flüchtiger Umschau fand es niemand; als es aber eine Türe aufstieß, sah es Gläis auf dem Bänklein im Stalle sitzen; er weinte, daß es ihn schüttelte. „Aber mein Gott, was hast?" frug Kätheli erschrocken, und als er nicht antwortete, setzte sich Kätheli neben ihn, schlang den Arm um seinen Leib, frug zärtlich wie vielleicht nie: „Gläis, was hest, säg m'r's, säg m'r's doch fry recht!"

„D'r Vater wird sterben, was fangen wir an, wie soll es dann gehen?" schluchzte er. „Glaubst?" sagte Kätheli. „Ich kann es nicht glauben; wenn du ihn vorhin gesehen hättest, wie er so schön schlief, um zehn Jahre schien er mir jünger, du würdest nicht ans Sterben denken." „Der Pfarrer hat gesagt", antwortete Gläis, „wer so plötzlich erschwache, komme selten auf. Und wenn er stirbt, wie wollen wir es machen?"

„Der Pfarrer kann sich auch irren", sagte Kätheli, „es geht nicht allemal den gleichen Weg. Der Großvater ist gesunder Art, mochte arbeiten noch immer und vertrug die Speise manchem Jungen z'Trotz. Aber wegem Machen, da kümmere dich doch recht nicht so; ich verspreche es dir: mit Gottes Hülfe und wenn ich gesund sein kann, soll es gehen. Es ist wahr, das Vermögen schwachet. Zwei Teile von des Vaters Sache müssen wir herausgeben, wieviel, ist ja geredet, und was uns noch bleibt, wissen wir auch, und mit dem können wir es wohl machen. Rechne nur, um wieviel es alle Jahr vorwärtsgegangen! Ich verspreche dir, ich will abbrechen, wo ich kann, und mit z'Unnützem dich nicht mehr ärgern. Aber ich denke, nötig wird es nicht sein."

„O Frau", antwortete Gläis, „so meine ich es nicht, du verstehst mich ja nicht. Oh, wegem Geld ist es mir nicht. Genug tun werden wir wohl müssen, doch die Zinse uns nicht plagen wie tausend andere, und wenn wir noch mehr geben müßten, es ginge, wenn der Vater bliebe; fing er ja fast mit nichts an. Aber wie soll es gehen ohne ihn? Er verstund alles, und wo ein Mensch den andern nicht verstund, da war der Vater, und mit einem Wort dämpfte er alles, kehrte das Beste z'oberst. Da, wo er war, mußte Friede sein, da war es einem wohl; es dünkte einem immer, da möchte man nicht weg; oh, ich weiß, er hatte mich lieb." „Und etwa sonst niemand mehr?" fragte Kätheli, dem diese Worte fast übers Herz kommen wollten. „Wohl, es wird wohl sein", sagte Gläis, „aber er hat es mir immer erzeigt, daß ich ihm wert war, von ihm wußte ich es, und wenn er gestorben ist..." Seine Stimme erstickte im Schluchzen.

Da kam der gute Geist in Kätheli obenauf, und die Empfindlichkeit, welche dem Gläis den Balken zeigen wollte in seinem eigenen Auge, ging unter, der Geist des Großvaters regierte in seinem Herzen. „O Gläis, wenn es nur das ist!" sagte es. „Weißt du dann nicht, daß wir dich alle liebhaben, weißt nicht mehr, daß ich dein Kätheli bin? Aber man wußte nicht, hast du es gerne oder ungerne, wenn man es dir erzeigte. Du tatest so kaltblütig, daß man ganz erschrak und die Kinder oft klagten, der Atti sei höhne und wüßten doch sicher nicht, daß sie was Böses gemacht. O nein, Gläis, die Liebe soll dir nicht ergehen, wenn schon Großvater nicht mehr sein sollte. Aber nicht wahr, ein klein weneli erzeigst du dann auch und machst es dem Großvater nach?" sagte Kätheli und neigte sein Haupt auf Gläises Schulter.

Da war's, als ob eine eigene Gewalt den Mann erschütte; reden konnte er nicht, aber er legte seinen Arm um Kätheli, und Kätheli wußte, was er damit sagen wollte. „Aber er stirbt nicht", sagte Kätheli, „er soll noch eine rechte Freude an uns haben, und hättest nur sehen sollen, wie sein Angesicht geglänzt, fast wie das eines Engels. Ich muß aber gehn und sehn, ob er vielleicht erwacht ist." Stillschweigend reichte es Gläis noch einmal die Hand; der zog es an sich, und in junger Liebe schlugen freudig beider Herzen.

Der Großvater schlief noch, aber als Kätheli wieder vor das Haus kam, war Gläise Götti da, der Thürlibauer, ein schöner, alter Mann mit der schönen Krone des Alters auf dem mächtigen Haupte. Er ging mühsam am Stocke, denn er war gliedersüchtig, aber nicht vom Wohlleben oder Faulenzen; es waren die Wunden, welche der fleißige Landmann oft erhält in seinem schweren Kampfe mit Erde und Wasser, mit Wind und Wetter. Freudig hieß man ihn willkommen. „Wie geht es ihm?" frug der Alte. „Gut", sagte Kätheli, „er schläft so schön, und fehlen tut ihm nichts; den ganzen Morgen gab er sich mit den Kindern ab, mag reden, und etwas hat er gegessen. Doktor will er keinen mehr. Er wüßte nicht, für was der ihm Zeug geben sollte. Aber kommt und seht ihn selbst, er freut sich auf Euch." „Will ihn nicht wecken", sagte der Alte und ließ sich mühsam am Stocke auf der Bank vor dem Hause nieder.

Kätheli ging hinein auf seine Warte und lauschte nach dem Großvater. Unterdessen hatte der Alte dem Gläis, der vor ihm stund, ins Gesicht gesehen. „Du hest pläret", sagte er, „glaubst du nicht, daß er z'weg kömmt?" „Ach, wenn es Gotts Will' wäre", antwortete Gläis, „aber ich weiß nicht, und was soll ich anfangen, wenn er dahintenbleiben sollte?" „Das wird einmal sein müssen", sagte der Thürlibauer. „Wir müssen Platz machen früher oder später, so ist es Brauch und Recht; was sollte aus den Jungen werden, wenn sie den Pflug nie führen lernten? Für dich ist's auch Zeit, und dazu hast eine rechte Frau und keinen Kreuzer Ung'rechts. Euch fehlt es nicht, wenn ihr zusammen zieht und du ihr das Maul gönnst."

„Der Großvater ist erwachet", rief Kätheli von innen heraus, „im Schlaf hat er Euere Stimme gehört und blanget nach Euch." „So", sagte der Alte, sich mühsam erhebend, „habe ich dann geschrien, daß es durch Tür und Fenster ging?" „Sie waren offen", antwortete die Frau, „und dann hört der Vater so gut, wie ich's noch von keinem alten Menschen erfahren." „Ja, ja", sagte der Alte, „er hatte ein feines Gehör von Jugend auf, nur das Böse wollte nicht hinein; darum ist's ihm so fein geblieben, weil er es sich nie verdrecken ließ."

Aufgesessen erwartete der Großvater den Freund. Mit einem „Grüß Gott!" und einem herzlichen Dank bewillkommten sie sich in heller Freude. „Wie geht's? Nit bös, wie es scheint", sagte der Thürlibauer. „Bist ganz der Alte, Fieber hast keins, deine Hand ist trocken und kühl." „Ja, es ist mir wohl", sagte der Großvater, „und wer weiß, ob ich heute nicht noch ein wenig aufstehe, aber du weißt, wie alt ich bin, und alte Bäume fallen ung'sinnet, wenn man ihnen auch an der Rinde nicht ansah, wie mürbe sie waren. Nun, wie Gott will, nit früher, nit später begehre ich es. Allweg freut es mich herzlich, daß du da bist. Sitz ab, möchte gerne noch ein vertraut Wort mit dir reden."

„Wirst öppe nit viel zu bekennen haben, das du nicht mitnehmen darfst", sagte der Thürlibauer. „Gottlob nit!" sagte der Großvater. „Tat viel, was nicht recht war, aber räumte womöglich alle Tage ab, ließ nicht die Last sich auftürmen bis gen Himmel, daß kein Auge sie mehr übersieht, sie nicht mehr vergeben werden kann. Ich bekannte sie dem Herrn und machte gut, was ich konnte, und jetzt wird der Herr es wohl machen. Aber zwei Freunde wie wir haben sich immer was zu sagen, besonders wenn einer geht, der andere bleibt, sie sich vielleicht über eine Weile nicht mehr sehen."

„Kätheli", sagte er zu der Sohnsfrau, welche mit einer Flasche Wein und Gläsern gekommen, „ich möchte mit Glaus" — nach ihm hieß sein Götti Niklaus oder Gläis — „ein Wort reden. Vielleicht daß noch jemand kömmt, halt draußen ein wenig auf! Wenn du glaubst, es müsse sein, so schick Gläis hinein, er kann dann abräumen und du in der Zeit ein Kaffee machen, daß sie nicht meinen, sie müßten dableiben bis z'Nacht." „Ich dachte, Ihr würdet viel Besuch haben; deswegen kam ich so früh, bin nicht mehr gerne im G'stüchel", bemerkte der Thürlibauer.

„Es ist eine Wohltat, daß du kamest", sagte der Großvater, „von wegen ich habe dir ein Amt zu übertragen. Ich weiß wohl, du tätest es ausüben auch ohne Auftrag, aber es aufzutragen ist meine Pflicht. Ich bin der Vater, du der Götti; ich weiß, Gläis achtet auf dich, aber wenn du im Fall der Not sagst: der Vater hat es mir gesagt, so hilft es auch noch um etwas nach. Du kennst ihn, er ist im Herzen gut und meint es gut, das weiß ich wohl, aber er kann es nicht erzeigen, und man weiß nie, ist er böse oder nicht. Daneben geht ihm das Geld schwer in die Hand und schwer aus der Hand; ich kam nie darüber, ist er eigentlich geizig oder nicht. Er kramte den Kindern nichts, braucht kein Geld für sich; es fiel ihm nie ein, seine Frau anzustrengen, dieses oder jenes zu kaufen, doch ward er auch nicht böse, wenn ich Geld ausgab, und ward nicht böse, wenn ich meine Tochter oder ihre Kinder beschenkte, angesichts ihm expreß.

Ich weiß daher nicht recht, wie es in ihm aussieht und wie er tut, wenn ich nicht mehr bin. Wenn es nicht gut ginge, käme mir das Unglück nach, denn du weißt, was ich an der Heirat gemacht; die arme Frau könnte mich von Herzen dauren und die Kinder. Verhudelt würde die Sache nicht, aber was hülfen ihnen die paar Batzen, wenn ihnen durch die Uneinigkeit Leben und Herz versäuert würden. Ich habe mit Kätheli schon gesprochen, an ihm wird der Fehler nicht sein, es wird das mögliche tun; ob ich mit Gläis noch reden kann und ob's fruchtete, weiß ich nicht, so mit einigen Worten ändert man schwer einen Menschen; eine vierzigjährige Natur ist härter als Nagelfluh, und Nagelfluh knübelt man nicht mit den Fingern auseinander. Bis jetzt war ich da, da ging's gut; bin ich fort, wird erst zum Vorschein kommen, was in ihm ist. Ich hoffe zu Gott, er erhöre mich, aber du wache auch und stehe auf meine Stelle, wenn ich nicht mehr bin, du bist der Götti; es ist das erstemal, daß ich dich daran mahne.

Mit dem Vermögen weißt du, wie es steht. Es ist in der Ordnung. Verordnung habe ich keine gemacht, aber meinen Wunsch kennen sie; ich hoffe, sie kommen daran. Ich fühle wohl, es war Gott versucht, aber ich dachte, es wäre doch schlimm, wenn meine Kinder, die ich in Zucht und Vermahnung des Herrn erzogen, gleich nach meinem Tode nicht an mein Wort kommen sollten. Es sind freilich auch Tochtermänner da, aber ich habe sie gehalten als Söhne, ich darf hoffen, sie erzeigen sich als Söhne. Steh Gläis bei, entweder gegen ihn selbst oder gegen die andern, wenn es nötig sein sollte. Ich habe sehr oft gesehen, wie es einem Sohn vorkam, wenn er fortgeben mußte Teil um Teil von dem Vermögen, das wohl des Vaters war, aber in dem er gelebt und das somit zu seinem Leben ihm zu gehören schien. Es kam ihm vor, als stehle man es ihm, als werde er jetzt ganz arm, komme über nichts."

„Was ich tun kann, Uli, tue ich, solange ich kann, du weißt es wohl, hast es zehnmal ob mir verdient. Wegen den Tochtermännern wär's vielleicht besser gewesen, du hättest was geschrieben, von wegen zwischen braven Leuten und Tochtermännern ist manchmal der Unterschied, daß der Tochtermann sich einbildet, er sei es seinen Kindern schuldig, das Wüstest alles zu machen. Wegen Gläis bin ich nicht im Kummer; er hatte vorhin verplärete Augen und Kätheli nasse, und wenn Mann und Frau zusammen pläreп, so ist d'Sach so bös nicht. Aber wenn eins lachet und das andere weint, dann hat es der Teufel gesehen. Indessen denke ich, der Auftrag sei überflüssig; du bist ja besser z'weg, als ich fürchtete, siehst ordentlich aus, deine Stimme ist chech und der Atem gut, ich wüßte nicht, wo es fehlen sollte."

„Kann dir es selbst nicht sagen", antwortete der Großvater, „aber es ist eine unendliche Mattigkeit in mir und ein wunderbar Gefühl, daß mir der Tod ganz nahe sei, daß er jeden Augenblick vor mir stehen und sagen werde: ‚Komm, Uli, deine Uhr ist abgelaufen!' Die Sonne scheint klar, die Welt ist so schön, die Meinen haben mich so lieb, daß das Leben schön ist, daß es für keinen Menschen schönere Tage gibt, als ich heute einen erlebe, und doch möchte ich Gott nicht um mehr so schöne Tage bitten; ich kann nicht anders bitten als: ‚Vater, wie du willst!'"

Glaus sagte nicht viel dagegen, begann noch zu reden von diesem und von jenem; da kam Gläis und sagte: die Frau schicke ihn, zu fragen, was sie machen soll; es seien ein paar Personen da, die zum Großvater möchten, und sie wüßte fast nicht mehr, wie sie aufhalten.

„Gläis, los", sagte der Großvater, „wenn ich nicht mehr bin, so halt dich an deinen Götti; er will für mich dasein, er hat es mir versprochen. Du bist zwar alt und verständig genug, aber es ist kein Mensch auf Erden, der nicht froh darüber sein soll, wenn er einen im Himmel hat, aber auch einen auf Erden, an den er sich wenden kann, wenn er Rat und Hülfe bedarf, welche Menschen leisten können. Dann hab deine Frau lieb und hör auf sie, sie verdient's! Ich müßte mir noch vor Gott ein Gewissen machen, wenn nicht Liebe und Friede wäre unter euch. Du weißt, wer euch zusammengebracht."

„O Vater, deswegen habt nicht Kummer, Kätheli hat mich lieb, es hat es mir gesagt, und wenn es mich liebhat, so ist alles g'wunnen. Aber Vater, nit sterben, Ihr müßt sehen, wie wir uns liebhaben." „Gläis, wie Gott will. Es heißt auch, einer säe, der andere ernte. Ernte, Gläis, ernte, ich wünsche es dir von ganzem Herzen." Gläis konnte nichts mehr sagen, er barg sein Gesicht auf das Hauptkissen neben seines Vaters Haupt. Da stund Kätheli an dem offenen Fenster, es wußte seines Lebens nichts mehr anzufangen; der Großvater sagte: „Bring sie in Gottsnamen!", und Gläis fuhr wie ein Eichhorn durchs Loch über dem Ofen ins Gaden hinauf und verschwand.

Kätheli hatte harten Stand gehabt. Über ein Dutzend Teilnehmende waren bei ihm aufgelaufen, und viele von ihnen pressierten sehr, wollten sich aber doch dem Großvater zeigen und ihm verrichten, was ihnen von daheim an ihn aufgetragen worden war. Die Nachricht, daß der alte Uli plötzlich sterbenskrank geworden und habe für sich beten lassen, hatte wirklich viele bewegt und erschreckt. Von wegen der alte Uli war nicht gestorben bei lebendigem Leibe, von ihm konnte man nicht sagen, wie es im alten Bohnenliede heißt: „O alte Ma, wie lebst so lang, ha g'meint, du sygist g'storbe; jetzt bist e Kindlifresser worde.“ Der alte Uli war rege und lebendig geblieben. In der Kirche sah man ihn regelmäßig, manch guter Rat von ihm kam ins Tal, gar oft fragte man ihn von der Gemeinde aus um Rat, gar viele Arme fanden bei ihm Trost, seine Fürsprache war wie bar Geld, und seine Göttertene konnten ihn nicht vergessen. Sein Leben war wohl verborgen in Gott, aber deswegen war er doch den Menschen nicht abgestorben, seine Teilnahme nicht erkaltet, dem Wohl und Weh der Menschen nicht entfremdet, er war in Liebe tätig geblieben.

Es ist sehr merkwürdig, wie bei vielen Menschen, welche während ihrem Leben andern wenig nachgefragt, am Schlusse desselben ein Bedürfnis auftaucht nach einer gewissen Anerkennung; man soll sie kennen, nach ihnen fragen, um sie sich kümmern. Sie nehmen es schwer, wenn man nichts um sie weiß, wenn ihnen niemand nachfrägt, sie klagen bitterlich: sie könnten sterben, es würde es kaum jemand merken, und wer es merke, dem sei es anständig. ‚Gottlob', werde er sagen, ‚ist wieder einer weniger; der hätte schon lang abmarschieren können, es hätte es kein Mensch übelgenommen.' „Und wenn ich mal unter der Erde bin, wird kein Mensch mein gedenken, weder Hund noch Katze, ich werde ganz vergessen sein, sobald ich einmal da unten bin.“ Das ist wohl das aufwachende Gewissen, das von einem verlornen Leben redet, in welchem man es nicht so weit gebracht, die freundliche Teilnahme eines Menschen zu gewinnen und uns sein Andenken zu sichern.

Es wohnt ein Mitgefühl in der ganzen Menschheit, oder vielmehr es ist ein Gefühl ausgegossen über alle, welches empfinden läßt, was andere empfinden in Freud und Leid. Es ist ungleich verteilt, dieses Gefühl in den Kreaturen. Bei welcher dieses Gefühl am tiefsten geht, am weitesten reicht, die steht hochbegabt unter den Kreaturen hoch oben auf der Leiter, die zum Himmel geht. Dieses Gefühl führt bei den Kranken besonders zu denen, von denen man glaubt, sie werden bald scheiden von dieser Welt. Man will es ihnen zeigen, daß man sie nicht vergessen, daß man ihr Bleiben wünsche oder, wenn es gestorben sein müsse, man ihnen von Herzen gönne die ewige Ruhe und ihrer in Liebe gedenken werde. Man bringt ihnen damit gleichsam gute Zeugnisse zu ihrem Troste für Leben und für den Tod. Für Leben allerlei Kram zur Stärkung: Wein, weißes Brot, Backwerk, Lebkuchen und bei Armen manchmal ein Stück Geld zur beliebigen Verfügung. Aber es ist schon oft geschehen, daß gerade solcher Kram vom Leben zum Tode führte. Zum Tode bringt man die Zeugnisse der Liebe, die Versicherungen des Nichtvergessens, die Bitten, daß, wenn man je gefehlt unwissentlich, man es ja nicht mitnehmen, sondern es beiseitelegen und vergeben möchte. Nebenbei läßt man dann wohl auch einige Bemerkungen laufen, wie der Kranke grusam schlecht aussehe, es kaum lange mehr machen würde. Es stürben jetzt viele Leute und gerade an solchen Krankheiten am allermeisten.

Kätheli machte es angst um den Großvater, der schon so viel geredet heute und noch so viel abtun sollte. Es sprach viel von seiner Schwäche, fast über Gewissen, und von seinen Hoffnungen, daß er wohl sich erholen werde, wenn er zur gehörigen Ruhe komme; jetzt sei der Thürlibauer bei ihm, sie werden zusammen zu rechnen haben; sobald er fertig sei, könnten sie zu ihm. Sie wollten ihn nicht plagen, sagten die meisten, wenn sie nicht was zu verrichten hätten vom Großätti oder Großmüetti. Aber die meisten wußten auch, daß, wenn sie heimkämen, nicht wüßten, wie Uli ausgesehen und was er gesagt, sondern sagen müßten, sie hätten ihn nicht gesehen, man ihnen seltsame Gesichter machen und Lektionen geben würde für ein andermal. Auf einen Wink der Mutter war Bäbeli mit den Zurüstungen zu einem guten Kaffee bereits beschäftiget.

Es waren ältere und jüngere Leute, welche den Kranken besuchen wollten; billig gingen die ältern voran ins Stübchen, alle auf einmal faßte der Raum nicht, die schüchternsten blieben draußen in der Stube stehen. Der Großvater dankte mit gar freundlichen Worten für den Besuch und sagte, wie es ihn freue, daß man seiner gedächte, und gab jedem noch ein freundlich Wort und eine Vermeldung nach heim.

Unglücklicherweise faßten zwei Weiber vor seinem Bette Posto, ein dickes und ein dünnes, verschlugen den Platz, und nur von weitem zwischen beiden durch oder von der Seite her konnte eine Hand zum Gruß dem Großvater dargestreckt werden, und manchmal war er von den beiden so in Beschlag genommen, daß er der wartenden Hand den Gruß nicht einmal erwidern konnte. Die zwei Weiber gebärdeten sich, als wären sie zwei Ärzte, die am Bette eines Kranken eine Konsultation hielten, mit dem Unterschied jedoch, daß sie nicht ins Nebenzimmer gingen, um sich ihre Beobachtungen mitzuteilen und ihre Schlüsse zu ziehen, sondern ihre Verhandlungen auf löbliche Weise und ganz im Geiste des freisinnigen Fortschrittes öffentlich am Bette des Kranken hielten. Die Dicke wiegte den Kopf bedächtig und meinte: es werde sicher ein innerlicher Schlagfluß gewesen sein, und die andere, heftig den Kopf schüttelnd, sagte: jedenfalls kein Schlagfluß, es könnte die fliegende Brustwassersucht sein, aber es sei sie doch nicht, es sei die stille Blutauszehrung; gegen die sei nicht viel zu machen, wenn sie einmal eingerissen sei, aber zu rechter Zeit da gebe es ein Mittel, das helfe und ganz ungesäumt. Nun begann die Dicke wieder und verfocht den Schlagfluß, dann die Magere die Auszehrung, brachten ihre Mittel vor und führten sehr anzügliche Redensarten.

Der Großvater hörte sowenig darauf als möglich, nahm die Begrüßung anderer an und wechselte mit ihnen einige Worte. Wer fertig war, machte andern Platz, ward draußen von Kätheli in Beschlag genommen und mit einem Kacheli Kaffee bewirtet. Da mußte nehmen, wer da war, er mochte sich wehren, wie er wollte, Kätheli tat es nicht anders. Nun, sie ließen sich zwingen, entfernten sich aber bald in aller Bescheidenheit.

Bald waren die weisen Weiber alleine im Stübchen und fochten mit steigendem Eifer ihre gelehrten Disputationen fort, denn unter den Gelehrten aller Grade ist das eine Hauptregel, daß keiner mit Disputieren nachgebe. Da kam Kätheli, tat einen herzhaften Anlauf und brachte sie glücklich aus dem Stübchen in die große Stube, wo sie aber wie zwei Kämpfer, die ins Wasser fallen, sich fortbalgen, ihre Disputation heftig fortsetzten, bis endlich die Magere die Dicke fragte: sie werde schon Schlagflüsse gehabt haben allem an, daß sie die so wohl kenne. Das machte der Dicken die Zunge trocken und die Bissen im Halse quellen, sie ward bald nicht mehr gesehen; die Magere blieb fest sitzen. Sie warf der Abgehenden einige liebenswürdige Bemerkungen nach. Es nehme sie wunder, was so eine vom Doktern wissen sollte, so ein Mehlsack, was wollte der wissen, was Kranksein sei! Man solle die darüber reden lassen, die von Jugend auf keine gesunde Stunde gehabt; die wüßten, was Krankheit heiße und wie man doktern müsse, daß es gut komme. Aber was sie sagen wolle, sie hätte vorhin dem Vater ein Gebet lesen wollen, aber sie hätte drinnen auf dem Tisch kein Betbuch, nicht einmal ein Testament gefunden, wie sonst üblich und bräuchlich, wo kranke Leute seien. Wenn man ihr ein Buch geben wolle, es sei ihr gleich, was für eins, das Lesen gehe ihr in allen Büchern gleich ring, wenn die G'schrift nit z'rein sei, so könnte sie ihm jetzt noch ein Gebet lesen oder zwei. Kätheli sagte, sie solle nicht Mühe haben. Es sei drüben ein Buch gewesen, wahrscheinlich habe es ihr Mann weggenommen; er werde gedacht haben, es sei dem Großvater heute schon viel gebetet worden, und das Stillha werde ihm auch gut sein. He nun, sagte die Magere, das könne jeder machen, wie ihm beliebe. Das sei so der Welt Lauf; die einen hielten viel auf einer Sache und die andern d's Kunträri.

Auf diese tiefsinnige Bemerkung sagte Kätheli nichts. Bäbeli sagte nachher: „Aber Mutter, das ist eine unverschämte Frau, warum antwortetest du der nicht, als dir die mit dem Holzschlegel zu verstehen gab, du hieltest nichts auf dem Beten?" „Meitschi", antwortete die Mutter, „das mußt du auch noch lernen: Schweigen hat seine Zeit, und Reden hat seine Zeit. Hättest mögen, daß ich mit einer Antwort in eine Disputation gekommen und sie noch, es weiß kein Mensch wie lange, dageblieben wäre?" „Das nicht, aber die verbrüllet dich jetzt allenthalben, du hättest nichts auf dem Beten oder es dem Großvater nicht einmal gönnen mögen, daß sie ihm ein Gebet gelesen", sagte Bäbeli. „In Gottes Namen!" antwortete Kätheli.

Bäbeli hatte recht. Das hätte sie doch von den Leuten nicht gedacht, redete die Magere für sich selbst. Die hielte man für geistliche Leute —: „und nicht einmal ein Betbuch beim Kranken, nicht begehren, daß man ihm bete, noch davor sein, wenn jemand Erbarmen hat und ihm beten will! Verstellen ist kommod, aber es gibt immer eine Zeit, wo man darüber kömmt, was die Leute eigentlich sind. Aber so geht es oft in der Welt, daß man Leute bis zum Himmel erhebt, die an ganz andere Orter gehörten." Es werde auch nicht umsonst heißen, die Gerechten müßten viel leiden, aber selig seien sie, weil sie um seinetwillen verfolget würden. Sie wolle sich dessen trösten, das werde, so Gott wolle, heutzutage wohl noch gelten. So dachte die Magere, und da sie nicht die Person war, welche meinte, sie müßte ihre Gedanken unter den Scheffel stellen, sondern große Liebhaberin von der Öffentlichkeit war, so redete sie auch also, als sie unter die Leute kam. Indessen zur Steuer der Wahrheit müssen wir sagen, die Leute hielten ihr nicht viel darauf. Sie merkte etwas davon, tröstete sich aber: eben so gehe es den Gerechten, dafür würden sie dann aber auch selig.

Der Thürlibauer war fortgegangen, ohne mit Kätheli weiter gesprochen zu haben; das dauerte Kätheli, es wußte wohl, daß er der zweite Vater war. Vor allem hätte es gerne mit ihm geredet, was er vom Vater halte und was sie vorkehren sollten. Das Geschwätz vom den Krankheiten und den Heilmitteln, die unfehlbar helfen sollten, war doch nicht ganz ohne Eindruck an ihm vorübergegangen.

Der Großvater schlummerte, die Kinder kamen heim aus der Kinderlehre. Das älteste berichtete: der Pfarrer habe ihns gerufen und nach dem Großvater gefragt; er lasse ihn grüßen und ihm gute Besserung wünschen, habe er drauf gesagt. „Hat er nichts weiter gesagt?" frug Kätheli. Auf die verneinende Antwort sagte Kätheli zu Gläis, der auch wieder zutage gekommen: „Es ist mir ein Stein ab dem Herzen. Du weißt, der Pfarrer ist mir lieb und dem Großvater auch, aber heute ist mir doch lieber, er komme nicht. Es ist mir, wenn der Vater nur recht ruhen und sich stillehalten würde. Er sprach heute schon so viel, daß es mir recht Kummer machte. Kommt, Kinder, wir wollen unsern Kaffee nehmen und machen, daß es dann wieder so recht stille wird, daß der Großvater schlummern kann; ich halte dafür, das werde das beste sein."

Da rief der Großvater. „Kätheli", sagte er, „da nimm die Sachen und esset sie, du weißt, ich mag solches nicht." Es hatten nämlich einige ihren Kram bis ins Stübli gebracht und ihn dem Großvater auf die Decke gelegt, damit er es doch ja bekomme und es ihm nicht vorenthalten werde. Dieses Mißtrauen ist ein allgemeines und hat allweg seinen guten Grund. „Will es nehmen, Vater", sagte Kätheli, „obschon wir es nicht brauchen, denn wir haben draußen für manchen Tag genug. Was soll ich Euch bringen, lieber Vater?" „Es Schlückli Kaffee, Kätheli; bin eine alte Frau geworden. Sag Gläis, er solle nicht fort; wenn er gegessen, soll er hereinkommen." „Er kann gerade jetzt kommen und nachher essen", sagte Kätheli.

„Nein, nein", sagte der Großvater, „mach, wie ich es sage. Esset erst!" Man kann denken, daß Gläis nicht so lange aß wie der alte Chorrichter in der Stampfe, der achtzehn Stunden hintereinander essen konnte, ohne einmal z'g'rechtem aufzuhören.

„Ich habe einen großen G'lust", sagte der Großvater, „aber ich mache euch Mühe, und das tue ich ungerne, aber heute ist Sonntag, und ihr tut mir den Gefallen schon. Es dünkt mich, ich möchte an die Sonne, sie scheint so schön und warm, und hier habe ich nur die Morgensonne. Wenn man mir ein wenig hilft mit dem Anziehen, so wird es schon gehen. Es ist mir jetzt wieder wohl und leicht, und es dünkt mich, wenn ich draußen an der Sonne wäre, würde mir noch besser." Die Nachricht erfreute alle, alle regten emsigst sich. „D'r Großvater wott uf! D'r Großvater wott uf!" riefen die Kleinen aus ums ganze Haus, als ob es auch Hühner und Tauben wissen und sich freuen müßten.

Die Kinder suchten einen schönen Platz aus, wo man die Sonne sehen konnte, bis sie unterging. Dorthin schleppten sie einen alten Sorgenstuhl, den einmal der Großvater an einer Steigerung der Effekten eines gestorbenen Pfarrers gekauft hatte. Die Kinder waren mit ihren Verrichtungen eher fertig als drinnen die Eltern mit dem Großvater. An Kammerdienste war er nicht gewohnt. Wer es nicht gewohnt ist, dem geht es fast so schwer, sich bedienen zu lassen, als es dem wird, den Dienst zu entbehren, der daran gewöhnt ist. Auf beide gestützt, ging's doch langsam bis an das Ziel seiner Reise. Betrübt merkten erst jetzt Gläis und Kätheli, wie groß seine Schwäche war, und erschrocken sahen die Kinder dem Großvater zu, der vor kurzem noch so fest einhergeschritten war und jetzt so mühsam den kurzen Weg verbrachte. In seinem Sessel hatte man es ihm so bequem gemacht als möglich, so daß er sich bald von seinem schweren Gang erholte und unbelästigt den äußern Eindrücken sich hingeben konnte.

Es war ein schöner, warmer Abend, klar der Himmel, verklärt die Erde im Sonnenlicht. Es war da keine Aussicht, wie es die Leute nennen; man sah die Erde in ihrem grünen Pflanzenschmucke, sah im Hintergrunde den blauen Berg, gegen den die Sonne sich zu neigen begann. Das höher stehende Haus umkränzte ein Baumgarten, mit prachtvollen Bäumen besetzt; im dunkeln Laube röteten sich die Äpfel, unter der Last der Früchte beugten sich die Birnbäume. Zu seinen Füßen lag der schönste Kranz, seine blühende Enkelschar. Gläis saß neben ihm auf einem Dütschi, Kätheli, mit Abräumen beschäftigt, ging einstweilen zu und ab.

Lange hatte der Großvater die Landschaft betrachtet, an der Sonne in stiller Freude sich gelabet; endlich sagte er: „Es ist doch schön auf der Welt, ja wahrlich, weislich hat der Herr die Welt erschaffen, die Erde ist voll seiner Güte, groß sind seine Werke und wunderbar. Sieh, Gläis, wie schön alles steht, selten habe ich um diese Jahreszeit alles so grün und üppig gesehen. Es ist gottlob ein gutes Jahr, es kömmt Reichen und Armen wohl und b'sunderbar, wenn sie beidseits daran sinneten, von wem sie es haben. Aber da fehlt's leider! Oh, wenn die Menschen einander verstünden und Liebe hätten zueinander, so wüßte der Unmündig, was gut wäre und jeder dem andern schuldig ist, und man hätte den Irrgarten von Gesetzen nicht nötig, worin man je länger, je weniger weiß, wo man ist und wo der Ausweg ist, und alles je länger, je mehr verlyret und verhürschet wird. Oh, warum sind die Menschen so hochmütig geworden, meinen, sie seien zu Gesetzgebern berufen, und machen Gesetze, die man nie brauchen kann, und die, wo man braucht, muß man den andern Tag flicken, und nach drei Tagen sieht sie niemand mehr an. Täten die Schuhmacher nicht bessere Schuhe machen, man vermöchte nicht mehr, Schuhe zu tragen, längst liefe alles barfuß. Darum ist's so, weil man den Gesetzgeber da oben verachtet und seine Gesetze, und doch kann er's alleine, und nur seine Gesetze sind klar und fest und halten die Zeit aus, bis sie vergeht und es Ewigkeit wird. Oh, wie schön wäre die Welt, wenn die Sünde nicht wäre; die bringt das Elend. Wo die Sünde mindert, mindert das Elend, und das Licht geht auf von der Seligkeit da, wo keine Sünde ist. Da, Gläis, ist das Glück, nirgends sonst ist es. Sorge dafür, daß die Kinder arm an Sünde werden; dann hast du ihnen gut g'huset, hast für ein schön Erbteil g'sorget, sie werden es dir danken in der Ewigkeit."

„O Vater, das haben wir Euch zu danken und werden einst den Dank vor Gott bezeugen", seufzte Gläis. „Aber wie soll ich es machen?" „Gläis, du hast eine Frau, die hilft dir. Gläis, du hast eine gesegnete Frau, sie hat Gaben, kostbarere als Gold und Edelstein. Meine verlor ich früh, mußte alles alleine machen."

Während den letzten Worten war Kätheli herangekommen, war,

um nicht zu stören, weil der Großvater sprach, hinter Gläis getreten, hatte seine Hand auf dessen Schulter gelegt. „O Vater", sprach Gläis, „ja, gottlob habe ich eine gute Frau, ich weiß es und wußte es immer, und sie hat mich lieb, und was wir machen können, das wollen wir machen so gut als möglich, gäll, Frau?" sagte er.

Und die Frau schlang den Arm um ihn und sagte: „Ja, Vater! Mein Gläis und ich wollen tun, was wir vermögen in unserer Schwachheit, aber das Beste, das müßt doch immer Ihr tun, auch wenn Ihr einst gestorben seid. ‚Der Großvater hat's gesagt!' ‚Was würde der Großvater sagen?' ‚Wie würd es ihm vorkommen, wenn er das erlebt?', das werden die besten Sprüche sein im Hause, solange wir leben, und sie werden unsere Kraft sein über die Kinder. Aber Großvater", sagte Kätheli und legte den Arm um seine Schultern und seinen Mund an die grauen Haare, „nit sterben, bei uns bleiben, es ist ja so schön auf der Welt, wenn die Sonne scheint! Mit Euch geht uns die Sonne unter, und trüb würde es uns auf der Welt. Nit sterben, Großvater!" — und die Stimme erlosch ihm.

Den Kindern, welche die Eltern weinen sahen, wurde angst; sie drängten sich um den Großvater, frugen: „Wott Großvater sterben?" „Großvater stirbt noch nicht; die Welt sei ja so schön, hat er gesagt", sagte ein Kleiner. Gerührt lächelte der Greis dem Kinde zu, streckte ihm die Hand dar und zog es an die Knie. „Ja, Kind", sagte er, „die Welt ist schön, aber im Himmel ist es noch schöner. Sag mir, was gefällt dir jetzt auf der Welt am besten von allem, was du jetzt siehst?"

Mit hellem Auge sah der Kleine nur einen Augenblick um sich und rief: „Sieh, Großvater, dort unten in der Hofstatt den schönen Birnbaum mit den gelben Birlene und nebendran den kleinern, der hat Geißhirtli — die fallen schon, die Mutter sagt, es gehe nicht manche Woche, so könnten wir die essen,— und dort den schönen Baum mit den roten Äpfeln, das sind Stryfech, und dort an dem magern Baum, das sind Frühorenech. O Großvater, die sind b'sunderbar gut, ganz hungsüß, o Großvater, ich mag fast nicht warten, bis sie reif sind." „Was hast lieber, d'Bäum oder d'Biren und d'Öpfel?" „E Großvater, d'Bire und d'Öpfel, was wett ih mit de Bäume mache, die kann man nicht brauchen, Großvater, die sy ja sust nüt, wenn nit Bire u Öpfel dra sy."

„He nun, liebe Kinder, habt ihr gehört, was Seppli gesagt hat, d'Bäum sy nüt, d'Öpfel und d'Bire sy d'Hauptsach. Es ist so. Aber denket, Kinder, die Welt ist dem lieben Gott sein Garten, und die Menschen sind seine Bäume, die pflanzet er und läßt sie wachsen und nit bloß, daß sie dastehen und nüt abtrage, wie Seppli seit. Der liebe Gott läßt die Menschen wachsen, daß sie ihm auch Früchte bringen, und wenn der Herbst kommt, so kommt auch er und sieht, was an den Bäumen ist, ob sie was abtragen oder nicht. Nit Öpfel und Bire sucht er, die braucht der liebe Gott nicht. Er sieht, ob die Menschen gut sind, tun, was ihm wohl gefällt, fleißig, treu sind, den Eltern folgen, Friede haben, einer dem andern zu Gefallen tut, was er kann; das sucht der liebe Gott an seinen Bäumen. Und wo er dann ein gut Bäumli findt, das flyssig treit und guti Frucht, das nimmt er, wenn es Zeit ist, aus seiner Baumschule und pflanzet es hinauf in seinen himmlischen Garten, der viel schöner ist als der hier und wo der liebe Gott alle Tage drin ist und zu ihm sieht und seine Bäume liebhat wie seine Kinder. So, lieber Seppli und ihr alle seid Gottes Bäumchen und wachset in seinem Garten, und jedes von euch soll seine Früchte tragen. Vater und Mutter werden euch b'richten, was fürigi und was sich für jedes am besten schickt, ihm am wöhlsten ansteht. Vater und Mutter wissen das, der liebe Gott sagt es ihnen alle Tage, wenn sie zu ihm beten. Dann sagen sie es euch, und wenn ihr ihnen schön glaubt und tut, was sie sagen, so sieht es der liebe Gott, wenn er seine lieben Bäumchen ansieht, hat Freude daran, denn das sind die Früchte, die er liebt, und wenn er es Zeit findet, so nimmt er euch dann auch hinauf und pflanzet euch in seinen himmlischen Garten."

„Aber noh nit grad, Großvater!" rief Seppli. Da lächelte der Großvater und sagte: „Weiß nit, liebs Bubli, aber ich denke nicht. Er alleine weiß es, wenn die rechte Zeit zum Versetzen ist. Er nimmt sie früh manchmal, aber er tut ihnen nicht weh; sie wissen es kaum, wenn er sie nimmt in seinen himmlischen Garten, und wenn sie droben erwachen, dann sind Engeli um sie, und es ist eine Freude, die nicht aufhört. Manchmal läßt er sie alt, alt werden, ehe er sie nimmt, und sie müssen ihm viele, viele Früchte tragen, ehe er mit ihnen zufrieden ist und sie in seinen Garten pflanzet."

„Aber Großvater, bist du dann auch ein Baum in Gottes Baumgarten; du kannst ja den Eltern nicht mehr folgen?" „Allweg", sagte der Großvater, „ich denke es. Wenn der liebe Gott die Menschen alt werden läßt, daß ihre Eltern sterben, so sollen sie dann, was sie von den Eltern gelernt, die Kinder b'richten und dem lieben Gott sie zuführen und die Kindskinder und sie lehren, was dem lieben Gott wohl gefällt und was ihn traurig macht, und sollen von allem das Beispiel geben und zeigen, wie man es macht, daß man Gott Früchte trägt."

„Großvater, da wirst du dem lieben Gott ein lieber Baum sein; du bist ja über und über voll Frücht, wie du sagst", rief Seppli. Das rührte den Großvater, er küßte den Knaben, und zwei große Tropfen rollten ihm die Backen ab.

Der Großvater hatte langsam gesprochen; unterdessen war die Sonne vorwärts geschritten, nahte sich dem blauen Rande, wo sie verschwinden sollte für eine kleine Weile. Der Großvater schwieg; man sah, er ruhte, selbst die Kinder störten ihn nicht. Er sah der Sonne zu, die näher und näher sank der Schwelle ihres nächtlichen Hauses; die andern folgten den Augen des Großvaters. Es schien ihnen, als werde die Sonne größer, je näher sie dem Untergang kam, glühender, ihr Licht strahlender. Sie berührte den blauen Rand, in wunderbarem Duft schwamm die Erde, es war, als ob sie bräutlich sich röte. Der Großvater streckte seine Hand aus nach Kätheli und Gläis, sie legten ihre Hände in die seine. „Es ist doch schön auf der Welt", sagte er, — „wo Liebe ist", setzte er nach einer Pause bei.

Die Sonne sank. Es geht rasch, hat sie einmal den Fuß auf der Schwelle; nur ein kleiner Funke glühte noch überm Rande, bald verglühte auch der. Der Großvater hatte sein Haupt ein wenig gesenkt; als die Sonne sank, hob er es wieder, sah auf zu Gläis und Kätheli, dann wieder hin zur Sonne, als ob er ihren Augen den Weg dorthin zeigen wolle. Dann senkte er sein Haupt wie vorhin zum Ruhen.

Plötzlich rief Kätheli auf: „Mein Gott, mein Gott!" Der Großvater hatte Käthelis Hand noch in seiner Hand, und diese zitterte und zuckte plötzlich, und als Kätheli hinstürzte, war auch sein Licht erloschen, sein Leben war verglommen. Und wie, als die Sonne schwand, plötzlich in dunklern Schatten die Erde stand, so warf des Großvaters Scheiden plötzlich über ihr Leben einen schwarzen Schatten, und groß war die Betrübnis bei allen, bei groß und klein.

Die Kleinen weinten sehr, daß der liebe Gott ihn so plötzlich genommen. Als sie davon gesprochen, wie Großvater ein Baum sei für Gottes Garten, so hätten sie Gott an den Großvater gemahnt. Wenn er ihn vergessen gehabt, so hätte er ihn auch noch länger können leben lassen.

Gar viele wurden betrübt, als sie diesen Tod vernahmen; es war auch ihnen, als erlösche ihnen ein Licht und im Schatten stehe ihr Leben. Aber die Sonne stehet wieder auf, und wo die Sonne scheinet, schwindet der Schatten. Der Schatten, den der Tod eines Gerechten über das Leben der Seinen ruft, vergeht, wenn die Hoffnung aufgeht und zum Bewußtsein kommt, wenn der Tote zu Grabe kommt und sein ganzes Leben verklärt vor den Augen der Seinen steht.

Der Sonntag, dessen Abend so trüb im Schatten stand, der ging in strahlendem Glanze wieder über der Familie auf, und kein Tag, wo sie in Liebe beisammen war und namentlich nicht des Sonntags, ging vorüber, ohne daß sie sein gedachten in Andacht und freudiger Rührung, und noch bis auf den heutigen Tag heißt des Großvaters Todestag der „Sonntag des Großvaters".

Barthli der Korber

1852

Im rueßigen Graben am südlichen Abhang hing ein kleines Häuschen. Man begriff nicht, warum es noch da hing und nicht längst den Graben hinuntergerutscht, denn es machte akkurat die Figur eines Menschen, der, in vollem Lauf einen Berg hinuntergesprungen, plötzlich die Beine verstellt, stillhalten will und nicht recht kann. Wenn man das Dach betrachtete, so kam es einem vor, als höre man den Wind pfeifen, als kriege man Stöße. Es sah aus wie der Sack eines Bettlers, der das Flicken übel nötig hätte, jedoch bei allem Flicken immer ein Bettlersack bleiben wird. Die kleinen Türen zu Ställchen und Tenn stunden alle schief nach einem ganz eigenen Baustil. Hinter dem Hause fand man, wenn er nämlich nicht gerade zu Nutzen angelegt war, einen kleinen Düngerhaufen ungefähr von Gestalt und Größe eines ansehnlichen Zuckerstockes. Vor dem Hause war ein Gärtchen, in welchem eilf Mangoldstauden ihre breiten, ausdruckslosen Gesichter sonneten, sieben Bohnenstauden kühn an gebrechlichen Stecken hingen, zwischen denen zwei blühende Rosenstöcke gar freundlich hervorblickten. Um dasselbe lagen im Frieden die Gerüste eines ehemaligen Zaunes, harrend einer helfenden Hand zum Auferstehen.

Im Häuschen wohnten hinten eine Ziege und ihr Zieglein. Es war eine stattliche Ziege. Achtunggebietend trug sie ihr Haupt, und in glänzendem zottigen Felle ging sie würdigen Schrittes einher, während hinter ihr her, gleichsam der Hanswurst, das Töchterlein graziöse, lustige Sprünge machte. Vornen wohnten ebenfalls zwei Personen, ein alter, lahmer Korber oder Korbmacher und sein nicht lahmes Töchterlein. Der Alte hätte wirklich, was Anstand und Würde in Gang und Haltung betraf, viel von seiner Ziege lernen können; in beidem stund er ihr beträchtlich nach. Indessen der gute Alte war kaum mehr bildungsfähig, wenigstens sah man an ihm weder entschiedenen noch unentschiedenen Fortschritt, sondern gar keinen.

Dagegen, wir gestehen es aufrichtig, gefiele uns das Töchterlein viel besser als das junge Geißlein. Dasselbe ist gar so anmütig und lieblich, kann auch springen leicht und hoch, daß es uns lieber wäre als zehn Geißlein, und wenn man uns die Wahl gelassen hätte, hinten oder vornen in dem Häuschen zu wohnen, so hätten wir ungeachtet der Würdigkeit der alten Ziege unbedenklich dem vordern Teile den Vorzug gegeben, wohlverstanden nicht von wegen dem alten, lahmen Korber, sondern wegen seinem schönen Töchterlein. Dasselbe wußte nicht einmal, wie hübsch es war, und das war nicht das mindeste an ihm. Wenn es sich auch im Spiegel besah, kam es doch nicht zur umfassenden Einsicht, denn erstlich bestund sein Spiegel nur aus einem dreieckigten Scherben, zweitens durfte es sich bloß am Sonntag mit Muße waschen so recht um und um, und bis am Dienstag, vielleicht schon am Montag hatte es bereits vergessen, wie es gestaltet war; andere Leute brachten es ihm auch nicht in Erinnerung.

Im rueßigen Graben machten die Leute sich selten Komplimente. Zudem war Züseli nicht besonders nach ihrem Geschmack; wenn es einen halben Zentner schwerer gewesen wäre, es hätte ihnen unendlich besser gefallen. Wär's in Östreich gewesen, es wäre ihm eine Arsenikkur angeraten worden. Arsenikfressen macht nämlich fett, wie man sagt. Wird aber mit Verstand geschehen müssen, sonst könnt's fehlen.

Es war nicht bloß ein liebliches, sondern auch ein liebes, emsiges Kind, das von früh bis spät nach dem Willen des Vaters tat und nie unwillig und ebenfalls vom Werte dieser Eigenschaften keine Ahnung hatte, viel weniger mit Geräusch sie geltend machte. Oder, um gebildet zu reden, es war ohne alle Ansprüche. Eigentlich ist dieses ein dumm Wort, hat aber dennoch einen tiefen Sinn. Die eigentliche Anspruchlosigkeit ist nichts anderes als der demütige, kindliche Sinn, dem, wie Christus selbst sagt, das Himmelreich gehört, der keiner Verdienste sich bewußt ist, aber ein inniges Danken hat für jede Gabe, jedes Zeichen der Liebe, nichts sehnlicher wünscht, an nichts größere Freude hat, als lieb zu sein Gott und Menschen,

Gott und Menschen es recht zu machen. Diese harmlosen, bescheidenen Naturen sind nicht moderne Naturen.

Der alte Korber war dagegen nichts weniger als liebenswürdig, weder innen noch außen; man konnte eigentlich nicht begreifen, besonders am Sonntag nicht, wo Züseli um und um gewaschen war, wie die beiden zusammenkamen und noch dazu als Vater und Tochter. Der alte Barthli war hässig und häßlich, Sauersehen seine Freundlichkeit, gute Worte gab er nicht für Geld, geschweige umsonst, und dennoch galt er etwas in der Welt, denn er war etwas, eine Persönlichkeit, ein Charakter, würde man heutzutage sagen. Er war ein ausgezeichneter Korber, sehr ehrlich auf seine Weise, hielt Wort. Ja, da ist es einem Menschen wohl erlaubt, saugrob zu sein.

Er war überdies noch sehr arbeitsam und sehr sparsam. Wenn er sich recht rühmen wollte, so sagte er: er hätte noch niemanden plaget, die Gemeinde nicht und andere Leute auch nicht. Das war wirklich viel gemacht in unserer Zeit, wo viele meinen, sie schenken der Gemeinde etwas, wenn sie ihre Hülfe nicht in Anspruch nehmen; einer so reichen und geduldigen Person was schenken, sei ja dumm. Barthlis Verdienst war nicht groß, aber er besaß das Ehrgefühl eines Mannes; er begriff, daß, wer selbständig sein wolle, vor allem imstande sein müsse, sich und die Seinigen selbst zu erhalten mit Gottes Hülfe. Es wäre gut, dieses Ehrgefühl wäre im Zu- statt im Abnehmen, dann wäre der Friede größer in der Welt; es wäre gut, wenn mancher Schöne und manche Schöne den wüsten Barthli zum Exempel nehmen würden und nichts begehrten, was man nicht selbst verdienen kann, keiner fliegen wollte, der keine Flügel hat.

Das Häuschen hatte er von seinem Vater geerbt und so viel Land dazu, daß er etwas pflanzen und zwei Ziegen halten konnte, wenn er die Zäune seiner Nachbaren nicht schonte und die Tiere lange Hälse hatten, um über die Zäune hinüber im jenseitigen Grase hospitieren zu können. Mit Reparaturen an der Hütte hatte er sich nie abgegeben. Ihm sei sie gut so; wenn sie ihn nur aushalte, hernach könnten die sehen, wo nachkämen, sagte er. Er galt für sehr ehrlich, obgleich er sich in dieser Beziehung bedenkliche Freiheiten herausnahm, nämlich mit den Weidenruten, welche er zu seinen Körben brauchte. Eine bedeutende Zeit des Jahres brachte er bei Bauern auf sogenannten Stören zu, wo er ihnen

Körbe flocht und ausbesserte. Indessen machte er auch Körbe auf den Kauf, und namentlich sein Meitschi machte solche, denn dieses nahm er auf die Stören nicht mit; es mußte daheim zu Haus und Hof sehen.

Die Ruten nun zu diesen Körben nahm er, wo er sie fand, unbekümmert darum, wem die Weiden gehörten, an denen sie gewachsen waren. Er trieb dieses nicht im verborgenen mit äußerster Vorsicht, um nicht gesehen zu werden; er sagte offenherzig: sein Vater und sein Großvater seien Korber gewesen, hätten aber nie einen Kreuzer für Ruten ausgegeben, sondern die Wydli genommen, wie sie gewachsen; ein Bauer würde sich geschämt haben, einem armen Mannli einen Kreuzer dafür abzunehmen. Körbe habe man ihnen gemacht, alte pläßet, öppe wohlfeil genug, damit seien beide Teile wohl zufrieden gewesen. Jetzt sollte man ihnen jedes Wydli übergülden, dazu noch grusam danken, daß man fast um den Atem komme, und obendrein machten sie alle Weidenstöcke aus, nur hie und da ein alter Bauer lasse noch einen stehen zum Andenken und damit die Kinder wüßten, wie so ein Weidstock gewesen. Dann könnten die Bauern seinetwegen Körbe flechten lassen aus den Schmachtzotteln, welche ihre Töchter über die Stirne herabzwängten mit Tüfelsgewalt.

Trotzdem kam Barthli nie in Verlegenheit; keine Strenge, kein Verbot ward gegen ihn angewendet. Wohl hob hie und da ein Bauer die Hand drohend auf und sagte: „Barthli, Barthli, du machst es mir wohl gut, nimm dich in acht, sonst mache ich dir den Marsch. Ich habe bald nicht mehr Wydli für ein Erdäpfelkörbchen, und selb ist mir doch dann nicht anständig." „Warum gönnst mir das Maul nicht und sagst, wenn du Körbe mangelst? Mir kann es nicht in Sinn kommen, und d'Wydli muß man nehmen, wenn es Zeit ist, und hausieren damit wirst du kaum wollen", so antwortete Barthli keck, und sanftmütig redete der Bauer mit ihm eine Stör ab, sagte bloß: „D'Wydli bringst dann mit! Ein andermal wollte ich sie doch dann lieber selbst hauen." „Warum nicht", antwortete Barthli, „die Mühe mag ich dir wohl gönnen, aber mach's zur rechten Zeit, sonst fahre ich zu." „Aber frage doch dann zuerst!" meinte der Bauer. „Man kann's machen, wenn man's nicht vergißt", entgegnete Barthli. „Fragen", setzte er hinzu, „ist auch so eine neue Mode vom Tüfel. Man sagt, fragen schade nichts, jawolle, nichts schaden! Ich hab's erfahren. Frage um nichts mehr mein Lebtag, wenn es nicht sein muß und es ungefragt auch zu machen ist."

Diese Schonung kam aus dem gleichen Grunde, aus welchem Barthli seine Rechte nahm; es war auch so eine Art von Grundrecht, entstanden aus uralter Gewohnheit, welches man ihm noch stillschweigend zugestand trotz der neuen Sitte, aus allem soviel Geld als möglich zu machen, welche man gegen alle andern mit aller Strenge in Anwendung brachte. In diesem Punkte ist allerdings eine bedenkliche Änderung erfolgt, welche man bei Beurteilung des Verhältnisses unterer Klassen nicht außer acht lassen darf.

In früheren Zeiten war viel wildes, viel fast herrenloses Land; was auf solchem Lande wuchs, war beutepreis, und arme Leute hatten da eine reiche Fundgrube von allerlei, welches sie entweder selbst brauchen oder zu Geld machen konnten. Viele Handwerker, Rechenmacher, Küfer, Korber, Besenbinder und andere, selbst Wagner hatten gleichsam Hoheitsrechte auf solchem Lande; sie nahmen, was ihnen beliebte, und zwar unentgeltlich und ungefragt. In solchem Lande weideten die armen Leute den Sommer über Schafe und Ziegen, sammelten für den Winter Streu und Futter. Das ist anders geworden. Viel Land ist urbar gemacht, und herrenloses Land wird rar sein im Lande Kanaan. Was nicht Privaten angehört, hat der Staat an sich genommen, und wo dem Staate sieben magere Gräslein wachsen an einer Straße magerem Rande, verpachtet er sie, und um zu soliden Pächtern zu kommen, werden Steigerungen abgehalten, ganz splendide. So machen es auch die Privaten, und was einen Kreuzer giltet, verwerten sie in ihrem Nutzen. Sie haben vollkommen das Recht dazu, aber — aber jedenfalls sollte ob dem Kreuzer der Nächste nie vergessen werden.

Mit den Körben, welche Barthli zu Hause machte, schickte er Züsi hausieren oder ging selbsten mit. Obgleich er kaum zwei Stunden von Bern entfernt wohnte, ging er doch selten dahin und ungern. Er möge mit den Stadtweibern nichts zu tun haben, sagte er, die hätten keinen Verstand von der Sache. Die bildeten sich ein, sie müßten bei allen Dingen markten bis zum Schwitzen, das sei die Hauptsache beim Handeln. Schätze er ihnen einen Korb um sieben Batzen, so böten sie ihm fünf Batzen, und schätze er ihnen ein andermal den gleichen Korb für vier Batzen, so seien sie imstande, ihm zwei Batzen zu bieten, so viel Verstand hätten sie. „Aber Barthli, da ist ja gut helfen", sagte man ihm oft. „Schätze deine Körbe alle um neun Batzen, dann hast du ja immer sieben richtig." Das wollte aber Barthli nicht. Jede Sache habe ihr Maß, sagte er, darüberaus fahre er nicht. Er wolle nicht, daß es heiße, der Barthli im rueßigen Graben sei ein Narr geworden. Sie könnten seinethalben in der Stadt sehen, wo sie ihre Körbe herbekämen; den seinen käme er sonstwo ab, wo die Leute Verstand hätten.

Sein Töchterlein hatte es umgekehrt. Tage in der Stadt waren ihm ganz andere als die übrigen Tage, Tage, wie die Juden sie sich im Tausendjährigen Reiche dachten, wo die Sonne siebenmal größer ist und die Stadttore zu Jerusalem aus Diamanten und Rubinen gemacht, alle Bäume voll der süßesten Früchte, die Zäune voll Weintrauben, jede ungefähr so groß wie Goliath, und die Beeren wie Kürbisse. Man denke aber auch: die schönen Herren und Damen, die Läden voll Gold, Silber und freßbarer Herrlichkeiten, Schweinefleisch, daß es eine helle Pracht war, Brot und Brötchen von allen Sorten und Bänder und Sachen unter Glas und hinter Glas, denen es keinen Namen wußte, sondern dabei denken mußte, die kämen geradenwegs vom Himmel her!

Man sieht oft Kinder in der Stadt, die offenbar nicht mehr wissen, sind sie über der Erde oder unter der Erde. Sie sperren Augen, Nase, Mund auf, daß das ganze Gesicht nur ein Loch ist, durch das die guten Kinder alle die Herrlichkeiten in sich hineinziehen möchten. Man kann sie stoßen, treten, sie merken es kaum, ja, es ist zweifelhaft, ob sie es merken würden, wenn man sie zertreten täte. Manchmal hängt so ein Kind mit einer Hand an der Rocktasche des Vaters oder am Kittel der Mutter. Wie Schleppdampfschiffe segeln die Alten voraus, bewußtlos wird das Kind nachgezogen mit den aufgesperrten Löchern, und glücklich ist der Vater, wenn das Kind ihm noch am Rocke hängt, wenn er landet in einer Wirtschaft oder endlich hinaussegelt aus den Toren ins Weite. Dann macht das Kind das Gesicht zu. Das Chaos der Eindrücke beginnt sich zu ordnen: die einen schwinden, andere treten bestimmter hervor, prägen sich aus; Fragen, Erzählen beginnt, und sind die Menschen zu Bette, geht das Träumen an; eine neue Welt ist entstanden, ein bewegtes Leben reget sich, manchmal bleibt's, manchmal stirbt's wieder. Das eine, das bleibt, wächst auf zu des Herrn Freude, anderes gestaltet sich zum Distelfelde, auf dem vor allem der Neid wächst und Begehrlichkeiten von allen Arten.

Bei Barthlis Töchterlein ging es nicht so schlimm. Die Herrlichkeiten alle stunden so weit außerhalb seines Lebens, daß es an keinen Besitz dachte, sondern eine reine Freude daran hatte, sie zu betrachten. Nun, ein Evatöchterchen war Züsi sicher auch, wie sie alle sind, aber es fehlte die Schlange. Der alte Barthli hatte keine Anlagen, die Schlange zu machen; er war eher zum Michael geeignet, der Weibern die Mücken austreibt, und mit niemanden als dem Vater lief es in der Stadt herum.

Aber es war noch eins, was das Meitschi in die Stadt zog. Wenn Barthli hineinmußte, so wollte er darin auch wohl leben, nahm in einer Wirtschaft für einen halben Batzen Branntenwein, und dem Meitschi ließ er für einen Kreuzer Suppe geben; dazu aßen sie das Brot oder schnitten es ein, welches sie von Hause gebracht, und einmal erhielt Züseli von der Wirtin geschenkt eine Küchelschnitte und ein andermal ein kreuzeriges Berner Weggli, welches ein Gast übriggelassen. Und das war allemal eine Suppe, von welcher man im rueßigen Graben gar keinen Begriff hatte, ja, wo man gar keine Ahnung hatte, daß so was Gutes in der Welt sein könnte. Oh, arme Leute haben auch ein großes Wohlleben, zu welchem viele Reiche nie kommen und um so weniger, je besser sie leben wollen; denn darauf kömmt es nicht an, was man genießt und wieviel es kostet, sondern wie es schmeckt. Für seinen Kreuzer lebte Züseli viel besser als mancher Große, wenn er es sich hundert Louisd'ors kosten läßt.

An Barthli ging die Zeit scheinbar machtlos vorüber; er achtete sich ihrer bloß, wenn die Weiden grünten und die Wydli reif zum Schneiden waren; und wenn die Wydstöcke wieder gemindert hatten, seine Ernte wieder geringer ausfiel und mühsamer zusammengebracht werden mußte, dann fluchte er über die böse Zeit und sagte: es nehme ihn doch wunder, wie das am Ende kommen solle. Wenn es so fortgehe, so gebe es am Ende gar keine Wydli mehr. Dann was machen? Das möchte er wissen, das solle ihm doch einer sagen!

Daß sein Töchterlein größer wurde, aus einem Kinde ein erwachsen Meitschi, das merkte Barthli lange nicht, und als man es ihm zu merken gab, wollte er es erst nicht glauben. Züsi blieb wirklich wundersam lang ein anspruchloses Mädchen und plagte den Vater nicht mit Begehrlichkeiten, wie viele Mädchen alsbald damit anfangen, sobald sie entwöhnt sind. Es kam ganz spöttisch schlecht daher, sein dünnes Kitteli war manchmal einen halben Fuß und mehr zu kurz, denn das Mädchen wuchs; vom übrigen Firlefanz war keine Rede, und das Meitschi plagte den Vater nicht damit. Sie seien gar grusam arm, der Vater vermöge das nicht, pflegte es zu sagen, wenn eine Gespielin ihns fragte, ob es dieses und jenes nicht anschaffen wolle. Mit den Kleidern zum ersten Abendmahl, wo sonst so gerne der Teufel sich einmischt und Streit stiftet, wo gerade der Friede anfangen soll, hatte eine Gotte nachgeholfen und Züsi mit einem alten Kittel und einem neuen Halstuch glücklich gemacht.

Was das schönste an Züsi war, es schämte sich seines Vaters nie. Man sollte nicht glauben, daß dieses als etwas Besonderes anzuführen wäre, denn warum sollten sich Kinder ihrer Eltern schämen, wenn sie nichts Schlechtes machen, welches den Kindern Schande bringt? Aber man würde sich sehr irren, wenn man es so meinte, denn nur zu viele Kinder schämen sich der Eltern, haben keine Ursache dazu, sondern wegen Dummheiten und ganz besonders wegen ihrer eigenen Dummheit. Sie schämen sich derselben, weil sie altväterisch gekleidet sind, altväterisch reden, altväterisch denken, sich gebärden, aber wäre es denn schön, wenn die Alten die Jungen spielen, jung sich kleiden, jung sich gebärden wollten? Sie schämen sich ihrer, weil sie alt sind und nicht mehr jung, aber ist das gescheut oder dumm, und was hat man für ein Mittel, nicht alt zu werden, als sich jung zu hängen? Eine holdselige Erscheinung war der alte Barthli jedenfalls nicht, und eben annütig tat er nicht, aber Züsi wußte nichts anderes, als daß einmal der Vater so war und so tat, und ging neben ihm und saß neben ihm und aß neben ihm jetzt, als es größer war, um einen halben Batzen Suppe und alles unbeschwert.

Es fing eher umgekehrt an zu fehlen. Ein hübsches Meitschi ward zu jeder Zeit bemerkt, es ist ein Ding, das nie außer Kurs kam und nie außer Kurs kommen wird. Man sah Züseli an, man sprach es an, und wenn Barthli mit ihm nach Bern ging, hatte das Tüfelwerk kein Ende. Da ein Küher sagte: „Meitschi, wotst ryte? Hock ufe Karre, ih zieh dih.“ Dort sagte einer: es solle die Körbe auflegen, sie seien ein gar unkommod Tragen. Und wenn Barthli in eine Wirtschaft kam, wollte man es dem Meitschi bringen, rühmte, wie hübsch es sei, fragte: ob es einen Schatz habe oder vielleicht schon zwei?

Das trieb den Alten fast aus der Haut. Und dann noch das Meitschi obendrein, wie das ihn zornig machte! Wenn man es ihm brachte, so trank es, und wenn man von einem Schatz sprach, so plärete es nicht, es lachte eher. Es sei, wie wenn der Teufel in ihns gefahren, klagte er. Das Meitschi hätte sich ganz g'änderet. Das sei jetzt daheim ein Waschen und Strählen, es hätte keine Art. Ehedem sei es genug gewesen, wenn es, wie üblich und brüchlich, es alle Wochen gemacht, jetzt geschehe das in der Woche, es wisse kein Mensch, wie oft; fast allemal, wenn es von Hause gehe, müsse das Spiel angehen mit Strählen und Waschen, und dazu hätte es einen Trieb von Haus weg, er hätte das nie erlebt. Statt daß es ihm z'wider sein sollte, wenn er ihns irgendwohin schicke, lächere es ihns schier. Und mit den Kleidern fange es auch an ihn zu plagen und rede von Fürtüchern und Hemderen und meine, er solle neue machen lassen. Oh, selb einmal noch nicht; oben im Trögli sei noch manches Stück von seiner Alten selig, das müsse erst gebraucht sein, ehe er Neues machen lasse. Er wüßte nicht, wo das Geld nehmen dazu; er möchte jetzt schon fast gar nit g'fahre, und alle Jahre böse es noch.

Züsi konnte dem Vater nichts mehr recht machen, es hatte bös bei ihm, die Leute hatten recht Erbarmen mit ihm. Er schäme sich des Meitschis, sagte der Alte, er dürfe nirgends mehr hingehen mit ihm; wenn auf hundert Stunden herum ein Mannsvolk sei, so lache das einander an, und es sei ein Tschäder, er hätte es nie so gehört. Zu seiner Zeit sei das nicht so gewesen; er habe erst vierzehn Tage nach seiner Hochzeit z'g'rechtem angefangen mit seiner Frau zu reden. Wenn er's vermöchte, er ließe vor den rueßigen Graben einen Gatter machen hundert Schuh hoch, und dahinter müßte ihm das Meitschi bleiben und könne dann seinethalb lachen, wenn ein Paar Mannshosen von weitem vorbeigingen. Er tat vor den Leuten wüst mit dem Meitschi und putzte es in öffentlichen Wirtschaften aus, wenn ihns ein Mannsbild angesehen oder es einem geantwortet hatte.

Das hatte Folgen, man kann es sich denken. Es gab Leute, besonders Weiber, die bedauerten das Mädchen aufrichtig und sagten es ihm auch. „Du kannst mich erbarmen", sagten sie, „du armes Tröpfli, was du bist; er ist ein rechter Unflat gegen dich. Ich blieb nicht bei ihm, ich lief ihm fort, so gequält wollte ich nicht sein. Ein Meitschi wie du findet Platz überall, macht schönen Lohn, kommt zu Kleidern." Es wisse in Gottes Namen nicht, was es dem Vater z'widerdienet, jammerte es dann. Es habe mit keinem Buben nichts, es lueg nebe ume soviel möglich, wenn einer daherkomme, aber daß sie es anluegten und ein Wort mit ihm redeten, dessen vermöge es sich doch weiß Gott nichts, es könne ihnen das nicht verbieten. Der Vater solle es verbieten, wenn er könne; ihm sei's recht. Daheim könne es nicht fort. Wer wollte die Sache machen, pflanzen, melken, den Hühnern die Eier greifen und finden, wo sie legen; von dem verstehe der Vater hell nichts. Aber er sei seit einiger Zeit so grusam wunderlich, es müsse ihn jemand aufweisen, aber wer es sei, darüber könne es nicht kommen. Aber lieber sterben wolle es als immer so dabeisein, und dazu weinte es bitterlich, und das Weinen stund ihm gar tusigs wohl an, zehnmal besser oder hundertmal als einer alten Frau das Lachen.

Etwas anderes war aber noch viel schlimmer. Eine bekannte Sache ist, daß, sobald jemand etwas besonders haßt und dieses Hassen auf eine auffallende oder komische Weise an Tag gibt, es allen bösen Buben ein Herrenfressen ist, diesem Menschen zu machen, was er haßt, wie Schuljungen alle Hunde reizen, welche ihnen tapfer nachbellen. Es gibt immerhin einen schönen Spektakel und kostet nicht viel als allfällig ein Loch in die Hosen. Sobald merkbar wurde, wie der alte Korber grimmig werde, wenn man sein Züsi ansehe oder mit ihm rede oder gar Miene machte, irgendwie mit ihm zu schätzelen, so war's, als seien alle bösen Geister los. Es schien dem Alten, als wolle alles mit Züsi reden. Sein Lebtag hatten sich nie so viel Leute auf dem Wege gestellt und ein Gespräch angefangen von Sonne, Mond und Sternen oder sonst für nichts und wieder nichts und dann von Tanzen, Kiltern usw. Und Züsi weinte nicht dazu, sprang nicht über die Zäune, ja blieb manchmal sogar ebenfalls stehen, man denke!

Ja, die Bursche kamen sogar bis in den rueßigen Graben, klopften an Züsis Fensterchen und baten um Einlaß. Es fehlte nicht viel, so fuhr der Alte wie eine Büchsenkugel aus dem Laufe aus der Haut durchs Fensterchen den Burschen an Kopf. Wohl, die würden gegangen sein, anders als vor des Alten Drohungen mit Schießen, Hauen und Stechen, welche weidlich verlacht wurden! Ja, er erlebte sogar, daß er einen, als er von einer Stör heimkam, abends vor seiner Küchentüre traf, und die war nota bene offen, ganz offen, und inwendig der Türe stand sein sauberes Züsi und sprach nicht bloß mit dem Burschen, sondern sie hatten beide gelacht, er hatte es selbst gehört, und zwar mit eigenen Ohren.

Wohl, das gab ein Donnerwetter von den mehbessern, und der Bursche erschrak nicht einmal schrecklich, stob nicht davon wie auf den Flügeln des Sturmwindes, sondern sagte ziemlich kaltblütig: „Alter, tue nicht so wüst; das ist dumm, damit erschreckst mich nicht. Ich hab's nicht gehört verlesen, daß es verboten sei, mit deinem Meitschi zu reden und noch dazu am heiterhellen Tage. Das Meitschi gefällt mir, und dich fürchte ich nicht, und das wirst du dir müssen gefallen lassen." Der Alte spie Feuer, aber was half's? Trotzig und unversehrt ging der Bursche endlich. Es war dazu nur ein Knechtlein auf einem benachbarten Hofe, aber ein gutes, wie sie rar sind in diesen Zeiten.

Man kann sich vorstellen, was das dem Alten für einen Verdruß machte, daß er die Möglichkeit erlebt, wie in seiner Abwesenheit Bursche zum Hause kommen konnten zu Züsi und wie das mit ihnen rede und sogar lache, statt mit Ofengabeln und mutzem Besen gegen sie zu agieren. Was half's ihm nun, wenn er des Nachts schon wachte besser als der beste Haushund, wenn sie des Tags kamen, während er auf der Stör war? Da hatte er jetzt eine Qual, welche er mit sich herumschleppen mußte, wohin er ging, daß er denken mußte: „Ist wohl aber einer vor der Türe und lachet mit ihm? Ja, und so eine ist nüt z'gut dafür, er geit noch einist innefür. U de?" Wie konnte er davor sein, was dagegen machen? Auf die Stören mußte er, das Meitschi einschließen konnte er auch nicht, in der Stube konnte es nicht pflanzen, mit auf die Stören nehmen ging wiederum nicht wegen der Geiß und dem Gitzi, und die auch mitnehmen auf die Stör, wäre den Bauern kaum anständig gewesen; wenn er mit dem sämtlichen Haus- und Viehstand aufgezogen wäre, die Hühner noch hintendrein, sie hätten kuriose Gesichter gemacht.

Und wenn er dann sein Elend Leuten klagte, so fand er weder Mitleiden noch Trost. „Barthli", hieß es, „tue nit dumm und schick dich drein; du wirst die Welt nit anders machen, und Weibervolk und Mannevolk kam immer zusammen und gehört zusammen, sonst hätte unser Herrgott sie nicht so erschaffen. Und wenn schon dein Meitschi mit einem Mannsbild redet, so ist das lange noch nichts Schlechtes, und g'setzt, es nähme einen Mann, und dann? Nahmst du nicht auch eine Frau? Du wirst es dem Meitschi nicht erwehren. Mach den Weltlauf anders, wenn du kannst!"

Das beelendete Barthli noch mehr, Religion sei keine mehr in der Welt und keine brave Manne. Er könne klagen, wie er wolle, so lache man dazu, wolle d'Sach mit Verlachen machen statt wie ehemals mit Plären und Beten. So komme es nit gut, er wünsche nichts, als daß sie das gleiche an ihren Meitschene erleben müßten; es nähme ihn wunder, ob sie es dann auch nur mit Lachen machen wollten. Das gehe mit den braven Leuten akkurat wie mit den Wybleni: je weniger diesere, desto weniger auch äyre.

Dem Meitschi war nichts vorzuwerfen, aber allgemach begann es ihm zu gehen wie der Eva im Paradies, denn jetzt waren Schlangen gekommen und als Hauptschlange gerade der Vater. Was war natürlicher, als daß, wenn der Vater über das Mannsvolk schimpfte, als ob es aus lauter Ufläte und Uhünge bestünde, es sich achtete, ob es dann wirklich so sei, genauer es ansah? Und da fand es, daß der Vater wirklich übertreibe, daß es gar nicht so übel aussehe, und als es genauer hinsah, fand es sogar recht hübsche Bursche darunter, die ihm immer besser gefielen und namentlich das Knechtlein, von dem schon früher die Rede war. Zudem hörte es gerade über diesen noch recht viel Gutes und daß er gar kein Hudel sei und seine alte Mutter nicht vergesse. Da mußte es diesen doch wiederum ansehen, ob das wohl wahr sein könne oder etwa erlogen. Und da schien es ihm je länger, je mehr: erlogen könne das nicht sein, denn so b'sunderbar ein lieblich Gesicht habe es noch nie gesehen. Wenn es sich zutragen sollte, daß es ein Kind haben müßte und sogar einen Buben, so möchte es einen gerade mit einem solchen Gesicht, von wegen es wüßte dann, Vater und Mutter hätten sich seiner z'trösten im Alter.

Natürlich waren noch viele Schlangen und Schlänglein, die es lockten, zu laufen und zu reutern im Lande herum, wo es lustig zuging, oder z'leerem auf breiter Straße einem guten Schick nach. Ach Gott, und der gute Schick dieser armen, verblendeten Tröpflein, worin besteht dann der? Wir wollen es euch sagen, ihr armen Tröpflein. Der besteht darin, einen Mann zu kriegen oder vielmehr zu pressen in Angsten und Nöten, der nichts besitzt als eine Tabakspfeife, einen großen Zottel an der Kappe, viel Himmeldonner im Maul und namhaft Schulden beim Krämer, keine Meisterfrau zu haben, die des Morgens aufjagt und den Tag über oft sagt: „Mach! Mach!", des Abends niederzukönnen mit den Hühnern und z'Mittag kochen zu können alles, was man hat, auf einmal, ohne sich mit dem dummen Abteilen quälen zu müssen, plaudern zu können stehenden Fußes von einer Tagheitere zur anderen, unbekümmert, wer d'Sach mache. Das ist die Herrlichkeit drei Tage oder drei Wochen lang, dann kommt das Elend: immer mehr Kinder, immer weniger Brot, immer schlechtere Kleider und bösere Worte von Mann und Kindern sechs Tage lang, am Sonntag Schläge zum Trinkgeld, schließlich das Betteln halb nackt Sommer und Winter, das Liegen auf schlechtem Laubsack, das schreckliche Frieren Tag und Nacht, nie mehr erwarmen können, bis der Tod kömmt, der ganz kalt macht, aber dann spürt man's doch nicht, muß nicht mehr höpperlen auf den hartgefrornen Straßen in bösen Schuhen und Strümpfen den dünnen Brotrinden nach. Das sind die Herrlichkeiten, welche auf den Heerstraßen die mannssüchtigen Mädchen erreutern, errennen.

Nun, Züseli erzwang das Reutern nicht, lief seinem Alten nicht davon. Aber wenn es des Sonntags im rueßigen Graben saß, auf der Küchenschwelle den Hühnern zusah und die Geißen weidete, so mußte es doch denken, wie es lustiger zugehen werde in der Welt als hier im rueßigen Graben. Mitzumachen begehre es nicht, dachte es, nur zusehen von weitem möchte es, um zu sehen, um zu wissen, wie es eigentlich auch ginge. Es juckte ihns wirklich manchmal, wenn der Alte schlief oder wenn er den Wydliwuchs beaugenscheinigte in seinen Revieren, drauszulaufen und sich das Ding recht zu besehen, besonders da, wo Tanz war oder sonst berühmte Lustbarkeiten. Aber es traute sich doch nicht; Schläge hätte es bar gehabt, und es fiel ihm gar nicht ein, den Vater nicht für den Vater zu halten. Es liebte ihn eigentlich; wenn er gestorben wäre, so hätte es sich kaum trösten lassen.

Und auch der Vater liebte sein Töchterlein, wenn er es schon selbst nicht wußte; es war sein Schatz und sein Kleinod, seine

Plackereien eigentlich nichts als Eifersucht und Angst, es möchte ihm jemand denselben rauben oder denselben mit ihm teilen wollen. Wie der rechte Geizhals, dem das Geld sein Gott ist, sich dessen nicht rühmt und groß damit tut, sondern sich arm stellt und wegen Armut jammert, ungefähr so hatte es Barthli mit seinem Töchterlein und umgekehrt wie die Väter und besonders die Mütter mit ihren Töchtern, denen sie gerne los wären, gerne sie glücklich machen, das heißt, an Mann bringen würden. Sie hatten aber auch ein ähnlich Schicksal, den umgekehrten Kummer: Barthli, es wolle ihm jeder sein Meitschi nehmen, die anderen, die ihren wolle keiner, — und was man am nötlichsten sucht, findet man nicht, sondern das Gegenteil.

Barthli mußte einmal wieder z'Märit nach Bern, denn es gibt Zeiten im Jahr, wo man auf dem Lande keine Körbe absetzt. Züsi mußte mit; er hatte viele Körbe, und nahm er's mit, hatte er es wenigstens unter Augen. Daheim hütete es ihm niemand, denn eine Nachbarin, welche sonst ein Auge auf ihns haben sollte, ging auch z'Märit. Züsi ging auch gerne. Wenn es schon nicht mehr so in Entzücken versank, so sah es doch vieles, an welches es denken konnte in seiner Einsamkeit, und wenn ihm die Suppe auch nicht mehr so vorkam wie eine Speise von den Tafeln aus dem Tausendjährigen Reiche, so lebte es doch wohl daran, und wenn sie guten Verkauf hatten, ließ der Vater wohl auch ein Stücklein Fleisch und etwas, sah aus wie Wein, aufmarschieren. Er gab hie und da einen schwachen Schimmer von sich, als dürfe er sich etwas mehr gönnen als früher, aber bemerkte es jemand, so tat er auf lange kümmerlicher als je.

Wer an einem großen Markttage an einer Hauptstraße steht, findet Stoff zu mancher gottseligen Betrachtung, zu mancher Predigt, er sieht sichtbarlich vor sich die Lebensstraße. Es rennen die einen dem Getriebe des Marktes zu, wie unwillkürlich durch einen Magnet oder einen Strudel angezogen. Es wandern andere besonnen und behaglich dahin, meiden die Steine, suchen den besten Weg, verkürzen sich den Weg mit Plaudern, haben vergnügliche Gesichter und zuversichtliche, daß ihnen was Gutes nicht fehlen werde. Es karren und trappen die dritten mühsam daher, möchten auch eilen, aber es geht nicht; sie kommen hintenher durch dick und dünn, haben Angst, sie kämen zu spät zu den guten Dingen, und kommen doch nicht vorwärts. Wie die den vorübersprengenden Fuhrwerken nachsehen, die einen schmerzlich, die andern zornig! „Fahr nur, so stark du magst, so kommst desto früher zum Lumpentürli; dann kannst wieder mit mir laufen, wenn du noch laufen magst! Ich sprengte auch und mochte nicht warten, bis ich in einem Gasthof saß. Jetzt weiß ich wieder, wie das Laufen ist, und wäre zufrieden, wenn ich einen Batzen hätte und zu einem Schluck Branntenwein käme." So führt mancher Selbstgespräche, hängt jedem dahineilenden Fuhrwerke eine Lebensskizze der darin Sitzenden an samt etwelchen frommen Wünschen und Weissagungen. Humpelt aber noch einer mit ihm, so führen sie zusammen erbauliche Gespräche, machen sich vertrauliche Mitteilungen über ihre Nächsten und streiten sich darüber, ob diese sich seinerzeit selbst hängen oder ob sie gehängt werden würden und was sie noch alles darüberaus verdient.

Barthli und Züseli gehörten unter die Karrenden, doch nicht unter die Unglücklichen und von Grund aus Mißvergnügten. Barthli wäre für heute mit der Welt zufrieden gewesen, wenn nur gar kein Mannsbild auf der Straße gewesen wäre, und Züseli sah ganz vergnügt aus. Sie kamen früh in die Stadt; so wurde am besten der gefährlichste Teil des Volkes gemieden, der junge. Manchen Ärger über die Stadtweiber hatte Barthli auszustehen, sorgte aber, soweit billig, für Entschädigung.

Züseli machte indessen noch bessere Geschäfte, denn mit ihm machte man lieber Geschäfte als mit dem rueßigen Alten, und als Trinkgeld obendrein bekam es nicht selten die Bemerkung: „Es scharmants Meitschi! Wäre das recht angezogen, so machte das Puff." „Mach nur nicht, daß es das hört!" sagte dann wohl eine Begleiterin. „Es wäre imstande, es käme in die Stadt. Wohl, das würde ein sauber Dirnlein abgeben!" Wer weiß, was die Rednerin selbst abgegeben hätte, wenn sie hübsch gewesen wäre, wovor sie aber Gott bewahrt hatte. Wird seine Gründe gehabt haben, der liebe Gott.

Neben dem Ärger über die Stadtfrauen hatte Barthli noch großen Zorn zu verwerchen über die Gendarmes. Er könne nicht glauben, daß der liebe Gott die ganze Welt erschaffen, sagte er. Der liebe Gott sei ein weiser Mann. Zweier Gattig Kreaturen hätte er nicht gemacht, Kröten und Gendarmes, — wenn's noch Landjäger wären, er wollte nicht so viel sagen. Von denen wisse er nicht, und kein Mensch habe es ihm sagen können, für was die gut seien, und allen Leuten gruse es drob. „Wohl, Barthli", sagte ihm ein Kamerad, „das kann ich dir sagen. Lue e Krot oder e Gendarm recht a, und dann wirst du Gott danken, daß er es geordnet, daß du der Barthli geworden und nit e Krot oder e Gendarm. Dafür hat er sie gemacht."

„Ja, sieh", sagte Barthli, „das ist das nichtsnutzigst Volk auf Gottes Erdboden; gerade das, wo sie wehren sollen, machen sie selbst. Sie sollen heute machen, daß der Weg nicht gesperrt sei, sondern jedermann passieren könne, und gerade sie stehen dem ganzen Volk im Weg. Unsereiner sollte nirgends sein; wenn sie ein alt Mannli sehen, so kujonieren sie es, es ist nie am rechten Ort; schon dreimal hat mich heute einer angefluchť um nichts und wieder nichts. Und die Obrigkeit wird ihm doch nicht den Lohn geben, daß er die Leute das Fluchen lehre und wie man umgehen müsse mit alten Leuten. Dagegen steht der Aff da vor meinem Meitli, es weiß kein Mensch, wie lang, verstopft den Leuten das Loch, hält dem Meitschi die Kunden ab, macht ihm den Kopf groß; das steht ihm immer am rechten Ort. Das muß gehen, sich zu waschen, von wegen ich habe immer gehört, wenn ein Gendarm ein Meitschi lang ansehe, so werde es krätzig oder bekomme aufs wenigste eine Haut, wie eine vierhundertjährige Eiche Rinde habe. Dem Hagel darf ich nichts machen, nicht einmal was sagen, aber ich will es der Obrigkeit eintreiben; wenn ich der was zuleide tun kann, so will ich es gewiß nicht sparen."

Natürlich mußte es einstweilen das Meitschi entgelten, dem er kein gutes Wort gab und im Wirtshaus es so kurz als möglich abspeiste, daß es recht hungrig blieb und Augenwasser bekam vor Elend. Wenn es nur schon daheim wäre, dachte es, so könnte es doch den Hunger g'stellen. Wenn sie nur schon daheim wären, dachte der Alte, dann müsse ihm das Meitschi nicht bald wieder z'Märit, daß es ein Gendarm nach dem andern angrännen könne. Da es ihnen beiden pressierte, kamen sie also auch aus der Stadt, aber viele Worte gönnten sie einander nicht.

An einem Markttage geht es lustig zu, überall sind die Geigen los, und wo ein Schild an einem Häuschen hängt, da stehen die Fenster offen, damit Geigen und Trampeln das Häuschen nicht versprengen. An diesen allen müssen die Heimkehrenden vorbei, haben so die Musik umsonst. Für Mädchen, die nicht einkehren dürfen, sondern auf der Straße bleiben müssen, ist es eine Art von Spießrutenlaufen, besonders wenn sie weite Herzen haben, für viele Platz darin und nun denken: hier innen kann ein Schatz sein und dort wieder einer und so fort. Züseli war noch nie auf einem Tanzboden gewesen. Es könne nicht tanzen, sagte es, und könnt's nie lernen und begehre sonst nicht, zu gehen. Wohl, der Vater würde ihm, sagte es. Es dachte nicht daran, daß es viele Mädchen mit dem Tanzen haben wie junge Hunde mit dem Schwimmen. Man werfe nur einen ins Wasser, so kann man sehen, wie er das erstemal schon munter fortkömmt. Züsi tat es also nicht weh im Herzen, wenn es an einem zitternden Häuschen voll Geigen vorbeiging; etwas kürzer wurden wohl seine Schritte, die Musik gefiel ihm.

Schon mehr als halbwegs waren sie und eben fast wieder an einem Wirtshause vorbei, als ein Bursche zur Türe ausstürzte, Züsi packte, „jetzt mußt du kommen und einen mit mir haben!" schrie und mit ihm fahren wollte dem Wirtshause zu, wie es üblich und bräuchlich ist. Das Meitschi wehrte sich, der Alte brüllte: „Willst mir das Meitschi sein lassen, du Uhung, du?" und faßte auf der andern Seite und riß auch. Sie rissen und brüllten; es war ein Mordspektakel, wäre jedoch kaum beachtet worden, wenn's bloß gewöhnlicher Schryß gewesen wäre. „Ein Mädchen hat Schryß" heißt soviel als: es ist fetiert, gesucht. Es sollen nämlich die Mädchen, wenn Bursche sie zu Wein und Tanz führen wollen, sich erst tapfer wehren; tun's jedoch nicht alle, wenigstens nicht nötlich, aus Furcht, die Burschen könnten nicht recht anwenden, zögen gerne den kürzern und ließen ab. Nun geschieht es auch, daß zwei Bursche an einem Mädchen zerren, bis Kleider und Arme fast vom Leibe gehen, oder wenn ein Mädchen im Ernst heimwill, sie es förmlich zurückschleppen, daß ein Fremder meinen würde, sie hätten Befehl erhalten, das Mensch tot oder lebendig einzubringen.

Diesmal schien es mehr oder weniger eine abgeredete Sache zu sein, Züsi mal ins Wirtshaus zu bringen dem Alten z'Hohn und z'Trotz, denn aus den Fenstern brüllte es: „Benz, wehr dich, Benz, setz nicht ab, zieh brav; bist e Leide, daß du der Alt nit magst!" So mußte Benz alle seine Kraft anwenden und schwor dazu alle Zeichen, sie möchten sich wehren, wie sie wollten, Züsi müsse einmal ins Wirtshaus, das sei fertig, und er schleppte sie beide wirklich hinter sich her, zur Burgerlust der Zuschauer. „Alter, setz ab, heute zwängst du nichts, du reißest ja deinem Meitschi den Arm aus dem Leibe. Komm mit, z'trinke mußt haben, soviel du magst." „Benz, zieh recht, und wenn du nicht fahren magst, so wollen wir kommen und dir helfen!" so scholl es aus den Fenstern. „Nit nötig!" rief Benz, tat frisch einen mächtigen Ruck, daß der Alte das Mädchen lassen mußte und Benz samt dem Mädchen bei einem Haar überpurzelt wäre. Ein furchtbar Gelächter erscholl. Desto schneller machte sich Benz mit dem förmlich eroberten Mädchen ins Haus.

Drunten blieb der Alte fluchend stehen und wünschte der mutwilligen Jugend alle Hagelwetter auf den Hals, schalt sie Räuber, Mörder und merkte nicht, daß er da eine Komödie aufführe und dazu noch unentgeltlich, zum Ergötzen des Publikums. Endlich kam die Wirtin, eine resolute, kuraschierte Frau mit gutem Herzen. „Das ist öppe nüt Witzigs von euch, ein alt Mannli so z'plage; wollt so vornehme Bauernsöhne sein! Hätte geglaubt, zu einem solchen Lümmelstücki wäret ihr zu stolz. Und für was seid ihr denn da?" schnauzte sie gegen einen Gendarm. „Unglücksmacher seid ihr; wenn man euch brauchen könnte, sieht man euch nicht, und wo ihr abwehren solltet, da helft ihr noch. Komm, Barthli, hinauf, trink, was sie dir ja angeboten; laß das Meitschi es paar halten, dann müssen sie es dir lassen, wann du willst, ich bin dir gut dafür. Ich will schon Ordnung machen, ich! Dazu brauche ich niemanden, und wenn er eine Montur anhätte und ein Säbeli am H . . . . ."

Als Barthli hinaufkam mit der Wirtin, da war Züsi zum großen Ärger des Alten bereits mitten im Tanzen. Es war ihm wirklich zu seinem eigenen Erstaunen gegangen wie, doch per se nicht zusammengezählt, einem jungen Hunde, und seine Beine bewegten sich ung'sinnet und ungeheißen, wie der Geiger es aufmachte. Gar freundlich wurde Barthli oben empfangen, mit Wein und Speisen reich regaliert, Gläser von allen Seiten ihm dargestreckt; man wollte ihn versäumen, mit Wein zudecken, daß er Pressieren und Heimgehen vergäße. Aber Barthli war nicht erst gestern auf die Welt gekommen und von Natur nicht dumm. Ein Glas Wein, wenn es ihn nichts kostete, trank er nicht ungern, er teilte diese Schwachheit mit noch ganz anderen Leuten, aber das Spiel mit sich treiben ließ er nicht gerne, den Posten, anderer Narr zu sein, liebte er nicht, auch wenn er was eintrug und er, Barthli, geizig war. Er nahm, bis es ihn dünkte, er hätte genug und drei Tänze sollten getanzt sein. Da wollte er sein Meitschi haben und fort, aber man lachte ihn aus, und der Spektakel ging von neuem an.

Das Meitschi hörte es, und obgleich es ihm beim Tanzen war, als sei es halb selig, so stellte es doch dasselbe ein, wollte keinen Fuß mehr versetzen, sondern mit dem Vater heim. Aber Benz wollte es nicht gehen lassen, sondern zerrte immer frisch an ihm. Da kam die Wirtin wieder und sagte: „Jetzt laßt mir das Meitschi, ich versprach es dem Alten, und er soll es haben, und wer es nur noch anrührt, den treffe ich und, wenn es an einem Mal nicht genug ist, zweimal. Es nimmt mich wunder, ob in meinem Hause die Leute nicht ein- und ausgehen dürfen, wie sie wollen." „Aber Wirtin, hätte geglaubt, du hättest mehr Verstand als so. Seit wann ist's Sitte, mit einem Mädchen zu tanzen und es so z'trocknem laufen zu lassen? Das tut dir kein rechter Bursche, einmal wenn er noch einen Kreuzer Geld im Sacke hat", hieß es von allen Seiten. „Mir wär's manchmal lieber gewesen, z'trocknem zu gehen, als so einem Schnürfli ein Glas abzunehmen", antwortete die Wirtin. „Aber meinetwegen! Soll ich eine Halbe bringen?"

Als die Halbe getrunken war, fing die Geschichte wieder von vornen an. Benz wollte das Meitschi nicht lassen: erst jetzt habe er recht Mut zum Tanzen, und mit dem Trinken sei es nicht gemacht, es müsse gegessen auch sein; die Wirtschaft sollte aufwarten mit dem, was zu haben sei, heute müsse was gehen, er setze nicht ab. Das Mädchen weinte, und der Alte war fuchswild. Benz schimpfte ihn mit allen möglichen Ehrentiteln aus und fing den Schreiß wieder an.

Da erschien die Wirtin, warf Benz mit ihrem mächtigen Arm in die lachenden Zuschauer hinein, daß er davonfuhr wie ein Kegel, von gewaltiger Kugel getroffen. „Jetzt, Alter, nimm das Meitschi und mach, daß du mit ihm fortkommst, — und daß mir sie keiner anrühre oder plage, sonst treffe ich ihn, daß er weiß, daß er getroffen ist!" so rief das zornige Weib. Und unangetastet, im Frieden zog der Alte mit seinem Kleinod ab. Man glaubt nicht, was so eine mutige Wirtin für eine Herrschaft übt. Der Wirt ist immer nur ein Fösel dagegen.

Der Alte fuhr wie ein großer Feuerteufel oder feuerspeiender Berg dahin, schimpfte über alles im Himmel und auf Erden und nicht am wenigsten über sein Töchterlein, daß das einen Fuß zum Tanzen aufgehoben, gäb wie das sagte: es hätte nicht anders können, es hätte sich ja gewehrt bis z'ußerist use. „Zum Schein, du Täschli!" polterte der Alte, „wenn es dir Ernst gewesen, du hättest dich g'stabelig gemacht wie ein buchenes Scheit, daß der Tüfel g'hört hätt, mit dir z'tanze, jawolle!"

Ja, so ein alter Barthli, ein sechzigjährig Kudermannli hat gut reden; so einer, der von Natur g'stabelig ist wie ein Garbenknebel, der weiß nicht, was das Ung'hürigs wär für ein achtzehnjährig Meitschi, wenn es sich g'stabelig machen sollte, wenn der Geiger einen recht Lustigen aufmacht und ein Benz mit ihm tanzen will. Dem Meitschi ging's ganz wunderlich im Kopf herum, bitter und süß durcheinander. Das Schelten des Alten tat ihm weh. Das Wüsttun von Benz plagte ihns. Daß er so einer sei, so wüst tun könnte, hätte es keiner sterblichen Seele geglaubt, dachte es, und zu diesen Gedanken machte der Geiger lustig auf, die Töne zuckten ihm durch den ganzen Leib, die Füße trippelten im Takt. Es war in dem seltsamen Zustand, wo man oben weint und unten tanzt, Füße und Augen allen Rapport zueinander verloren haben.

So kamen sie heim, und d's Meitschi sollte die Haushaltung machen, und zwar hinten und vornen im Hause. Wie die Ziegen mit ihrem Traktament zufrieden waren, wissen wir nicht, Klagen darüber kamen uns keine zu Ohren, aber über das seine schimpfte Barthli ungemessen, und zwar hatte er etwas recht, wir müssen es sagen. Der Kaffee war ganz ohne Sinn und Verstand, das Meitschi hatte das Pulver vergessen; er kam ganz weiß aus der Kanne. Die Erdäpfelrösti war schwarz wie ein Wollhut, ungesalzen und ungeschmalzen. Die Milch war ein unerhört, nie erlebt Getränke, denn im Verschuß hatte Züseli Salz und Butter in die Milch getan statt in die Rösti.

Man kann sich denken, was das für den hungerigen Barthli für ein Herrenleben war. Er war drauf und dran, was er sonst nie machte, ins Wirtshaus zu gehen und nachzubessern und den Leuten zu klagen, wie es ihm ergangen und was er für ein Meitschi habe.

Zu gutem Glück fiel ihm noch zu rechter Zeit ein, der Teufel sei von je ein Schelm gewesen; es wäre sehr möglich, daß er es jetzt noch wäre und Benz und Züseli zusammenführen könnte, so oder so. Er besserte sein Hundefressen mit einem Stück Käs aus, trank frische Geißmilch dazu und paßte scharf auf Züseli, in welcher Richtung dessen Augen gingen, ob es wohl jemanden erwarte oder nicht. Und als es ihm sagte, es wolle zu Bette, es sei müde und schläferig, da ward ihm die Sache erst recht verdächtig. „Aber wart, du Täschli, du bist mir noch lange z'wenig, Barthli ist dir und andern schlau genug, du Täsche! Wart bis morgen, dann will ich dir die Schlauheit auflegen, daß du sie faustdick am Leibe greifen kannst!" brummelte der Schlaue.

Nun machte es der Alte schlau. Er stellte sich in die sieben Bohnenstecken, von denen aus er die Zugänge zum Häuschen übersah und namentlich die Fensterchen allzumal, die blinden und die halbblinden. Da lauerte er wie die Katze auf die Maus und dachte: „Wartet nur, der alte Barthli ist euch schlau genug; der tut euch Pulver in die Kanne und Salz in die Rösti!" Er machte sich g'stabelig wie ein buchenes Scheit in seinen Bohnenstecken, und das war ihm keine Kunst, denn er war von Natur schon fast so, und spitzte die Ohren wie ein Has in einem Kabisplätz. Er hörte immer etwas, bald hinten, bald vornen, bald links, bald rechts; es knisterte was im Laube, es trappete auf der Straße, es schlich etwas, es hustete, kurz, er hörte alles mögliche, aber es kam niemand.

Es fror ihn; es fiel ihm ein, der Kerl könnte schon drinnen sein, er hörte drinnen was. Richtig, da redete es. Barthli schlich wie eine Spinne, wenn sie eine Fliege um ihr Netz surren hört, gegen seiner Tochter Bett, stand stille und wollte wissen, wer da spräche und was, und wenn's Benz sei, ihn prügeln nicht für Spaß. Aber er verstand sich nicht auf die Töne, bis er dicht vor dem Bette stund. Da hörte er, wie Züseli brummte: „Drli, drli, drli, drli, drlum, drlum, drlum, drlurili, drlurili." Das gute Meitschi tanzte im Schlaf und machte den Geiger dazu und war sicherlich selig in seiner Freude. Es fehlte aber nicht viel, der Alte hätte sie ihm rauh vertrieben und ihm zugemessen, was er Benz zugedacht. Hart rüttelte er das Meitschi auf und gab ihm einen väterlichen Zuspruch nicht bloß aus dem Salz, sondern aus dem Pfeffer, der aber dennoch nicht tief ging, denn kaum stand der Alte wieder in seinen

Bohnenstecken, so sumste es im Stübchen wieder: „Drlü, drlü, drli, drli", und lustig ging's in des Mädchens Seele zu, während draußen der Alte fror und fluchte und alles umsonst.

Benz kam nicht, aber kommen hatte er wirklich wollen; der Geist wäre willig gewesen, aber das Fleisch war zu schwach. Er war hart betrunken, fand den Weg nicht, fand überhaupt keinen Weg mehr, und wie und wann er nach Hause kam, darüber gehen verschiedene Gerede. Als Benz wieder zu ordentlicher Besinnung kam, da ward sein Gewissen beschwert durch die Art und Weise, wie er Barthli behandelt und tituliert hatte. Das Meitschi stak ihm im Herzen und d's Hüsli im Kopf und beide tief. Das Meitschi gefiel ihm wohl, es war eingezogen, flink und fleißig, hübsch genug für ihn, wie er sagte, aber es chömm nit alles uf d'Hübschi a, sondern d's meiste ufs Ordelitue, und dann könne er einmal noch ein ganzes — die Löcher im Dache rechnete Benz für nichts — Hüsli erben; da brauche man keinen Hauszins, könne pflanzen, ja, das wäre ein schöner Anfang und viel gewonnen. Wenn man ein Meitschi gerne möchte, so schien es Benz denn doch nicht als zweckmäßige Präliminarien, den künftigen Schwäher zu mißhandeln; er erachtete, der Schaden müsse ausgebessert werden, aber das Wie, das gab ihm lang zu sinnen.

Endlich fiel ihm was ein. Er stahl seiner Meisterfrau einige alte, zerrissene Körbe und machte sich nach dem Feierabend mit denselben dem rueßigen Graben zu. Er fand den Alten auf dem Bänkli vor dem Häuschen. Das Meitschi saß neben ihm auf dem Tritt der Stege, die ins Obergaden führte. Die Meisterfrau schicke ihn, sagte Benz, er hätte da einige alte Körbe zum Flicken; wenn es sich der Mühe lohne, er solle sie g'schauen, und somit saß er ohne weitere Komplimente neben den Alten auf das Bänkli ab.

Der Alte hatte alsbald die Trümmer der Körbe zur Hand genommen und geriet in schauerlichen Zorn. Er ließ ihn zuerst los über die Baurenweiber, wie die immer hundshäriger würden, wüst Gythüng. Da solle er Körbe flicken; fordere er mehr als zwei Kreuzer für einen, so sage sie ihm wüst, und habe er mit demselben doch mehr zu tun als mit einem neuen dreibatzigen. So gehe man mit armen Leuten um; nachdem man sie blutt gemacht, wolle man sie noch schinden.

Nachdem er alles gemustert, wandte sich sein Zorn. „Los, Bub", sagte er, „mit solchem Zeug schickt dich keine Bäurin, wenn sie recht im Kopf ist, und das ist deine, das ist eine rechte Frau. Du Lumpenkerli willst anfangen, wo du es gelassen, ich soll dein Narr sein, aber da bist am Lätzen; stell einen hölzernen an, wenn du einen Narren haben mußt, oder sei ihn selbst, aber den Barthli laß ruhig, der zeigt dir sonst den Weg unsauber! Nimm den Zeug und packe dich, und daß du mir nicht mehr unter das Dach kömmst, sonst mache ich, was gut ist."

Benz blieb sitzen und sagte ruhig: „Etwas recht hast und etwas nicht. D'Meisterfrau hat mir in der Tat diesen Zeug nicht gegeben, sondern ich kam aus mir selbst, und weißt, warum? Ich wollte schon am Märitabend kommen; es war aber besser, ich kam nicht, ich war z'volle, mein Lebtag nie so, wie ein Kalb, sag ich dir. Nachher kam's mir, ich sei wohl grob mit dir umgegangen, und es war mir leid, von wegen sieh, es geschah nicht aus Absicht oder gar aus Bosheit, sondern wegen der Bekanntschaft. Sieh, ich will es dir graduse säge, dein Meitschi g'fallt mir; es dünkt mich, es schicke sich niemand besser zueinander als ich und es. Wir sind beide jung und hübsch genug füreinander, können beide wohl verdienen, es bekömmt ein Hüsli und ich keins, es hat einen Ätti und ich ein Müetti, beide alt, wegen der Hübschi haben sie einander nichts vorzuhalten. Wenn du und es einander heirateten, so brauchte ich für d's Müetti keinen Hauszins mehr; es könnte die Haushaltung machen und d's Meitschi desto besser verdienen, und wenn denn da alles zusammenkäme, so hätten wir bald Geld z'weg und könnten entweder mehr Land kaufen oder das Hüsli neu unterziehen lassen, es mangelt dasselbe grusam. Wenn du mir d's Meitschi gä wotsch, es hat nichts dawider, ich wüßt nicht, was es wett ha, so b'sinn dih nit lang und säg's, daß ih mih rangieren cha. Mit Werche mag mich keiner, und sparsam bin ich auch. Daß ich mich vollgesoffen letzthin, daran stoß dich nicht, das geschieht des Jahrs nicht manchmal, und selb macht nichts, sagt man. Die Mutter ist huslich, für Schmutziges z'spare i d'Suppe, i d's Krut u sust, kratzet si all Egge us. Die erspart dir manche Krone des Jahrs. Lue, du bist afe alt und lang wirst es nicht mehr machen, aber du sollst deine Sache haben, wie recht und brüchlich, für einen Hund sollst nicht gehalten werden, wie es an manchem vornehmen Orte der Brauch ist; wir wollen dich für e Ätti ha, seiest wunderlich oder nicht, krank oder g'sund. Ich habe gedacht, du werdest froh sein, wenn dein Meitschi einen habe, ehe du davonmüssest. Da habe ich gedacht, du gebest mir die Tochter; sie macht's auf my armi Türi besser mit mir als mit einem, der manch tausend Gulden hat, daneben dann aber ein Hudel ist, und dann ist's auch nicht, daß ich ganz nichts hätte. Oder was meinst, Barthli, nicht wahr, du gibst mir d'Tochter?"

„Ja, ja, ja, einem solchen Lausbub wie du die Tochter geben, ja, ja, ja, das wär es witzigs Stückli vo Barthli, einem, wo nichts als plagen kann und damit anfängt, mich zum Narren halten zu wollen. Ich glaube, du möchtest gern es Hüsli und dazu noch mir deine Alte, die wüste Schnupfdrucke, anhängen; so was käme noch manchem Narr in Sinn. Mein Meitschi mangelt keinen Mann; wir mögen die Sache, welche wir pflanzen, selbst fressen, brauchen keinen Schmarotzer und Unflat dazu. Und jetz mach, daß du fortkömmst, und das G'nist, wo du gebracht, nimm mit, oder ich schlage es dir ums Gesicht."

Benz wollte frisch ansetzen, versuchte, Barthli darzutun, wie kommod in alle Spiel ein Tochtermann wäre, wie er doch einen haben müsse und viel besser täte, einen zu nehmen, der am Tag komme, als einen, den ihm das Meitschi z'Nacht zucheschleipfe. Er sollte nur das Meitschi fragen, ob es ihn wolle oder nicht. Aber Barthli fragte das Meitschi nit: „Wotsch oder wotsch nit?" Benz hatte seine Sache nur schlimmer gemacht, den Verdacht geheimen Einverständnisses erweckt und jetzt wirklich Zeit zu gehen, wenn er nicht fremde Hände am Kopf haben wollte. „Sag", rief ihm Barthli nach, „deinem alten Kratte, wenn sie einen Mann wolle, solle sie sich einen kuderigen machen lassen, andern bekomme sie keinen!" Da drehte sich Benz um und sagte: „Jetzt schweig, Alter, und wart du nur; es kömmt einmal die Zeit, wo du froh über Benz wärest, aber dann kannst du lange pfeifen, du alte Wydlimauser du, was d' bist!"

Züseli war bei der ganzen Verhandlung gewesen, aber, nicht gefragt, hatte es auch nichts dazu gesagt. Der Alte fragte ihns auch nachher nicht, ob er es ihm recht gemacht, sondern behandelte es als Mitschuldige. E Dirne, es wüsts Bubemeitschi sei's, nit trocke hinter den Ohren und schon einen Mann wollen, pfy Tüfel! Kabiswasser saufen müss' es ihm, bis solche Mücken vergangen seien. Daß es ihm nicht d's Herrgotts sei, mehr einen anzusehen, sonst wolle er ihm die Augen schon vermachen mit Harz oder Schnupf, was er zuerst bei der Hand habe. Er wolle ihm das Gaffen und Liebäugeln vertreiben! Es sei nichts besser dafür als eine Drucke voll Schnupf i d's G'fräß. Er möchte doch wissen, was sie da mit einem Tochtermann, mit so emene Gränni machen sollten in dem kleinen Hüsli, wo sie kaum selbst Platz hätten. Es sei jetzt mehr als zehn Jahre, daß seine Alte gestorben, sie hätten es seither machen können ohne Tochtermann; er wüßte gar nicht, warum sie jetzt auf einmal einen nötig haben sollten, so ne Kerli, wo fress' für zwei, Platz versperr und nichts könne als die andern versäumen! „Wir mangeln keinen Tochtermann, wir können es alleine, gibt die Geiß ja längs Stück für uns kaum oder gar nicht Milch, verschweige dann für ein so groß Kalb."

Von diesem Standpunkt aus sah Barthli die Sache an. Es wird sicher niemanden und namentlich keiner lieben Leserin unerwartet kommen, wenn wir sagen, daß Züseli nicht von diesem Gesichtspunkte aus die Lage der Dinge betrachtete. Das Tanzen und der Tochtermann hatten in seinem Köpfchen sich Platz gemacht und drehten sich darin miteinander herum, daß ihm fast alles Sinnen und Denken verging. Kaum achtzehn Jahre alt und hätte schon einen Mann haben können, und ist manche schon siebenzig Jahre alt und hat noch keinen! Dann hätte es mit ihm z'Märit gehen können und beim Heimgehen tanzen, drli, drlü. Und wenn der Alte nicht dabei war, so probierte Züseli richtig, ob es es noch könne. Man sieht, Züseli hätte mit einem Tochtermann seines Vaters schon was anzufangen gewußt. Aber es sollte ihn ja nicht haben, sollte keinen Mann haben — denn der Alte wollte ja keinen Tochtermann —, nie mit einem vom Märit heimgehen und mit ihm tanzen! Das kam ihm fast übers Herz; es mußte weinen, es mochte wollen oder nicht, es mußte an Benz denken. Der hätte sich doch so wohl geschickt, fand es je länger, je mehr; die Mutter hätte es eben auch nicht begehrt, aber ihn wohl, und zu brauchen wär er sicher auch gewesen; was er nicht gekonnt beim Korben, hätte man ihn b'richten können.

Bis jetzt hatte Barthli mit Recht nicht über Züseli klagen können, sondern Ursache gehabt, dem lieben Gott für das Meitschi zu danken, denn es war nicht bloß die Stütze, sondern auch die Blume seines Alters. Nun begann es zu ändern. Böses machte, soviel wir wissen, das Meitschi nichts, aber mit seinen Sinnen und Gedanken war dasselbe nicht mehr da, wo es sein sollte; sie flogen ihm davon, es wußte selbst kaum, wohin. Das eine vergaß es, das andere machte es verkehrt, daß der Alte wirklich manchmal schlimm daran war. Bald war nicht gekocht, bald nicht gemolken, die beiden Handhaben an einem Korbe auf der nämlichen Seite, oder gar feuerte es mit Korbwydlene an.

Dazu begann das Meitschi schlecht auszusehen, müde zu werden, plärete viel, daß der Alte wirklich ans Krankwerden dachte und eine alte Nachbarin zu Rate zog. Die tröstete ihn. Das sei nichts anders bei jungen Mädchen, sagte sie, das gebe es oft und werde schon bessern. Da sei nichts besser dafür, als ab Bocksbart zu trinken; der sei b'sunderbar gut i sellige Umständen. Zu all seinem Elend mußte nun Züseli ab Bocksbart trinken; der schmeckte ihm aber grundschlecht, und man sah gar nichts, daß er ihm anschlug, eher das Gegenteil. Je weniger er aber anschlug, desto böser wurde der Alte mit Züseli. „Du sufst ume z'wenig", sagte er, „es würde sonst schon bessern, der ist ja expreß gut dafür. Wotsch sufe oder nit?" Wegem Bocksbart konnte er fragen: „Wotsch oder wotsch nit?"; hätte er wegem Tochtermann so gefragt, es hätte vielleicht besser angeschlagen.

Ob Züseli in dieser Zeit Benz nie gesehen, nie gesprochen, wissen wir nicht; wir haben Ursache zu glauben, daß sie sich gesehen haben. Wenigstens wollte es eine Nachbarin behaupten, nicht daß sie dieselben beieinander gesehen, aber Züseli suche das Futter für die Geißen und den Bocksbart gar oft am nämlichen Orte und an einem Orte, wo nüt Aparts für die Geißen wachse, und der Verstand gebe es doch mit, daß am nämlichen Orte nicht stets etwas zu finden sei. Aber von dort sehe man den Hof, wo Benz diene, und von dorther gehe man herunter ins Dorf; das komme ihr sehr kurios vor. Uns dagegen gar nicht, denn jedem achtzehnjährigen Meitschi ist bekannt, daß ein solches Mädchen in einem Zimmer, wo drei Fenster sind, von denen eins gegen das Haus seines Schatzes sieht, sich immer an dieses Fenster setzt, auch wenn es gar keine Hoffnung hat, mit dem Schatz hinter den Fenstern zusammenzutreffen. Es ist immer Hoffnung, vielleicht ein Bein oder einen Kuttenfecken des Geliebten zu sehen; jedenfalls hat man einen sichern Haltpunkt für seine Gedanken, und schaden kann es ja doch nicht viel!

Wir wollen nicht entscheiden, wie es sich verhielt; das wissen wir, daß am zweiten Sonntag im August vergangenen Jahres Züseli daheim vor dem Häuschen saß und grusam Langeweile hatte und ein Blangen dazu, daß es ihm sein kleines Herz fast versprengen wollte.

Die Bewohner des rueßigen Grabens meinten nicht, daß sie alle Sonntage zur Kirche müßten. Wenn man die Sonntagskleider alle Sonntage anziehen wollte, man wäre ja alsbald fertig damit, meinten sie. Barthli ging noch zuweilen und manchmal nur, damit das Meitschi daheim bleiben müsse, um zu hüten, denn das sah er sehr ungern gehen und legte ihm, wenn es einmal gehen wollte, Hindernisse in Weg, wie er nur konnte und mochte. Ledigen Leuten sollte man d's Chilchegah ganz verbiete, meinte er. Es sei ihnen doch nie wegen Gottes Wort, sondern nur, daß ein Löhl den andern angaffen könne, und daraus entstünden böse Sachen, wie man Exempel genug hätte. Mit Lesen gab Züseli sich auch nicht besonders ab, und Barthli gab ihm das Beispiel nicht. Sie hatten wohl eine Bibel, aber nicht großen Appetit dazu. Hier ist das Sprüchwort besonders wahr: „Der Appetit kömmt überm Essen." Man muß früh anfangen zu lesen und gut lesen, nicht bloß halb buchstabieren können, wenn man Freude am Lesen bekommen soll.

Der Sonntagsmorgen ging noch an. Es hatte für Menschen und Vieh zu sorgen, sich recht zu waschen und zu kämmen; statt Kartoffeln machte es einen Eiertätsch oder ein Eierbrot. Fleisch hatten sie des Jahres nicht oft auf dem Tisch. Diese Mahlzeit wurde schon um eilf Uhr eingenommen, lang vor zwölfe war man mit allem fertig, mit Essen und Abwaschen, und jetzt? Nun, manchmal ging Züseli beeren im Walde. Erd-, Heidel-, Him- und Brombeeren fanden sich zur Genüge. Wohl flocht es auch niedliche Körbchen mit allerlei Kunstwerken für sich, denn eigentliche Arbeit duldete der alte Korber am Sonntag nicht. Das sei das beste Zeichen, um wieviel die Menschen geschlechtet hätten und nichtsnutziger geworden seien; ehedem hätten sie arbeiten können in sechs Tagen, daß sie sieben Tage zu leben gehabt; jetzt schafften viele sieben Tag und brächten es nicht z'weg, daß sie sich des Bettelns erwehren könnten, behauptete er.

Aber auf die Straße, ins Dorf hinunter, wo Wirtshäuser waren, dahin ließ es der Alte nicht, von wegen er war da nicht mit der

Schnupfdrucke bei der Hand, um zu rechter Zeit vor allfälligem Schaden sein zu können. Da gab es lange Sonntagnachmittage und viel Seufzens.

So war es eben an jenem genannten Sonntagnachmittag. Die Ziege meckerte im Stalle, und der Alte sagte: es sei ihm so in den Gliedern; es nehme ihn wunder, ob es ein Wetter geben würde. Er wolle hinaustrappen auf die Egg; dort sehe man am besten, was werden wolle. Es finge sich fast an zu fürchten, sagte Züseli. Vor acht Tagen hätte es so grusam Unglück gegeben vom Wasser, und man sage, es gebe gerne zwei Wassergrößen hintereinander und die zweite sei größer als die erste. Es wollte, er bliebe da, oder es wolle mit ihm kommen. „Dumm!" sagte Barthli, „es muß jemand daheim sein, um Bescheid zu geben; wenn es schon ein wenig Wasser gibt — und daß es gibt, ist noch lange nicht gesagt, das will ich eben gehen zu gucken —, so wird dir doch hier oben die Emme nichts tun und die Aare nichts, und wenn es wäre, könnte ich dir doch nichts helfen, und die Sündflut wär nicht mehr weit." „Man kann nie wissen", sagte Züseli kläglich. „Dumm!" sagte Barthli und ging langsam der Egg zu.

Wenn es doch dann an einem Sonntag vom Hause weg sein müßte, so sei es doch überall der Brauch, daß die Jungen gingen und nicht die Alten, dachte Züseli traurig. Aber es sei ein armes Tröpfli, es wollte bald lieber sterben als so dabeisein, keine Freude, keine Gesellschaft, von Lustbarkeit wolle es nicht einmal reden. Es setzte sich aufs Bänklein und hätte wahrscheinlich geweint, wenn es nicht Gesellschaft bekommen hätte. Seine Hühner kamen daher, nicht des Fressens wegen, sondern als ob sie bei ihm Schutz suchen wollten. „Es wird ein Vogel in der Nähe sein", dachte es. Aber die Hühner wollten nicht wieder von ihm weg, wie sie sonst tun, wenn sie den Vogel weitergeflogen glauben. Wie halb krank stunden sie um ihns herum und versetzten keinen Fuß, um Futter zu suchen. Warum doch die Hühner so mudrig seien, dachte es. Wenn sie nur nicht was Böses gefressen, ihm nur nicht draufgingen, es ginge ihm viel zu übel. Der Vater wolle kein Fleisch kaufen und Brot sowenig als möglich; wenn es nicht zuweilen was von Eiern machen könnte, so hätten sie d's Jahr ein, d's Jahr aus nichts als Kaffee und Erdäpfel, und selb wär denn doch gar zu läntwylig.

Es donnerte dumpf, das Meitschi wußte nicht, von welcher Seite her. Es wurde dunkler; es sei fast, als ob es Nacht werden wollte, kein Wunder, daß die Hühner gekommen, sie würden gemeint haben, es sei schon Zeit, z'Sädel zu gehen, meinte es. Es fürchte sich schier; wenn nur d'r tusig Gottswille d'r Atti wieder da wär, sagte es zu sich selbst. Es stund vor das Dach hinaus, und über sich sah es den Himmel schwarz wie ein ungeheures schwarzes Grab. „So habe ich es nie gesehen", sagte es zu seinen Hühnern, „wenn doch nur der Atti käme; was braucht doch der seine G'wundernase auf die Egg hinaufzutragen!" Still war es auch wie im Grabe, kein Vogel zeigte sich mehr, von ferne hörte man ein Gerolle; es war, als wenn ein gewaltiger Totengräber Erde würfe auf einen eben versenkten Sarg.

Schwere Tropfen fielen. Eine Nachbarin stand zu Züseli und sagte: „Es ist mir so angst, ich bekomme fast den Atem nicht; ich weiß nicht, was es geben will." „Ja", sagte Züseli, „und Atti ist noch nicht heim; wollte auf der Egg nach dem Wetter sehen, und wenn er nur das täte, so dünkt mich, er sollte heimkommen, aber er wird sich mit Klappern versäumen." „Sieh, dort kömmt er, und es pressiert ihm", sagte die Nachbarin. „Hätte nicht geglaubt, daß Barthli noch so schnelle Beine hätte."

Da flammte es vor ihren Augen, als ob Feuer vom Himmel falle, daß beide die Hände vor die Augen schlugen; ein entsetzlicher Donner betäubte die Menschen, die Erde erzitterte, und ehe sie noch zueinander gesagt: „Gott, mein Gott!", brachen Wasserströme aus den Tiefen des Himmels, der schwarze Sarg war geborsten, und seine Wasser platzten zur Erde. Beide stürzten ihren Häuschen zu, einige Schritte weit; sie erreichten sie zur Not, naß bis auf die Haut, außer Atem. Kaum hatte Züseli ihn wieder, jammerte es: „Mein Gott, mein Gott, der Vater!"

Es war, als ob Gott ihn bringe; er stürzte unter Dach. „Mein Gott, mein Gott, so habe ich's noch nie erlebt", keuchte Barthli. Sie flüchteten sich in die Küche, um den Herd stunden betäubt die Hühner, hinten im Stalle schrie wehlich die Ziege; man hörte zuweilen ihre jammervolle Stimme durch das Rauschen der Wasser zwischen den betäubenden Donnerschlägen. „Wenn wir nur die Geiß hier hätten!" sagte Barthli, „die hat grusam Angst, und dort ist das Dach nicht am besten." „Will probieren", sagte Züseli, „sie zu holen."

Dreimal setzte das Meitschi an, um aus der Küche zu kommen, dreimal schlugen es die Wasser des Himmels — denn es war kein Regen mehr, es war ein Strom, der aus dem Himmel brach — zurück. Endlich kam es zum Ställchen, konnte die Türe öffnen, da fuhr Feuer durch die Gewässer, blendete ihm die Augen, betäubt lehnte es sich an die Wand. Als es wieder Besinnung hatte nach wenigen Sekunden, war die Ziege weg, das Gitzlein auch, furchtbar brausten die Wasser; es donnerte, wie es in des Blitzes Glut gesehen, ein gewaltiger Bach durch den Graben, wo sonst nur in nassen Zeiten ein klein Wässerchen lief, das zur Not ein Rädchen trieb, wie Kinder in Bächen einzuhängen pflegen.

Züseli floh zur Küche, naß bis auf die Knochen. „Vater, d'Geiß wird dasein?" rief es. „Als ich den Stall auftat, kam der Blitz, und als ich wieder sah, war keine Geiß mehr da." „Sie wird in der Angst ums Häuschen sein, man muß ihr rufen", sagte Barthli und rief ihr mit seiner rauhen Stimme: „Gybe, sä, sä! chumm, sä, sä!" Aber Barthlis Stimme war zu dünn, drang nicht durch den Donner Gottes und das Brausen der Wasser, Gybe kam nicht. Er drang in seinem Eifer vor die Türe; da sah er denn im Scheine der ununterbrochen flammenden Blitze den donnernden Bach, die Breite des Grabens füllend, höher und höher steigend, mit Gebüsch und jungen Tannen den breiten, trüben Rücken bedeckt.

„Oh, oh, Züseli, o Züseli, wir müssen sterben!" schrie Barthli und vergaß die Ziege. Sie dachten einen Augenblick an Flucht, aber wohin in den wogenden Wassern? Sie dachten an den Jüngsten Tag, und wenn der komme, so komme er ihnen auf den Bergen oder in den Tälern oder in den schäumenden Wellen. Sie beteten, was sie konnten, erwarteten zitternd das Vergehen von Himmel und Erde. Die Wasser brausten, die Hütte wankte, sie hatten sich ihrem Gott ergeben, achteten sich nicht mehr der Zeit, sie warteten auf das Öffnen der Tore der Ewigkeit.

Da ward es wieder heller, die Blitze minder feurig, die einzelnen Donnerschläge ließen sich unterscheiden, waren weniger betäubend, wurden majestätischer; die armen Sterblichen atmeten wieder, sie hofften wieder, über die Gerichte sei aufgegangen die Sonne der Gnade.

Da kam plötzlich eine Stimme durch die Küchentüre: „Barthli, lebst noch?" „U de?" war alles, was Barthli hervorbringen konnte.

„G'schwing, g'schwing komm, sonst nimmt's dir d's Hüsli weg." Ohne weitern Übergang brachte dieser Ruf Barthli urplötzlich aus allen höheren Stimmungen heraus in die Gegenwart; er machte sich hinaus. Durch Züseli bebte es wunderbar; es hatte sich ergeben, alsbald vor Gott zu stehen, jetzt kam plötzlich Benzens Stimme zur Türe hinein. Es konnte nicht aufstehen, der Atem fehlte ihm, die Glieder waren wie gelähmt, Ströme fluteten um sein Herz, die Ströme ums Hüsli vergaß es.

Bedenklich sah es um das letztere aus; schon war eine Ecke untergraben, und die Wasser mehrten sich noch. Aber Benz tat klug und kühn das Nötigste, den Strom zu brechen, den Zorn desselben abzuleiten. Barthli schleppte Material herbei, ihr wehlicher Ruf um Beistand scholl weithin, brachte Helfende herbei, und das Häuschen ward zur Not aufrecht erhalten, aber es war die höchste Zeit gewesen, daß dazu getan wurde, in wenigen Minuten wäre es verschlungen gewesen. Nun ward es durch gemeinsame Anstrengungen außer Gefahr gestellt, die Wasser begannen zu mindern glücklicherweise, ihren Lauf konnte man wieder meistern, die nachhaltige Kraft der Menschen siegte über die rasch verbrausende Gewalt des Elements.

Die Angst wich aus den Herzen der Menschen, machte aber bei vielen nur dem Jammer Platz, absonderlich bei Barthli. Er gehörte, wie man gesehen haben wird, unter die Jammersüchtigen, welche immer Ursache haben zum Wehklagen, nie zum Frohlocken, über Verlorenes klagen, des Geretteten nicht gedenken, nie dankbar sind in der Glückseligkeit, aber fort und fort mit der Vorsehung hadern über jede Widerwärtigkeit. Wie ihm die Nachbaren auch sein Glück priesen, daß er, sein Kind und das Häuschen gerettet worden, er hatte keine Ohren dafür, er jammerte nur über seine verlorenen Geißen. Wie die Alte gebe es keine mehr, weder im Oberland noch im Unterland, kein Ratsherr sei so witzig wie sie gewesen; die hätte gewußt, wo das Gras melchiger sei, außer dem Zaun oder inner dem Zaun, und wo sie innerhalb hätte grasen wollen, habe es ihr kein Zaun gewehrt, und dazu sei sie wenigstens acht Taler wert gewesen. Wenn das Gitzi geworden wäre wie die Geiß, so wäre es auch acht Taler wert geworden, zusammen also sechzehn Taler, woher jetzt die nehmen? Und wenn man sie auch je wieder zusammenbrächte, wo dann Geißen finden, so melchig und witzig und merkiger als kei Ratsherr? Was nütze so das Hausen, wenn dann der Herrgott selbst komme und die Sache verherge, daß es kei Art und Gattig habe, man sein Lebtag sie nicht wieder z'weg bringe?

Solche Rede ärgerte die Leute stark, und während sie starke Antworten beizten, meckerte es hinter Barthli erst grob, dann fein. Hastig sah er sich um; es waren seine Ziegen, welche ihm die Antwort brachten, hellauf und wohlbehalten, und Benz war's, der sie hielt. Da war wieder größer als die Freude über die Geißen der Ärger, daß Benz es war, der sie hielt. „Hieltest sie versteckt, hätten sie dir vielleicht auch gefallen?“ sagte er giftig.

„He“, sagte Benz ganz kaltblütig, „wie kam ich zu ihnen? Wo es so wetterte, daß man nicht wußte, bleibt etwas ganz auf dem Erdboden oder ist's Matthäi am letzten, da sagte mir der Meister: ‚Benz, und unsere Ware im Schürli! Die erbarmet mich; darfst es wagen und sehen, ob ihnen zu helfen ist?‘ ‚Meister‘, sagte ich, ‚warum nicht! Wenn's aus ist, so kömmt es in eins, bin ich hier oder draußen, und allweg ist's den armen Tieren ein Trost, wenn jemand Vernünftiges bei ihnen ist.‘“ Als er z'Not hinausgekommen, denn bald habe ihn der Wind genommen, bald das Wasser, habe er nebem Schürli meckern hören und da die Geiß gefunden, die sich dahin unter Dach geflüchtet und schön windab.

„Ja“, sagte Barthli, „die ist witziger als mancher Ratsherr, hab ich ja gesagt.“ Er habe sie in Stall gelassen, fuhr Benz fort, und weil er sie erkannt, habe er gleich gedacht, die sei unten dem Wasser entronnen und Barthlis könnte ein Unglück begegnet sein, und als er für das Schürlein gesorgt und gesehen, daß es demselben nichts mehr tue, sei er dahergekommen, wie, wisse er nicht, das Häuschen sei noch gestanden, aber not z'wehre hätte es getan; wenn ihm die Geiß die Beine nicht gleitig gemacht, wer weiß, ob der Alt und das Meitschi noch am Leben wären.

„He ja, ja, man hätte eigentlich Ursache, dir zu danken, aber was soll ich jetzt mit den Geißen anfangen, wo soll ich sie hintun? Das Ställi hanget ja in der Luft und hat keinen Boden mehr, und das Hüsli ist über Ort, was soll ich jetzt mit den Geißen, wo wir nicht wissen, wohin?“ antwortete Barthli hässig. „Barthli, du bist doch der Wüstest; hättest Ursache, dem lieben Gott zu danken, daß du mit dem Leben davongekommen, hast ja auch die Geißen wieder, und tust nichts als brummen und zanken", sagte ein Nachbar. „Dank du, wenn es dir drum ist!" antwortete Barthli. „Jetzt noch danken für ein solches Wetter, wie nie eins erhört worden ist seit Noahs Zeiten!"

Darin hatte Barthli recht, daß in dieser Gegend nie ein solches Gewitter erhört worden war; es mußten Wolken geborsten sein vom Druck gewaltiger Wassermassen, die dann über den Rücken und an den Seiten einer nicht hohen Hügelkette hinstürzten, wo sie nicht wie in einem Trichter sich fingen und gepreßt zu einem Loch ausmußten, sondern wo von allen Seiten Abfluß war in verschiedene Täler, verschiedenen Flüssen zu, nach Ost und nach West. Barthlis Häuschen hing über der halben Höhe des Berges; die Wasser, welche dort hinunterbrachen, flossen in ganz kleinem Raume zusammen, und doch brachten sie über hundert Zentner schwere Steine zu Tale, trugen unter Barthlis Hütte von einem Hause einen schweren, steinernen Brunnentrog weg und begruben ihn weit unten im Tale tief in den Schlamm, wo er lange nicht gefunden wurde.

Als in der Tat das Ställchen unbewohnbar gefunden wurde, sagte der gutmütige Benz, den Barthlis schlechter Dank nicht gekränkt hatte: „He, weißt was, das Meitschi söll se melche; de nime ih se i üses Schürli, uf es paar Hämpfeli Futter chunnt's dem Meister nit a, und es ist nit wyt; am Abe und am Morge cha das Meitschi se cho melche."

Da sah der Barthli den Benz an mit einem unbeschreiblichen Blick; „meinst, Bürschli, meinst?" sagte er. „Hans", wandte er sich zu einem Nachbar, „du nimmst mir sie zu deinen, will sehen, daß ich fürs Fressen sorge." Die Nachbaren hatten Spaß und Ärger ob Barthli. Natürlich war Benzens Abferggete bekannt und wie Barthli gesagt, er wüßte nicht, für was er einen Tochtermann nötig hätte. Natürlich hielten es alle mit Benz. Die Antwort ward zum Sprichwort, und wenn man Barthli einen Streich spielen konnte, so sparte es sicherlich niemand. Er war eben eine bei der immer größeren Abgeschliffenheit der Menschen, der immer größer werdenden Menge ohne Gepräge immer seltener werdende Persönlichkeit, vor der man eine Art Respekt hat und doch, sooft man sie sieht, lachen muß und Lust verspürt, sie zu helken oder zum besten zu halten.

„Nein, Barthli, nein", sagte Hans, „Platz für deine Geißen habe ich nicht, und wenn ich hätte, so schickten sie sich nicht zusammen; meine Geißen sind gar so dumm und deine ja witzig wie ein Ratsherr. Die wird gewußt haben, warum sie da hinauf zu Benze Schürli lief. Sei nicht dümmer jetzt als die Geiß und laß sie gehen mit Benz! Und daneben glaube ich, wir haben das Wetter deinetwegen leiden müssen. Unser Herrgott wird dir haben zeigen wollen, für was man einen Tochtermann brauchen kann."

„Oppis Dumms eso", brummte Barthli, „üse Herrgott wird sih sellige Sache achte! Für e Geiß z'fa, braucht man kein Tochtermann zu sein, das kann jeder Maulaff, und für ein solch Wetter wird man, so Gott will, keine Hülf mehr brauchen; es ist genug, wenn man eins erlebt. Wie dumm wär's, deretwegen e Tochtermann anzustellen, für e Sach, die nimme chunnt; was soll me mit emne söllige Mulaff afa? Wenn Hans d'r Kolder macht, so nimmst du mir sie, Niggi, nicht wahr?" sagte Barthli zu einem andern Nachbar. „Nein, Barthli, nein, brauch Verstand, denke, was Gott zusammengefügt hat, soll der Mensch nit scheide. Junge, fahr mit dene Geiße d'r Berg uf, su hört das G'stürm uf."

Benz begriff das, rief Züseli, das begreiflich nicht weit davon stund, zu: „Um sechsi, hörst, ist g'futteret und wird g'mulche, chast mache, daß d' ufmagst und obe bist; nachher b'schließe ih wieder u chönntisch nit yche, u jetz milch g'schwing, was noch da isch, su chann ih fahre, muß gah zur War luege." Züseli tat das geschwind und schweigend ab, und Benz sagte auch nicht viel, wahrscheinlich befaßten sie sich mehr mit der Zukunft als mit der Vergangenheit.

Und als gemolken war, folgte stolz mit hoch emporgehobenem Haupte, wie wirklich ein Ratsherr es nicht besser gekonnt hätte, die Ziege ohne Widerstand Benz nach, als ob sie wüßte, was sie verrichtet hätte. Lustig tanzte das Gitzlein um sie herum, akkurat wie ein achtzehnjährig Meitschi, wenn es vernimmt, es gäbe nächstens eine Hochzeit, wo es Brautjungfer sein müsse und dann tanzen könne nach Herzenslust und dann vielleicht, man kann nicht wissen, einen Mann auflesen, und dann wiederum eine Hochzeit und dazu eine noch lustigere, denn Braut sein ist doch noch lustiger als Brautjungfer sein, oder ist Bratis essen nicht besser als Bratis riechen? wir fragen.

„Morgen wirst dich kaum verschlafen, Meitschi!" lachte Niggi.

„Danebe vergiß nicht, was dein Alter mit Schein noch nicht weiß, daß, was Gott tut, wohlgetan ist. Als es anfing zu donnern und als die Wasserbäche kamen, da dachtest du nicht daran, was die Sache für einen Austrag nehmen würde." Züseli vergaß es aber auch nicht, und selbe Nacht schlief es nicht, verschlief sich am Morgen nicht. Die ganze Nacht stund der gestrige Nachmittag vor seinen Augen als wie ein großes, bewegliches Gemälde. Es dachte nicht, es schaute nur, fühlte die Angst rieseln durch Mark und Bein; es war ihm das Herz eingeklemmt, daß es oft kaum Atem hatte, und doch war ihm wohl dabei; es war ihm, als ob hinter dem Graus die Sonne stehe und bald schöner als nie scheinen werde und die Greuel verklären und alles vergehen bis an Benz und Geiß und Gitzlein und sonst noch allerlei. So lag es da und sah, was vor ihm stund, bis es ung'sinnet graute draußen. Dann machte es sich auf, leise, um den Alten nicht zu wecken, der gar tapfer schnarchte.

Der hatte auch lange nicht schlafen können, aber daran nicht so wohl gelebt wie sein Meitschi, im Gegenteil, sehr schlecht. Er war zornig über den lieben Gott und über seine Nachbaren, rechnete seinen Schaden nach und ärgerte sich über die Schadenfreude. Er hätte nicht geglaubt, daß die Menschen so schlecht sein könnten, ihm ein solch Unglück noch zu gönnen, das G'spött mit ihm zu treiben und mit einem solchen Schnürfli gegen ihn zusammenzuspielen. Aber wohl, denen wolle er vor der Freude sein, die müßten ihn nicht auslachen! Morgen wolle er gehen und die Geiß melken, das werde kein Hexenwerk sein, und g'setzt, er brächte die Milch nicht alle heraus und die Geiß würde wüst tun, so werde das nicht alles zwingen, und sie hätten doch dann nichts zum Lachen. Er sei gestraft genug mit dem Hüsli, das er müsse plätzen lassen, das Meitschi müsse ihm nicht noch heiraten obendrein; er wolle nicht zwei Unglück aufeinander, wo eins größer sei als das andere. Er wälzte Vorsätze in seinem Gemüte, groß, wild, trüb, fast wie die Wasserwogen am gestrigen Abend. Und mittendrein schlich der Schlaf, gaukelte ihm immer Wilderes vor, band ihm leise die Glieder, drückte ihm die Augen zu, entriß ihm das Bewußtsein, blies ihm die Einbildungskraft noch einmal tapfer an und ließ dann das miteinander machen; weiß Gott, wo Barthli war, in welchem Weltteil oder gar im Himmel oder der Hölle, als sein Meitschi ihm davonlief, und zwar noch lange, ehe es sechs Uhr war.

Diesmal war der Himmel nicht trüb, wie er sonst oft ist nach solch gewaltigen Ergüssen; in klarer Bahn ging die Sonne, und frisch und schön war es auf Erden, wo die Wasser gestern nicht gehauset; wo sie gewütet, war es fürchterlich. Züseli hatte Mühe, zum Wasser zu kommen, wo es gewöhnlich mit Hülfe eines alten zwilchenen Lumpens Toilette machte und dabei eine schönere Haut hervorbrachte, strahlender vom Bache kam als je eine Hochgeborne von ihrer Toilette und deren tausendfältigem Kram von Seifen, Pomaden, Essenzen, Bürsten, Kämmen, Zangen und Scheren und anderlei unnennbaren Dingen. Diesmal, vielleicht zum erstenmal, war es Züseli dran gelegen, anzuwenden und sich so schön zu machen als möglich mit Hülfe von Wasser und dem zwilchenen Lumpen, der einer dahingegangenen Kutte des alten Barthli entstammte. Der gewöhnliche Weg zum Bach war fortgerissen; es rutschte hinunter, kam nicht bloß zum Wasser, sondern ins Wasser und weit mehr, als nötig und ihm lieb war. Überdem war das Wasser trüb und häßlich und mörderlich kalt. Desto mehr wandte Züseli an, desto kräftiger drehte es seinen Lumpen aus, fing wieder von vornen an, und als es mit Vorsicht am zerrissenen Uferrand emporstieg, erschien es oben lieblich und glänzte fast wie der Morgenstern oder wie die Morgenröte, wenn sie das Haupt der großen Jungfrau im Berner Oberlande verklärt.

Davon aber wußte Züseli denn doch nichts, hatte nicht einmal einen Spiegel, um sich über den Erfolg seiner Anstrengungen zu vergewissern, dachte auch nicht daran, sondern nahm das Milchgeschirr und eilte damit den Berg auf. Es möchte sich verspäten, das war seine Sorge. Gar zu ungerne hätte es gehabt, wenn Benz geglaubt, es seie e fule Hung. So ein Meitschi wie Züseli setzt seinen Stolz in Arbeitsamkeit und Arbeitsgeschick; es hat keinen Begriff davon, daß man mit Klavierspielen und Affektieren zu einem Mann kommen könne. Es sucht dahin zu kommen, daß die Leute sagen: „Der ist g'fellig, wo das bekömmt, von wegen es ist ein b'sunderbar werchbar Mensch, versteht alles wohl und dreht sich des Tags nicht bloß einmal."

Doch lief das Meitschi nicht in gleichem Schritte bis oben. Der müsse doch nicht meinen, daß es ihm so pressiere, daß es nicht warten möge, bis es bei ihm sei, er könnte sonst meinen, wieviel ihm an ihm gelegen sei.

Benz war schon fertig mit Melken, als Züseli daherkam. „Hast Zeit“, sagte er, „hätt nit lang meh g'wartet; bei uns steht man des Morgens auf und nicht erst mittags.“ Züseli wollte diesen Vorwurf nicht leiden, begehrte auf, da meckerte es im Stall zweistimmig; die Tiere hatten seine Stimme erkannt, und als sie es sahen, taten sie zärtlich, daß Benz das Wasser im Munde zusammenlief. Die Alte stund an Züseli auf und leckte ihm das Gesicht, das Kleine stieß ihns mit dem Kopf und tanzte ihm um die Füße.

„Seh, gib das Melchterli!“ sagte er, „so kömmst nicht ans Melken.“ Aber so meinte es die Alte nicht, sie wollte ihm nicht stillehalten, ihn gar nicht dulden, eines so groben Kerlis war sie nicht gewohnt, Züseli mußte sein alt Amt verrichten. Wie hätte die alte Geiß erst getan, wenn der alte Barthli an ihr hätte rupfen wollen!

Unterdessen gewann Benz des Gitzleins Freundschaft mit einigen Handvoll schönen Grases, so daß, als Züseli fertig war und dem Gitzlein auch flattieren wollte, dasselbe in große Verlegenheit kam, von wem es sich eigentlich rechtmäßig sollte flattieren lassen, und schön war es anzusehen, wie Benz und Züseli an dem verlegenen Gitzlein wetteiferten im Flattieren, jedes dem andern zeigen wollte, daß es doch am schönsten und wirksamsten flattieren könnte. Da hätte man gar nicht glauben sollen, daß eins oder das andere von ihnen pressiert sei.

Am Ende mußte es doch geschieden sein, was seine Not hatte und zwar eigentlich wegen den Geißen, die mit Gewalt Züseli nachwollten und mit Mühe in die Trennung sich fügten. Das freute Züseli sehr. „Siehst du“, sagte es, „sie haben mich doch noch lieber als dich. Ich habe es mit allen Tieren so, mit den Hühnern und den Katzen auch. Die Tiere wissen's, wer wohlmeinig ist oder nicht, und können die Liebe erzeigen wie Menschen und d's Gunträri auch. Aber mein Gott, was wird der Vater sagen, daß ich so lang mache, adie!“, und fort war's. Benz sah ihm nach und schüttelte den Kopf. „Ist das trümpft oder sonst g'stochen?“ sagte er. „Meint es dann, die Tiere hasseten mich, weil die alte, dumme Geiß mich nicht wollte melken lassen? Wohl, das will ich anders b'richten, und zwar schon diesen Abend.“

Als Züseli heimkam, war Barthli eben am Erwachen, grunzte bedenklich und hob mühsam sein struppicht Haupt aus dem Bett empor. Als er das Meitschi angezogen sah, sagte er: „Mach d's z'Morge, d'rwyle will ich gehn und melche; bis d' fertig bist, bin ich wieder da.“ „Vater, es ist g'mulche, ich bin wieder da, und wenn Ihr auf seid, ist d's z'Morge fertig.“ Was da der Alte für ein Gesicht machte, und wie er mit dem Meitschi brüllte, was es so hätte zu pressieren gebraucht, seit wann man nach Mitternacht melke, und was die Leute sagen würden, was es für ein wüstes, mannsüchtiges Meitschi sei, man kann es sich kaum vorstellen. Züseli verteidigte sich mit der Abrede und mit der Zeit und wie kein Mensch was Böses denken werde, sie wären ja dabeigewesen, wo man die Sache abgeredet usw. Aber das half alles nichts, denn der Alte war eine von den glücklichen Naturen, die auf keine Einrede achten, immer fortreden in einem Zuge, und antworte man oder antworte man nicht, es kommt auf eins, sie tun, als hätten sie keine Ohren; selbst der Stand der Sonne, und wäre auch der Mond neben ihr gestanden, überzeugten ihn nicht, daß er sich verschlafen habe. Es geschah ihm sonst nicht, daher hielt er es für eine Unmöglichkeit; es schien ihm viel natürlicher, daß ob dem gestrigen Wetter die Sonne sturm geworden, daher den rechten Weg verfehlt, daher sich verspätet hätte. „Es ist gut für einmal“, sagte er endlich, „zum zweitenmal wirst du nicht melken da oben!“

Nach schöner Landessitte erscheinen bei großen Unglücksfällen, Feuersbrünsten, Überschwemmungen usw. nähere und fernere Nachbaren mit passendem Werkzeuge, schaffen Schutt weg, machen, was not scheint, nicht bloß unentgeltlich, sondern viele bringen noch Lebensmittel mit und nicht bloß für sich, sondern auch für die Geschädigten. So geschah es auch am Montag nach dem verhängnisvollen Sonntag im rueßigen Graben.

Die ersten erschienen schon, während Barthli noch haderte mit seinem Meitschi; dadurch neugierig gemacht, vernahmen sie leicht von den nächsten Nachbarn des Haders Grund und Ursache. Es gab Stoff zum Lachen, und der arme Barthli war verkauft und verraten, keiner hielt es mit ihm, alle waren gegen ihn. Als man sich gehörig umgesehen, wurde Rat gehalten, wo anzufangen, was anzugreifen sei. Barthli redete stark von seinem Häuschen, das vor allem herzustellen sei.

Selb meine er auch, sagte eine Stimme hinter ihm, und als Barthli hastig sich umdrehte, stand Benz hinter ihm, hoch die

Schaufel auf der Achsel, als Abgeordneter seines Meisters. „Bist auch schon da, was hast du dein Maul dreinzuhängen, was geht das dich an?" schnauzte Barthli ihn ab. „Hättest daheim bleiben können, wirst doch nit viel verrichte." „E, e, Barthli", rief ihm ein Nachbar zu, „vergiß nit, was er gestern verrichtet hat, und allweg geht's den Tochtermann was an, wie es des Schwähers Häuschen geht." „Er ist es einmal noch nicht", brummte Barthli und drehte Benz den Rücken zu, als ob er ihn sein Lebtag nicht mehr ansehen wolle.

Vor allem aus räumte man die Gräben und Straßen, verschaffte dem Wasser freien Lauf, kurz, schaffte da, wo ein wachsender Schade war. Ob der fleißigen Arbeit läutete es Mittag bald hier, bald da von einem Kirchlein her; man merkte, daß man hungrig war, denn so ein Mittagsläuten ist für die Landleute das Gläschen, welches die Städter zu sich nehmen, um sich Appetit zu machen. Man stieß die Werkhölzer in die Erde, suchte sein Säcklein mit dem Vorrat, suchte ein schattig Plätzchen, eine Küche, das eine oder das andere sich wärmen zu lassen, zum Beispiel Milch, wer sie nicht kalt vertragen konnte. Am meisten sammelte man sich um Barthlis Häuschen, welches Schattseite lag und große Bäume in der Nähe hatte. Züseli hatte vollauf zu tun mit Wärmen und Leihen von allerlei Geschirr und sollte dazu Bescheid geben auf gar allerlei Reden, grobe und feine, und daß Benz nicht weit von der Küchentüre war, versteht sich von selbst. So gab's viel Lachens, und Züseli wußte wirklich nicht, wo ihm der Kopf stund; es sumste und surrete ihm in den Ohren, als ob es den mächtigsten Schwindel hätte. In Angst suchte es allen, die was wollten, zu entsprechen, hatte daher nicht Zeit, Rede zu stehen, höchstens hie und da zu einer kurzen Antwort, hörte das meiste nicht, was geredet wurde, und das gefiel den Leuten. Es sei ein recht Meitschi, sagten sie, öppe nit es uverschamts und alässigs, behülflig und gutmeinig; es gefiel ihnen am ganzen Leib besser als der alte Korber am kleinen Finger, und es wäre schade, wenn das nicht bald heiratete.

„Nimm's!" hieß es dann zu Benz, „nimm's, sust nimmt's e andere. Öppe der hübschist Schwäher bekommst nit, aber was frägt man des Schwähers Hübschi nah; si ist mängist noh d'rzu e uchumligi Sach, b'sungerbar wenn er Witlig ist u sust e Vogel. D's Meitschi ist allweg e Ma wert öppe wie du, d'Geiße nit gerechnet, dem Hüsli ist sih öppe nit viel z'achte. Seh, Alte, du heißest uns dann z'Hochzeit cho, es wird doch e Niedersinget gä? U schieße wei mir, wenn d's Pulver zahlst, daß me im Argäu glaubt, d'Franzose chömme." Grob antwortete der Alte, und je gröber er's gab, desto lustiger ging's.

Zum Glück ging es nachmittags wie üblich, wo Gottes Hand mächtig gewaltet über den Menschenkindern: eine große Menge von Leuten kam daher, die Verheerungen zu betrachten. Aus Neugierde kamen sie, und die meisten gingen mit Erbauung, denn auf solchen Stätten sieht der Mensch am klarsten seine Ohnmacht und des Herrn Gewalt, solche Stätten predigen am gewaltigsten: „Ich bin der Herr und sonst keiner mehr, der ich das Licht formiere und schaffe die Finsternis, ich, der Herr, tue dieses alles." Dann kommt Erbarmen in viele Herzen, und mancher schöne Batzen fließt in die Hand der Geschlagenen, und manche Gabe wird hergesandt in den folgenden Tagen.

Als es Barthli war, als sei er in einem Wespen- oder gar Hurnussenneſt, sah er einen alten Bauer unweit von sich stehen, der auch gekommen war, das Unglück zu sehen, und eben Barthlis Häuschen betrachtete. Er war sein Schulkamerad gewesen und, was noch mehr sagen will, mit ihm erst zum Herrn gegangen und dann zu des Herrn Tisch. Das alte, trauliche Verhältnis war geblieben; der reiche Hans Uli war Barthlis treuster Gönner. Zu dem flüchtete sich Barthli.

„Kömmst auch, mein Unglück zu sehen?" sagte er. „Warum mußte ich das erleben und noch dazu mit dem Leben davonkommen, was soll ich mehr auf der Welt? Was habe ich als böse Leute und böse Tage!" „Nit, nit, Barthli, versündige dich nicht!" sagte der Bauer, „hast Ursache, dem lieben Gott zu danken, daß es dir noch so leicht abgegangen. Aber du bist immer der gleiche, siehst immer nur, was zu klagen ist, und nie, wofür zu danken wäre; bist übrigens nicht der einzige, haben es noch viele wie du, aber das ist eben läz." „Aber was habe ich dann da zu danken?" frug Barthli, „d's Hüsli halber fort und d's Herz voll V'rdruß und e Zorn, daß ih ne nit verwerche ma, und wenn ih hundert Jahr alt würd. Ih möcht doch de da frage, was da B'sunderbars z'danke sy sött?"

„Du bist ein wüster Barthli, weißt es nur!" sagte der Alte. „Wie leicht hättest können um das Meitschi kommen, die Geißen kriegtest auch wieder, das ist d'Hauptsach, ums Hüsli und die paar Bohnenstauden ist nicht viel g'fochte, und du weißt nit, warum danke?" „Wüßt nit, warum ich zu danken hätte, wenn man mir meine Sache ruhig läßt und mir nicht nimmt, was mein ist. Da hätte ich ja nichts zu tun als zu danken und jedem Hund zu scharwenzeln, der mich nicht frißt. Aber z'klage habe ich, wenn mir einer, sei's, wer es wolle, nimmt, was mein ist, und dazu ich mich muß lassen ausspotten, daß es mich vor Zorn fast versprengt. Daß es keine Frömmigkeit mehr gibt auf der Welt, sagte ich schon lange, aber daß es so schlechte Leute geben könnte, hätte ich doch nicht gedacht."

„Was ist dir geschehen, ward dir etwa noch gestohlen?" frug der Bauer. „Aparti g'stohle nit", antwortete Barthli, „aber mehr als g'stohle. Da ist so ein wüster Schnürfli, der will für d's Tüfels G'walt Tochtermann werde, und d's Meitschi, die Täsche, het's wie die andere, es hätt nichts dagegen, ich glaub gar, es wär ihm noch anständig. Und wie das unter die Leute kam, weiß ich nicht, aber da hält mir ein jeder Lausbub den Tochtermann vor, rühmt ihn an spottsweise, preisen ihn dem Meitschi an und hetzen den Lümmel ans Meitschi, und der stolpert ihm nach, und dem muß ich zusehen und wie das Meitschi keinen Verstand hat und keine Scham, es wär sonst über alle Berge, und die ersten Tage täte es niemand hier sehen. Und statt dessen bleibt es da, ja, denk, Hans Uli, gibt ihm sogar Bescheid und wartet ihm."

„Es wird doch nicht der sein, wo die Leute sagen, er habe euch das Leben gerettet und die Geißen hätten ihn so gleichsam herbeigerufen?" fragte der Alte. „Wohl, grade der ist's. Meinethalb hätte er gar nicht zu kommen brauchen. Und sei es ihn oder sei es ihn nicht, so brauche ich keinen Tochtermann, zwei Unglück aufeinander will ich nicht; es ist genug, wenn ich Kosten haben muß, für das Hüsli z'plätzen, und nicht weiß, wo das Geld hernehmen; ich will noch nicht auf alles hin auch einen Tochtermann, für daß er uns die Speise, wo wir längs Stück d's Halbe mehr nähmen, vor dem Maul wegfresse. Ich sagte es ihm, ich brauche keinen Tochtermann, wir könnten alles selber essen, und er tut nichts darum, will es zwängen, dä Uflat!"

„Es wird doch nicht der sein, welcher euch zu Hülfe kam im Unwetter und euch das Leben gerettet?" frug der Bauer noch einmal.

„Wohl, gerade der ist's", sagte Barthli, „aber wegem Rette mag ich nichts hören; es war nicht halb so gefährlich. Es hat nicht sein sollen, darum kamen wir davon; wenn es hätte sein sollen, so würde der Kerli wenig dran haben machen können, hätte lange können brüllen. Jetzt hintendrein ist's kommod, sich zu rühmen, was man alles getan." „Hör, Barthli, du bist ein wüster Mann und tust ungattlich; es kommt dir so nicht gut, zähl darauf! Den Burschen kenne ich wohl, er ist ein guter, z'werche, und danebe e freine Schlufi und huslich, grad einen bessern findest nicht, und wenn du mußt bauen lassen, so wirst es erfahren, wozu du einen Tochtermann brauchen kannst", sagte Hans Uli.

Nun begehrte Barthli erst recht auf, was er sinne mit dem Bauen; z'weg mache z'Not, daß d'Geiß nicht erfriere, das werde sein müssen, aber von mehr sei keine Rede. „Ein Kreuzer, den du verpläßest, ist g'schändet", sagte Hans Uli. „Geh den Bauern nach um Holz. Wenn du schon ein wunderlicher Barthli bist, daß es kei Gattig hat, so hast doch gut Lüt, kriegst Holz mehr als genug, und wenn du das hast, kostet dich der Rest nicht mehr viel, hundert bis zweihundert Taler ist alle Handel, mehr als genug." „Ja, ja, hundert bis zweihundert Taler ist bald gesagt, wenn man es hat, aber wenn man es nicht hat, wo nehmen und nicht stehlen? Und Schulden machen will ich nicht; wer sollte sie zahlen, und, wenn ich schon wollte, wer vertraute mir einen Batzen an?"

„G'stürm!" sagte Hans Uli. „Aber hör, Barthli, weil wir einmal bei diesem Kapitel sind, muß ich dich doch etwas fragen, was mich schon lange wundernahm. Es gibt Leute, welche guten Verdienst haben und wenig zu brauchen scheinen, von denen man glauben sollte, sie äufneten sich, und wenn es lange währe, müßten sie notwendig reich werden. Und doch sieht man nichts davon; sie sind immer nötig oder tun nötlich, kommen nicht vorwärts, gehen oft unerwartet zugrunde. Wenn man dann untersuchte, fand man immer ein heimlich Loch, wo der Sack rann, daß es niemand merkte. Da begriff man dann bald, wo es hielt, daß es dem so ging, daß er eine Eiterbeule am Leibe hatte, welche alle guten Säfte einsog und verzehrte. Geradeso einer bist, Barthli, auch du. Verdient hast seit vielen Jahren schwer Geld."

Potz, wie polterte Barthli da über den Verdienst und die Mißgunst der Bauern, wenn ein arm Mannli nicht Hungers verreble, und lange kam Hans Uli nicht zum Fortfahren. „Verdient hast viel allweg und dem Schein nach wenig gebraucht. Im Wirtshaus sah man dich wunderselten, mit der Hoffart übertatest du es auch nicht; deine Leute hatten es eben nicht am besten, hattest sie nicht im Salb, hättest sie lieber ins Paradies geschickt, wo man es mit Feigenblättern wohlfeil machen konnte. Jetzt, Barthli, mußt du Geld haben oder hast ein geheim Loch im Sack, wo es rinnt? Wo hast das, hast etwa irgendwo jemanden, dem du es anhängst? Aber es dünkt mich, in der langen Zeit wäre es dir an Tag gekommen, und ich vernahm doch nie etwas der Art von dir. Glaub, es wäre dir lieber, unser Herrgott hätte nur einer Gattig Leute erschaffen statt zweier Gattig.“

Nun begehrte Barthli wieder schrecklich auf über solche Verleumdungen und Zumutungen und wie reiche Bauern nie glauben könnten, daß arme Leute so ehrlich sein könnten als die reichen Schindhunde, und er werde ihn doch nicht, mit einem Fuß im Grabe, zu einem schlechten Manne machen wollen. Er solle es probieren, wenn er könne, aber er wolle sich wehren, wie man's nicht denken sollte.

Aber in unerschütterlicher Ruhe stund der Alte vor dem belferenden Barthli und entgegnete endlich: „Und sag mir, was du willst, so ist's, wie ich sage. Ich habe zu lange gelebt, als daß ich mich so leicht anders berichten lasse. Entweder, Barthli, hast ein geheimes Loch oder lange mehr Geld, als für ein neu Hüsli nötig ist, und anders berichtest du mich nicht.“

„Los neuis!“ knurrte Barthli, winkte seinem alten Kameraden und ging mit ihm weithin auf einen freien Platz, wo weder Baum noch Strauch noch Graben war, daß jemand unbemerkt hätte lauschen können. Da stund er still und sagte: „Hans Uli, du bist ein schlauer Mann, hätte es nicht geglaubt. Ja, was recht hast du, aber schlecht sollst du mich nicht machen. Du weißt, wie das Weibervolk ist; wo es an einem Orte einen Batzen schmöckt, möchte es zwei brauchen. Nit, meine Frau selig war nicht die schlechtest, und d's Meitschi könnte auch noch schlechter sein, es laufen gottlob viele herum, die dreimal schlechter sind als es, aber wenn sie nit geng hätte müsse glaube, wir pfiffen auf dem letzten Löchlein, es weiß ke Hung, wie sie ta hätte. Darum tat ich immer nötlich, und wenn ich einen Kreuzer Geld hatte, so ließ ich sie es nie merken, sondern tat just am nötlichsten.“

„Aber wo kamst mit dem Gelde hin?“ frug Hans Uli. „Ich will es dir wohl sagen“, antwortete Barthli, „aber du mußt mir bei deiner Seele Seligkeit versprechen, es keinem Menschen zu sagen, und hältst du es nicht, soll deine Seele keine Ruhe haben im Grabe, sondern umgehen müssen eine Ewigkeit nach der andern. Einmal, als ich von einer Stör heimkam, wo ich, wie meine Alte wußte, ein Büscheli Geld bekommen, plagte sie mich wieder bis aufs Blut um warme Strümpfe für sich und wegen Lederschuhen fürs Meitschi; es wäre mir nichts übriggeblieben, wenn ich alles hätte nachsagen wollen, was sie mir vorgesagt, und hätte ich nicht nachgesagt, so hätte sie es sonst genommen, sie ließ sich nichts einschließen, und behielt ich etwas im Sack, so erlas sie mir nachts die Hosen. Ich will ihr nichts Böses nachreden, denn daneben war sie huslich, aber das war dir eine, wo man wußte, daß man eine Frau hatte. Das müsse ändern, dachte ich, und als sie einmal beide einen ganzen Tag fort waren, machte ich unter dem Bett ein großes Loch, stellte einen Kübel hinein und machte die Laden schön wieder zu, daß man es nicht merkte, wenn man es nicht wußte. Dort war es am sichersten, denn wir zogen das Bett nie hervor, und unter dasselbe kam man z'Not mit dem Besen. D'Frau selig merkte es auch nicht, aber manchmal g'schirrete sie mit mir aus, daß ich heimlich Geld verbrauche, und wollte wissen, womit. Aber ich hatte ein gut Gewissen und hielt ihr die Stange. Da ist nun ein schöner Schübel Geld und allweg mehr als genug zum Bauen, aber es reut mich, es ist eine harte Sache — und dann noch einen Tochtermann obendrauf, es ist mir nicht zu helfen, denk doch auch, Hans Uli, und noch dazu ume so ne Benz!“

„Aber Barthli, wie dumm, aber Barthli, was trägt dir das Geld unter dem Bett ab? Hättest es ausgeliehen, hätte es dir Zins getragen“, sagte der Bauer. „Oppis Dumms eso“, sagte Barthli, „meinst, wenn man gewußt, daß ich Geld hätte, ich hätte es können beieinander behalten? Erst dann hätten sie recht an die Sache tun wollen, und d'Bube wäre dem Meitschi erst recht nachgestrichen, hätte mir d's Hüsli voll g'schnürfelt und d's Meitschi hochmütig g'macht; hätt's nit könne erwehre und hätt nüt als Kummer gehabt, ich müßte es verliere, bekomme es nicht wieder. Däweg hatte ich es doch, konnte, wenn niemand in der Nähe war, es g'schauen und hatte große Freude, wenn ich dachte, was die Manne, wenn sie nach meinem Tode kämen, das Hüsli zu erlesen, sagen würden, wenn sie so viel Geld beim alte Korber finden würden."

„Wie hätten sie aber Geld finden wollen, wem wäre in Sinn gekommen, unter deinem Nest Geld zu suchen?" frug der Alte lachend. „Oh", antwortete Barthli, „dafür habe ich gesorget, so dumm bin ich denn doch nicht. Sieh, da in meinem alten Kalender, den ich immer bei mir trage, steht geschrieben, gerade vorn drin, es hat's mir ein Schulkind müssen dreinmachen: ‚Manne, suchit, so werdet ihr finden!'" „Und wenn sie es nicht gefunden hätten?" frug Hans Uli. „Oh, sövli dumm Manne wird man doch, so Gott will, nie an Gemeindrat wählen, die, wenn es ausdrücklich heißt: ‚Suchit, so werdet ihr finden!', nicht suchten, bis sie es hätten."

„Aber, und wenn das Wasser heute noch ein wenig mächtiger gekommen und dir das ganze Hüsli samt dem Kübel weggenommen hätte, und dann?" „He nu", sagte Barthli, „wenn üse Herrgott d's Wüstest alles an mir machen will, su mach er! Wenn dann die Leute über nüt chömme und alli nüt meh hei, so ist er selber schuld und kann's meinethalben haben und denken: ‚Selber ta, selber ha.' Danebe wird es ihn selbst gedünkt haben, er habe mich genug geplaget, es sei Zeit, lugg zu lassen." „O Barthli, Barthli, was bist du für e Christ! Du wirst nie wie ein anderer Mensch, und wenn du alt würdest wie Methusalem. Aber jetzt komm, wir wollen das Hüsli g'schaue und abrate, was zu machen und wo allfällig ein neues abzustellen sei."

Das geschah. Es ließen sich noch andere Bauern herbei, Gönner, denen Barthli die Weiden fleißig stumpete, untersuchten die Sachlage; allgemein war die Ansicht, am Hüsli sei nichts zu plätzen, um einen jeden Nagel sei's schade, den man einschlage, zu bewohnen sei es kaum mehr, höchstens bei ganz trocknem Wetter; regne es zwei Tage hintereinander, so rutsche wahrscheinlich die ganze Pastete in den Bach hinunter. Ein neu Hüsli, wie Barthli es mangle, sei bald auf dem Platz, wenn man einander helfe, und zur Not bewohnbar zu machen; im Frühjahr könne man dann vollständig ausbauen. Die kundigen Bauern machten Voranschläge über das nötige Holz von allen Sorten und sicher richtigere als manche Zimmerleute, die nicht selten ihren Bauherren dreimal falsch rechnen, sie dreimal in der Welt herumsenden nach fehlendem Holz und vielleicht zum vierten Male, weil sie einen Teil des Holzes zu dünn behauen, den andern zu kurz versägt. Oh, es gibt große Künstler unter den Zimmermannen!

Barthli war ganz wie verstaunet, wie die Bauern die Sache ihm so rasch und klug z'weg legten, und ob ihrem Gutmeinen, wo er nicht gedacht, daß ein solches zu finden sei in Israel. Aber wie gesagt, er war eine Persönlichkeit, man konnte sich auf ihn verlassen und über ihn lachen, und beides ist dem Bauer gleich anständig.

Plötzlich fuhr er auf, fing mörderlich an zu fluchen und wollte davon. „Was hast, hat dich ein Wespi gestochen?" frug ein Bauer und hielt ihn mit starker Hand. „Laß mich gehen!" rief Barthli, sich sträubend, „dort läuft das Donners Täschli schon wieder, wart, dem will ich die Haut salben, aber nit mit Öl!" Man sah hin, wo Barthli hinzeigte, und erblickte ein Meitschi, welches mit Milchgeschirr in der Hand den Berg aufging. Barthli hatte nicht gemerkt, wie es bald Abend werde, und das Melken vergessen. Züseli mußte ja exakt sein, sonst hätte Benz glauben können, es sei nichts nutz, und wollte den Vater nicht stören in seiner wichtigen Unterhaltung und war, als die Zeit um war, gegangen, begreiflich eher zu früh als zu spät.

„He", sagte einer, „das ist ja dein Meitschi, es wird die Geißen melken wollen." „Das soll es eben nicht, wollte sie selbst melken; es soll mir nicht mehr da zu dem Hagel auf den Berg. Wollt, der Teufel hätte die Geißen geholt und den Hagel dazu. Laß mich gehen, die müssen nicht Freude haben, mich zum Narren zu halten; denen will ich, jawolle!"

Es merkten jetzt alle den Handel, lachten herzlich, ließen aber den Barthli nicht laufen. „Bleib du nur, zwängst doch nichts, ertäubst sie nur; was willst wehren, wirst den Naturlauf nicht ändern, und gönnst dem Meitschi den nicht, nimmt's einen andern, der zehnmal ärger ist. Es ist schon manchem Alten so gegangen: er wollte dem Meitschi den Rechten nicht lassen, nachher kam ein anderer, und der Alte hätte sich die Finger vor abbeißen mögen aus Verdruß, daß er es das erstemal gewehrt. Denk, wenn du Werkleute bekömmst, was die für Rustig mitbringen, wo der Teufel nicht sicher ist, verschweige ein Meitschi. Wieviel wöhler bist dann, wenn das Meitschi am Schatten ist, als wenn du es hüten solltest Tag und Nacht. Daneben kömmt dir der Tochtermann kommod in allen Teilen, hilft dir zur Sache sehen, und während du jetzt bald mit den Weiden machen mußt, ist er daheim und sieht, daß gearbeitet wird und nichts verpfuscht." Kurz, man sprach ihm von allen Seiten zu, aber stellte sein Brummen nicht, brachte seine Einwilligung nicht heraus.

Derweilen stieg Züseli, unbekümmert um die diplomatischen Unterhandlungen, den Berg auf, aber nicht langsam. Oben stund Benz unter der Stalltüre. „Komm, sieh meine Kühe, ob die mich kennen oder nicht!" sagte er zum Willkomm, ging mit der Läcktäsche den Kühen nach und gab ihnen das übliche G'läck oder Salz, eins von beiden. Das war nun wahr, aller Augen sahen auf ihn, alle Köpfe drehten sich nach ihm, und kam er in die Nähe, rieben sie sich die Köpfe an ihm; er war der wahrhaftige Löwe im Stall, um den sich alles drehte, es war wirklich zum Eifersüchtigwerden, wo irgendwie Anlage dazu da war.

„Gelt", sagte er, „die kennen mich auch so gut als dich deine Geißen; sie wissen es aber auch, daß ich es gut mit ihnen meine, und lieben mich deretwegen." „Ja, Späß!" sagte Züseli, „d's G'läck lieben sie, dir würden sie wenig nachfragen ohne G'läck." Das nahm Benz übel, es gab Händel zwischen ihnen, Händel, wie sie gewöhnlich enden zwischen solchen Personen, ohne Schläge und ohne Schelten. Benz wollte wissen, ob er ohne G'läck nicht lieb sein könne, und Züseli behauptete, seine Geißen flattierten ihm viel uneigennütziger und zärtlicher als die Kühe dem Benz. Darob hätte Züseli bald das Melken versäumt, wenn ihm nicht der Vater eingefallen wäre. „Ach Gott, was wird der Vater sagen!" rief es erschrocken aus und machte sich alsbald an die Arbeit.

Nun fing Benz vom Vater an und wollte wissen, warum er ihm eigentlich so z'wider sei; hätte doch nicht Ursache, z'leid ta hätte er ihm nichts, d's Gegenteil. Er müsse anfangen zu glauben, Züseli weise ihn auf, warum, das begreife er auch nicht; er meine es ehrlich und wäre noch immer gleichen Sinnes, wenn d's Hüsli auch nicht mehr drei Kreuzer wert sei. Es sei ihm doch dann nicht hauptsächlich wegem Hüsli g'si; wenn d's Meitschi nit g'si wär, er hätt em Hüsli nit sövli nahg'fragt, und er wett's noh jetz. Eine Reiche bekomme er doch nicht, er müss' auf eine Arbeitsame und Huslige luege und danebe auch uf eine, wo man Freud habe, bei ihr zu sein. und ke wüste Hung, und deretwegen wett er Züseli, wenn der Alt nit so wüst tun wollte. Danebe könnte er jetzt erfahre, daß ihm ein Tochtermann kommod komme, für das Hüsli helfe z'weg z'mache, wenn's möglich sei; öppe Kosten sollte es nicht viel geben, er verstehe sich auf mehr, als man ihm ansehe.

„Nein, wäger ist das nicht wahr, daß ich den Vater aufg'reiset, ich wüßte nicht, warum. Wenn es mir g'ordnet ist, z'heiraten, warum sollte ich es nicht tun, und wenn mir ein Armer g'ordnet ist, was hülf wehre? Und wenn es mir nicht g'ordnet wär, was wett ih ufe ne Ryche warte; sellig luege armi Meitli nit a fürs Hürate. Daneben, wenn ich auch nicht viel mehr habe, bin ich doch nicht brüchig, kann's mit wenig mache und mit Arbeite fürchte ich keine. Der Vater hat mich dazu gehalten, daß es eine Art hatte. D'rnebe bist m'r nit unanständig. Wüst tun kannst zwar auch, aber was will man, das ist Mannevolks Art; es macht ja jeder, was er kann. Nein, gewiß nicht, Benz, den Vater habe ich nicht aufg'reiset; sonst frag ihn selbst, wenn du mir nicht glauben willst." „Man kann's machen, aber zuerst schlag ein, du wollest mich!" sagte Benz und streckte seine Hand aus, und Züseli schlug zwar nicht ein, gab aber sittig und ohne Zögern die Hand, was wohl gleich viel zu bedeuten hatte. Sie wurden rätig, Benz solle morgen früh vor dem Melken hinunterkommen und fragen. „Und will dann das alt Kudermannli nicht", setzte Benz hinzu, „so mache ich beim ....., was gut ist."

Diese Unterhandlungen hatten ziemliche Zeit verzehrt. Züseli erschien fast schlotternd vor dem Vater, war jedoch nicht so dumm, sich zu entschuldigen, ehe es angefahren wurde, was immer das beste Mittel ist, sich ein hartes Donnerwetter auf den Hals zu ziehen. Aber der Alte sagte nichts, er munkelte bloß, brummte allerlei Unverständliches, daß Züseli nicht wußte, war er bei Troste oder nicht oder waren dies Präparationen auf eine gründliche Abwaschung seiner Sünden. Es machte daher, daß es zu Bette kam sobald möglich; es wußte aus Erfahrung, daß man die schärfsten Predigten um so leichter erträgt, je besser man schläft.

Am Morgen früh kam richtig Benz und wollte eine Rede dartun, aber kaum hatte er angefangen, fuhr zu seiner Verwunderung der Alte ihn an: „Schweig mit dem G'stürm, weiß schon, was d' witt, es mangelt des Redens nüt; wenn's wottst, so nimm's! Aber daß du dich stellst und hilfst und nit meinst, du sygist ume Fresses twege da; es muß g'schaffet sy jetzt, wenn m'r vorem Winter unter Dach wei." Züseli hörte das drinnen und erschrak. „Mein Gott, was het's em Vater gä, ist er v'rhürschet im Kopf?" Endlich vernahmen sie den Beschluß, daß das Hüsli neu gebaut werden müsse und daß man Barthli geb'richtet, dabei wäre ein Meitschi übel zu hüten, dagegen ein Tochtermann kommod zu brauchen, darum Benz den Dienst aufsagen und sich alsbald hermachen müsse, sonst nehme er einen andern.

Wie es einem ist, wenn man aus dunkelm Keller plötzlich in die Sonne tritt, werden wohl die meisten erfahren haben; geradeso war es den beiden, die so plötzlich zu Brautleuten wurden ohne Sturm, Blitz und Donner, sie wußten nicht, wo sie waren, stunden sie auf dem Kopf oder auf den Füßen. Darum glotzte Benz den Alten mit großen Augen an und behielt z'leerem den Mund offen, bis der Alte sagte: „So, jetzt ist's dir nicht recht; laß es hocken, es gibt drei für einen." Da wurde es Züseli drinnen todangst, jetzt könnte es noch fehlen, es taget Meitschine immer am ersten, wenn es ums Heiraten zu tun ist; es kam ganz wie von ungefähr zur Türe aus, wünschte guten Tag, damit kam Benz die Sprache wieder, mit wenig Worten wurde die Sache richtig und Benz ganz feurig, wollte ans Abbrechen des Häuschens hin, sobald er die Kühe gemolken. Mit Mühe war er zu b'richten, mit Abbrechen sei es frühe genug, wenn man zum Aufrichten z'weg sei; wo sie hinsollten unterdessen? Benz ließ sich endlich b'richten, obschon er es lange im Kopf hatte, eine provisorische Hütte aufzuschlagen am Walde wie die Zigeuner. Wenn d's Hüsli verbrannt wäre, was wollten sie anders? frug er. „Es ist drum nit verbrannt", antwortete der Alte. Das schlug dann Benz, denn darauf wußte er nichts zu antworten.

Barthli hatte keinen Begriff vom Bauen, Benz nicht viel, dagegen begriff er leicht, was Verständigere rieten, Barthli gar nichts; er fragte immer nur nach den Kosten, und wenn dieselben drei Kreuzer überstiegen, jammerte er, als ob es um seinen letzten Heller ginge. Der alte Hans Uli mußte sich der Sache annehmen, angeben, wie das Hüsli sein müsse, mit den Meistern akkordieren usw. Holz wurde ihm verheißen mehr als zur Genüge, unentgeltlich zugeführt, auch Steine führten benachbarte Bauern gerne ohne Lohn.

Bräuchlich ist's, daß, wenn man auch nicht eigentliche Fuhrmähler anstellt, man doch den Fuhrleuten nach dem Abladen etwas von Wein oder Schnaps und Käs und Brot gibt. Da hatte man mit Barthli seine liebe Not. Wenn er mit einem Kreuzer ausrücken sollte, tat er, als ob er sich hängen wolle. Züseli hatte seine schwere Not. Die Donners Bauern vermöchten es besser als er, Wein und Schnaps zu zahlen; die täten ihre Knechte daheim füttern, die Knechte hätten nichts nötig in der Zwischenzeit. Sie hielten ihm nichts darauf, täten es ihm auslegen als Hochmut und Vertunlichkeit. Nun achtete sich Züseli besser dessen, was die Leute sprachen, und Benz wußte aus eigener Erfahrung, wie es die Knechte hatten und was sie erwarteten; beide kannten die öffentliche Meinung, also das Urteil des Publikums, welches ihrer wartete. Sie besserten nach Vermögen nach, Benz gab dabei seine ganze Barschaft hin. Barthli schien das nicht zu sehen, sah es aber doch, und es lächerte ihn gar herzlich, daß er den Tochtermann schwitzen lassen und ihm das Zeug abpressen konnte, statt daß es sonst umgekehrt der Fall ist.

Da wär's wohl gegangen, aber es kam Barthli noch was ganz anderes, wo weder Benz noch Züseli ihm helfen konnten. Maurer und Zimmermann hatten die Arbeit in die Hände genommen, keiner von ihnen hatte überflüssiges Geld, die Gesellen noch weniger, wollten, wenn nicht Vorschuß, so doch alle acht Tage den Lohn; zudem war es ihnen nicht zu verargen, wenn sie wissen wollten, ob die Arbeit ihnen wirklich auch bezahlt werden würde. Sie klopften bei Barthli ganz unverdächtig an.

Am Freitag kam der Maurer und sagte: er möchte gerne wissen, wie es mit dem Zahlen sei, damit er sich rangieren könne. Morgen müsse er seine Gesellen auszahlen, und wenn er das Geld gleich hier haben könnte, so brauchte er nicht welches mitzunehmen. „He, bring nur Geld!" antwortete Barthli, „es düecht mih, du solltest erst anfangen, ehe du schon wolltest zahlt sein. Ich muß meine Körbe auch erst verkaufen, wenn sie fertig sind, und nicht, wenn ich dran hingegangen."

Der Maurer zog ein flämsch Gesicht, sagte: „Es ist in allem ein Unterschied; du mit den Körben kannst es machen, wie du willst, kannst sie behalten, wenn sie dir niemand bezahlt, aber was soll ich mit der Arbeit machen, wenn sie einmal gemacht ist an deinem Hüsli; die kann ich nicht mehr brauchen. Daneben ist's nicht, daß ich so use bin mit Geld und sövli hungerig; wenn man nur immer wüßte, daß es einmal käme, so könnte man schon zuweilen Geduld haben."

„He, wenn du meinst, du werdest nicht bezahlt, so kannst ja machen, was du willst, du wirst nicht der einzige Maurer sein auf Gottes Erdboden", sagte Barthli. Barthli hätte es wahrscheinlich nicht ungern gesehen, wenn alle Arbeiter davongelaufen wären, denn das Bauen war ihm alle Tage widerlicher. Das Donnerwerk werde am Ende zahlt sein müssen, und er möchte doch wissen, was er davon hätte. In der alten Hütte wäre es ihm lange wohl gewesen, aber üse Herrgott habe dies ihm nicht gönnen mögen, räsonierte er.

Am folgenden Morgen trat ihn der Zimmermann an mit seinem Spruch. „Was ich dir sagen wollte", sprach er, „ich sollte neuis vo Geld ha, für de G'sellen könne ufz'warte, ih bi uff. Hätt yz'zieh, aber es wott nit ygah; es ist bös mit d'm Geld, es ist nie so g'si, ih glaub, es schlüf i Bode. Gell, du machst z'weg; wenn's Fürabe ist, sött ih's ha, öppe zwänzg Gulde oder was, oder wenn es dir gleich ist, so mach gleich hundert, ih bruche dih de am andere Samste nit z'plage."

Potz Himmelblau und Türkenbund, wie da Barthli auffuhr, als wollte er eines Satzes in Himmel hinauf! Er frug den armen Zimmermann: ob er ein Narr sei oder sonst sturm? Er werde meinen, er könne mit ihm machen, was er wolle, weil er nur ein arm Mannli sei, aber er sei am Lätzen; lebendig lasse er sich nicht schinden. Er solle da einziehen, wo man ihm schon lange schuldig sei, selb sei billig, und nicht da, wo er die Arbeit nicht einmal z'g'rechtem angefangen.

Der Zimmermann schlotterte aber nicht leicht, mit Worten schoß man ihm keine Löcher in Leib; er erklärte rundweg, am Abend müsse er Geld haben, und rücke Barthli nicht aus, nehme er ab, und Barthli sehe ihn einstweilen nicht wieder. Barthli sagte ebenso kurz: „E mach, was d' witt!" und dachte dazu: „Geh du nur, mir ist's das Rechte; kannst lange warten, ehe ich dich heiße wiederkommen!"

Als es Feierabend wurde, suchten die Meister den Bauherrn, aber fanden ihn nicht; Züseli und Benz wußten nichts um ihn, er war verschwunden. Da brach großer Zorn aus, worob Benz und

Züseli sehr erschraken, als sie den Grund davon vernahmen. Sie sollten erst heiraten, wenn das Häuschen bewohnbar war, und wann käm's dazu, wenn die Meister aufpackten und mit all ihrem Werkzeug weiterzogen? Sie boten allem auf, die Meister zu begütigen, und Benz versprach, für Geld zu sorgen, wenn der Alte nicht geben wolle. Sie glaubten nicht, daß er diesen Augenblick ihnen begegnen könne, denn viel Geld hätten sie nie bei ihm bemerkt, aber vielleicht sei er eben um Geld aus und habe noch keines bekommen können. Wenn er keins bringe, so wolle er, Benz, für welches sorgen zur Not; er wisse, wo er bekomme. Endlich setzten sich die Meister, versprachen, am Montag wiederzukommen, aber unter dem heitern Vorbehalt, daß in der nächsten Woche Geld auf den Laden müsse.

Als es dunkelte, kam Barthli heim. Die jungen Leute hatten sein mit Bangen geharrt, ja Züseli sogar daran gedacht, er könnte sich ein Leid angetan haben, weil er um Geld gedrängt worden und keins hatte. Aber in seinem Gesichte war keine Spur von Leid, und als die Jungen ihm jammerten, zog er die Maulecken z'weg und sagte: G'schäch nüt Bösers; er wett, er g'säch se nie meh angers als am Rücken u de noh vo wytem. Natürlich ließen dies die beiden nicht so kaltblütig hingehen, aber Barthli sagte eben kaltblütig: „He nu so de, su machit's angers, we der cheut!" und ging schlafen.

Am folgenden Morgen hatte Hans Uli, der alte Bauer, einen strengen Tag und sagte mehr als einmal: das hätte man davon, wenn man sich eines Menschen annehme, Plag vom Tüfel. Wenn er nicht dächte, das sei eben d's Tüfels Bosheit, um den Menschen es gründlich zu erleiden, etwas um Gottes willen zu tun, er hätte längst mit der Geißel vom Leib gejagt, wer was von ihm gewollt, Rat oder Geld oder sonst Hülf. Es kam ihm nämlich am Morgen, er hatte kaum noch Schuhe an den Füßen, der Zimmermann, begehrte mit ihm auf, daß er ihn hineingesprengt und in großen Schaden gebracht, er werde sich jedoch an ihn halten, mit ihm habe er akkordiert. Aber so hätten's die Donners Bauren: sie hülfen gerne mit Worten, wo nichts kosteten, aber d'Sach solle ein anderer machen, und wenn sie so einen armen Handwerker hineingesprengt, so hätten sie des Teufels Freude dran und lachten den Buckel voll.

Kaum hatte er sich vom Zimmermann losgemacht, stieg der Maurer daher und noch viel zorniger; an einem Fuß hätte man ihn gradaus halten können, so steif hatte ihn der Zorn gemacht. Hans Uli ward wärmer und fertigte den Maurer etwas unglimpflicher ab. Er sagte ihm: es sei unanständig, gleich die erste Woche Geld zu wollen von einem armen Mannli, einem reichen hätten sie es kaum gemacht. Übrigens sollte er wissen, daß er, Hans Uli, noch niemanden hineingesprengt, und wenn er nicht gewußt, daß sie bezahlt würden, hätte er ihnen die Arbeit nicht angetragen. Es sei aber gut für ein andermal; sie sollten künftig seinetwegen keinen Kummer mehr haben.

Diese Worte kehrten den Maurer wie einen Handschuh, er ließ sich nieder wie ein Strohfeuer, sagte: es sei nicht böse gemeint, er solle ihm die Worte nicht bös aufnehmen, es seien so schlechte Zeiten, das Geld so rar, daß er oft nicht wisse, wo nehmen und nicht stehlen, und seine Gesellen müßten den Lohn haben; es vermöchte keiner, zu warten. Wenn die Erdäpfel gefehlt, müßte man alles kaufen, da läng kein Geld. Wenn doch üse Herrgott nur die Erdäpfel wieder einmal g'raten ließe, es dünke ihn, die Leute sollten ihn doch afe erbarme, b'sunderbar die arme King.

Hans Uli wurde es heiß ums Haupt. „Schön g'redt wär das", sagte er, „aber nicht witzig. Unser Herrgott wird wissen, was er macht. Er wird einmal zeigen wollen, wer Meister ist und woher alles kommt. Das wißt gerade Ihr nicht, Meister Maurer, und bis Ihr es erkennet, wird er die Not wohl stehenlassen. Gerade du bist auch einer von denen, welche Tag für Tag die Reichen verfluchen und Rache predigen gegen sie, als wären sie an allem schuld, und an unsern Gott, Schöpfer des Himmels und der Erde, denkst du das ganze Jahr nicht. Und wenn du ihn auch ins Maul nimmst, so ist's ungefähr, als ob du einen Knittel in die Hand nehmen würdest; es ist nur, um deinen Nächsten zu treffen. Und weil ich doch dran bin, so will ich dich noch fragen: warum sollte sich Gott der Menschen erbarmen, da sie sich untereinander nicht erbarmen?" „Ja", sagte der Maurer, „da habt Ihr ganz recht, das ist gerade auch meine Meinung. Da läßt man ganze Haushaltungen verrebeln und verhungern, und kein Mensch erbarmet sich ihrer, und wenn man es noch so wohl hätte und so ring könnte." „Ja, Maurer, du hast recht, du hast den Nagel auf den Kopf getroffen, und wer erbarmet sich am allerwenigsten?" „He die, wo es am besten könnten", sagte der Maurer.

„Sag lieber: die, wo am ersten sollten, Vater und Mutter. Maurer, ich will dir deine Sünden nicht vorhalten, und deine Kinder werden kaum hungrig vom Tisch gegangen sein, daneben weiß ich's nicht. Wenn es aber wäre, wer wäre schuld als du? Du könntest ein hablicher Mann sein, aber deine Nase kostet dich zuviel, du hängst alles an sie. Es wäre besser, du sorgtest für grüne Pflanzplätze statt für eine blaue Nase. Und deine Frau staffiert ihr ältest Meitschi aus, es ist eine wahre Schande, hergegen die jungen Kinder läßt sie barfuß laufen und in armen Hüdelene halb erfrieren. Was hast dann erst für Gesellen, und wie erbarmen sich die ihrer Kinder; für ein Gläslein Schnaps jagten sie dieselben dem Teufel barfuß zu, und will sie wer anders zum Guten halten, so brüllt Ihr, als ob man sie ans Messer stecken wollte, und achtet es einem Raube gleich, wenn man für ihre Seele sorgen will. So ist es, Maurer, daß es du nur weißt, und wenn Ihr wollt, daß unser Herrgott Erbarmen erzeigen soll, so müßt Ihr darum tun."

„Ja, und andere auch noch", sagte der Maurer. „Und also soll ich Geld bekommen, auf wann kann ich rechnen, damit ich mich darnach rangieren kann?" „In der andern Woche kannst zu mir kommen, da sollst Geld kriegen im Verhältnis zur Arbeit, aber auf Vorschuß zähl nit!" „Davon hab ich noch nichts gesagt; wenn ich nur schon hätte, was ich verdient, ich wäre z'friede", antwortete der Maurer unwirsch und fuhr ab mit Geräusch.

Kaum war er fort, erschien Benz in großer Not. Sein Meister konnte mit Geld ihm nicht helfen; er hatte es in diesem Augenblick wirklich selbst nicht. Jetzt, was machen? Drauf und dran war Hans Uli, Benz klar Wasser einzuschenken und ihm zu sagen, wo Geld zur Genüge sei. Indessen, er hatte Stillschweigen gelobt, tröstete ihn bestens mit der Verheißung, daß zu rechter Zeit Geld dasein werde, er solle sich nur nicht ängstigen.

Kaum war der fort, kam Hans Ulis Tochter aus der Kirche und sagte: Barthlis Züseli lasse ihm d'r tusig Gotteswille anhalten, er solle nachmittags hinaufkommen, es wisse seines Lebens nichts mehr anzufangen, es wollte am liebsten, es wäre sechs Schuh unter dem Herd. Es hätte briegget, es hätte einen Stein erbarmet, man hätte die Hände unter seinen Augen waschen können. „Wer kommt wohl noch?" sagte Hans Uli, „jetzt hätte ich es bald satt."

Doch es kam niemand mehr; Barthli hütete sich wohl, der fünfte zu sein, er hatte ja auch nichts zu fragen oder zu klagen, war froh, wenn niemand des Häuschens wegen etwas zu ihm sagte. Es war Hans Uli z'wider; am Sonntag blieb er am liebsten daheim und lebte wohl an der Sabbatsruhe auf dem Bänklein vor seinem Hause. Er wußte aber wohl, daß Barthli in seinem Eigensinn nicht zu ihm kommen würde, und wenn er ihn siebenmal kommen hieße; darum machte er sich gegen Abend auf, dem rueßigen Graben zu.

Barthli erschrak, als er Hans Uli sah. Hätte er ihn früh genug erblickt, er wäre nicht mehr zu finden gewesen. Als Hans Uli ihn beiseite hatte, begann er ihm den Text zu lesen, und zwar scharf. Keine Manier sei es, sagte er, wenn man es gut mit ihm meine, dann zum Dank mit solchem Koldern einen zu plagen. Er hätte ja Geld mehr als genug; warum nicht zahlen, was er schuldig sei, einmal müsse es doch geschehen, oder ob er sich einbilde, es sei einer auf der Welt Narrs genug, es für ihn zu tun? Er solle machen, daß morgen Geld da sei, er solle denken, wie ungern er selber es habe, wenn man ihn von einer Stör unbezahlt entlasse. Barthli wand sich wie ein Aal zwischen Brummen und Flattieren, meinte: Hans Uli solle vorstrecken, er habe so ans Bauen gesetzt, ohne ihn hätte er es nicht unternommen, er habe ihm ja gesagt, er habe viele gute Leute; darum habe er sich auch darauf verlassen, er werde ihm vorschießen, nach und nach könne er es wieder abverdienen.

Hans Uli stund fast auf den Kopf ob solcher Rede. „Aber hast du mich dann angelogen, als du mir sagtest, du hättest einen versteckten Schatz und darin mehr als genug für ein Häuschen?" fuhr er ihn an. „Wäger nicht!" sagte Barthli. „Aber wie soll ich aus dem Kübel Geld nehmen? Tags kann ich nicht, da stürmt alles aus und ein, nachts kann ich nicht, da merkte es d's Meitschi, es ist nit z'mache, wäger nit!" „Und warum soll es das Meitschi nit wüsse?" frug Hans Uli und stellte Barthli handgreiflich die Dummheit vor, den Schatz den jungen Leuten länger verheimlichen zu wollen. Nichts dagegen hätte er, wenn er denselben des weitern nicht austrommeln ließe. Aber Barthli war wie ein beinerner Esel, tat keinen Wank. Erst stellte er sehr beredt die nachteiligen Folgen für die jungen Leute vor, wenn sie den Schatz entdecken würden. „Alle Laster täten sie kriegen", sagte er, „würden hoffärtig, hochmütig, vertunlich, Uhüng in alle Wege."

Als Hans Uli ihm daraus nichts gehen ließ und sagte: „Und dann nachher, wenn du tot bist, was dann? Es ist doch besser, du legest das Geld jetzt z'Nutzen an, als sie kriegen es nach deinem Tode; jetzt kannst du wehren, bist tot, kannst nichts mehr dazu sagen", sagte Barthli: „Und hör uf u säg, was d' witt, es nützt dih alles nüt, un ih tue's nit, u vo dem Geld bruche ih nüt u nime nüt d'rvo! Soll ih v'rgebe bös g'ha ha u mih g'freut, was d'Manne säge werde, wenn sie d's Geld finde, u wie d'Lüt d'Naselöcher ufmache werde, wenn's heißt: ‚Dä alt, wüst Korber het e ganze Kübel voll Geld hinterla; wer hätt das glaubt, wer hätt's dem ag'seh? Er wird nit so dumm g'si sy, als me ne d'rfür ag'lueget het.' U das alls soll nüt sy und all my Freud v'rgebe? Nei, bym Donner, Hans Uli, das mut m'r nit zu, das tuen ih nit, lieber will mih noh hüt henke; de cheu si's de morn füreloche, ih bi doch de g'storbe, u d'Sach geit, wie'n ih däicht ha."

So was war Hans Uli wirklich nicht vorgekommen; er erschrak fast ob solchen Reden, er kannte Barthli mit seinem Eigensinn und wußte, wie solche Leute so leicht etwas zu Gemüte fassen und so schwer es nehmen, daß es sie zum Äußersten bringt. Es war von Barthli freilich eine ärgerliche Wunderlichkeit, aber sie berührte seinen Lebenszweck und war seit Jahren eingewurzelt; sein ganzes inneres Leben ging in ihr auf, daß Hans Uli dachte: da könnte einer sich übel verfehlen und etwas zwingen, woraus er sich sein Lebtag ein Gewissen machen müßte.

Er kapitulierte lange, lange mit Barthli hin und her, bis endlich Barthli sagte: „Es kommt mir ja nicht drauf an, sei der Kübel unter meinem Bette oder sei er in deinen Händen, aber ich will nicht wissen, wieviel darin ist, will nichts darausnehmen; die schönen Stücke, die ich dreingetan, kann ich nicht drausnehmen, und d's Meitschi und sein Löhl sollen nichts darum wissen. Es wüßte kein Mensch, wie die täten, vor dem Vollmond wär alles fort; die Lumpenleute würden noch sagen, es sei mir recht geschehen, und tapfer mich auslachen.

„Aber nun die Arbeitsleute, wer soll die zahlen?" frug Hans Uli. „Du, wer anders", antwortete Barthli, „nimm du es draus!" „Selb ist mir z'wider", sagte Hans Uli, „und zuerst müßte gezählt werden, was drinnen ist." „G'hörst", fuhr Barthli auf, „von dem will ich nichts wissen und nicht, was du ausgibst, und wenn ich was verdiene und beiseitemachen kann, will ich es dir geben. Den Lumpenleuten kannst du es dann einmal sagen, wo der Barthli mit dem Gelde hingekommen."

Dem Hans Uli war dieser seltsame Handel sehr zuwider, und, wäre Barthli nicht der alte Schulkamerad gewesen, derselbe wäre nicht zustande gekommen. Hans Uli erbarmte sich, wurde mit Barthli endlich rätig, derselbe solle den jungen Leuten ein paar Batzen geben und sie ins Wirtshaus schicken, dann, wenn's finster sei, den Schatz in Hans Ulis Haus schaffen; derselbe solle ihn geheimhalten, bis Barthli sterbe, und für den Fall, daß Hans Uli früher sterben sollte, es irgendwo vernamsen, wem das Geld gehöre und was mit zu machen sei. Barthli brachte das Geld. Aber wie es verabredet war, machte Hans Uli es nicht; durch zwei vertraute Männer ließ er das Geld zählen und legte ihre Bescheinigung obendrauf.

Die jungen Leute hatten sich sehr verwundert über Barthlis noch nie erlebte Großmut und hätten das Opfer kaum angenommen, wenn Hans Uli, der dabeiwar, nicht gesagt: sie sollten es nehmen, wenn der Vater es geben wolle; es könnte vielleicht lange gehen, bis den Alten wieder so was ankäme. Es sei ein Zeichen der Zufriedenheit, und solche dürfe man nie ausschlagen. Sie sollten ihm fürder treu sein und von der Bürde das schwerere Ort auf ihre Achseln nehmen; sie seien jung und sollten auch stärker sein als Siebenzigjährige. Sie gingen endlich, aber Züseli war immer das Weinen z'vorderst. Das sei eine Änderung vor dem Tode, es könne es nicht anders einsehen, sagte es. Hans Uli hätte lange einreden können, wenn den Vater nicht etwas Übernatürliches angekommen wäre, denn was er nicht im Kopf gehabt, das hätte ihm kein sterblicher Mensch hineingebracht, kaum der Herrgott.

Am Montag stellten die Arbeiter sich ein mit kühnen Gesichtern, auf denen geschrieben stand: „Wart, du alter Schelm, dir wollen wir es zeigen, wenn du heute nicht ausrückst!" Der Maurer mochte fast nicht warten bis am Abend, um zu erfahren, wie es stehe; es versprengte ihn fast vor Ungeduld. Ehe es noch recht Abend ward, trat der Maurer den Barthli an mit der Frage: „Und jetzt, wotst füremache oder nit? Möcht's gerne wissen." „Wer hat gesagt, daß es heute sein müsse?" frug Barthli. „Hans Uli hat es verheißen", antwortete der Maurer. „He nu, wenn es der verheißen hat, warum fragst du mich? Geh zu Hans Uli; der wird schon halten, was er versprochen!"

Erst begehrte der Maurer auf, er wolle seinem Gelde nicht nachlaufen und wahrscheinlich um nichts und wieder nichts. Wenn Barthli einen Narren haben wolle, so solle er sich einen eisernen machen lassen. Benz, dem es natürlich himmelangst war, beschwichtigte, so gut er konnte, und am wirksamsten mit dem Bescheid, daß Hans Uli gestern dagewesen und sicher eine Abrede werde getroffen worden sein. Der Vater könne nicht rechnen, kenne keine Zahl und das Geld übel, so werde Hans Uli die Zahlungen übernommen haben. „Kann sein", meinte der Maurer, „aber warum sagte der alte Schalk es nicht? Wenn er es so machen will, so soll es dem eingetrieben werden." „Und warum wollt Ihr mich plagen", sagte Barthli, „nicht acht Tage arbeiten ohne Bezahlung? Probierit mit Ytrybe, es wird sih de scho zeige, wer z'letzt Meister wird!"

Wir glauben, Barthli mit seiner zähen Schlauheit wäre Meister geworden, war aber nicht nötig. Als die Arbeiter Geld sahen und wußten, daß Hans Uli seine Hand in der Sache habe, ließen sie die Flausen fahren und förderten die Arbeit so, daß das Häuschen unerwartet schnell zu beziehen war.

Nun ließen die jungen Leute verkünden, meinten endlich, glücklich am Ziel zu sein, da kam ein Neues dazwischen, eine neue Verlegenheit, an die sie nicht gedacht; es sollte bei ihnen sich so recht erwahren: „Per ardua ad astra", das heißt: durch dick und dünn zum Himmel. Es ist Sitte, daß man zum Hochzeithalten sich neue Kleider machen läßt. Es herrscht der Glaube, daß, sowie die Hochzeitkleider, namentlich die Hochzeitschuhe brechen, auch die Liebe auseinandergehe. Bekanntlich halten nun in der Regel neue Kleider länger als alte, ja viele hängen den ganzen Anzug in den Spycher, tragen denselben selten oder nie mehr und glauben, auf diese Weise für eine ewig junge Liebe vollständig gesorgt zu haben. Wäre allerdings ein ring Mittel und sehr zu empfehlen, wenn es probat erfunden würde, als Universalmittel zur Erhaltung ewig junger Liebe.

Es fiel den jungen Leuten ein, daß sie solche Kleider haben müßten notwendig, besonders Züseli, aber woher das Geld dazu nehmen, ohne es zu stehlen? Benz hatte das seine fast ganz in Barthlis Nutzen verbraucht, Züseli nie welches gehabt, und zwei ganze B'kleidige, sie mochten so wohlfeil rechnen, wie sie wollten, kosteten immer schon eine Summe. Sie hätten wahrscheinlich es machen können wie andere, auf Borg nehmen, aber sie schämten sich dessen und wußten, daß man auf diese Weise alles teurer bezahlen muß. Da sie nun an eine Zukunft dachten, so graute es ihnen vor Schulden und unnötigen Ausgaben.

Als Barthli einmal guter Laune schien, chlütterlete ihm Züseli sehr, hätte ihm fast vorgetanzt wie dem Herodes seines Weibes Tochter, und als er eben recht ermürbet schien, rückte Züseli aus mit seinem Anliegen. Aber potz Himmelblau, wie gab's da plötzlich schwarze Wolken, und wie blitzte und donnerte es aus denselben schrecklich! Was ihn das angehe, begehrte er auf, er wolle es ja nicht heiraten; wer es haben wolle, der solle ihm auch für die Kleider sorgen; er sei mit einem Tochtermann gestraft genug, er wüßte nicht, aus wes Grund er jetzt noch mit solchen Kosten solle geplagt werden; kurz, er machte es ungefähr so wie mit den Arbeitern, hatte es mit der Tochter wie mit dem Hüsli: am liebsten wäre es ihm gewesen, wenn es beim alten geblieben wäre.

Züseli wollte ihm vorstellen, wie Benz bereits so viel Geld in Barthlis Nutzen verwendet, so manche Maß Brönz oder Wein und anderes mehr angeschafft usw. „Wer hat ihn g'heißen?" brüllte Barthli, „wer ihn g'heißen hat, der soll es ihm wiedergeben. Wenn eins von euch einen guten Blutstropfen hätte, ihr kämet mir nicht mit solchem Anmuten jetzt, wo ich solche Kosten habe, worob ich fast z'hinterfür g'rate." Wie das Züseli weh tat, besonders wegen Benz, und wie es sich vor ihm schämte, kann man denken. Es dachte oft: am Ende könne es ja auch in seinen alten Kleidern gehen, es werde doch an denen allein die Liebe nicht hängen. Wenn es sein möglichstes tue mit Arbeiten, Huse, Liebha und Benz die Hände unter die Füße lege, so könne es doch fast nicht glauben, daß es gestraft werden sollte für eine Sache, deren es sich so gar nichts vermöge.

Einmal, als es alleine vor dem Häuschen saß, Erdäpfel rüstete und dazu bitterlich weinte, kam Hans Uli dazu und wollte wissen, was es habe. Nach vielen Ausflüchten beichtete endlich Züseli. Erst wurde Hans Uli zornig, dann lachte er und sagte: „D'r Alt ist doch immer der gleiche; den könnte man in einem Mörser zerstoßen von unten bis oben, er bliebe der Barthli und würde um kein Haar anders. Aber tröste dich, du mußt Kleider haben und Benz auch;

der Alte muß zahlen, er mag wollen oder nicht, ich verrechne ihm dieses in die Baukosten." „Das nit, Hans Uli, ume das nit! Ich betrog den Vater mein Lebtag nie um einen Kreuzer, obschon ich es oft nötig gehabt wegen Hunger und Durst; jetzt will ich nicht anfangen und b'sunderbar nicht mit den Hochzeitkleidern; was hülfen neue Kleider, wenn sie mit veruntreutem Gelde angeschafft wären, ich müßte mich ja drinnen schämen, ich dürfte nicht vor auf-luegen!" antwortete Züseli. „Du bist ein wunderlich Ding", sagte Hans Uli, „und wenn du alt wirst, wirst einen Kopf haben akkurat wie dein Alter, vielleicht nit so e wüste, aber uf das allerwenigst ebeso ne wunderliche."

Glücklicherweise kam Barthli zufällig zu diesem Handel. Hans Uli wusch ihm tapfer die Kutteln, sagte ihm: er sei der wüstest Alt gegen seine Kinder im ganzen Emmental, und wenn sie nit warten möchten, bis er aufhören müsse, sie anzugrännen und auszubranzen, so geschähe es ihm recht, denn er wäre selbst schuld daran. Mit diesen und ähnlichen kräftigen Redensarten brachte er es endlich dahin, daß Barthli sagte: des Tüfels Zwängs hätte er bald genug. Das werde schön herauskommen, wenn jedes Bettelmensch in Seide und Sammet z'Chilche well. Er solle machen, was er wolle, es gehe zum andern; er wäre alt genug, um in solchen Sachen Verstand zu brauchen. Daneben sei es ihm ganz gleich, am Ende müßten sie denn doch sehen, wer zahle. Schulden seien bald gemacht, aber wiedergeben, das habe eine Nase, sie würden es erfahren. Er machte Züseli bitterlich angst, es wollte verzichten auf neue Kleider, aber Hans Uli tröstete und sagte: hoffärtig habe er die Leute nicht gerne, aber wer bei solchen Anlässen nicht tue wie üblich und bräuchlich, werde später reuig oder ein Kolder, der sein Lebtag tromsigs drin sei. „Das ist grober Tubak", sagte Barthli. „Kannst mit machen, was du willst", lachte Hans Uli, „ihn liegenlassen oder schnupfen, es stößt dir ihn niemand in die Nase."

Züseli war ein recht schönes Bräutchen und hatte wirklich kindliche Freude an sich selbsten, die recht rührend war. Es hatte sich selbst noch nie in einem ordentlichen Anzuge, wo alles zueinander paßte, gesehen. Wenn es schon zuweilen zu was Neuem kam, so machte das Neue das übrige nur älter und schäbiger. Es ward gar nicht satt, an den neuen Schuhen, den neuen Strümpfen und an einem Stück nach dem andern sich zu ergötzen, gerade wie ein Kind bei der Weihnachtsbescherung. Dasselbe läuft ums Bäumchen, an welchem die schönen Sachen hängen, herum, von einem Stück zum andern, hat bei jedem neue Freude und jedesmal noch größere als die frühern Male.

Es war aber nicht bloß an einem Tage glücklich, wie es leider Gott so manchem armen Bräutchen geschieht, sondern alle Tage glücklicher. Züseli war, seit die Mutter gestorben, an freundliche Worte gar nicht gewohnt; wenn es das ganze Jahr durch drei oder vier der Art vom Vater erhielt, so war es aller Handel. Nun, Benz war auch kein Zuckerstengel; indessen kriegte Züseli doch alle Tage einige gute von ihm, und die andern waren doch wenigstens nicht böse und schnauzig. Zudem ging ihm eine schöne Zukunft auf. Benz tat zum Korben geschickt, gab schon im ersten Winter dem Alten wenig nach.

Hans Uli fragte Barthli einmal: „Und jetzt, wie geht's mit dem Tochtermann, weißt ihn jetzt was zu brauchen?" „He", sagte Barthli, „es ging, z'arbeite ist er e Gute, und wenn er d's Korbe g'lert hätt und nit d'r Tochtermann wär, es hätt m'r chönne übel gah; er ma mih bald mit d'r Arbeit, und es rückt ihm us d'r Hand, wie wenn er scho lang d'rbyg'si wär. Aber zum Tisch, da ist er e Uchumlige, e Uhung, daß ih's graduse säge; dä frißt d'r nit wie es arms Mannli, sondere wie e ryche Bur, wo zehn Küh im Stall hat."

„O säg du, Barthli", sagte Hans Uli lachend, „u de du? Du hast oft an meinem Tische gegessen, und wenn einer mehr mochte, ich oder du, so warst du es." „O ja, da will ich nichts sagen, so z'ung'radem oder auf der Stör", erwiderte Barthli ruhig, „aber ich meine nicht das, ich meine z'ordinäri daheim, einen Tag was den andern. Das ist ganz was anderes, das g'spürt me, du glaubst's nit." „Wohl, das glaub ich", sagte Hans Uli, „hab's auch schon erfahren. Oder meinst, e Bur g'spür's nit o, wenn ihm einer frißt wie angerhalbe Metzgerhung?" „Er wird wohl", antwortete Barthli, „aber was frag ich dem nach? Er wird d'rfür dasy, oder wofür wär er sust da?"

„So, du bist m'r e Lustige!" sagte Hans Uli. „Meinst du dann, wir seien hagenbuchig g'füttert? Wenn d'rnah öpper g'hörti, wie d' redst, du bekämst keini einzigi Stör mehr." „Was frag ich den Stören nach", sagte Barthli, „wenn ih ume d'Wydli ha; ich komme viel weiter, wenn ich sie brauchen kann, wie ich will, als wenn ich sie den Bauren verkorben muß und dabei kaum das lautere Wasser verdiene." „Aber meinst, man lasse dir die Wydli, da steckt man dir den Nagel", sagte Hans Uli. „Ohä", sagte Barthli, „selb tut man nicht. Die Bauren begehren nicht, daß ich einmal wiederkomme und in ihren Matten den Weiden nachgehe, und das täte ich, müßt ja nachholen, was sie mich versäumt; sie begehren nicht, daß ich zusehe, wie sie einander das Wasser stehlen, oder in trüben Nächten den alten Bauren, welche auch wiederkommen müssen, erzähle, was für Uhüng es us ihre Bube gä heig."

Barthlis Mundstück blieb das nämliche, aber seine Kräfte nahmen sichtlich ab; die Erlebnisse im Sommer hatten sein ganzes Eingericht erschüttert und aus dem Gleichgewicht gebracht. Er klagte es nicht, er hüstelte nur etwas mehr als sonst und wurde nie böser, als wenn Züseli ihm zumutete, er solle doch was brauchen, Tee oder Doktorzeug. Er strengte sich dann nur mehr an zur Arbeit und verbarg seine Schwäche um so sorgfältiger. Einmal brachte ihm Züseli eine Halbe roten Wein, da begehrte er über die Verschwendung grimmiglich auf; so aufgebracht hatte ihn Züseli kaum je gesehen, es fehlte nicht viel, er hätte ihm die Flasche ins Gesicht geschlagen. Solange das alte Häuschen gestanden, sei kein Wein dareingekommen; jetzt, sobald ein neues habe sein müssen, habe der Teufel seine Eier dreingelegt, und jetzt könne er schon sehen, wie es gehen werde, wenn er einmal die Augen zuhabe. Aber er täte es ihnen nicht zu Gefallen, Platz z'machen, er wolle eine Weile ihnen zeigen, wodurch es gehen müsse.

Solche Reden sind aber vermessen und stehen dem Menschen nicht zu; es ist ein anderer Meister. Am folgenden Morgen war Barthli tot im Bette, aber umgedreht war ihm der Hals nicht; er schien eines ganz friedlichen Todes gestorben zu sein.

Züseli ging dieser Tod nahe zu Herzen; daß Benz trauriger gewesen als andere Tochtermänner, die einen wunderlichen Schwiegervater verloren, können wir nicht behaupten. Aber in großer Angst und Verlegenheit waren beide, wo Geld nehmen und was mit den Schulden anfangen, welche dasein mußten.

Begreiflich ging Benz alsbald zu Hans Uli, um Rat und Trost zu fassen. „Geh zum Pfarrer und gib ihn an, und mit der Gräbd macht's wohlfeil, allweg bloß eine Käsgräbd im Hause, keine

Fleischgräbd im Wirtshaus. Ich werde noch manchmal Langeweile nach ihm haben, daneben ist's ein Glück für euch und ihn, daß er nicht lange krank sein mußte, das hätte eine schwere Not gegeben", sagte Hans Uli. Benz frug noch, wo er wohl Wein und Käs nehmen sollte, daß sie es am wohlfeilsten machten, er wüßte ohnehin fast nicht, wie zahlen; sie hätten kaum zehn Batzen Geld im Hause. Mit der Zeit könnten sie es schon bezahlen, wenn ihnen nur jetzt jemand dings geben wollte. „Warum nicht! Sag nur, man hätte euch diesen Morgen alles versiegelt, und geh gleich zu einem Gerichtssäß und laß wirklich versiegeln, da darf es dir kaum jemand absagen; ohnehin tät es kaum jemand, man ist mit euch zufrieden, und bei solchen Gelegenheiten erfährt man es, was der Name macht."

Als nun Benz von Weiterm noch reden wollte, sagte Hans Uli: „Geh jetzt, mach, wie ich gesagt! Am Begräbnistag am Abend komm dann mit Züseli, so will ich euch über d'Sach b'richte. Fürchtet euch einstweilen nicht, so bös ist d'Sach nicht." Das war ein Trost, aber vollständige Beruhigung brachte er doch nicht. Daß sie blangeten auf den verhängnisvollen Abend, wird man begreifen.

Die Nachbaren zeigten sich recht gut gegen das junge Ehepaar; sie boten sich an zum Wachen bei der Leiche, zu laufen für sie, wenn sie was zu verrichten hätten, und wenn sie irgendwas nötig hätten, sollten sie es sagen ohne Komplimente. Ihrer Leben lang hätten sie nicht geglaubt, daß die Leute es so gut mit ihnen meinten, sagten Benz und Züseli. Sie hatten die Menschen noch nicht gründlich erfahren. Es ist keine Frage, die Menschen sind gutmütig, doch nicht gerne lange hintereinander; sie sind mitleidig, aber jemand, mit dem sie in die Länge zu tun haben sollten, wird ihnen sehr leicht lästig. Nun, so vom Tode bis zum Begräbnis und bei den Bessern einige Tage darüber, da geht es schon.

Es kamen noch viele Leute mit Barthli zu Grabe, und an der Käsgräbd führten sich alle bescheiden auf; allgemein war die Rede, die jungen Eheleute hätten einen bösen Anfang und müßten zur Sache sehen, wenn sie g'fahren wollten. Den Nachmittag füllten sie mit Waschen und Fegen, und am Abend machten sie mit schwerem Herzen zu Hans Uli sich auf.

Dort mußten sie erst essen und trinken, ehe Hans Uli an die Geschäfte wollte. Es kam ihnen vor, als seien sie am Henkermähli, und erst als der Alte sah, daß nichts mehr runterwollte, führte er sie ins Stübli. Dort lagen Papiere auf dem Tische, und in der Mitte war ein alter, wüster Kübel und was drinnen. Züseli mochte gar nicht hinsehen, was es sei, aber es dachte: sellig Sache putze man sonst fort, ehe man fremde Leute in ein Gemach führe. Die Papiere enthielten Rechnungen und Quittungen über den Bau. „Herr Jeses, wieviel!“ seufzte Züseli aus gepreßtem Herzen, „das wird e Usumm mache!“ „Ho“, sagte der Alte, „es macht sich; man hausete, soviel man konnte, man hätte leicht d’s Halb mehr brauchen können, und fertig seid ihr noch nicht. Wenn ihr machen lassen wollt, was nötig ist, so kostet es noch einen Büschel Geld, und ich wollte es fertig machen. Es ist nichts wüster anzusehen und nachteiliger als so unausgemachte Häuser. Läßt man sie einmal liegen, so bleiben sie liegen; solche Häuser werden nie mehr ausgemacht, aber z’plätzen hat man an ihnen fort und fort, solange sie stehen.“

„Aber wieviel würden wir dann schuldig, das wir verzinsen müßten?“ fragte Benz mit beklommener Stimme. „Der Vater selig mußte nichts verzinsen und konnte es kaum machen.“ „He“, sagte Hans Uli, „rechnet selbst: es werden ungefähr dreihundert Taler ausgegeben sein, und mit hundert Talern läßt sich noch viel machen, wären also zusammen vierhundert Taler. Es kostet mehr, als ich anfangs dachte, aber ich dachte, es sei besser, d’Sach gleich recht zu machen.“ „Wieviel macht das Zins?“ frug Züseli halblaut. „He, sechzehn Taler macht’s, wenn man das Geld schuldig ist.“ „Sechzehn Taler im Jahr!“ seufzte Züseli. „Es ist schon ein Geld, wer es zahlen muß“, sagte Hans Uli, „aber ihr müßt es nicht zahlen, ihr seid mir das Geld nicht schuldig; es war Barthlis Geld.“

Da stunden beide und hielten das Maul offen. „D’s Vaters?“ fragte endlich Züseli. „Ja, d’s Vaters“, sagte Hans Uli, „und seht, da ist noch mehr“, und somit schob er ihnen den wüsten Kübel dar, nahm das Papier weg, welches drin lag, und fast halb voll grober Silberstücke war er. Da verschmeieten beide fast, und Züseli sah den Alten an mit einem Blicke, als ob es sagen wollte: „Warum hältst du uns zum besten?“ „Sieh mich nur an, Фraueli, ja, es war eueres Vaters Geld; jetzt ist’s euer Geld.“ Und nun erzählte ihnen Hans Uli den Hergang, gab ihnen das Papier zur Hand, auf welchem von den Männern verzeichnet stand, wieviel sie im Kübel vorgefunden, woraus sich ergab, daß der bessere Teil noch vorhanden war.

Sie stunden da, daß es wohl kein großer Unterschied war zwischen ihren Gesichtern und dem Gesicht, welches Lots Weib machte und das man noch in der Kirche zu Doberan, freilich etwas verblichen, sehen kann, als es hinter sich sah und die brennenden Städte ihm in die Augen fielen; indessen der Ausgang war anders. Züselis Gesicht versteinerte nicht, kriegte zuerst Leben, und Wasserbäche strömten aus seinen Augen, daß der Vater so bös gehabt und so viel Geld, daß er sich nichts gegönnt und nur für sie gehauset, daß sie es nicht gewußt und nichts für ihn getan, nicht den Doktor geholt oder ihm wenigstens doch eine Laxierig oder andern Zeug gegeben hätten.

„Nun", sagte endlich Hans Uli, „es freut mich, daß du daran sinnest und z'erst plärest und nicht jauchzest. Daneben höre jetzt mit Plären auf und plage dich nicht zu fast mit dem Kummer, er habe seine Sache nicht gehabt. Er wollte es so, und das war seine Freude, und wie das Sprichwort sagt, es habe jeder Narr Freude an seiner Kappe, so ist's meine Meinung, daß man ihm diese Freude nicht störe; das ist sein Wohlleben, und wenn er euch jetzt gesehen und euere Gesichter, so hätte es ihn gelächert wie sein Lebtag noch nie. Diese Freude wollen wir ihm wohl gönnen, aber nicht mehr; andere Leute brauchen nicht zu verstaunen über Barthlis Schatz. Wenn es auf mich abkäme, ich ließe davon nichts unter die Leute. Daneben macht, was ihr wollt; dir, Frauli, wär das ein schwer Zumuten!"

Benz sagte: er danke für den Rat, er sei ganz der Meinung; die Leute wären jetzt so gut, wenn sie vernähmen, wie reich sie geworden, würden sie mißgünstig. Das best werde sein, daß sie Land kauften, daß sie eine Kuh halten könnten. Da lachte der Alte herzlich, sagte endlich: „Häb's nit für ungut, aber das wäre gerade das dümmst. Meinst nit, es nähme die Leute wunder, woher du das Geld hättest, wenn du dich plötzlich so aufließest? Doch d'Hauptsach ist die: Du willst ein Korber werden, und das ist recht; du siehst, es hat seinen silbernen Boden. Aber was ihr verdient, was die Haushaltung kostet, überhaupt wie das Haushalten geht, das wißt ihr nicht. Jetzt hürschet nicht alles durcheinander, meinet, es möge sich alles ergeben, alles erleiden, auf welche Weise die meisten Weibergütlein dahingehen, man weiß nicht wie, und wo man obendrein noch Trom und Boden verliert. D's Hüsli laßt ausbauen, dann hüselet fort, ungefähr so wie bisher. So erfahret ihr genau, was ihr verdient und was ihr braucht, ob ihr übrig habt oder z'wenig, und d's Vaters Geld laßt einstweilen ruhig, als ob es gar nicht da wäre. Läßt Gott euch gesund, so werdet ihr ohne Zweifel mehr verdienen als brauchen; daraus könnt ihr euch nach und nach Sachen anschaffen, und deren braucht ihr viel, denn ihr habt von allen Sachen nichts, in mancher Bettlerhaushaltung hat man mehr. Unterdessen laßt das Geld arbeiten, man findet ihm schon Platz, daß es hierherum nicht bekannt wird. Seid ihr dann durch euere Arbeit gut in Stand gekommen, im Handwerk b'rühmt und b'liebt, dann ist noch alle Zeit, Land und Kuh zu kaufen, wenn es sich wohl schickt und ihr noch Lust dazu habt. Dann freut es die Leute noch, sie halten euch viel darauf und sagen: husligere Leute gebe es nicht, aber es sei ihnen z'gönnen, sie arbeiteten darnach, z'unnütz sehe man sie keinen Kreuzer vertun; wenn alle so wären, es gäbe weniger Arme, und es ginge besser auf der Welt."

Wie die jungen Leute dem Alten dankten, kann jeder sich denken. Er war selbst über die Innigkeit gerührt und ließ sich erbitten, ihnen den Schatz ferner zu verwalten.

Stumm gingen sie lange nebeneinander auf dem Heimweg. Endlich sagte Züseli: es möchte abhocken und beten. Als sie wieder aufstunden, fiel Züseli dem Benz um den Hals und sagte: „O Benz, wie sy m'r jetz z'weg so ung'sinnet! Aber gäll, hochmütig und gyzig wei m'r nie werde, zum Krüzer luege und i d'r Liebe blybe und nie v'rgesse, für e Vater z'bete alli Tag, und nie v'rgesse, woher alles chunnt und wem m'r alles z'v'rdanke hei?" Benz drückte sein Weibchen ans Herz, und stumm Hand in Hand wanderten sie ihrem Häuschen zu und werden darin, so Gott will, den Frieden auf Erden finden und dabei sorgen für den Frieden im Himmel.

Der Oberamtmann und der Amtsrichter

1853

Es war ein schöner Herbsttag: der rote Apfel im grünen Laube, die langen Reihen auf großen Äckern, wahre Schatzgräber, die aus dem Boden schlugen die rauhen Kartoffeln, wichtiger der Menschheit als Silber und Gold, der Sämann, der mit ernstem Gesichte und langen, gemessenen Schritten den Samen strömen läßt aus kundiger Hand, bezeugen es, daß man in die dritte Zeit des Jahres gekommen. Wer mit rechtem Auge einen Sämann schreiten sieht über den dunkeln Acker, dem rieselt Ehrfurcht in die Seele, mahnt sie ans Beten, weil nahe sei das unsichtbare Wesen, zu dem man in allen Zungen betet und mit keinem Auge es sieht. Der Sämann mahnt nicht bloß an das Evangelium und den Sämann, der das ewige Wort aussät, das in gutem Grunde hundertfältig Frucht trägt, Frucht, die zum ewigen Leben die Seelen speiset, der Sämann ist ein Gehülfe Gottes, und neben ihm wandelt Gott.

Der Handwerksmann kauft sich den Stoff zu einem Geräte, schafft daran, bis er fertig ist, oft mit selbstgemachtem Werkzeuge, und was seine Hand gemacht, verkauft er wieder oder liefert dem Besteller es ab zur bestimmten Zeit, das heißt, je nachdem er sein Wort gab oder nicht. Der Schuhmacher nimmt vom Gerber das Leder, setzt sich in seine Werkstatt, unabhängig von Wind und Wetter; scheint ihm die Sonne nicht, zündet er die Lampe an, und das Paar Schuhe, welches er am Morgen angefangen, ist, wenn er's kann, am Abend fertig. Er ist gewissermaßen Herr seiner Arbeit von Anfang an bis ans Ende.

So nicht der Sämann; er ist nur Gottes Ackerknecht und tut am großen Werke das Geringste. Den Samen hat Gott geschaffen, fruchtbaren Boden hat Gott gemacht, den Samen sammelt der Mensch, bereitet den Acker zum Empfang des Samens und bringt ihn in den Boden. Jetzt aber ist der Sämann einstweilen fertig, jetzt nimmt ihn Gott in seine Hand und tut das Wichtigste, was kein Sämann, rechne er nach einfacher oder doppelter Buchhaltung, säe er mit der Hand oder der Maschine, vermag: er weckt den Lebenskeim im Samenkorn, läßt ihn sprengen den Grabesdeckel, durchbrechen der Erde harte Kruste und in hoffnungsreichem Grün die Felder schmücken. Er behütet die grüne Saat, hüllt sie in die warme, weiße Decke, hebt diese wieder zu seiner Zeit, gießt Regen nieder und läßt die Sonne brennen, bis endlich weiß zur Ernte die Felder werden, und dem Knecht, der am fleißigsten den Acker ihm bestellte, am sorgfältigsten säte und eggte, während er neben ihm wandelte, der beste Gehülfe ihm war, lohnt er mit dem besten Segen. Darum ist auch der gute Landmann so fromm, er hat das sicherste Maß für das, was er tut und was Gott tut; das Gefühl seiner Ohnmacht ohne Gottes Hülfe wird ihm alle Tage neu, aber auch die Freudigkeit im Bewußtsein: „Mit mir ist Gott, und wenn er mit mir ist, was vermag, wer wider mich ist?"

Auf einem Hügel, umkränzt von weiten Äckern, auf denen viele Sämänner gingen, stand ein Schloß, kein modernes oder verschnörkeltes, sondern ein einfaches, ehrenfestes, in das man mit getrostem Mute trat, man wußte, weshalb. Aus dem Tore kamen zwei gaukelnde Hühnerhunde, hintendrein Kinder, nach ihnen Damen, von einem schlanken Mannsbild begleitet, den Zug schlossen zwei stattliche Herren. Der eine war der Stellvertreter der gnädigen Obrigkeit in einem gewissen Bezirk, ehedem Landvogt, dann Oberamtmann, jetzt Regierungsstatthalter geheißen. Das gehört auch unter die Landplagen unserer Zeit und zum entscheidenden Fortschritt, daß fast mit jedem Mondwechsel Moden, Gesetze und Titel ändern, was die Leute fort und fort stürmer und dümmer macht, Autorität und Zucht immer mehr zersetzt, den Leuten das Geld wegbeißt wie Heuschrecken das Gras. Der andere Herr war des ersten Bruder und Vater des jungen bei den Damen, der in fremdem Dienst und im Urlaub war. Es war eine echt patrizische Familie, noble Leute, gerecht, praktisch, kühn, nicht ohne Grund voll Selbstbewußtsein, daher keinem Adel nachstehend. Fürst Windischgrätz soll in jüngern Jahren einmal diesen Adel bloßen Bauernadel genannt und deswegen mit einem bernerischen Rittmeister, der diesem Adel angehörte und mit Windischgrätz diente, ein Duell gehabt haben.

Sie zogen aus, einen Amtsrichter, der ein reicher Bauer war, zu besuchen; es war nicht zum erstenmal. Der Herr Landvogt oder Oberamtmann war Vorsitzer des Amtsgerichts, lud nach abgetanen Geschäften in der Regel die Amtsrichter zum Essen ein, was ein trauliches, aber durchaus kein abhängiges Verhältnis erhielt. Die Amtsrichter, gewöhnlich die angesehensten Bauern im Bezirk, luden dagegen auch den Herrn Oberamtmann ein samt Familie, was für diese gewöhnlich ein Fest war und mit Recht, denn es ging stattlich zu, und die ländlichen Weisen behagten ihnen besser als die köstlichste Aufwartung. Amtsrichter, welche nicht rechte Bäurinnen daheim hatten, taten mit den Einladungen nicht nötlich, und wenn sie übergangen wurden, nahmen sie es nicht übel. Zu einem rechten Bauernhof gehört eine rechte Bäurin; fehlt diese, haben Bauer und Hof den Glanz verloren. Eine Bäurin kann weder durch eine Köchin noch eine Haushälterin und am allerwenigsten durch ein Gesellschaftsfräulein, welches anständig den Tee serviert, ersetzt werden; es muß halt eine Bäurin sein, es tut's nicht anders. Der Besuch galt dem reichen Amtsrichter Grün auf der Säublume. Die Säublume war weit und breit der schönste Hof und so geheißen wegen des fetten Grases, der sonnigen Lage, daher dort immer die ersten gelben Säublumen zu sehen waren.

Der Oberamtmann und der Amtsrichter hatten sich eben nicht am liebsten, aber sie achteten einander und trugen Sorge zueinander wegen des allgemeinen Besten. Es waren zwei stolze Männer, beide ihres Einflusses und ihres guten Willens sich bewußt, daher keiner geneigt, dem andern weiter nachzustehen, als es gerade das Amt erforderte. Der Oberamtmann war nicht unkundig auf dem Lande. Seine Familie hatte ihre schönen Bauerngüter nicht verhändelt, um höhere Einkünfte zu gewinnen, brachte auf denselben ihre meiste Zeit zu, daher der Oberamtmann im Landleben heimisch war. Aber die Gesetze kannte der Amtsrichter besser, das trieb dem Oberamtmann oft das Blut zu Haupt. Damals hatte man eine ehrenfeste Gerichtssatzung, die änderte nicht alle Tage, war Vater und Sohn bekannt von Jugend auf; jeder wußte, was Trumpf war, konnte sich mehr oder weniger selbst helfen, wußte, was mutwillig Tröhlen war, konnte einen verlorenen Handel von einem sichern unterscheiden. Darum waren damals auch weniger Prozesse, und wo jetzt zehn Fürsprecher reichlich schneiden, fand damals kaum einer sein mäßig

Brot. Der Landmann behielt sein Geld im Sack, und Friede war im Lande und unter den Nachbarn.

Der Oberamtmann hatte einen gerechten Sinn, aber heißes Blut; da geschah denn zuweilen, daß er sich verfing, daß er, wenn es zuweilen über die Schnur ging, den Amtsrichter als Widersacher fand, und zwar als einen, der recht hatte. Himmel, wie ginge es einem Oberamtmann jetzt, wo hinter einem jeden Regierungsstatthalter her wenigstens zwei Fürsprecher und ein Agent sind, der eine Fürsprecher eine Beschwerdeschrift macht, wenn er links sieht, der andere eine administrative Klage ausspielt, wenn er rechts sieht, während der Agent auf der Lauer steht und jeden aufhetzt, der zum Schloßtor aus- und eingeht, wenn der Regierungsstatthalter nicht reine Sache hat. Es sind grundarme Bursche, die nämlich, welche regieren sollen, sie dürfen nicht, wenn sie schon möchten; man findet daher selten einen rechten Mann am Brett. Es wurde ehedem viel besser regiert, wohlfeiler, das Volk war zufriedener. Ein christlich Regiment wird durch nichts mehr verhunzt als durch zu viel sogenannte Justiz.

Der Amtsrichter hatte auch seine Schwächen; er war unbestechlich, aber über Sympathie und Antipathie soll er sich bei aller Gesetzeskunde nicht immer erhoben haben. Dann klopfte ihm der Oberamtmann mit großem Behagen auf die Finger. Beide wirkten wohltätig in der Gegend, beide waren so ehrenfeste Männer, daß die Menge Glauben hatte an sie; das ist eine seltene Sache und viel wert. Die Menge hat sonst in der Regel mehr Glauben zu schlechten Ratgebern als zu den ehrenfesten, dieweil jene nach Gunst reden, diese nach ihrem Besten. Sie lebten in anständigem Verhältnis, schnitten sich nicht hinterrücks die Ehre ab, aber Freunde, wie man sie dafür hielt, waren sie nicht. Ja, es war in der letzten Zeit eine Wolke zwischen ihnen gewesen, welche der Oberamtmann vertreiben wollte. Er hatte wegen einer blutigen Schlägerei, bei welcher Verwandte des Amtsrichters beteiligt waren, sehr harte Bußen veranlaßt, was dem Amtsrichter ins Fleisch ging, die er aber diesmal nicht wenden konnte, denn der Oberamtmann stand auf gesetzlichem Boden.

Solche Besuche machte der Oberamtmann gern, wenn Verwandte oder Bekannte bei ihm waren. Er verschaffte mit solchen Partien seinen Gästen Vergnügen, denn der Weg zur Säublume war schön und die Aufwartung mit echter Landeskraft ausgezeichnet. Er zeigte aber auch gern und mit Stolz den Reichtum der Bauern, und wenn er sie auch in einzelnen Fällen untertäniger wünschte, so hatte er doch im allgemeinen auch Freude an ihrem Stolz. Denn wo reiche und stolze Bauern sind, da muß die Regierung, auch wenn sie eine aristokratische ist, doch nicht ganz schlecht, selbstsüchtig und despotisch sein, sondern sich ums Wohl des Landes wirklich kümmern. Und was hat eine Regierung in einem stolzen und reichen Lande für Kräfte gegenüber einer Regierung in einem armen und gebeugten Lande!

Der Bruder des Oberamtmanns, Oberst in fremden Diensten, wollte dies durchaus nicht begreifen; der meinte, man müsse die Bauern unter der Schere halten, sonst wüchsen die Bauern unversehens dem Herrn über den Kopf aus. Dagegen erzählte der Oberst mit glänzenden Augen von seinen herrlichen Burschen im Regiment, wie sie dem Teufel Zahn um Zahn aus dem Maul brechen würden, wenn sie ihn einmal hätten, und wie er mit seinem Regimente stehenbleiben wolle, und wenn die ganze Armee davonliefe, kein Kopf sollte sich rückwärts wenden, geschweige ein Fuß. Mit sichtbarem Behagen erzählte er Exempel von den mannhaftesten Burschen, die niemanden fürchteten, selbst die Offiziere nicht, wenn sie im Recht waren, doch alles in den vorgeschriebenen Schranken der Subordination. Der gute Oberst begriff nicht, daß nur in einem Lande, wie der Oberamtmann regieren half, Bursche wachsen konnten, wie er zu kommandieren das Glück hatte. Es ging ihm halt so wie noch Höhergestellten, wie mancher Regierung: er begriff den Zusammenhang zwischen hinten und vornen nicht.

Der Herren lebhafter werdendes Gespräch unterbrach die Frau Oberamtmännin mit der Frage: „Du hast es doch dem Amtsrichter sagen lassen?" „Habe nicht Kummer, ich ließ es ihm durch einen Landjäger, der dort vorbeiging, melden", anwortete ihr Herr.

Die Frau Oberamtmännin hatte die Frage eigentlich nur getan, um die Brüder zu unterbrechen. Sie kannte die Hitzköpfe, und, wie der Jäger die verschiedenen Töne in den Stimmen seiner Hunde kennt, so wußte die Frau Oberamtmännin ganz genau aus der Stimme ihres Eheherrn, ob er einem harten Zanken entgegenging oder nicht. Die beiden Brüder zankten oft gewaltig, daß weithin ihre Stimmen schollen; ihrer Einigkeit tat es aber keinen Eintrag, ließ nicht einmal Bitterkeit zurück; sie trotzten niemals, sie waren es von Jugend auf gewohnt, aber da in freier Luft hätte es die Frau Oberamtmännin doch ungern gehabt. Die Brüder hätten dann freilich französisch geredet, aber Brüllen ist Brüllen, sei es französisch oder deutsch, und französisches Gebrüll oder deutsches verstanden die Bauern aufs Haar gleich gut.

„Du wirst ihm ein Billet geschrieben haben?" frug die Dame weiter. „Warum nicht gar!" antwortete der Oberamtmann heftig. „Er versteht besser mündlich als schriftlich!" „Es gibt noch mehr Leute, die es so haben", lachte der Oberst, „kein Wunder, daß ihr euch so gut zueinander schickt." Allerdings nahm der Oberamtmann fast ebenso ungern eine Feder als eine Nadel zur Hand. Er war früher auch Militär gewesen; auf dem Lande erwachsen, sollte er von Präzeptoren geschult werden, hielt sie zum besten, ärgerte sie, bis sie fortliefen, und strich Eichhörnchen und anderm Hochwild nach. „Da hörst meine Frau", sagte der Oberamtmann, „die meint es erst gut mit den Bauern, und wenn du sie mit dem Amtsrichter zusammen siehst, so wirst du finden, daß ich Ursache hätte, eifersüchtig zu sein."

Nun erhob sich ein anmutig Wortgeplauder zwischen den Herren und Damen, denn des Obersten Frau, eine Fremde, war auch dabei. Die Frau Oberamtmännin war eine gute, aber verdammt kluge Dame. Sie liebte ihren biedern Mann von ganzem Herzen, aber sie kannte ihn auch durch und durch. Mit der zärtlichsten Emsigkeit räumte sie ihm alle Steine aus dem Wege, suchte allenthalben gut Wetter zu machen und wußte dazu die Stimmungen seiner Seele zu beherrschen wunderbar; das ist eine unendlich größere Kunst als Klavierspielen oder Geigen. Wer ein Klavier oder eine Geige handhabt, kann darauf herumfahren nach Belieben und Verstand, es ist ihm niemand im Weg, pfuscht ihm niemand darein; wer aber auf einem Herzen spielen will, dem will die ganze Welt und alle Menschen mithelfen, bald von rechts, bald von links trampeln auf den Tasten herum, greifen in die Saiten hinein. Da gilt es, die Töne, die andere greifen, zu meistern, daß sie klingen schön und fein, wie der Meister oder die Meisterin wollen, daß ein lieblich und wohllautend Spiel ertönet immer und immer von dem geliebten Herzen her. Diese Kunst ist nur ähnlich der großen Kunst Gottes, der jedem Esel seinen Willen läßt und jeden Menschen machen, was er will, und doch es macht, daß alles seinem Willen dienet und alles kömmt, wie er will. Diese wunderbare, große Kunst, die heilig ist und teuflisch, je nachdem sie mit heiligem oder teuflischem Sinn getrieben wird, diese Kunst ist hauptsächlich des Weibes Gabe, liegt bei ihm wenigstens mehr im Vordergrund als bei dem Manne, kömmt bei ihm zu größerer Vollkommenheit, wenigstens in Anwendung auf den einzelnen, wenn auch nicht auf die Massen.

Ach, wenn die Mütter, beide, die Damen und die Käs- und Kabisweiber, ihre Mädel diese Kunst lehrten oder lehren ließen statt die des Klavierens und das christliche Musikgehör ihnen ausbildeten, ach, da würde es schön auf Erden, und die verklungene Sphärenmusik klänge wieder in jede Hütte hinein, und wo sie klingt, da weht der Friede Gottes. Man klagt, der liebe Gott schicke keine Engel mehr auf Erden. Wißt ihr, warum, lieben Leute? Das ist wegen des entsetzlichen Klavierens, das zu Stadt und Land fast in jedem Hause in Schwung gekommen, davon alle Wände zittern wie die Mauern von Jericho vor den Posaunen. Dieses Klavieren, so entsetzlich und jammersüchtig, mögen die Engel nicht ertragen, haben es Gott geklagt, sie kämen total ums Gehör, wenn sie viel danieden sein müßten. Entweder sollte er doch das Klavieren abstellen oder sie verschonen mit Sendungen usw. Da soll Gott gesagt haben: er begreife sie vollkommen, hätte es selber so, aber einstweilen könne er selbst es nicht abstellen, denn womit die Evatöchter einmal besessen seien, seien sie besessen. Aber er wolle die Engel von der Erde dispensieren, solange dieses Besessensein dauere; ohnehin hörte man nicht, was sie auszurichten hätten, vor diesem gräßlichen Gequieke und Gequake.

Die Frau Oberamtmännin war eine wahrhaft fein gebildete Frau; das Neueste hatte sie zwar nicht gelesen, war auch nicht in allen freien Künsten bewandert, aber sie besaß das richtigste Gefühl für alles, was andern angenehm oder unangenehm war, wußte genug, um einen angenehmen Sprechstoff bei der Hand zu haben, hatte also das Wichtigste zu der wahren Höflichkeit für alle Leute und wandte diese Höflichkeit eben auch auf alle Leute an, auf ebenbürtige und nicht ebenbürtige, und soll das etwa eine Christin nicht? Daneben war sie eine recht gute Hausfrau, nicht von denen eine, welche meinten, der Grasanken müsse grün sein, und für Küchlein kein Futter geben wollten, weil sie saugen sollten wie andere Tiere, oder für ihre Plättete Tannzapfen bestellten, aber ausdrücklich hinzusetzten: sie wollten buchene usw., nie wußten, was auf den Tisch kam, und über die Köchin schimpften, wenn nicht das Rechte kam oder es sonst schlecht ging.

Sie hielt den Faden der Unterhaltung fest und behielt doch die junge Welt im Auge. Ihren beiden Töchtern, welche mit dem Vetter wandelten, sparte sie ihre Bemerkungen auf bis auf den Abend, wo sie wohl ein paar Kapitel über ihr sehr ungeniertes Wesen werden erhalten haben. Den Kindern dagegen sparte sie die Bemerkungen nicht so lange, sie wären zu spät gekommen. Es war ihr daran gelegen, sie mit ganzen und trockenen Kleidern auf die Säublume zu bringen; das hätte ihr wegen ihren eigenen Kindern nicht Kummer gemacht, aber des Obersten Kinder waren Stadtkinder, und die haben bekanntlich ein eigenes Geschick, entweder in Gräben und Bäche zu fallen oder in Dornhecken hängenzubleiben.

Über alle hin tönte zuweilen ein scharfer Pfiff, der den Hunden galt, welche meinten, sie hätten auch das Recht, sich ungebunden lustig zu machen, und nicht großen Respekt zeigten vor den Pflanzungen, die noch hier und da im Felde standen. Der Oberamtmann war nun nicht einer von denen, welche entweder kein Gefühl haben für Pflanzungen, weder um Schädigung noch Gedeihen derselben sich kümmern oder auch meinen, der Bauer habe gar kein Recht, etwas übelzunehmen, sondern müsse sich gefallen lassen, was über ihn komme aus irgendeines Herrn Hand oder durch dessen Zulassung. Er war eben auch Bauer und hatte ein Herz für Gras und Vieh. Seine Frau warf ihm scherzend oft vor, seine Kleeäcker gingen ihm über seine Familie.

Man sah auch deutlich, daß er beliebt war. Wer ihnen begegnete, grüßte freundlich, sagte wohl auch: „Geht's über Feld? Es macht schön warm.“ Sie erhielten aber auch freundliche Antworten. Bauern, die weit im Acker standen, lüfteten ihre Kappen. Wenn es der Oberamtmann merkte, tat er mit der seinen gleich, rief auch wohl ein freundlich Wort hin. Der Oberst machte es schon kürzer, während sein Sohn von alledem keine Notiz nahm.

Stark rückten sie nicht vorwärts, aber es war ein gar lieblicher Weg mit vielem Schatten, schönen Bächen, daß er ihnen weder lange noch beschwerlich vorkam und lange, ehe sie es erwartet, der Oberamtmann sagte: „Seht, dort ist sie schon, kaum zwei Scheibenschüsse weit.“ Es war ein großes, stattliches Haus mit vielen Fenstern, von gewaltigen Bäumen beschattet. Wenn es auch nur von Holz war, so wohnte doch sicher mancher polnische oder ungarische Edelmann schlechter, unbehaglicher und wäre froh gewesen, seinen Edelsitz mit diesem Bauernsitz zu vertauschen. Namentlich was Vorräte betraf, hätte er keinen schlechten Tausch gemacht. Vielleicht auf einem Dutzend Edelsitzen zusammengenommen hätte man nicht soviel Hemden, Bettzeug, flächsernes Tuch und Garn gefunden als in diesem einzigen Bauernhause und dessen Spycher.

Der Landjäger hatte dort seinen Auftrag ausgerichtet und damit die Frau Amtsrichterin gar mächtiglich erschreckt. Nicht weil Landvogts kamen, das war ihr an sich ganz recht, denn die Landvögtin war eine gar anständige, liebe Frau; „das ist eine, mit der man doch ein vernünftig Wort reden kann, die hat Verstand, daß man sich ganz verwundern muß, fast soviel als unser Gattig", pflegte die Frau Amtsrichterin zu sagen. Sie ward erschreckt, weil die Botschaft so spät kam, nicht wenigstens einen oder zwei Tage zuvor. „Wenn man schon meint", sagte sie vor dem Landjäger, „sellige Leute hätten Verstand, sie haben dennoch keinen, meinen, einen Schinken koche man gleich geschwind wie ihre Schnefeli Fleisch, wo siebenundzwanzig auf ein Viertelpfund gehen."

„Soll ich etwa absagen? Der Oberamtmann hat gesagt, wenn's nicht anständig sei, so sollte man absagen lassen!" „Warum nicht gar, absagen!" zürnte die Amtsrichterin, „daß sie meinen, wir hätten nichts z'essen im Haus für ein Dutzend oder zwei und dazu Lüt, wo sie vom Schmöcken halb genug haben, wir müßten erst in alle Himmelsgegenden ausschicken und zusammenbetteln, wenn uns ein Mensch ungesinnet ins Haus läuft, wie es die armen Leute machen. Bäbi, gib dem Landjäger ein Kirschenwasser! Wo ist der Vater?" „Hinter dem Spycher bricht er Korn", lautete die Antwort.

Dorthin lief die Amtsrichterin, in vollem Harnisch die Kunde bringend. Der Amtsrichter nahm dieselbe ganz kaltblütig auf: „Gib, was du hast, und zum Reste laß sie einen Stecken stecken!" „Flausen, jawohl!" sagte die Frau, „es muß eine Hamme sein, es muß Fleisch sein; wie soll das alles lind und gut sein bis Nachmittag?" „Warum nicht!" sagte der Mann, „nimm von den letzten Hammen und dem letzten Fleisch, laß feuern im Ofenhaus, daß man eine Hex braten könnte, brauch all Vörtel; bis um vier oder fünf Uhr abends geht's noch lang, und was sie dann noch nicht beißen können, das können sie ungegessen lassen." „Wenn du nichts Besseres weißt, so hätte ich das auch gewußt und meine Zeit besser brauchen können. Aber so ist das Mannsvolk, will alles regieren, und wenn es an Notknopf kömmt, so ist die dümmste Frau gescheiter. Komme, hau mir Fleisch herunter!" So brummte die Frau Amtsrichterin, und doch hatten ihr des Amtsrichters Winke den ganzen Schlachtplan in die Hand gegeben, den sie jetzt mit aller Sicherheit verfolgte.

Die Frau Amtsrichterin war ein großes, wohlbeleibtes, schönes Weib, stark im Arm, weisen Sinnes, guten Herzens, aber eine Löwin an Zorn und Kraft, wenn es an sie kam. Ehe sie den Hof hier geerbt, hatten sie in einem Dorfe gewohnt. Da waren einmal in einer Samstagnacht fremde Nachtbuben ins Dorf gekommen, eine große, wilde Rotte, hatte groben Spektakel verübt, die Mädchen gequält, mutwillig Schaden angerichtet. Männer und von Buben, was daheim war, wollten mahnen, wehren, jagten von den Häusern weg, bis endlich alles zu einem Knäuel ward, in der Gasse, in Mitte der Straße eine blutige Schlacht auf- und niederwogte. Der Amtsrichter war auch dabei und mittendrin, die Amtsrichterin stand vor dem Hause, die aufgejagte Magd neben ihr. Als sie das Toben und Fluchen hörte, das Krachen und Schmettern der fallenden Stöcke, da ergriff es sie, sie wußte nicht wie. „Komm, Lisabeth!" rief sie, nahm in der Küche vom Herde eine kurze Kelle, vornen mit einem schweren eisernen Haken, Lisabeth ein anderes kurzes, schweres Instrument, und beide hinten ins Gewühle und schlugen rechts und schlugen links und auf jeden Streich einen Nachtbuben, an den bedeckten Köpfen leicht kenntlich, nieder, daß im Umsehen die halbe Rotte am Boden lag, die andere halbe auf der Flucht. Was diese zwei Weiber verrichtet, ward nicht vergessen bis auf diesen Tag. So ein handlich Weib ist denn doch ein kitzlich Ding und paßt nur zu einem tüchtigen, handfesten Mann, einem andern möchte ich keins raten von dieser Sorte. Übrigens sind Exemplare von dieser Sorte rar, was den Männern wirklich wohl kömmt, denn die mannhaften Männer sind wirklich auch nicht überdicht gesät.

Nun ging es wirklich los auf der Säublume, als ob sieben Hexen sollten gebraten werden, nicht bloß eine. Töchter und Mägde wurden tribuliert, noch ganz anders als Kanoniere einer Batterie, die alle fünf Minuten Position ändert im Galopp. Als der Ruf erscholl: „Landvogts kommen!", war aber auch die Sache in Ordnung, der Stand der Dinge durchaus befriedigend, die Frau Amtsrichterin angezogen und brauchte scheinbar um nichts mehr sich zu kümmern; es sollte alles gleichsam von selbst gehen, als brächten es die Engel des Himmels daher. Geputzt war die Frau Amtsrichterin scheinbar gar nicht, ihre Kleider schienen Werktagskleider, waren aber durchaus rein, von feinem Stoff und blendend das weiße Hemd. So waren auch die Töchter angezogen. Man sollte glauben, sie wären eigentlich immer so.

Der Amtsrichter empfing die Gäste einige Schritte vor dem Hause ohne besondere Zeremonien, mit natürlicher Höflichkeit, die Kappe in der linken Hand, bis er allen die Rechte gegeben; nachher setzte er sie wieder auf, als ob sich das von selbst verstehe. Er war auch ein schöner Mann, seine Gesichtsbildung nobel, und wenn er Herrentracht getragen, so hätte man ihn auch für einen Herrn gehalten, so frei war seine Haltung. Als er mit Begrüßen fertig war, kam die Frau Amtsrichterin, nach ihr schüchterne Kinder, Jagdhunde, welche die Wachtelhunde knurrend und scherzend begrüßten. Umsonst sah der Leutenant nach den Töchtern sich um, von denen ihm seine Cousinen viel erzählt, und diese, sein Visieren wohl merkend, lachten ihn weidlich aus. Vor allem mußte die ganze Gesellschaft bis an die eigenen Hunde in die Stube gehen. Herr Landvogts hätten warm, sagte die Amtsrichterin, und da oben sei immer Zug, sie könnten sich erkälten. Es sei nicht warm drinnen, und vor Fliegen sollten sie sich nicht fürchten, sie hätte dieselben soviel wie möglich hinausgemustert.

Die Stube hatte nichts Besonderes als einen schönen Glasschrank und einen mächtigen Eichentisch nebst gehörigem Geräte zum Sitzen, einem Ruhebett, damals noch eine Seltenheit auf dem Lande. Bald darauf kam der Amtsrichter mit zwei großen, schön geschliffenen Flaschen voll goldenen Weines und hinter ihm zwei Töchter mit Gläsern, weißem Brot und Käs. Der Amtsrichter machte den Wirt, schenkte ein, servierte mit Hülfe der Töchter, die Frau Amtsrichterin nahm sich der Sache sehr wenig an, schickte bloß ein Kind nach Wasser, als sie die Frau Oberstin darnach seufzen hörte, und sprach der Frau Oberamtmännin zu, als sie den Kindern keinen Wein zulassen oder ihn mit Wasser ertränken wollte, redete zu, statt des dünnen Wassers den in den Städten unbekannten, auf dem Lande so beliebten, mit Zucker und Zimt angemachten süßen Tee zu gebrauchen, der, in den Wein gegossen, wirklich sehr angenehm und durstlöschend ist. Wirklich ward er auch probat gefunden, nur die Frau Oberstin rümpfte ein wenig das Näschen, denn begreiflich war der Tee nicht von der feinsten Sorte.

Der Herr Leutenant wollte mit den Töchtern anbinden, fand aber den Ton nicht, erhielt sehr kurzen Bescheid, was seine Cousinen ihm nicht schlecht gönnen mochten und es den Mädchen durch doppelte Freundlichkeit vergalten. Die Herren lobten des Amtsrichters Wein als kräftig und rein, mit lieblicher Blume. Dem tat das wohl, und er erzählte, wie er fast alle Jahre an den kleinen See fahre und Wein hole für seine Leute, nur leichten, und wenn er schon sauer sei, so sei er ihnen um desto lieber, weil er ihnen den Durst desto besser lösche. In ganz guten Jahrgängen fahre er dann ins Weltschland und hole dort ein Faß oder zwei, je nachdem jemand mit ihm einstehe oder nicht. Man sei froh, einen Tropfen guten Wein im Keller zu haben; es könne einem zuweilen begegnen, daß man müsse Kindbett halten, und wenn nicht, so sei man sozusagen auch ein Mensch, und ein Glas guter Wein tue allezeit wohl.

Bei dieser Erfrischung blieb man nicht lange sitzen, es strebte alles ins Freie. Ein Bauernhof ist eine wahre Raritätenkammer für Stadtleute, und wenn man die rechte Begleitung hat, kann man in einem halben Tage mehr Landwirtschaft lernen als auf einer Universität in einem halben Jahre. Natürlich fand alsbald in der Gesellschaft eine große Spaltung statt, die große und kleine Jugend strebte nach den Bäumen, die Damen ins Grüne, die Herren in die Ställe, besichtigten Misthaufen und Heustock und versenkten sich dann in die Landwirtschaft überhaupt, welcher auch der Oberst nicht fremd war und nach einigen Jahren mit derselben noch näher bekannt zu werden gedachte.

Der echte Berner hat einen Zug zur Landwirtschaft. Der Handwerksmann, sobald es ihm irgendwie möglich ist, kauft ein Stücklein Land; sein höchstes Streben geht dahin, Bauer zu werden. Der Edelmann, wenn er es immer kann, hat auf dem Lande seinen Besitz und bauert wie ein Hellteufel, wie man zu sagen pflegt. Das ist Naturzwang. Es ist aber auch der Kanton Bern ein klein Ländchen Gosen. Der Boden fordert freilich sehr harte Arbeit, liefert dann aber auch sehr kräftige Produkte. Und wenn nicht Landwirt, so ist der Berner am liebsten Soldat; zum Kaufmann ist er nicht geboren. Wie echte Landwirte liebt er auch Vorräte, fragt nicht nach dem Kapital, welches darin steckt und keinen Zins trägt.

Die Frau Oberamtmännin war nicht bloß eine vornehme Dame, sondern, wie oben schon angedeutet worden, auch eine gute Hausmutter und Bernerin. Sie hatte auch gerne Vorräte, und besonders von Leinen, Leibwäsche, Bett- und Tischzeug konnte sie nie genug haben. Doch trieb sie es mit Verstand und nicht wie jene Wirtin, die es auf hundert Dutzend Hemden für ihre eigene Person brachte. Sie hatte auch holländisches Tischzeug, aber doch hielt sie am meisten auf dem, was sie selbst spinnen und tuchen ließ. Das war ein Punkt, wo die Frau Amtsrichterin und die Frau Oberamtmännin sich fanden, die Frau Oberstin dagegen dabei ein Gesicht machte ungefähr wie eine Schneegans.

Als nun aber die Frau Amtsrichterin ihre Vorratskammer aufschloß, wo sie das gebleichte und das ungebleichte Tuch hatte, das ungenähte und das verarbeitete, da machte die Frau Oberamtmännin auch fast solche Augen und ward ganz neidisch in ihrem Herzen, denn so reich war sie nicht an solchen Dingen. Sie vertieften sich in die Geheimnisse des Spinnens, Webens, der Schelmerei der Weber und wie man ihnen auf die Finger sehen müsse, so daß sie vielleicht heute noch dort stünden, wenn nicht eine Tochter der Mutter sich von weitem gezeigt und wieder verschwunden wäre. Die Mutter wußte die Erscheinung zu deuten und lenkte allgemach die Schritte der Damen gegen einen großen Nußbaum hin, wo ein Tisch gedeckt stand. Es ist sonst auf dem Lande nicht Sitte, die Gäste außerhalb des Hauses zu bewirten, aber des Oberamtmanns waren nicht zum erstenmal hier, und der Amtsrichter kannte ihre Sitte, nach dem Freien zu schreien, und fügte sich hinein. Die Jugend flatterte alsbald herbei, denn wo die was zu essen und zu trinken riecht, ist sie nicht säumig.

Länger ließen die Herren auf sich warten. Sie erörterten einen Wässerungsprozeß, waren nicht in allem gleicher Meinung; ein Nachbar sollte dem andern das Abwasser zukommen lassen, aber seit der Sohn des einen den Hof übernommen, erhielt der andere nur halb soviel Abwasser als früher. Darüber entstand der Streit und drehte sich um den Beweis, daß nur noch die Hälfte dem andern zufließe, und über die Art des Beweises waren Oberamtmann und Amtsrichter nicht einig. Man ging vom Grundsatz aus, der eine sei dem andern das gleiche Wasser schuldig. Der Oberst hatte lange zugehört, endlich sagte er: „Ihr seid auf dem Holzweg. Wie mir scheint, handelt es sich nicht um ein bestimmtes Quantum Wasser, sondern um das überflüssige, um das Abwasser; das kann ja mehr oder minder sein nach der Jahreszeit und dem Gebrauch, wenn das Wasser nur nicht anderswohin genommen wird." Der Oberamtmann und der Amtsrichter sahen einander ganz verwundert an, wanden sich mit Mühe unter allen juristischen Vor- und Darstellungen aus den Schneckengängen des Rechts heraus, und endlich sagte der Oberamtmann: „Ich glaub beim . . ., du habest recht." „Ja, er hat recht", sagte der Amtsrichter, „er hat recht; daß unsereinem so was nicht in Sinn kömmt!" „Ja, so geht es; wo die Juristen was weggerückt und hingestellt, meint man, man müsse es von der Seite ansehen, die sie einem zugekehrt, und fährt so krumm ums Recht herum, sieht vor lauter Bäumen den Wald nicht", sagte der Oberst. „Die werden Maul und Nase aufsperren, wenn die Sache, nachdem zwei Jahre prozediert wurde, Augenscheine und Eide gingen, auf einmal die natürliche Wendung nimmt, an die niemand gedacht", sagte der Oberamtmann. „Ja, und der Obere muß g'winnen, denn er braucht das Wasser in den alten Gräben und nur auf dem Lande, welches in den Briefen verzeichnet steht", sagte der Amtsrichter. „Aber wie machen, daß die Wendung in die Sache kömmt? Die Richter sind ja an die Schlüsse der Parteien gebunden." Über dieser Beratung säumten sie sich und leisteten erst wiederholten ernstlichen Botschaften Folge.

Als sie um das Haus bogen, lag vor ihnen eine prächtige Aussicht: unter dem gewaltigen Nußbaum war getischt, auf den blendenden Tischtüchern standen mächtige Kaffeekannen, große Häfen voll gelber Nidel, Schüsseln mit hoch aufgetürmten Küchlene von allen Sorten, die schönen braunen Strübli sandten ihren köstlichen Duft weithin, hatten die Kinder förmlich bezaubert; sie bissen hinein, als ob sie ihr Lebtag nie mehr so was kriegten. Selbst die Frau Oberstin, die etwas zimpfer tat und mit groben, nahrhaften Speisen ihrer Taille wegen sich nicht gern befaßte, konnte ihr Behagen nicht verbergen und griff zum zweitenmal zu, was ihr sonst selten bebezegnete, entsetzte sich aber dennoch über den Appetit des Leutenants, der wirklich futterte, als ob es nie mehr gut wäre, so daß selbst die Amtsrichterin, die doch schon manchen tapfern Hunger gesehen, sich wunderte, wie das alles in dem dünnen Leibchen, das einer Wespe glich, Platz machen könnte.

Jetzt servierte die Frau Amtsrichterin mit großer Eindringlichkeit und handhabte die große Kaffeekanne mit einer Leichtigkeit, die überall Respekt vor ihrem Arm einflößte, und einige Scherze über die Gefährlichkeit solcher Arme für die Ehemänner veranlaßten den Amtsrichter zu sagen, sie zu fürchten, habe er offenbar noch nie Ursache gehabt, dagegen seien sie ihm wohl bekannt, woraufhin er den vorhin erwähnten Strauß zum besten geben mußte, gäb was die Amtsrichterin sagte, sie hätte das bald genug gehört, am liebsten wär es ihr, sie hörte gar nichts mehr davon. Indessen erzählte der Amtsrichter das Gefecht recht schön, wie das tätscht und prätschet hätte, jeder Streich einen Mann gefällt, daß er geglaubt, es seien wenigstens ein halb Dutzend tot, und am Ende hätte es nicht einmal viel gemacht, von wegen es sei alles auf die Köpfe gegangen, und da möge man was ertragen.

Als endlich von all den Herrlichkeiten nichts mehr an Mann zu bringen war, ließ die Amtsrichterin abräumen bis auf die Küchlein, welche stehenblieben. Nun hätte nach Landesbrauch wieder eine Pause gemacht werden sollen, um dem Genossenen Zeit zu lassen, sich zu setzen und andern Herrlichkeiten Platz zu machen; davon ward wieder eine Ausnahme gemacht. Amtsrichters hatten es nicht wie die Wirtsleute bei Post- und andern Stationen, die es so einrichten, daß die Leute nicht Zeit finden zum Essen, halb genug kriegen, aber ganz zahlen müssen, sie gönnten's den Leuten. Aber die Zeit war ziemlich um, wo Landvogts blieben, denn sie liebten die Nachtluft nicht, sie pressierte daher mit der Aufwart, damit allem sein Recht geschehe. „Wir hoffen doch, Frau Amtsrichterin", sagte die Frau Oberamtmännin, „Ihr lasset es jetzt gut sein, mehr wär überflüssig. Wir aßen alle mehr, als uns gut ist, und müssen jetzt ans Aufbrechen denken."

Als Antwort darauf erschien die älteste Tochter, welche noch nicht dagewesen war, mit einem prachtvollen Schinken. Der Leutenant machte Augen, daß das ganze Gesicht nur ein g'wunderig Loch schien, aber nicht über den Schinken, sondern über das Mädchen; so eins hatte er wahrscheinlich noch keins gesehen. Es war der

Mutter Ebenbild, fein und stark, wie sie vor fünfundzwanzig Jahren gewesen sein mußte. Als Königin des Herdes, wo die Hexe gebraten worden, funkelte sie in voller Farbenpracht, und ihre Augen waren Feuer, an denen man noch ganz was anderes braten konnte als Hexen.

Die Frau Oberstin dagegen erschrak bedenklich, ob über den Schinken oder über das Mädchen, wissen wir nicht; sie zog den Schal über die Schultern und wollte alsbald aufbrechen. Wahrscheinlich zupfte sie die Frau Oberamtmännin am Kleide, denn nach einigen halblauten, wahrscheinlich weltschen Worten setzte sie sich wieder, konnte sich aber nicht enthalten: „Mais Louis, que peu tu fais attention!" zu sagen. Sie saß glücklicherweise auf der Seite, auf welcher auch der Oberst saß; was sie diesem sonst zugerufen haben würde, wissen wir nicht. Stoff dazu wäre vorhanden gewesen so gut als beim Leutenant.

Der Leutenant erschrak durch den Ruf der Mutter, und im ersten Augenblick, nicht recht wissend, was sie meine, fuhr er mit dem Kopf herum, aber gerade in eine Schüssel gedörrter Kannenbirnenschnitze hinein und hätte sie dem Mädchen aus der Hand geschlagen, wenn dasselbe nicht so handfest gewesen wäre; ein großes Stück Schinken rollte ihm dabei fast auf den Schoß, alles zur großen Freude seiner Cousinen, die dem Cousin diesen Spuk auf seine verzückte Nase wahrscheinlich noch heutzutage nicht vergessen haben werden. Es wurden nämlich noch von den andern Töchtern grüne und dürre Birnenschnitze, Speck, Schweinskinnbacken, gesalzenes Fleisch, Salat, Wein, Tee gebracht.

Nun ging's eine Weile mit Entschuldigen, daß es nicht besser sei und, wenn man es sicher gewußt, man doch wenigstens für ein Plättlein Fische gesorgt haben würde, und mit Protestieren, daß das alles ganz überflüssig sei, daß man kein Stücklein über die Zunge bringe, daß man krank würde und gar nichts anschneiden solle. Aber der Amtsrichter ließ reden, schnitt in den Schinken tapfer hinein, die Amtsrichterin überredete die Frau Oberamtmännin zu einigen Schnitzen, und nicht lange ging's, so ging noch über jede Zunge etwas und über des Leutenants Zunge besonders viel Wein, da die älteste Tochter die Hebe vorstellte und mit dem Einschenken sich abgab. Beide erhielten Blicke von ihren Müttern: die Frau Oberstin fand, ihr Sohn sei wohl durstig, und wenn er auch trinken wolle, brauche er doch von der Schenkin nicht halb soviel Notiz zu nehmen; die Frau Amtsrichterin deutete, das Mädchen sei wohl fleißig mit der Flasche hinter dem Leutenant, und wenn es auch meine, einschenken zu müssen, so brauche es doch nicht halb so lange daran zu machen.

Die Herrschaften blieben wirklich länger, als sie gedacht. Die Männer waren kordial geworden, hatten der Frauen Mahnung, aufzubrechen, mehrfach überhört, merkten erst, was Trumpf war, als dieselben, zur Abreise gerüstet, vor ihnen standen. Es war kühl geworden, der Mond ging bereits auf am wolkenlosen Himmel. Der Oberst meinte: da sei es doch schön, es sei ihm recht leid, jetzt aufbrechen zu müssen; er bliebe gerne noch ein paar Stunden da, jetzt sei es gerade am schönsten. Um der Oberstin mit einer Antwort zuvorzukommen, schäkerte die Frau Oberamtmännin: sie hätte nicht geglaubt, daß ihr Schwager so viel romantisches Gefühl hätte und so viel Anlage zu einem Seladon. Aber sie könne ihn versichern, es sei noch viel schöner, im Mondschein spazierenzugehen als im Mondschein zu sitzen; da lese man gar zu leicht was Schlimmes auf. Der Mahnung war nicht zu widerstehen; es ward aufgebrochen unter vielem Gerede durcheinander, wie üblich bei solchen Gelegenheiten. Der Leutenant hätte gern ohne Mondschein Abschied genommen, aber in seinen Bestrebungen war er durchaus unglücklich, die Töchter wollten nicht unter den Flügeln der Mutter weg, die fatalen Cousinen nicht von seiner Seite.

Der Amtsrichter begleitete sie. Bekanntlich schlagen die Hunde gern an, wenn es spazierengeht; so taten auch des Amtsrichters Hunde, als sie merkten, ihr Herr wolle begleiten gehen. „Prächtige Laute das!" sagte der Oberst. „Wenn sie so gut sind wie ihre Laute schön, so sind's vortreffliche Hunde." Das war ein Kapitel, welches zwischen dem Oberamtmann und dem Amtsrichter nie berührt wurde; jeder ignorierte des andern Hunde, des andern Jagen. Der Edelmann betrachtete jeden Hasen, den der Bauer schoß, als einen Diebstahl an seinem Eigentum; der Bauer gehöre an den Pflug, nicht auf die Jagd, meinte er. Der Bauer meinte, was das Gesetz erlaube, erlaube es Bauer oder Edelmann in den Schranken des Gesetzes, und wenn der Amtsrichter jagen wolle unter den Fittichen seines Patents, gehe es den Edelmann nichts an. Der Oberst war ein stolzer Mann, aber ein loyaler Mann; er sah hoch herab auf das Bauernvolk, aber er hatte beim Amtsrichter Gastfreundschaft genossen, gut gegessen, ebenso gut getrunken, in ihm einen recht wackern Mann gefunden, da war ihm auch das Herz aufgegangen; er behandelte ihn fast wie seinesgleichen, diesen Abend nämlich. So brachte er das Gespräch auf die Jagd, der Amtsrichter wich nicht aus, so entspann sich ein äußerst interessantes Gespräch, ob welchem der Amtsrichter ganz vergaß, wie weit er sie begleitete, und welches mit der Abrede einer gemeinsamen Jagd schloß.

Es war spät, als man nach Hause kam, und natürlich war der durchlebte Nachmittag der Gegenstand der Unterhaltung bei der Abendmahlzeit, deren Stoffen jedoch eben nicht besonders zugesprochen wurde. Die Damen rühmten, und selbst die Frau Oberstin mußte gestehen, daß die Speisen gut geschmeckt hätten, nur schade sei es, daß sie so schwer und nahrhaft seien; entweder müsse man dabei arbeiten wie ein Roß, oder man würde in wenig Tagen dick wie ein Elefant. Übrigens sehe man es der Taille von Mutter und Töchtern an, denn trotz der Arbeit sei es unmöglich, bei solcher Speise bonne façon zu bekommen. Hier mischte sich der Leutenant ins Gespräch, lobte die Mädchen auf der Säublume sehr und wie ihm ihre Gestalten weit besser gefielen als die schmächtigen Gerippe, welche so dünn seien, daß der Wind sie nicht einmal nehmen könnte, wenn er schon wollte. Die Mutter warf mit „Fi donc!" um sich, wurde hässig, der Sohn disputierte ungezogen fort, wie solche Jungens dem Bengel oft bis weit in die zwanziger Jahre hinein nicht Meister werden.

Da tönte das Gespräch der Männer in das unnütze, giftiger werdende Getätsch hinein; der Oberst frug laut: „Aber warum soll ich nicht mit ihm jagen? Da gehen wir zum Besuch, essen und trinken und ma foi nicht schlecht, und jetzt soll ich nicht mit ihm jagen, das findest du unanständig und zu familiär! Es nimmt mich doch wunder, was anständiger oder unanständiger ist: mich von einem Menschen bewirten zu lassen oder mit ihm zu jagen!" „Das verstehst du nicht", sagte der Oberamtmann. „Was, Papa", fuhr der Leutenant dazwischen, „mit dem Amtsrichter jagen! Dabei werde ich auch sein dürfen, nicht wahr, Papa? Abends nehmen wir früh ab, gehen über die Säublume heim. Da gibt's einen scharmanten Halt und die beste Gelegenheit, die stattlichen Figuren näher zu betrachten."

Ja, jetzt war der Frau Oberstin nicht mehr zu helfen; in der großen Welt aufgewachsen, wußte sie gar zu viele Exempel, zu was allem die Jagd Vorwand und Gelegenheit bietet, und Mann und Sohn beide auf solchen Wegen! Jetzt war ein fürchterlich Gewitter im Anzug, aus allen Löchern brausten Winde, die Frau Oberstin schwankte noch zwischen einem schrecklichen Platzregen und einem schrecklichen Sturm; da fiel plötzlich ein Nidelhäfeli um, man wußte nicht wie, der schöne Rahm spritzte über den Tisch, die Damen sprangen auf, ihre Röcke zu salvieren, die Herren kamen zu Hülfe, der Zofe wurde geschellt, und als aller Schaden geheilt oder verhütet war, sorgte die Frau Oberamtmännin dafür, daß das Gewitter sich nicht wiederfände; sie arrangierte eine Whistpartie, woran sie die drei Herren und die Frau Oberstin setzte. Der Oberst war ein sehr exakter Spieler, und wehe dem Partner, der ein Böcklein schoß; da wußte man, daß man aufzupassen hatte, und vergaß das Disputieren.

Die Beschreibung einer Jagd im Kanton Bern ist ein sehr einfach Ding, braucht wenig Papier und gar keinen Aufwand von Darstellungskunst, es sei denn, man wolle eine Gemsjagd beschreiben und noch brav dazu lügen. In der Gegend, wo wir sind, gab es Wachteln und Schnepfen, selten Hühner, Hasen und Füchse. Der Oberamtmann versuchte, Rehe zu pflanzen; da aber niemand als er Rehe für ein mit Vorteil einzuführendes Produkt hielt, so schienen sie nicht besonders gedeihen zu wollen. Alle Halbdutzend Jahre verirrte sich ein Wildschwein in die Gegend von den Vogesen oder dem Schwarzwald her. Da gab es dann großen Spektakel mit Treiben und Brüllen, wobei zumeist kein Leben sicherer war als das der gejagten Sau.

Bei den andern Jagden ging's ganz einfach zu. Ein Piqueur führt die Jagdhunde, eins, zwei, selten mehr als drei Koppel, die Herren gehen zu Fuß, manchmal den Hühnerhund an der Schnur bei sich. So marschiert man aus ohne Sang und Klang. Früher hörte man zuweilen noch hie und da ein vertrocknetes Waldhorn das „A la mort!" blasen, jetzt scheint ihm der Atem ganz vergangen zu sein. „Omnia mea mecum porto", kann jeder sagen, denn jeder trägt seinen Proviant in seiner Tasche mit sich. Sehr selten sind die Partien, wo ein Träger mit einer Hutte einen tüchtigen Halt an einen bestimmten Ort trägt, wo man zu tafeln beschlossen. Seitdem die Herren ihren Hausfrauen ihre monatlichen Haushaltungsgelder so karg zumessen, lieben diese splendide Extraspenden für die Jagd nicht. Man denke, wieviel Pfund Fleisch und andere gute Sachen bei einem Halt eigentlich nutzlos konsumiert werden!

Noch einfacher wanderten der Oberst und sein Sohn aus; sie hatten nicht einmal einen Piqueur, sie nahmen des Oberamtmanns Hunde nicht mit, weil sie mit denen des Amtsrichters nicht gleichen Fußes waren, sie hatten ein Stelldichein verabredet, zu dem sie des Oberamtmanns Jäger führte. Der Herr selbst kam nicht mit; er jagte nicht mit dem Amtsrichter, der noch dazu die bessern Hunde haben sollte, wie sein Jäger selbst in vertrauten Stunden ihm klagte.

Es war ein dunkler Nebelmorgen, aus denen oft die schönsten Tage kommen, zuweilen aber auch ein bedenklich Regnen. Auch Nebel nützt, und des Oberamtmanns Jäger meinte, es sei kommod, daß sie heute mit dem Amtsrichter jagten; an solchem Morgen, wo der ganze Wald tropfe, könne er mit ihren schweren Hunden, die nicht ins Dickicht wollten, nicht aufstechen. Da werde dann der Herr Junker Landvogt böse; wenn er sich auch alle Mühe gebe, so könne er doch nicht selbsten Hund sein. Er habe dem Herrn Landvogt schon oft angeraten, er solle zu seiner Meute einen recht guten Sperzer kaufen. Ehe das Tier auf sei, höre man jagen. Aber der Herr meine, das verstöre die Jagd; wenn man beim Aufgehen des Tieres nicht alle Hunde beisammen habe, jage es nie schön. Aber jage man schön, wenn man kein Tier auf die Beine bringe?

Sie fanden den Amtsrichter bereits ihrer harren mit vier Hunden, die sehr geistreich aussahen und den Amtsrichter fast umrissen vor Ungeduld. Dieser schüttelte den Kopf und sagte: sie hätten nicht gut ausgelesen, das Wetter sei im Andern; er zweifle, daß sie den ganzen Tag jagen könnten. Wenn es nur aufzustechen sei, sagte der Oberst. Für das habe er nicht Kummer, von wegen seine Hunde scheuten die dichten Stauden nicht, selbst nicht die Brombeerstauden, aber wenn es regne, sei keine Freude dabeizusein, erwiderte der Amtsrichter. Er führte sie nun eine ziemliche Strecke weit, sagte dem Jäger: er solle die Herren anstellen, wenn es geschehen, ihm ein Zeichen geben, früher lasse er die Hunde nicht ab. Der Jäger tat's, stellte die Herren an und mahnte sie, nur ruhig zu bleiben, entweder werde man sie rufen oder holen. Es sei schüssig hier, aber auch verirrlich; darum sollten sie mit unnötigem Laufen sich nicht Mühe geben. Der Leutenant ward zuerst angestellt, mit dem Oberst ging der Jäger weiter.

Der Leutenant hörte bald das Zeichen des Jägers, nicht lange darauf einen Hund anschlagen, vorlauten, dann mehrere, dann ward es wieder still, dann einige raschere Töne, dann wieder still, dann brach's los auf einmal, als ob der ganze Wald voll Hunde wäre; in wütendem Geheul kam's heran, im Anschlag zitternd, erwartete er den Hasen, aber eine kurze Strecke von ihm weg stoben die Hunde über eine lichte Stelle, die er nicht beachtet hatte, und weiter ging's wie die wilde Jagd. Es war wahr, des Amtsrichters Hunde jagten schön, aber als leichte Kavallerie, und einer unter ihnen hatte eine Stimme, es war ordentlich, als ob er damit orgelte; man hörte ihn über Berg und Tal.

Der Leutenant meinte, es fehle nicht, der Hase kehre alsbald und laufe ihm ins Rohr. Aber der Hase band die Strümpfe, sah einstweilen sich nicht um, und mehr und mehr verlor sich die Jagd; nur hier und da kamen einzelne verlorene Töne durch die Bäume. Es begann der Nebel stärker zu tropfen, das Tropfen ward Regen; fernhin glaubte er einen Schuß zu hören, sonst war's stille im Walde und blieb stille und regnete stärker.

Da kam ihm ein Einfall. „Du wartest nicht länger", dachte er, „warum naß werden um nichts und wieder nichts? Der Jagd gehst nicht nach, verirrlich sei's, hat der Jäger gesagt; du gehst gerade nach der Säublume, setzest dich dort wie der Vogel ins Hirn und sagst der Mama, du hättest gedacht, dort am sichersten auf den Papa zu warten."

Er wußte, wie er meinte, ganz sicher, wo die Säublume lag; in einer Viertelstunde gedachte er dort zu sein. Er hing das Gewehr an Rücken, verließ seinen Posten und ging voll Lachens der Säublume zu. Er ging und ging, ging eine Viertelstunde, zwei, drei, vier, aber auf die Säublume kam er nicht, sondern in einen tiefen Grund. Er klomm an einer Seite empor, da kam eine große Waldmatte, es kam ein Möslein, kam wieder Wald, und regnen tat's dazu, und die Nebel hingen auf den Wipfeln der Bäume, daß es ein Elend war. Der Leutenant hatte sich rechts, hatte sich links gewandt, hatte keine Richtung mehr, kein Merkmal, sich zurechtzufinden, am Himmel keins, auf Erden keins, er besaß keine Lokalkenntnis, wußte nichts von Schluchten, Waldmatten oder Möslein. Nun, es waren nicht Urwälder, Prärien, unendliche Sandwüsten; an einem Orte werde ein Ende sein, dachte er, wenn er gerade laufe, umkommen werde er wohl nicht. Aber verdammt unangenehm war es ihm doch einstweilen; er begann innen auf der Haut naß zu werden, statt auf der Säublume zu sitzen wie in Abrahams Schoße, er gedachte, es so gut zu machen, und wie hatte er es gemacht! So hat man es mit den genialen Einfällen: man meint oft, was damit herauskomme, und hintendrein sieht man, wie alles ganz krumm gekommen.

Bis dahin war er in Hast gelaufen, als ob er was erjagen wollte, jetzt stellte er sich unter eine große Tanne etwas ins trockene und horchte, horchte lange, aber nichts hörte er, gar nichts als das Rieseln des Regens auf den Blättern der Bäume; es war wie ausgestorben in Moos und Wald. Er schoß sein Gewehr los, legte seine Jagdtasche ab, packte seinen Proviant aus, schoß, aß, horchte auf Antwort, auf Töne irgendwelcher Art, aber nichts, gar nichts wollte tönen, nicht eine Glocke, keine Flinte, kein Vogel tat den Schnabel auf, geschweige daß eine Kuh sich hören ließ. Sein Proviant war aufgegessen, sein Pulver wollte er nicht alle verschießen, hierbleiben half nichts, es schien ihm eine Einsamkeit, in die seit der Sündflut noch kein Mensch gekommen; er mußte also weiter, aber in welcher Richtung?

Er hatte von den Wilden gehört, daß das Moos an den Waldstämmen ihnen die Himmelsgegenden anzeigt, aber was half ihm die Himmelsgegend, da er nicht wußte, wo er war, also auch nicht wußte, nach welcher Seite hin Schloß oder Säublume war. Und als er doch die Bäume untersuchte, fand er sie rundum gleich, rundum naß. Er marschierte also naturgemäß, nämlich dahinaus, wo das Marschieren am leichtesten war. Gradeaus konnte er aber doch nicht wandern; es kamen Hindernisse, Dickichte, Schluchten usw., die er umgehen mußte, die ihn in eine Richtung brachten, er wußte durchaus nicht, in welche, dann ward es wohl licht hinter den Bäumen; jetzt sei es gewonnen, meinte er, einmal im Freien, fehle es nicht. Aber dann war's nur eine Lichtung im Walde, oder wenn's Feld war, wie er glaubte, so war er doch handkehrum wieder im Walde und wußte ebensowenig, wo er war, als früher, denn nie sah er hundert Schritte weit.

Es wurde ihm nachgerade doch unheimlich, denn es ging tiefer in den Nachmittag hinein, und er begann müde zu werden; er dachte, ob er wohl verhexet sei und gebannt in einen gewissen Bezirk und ob ihm wohl beim Feierabendläuten der Bann aufgelöst werde, wie er gehört, daß es gewöhnlich geschehe, oder wie das gehen solle die Nacht über, wenn er verhexet bleiben sollte? Zum Feueranmachen hatte er nichts bei sich, und wenn er auch keine wilden Tiere zu fürchten hatte, so ist's immer ein fatal Übernachten im Nassen, ohne Feuer, ohne Mantel. Feldzug hatte der Leutenant noch keinen gemacht, weder Spaniens Glut noch Rußlands Schnee hatten ihn abgehärtet; eine Nacht im Nassen kam ihm als eine gar zu strenge Sache vor.

Da hörte er etwas, er wußte nicht, brach ein Tier durch Unterholz oder war was los oben in den Bäumen; jedenfalls war es etwas, etwas Lebendiges in der toten Öde. Er ging am Rande eines Eichenwaldes, und immer stärker ward das Geräusch, blieb jedoch an gleicher Stelle, er konnte es gar nicht heimweisen. Er marschierte Gewehr im Arm vorsichtig dagegen zu, sah Vögel streichen am Rande in kurzem, raschem Fluge, sah starke Bewegung in den Wipfeln der Bäume, kam endlich darüber, daß es ein wildes Taubenheer sei, welches an den reifen Eicheln sich gütlich tat. Der Fund vertrieb ihm die Gedanken, er ward wieder Jäger, schoß, wo er glaubte, es sei am besten angebracht. Für das Ohr des Jägers gibt es nicht bald einen bessern Klang, als wenn ein schwerer Vogel von hohem Baume tätscht; einen besonders schönen Tätsch gaben die großen, im Herbst fetten wilden Tauben; zwei-, dreimal hörte ihn der Leutenant, ward davon ganz begeistert, sah nur immer dem unermeßlichen Heer von Tauben nach, das nach jedem Schuß wohl aufflatterte, aber bald wieder zu seinem Aktus, das heißt zu seinem Abendfraß, sich setzte.

Eben hatte er wieder geladen und hob die Flinte, da legte sich eine schwere Hand auf seine Schulter, und ein Mund frug von hinten her: „Um Vergebung z'frage, habt Ihr eine Patente?" Man kann denken, wie der Junker erschrak. Früher hätte er gesagt: „Ein Königreich" — wenn er nämlich eins gehabt — „für einen menschlichen Laut!", jetzt fuhr ihm ein solcher schauerlich durch die Seele, als ob er käme vom König der Waldteufel, der gekommen, den Eindringling beim Nacken zu fassen. Er schüttelte mit dem

Kopf, hob die Flinte, schoß, und zwei Tauben tätschten prächtig nieder.

„Um Vergebung z'frage, habt Ihr eine Patente?" fragte ein langer Mann mit einem breiten Wetterhut auf dem Kopf und einem starken Prügel in der Hand. „Was Teufels geht das Euch an?" schnauzte der Leutenant und machte sich wieder an seine Flinte. „Ich meine wohl", antwortete der Mann ruhig, griff in die Tasche und wies den Bären vor, seinen blechernen Schild mit einem daraufgedruckten Bären, dem bernerischen Wappen, wie ihn die Jagdaufseher zu tragen pflegten, der Kürze halber aber gewöhnlich bloß in der Tasche statt angeheftet. „Habe keine Patente und brauche keine", sagte der Leutenant unwillig. „Selb wäre kurios", sagte der Mann, „selb nähme mich wunder; Ihr werdet nicht mehr Recht haben als andere Leute?"

„Ich bin beim Oberamtmann zur Visite", schnauzte der Leutenant und schlich den Tauben wieder nach, der Aufseher sachte hintendrein, ließ ihn schießen, sagte dann: „He nun, so wird er Euch eine Bewilligung gegeben haben, so zeiget die!" „Warum nicht gar, ich ging mit andern auf die Jagd, mit dem Amtsrichter auf der Säublume und dem Jäger, verirrte mich." „Das könnte mir ein jeder sagen, und ich kann es glauben oder nicht, wie ich will; es wird am besten sein, wir gehen gleich miteinander aufs Oberamt, es wird sich dort schon ergeben, wer Ihr seid." „Mein Vater ist der Bruder vom Herrn Oberamtmann", antwortete der Leutenant. „Ja, ja, das wird sich dann erzeigen, wenn's wahr ist, aber jetzt helf ich gehen; es wird sonst Nacht, ehe wir dort sind, und dann habe ich noch weit heim."

Das kapierte unser Leutenant, daß er nicht wisse, wo er sei, und froh sein müsse, wenn ihm jemand den Weg zeige. Ohnehin waren die Tauben erschreckt und das Beschleichen schwierig geworden. Er ließ sich also willig finden, im Begleit des Aufsehers dem Schlosse zuzuwandern, von welchem sie fast zwei Stunden entfernt waren, und zwar von der entgegengesetzten Seite her, als sie am Morgen ausgezogen. Der Aufseher lachte sehr über die Kreuz- und Querzüge des Leutenants, die er leicht an den Matten und Möslein erkannte, welche derselbe beschrieb. Es war nicht halb so öde gewesen um ihn, als er gedacht; er war nahe an Häusern vorübergestreift, aber er war in der Macht des Nebels gefangen, und die hat starke Bande.

Es amüsierte anfänglich den Leutenant, zu denken, was der Jagdaufseher für ein Gesicht machen werde, wenn es sich ausweise, daß er wirklich des Oberamtmanns Neffe sei. Der werde verlegen sein und nicht wissen, wohin kriechen aus Angst. Bald darauf dachte er aber an die Gesichter der Cousinen, welche die machen werden, wenn er in solcher Bewachung einziehe einem Vagabunden gleich, und wie lange er es werde hören müssen, wie man ihn eingebracht und was für ein ehrlich Aussehen er haben müsse.

Als nun sein Begleiter ihm endlich sagte: wenn es nicht so nebelte, so könnte man dort das Schloß sehen, sie seien keine halbe Stunde mehr davon, so reckte der Leutenant in die Tasche und sagte: „So, mein guter Freund, jetzt finde ich den Weg schon, danke für das Geleit, und da habt Ihr was für Eure Mühe." Der Jagdaufseher nahm das Stück schweigend und ging mit dem Junker weiter. Der Junker verwundert frug: „Ist das auch Euer Weg nach Hause?" „Nein, d's Konträr", meinte der Mann. „Aber warum kommt Ihr dann noch weiter?" frug der Junker. „Warum sollte ich nicht weiter kommen?" frug der Mann. „Nun, ich finde jetzt den Weg ganz allein", antwortete der Leutenant. „Ha, Bürschli, hab dich jetzt, wo ich will; gell, wo es gegen den Oberamtmann geht, spaziert dir das Herz den Hosen zu. Nei, so geht das nicht, ich bin z'alte geworden dazu; der Oberamtmann würde öppe lache und z'letzt mich noch absetzen, wenn ich so dumm wäre." „Aber warum nimmst dann das Geld?" frug der Junker ärgerlich. „He", sagte der Aufseher kaltblütig, „ich dachte, ich hätte einmal etwas, und etwas ist besser als nichts, vielleicht gebe es noch mehr, vielleicht auch nicht, und allweg könne ich es dem Junker Landvogt zeigen, der könne dann daraus schon abnehmen, was Ihr für ein Kunde seid."

Der Leutenant hatte gewaltige Lust, recht zornig zu werden, begehrte mit dem Aufseher fürchterlich auf, tat, als ob er denselben mit Gewalt abtreiben wollte. Der Aufseher, statt sich einschüchtern zu lassen, ward dadurch nur hartnäckiger und gröber. Den Leutenant fürchtete er nicht, war ihm körperlich überlegen, und daß er sich beim Oberamt nicht verfehle, wenn er einen Jagdfrevler einbringe, sei es, wer es wolle, das wußte er auch. Einen Kameraden hätte er vielleicht laufen lassen, aber der fremde Herr da, der bloß z'Visite war, was konnte der ihm schaden? Der Junker mußte marschieren troß dem gemeinsten Soldaten seiner Kompanie nach der Pfeife des Befehlenden.

Im Schloß ging der Aufseher voran und befahl einem begegnenden Knechte, dem Oberamtmann zu sagen, er solle hinunterkommen, er hätte einen. Der Junker dagegen wollte die Treppe auf, sich trennen von seinem Begleiter, salvieren vor den Augen seiner Cousinen; er glaubte, auf sicherm Boden zu sein. Aber so hatte es der andere nicht gemeint; am Ziele wollte er sich seine Lorbeeren nicht entreißen, den Junker nicht ziehen lassen; lieber wollte er Gewalt brauchen, was einen mächtigen Spektakel gab.

Droben im Schloß saß die Familie beim Tee, als der Kammerdiener den vom Knecht erhaltenen Auftrag meldete: unten sei der Jagdaufseher aus der Ödi und lasse sagen, der Oberamtmann söll fürecho, er heig ihm einen. Der Knecht habe hinzugesetzt, er glaube, es sei der Herr Leutenant; er glaube, sie hätten gute Lust, einander zu prügeln unten im Hofe. Die Cousinen schrien laut auf vor Lust und Bosheit, sprangen hinaus, einem Fenster zu, welches auf den Hof ging, schmunzelnd die beiden Herren — der Oberst war längst wiedergekehrt — hintendrein.

Die Frau Oberamtmännin wäre wahrscheinlich auch gegangen, wenn sie nicht mit der Frau Oberstin zu tun gehabt, die den ganzen Tag in Fiebern zugebracht und Seufzer und „Mon dieu!“ abgelassen hatte, mehr als bei der Schlacht von Leipzig Schüsse getan worden. Erst hatte sie über das Wetter gejammert, denn wenn der Oberst naß werde, sei er krank, und Louis bekomme Zahnweh, und was das für eine Unvernunft sei, bei solchem Wetter auszugehen, und wenn sie nur den Verstand hätten, direkt heimzukehren und nicht unterwegs sich aufzuhalten. Sie stichelte auf die Säublume, und weder Mann noch Sohn traute sie überflüssig. Sie redete viel von Nachsenden, Heimholen, vielleicht hätte die Frau Oberamtmännin willfahrt, aber der Herr wollte nicht. Er meinte, sie seien alt genug, heimzukommen, wenn sie es für gut fänden, einen Knecht nachzusenden sei gut für Kinder. Die Frau Oberstin hätte von ihrem Manne eine solche Antwort nicht hingenommen, aber den Schwager fürchtete sie; sie schmollte nicht einmal mit ihm, seufzte bloß desto strenger.

Endlich kam der Oberst heim, übellaunig erst, dann lustig, als er in trockenen Kleidern behaglich an der Tafel saß. Es gibt wohl kein behaglicheres Gefühl als das des Jägers, der nach harten Mühen und wildem Wetter daheim behaglich sitzt und sich gütlich tut. Jetzt hatte auch die Oberstin weder Mitleid mit ihm noch Kummer seinetwegen; desto mehr plagte sie ihn mit Vorwürfen wegen Louis, daß er den armen Jungen bei solchem Wetter im Stich gelassen. Sie entwickelte an diesem Exempel sehr gründlich den Unterschied zwischen einer Mutter und einem Vater. Wie wäre es einer Mutter möglich gewesen, bei solchem Wetter ohne Kind zurückzukehren, es steckenzulassen und wo? In einem Walde, man denke! Man wollte ihr den Unterschied begreiflich machen zwischen einem Kinde und einem Leutenant, aber sie ging nicht darauf ein; Kind sei Kind, sagte sie, und einer rechten Mutter werde ein Kind je länger, je lieber; anders zu fühlen sei ja tierisch: Katzen täten es und die abscheulichen Hunde, daß sie ihren erwachsenen Kindern nichts mehr nachfrügen.

Unglücklicherweise sagte eine der Cousinen: „Aber Tante, wollte doch nicht so Angst haben um Louis! Was gilt's, der sitzt auf der Säublume und macht sich lustig mit des Amtsrichters Töchtern!" Die Mutter Oberamtmännin warf der vorlauten Tochter einen scharfen Blick zu, aber leider zu spät, der Funke war am rechten Orte gefallen, der Frau Oberstin war erst jetzt nicht mehr zu helfen, was die jetzt für „Mon dieu!" fliegen ließ! Der arme Louis unter den frechen Mädchen, unter Bauernmenschern! Da war ja mehr als Lebensgefahr, und noch dazu war der Oberst so boshaft, zu sagen: daran hätte er nicht gedacht, sonst wäre er sicher auch hingegangen, entweder hätte er ihn dort gefunden oder ihn dort erwarten können, dann wären sie beide zusammen heimgekommen. Die Frau Oberstin jagte ihm einen Blick zu, daß es dem Obersten wohl kam, daß derselbe weder Pfeil noch Kugel war.

Des armen Leutenants Lage auf der Säublume kam ihr so schrecklich und gefahrdrohend vor, daß sie nicht ruhte, bis endlich der Jäger ablaufen mußte, das arme Kind dort zu suchen und heimzuholen. Wenn sich nicht die Frau Schwägerin ihrer erbarmt hätte, so ist's zweifelhaft, ob die Herren eine solche Expedition zugelassen. Aber was half sie? Nichts! Der Jäger brachte die Nachricht, man hätte den Leutenant dort nicht gesehen, aber man wolle auf ihn achten; die Frau Amtsrichterin hatte sagen lassen wollen, man schicke Knechte aus, ihn zu suchen, aber der Amtsrichter hatte gesagt: „Flausen, nie z'nötlich tun! Der Oberamtmann hat mehr Leute, die er aussenden kann, als ich. Daneben wird er schon wiederkommen, wenn ihn der Hunger plagt."

Jetzt war der guten Frau Oberstin erst nicht zu helfen; sie sah ihren Louis verschmachtet, verrissen, verfressen von wilden Tieren, versoffen im Wasser, verloren für Zeit und Ewigkeit. Sie gab nicht hintenum zu verstehen: wenn der Oberamtmann Verstand hätte, so böte er den Landsturm auf, den Louis zu suchen, zu retten. Aber je anzüglicher sie tat, desto holzböckiger tat der Oberamtmann. Er hatte Manieren, er war sogar ein galanter Herr, aber auf Erden haßte er nichts so sehr als Dummtun, besonders Dummtun der Seinigen. Es ist sehr möglich, daß er Frau und Töchtern Ohrfeigen ausgeteilt hätte, wenn sie sich gebärdet hätten wie seine geliebte Frau Schwägerin, aber die wußten wohl, woran sie waren; so was fiel ihnen daher auch im Traum nicht ein. Der Oberamtmann dachte auch nicht von ferne daran, Mannschaft aufzubieten, sondern versuchte, sich mit seinem Bruder in gelehrte Gespräche über das französische und deutsche Kommando zu vertiefen, wobei sich der Oberst sehr dienstfertig zeigte, die Frau Oberstin dagegen fast aus der Haut fuhr und sehr gereizt ernstliche Maßregeln zur Rettung des verlorenen Sohnes aufs Tapet brachte.

Es war eben die Rede davon, als die Nachricht kam, einer sei eingebracht, wahrscheinlich der Herr Leutenant. Das schlug der Frau Oberstin wieder in die Glieder, sie fiel fast in Ohnmacht, aber eigentlich nicht aus Freude, sondern aus Angst, man habe den pauvre garçon mißhandelt, und aus Entrüstung über ein Land, wo man einen vom Adel, einen Leutenant einbringe, als sei er ein Verbrecher oder gar ein gemeiner Mensch.

Während unten der Leutenant mit dem Aufseher heftig sich zankte, erscholl über ihnen ein hell Gelächter. Unter offenem Fenster sahen die Streitenden die zwei lachenden Töchterlein und hinter diesen die mächtigen Gestalten der zwei Herren mit lustigen Gesichtern. Ehe die unten zur Rede gekommen, aber jeder bemüht, den andern beim Kragen zu nehmen und zu präsentieren, beugte sich der Oberamtmann vor und sagte lachend: „Brav, Kaspar, brav, daß Ihr mir wieder einen bringt, den will ich liebhaben! Jetzt laßt ihn laufen, der entrinnt nicht, und geht hinein; sie sollen Euch zu essen und zu trinken geben, ich komme dann hinunter." Kaspar suchte nun, gemütlich schmunzelnd, die wohlbekannte Stube, während der Leutenant, nicht sehr erbaut über den Empfang, die Treppe aufstieg. Es fehlte nicht viel, er hätte im Abgehen dem Aufseher noch eine brave Ohrfeige abgestreckt.

Oben wurde er von den Cousinen mit einem Kreuzfeuer von Witzen empfangen, in welchem seine ganze Person jämmerlich hergenommen wurde, ehe er zu Worten kommen konnte. Cousin Louis hatte Manieren, kam nicht gleich aus der Position, zog aus der reich gefüllten Jagdtasche zwei Tauben, hielt sie als Schild vor, hätte sie vielleicht als Angriffswaffe gebraucht, wenn nicht aus einer Tür sein Name gerufen worden wäre. Seine Mutter wollte ihn sehen, sich überzeugen, daß er noch ganz sei. Als ihn seine Mutter sah, so naß und mit den blutigen Tauben in der Hand, da hielt sie die Hand vor, prallte weit zurück, rief zornig: „Fi donc, va-t'en, patron!", wollte nichts von ihm sehen, nichts von ihm hören, zappelte ordentlich, bis er verschwunden war.

Unten erzählte der Kaspar mit großem Behagen, wie er den jungen Herrn eingefangen, wie der es ihm habe machen wollen, wie aber Kaspar Kaspar sei. Wenn er die berühmte Seeschlange eingefangen, er hätte nicht glücklicher leben können im Gemüte an seinem dargelegten Heldenmute. Die Dienerschaft, namentlich die Kammerjungfer der Frau Oberstin, wollten dem Kaspar angst machen. Sie sagten ihm: das sei wirklich des Oberamtmanns Neffe, und sein Vater sei auch da, und der sei Oberst, und wenn der Junker oben erzähle, wie er behandelt worden, so werde es schön Feuer geben. Kaspar komme ins Zuchthaus, oder wenn er mit fünfundzwanzig aus dem Pfeffer und hundertmal vierundzwanzig Stunden hinten bei Wasser und Brot davonkomme, so solle er Gott danken.

Unheimlich regte es sich freilich in Kaspars Gemüt, daß der Eingebrachte wirklich des Oberamtmanns Neffe war, aber Kaspar hatte als Jäger zuviel von den Füchsen gelernt, um irgendwas merken zu lassen. Er sagte: ja, wenn der Oberamtmann eine hübsche Jungfer wäre wie sie, dann wollte er machen, daß er fortkäme, während es noch Zeit sei, aber zwischen einem Oberamtmann und einer schönen Kammerjungfer sei allweg ein Unterschied. Der Oberamtmann sehe aufs Recht und nit uf d'Hübschi wie so es Jüngferli, das oft den größten Spitzbuben am liebsten hätte.

Kaspar focht blindlings, aber ungefähr trifft man manchmal am schärfsten. Er begriff es gleich, warum die andern lachten, ward wieder stark in seinem Inwendigen, und als der Oberamtmann mitten im Gelächter eintrat, stand Kaspar auf und brachte in gehöriger Deferenz vor, daß es ihm leid sei, wenn er gefehlt, aber er sehe den Leuten nicht an der Nase an, wem sie seien. Er fahre nach seiner Instruktion, und wenn das nicht recht sei, könne er in Gottes Namen nichts dafür. Daneben sei der Herr selbst schuld, wenn er rauh mit ihm umgegangen. Wo sie gegen das Schloß gekommen, habe derselbe ihm eine Franke gegeben, wenn er ihn laufen lasse. Er habe die Franke genommen und gesagt: „Jetzt erst mußt warten, Bürschli!" Da sei sie, sagte er und streckte sie dem Oberamtmann dar.

„Behaltet sie, und da habt Ihr noch was dazu!" sagte der Oberamtmann. „Ihr habt Eure Sache recht gemacht, Kaspar; es wäre wohl gut, es wären alle wie Ihr, dann könnte man dabeisein. Ich bin selbst im Fehler, ich hätte jedem eine Bewilligung ausstellen sollen, aber ich dachte nicht daran, weil sie mit dem Amtsrichter gingen. Macht es immer so, Kaspar, und wenn ich mehr einen beeidige, so will ich ihm sagen: ‚Mach's wie Kaspar!'" Man kann denken, wie hoch das Kaspar nahm und wie stolz es ihn machte. Nun war er auch einer der Glücklichen, die eine Heldentat in ihrem Leben haben.

Eine Heldentat in seinem Leben ist eine unerschöpfliche Büchse voll Lust und Wonne; sie erheitert die Seele in trüben, einsamen Stunden, sie gießt dem Menschen unter Menschen ein mächtiges Selbstbewußtsein ein, das strahlend leuchtet, wenn zwei oder drei beisammen sind oder wenn unter Hunderten der Mensch sitzet; sie ist ein warmer Ofen, an welchem der Mensch sein alle Jahre kälter werdendes Blut Tag und Nacht zu erwärmen vermag, auch wenn er kein Scheit Holz und keinen Tropfen Warmes im Hause hat, sie ist ein Demant, welcher dem Besitzer, je mehr er ihn braucht, um so unvergänglicher und merkwürdiger zu werden scheint.

Während der Verhandlungen da unten gab der Leutenant seine Tauben in der Küche ab und machte die Köchin glücklich mit dieser Aufmerksamkeit, bis die Kammerjungfer von Kaspar weg hinaufschoß und mit den Worten: „Der Herr Leutenant wird wollen d's Koche lere, d's Rupfe wird er wohl schon können!" wieder wegschoß.

Wie es scheine, dachte der Junker, sei es heute nicht richtig, sondern neble überall, und machte, daß er in sein Zimmer kam.

Er war hungerig und durstig, man wird es begreifen; doch machte er sorgfältig Toilette, warf sich in die Brust und erschien wie ein Halbgott im Salon; er stellte sich außerhalb der Grenzen des Ausgelachtwerdens. Das ist schon viel gemacht, wenn das einer kann. Im Salon war er wirklich allen eine willkommene Erscheinung, hauptsächlich als Blitzableiter für die Frau Oberstin, die heute voll Nebel und elektrischen Stoffes war, so daß sie, wo man sie auch berühren mochte, ringsum Funken stob.

Damen von dieser Sorte sind die interessantesten, bildendsten Persönlichkeiten, ganz besonders in Beziehung auf feinen Ton und Takt. Bekanntlich sollen die Gauner in London zur Dressur angehender Spitzbuben eine Figur an einem Drahte hängen haben, über und über mit Schellen gespickt. Nun soll der Lehrling die Taschen leeren, ohne daß die Schellen Laute geben, die Person sich bewegt; gibt's einen Laut, regnet es Schläge. Akkurat solche Figuren hat man in der schönen Welt, um Takt und Ton zu lernen. Voll Schellen sind sie, Kapricen nennt man sie auf weltsch oder l'humeur, Wunderliche oder Teufelsüchtige auf deutsch; ein Blick, ein Wort, ein Tritt, hat es gefehlt, wird die Nase gerümpft, das Maul viereckig oder krumm gezogen wie ein alter Husarenschnauz, das Schnupftuch fährt im Gesicht herum, es gibt Blicke, es fahren Worte in der Luft herum, es wird lanciert links und rechts, ja, es werden sogar sorties gemacht in alle Ecken hinein. Mit solchen Figuren Stunden umzugehen, ohne sie zu touchieren, daß sie tönen, ihnen das Herz aus dem Leibe zu nehmen, daß es keinen Gux gibt, höchstens zärtliche Blicke, die niemand merken soll, das ist die Spitze dieser Kunst. Glücklich sind die Söhne, welche solche Mütter haben; sie lernen die so schwere Kunst gratis. Man wird bemerken, daß hübsche Söhne mit solchen Müttern wunderbar umzugehen wissen und nicht selten sie furchtbar tyrannisieren, ihnen zehnfach eintreiben alle ihre Sünden gegen ihre Mitmenschen. Töchter dagegen sind zu bedauern; sie schaffen mit solchen Müttern nichts, lernen von solchen Müttern wenig, haben ihnen aber hier und da einen Mann zu verdanken, den die Mutter über Hals und Kopf aufgetrieben, um die Tochter aus dem Hause zu bringen.

Als der Leutenant nun so frisch und schön hereintrat, wurde die mütterliche Eitelkeit wach; sie freute sich seiner bonne façon und der feinen Art, mit welcher er sich gegen die Tante betrug, die recht mütterlich für seinen Hunger und Durst sorgte. Sie betrachtete ihn ganz als ihr Produkt, sowohl die Schönheit als die Manieren anbelangend. Wirklich machte er sich diesen Abend auch sehr liebenswürdig. Er erzählte auf eine Weise, welche bedeutende Anlagen verriet, sein Abenteuer, ergriff alle weiblichen Herzen mit den Schilderungen seines Verlassenseins in dieser nassen Schauerlichkeit eines nebelvollen Tages, in düsterm Moos und Wald. Er interessierte die Herren mit seiner Taubenjagd; ihnen war nie eine solche Taubenarmee vor den Schuß gekommen. So sehr die Frau Oberstin Freude hatte, konnte sie sich doch nicht enthalten, die Herren zu trümpfen, namentlich ihren Mann, der früher über die Unerfahrenheit des Junkers gespottet, während derselbe reiche Jagdbeute gemacht und sie keine. In dieser Beziehung glich die Oberstin auffallend einem Dampfkessel. Wie man bei diesem von Zeit zu Zeit unbrauchbaren Blast auslassen muß, so mußte die Oberstin immer von Zeit zu Zeit den Kyb loslassen, der sich fort und fort bei ihr sammelte.

Schließlich ergötzte er alle mit der Beschreibung seines Zusammentreffens mit Kaspar, dem Aufseher. Er stellte ihn dar als einen Waldteufel, einen aufrecht gehenden Bären, beschrieb, wie er ihm langsam nachgetrappt, er immer zugeschossen habe, was sie auf dem Heimweg gesprochen, wie einer den andern zu überlisten gesucht, wobei der Junker sich selbst gar nicht schonte und drollig genug die Freude des Aufsehers schilderte, der gestrenge Herr Oberamtmann werde dem Säubub, der unbefugt ihm die Tauben töte, fünfundzwanzig aufmessen lassen. Hier gerieten die Oberstin und der Herr Schwager wieder hart aneinander.

Die Frau Oberstin schauderte bei dem bloßen Gedanken, nicht an die Möglichkeit, daß ihr Söhnlein sie je erhalten könnte — das gehörte weit außerhalb ihres Gedankenkreises —, sondern daß ein solcher Kerl an so was nur denken dürfe. Sie warf dem Oberamtmann vor, daran sei er schuld; so komme es, wenn man die Leute behandle wie er, daß sie sich einbilden müßten, es sei fast kein Unterschied zwischen ihm und ihnen. Wenn er die Leute recht zu behandeln wüßte, so hätte er den Flegel dreimal vierundzwanzig Stunden hintern tun lassen. Mit solcher Humanität richte man nichts aus, mache die Leute nur unverschämt. Es werde die Zeit kommen, wo man die Unvernunft einsehen werde. Dann könne man die Finger abbeißen vor Verdruß, aber das könne man lange, die Sache sei doch, wie sie sei.

Der Oberamtmann gab zu bedenken, daß in solchen Dingen die Frauen kein Urteil, keinen Verstand hätten; wo Ordnung sein solle, müsse Disziplin sein; die sei aber nur möglich, wo Gerechtigkeit sei, jeder seine Pflicht tue, danach belohnt oder bestraft würde. So sei es hier, so sei es in einem Regiment, dafür könne sein Bruder Zeugnis geben. Der Oberst möge sein, wie er wolle; wenn er nicht gute Ober- und Unteroffiziere habe, so laufe es nicht, und die erhalte man nur bei gerechter Strenge. Weit entfernt, den Kaspar zu strafen, habe er ihm ein schönes Trinkgeld gegeben. Es werde ihm kaum mehr ein Leutenant in die Hände laufen, dagegen aber bringe er ihm zehn andere ein. Hätte er ihn gestraft oder nur böse Worte gegeben, so wäre er verhunzt gewesen und hätte sein Lebtag nie mehr zu etwas getaugt.

Die Frau Oberstin war nicht von denen eine, welche abbrechen können zu rechter Zeit, und der Oberamtmann stand bei einem Kapitel, wo ihm die Galanterie ausging. Er begann vom Weiberregiment zu reden und wie, wenn so eines lange dauere, in einem Hause man es dahin bringe, daß man zuletzt nichts mehr darin habe als Muheime und Wanzen, nicht einmal mehr Mäuse, weil die das ewige Tschäder auch nicht vertragen möchten.

Die Frau Oberamtmännin konnte nicht ablenken, die Räder waren zu stark im Zug, da zündete der Leutenant ruhig, fast wie im Traume eine Zigarre an und blies nach einigen starken Zügen Wolken Rauchs um sich. Da fuhr die Frau Oberstin auf wie von einem Skorpion gestochen, schmiß Louis einige weltsche Ehrentitel zu und schwankte, von einer Nichte unterstützt, aus dem Zimmer. Der leiseste Tabaksgeruch machte ihr Ohnmachten und Krämpfe, wie sie sagte. Über Louis' etwas groben Witz ward stillschweigend weggegangen; man fand, es sei so schicklicher. Hätte man darüber Louis was sagen wollen, so hätte der die liebe Mutter ins Gespräch gezogen, und was trug das ab? Es begriff das niemand besser als der Oberst; der griff daher auch das Kapitel von der Disziplin auf, erzählte eine Menge Exempel darüber und machte damit den Rest des Abends recht kurz und vergnügt. —

Besucher gleichen den Streifwachteln: sie sitzen während ein paar schönen Tagen ab, dann streifen sie weiter; wenn dann die trüben Tage kommen, kann man zusehen, wie man es macht ohne sie. So waren auch Obersts fortgezogen und Oberamtmanns allein im Schlosse. Der Frau Oberamtmännin war das so unlieb nicht: sie konnte dann das Einherbsten ungestört besorgen und die Töchter dabei brauchen. Sie meinte nicht, sie hätte sie bloß für den Sonntag bekommen, so daß sie alle Tage Sonntag haben könnten; sie meinte, sie seien auch Werktagskinder und müßten auch sechs Tage arbeiten und schaffen alle ihre Werke. Sie meinte nämlich, die Gebote Gottes seien für alle Leute und absonderlich für die vornehmern; die sollten das Beispiel geben, und namentlich gerade die sollten sechs Tage arbeiten und den Sonntag heiligen, erstlich wegem Exempel und zweitens wegem Nutzen, denn Müßiggang ist aller Laster Anfang, absonderlich bei den Reichen, die ohne Arbeit ja ganz natürlich geil und üppig werden müssen und voll Bosheit.

Wir wollen nicht behaupten, daß die Fräulein den Kabis selbst hobeln und die Stauden stampfen mußten, aber sie mußten doch dabeisein, mußten zusehen, wie man es macht, wie es geht, mußten, wie man zu sagen pflegt, Verstand von allem zu kriegen suchen. Herr und Frau waren hierbei durchaus einig; daher gingen die Fräulein der Mutter willig an die Hand, sie meinten, es müsse so sein. Wenn Freundinnen zum Besuch kamen, besonders aus der Stadt, und die Nase rümpften über solche Zumutungen, gränneten über eine ländliche Lebweise, wo dem weiblichen Geschlechte noch etwas mehr zugemutet wurde als die Puppe spielen, ja manchmal sogar einen Korb oder sonst was auf ganz gemeine Weise anzurühren und sogar zu tragen: „Mach nur, daß der Papa es nicht sieht oder hört, wie du das ansiehst, sonst nimmt er dich aufs Korn, und du mußt es büßen!" warnten die Töchter ihre Freundinnen.

Nun, es gab schnippische, naseweise Dinger, welchen das Gesicht des Herrn Oberamtmanns nicht so imponierte wie allen, welche in seiner Nähe lebten, sondern den Kitzel fühlten, mit ihm anzubinden, sich ausließen über die Zumutungen, welche an Fräulein gestellt wurden, als ob sie unter die arbeitende Klasse gehörten, als ob sie ihr Brot verdienen müßten. Wohl, die rannten schön an, die taten es nie mehr zum zweitenmal; der Oberamtmann vertrieb mit seinem Schlachtengesichte ihnen die Lust beim erstenmal und zumeist noch ziemlich höflich. Er frug: was sie meinten, wofür sie eigentlich in der Welt seien? Solche unverblümte Fragen setzten die keckſten Leute zuweilen in Verlegenheit. Er frug weiter: ob sie nicht ein Buch kennten, in welchem schwarz auf weiß stehe: „Wer nicht arbeiten will, soll auch nicht essen"? Und in dem gleichen Buche heiße es auch, es habe jedermann sein Pfund erhalten, und das Pfund solle er anwenden, und je nach der Anwendung werde einst der Mensch belohnt oder bestraft.

Der Oberamtmann war ein sehr ehrenfester Mann, aber zur Steuer der Wahrheit müssen wir sagen, daß er aus der Bibel hauptsächlich die Sprüche kannte, welche er auf andere schlagend anwenden konnte und wirklich auch anzuwenden wußte. Wenn er nun mit solchen Fragen einem Fräulein auf den Leib rückte, so fragen wir, ob es nicht natürlich war, daß sie in Verlegenheit geriet. Wenn man so unvermutet kommt und sagt: „Seh mal, laß sehen, wo hast dein Pfund, gib füre!", wo ist das Fräulein zu Stadt und Land, welches nicht einigermaßen in Verlegenheit geraten würde? Soll sie sagen: „Ich bin schön, ich kann klavieren, besser als König David harfen, tanzen ebenfalls besser als er, zeichnen wie ein Blitz und schön daneben, les honneurs machen auf deutsch und weltsch und ganz artig, daneben habe ich viel Konservation, und das Mundstück steht mir nie, als wenn ich schlafe", wir fragen, kann ein Fräulein wohl so antworten? Und wenn sie nicht so antworten kann, was soll sie dann antworten? Ja, so kann man in Verlegenheit kommen, wenn jemand das Fragen nicht scheut und wenn eine Person so gleichsam vergessen hat, sich selbst zu fragen: „Für was ist eine vernünftige Person auf der Welt? Und gesetzt der Fall, ich sei eine vernünftige Person, welches ist mein Pfund, mit dem ich was Vernünftiges anfangen und damit gewinnen soll andere Pfund?" Wer einmal in dieser Fragen Klemme gewesen war, der hütete sich vor dem zweiten Mal und tat wohl daran.

Besonders in dem Herbste, von welchem wir erzählen, hatte man sich zu hüten, das schwere Geschütz des Oberamtmanns nicht sich zuzuziehen; er war so übellaunig, daß die Frau Oberamtmännin ihre ganze Kunst aufbieten mußte, um leidlich Wetter zu machen. Es war ein prächtiger Herbst, ein unvergleichlich Jagdwetter, und eine Masse von Geschäften lag vor dem Oberamtmann, namentlich Untersuchungen, Verhöre mutmaßlicher Diebe, wirklicher Vagabundierer, welche das schöne Wetter zum Spazieren auffallenderweise benutzten. Da mußte nun unser Oberamtmann hinter dem Fenster sitzen, Spitzbuben verhören, verschmitzte Kerls, deren größter Spaß es war, Richter anzulügen und an der Nase herumzuführen tagelang, und draußen das prächtigste Wetter von der Welt! Man begriff, daß es dem Oberamtmann in allen Gliedern gramseln mußte, wenn ein Gauner mit seinem Schelmengesicht durch seine Antworten ihn mutwillig herumzerrte und -fitzte, wie man zuweilen sich den Spaß mit jungen Hunden macht, und wie er so einem unwillkürlich funfzehn bis zwanzig diktieren mußte, und zwar aus dem Salz. Und wenn dann obere Behörden sich veranlaßt fanden, den Herrn Oberamtmann ernstlich zu ersuchen, in seinem Eifer sich zu mäßigen, so war das ebenfalls kein geeignetes Mittel, ihn besserer Laune zu machen.

Einmal war auch so ein prächtiger Tag; weder Reif noch Nebel waren in der Nacht gewesen, ein schöner Tau hatte den Boden eben recht angefeuchtet, ein feiner, duftiger Schleier gab der Erde ihren Schmelz. Vor dem Schlosse hatte der Herr seine Pfeife geraucht, war endlich voll Zorn in sein Audienzzimmer hinaufgestiegen und hatte sich zwei vorführen lassen, einen Mann und ein Weib, die sich offenbar kennen mußten und doch nichts voneinander kennen wollten. Der Oberamtmann inquirierte sich bald in Feuer; der Mann spielte den Heuchler, das Weib tat schnippisch und jagte dem Herrn das Blut in Kopf, und arg mußte es damit werden, denn er drehte denselben immer, schnellte ihn förmlich einige Male dem Fenster zu, blieb stecken mitten in einer Frage, fragte endlich den Schreiber: „Still doch, was hört man?“ „Ich glaube, ein G'jag“, sagte dieser kaltblütig.

Der Herr sprang auf, riß das Fenster auf; da kam es schön und voll zum Fenster herein, das Getöne einer wilden Jagd. Noch scholl es von ferne her, aber eine prächtige, orgelnde Stimme hob sich vor den andern heraus wie der erste Tenor aus einem wirbelnden Chor. „Wer zum . . . jagt da?“ frug der Herr zornig. „Es wird wahrscheinlich der Amtsrichter sein“, sagte der Landjäger. „Es dünkt mich, ich kenne die Hunde, besonders der eine, er hat die schönste Laute weit und breit.“ „So, der Amtsrichter, so, der wird meinen, er müsse mir die Langeweile vertreiben“, sagte der Herr. „Der könnte auch was Besseres tun, als z'jagen.“ Er trat zurück und begann wieder zu fragen.

Da brachen die Hunde aus dem Walde ins Feld hinaus, näher dem Schlosse zu. „Ja, es sind des Amtsrichters Hunde", sagte der Landjäger, „ich kenne sie jetzt. Es sollen b'sunderbare Hunde sein; man sagt, der Amtsrichter täte sie nicht geben um vier schwarze Stiere. Mit Schein haben sie verloren, der Hase wird sich versetzt haben." „Nun, jetzt wird er Verstand haben und abrufen; er wird mir doch nicht da unter der Nase jagen wollen!" dachte der Herr, drehte sich wieder der Arbeit zu, inquirierte, daß Funken stoben.

Da klepfte es unten im Tale, neu brachen die Hunde los. Er wollte . . ., rief der Oberamtmann, den Rest vernahm man nicht, lief zum Fenster, sah, wie ein Jäger einen Hasen weitertrug und dennoch die Hunde fortjagten dem Schlosse zu, im Schloßberg einen Lärm verführten, daß man kaum sein eigen Wort vernahm, als ob sie den Oberamtmann mit Gewalt ins Freie heulen wollten. Der schloß im Zorn die Fenster, befahl dem Landjäger, er solle mit dem Jäger hinuntergehen und die Hunde erschießen; es nehme ihn doch wunder, ob er nicht sicher sein könne im Schlosse. Solch Trotz und Bosheit habe er nicht erlebt; da könne er in der Stube bleiben, derweile jage der Bauer ihm unter den Fenstern, daß man das eigene Wort nicht mehr verstehe; so könne es nicht länger gehen, man müsse dafür sorgen, daß man wieder wisse, wer Meister sei im Lande.

Man sei billig: es war wirklich strenger Tubak für den Oberamtmann. Der Amtsrichter war freilich in seinem Recht; dieses Recht kostete sechs Taler, erstreckte sich über den ganzen Kanton, das Hochwild ausgenommen, und dieses Recht konnte von jedem erkauft werden, der ehrenfähig oder Offizier, obrigkeitlicher Beamter war oder ein gewisses Vermögen bescheinigen konnte. Nebenbei hatten die Oberamtmänner das wenig beschränkte Recht, Bewilligungen, gültig in ihrem Kreise, zu erteilen. Indessen, wenn die Jäger unter sich Friede haben wollten, so kam einer dem andern nicht zu nahe, jagte dem andern nicht bis vor die Küchentüre. Es war von je so und wird so bleiben: man hat gern so ein eigen Gehege, und wer dem andern ins Gehege kömmt, werde nun darin gehegt, was da will, wird nicht mit liebenswürdigen Augen angesehen. Nun denke man sich zu diesem noch das: Da im Zimmer saß ein alter Edelmann von gutem Blute, nicht Hofadel, sondern Bauernadel, das heißt Adel, im Lande entsprossen — und fragen tut es sich, welches der wirklich vornehmere sei —, und dieser alte Edelmann mußte mit zwei Gaunern die Zeit verbrauchen im Zimmer, unterdessen jagte ihm der Bauer ums Schloß herum, schoß vor seinen Fenstern einen Hasen, forcierte möglicherweise einen zweiten in seinem Garten —, und er saß da, zwei Gauner hielten ihn zum besten, er hatte ernste Befehle, die Untersuchung so schnell als möglich zu beendigen, weil sie mit andern zusammenhing, und er konnte nicht vorwärtskommen, mußte die lustige Jagd draußen hören und drinnen die verschmitzten Gesichter sehen! Wir fragen, ob man darob nicht fast zum Narren werden mußte, ob da nicht ein Zorn zu verwerchen war, daß es fast über menschliche Kräfte ging.

Auch gelang es unserm Oberamtmann wirklich nicht. Der Gauner sollte ausgeschmiert werden, und er hatte den Landjäger nicht; der Landjäger sollte draußen die Hunde erschießen, und er schoß nicht; der Oberamtmann rief nach ihm, und er kam nicht, er schickte den Schreiber aus, der blieb aus. Der Oberamtmann war drauf und dran, dem Schreiber die Gaunerin, der Gaunerin den Gauner nachzusenden, und zu allem dem jagte es draußen so lustig und wild, daß lustiger nichts genützt hätte.

Die Frau Oberamtmännin schwitzte fast Blut. Begreiflich ärgerte sie die Unbescheidenheit oder vielmehr der boshafte Hohn des Amtsrichters sehr. Sie könne es vom Amtsrichter nicht begreifen, sagte sie, er habe sonst ihren Herrn in dieser Sache sehr geschont. Entweder müsse es etwas Ungerades zwischen ihnen gegeben haben, oder sie verstehe sich nicht mehr auf die Leute. Indessen das durfte sie einstweilen ihrem Herrn noch nicht sagen, denn, wie es allgemein ist, wäre ein Entschuldigen von Menschen, über die der Herr in Zorn war, Öl in Feuer gegossen gewesen.

Es ging draußen kein Schuß, es jagte lustig fort, der Herr war im Begriff, Gauner Gauner sein zu lassen und selbst zur Flinte zu greifen, da endlich knallte es nicht weit hinter dem Schloß, die Hunde verstummten, der Herr dachte: „Nun endlich! Es wird dem Amtsrichter wohl erleiden, mir die Hasen zum Fenster einzujagen; es nimmt mich wunder, ob es der mit der verfluchten Laute ist!"

Aber lange wollte niemand kommen, Bericht zu geben. Endlich zeigte sich der Schreiber; der wollte nichts wissen, er hatte die andern nicht antreffen können, aber es hätte ihm geschienen, er höre „A la mort!" rufen. „Wenn man einen Hund erschießt, so kann man auch so rufen", sagte der Oberamtmann, „es ist nirgends geschrieben, daß man es nur bei einem Hasen tun kann." Darauf kam der Landjäger, wollte auch nichts Bestimmtes wissen; nur schien ihm, daß nicht der Jakob, der Jäger, geschossen, dessen Flinte klepfe anders. Der kriegte einen tüchtigen Putzer, denn er hätte Zeit genug gehabt, genau zu erkunden, was geschehen. Endlich erschien der Jakob selbst mit einem prächtigen Hasen in der Hand und wurde, ehe er zu Worte kam, angefahren: es hätte ihn niemand heißen Hasen schießen, sondern die Hunde.

„Verzeiht, Junker Landvogt!" sagte der Jäger, „ich habe gar nicht geschossen. Ich konnte nicht eher dazu kommen, als bis eben d's Dragoners Sohn im Schnitzboden — man sagt, er gehe zu einer von Amtsrichters Töchtern und werde wohl einen Tochtermann geben — den Hasen geschossen. Wohl, dem sagte ich, ob das Manier sei, dem Junker Landvogt die Hasen um das Schloß herumzujagen. Da entschuldigte er sich sehr, es sei nicht expreß geschehen, die Hunde seien halt dem Hasen nach, und dem Hasen hätten sie nicht befehlen können, wodurch er soll. Er lasse dem Herrn Oberamtmann sein Kompliment machen und schicke ihm den Hasen zum Präsent."

„Und du bist Esel genug und nimmst den Hasen! Auf der Stelle mach dich ihm nach und sage ihm, ich brauche keinen Hasen von ihm, er solle ihn selbsten fressen. Wenn ich Hasen wolle, könne ich sie selbsten schießen. Der Lumpenhund, jetzt noch das Gespött mit mir treiben zu wollen!" Da Jakob zaudernd dastand und sagte: „Ja, ich weiß nicht, wo ihn finden; er sagte mir nicht, wohin er gehe", so machte der Herr eine Bewegung, welche Jakob kannte, daher so schnell als möglich die Türe zwischen sich und den Herrn zu bringen suchte. So wie der Herr es auffaßte, war dies wirklich das Düpflein auf dem i, und wenn dies ungefähr fünfhundert Jahre vorher geschehen, so wäre nach einer Stunde eine schnaubende Schar aus dem Tore geritten, hätte die Säublume niedergebrannt, den Amtsrichter samt Weib und Kindern an dem Nußbaume aufgehängt.

Was eigentlich den gnädigen Herrn am täubsten machte, war das Gefühl seiner Machtlosigkeit gegen solche blutige Beleidigung. Das Gesetz gab ihm keinen Griff, und er wußte, daß er mit Eigenmächtigkeiten bei seinen gnädigen Herren und Obern nicht wohl ankam. Sie waren zwar seine Standesgenossen, Vettern und Ratsverwandten nach alter Redweise, aber mehr als einer hatte ihm schon gesagt: „Fritz, Fritz, nimm dich in acht, in allen solchen Dingen kriegst gewiß unrecht; denke, wie unangenehm es dir dann sein muß, das Urteil den Betreffenden selbst eröffnen zu müssen!“ Das hatte er schon mehr als einmal erfahren, und es war wirklich auch das Bitterste in seinem Leben. Die Herren von Bern waren, im ganzen genommen und namentlich im Verhältnis zur Zeit und ihrer Macht, sehr gerecht und namentlich unbestechlich, und von der Regel waren die Ausnahmen selten. Herausfordern konnte der Oberamtmann auch nicht; Säbel und Degen lagen zwar gut in desselben Hand, und Mut, sie zu gebrauchen, hatte er auch mehr als genug, aber was konnte er machen damit gegen einen Bauern?

Aber seine hauptsächlichste Machtlosigkeit, der er eigentlich nicht einmal Namen geben konnte, bestand darin, daß niemand seinen Zorn teilte, niemand ausführte, was er befahl, und doch niemand eigentlich ungehorsam schien. Er befahl donnernd, und männiglich lief, zappelte, flog manchmal sogar und kam endlich mit einer guten Ausrede wieder, warum er beim besten Willen das Befohlene nicht habe ausführen können. Es war, als ob eine unsichtbare Macht den Takt schlüge der Dienerschaft, was zu tun, was zu unterlassen sei. Und wer recht gute Augen hatte und recht gut im Schlosse bekannt war, sah, daß diese Macht in den Augen der Frau Oberamtmännin saß. Aber mit dem Munde sprach sie dieselbe nie aus, nie gab sie irgendwie Gegenbefehle, höchst selten erlaubte sie sich in Gegenwart eines Dieners eine bescheidene Einrede. Der Landjäger freilich mußte gehorchen, mußte dem Gauner — und manchen! — aufmessen, das brachte der Oberamtmann schließlich in Ausführung. Der Gauner hatte sie allerdings verdient, aber da es dem Landjäger schien, als hätte der Zorn an der Zahl einigen Einfluß gehabt, so zog er die Menge an der Strenge ab.

Die Oberamtmännin schwieg von der Geschichte, und wenn der Herr immer wieder darauf zurückkam, so redete sie dazu, denn Schweigen hätte der Herr übelgenommen, aber ohne zu blasen, ohne zu löschen, und das ist eine schwere Kunst. Ihre Fräuleins verstanden sehr wenig davon, und wie die Mutter auch kanzelte, die Mädchen vergaßen immer alles wieder; es war einstweilen noch nicht in ihrem Blute. In große Verlegenheit brachte es sie, daß nächstens Amtsgericht war, die beiden sich sehen mußten und der Amtsrichter bei ihnen essen sollte. Lud man nicht ein, so zeigte es Feindschaft von ihrer Seite, kam er auf die Einladung nicht, so war es Feindschaft auf seiner Seite, und kam er, so waren Händel zu erwarten, so gewiß zweimal zwei vier macht. Was nun? Quid nunc?

Nach einigen Tagen sagte die Frau Oberamtmännin, so gleichsam wie verloren: sie hätte gehört, der Amtsrichter sei nicht bei der Jagd gewesen. Aber potz Wetter, das war ein Funken in ein Pulverfaß! „Jawohl, nicht dabeigewesen!" sagte der Herr Oberamtmann. „Wenn er nicht dabeiwar, wer war dann dabei und jagte mit seinen Hunden? Wenn er nicht dabeigewesen, der wäre schon gekommen und hätte seine Entschuldigungen gemacht, aber der wird sich hüten, sich so bald hier zu zeigen." „Enfin", sagte die Frau Oberamtmännin, „ich gab es, wie ich es hörte, du kannst wohl recht haben; d's Kammermeitli hat es gesagt, von wem es es hatte, weiß ich nicht."

Lisette mußte vor, aber nicht zum erstenmal in diesem Saale, berief es sich auf eine Brombeerenfrau, welche es der Köchin gesagt. Die derbe Köchin antwortete: sie hätte viel zu tun, wenn sie alles im Kopfe behalten wollte, was die vielen Weiber, welche ins Schloß kämen, berichteten; da würde sie sturm nicht bloß im Kopf, sondern an der Leber, und der Herr Landvogt werde die Sachen lieber nicht angebrannt oder versalzen wollen. „Mach, daß das Mensch fortkommt!" sagte der Herr, „ich kann es gar nicht mehr sehen." „Gern, wenn ich eine bessere Köchin wüßte, gern", sagte die Frau. „Aber du issest gern gut, und treffen wie die konnte es dir noch keine; daneben wie du willst. Aber wenn man sie in der Küche läßt, so kommt sie dir nicht vor das Gesicht." „Wegem Kochen ist's seit einiger Zeit hundsschlecht, alles Fleisch zu weich, und das Gemüse läßt sie halb roh; wir hatten ja letzthin Bohnen, man konnte damit einander erstechen, und keine hätte sich gekrümmt", polterte der Oberamtmann. Da fielen die Töchter ein, und das Wetter war vorüber.

Der Amtsrichter war wirklich nicht bei der Jagd gewesen und hatte gar nicht daran gedacht, daß die Jagd nach dem Schlosse hin sich ziehen könnte. Er hatte allerdings mit dem jungen Menschen und noch einem Freunde auf die Jagd gehen wollen. Wie er aufbrechen wollte, kam ein Mann und holte ihn zu einem kranken Verwandten, der testieren wollte; da galt weder Aufschub noch Ausrede. Damit die andern nicht um die Freude kämen, gab er ihnen den Knecht mit, den er auch als Jäger gebrauchte und in seiner Patente hatte. Er bezeichnete ihnen ihr Revier und gab dem Knecht genau an, wo er die Hunde ablassen solle, und das war wohl anderthalb Stund vom Schloß entfernt, und noch kein Hase hatte in dessen Richtung Reißaus genommen von jener Gegend her.

Doch nicht umsonst haben die Jäger den Glauben, man finde Hasen, die eigentlich nicht Hasen seien, sondern Hexen oder sonst neidische, böse Menschen gewesen, welche nach ihrem Tode in Hasen verwandelt worden, um ihr Handwerk fortzusetzen und Jäger zu quälen und zu narren. Es gibt aber auch wirklich Hasen, die voll Tücke sind, die man immer im gleichen Revier findet, die der Jäger alsbald an ihren Ränken erkennt und ausruft: „O wetsch, haben wir aber den; wenn wir nur die Hunde wiederhätten, der verderbt uns allemal den Tag!" So eine alte Hex oder vielleicht auch ein alt Böcklein war aufgegangen, hatte alsbald die Strümpfe gebunden und riß aus, dem Schlosse zu, als ob der Oberamtmann sein Vetter wäre und er dort z'Visite wolle.

Wäre der Amtsrichter dabeigewesen, so hätte er dem Jäger gesagt: „Mach dich nach, so stark du kannst, mach, daß du die Hunde wiederkriegst; wir warten dir hier." Denn der Amtsrichter hütete sich sehr, den Oberamtmann zu beleidigen, denn er achtete ihn wirklich; er verkannte das viele Gute, welches von ihm ausging, nicht. Unsere Jäger aber bedachten dieses nicht, standen mit dem Oberamtmann in keinem Verhältnis, hatten ihre Freude dran, wie die Hunde so prächtig unverloren jagten, ließen es tschädern und machten sich, als sie merkten, daß es darausging, spornstreichs nach, schossen einen Hasen im Felde, einen vor den Hunden, beides vor den Fenstern des Schlosses, und merkten nicht, daß sie gefehlt, bis der Jäger des Oberamtmanns dazukam. Als sie merkten, was Trumpf war, tat es ihnen alsbald leid, und um gutzumachen in aller ehrlichen Absicht, sandten sie den Hasen zum Präsent und machten sich schnurstracks mit gekoppelten Hunden aus dem Bereiche des Schlosses.

Als der Amtsrichter zu ihnen kam und hörte, was vorgegangen, erschrak er alsbald. Er wollte eine Dublone geben aus seinem Sack, wäre das nicht begegnet, sagte er. Indessen fand er es doch nicht nötig, sich so weit zu unterziehen, daß er expresse aufs Schloß ging, um sich zu entschuldigen; war doch kein Gesetz übertreten worden, hatte er sich doch das Recht erkauft, im ganzen Kanton zu jagen, wo er wollte, insofern er keinen Schaden anrichtete. Es sei nächstens Amtsgericht, dachte er, da schicke es sich am besten, dem Oberamtmann zu erzählen, wie es zu- und hergegangen; wenn er den Verstand brauchen wolle, so sehe er dann schon, daß er sich dessen nichts vermöge und daß es jedenfalls nicht mit Fleiß und Absicht geschehen sei. Das war nicht unverständig gedacht, aber man kann halt verschiedener Ansicht sein über die gleiche Sache so gut als über die Verhältnisse der Menschen zueinander, und in der Tat gingen hier des Amtsrichters und des Oberamtmanns Ansichten bedenklich weit auseinander.

Gewöhnlich fanden an den Gerichtstagen die Amtsrichter den Herrn Oberamtmann bereits im Audienzzimmer. Darauf bauend, ging der Amtsrichter zeitlich, um der erste zu sein und seine Erklärung ungestört anbringen zu können. Aber er fand den Herrn nicht, nur den Schreiber; der war für sein Leben gern gut Freund mit den sämtlichen Amtsrichtern. Er aß für sein Leben gern was Gutes, und ebenso hatte er es mit dem Trinken, aber nicht viel oder gar nichts sollte ihn das Ding kosten. Nun war er bei jedem Besuch bei einem Amtsrichter der besten Aufwart sicher, und wenn er beim Kosten des Weins sagte: „E wahre Balsam, Herr Amtsrichter, e wahre Balsam, wie bei Euch trinkt man ihn nirgends!“, so konnte er sicher sein, daß der Amtsrichter ihm in einer zweiten Flasche noch bessern brachte und sagte: „Versucht den, Herr, was sagt Ihr zu dem?“ Zugleich hatte er dabei den Schein eines Protektors und konnte gut Wetter versprechen oder mit bösem drohen, je nachdem. Ein solcher Schreiber kann eine sehr bedeutsame Person vorstellen, wenn die Natur des Obern danach ist. Diesem Schreiber hätten wir nicht raten wollen, sich wichtig zu machen, so daß es der Oberamtmann gemerkt. Begreiflich, was er nicht merkte, das konnte er nicht hindern, er mußte es sich gefallen lassen.

Dieser Schreiber tat gegen den Amtsrichter sehr freundlich und sagte: „Herr Amtsrichter, Herr Amtsrichter, seht Euch vor, der Herr ist sehr böse über Euch; Ihr hättet es hören und sehen sollen, wie zornig er war und wie wüst er tat; man war fast seines Lebens nicht sicher um ihn, mit nichts hätte man ihn böser machen können als mit dem Jagen." Der Amtsrichter entschuldigte sich. Es sei ihm leid, sagte er; wenn er dabeigewesen wäre, es wäre nicht begegnet. Deswegen sei er auch so früh gekommen, um dem Herrn Oberamtmann zu erzählen, wie es gegangen, und ihm zu sagen, er solle ihm nicht zürnen, er vermöge sich dessen nichts.

„Es wird bös gehen, ehe er Euch hört", sagte der, „ich wollte Euch z'Best rede, aber wohl, ich war froh, zu schweigen." „Ich will es einmal wagen", lachte der Amtsrichter, „und ihm d'Sach erklären, dann kann er es in Gottes Namen nehmen, wie er will. Ist's ihm nicht gut genug, so stecke er einen Stecken dazu!" „Ja, ja, Herr Amtsrichter, Ihr an Eurem Platz habt gut krähen, es wäre mir auch geradeso. Aber was unsereiner auszustehen hat! Ihr glaubt es nicht, es mag bald in kein Maß mehr, er ist manchmal gar nicht mehr ein Mensch."

Da kam ein Amtsrichter, dann ein zweiter, aber kein Oberamtmann, bis alle da waren; dann kam er rasch hinein, setzte sich, ohne viel bei den sonst üblichen kordialen Begrüßungen sich aufzuhalten, an seinen Platz und sagte: er hätte sich verspätet, es werde gut sein, wenn sie anfingen und pressierten. Es fiel dieses Benehmen allgemein auf, doch kannte nur einer den Grund, und der dachte: „Mach nur, das erschreckt mich noch lange nicht; will's kaltblütig abwarten."

Der Schreiber las ab, was vorlag, und namentlich einen Entscheid des obern Gerichtshofes, des Appellationsgerichts, im gedachten Wässerungsprozeß, welcher das erstinstanzliche Urteil des Amtsgerichts aufhob und Recht sprach, wie der Oberst angedeutet hatte. Die Amtsrichter waren alle sehr verwundert und sagten: „Ei ja, so ist's, ja, daß wir das nicht haben können sinnen!" Es ärgerte sie sehr, daß sie nicht den gesunden Menschenverstand gehabt, sondern demselben juristischen Sand scheffelweise hatten in die Augen werfen lassen. Das käme eigentlich jedem Kind in Sinn, sagten sie, aber wo die Advokaten z'Platz kämen, „machen sie ein Blendwerk, daß es dem Teufel schwarz vor den Augen wird."

„Ja", sagte der Oberamtmann, „aber der Verstand kommt nicht vom Appellationsgericht, sondern anderswoher, und der Advokat, der es vorbrachte, fing es noch gar lustig an." Der Oberamtmann hatte dieses Appellationsgericht sehr auf dem Strich; er besaß eine ganze Schublade voll Wischer, welche dasselbe ihm ausgeteilt. „‚Ihr Herren', sagte der Advokat, ‚bitte um gnädiges Gehör, aber um ein kurzes. Glaubt nicht, weil ihr die Akten vielleicht gelesen, ihr kenntet den Handel. Nur fünf Minuten, fünf Minuten, hört ihr es, will ich euch aufhalten, wenn ihr so gütig sein wollt, aufmerksam zu sein.' Das gefiel den Herren, sie ließen die Zeitungen einstweilen liegen, schrieben keine Artikel, wie es sonst geschehen soll, wie man sagt, diesmal paßten sie auf.

‚Hochgeachtete Herren, gebt wohl acht und unterscheidet gut: laut Brief und Siegel gehört dem untern Bauern das überflüssige Wasser des obern Bauern, das muß dieser ihm zukommen lassen, aber wieviel er brauchen darf für sich, ist ihm nicht vorgeschrieben; er kann brauchen, soviel er will. Nun kann man wässern und wässern, viel oder wenig Wasser brauchen. Hochgeachtete Herren, das werdet ihr begreifen, es kömmt auf den Bauer an. Nun ist der junge Bauer ein besserer Bauer als der alte, denkt besser der Sache nach, braucht mehr Wasser, und was er nicht braucht, reicht er dem andern zu, alles beim Tropfen, was will der mehr laut Brief und Siegel? Hochgeachtete Herrn, es sind erst drei Minuten vorbei, ich will sie Ihnen aber schenken und schließe.' Nicht wahr, wenn sie alle so redeten, so möchte man dabeisein und würde weniger sturm?"

Den Verhandlungen wollen wir nicht folgen, bloß bemerken, daß sie noch an selbem Tag für ihre Bosheit mörderlich gestraft wurden, denn es kam ein Advokat, welcher während zwei Stunden so schrecklich redete über einen alten Weidenbaum, ob er rechts, links oder in der Mitte der March stehe, daß der Oberamtmann nachher sagte: er glaube wirklich, wenn er nicht die Fenster geöffnet, er hätte ihm das Schloß versprengt. Der Advokat aber fand sich veranlaßt, sich bitter über dieses Amtsgericht zu beklagen. So unmanierliche Richter, die sich so unanständig aufgeführt, hätte er doch noch nirgends angetroffen; sie hätten beständig gelacht, er glaube, sogar über ihn. Wenn ihm das noch einmal begegne, so begehre er entweder alsbald auf oder klage höhern Orts.

Es war aber, als ob der Advokat es mit dem Oberamtmann abgeredet hätte, denn es wurden die Verhandlungen so spät geschlossen, daß der Oberamtmann kaum den Schluß erwarten mochte und, wie das letzte Wort verhallt war, sagte: „Ihr Herren, zur Suppe; sie kaltet sonst, und die Frau Oberamtmännin macht Ihnen ein sauer Gesicht.“ Selb wäre ihm nicht am Orte, sagte ein Amtsrichter, wegen der Suppe wäre es ihm gleich, aber nicht wegem freundlichen Gesichte, welches die Frau Oberamtmännin sonst habe; er freue sich allemal darauf. Wir glauben nicht, daß der Herr dieses Kompliment passend fand im Munde eines Amtsrichters, so natürlich und richtig es sonst war. Der Ton, in welchem er es seiner Frau wiedererzählte, läßt es uns vermuten.

Sie war allerdings sehr freundlich, die Frau Oberamtmännin, mit allen; mit dem Amtsrichter auf der Säublume wäre sie gern noch freundlicher gewesen, wenn sie nicht die Augen ihres Herrn gefürchtet hätte, der nach einigen Worten schon ungeduldig wurde und rief: „Frau, willst kommen, zu servieren, oder soll ich?“ Nach des Hauses Sitte wurde hinter dem Stuhle stehend gebetet, aber kurz. Es war aber keiner der Amtsrichter, der nicht sitzend und gleichsam insgeheim noch nachbesserte, das heißt, die längern Gebete, deren er sich zu Hause gewohnt war, noch hersagte.

Es war ein stattliches Mahl mit drei Gängen, gewählte Speisen, gut bereitet, doch ohne besondere Eigentümlichkeit, die erwähnt zu werden verdienten. Auch die Herren Amtsrichter gaben keine Veranlassung zu besondern Geschichten, sondern saßen und aßen wie andere Menschen. Keiner warf die Fischgräte unter den Tisch, keiner zog das Hinterstück eines Huhns in der Soße herum, welche die Frau Oberamtmännin auf ihrem Teller hatte. Keiner sagte: „G'sundheit, Herr Landvogt, Santé, Jean!“ Keiner trat der Frau Oberamtmännin auf den Fuß und sagte: „A vos services, Frau Landvögtin!“, keiner: „Wettet Ihr nit so gut sy, Herr Schultheiß, u g'schwind mit m'r uf'n Abtritt cho?“

Die heutigen Verhandlungen und der Stand der landwirtschaftlichen oder häuslichen Beschäftigungen bildeten den Gesprächsstoff, der erstere hauptsächlich vom Herrn, der zweite von der Frau gehandhabt. Der erstere redete mit einer gewissen Hast und Betonung, welche ein feines Ohr leicht bemerkte, und je mehr die Ohren der Frau Oberamtmännin davon bemerkten, desto liebenswürdiger wurde sie, desto mehr haushälterische Weisheit strömte von ihren Lippen, so daß die Männer ganz erstaunt dasaßen und bei sich dachten: sie glaubten beim Schieß, ihre Weiber verständen nicht mehr von der Sache als die Herrenfrau da, aber solche fänden sich nicht dicht. So eine nähmten sie auch, von wegen es sei doch dann ein lustiger Dabeisein als bei so einer verschmuselte Karresalbegret, und grade solche Ölbüzeni seien oft die Teuersten, wenn man sie gehörig im Salb behalten wolle. Die Oberamtmännin wußte aber wohl, daß beim Herrn noch etwas im Hintergrund, war, das herauskommen wollte, was sie lieber nicht gehört hätte.

Das lief nun so nebeneinander her, zunehmende Hast und zunehmende Holdseligkeit, sehr spannend für die, welche es merkten, wahrscheinlich nur die Töchter, vielleicht auch der Amtsrichter, der aber ganz unbefangen und kaltblütig des Ausgangs harrte. So ging es bis zum Braten. Das war der Punkt, welchen die Frau Oberamtmännin ganz besonders ersorgt hatte. Sie hatte deswegen den in dieser Saison üblichen Hasenbraten, welcher die nächste Beziehung dargeboten hätte, ausgelassen und ein schön Ferkel, ein rarer Vogel um diese Zeit, aufgestellt nebst schönen Hähnen als zweiten Braten. Es ging ihr aber wie manchem, der den Berg meiden wollte und ins Loch geriet.

„Sie werden sich wundern, keinen Hasen auf dem Tisch zu sehen“, begann der Oberamtmann, und sein Antlitz wurde dunkel, während die Frau die Augen aufschlug und einem schweren Seufzer nachsah, den sie gen Himmel schickte, „wie üblich und bräuchlich in dieser Jahreszeit. Aber sie werden rar, die Hasen, sie kommen mir am Schloßberg weg, ich weiß nicht wie. Es ist mir daher leid, daß ihr heute einen entbehren müßt. Wahrscheinlich werden sie von den Füchsen gefressen; es sollen seit einiger Zeit deren viele sein am Schloßberg. Ich will nächstens Würstchen kommen lassen von Bern und sie legen im Berge herum. Sie sollen noch viel besser sein als die Schnitten für die Mäuse. Man macht sie in Studers Apotheke in Bern und werden viel gebraucht. Dann aber muß man sich in acht nehmen mit den Hunden; sie fressen diese Würstchen ebenso gern wie die Füchse. Ich will euch daher gemahnt haben, wegen euern Hunden achtzugeben; es wäre mir leid, wenn der eine oder der andere Unglück haben sollte mit seinen Hunden, aber die Hasen möchte ich doch nicht gern aussterben lassen, sondern von Zeit zu Zeit meinen lieben Amtsrichtern einen aufstellen. Oder wie findet Ihr die Jagd in diesem Jahre, Amtsrichter?“

Das war das erste Wort, welches der Oberamtmann heute unserm Amtsrichter adressiert hatte; es schien zuckersüß und freundlich, aber der Amtsrichter fühlte den Stachel darin, den der Herr hineingelegt hatte, sehr wohl, ja, er fühlte noch einen darin, an den der Herr wahrscheinlich nicht dachte, ihm ging das Wort Füchse besonders ins Fleisch. Er sah wohl, daß die Kollegen den Stich des Oberamtmanns wohl merkten, und beim Wort Füchse schienen sich ihm alle Mundwinkel zu verziehen. Das machte ihn giftig, er glaubte, nicht einer zu sein, der hinten kratze und vornen schlecke, der den Heuchler und Schmeichler mache; er glaubte, ein Mann zu sein, der Mut habe und ins Recht trete wie selten einer und wirklich niemand fürchte, nicht fürchte, gegen den Oberamtmann freundlich und höflich zu sein, aber auch nicht, grob zu sein, wenn es die Sachlage mit sich brachte.

Es ist merkwürdig, wie viele es gibt, bei denen je nach dem Barometer der Zeit bald die Grobheit, bald die Freundlichkeit obenauf kömmt, ungefähr wie bei dem Kapuziner, welcher das Wettermännchen vorstellen soll und der je nach der Zeit bald die Kapuze über den Kopf zieht, bald sie fallen läßt und das Haupt entblößt. Das gehört halt zur Natur des Menschen; schon der alte König David machte schwere Erfahrungen in diesem Punkte, namentlich an Simei, dem Sohne Geras, und wenn der alte König bis auf diesen Tag gelebt hätte, so hätte er erfahren, daß auch an diesem Stücklein Erbsünde kein Düpflein vergangen ist.

Unter diese Menschen gehörte der Amtsrichter aber wirklich nicht; um so mehr mußte es ihn kränken, wenn die andern glauben konnten, der Oberamtmann stichle auf eine solche Art und er habe vielleicht Grund dazu. Er konnte es nicht schweigend hinnehmen, noch weniger sich entschuldigen; er antwortete daher, während die gute Frau Oberamtmännin Blut schwitzte: „Kann nicht rühmen, Herr Oberamtmann, kann nichts machen, bin wie verhexet, besonders um meinen Hof herum. Kaum lasse ich die Hunde ab, und sie stechen, so geht es fort und kehrt nie mehr. Es ist gar nicht wie bei den Hasen, es muß was Fremdes sein. Ich werde dem auch müssen abhelfen, sobald ich weiß, was es ist, sonst ist mir die Jagd verderbt."

„Das sind vielleicht Rehe", sagte ein anderer Amtsrichter arglos. „Es heißt, es seien deren schon mehrere gesehen worden." Da war die Luft zum Ersticken schwül und der Oberamtmann hochrot. Der Schreiber sagte er hätte gehört, aber er könne es schier nicht glauben, im Schwarzwald seien deren ganze Wälder voll, und wenn sie dort nicht mehr Platz hätten, so kämen sie zu Hunderten über den Bodensee, daß zu St. Gallen das Pfund Rehfleisch nicht mehr als einen Kreuzer gelte. Es werde darnach Fleisch sein, sagte ein Amtsrichter. Er könne es wohl glauben, denn er habe auch schon Fleisch gesehen, wo man ihm nicht Geld genug geben könnte, wenn er eine Laus groß essen sollte. Ein anderer erzählte ein Exempel dieser Art; es kam das Gespräch in allgemeinen Lauf.

Der Oberamtmann korbete an einer Antwort, denn er fühlte die Entgegnung des Amtsrichters um so bitterer, je weniger er wußte, wie tief er geschlagen, aber es ward ihm jede durch den Lauf des Gesprächs aus den Händen gewunden, und so abgebrochen sagen: „Herr Amtsrichter, das sind meine Rehe, und mit diesen nehmt Euch in acht, wenn ich Euch guten Rates bin!", das mochte er doch an seinem Tische und gegenüber dem Amtsgericht, welchem die Schranken seiner Kompetenzen zu gut bekannt waren, nicht sagen. Seine Frau war wieder holdselig wie Ketzer, winkte dem Jean, recht fleißig einzuschenken, die Töchter sekundierten diesmal gut, so daß es mit geharnischten Angriffen aus war, man am Ende recht lustig und friedlich auseinanderging — im allgemeinen und äußerlich, aber in zwei Herzen blieb ein Stachel sitzen.

Der Oberamtmann war empört über die Anmaßlichkeit des Amtsrichters, der Hieb um Hieb gegeben, statt geziemend sich zu unterziehen, und über sich, daß er solchen Übermut nicht gebührend gezüchtigt. Der Amtsrichter war voll Galle gegen den Oberamtmann. Er war hergekommen in guter Meinung, sich zu versprechen, nicht als wegen eines Verbrechens, sondern wegen eines Mißverständnisses und einer Unhöflichkeit, deren er sich nichts vermöge, die ihm aber leid sei. Nun behandelte ihn der Oberamtmann so feindselig, wollte ihm keine Gelegenheit geben, mit ihm unter vier Augen zu reden, titulierte ihn sogar als Fuchs! Wohl, mit dem sei er fertig, dachte er. Und wenn er ihm so komme, so werde er ihm zeigen müssen, wo die March durchgehe und wozu er das Recht habe und wozu nicht.

Der Amtsrichter wollte vor seinen Kollegen den Fuchs, den er empfangen, erklären und lud sie ein, unten im Wirtshaus noch eine Flasche zu trinken. Dort erzählte er, wie er mit dem Oberamtmann z'weg gekommen und wie der es ihm jetzt mache; nicht einmal Gelegenheit wolle er ihm geben, d'Sach z'erkläre, aber eine Bitte tue er sy Seel nicht, und mit den Würstlein könne man es mit ihm probieren, wenn es sein müßte. Wir glauben, der eine oder der andere war nicht unzufrieden, daß der Oberamtmann und der Amtsrichter zweispältig wurden, mag ihm wohl die Ungnade gegönnt haben; indessen gaben alle laut ihren Ärger kund über des Oberamtmanns Betragen. Es nähmte sie wunder, sagten sie, ob man dann mit einer Patente nicht im ganzen Kanton jagen dürfe, wo man wolle. Diese Zustimmung seiner Kollegen tröstete den Amtsrichter einigermaßen, doch den Stachel aus dem Herzen zog sie ihm nicht.

Als er heimkam, merkte seine Frau alsbald, daß bei ihrem Eheherrn nicht alles richtig sei, und als sie vernahm, was es sei, ward sie noch böser als der Amtsrichter. Das hätte sie vom Oberamtmann nicht geglaubt, daß er so wäre und wegen einem Hasen oder zweien, wo man ihm noch dazu einen verehrt hatte — der Jäger hatte aus seiner Machtvollkommenheit den Hasen nicht zurückgegeben —, so täte, und wäre doch so oft schon bei ihnen gewesen, und mit dem Aufwart hätten sie nicht gespart und was das für eine Mühe sei, bis man alles aus allen Winkeln hervorgezogen und doch im Kummer sein müsse, ob alles recht sei, man glaube es nicht. Nit, d'Sach hätte sie nie gereut, und sie reue sie noch jetzt nicht, und die Oberamtmännin sei ihr lieb; das sei von dem Züg her eine, wo noch Verstand habe ganz wie ein anderer gemeiner Mensch und vielleicht noch ein Brösmeli mehr als die meisten. Es sei nur so davon zu reden, wie man es mit diesen Leuten hätte. Man sei gut genug, solange sie einen brauchen oder sonst nutzen könnten, und beim kleinsten Dingeli, wenn man nicht ganz eben täte und alles mache, wie sie es in ihren Köpfen hätten, kriege man einen Tätsch vom Tüfel und könne erfahren, wie lieb man ihnen eigentlich sei.

Die Frau Amtsrichterin wußte aber wahrscheinlich nicht, daß die obern Stände bei vielen Gelegenheiten ganz die gleichen Klagen führen und sich von den untern Ständen beständig an deren Standesgenossen verraten glauben nach der Redeweise: „Wenn ein Bauer einen Herrn betrügen kann, so spart er es nicht.“ An der ganzen Sache ist etwas wahr, welches sich ungefähr so ausdrücken läßt: „Die Haut ist näher als das Hemd, das Hemd aber näher als der Rock.“ Christlich ist das freilich nicht; christlich wäre, wenn der Mensch sein Gefühl nicht in der Haut, nicht im Hemd, nicht im

Rock hätte, sondern im Herzen und dieses Herz so groß und weit wäre, daß Liebe für alle darin Platz hätte.

Die Frau Amtsrichterin zog also aus ihres Mannes Herz den Stachel ebenfalls nicht, rüttelte im Gegenteil von Zeit zu Zeit daran herum, was bekanntlich nicht zur Heilung beiträgt, sondern den Schmerz immer erneuert. Der Amtsrichter mied den Oberamtmann nicht und suchte ihn nicht, war trocken und kurz, wenn sie zusammentrafen. Dann sagte gewöhnlich der Oberamtmann zu seiner Frau: „Der Amtsrichter auf der Säublume hat noch immer ein bös Gewissen, er darf mich kaum ansehen. Aber er möchte nicht den Namen haben; er tut, als ob nichts wäre. Aber wohl, der muß mir anders kommen, der muß mir mürbe werden, ehe ich ihm wieder ein gut Wort gebe! Man ist gegen solche Leute immer zu gut; hat man nicht immer den Daumen drauf, so strecken sie den Kopf auf, als ob sie die Sterne von ihren Plätzen stoßen wollten." Der gute Oberamtmann war eben kein Herzenskundiger und tat, was Tausende pflegen: ganz falsche Gedanken hinter den Gesichtern suchen und nach diesen falschen Voraussetzungen ganz falsche Wege einschlagen. Im Amtsrichter war auch nicht die geringste Spur von bösem Gewissen, im Gegenteil, er dachte ungefähr wie der Oberamtmann von ihm. Dieser meinte, er begreife, daß er gegen ihn gefehlt, wolle aber nur nicht den Namen haben. Er könnte aber seinethalben böse Mienen machen, solange er wolle, er vermöge zu warten, bis der wieder freundlich werde.

Die Frau Oberamtmännin fühlte feiner, beurteilte den Amtsrichter daher auch richtiger, begriff die schlechte Heilmethode ihres Mannes. Mit der Sprache durfte sie nicht deutsch heraus, sie meinte: „Laß es gut sein, mach Friede mit dem Amtsrichter, das heißt, sei wieder freundlich gegen ihn! Es lohnt sich ja nicht der Mühe, an eine solche Kleinigkeit so lange zu denken. Nun, du hast ihn nicht zu fürchten, aber er kann dir viel helfen und dir deine schwere Bürde erleichtern; er wird es auch sicher mit doppeltem Eifer tun, wenn du wieder freundlich gegen ihn bist." „Frau, mische dich nicht in solche Sachen, das verstehst du gar nicht", antwortete der Oberamtmann. „Es ist nicht wegen der Sache, sondern wegen Trotz und Übermut, den darf man nicht aufkommen lassen, sonst ist unsere Stellung gefährdet. Das ist die Kunst im Regiment, daß man jeden an seiner Stelle zu behalten weiß."

Die Frau Oberamtmännin disputierte selten mit ihrem Herrn, nur wo es sein mußte, wo zum Beispiel jemand alsbald Unrecht erdulden sollte tatsächlich. Sie ließ daher mit einem Seufzer das Gespräch fallen, dachte aber: wie man doch mit solchen Vorurteilen sich ärgere und seine Verhältnisse unangenehm mache, während man mit einem freundlichen Wort klar Wetter machen könnte. Wäre die Frau Oberamtmännin ein Fuhrmann gewesen statt eine feine Dame, so hätte sie einen losgelassen und gesagt: es sei nichts dümmer als mit einem Wagen fahren, wo alle vier Achsen girten und garten, wenn man Karrensalbe bei sich habe. Warum nicht schmieren, da laufe es alsbald wie im Honig.

Es trat ein harter Winter ein. Gegen den half Schmieren nichts, weder mit Karrensalbe noch mit Honig; draußen gefror Stein und Bein, ja neben dem warmen Ofen schlotterten die Menschen. Dies sind traurige Tage für die armen Tiere, die da draußen im Freien wohnen müssen. Wie mancher hat wohl schon ein Vöglein beneidet, welches im grünen Baum so wohl sich sein ließ, so lustig sein Liedlein sang, so behaglich an süßen Kirschen oder saftigen Birnen lebte. Es sang, flatterte, hüpfte, als sei's im Paradiese, lebte viel herrlicher als jener reiche Mann, von dem man sagt, er habe gelebt herrlich und in Freuden. Aber die Zeit vergeht und der Welt Herrlichkeit, das Gras verdorrt, die Blume fällt ab. Es kömmt der Winter; schneeig werden die Bäume, eisige Blumen bilden sich an den Fenstern, voll Frost ist Feld und Wald, die ganze Welt und kein warmer Ofen draußen, wo die armen Vöglein und die andern Tiere sich wärmen können! Wenn sie sich auch bergen in die hohlen Bäume, in dichtes Gezweige, es ist nur für Augenblicke, und vielleicht auch dahin dringt die tötende Kälte, und wenn nicht, so kommt ein anderer Feind und treibt sie aus ihrem warmen Verstecke, und dieser Feind heißt Hunger.

Der Hunger ist ein doppelt Wesen, hat zweierlei Naturen, ist oft ein heiß ersehnter Gast. Wie oft spitzt ein Hochgestellter, ja ein Fürst oder Prinz tagelang die Ohren und horcht, ob er nicht merke dessen Nahen, nicht fühle dessen Zerren und Nagen. Dann wiederum ist er schrecklicher als das wildeste der Tiere, er ist der fürchterlichste Peiniger auf Erden, wenn er langsam gekrochen kömmt, Wohnung macht im Menschen und langsam zehrt von Mark und Säften des Menschen, bis ihm das Schicksal der Fliege wird, die in der Spinne Netz gerät, bis er eine Beute des unsichtbaren, aber schauerlichsten der Ungeheuer, des Hungers, wird. Das ist das Untier, welches in kalten Wintern über die Tiere kömmt, sie unbarmherzig treibt aus ihren Verstecken hinaus in den kalten Wald, ins nackte Feld, nach den öden Bäumen, Speise zu suchen. Aber Gottes große Speisekammer hat sich entleert, und als schwerer Riegel hat sich der Frost über der Erde Schoß gelegt, und wenig ist, was sie finden. Da ist's, wo die Vöglein so struppicht sitzen auf den Zäunen an den Rändern der Straßen, endlich vor den Fenstern und bittend und ängstlich durch die Fenster spähen nach weichen Herzen, nach offenen Händen, wo die vierfüßigen Tiere kümmerlich sich behelfen mit der trockenen Rinde der Bäume oder im Schnee ihr kaltes Fressen mühsam suchen. Da ist's, wo die armen Tiere in ihrer Not dem Landmann zu schaden gehen, nach dessen Saaten graben, die unter dem Schnee vergraben liegen, sich zu Fristung ihres Lebens zueignen, was er im Schweiße seines Angesichtes zum eigenen Bedarf gepflanzt.

Wer ihm unerlaubt von seinem Eigentum nimmt, den betrachtet der Mensch als Dieb, sichert sich vor ihm nach Landesgebrauch und Gesetz, denn er hält dafür, das Eigentum sei in Gottes Wort gewährleistet, stehlen sei niemand und zu keinen Zeiten erlaubt. Menschliche Diebe straft man nicht mehr am Leben, sondern an Freiheit und Eigentum. Die armen Tiere haben kein Eigentum als ihre Haut, und was sie genommen, können sie nicht zurückgeben, das ist alsbald wohl versorgt. Es erlaubt daher auch das Gesetz, dem Diebstahl der Tiere zu wehren, ihnen Freiheit oder Haut zu nehmen und darob sich zu entschädigen. Wer zählt die Tiere, welche diesem Gesetz verfallen, wer zählt die Häute, welche als Schadenersatz genommen werden, wenigstens vorgeblich, in kalten Wintern und in aller Herren Ländern?

Unser Amtsrichter hatte einen Acker, mit Lewat prächtig besetzt; derselbe stieß an den großen Wald, der einen Teil seines Hofes begrenzte. Wie erschrak der Amtsrichter, als er eines Tages zu seinem Acker kam und denselben zu einer Weide für die Tiere des Waldes hergerichtet fand! Er sah aus fast wie ein Tanzplatz, wie man sie bei uns hier und da unter dem freien Himmel an einsamen Orten findet. Was wußten die armen Tiere, daß der Acker dem Amtsrichter gehörte und daß man den Lewat nicht fressen, sondern ölen müsse! Er dünkte sie herrlich, und damit voilà! Den Amtsrichter aber dünkte es nicht prächtig, sondern das Gegenteil, was eine beträchtliche Meinungsverschiedenheit bildet.

Da also Schnee lag, war die Natur der Diebe bald ermittelt: es fanden sich Hasen- und Rehtritte aus dem Wald, in den Wald und auf dem ganzen Acker. Über die Hasen wurde der Amtsrichter nicht so böse. Er wußte längst, daß Hasen ein diebisch Volk sind; zudem waren sie seit seinen Kindesbeinen an hier, also gleichsam Bürger und einheimische Diebe, freilich nicht so brave wie jener Dieb, dem einmal ein Gemeinderat ein Leumdeszeugnis auszustellen hatte.

Dieser Gemeinderat sollte einem ertappten Dieb ein Zeugnis ausstellen über dessen Vergangenheit. Nachdem der Schreiber die Aufforderung abgelesen, erhob der Präsident folgende Rede: „Ihr Gemeinderäte, Ihr habt gehört von wegen Thürlihäusi und von wegen einem Zeugnis; weiß einer von Euch was Schlechtes über ihn, so soll er es sagen! Ich für meinen Teil weiß gar nichts Schlechtes von ihm. Er hat wohl zuweilen etwas mitlaufen lassen, aber wenn die Sache kam, warum hätte er ihr den Willen nicht lassen sollen? Und wem nahm er, wenn man es eigentlich wissen will? Nahm er einem Bürger was? Nur Hintersäßen und Ausburgern nahm er, und sind die nicht selbst schuld daran? Warum kamen sie hierher? Wären die daheim geblieben, wo sie hingehörten, Thürlihäusi hätte ihnen nichts genommen. Darum helf ich ihm ein Zeugnis geben, ja freilich, und sagen: Schlechtes sei uns nichts über ihn bekannt. So können wir bei der Wahrheit bleiben und bringen ihn nicht ins Unglück. Oder ist's nicht so, oder nahm er einem von Euch etwas, so soll er's sagen! He. nun so dann, wer meiner Meinung ist und ihm so ein Zeugnis geben will, soll die Hand aufheben!" Es hoben sich rasch alle Hände, nur eine langsam. „He ja", sagte ihr Besitzer, „ich kann auch heben; Stehlen ist freilich Stehlen, daneben glaube ich, wenn man einem hungerigen Hintersäßen, der ehrlichen Bürgersleuten das Brot vor dem Maul wegfrißt, schon hier und da etwas nimmt, so werde das so viel nicht gefehlt sein. Wie der Präsident ganz recht gesagt hat, warum bleiben die nicht, wo sie daheim sind!"

Die Hasen also fraßen dem Amtsrichter seinen Lewat, obgleich er kein Hintersäß war, doch nahm er es ihnen so übel nicht, denn er betrachtete sie so gleichsam als die Seinen und dachte, sie wüßten es nicht besser, nähmten da, wo es sich ihnen schicke. Er meinte nicht, daß er die Hasen um seinen Hof herum alle schießen müsse, die sparte er. Nur wenn er einen haben sollte und nicht gleich wußte, wo ihn nehmen, schoß er einen, von wegen er sah gern das ganze Jahr durch hier und da einen Hasen.

Anders war es mit den Rehen: die waren nicht sein, die waren des Oberamtmanns, die waren so gleichsam Fremdlinge. Wenn die was fressen wollten, so konnten sie in den Schloßberg gehen und an des Oberamtmanns Kabis kratzen oder an dessen Bäumen sich erlaben. Ihnen schob er allen Schaden zu, und den wollte er nicht leiden; da hätte niemand das Recht, es ihm zuzumuten. Als er Zornes voll heimkam, war gerade der Landjäger da, der eine Verrichtung für ihn hatte. Dem leerte er seinen Zorn aus und trug ihm schließlich auf, dem Junker Landvogt zu melden: die Rehe, welche er gepflanzt, schädigten ihn sehr; er lasse ihn ersuchen, die Rehe fortzuschaffen, sonst stehe er nicht gut für sie. Es nähme ihn wunder, sagte er dem Landjäger, wenn der Oberamtmann Würste legen lassen dürfe im Schloßberg, damit ihm seine Hasen sicher blieben, ob er nicht dafür sorgen dürfe, daß des Oberamtmanns Reh ihm seinen Lewat nicht fräßen?

Der Landjäger hatte seine Freude an solchen Händeln, machte gern den Zwischenträger; es verkürzte ihm die Zeit, auch zog er seine Sporteln davon so gut als der Schreiber. Er richtete daher dem Herrn Oberamtmann den Auftrag pünktlich aus. Der ward alsbald ein feuerspeiender Berg, daß Ätna und Vesuv nur Kinderspielzeug schienen gegen ihn. Ja, dem Schreiber ward sehr angst; er begann sich zu fürchten, der Oberamtmann sprengte das Schloß in die Luft und ihn damit. Selb war ihm doch nicht anständig, denn er hatte erst gemetzget und die Sau nicht gegessen. Auch schickte ihm sonst der Amtsrichter alle Winter einen Hasen, der war noch nicht angelangt, begreiflich also auch noch nicht gegessen, und jetzt in die Luft sprengen, wo es bekanntlich weder Schweine noch Hasen gibt, man denke! In einem Augenblick, wo der Oberamtmann neuen Atem faßte, erinnerte er bescheiden, daß vor Abgang der Post noch ein Verhör mit einigen Bauern nötig sei, um die verlangten Ergänzungen zu liefern. Der kluge Schreiber hatte sie schon mehr als einmal als Blitzableiter gebraucht und sie probat gefunden; wenn hageldicht auch Blitze ihnen auf den H . . . fuhren, es hatte noch keiner gezündet. Allweg, so dachte er, sei es für ihn gar viel angenehmer, wenn sie einige kriegten, als wenn er in die Luft fahren müßte.

Indessen mußte sich der elektrische Stoff durch dieses Mittel noch nicht ganz entladen haben, denn bei dem Mittagessen fing der Oberamtmann frisch an zu donnern. „Da kannst du jetzt den grenzenlosen Übermut und die Frechheit des Mannes sehen, mir so was sagen zu lassen, mir Gegengericht halten, sich auf die gleiche Linie stellen zu wollen!" „Rechtlich genommen —" fing die Frau Oberamtmännin an, aber wohl, die schwieg, denn es war, als ob sie an eine Leidener Flasche gekommen, so gab der Herr Funken. Als sie meinte, jetzt sei er fertig, fing sie ganz leise an: „Aber es ist doch fatal, wenn man was gesät hat —" Potz Himmel, wie ging das wieder an über Bosheit und erlogenen Schaden, sintemalen nie erhört worden, daß Rehe Lewat gefressen!

Natürlich vernahm der Amtsrichter das meiste von allem wieder und wie der Oberamtmann gesagt: er solle es nur probieren, machen, was ihn gut dünke, er wäre nicht der erste Amtsrichter, der ungesinnt zu einer blauen Kutte käme. Ob der Oberamtmann dies wirklich gesagt, wurde nicht konstatiert, aber der Amtsrichter nahm es als wahr an, da es vom Schreiber oder Landjäger kam und die ja dabeiwaren, als der Oberamtmann so auspackte. Daß Landjäger oder Schreiber auch was sagen könnten, das sie nicht gehört, das fiel ihm nicht gleich bei. Darum wurde er nicht weniger zornig als der Herr. Er wisse, was er mache und was erlaubt oder verboten sei, vielleicht besser als der, welcher dafür bezahlt sei, daß er es wissen sollte, sagte er. Der sollte ihm nicht mit der blauen Kutte kommen, mit dem wolle er es probieren. Er hätte die blaue nicht zu fürchten, aber wenn jeder drein müßte, der sie verdiente, so wäre vielleicht mancher nicht Oberamtmann.

Der Amtsrichter habe gesagt, wenn der Oberamtmann die Kutte anhätte, welche ihm gehörte, so wäre er an einem andern Ort als im Schloß, vernahm der Oberamtmann. Man kann denken, daß ihn dieses nicht voll Gnade gegen den Amtsrichter machte und seine Liebe zu ihm mehrte.

Da kam an einem kalten Morgen, wo der Atem gar nicht aus dem Munde wollte aus Furcht, er erfriere, der Polizeidiener voll

Reif, daß er anzusehen war wie ein gepudertes Tanngrotzli, und brachte Bericht: der Amtsrichter lasse seinen Respekt vermelden und dem Herrn Oberamtmann melden, auf seinem Lewatacker liege ein Reh, welches ihm Schaden zugefügt und weswegen er es erschossen habe; der Herr Oberamtmann solle darüber verfügen.

Nun, jetzt mag der verehrte Leser einmal selbst die Mühe nehmen, sich vorzustellen, was der Oberamtmann für ein Gesicht machte und wie er den Mund auftat. Im ersten Zorn riß er am Glockenzug, daß er sprang, und rief nach dem Landjäger, daß der Kalk von den Mauern sprang. Der und der alte Polizeidiener sollten den Amtsrichter gefangennehmen und ihn herbringen, ob gefesselt oder nur so einer hinten und einer vornen, wissen wir nicht. Wahrscheinlich hatte der Landjäger Lunte gerochen und sich fortgemacht, auf die Post hieß es und gläublich, da die dazu übliche Zeit vorhanden war. Man mußte also dessen Rückkehr erwarten, da augenscheinlich der schlotternde alte Diener der Polizei kaum die eigenen Beine bewegen konnte, geschweige andere gefangenführen.

Unterdessen setzte sich die erste blinde Hitze, und der Schreiber, der immer genau wußte, auf welchem Standpunkte der Oberamtmann war, ohne daß er ihm den Puls griff, begann zu reden, aber ganz leise. „Wie wäre es", sagte er, „wenn man zuerst ein Protokoll aufnehmen würde und die Sache vorläufig untersuchte, ehe man zur Verhaftung schritt? Ich kann mir nicht denken, daß uns der Amtsrichter so bald davonläuft, aber Ihr wißt, wie sie in Bern sind, von einer Förmlichkeit, daß man aus der Haut springen möchte, und wenn nicht alles nach dem Lineal geht, so bekömmt man Verdruß, muß wegen der Form hintenab nehmen, wie klar man im Recht ist. Es scheint, man habe seit einiger Zeit in Bern die Freude daran, die Oberamtmänner zu blamieren und die Bauern übermütig zu machen; sie werden es aber erfahren, wohin das führt."

Dem Oberamtmann drangen diese Worte durch den Nebel des Zorns; er pflügte noch einige Male die Stube auf und ab, dann sprach er: „Man kann's machen, es soll an der Sache aber nichts ändern; nur damit sie drinnen nicht die Freude haben, einen Wischer aufs Land hinauszuschicken, — obschon ich mir aus solchen Wischern hell nichts mache; der wäre zu den andern gegangen in die Schublade, wo wohl noch einige Platz haben werden. Schreibt einen Auftrag an den Amtsverweser, du, Polizeier, bringst ihm denselben, und sage ihm, der Herr Amtsschreiber und der Landjäger würden längst in einer Stunde ihn abholen; daß er daheim sei! Und ist er etwa nicht daheim, so soll man nach ihm aussenden, bis man ihn hat!" Der Polizeier marschierte ab mit dem Befehl, nachdem er noch einmal die Hände an den heißen Ofen gelegt und so gleichsam Vorrat von Wärme mitgenommen hatte.

„Aber so mit nichts soll mir heute der Amtsrichter nicht daraus-kommen, der soll nicht seine Galgenfreude daran haben, mich erzürnt zu haben, der Halunke, was er ist!" sagte der Herr. „Schreibt eine provisorische Verfügung, daß ihm einstweilen bis zur Vollendung der Untersuchung und weiterm Bescheid verboten sei, den Fuß ab seinem Herd zu setzen."

Hier wagte der Schreiber keine Einwendung, er wußte, wie der Herr um so hartnäckiger in Nebensachen wurde, wenn er in der Hauptsache nachgegeben hatte. Das werde halt einen neuen Wischer geben, dachte er, mache aber nicht das Aufsehen und die Erbitterung wie eine öffentliche Gefangenführung, und wenn halt der Oberamtmann Freude an Wischern habe, wolle er sie ihm nicht verderben. Man sieht, der Schreiber war ein loyaler Mann, gönnte jedem das Seine, sorgte hauptsächlich doch dafür, daß die Kirche mitten im Dorfe bleibe. Er schrieb also die Verfügung des Eingrenzens des Amtsrichters auf seinen Herd und ging mit ab, um sich mit gehöriger Kleidung zu bedecken auf den kalten Weg.

Der gute Oberamtmann in seinem heiligen Zorn! Wenn er gewußt hätte, wie er mit all seiner Majestät verraten sei ringsum, die einen den Buckel voll lachten, die andern die Luft voll seufzten über ihn, wir glauben, der Schlag hätte ihn gerührt. Begreiflich kamen die Seufzer von der Frau Oberamtmännin. Sie glich darin sehr der Frau des Pilatus, daß sie so ziemlich wußte, mit wem ihr Herr zu tun hatte, und daß ihr dieses Tun nicht selten im Traume vorkam. Darin aber unterschied sie sich sehr von der Frau Pilatussin, daß sie sich wohl hütete, dem Herrn durch ihre Zofe Mahnungen ins Audienzzimmer zu senden.

Wie es aber geht bei solchen Aufregungen, daß man mitteilend wird, sich aussprechen muß, so suchte der Oberamtmann, sobald der Schreiber ihn verlassen hatte, seine Frau und packte ihr des Amtsrichters Untaten und seinen Zorn aus. „Du kannst sehen, was das für ein Bursche ist! Du nahmst immer seine Partie, da siehst, was

Freundlichkeit geholfen hätte bei einem solchen Bauerntrotz; das Auslachen hätte man noch gehabt zum Dank für alles obendrein."

„Ich weiß nicht", sagte die Frau Oberamtmännin, „und ich möchte dich nicht böse machen, Fritz" — so nannte sie ihn unter vier Augen immer, wenn sie besonders zarte Verhandlungen pflog um empfindliche Seiten herum, — „aber ich glaube gerade das Gegenteil. Wärest du mit dem Amtsrichter auf gutem Fuß gewesen, er hätte das Reh nicht geschossen. Ich habe nie gehört, daß der Amtsrichter geizig sei; wegen einem ganzen Sack Lewat hätte er dich nicht böse gemacht, er hätte den Rehen so ein kurzes Winterfutter gern gegönnt, den armen Tieren mit ihren zarten Fellen!"

„Meinst dann, ich hätte da vor dem Amtsrichter den gehorsamen Diener machen, mich wegen seiner Unverschämtheit noch bei ihm bedanken sollen! Ja, du verstehst die Leute zu behandeln! Wärest du Meister, sie hätten dir bald die Haut über die Ohren gezogen, das Haus über dem Kopfe verbrannt." „Wer weiß", sagte die Frau Oberamtmännin, „ich habe doch schon oft mit Freundlichkeit viel ausgerichtet, und was ich Freundlichkeit nenne, ist nicht ein Unterziehen oder ein unangemessenes Billigen von Sachen, welche gerügt werden müssen; übrigens ist ja oft am besten, wenn man die rechten Hauptsachen im Auge behält und Kleinigkeiten übersieht." „Es ist heute aber nicht mit dir zu reden, das ist ein ewig Widerspenstens; Kleinigkeiten das, wenn man einen ganzen Morgen lang die Hunde ums Schloß brüllen läßt und die Hasen vor der Nase schießt und zuletzt nicht einmal Entschuldigungen macht! Kleinigkeiten, jawohl!"

„Und jetzt wegem Reh, was willst machen, Fritz?" frug die Frau. „Ihm zeigen, dem ... Bauer, wer Meister im Lande und ob man der Obrigkeit so unverschämt Trotz bieten solle oder nicht!" Und mit gewaltigem Schritt marschierte er aus dem Zimmer, und gewaltig dröhnte hinter ihm die Tür; fast konnten seine Zöglinge von Gottes Gnade reden, daß ihr gestrenger Herr weder Landjäger noch Schreiber bei der Hand hatte, um Übungen mit ihnen anzustellen.

Aber wenn er erst bei dem Zuge nach der Säublume gewesen wäre, was hätte er erleben müssen! Oh, wenn alle Obern alle Jahre auf vierzehn Tage verdammt würden, alles hören zu müssen, was ihre Untergebenen hinter ihrem Rücken von ihnen reden, da täte es erst großen Zorn geben; der brächte in wackere Gemüter viel Weisheit, die mancher Not vorbeugte, die in Tagen der Not der beste

Steuermann wäre. Sie waren sämtlich auf Seite des Amtsrichters, waren ordentlich stolz auf den Amtsrichter, der es wagte, ihrem taubeligen Herrn, der ungefähr war wie ein stehend Wetter am Himmel, welches jeden Augenblick losbrechen könnte, die Stirne zu bieten. Sie machten sich lustig über des Gewaltigen ohnmächtigen Zorn, waren gewunderig über des Amtsrichters Gesicht, der ganz sicher des Donnerwetters kaltblütig wartete, welches, wie er wohl wußte, der Oberamtmann ihm auf den Hals schicken werde. Sie bewunderten die Vorsicht, daß er das Reh liegengelassen, die Anzeige selbst gemacht. Aber die Hauptsache war allen die Restauration beim Amtsrichter, deren sie sicher waren, an deren sie bloß im Vorgefühl kannibalisch wohl lebten. Sie hatten auch ganz richtig kalkuliert.

Natürlich gingen sie zuerst nach der Säublume, denn wo sie das Reh suchen sollten, wußten sie nicht. Der Amtsrichter ließ sich nicht suchen; er empfing sie schon vor der Haustüre, und zwar mit lachendem Gesicht, und fragte, was sie Guts brächten, es müsse was Wichtiges sein, daß sie sich vom Ofen weggelassen. Der Schreiber, dem das Maul am gängigsten geblieben, weil er es am meisten in Bewegung erhalten, antwortete: „Allweg! Wir sollen einen gewissen Amtsrichter fassen und an Schatten bringen." Nun, er sei z'weg, sagte der Amtsrichter mit lachendem Gesicht. Er hätte heute expreß frische Strümpfe angezogen, die wärmer seien als schon getragene, damit er es besser erleiden möge im Mörderkasten oder in welche Kefi sie ihn bringen sollten. Das werde er erfahren, wenn er einmal drein müsse; jetzt hätten ihm gute Leute, denen er es hoffentlich nicht vergessen werde, z'Best geredt, einstweilen hätten sie bloß den Auftrag, ein genau Protokoll aufzunehmen und ihm ein Schreiben zu übergeben, woraus er sehen könne, was Trumpf sei.

Der Amtsrichter öffnete das Schreiben, machte erst eine dunkele Miene, die sich rasch verzog, legte das Schreiben beiseite und sagte: er hülfe jetzt an Ort und Stelle gehen, wenn's dem Herrn Amtsverweser beliebe, dort den Augenschein einnehmen und dann hier das Protokoll schreiben, draußen gefrören ja Dinte und Finger; derweilen könne seine Frau was Warmes machen. Daneben wie sie wollten, er habe da nichts zu befehlen, sondern als Delinquent gehorsamst sich zu unterziehen. Wer hätte etwas gegen des Amtsrichters Vorschlag einwenden sollen, besonders wegen dem Warmen?

„Indessen doch noch eins auf den Weg!“ sagte der Amtsrichter und schenkte ein delikates Kirschenwässerchen ein, daß sämtliche Majestäten ganz verzückt davon wurden, die Beine nicht stillehalten konnten.

Der Amtsrichter benutzte den Augenblick, seiner Frau die Verfügung mitzuteilen; die sprang z'weg wie eine Katze am Hälsig, und wohl kam's dem Landvogt, daß er einen Stellvertreter geschickt; der selbst hätte was vernommen wie noch nie in seinem Leben! „Und jetzt, was willst machen, etwa ein Fösel sein und d'Sach in Sack stecken?“ „Still, Frau, still, und wenn sie wiederkommen, still, ganz still, ohne Wort und saure Miene; der Landvogt muß nicht Freude haben, wenn er hört, wie ich getan, und wie du aufgesprungen. Denn die drinnen sind ein Pack; die, wie gut sie es mit uns zu meinen scheinen, b'richten doch alles dem Landvogt.“ „Aber was willst dann machen, das so annehmen?“ „Weiß es schon, will es dir sagen, sobald sie fort sind. Sei freundlich, miß die Worte wohl; wie gesagt, sie müssen nicht Freude haben an uns, weder der Landvogt noch die andern.“ Die Frau verstand den Mann und tat also. Sie war nicht gewohnt, mit Wenn und Aber und allerlei Quergedanken die Sache zu versalzen.

Die Männer zogen aus, fanden einen schönen Rehbock auf dem Lewatacker, der wirklich aussah, als hätte eine Herde Schafe sich lange Zeit da aufgehalten. Sie nahmen es gut ins Auge, und der Amtsrichter gab zu Protokoll: Rehe seien mutwillig hierherverpflanzte Tiere, der Oberamtmann habe sie für seine Freude hierhergebracht; nun sei es nirgends geschrieben, daß er schuldig sei, um dem Herrn Oberamtmann Freude zu machen, Schaden zu leiden. Er habe denselben geziemend warnen lassen und erst, als er schnöden Bescheid erhalten, von seinem gesetzlichen Recht Gebrauch gemacht. Der Schaden liege vor Augen, Frevel habe er keinen begangen, das Reh liege da, die Anzeige habe er selbst gemacht, der Verfügung des Herrn Oberamtmanns unterziehe er sich einstweilen, behalte sich aber das Gutfindende vor.

Nachdem also das Protokoll gehörig abgefaßt, unterschrieben, versiegelt war, setzte man sich ohne langes Nötigen an das Warme, welches die Frau Amtsrichterin bereitet hatte; das war eine stattliche Mahlzeit und dazu die schönen aufwartenden Töchter, es ward absonderlich dem Schreiber, als sei er in Mohammeds Paradiese;

ob Christ, ob Türk, war ihm hell egal im allgemeinen, im besondern aber: wobei er Besseres genoß und Schöneres sah, war ihm die Religion am liebsten. Er ward ganz Geist und Humor, und wenn dann die Mädel recht lachten, so kam es ihm vor, er hätte sie schon, wenigstens eine.

Die meisten seiner Geschichten bezogen sich auf das Schloß und ganz besonders auf den Junker. Wenn der gewußt hätte, wie es ihm erging, und was seinem Schreiber aus dem Munde ging, es wäre wirklich nicht gut gekommen. Eine erzählte er, welche wir wiederholen wollen, da sie vielleicht auch jetzt noch irgendeinem Beamteten zur Warnung dienen kann.

„Vor einem Vierteljahr oder mehr erhielt unser Herr ein Schreiben von der Regierung. ‚Darin ist etwas, was mich gar nicht interessiert; tut das in die Schublade dort, es sind schon mehr darin', sagte der Junker. ‚Aber will der Junker Oberamtmann es nicht aufmachen und sehen, was darin ist?' frug ich. ‚Nicht nötig', sagte er, ‚weiß das Nötige schon, und am Nähern begehre ich mich nicht zu ärgern. Man hat genug Verdruß, dem man nicht entgehen kann; warum Verdruß nicht meiden, wo es möglich ist? Marsch mit in die Schublade!' Unser Herr hatte nämlich wieder einmal über die Schnur gehauen, und es war ihm zu Ohren gekommen, es sei ein braver Abputzer für ihn ob dem Feuer; nun meinte er, er stehe angerichtet im Schreiben. Also marsch mit in die Schublade, die so voll ist, daß man allemal mit dem Schuh Platz machen muß.

Einige Zeit nachher kömmt ein Schreiben von oben, wo einem Geschäft nachgefragt und uns sehr ernsthaft die größte Beschleunigung anbefohlen wurde. Man sei der immer sich wiederholenden Verschleppungen satt, hieß es darin unverschämt genug. Wohl, jetzt mein Junker auf und z'weg, hoch aufs Roß, jetzt war er einmal ungerecht gerüffelt worden, und wir schrieben einen ganzen Tag an einem Briefe, worin wir so deutlich als möglich zu verstehen gaben, daß man Freude zu haben scheine an Wischern, gerechten und ungerechten, daß man aber diesmal den Balken im eigenen Auge suchen solle. Wir waren recht kühn in unsern Herzen geworden, und der Herr sagte: ‚Jetzt können sie auch einmal schmecken drinnen in Bern!'

Mit umkehrender Post kömmt ein Schreiben daher voll Donner und Blitz, lauter Pistolen und Dolche, daß man von einem Oberamt aus eine solche Sprache führe und noch dazu bei dieser Sache, aus welcher man sehe, wie groß die Unordnung in den Geschäften sein müsse, denn das betreffende Schreiben sei abgegangen und müßte in unsern Händen sein. Wenn so was noch einmal begegne, so werde unumgänglich eine Untersuchung über uns verhängt werden.

Ja, das war nicht Spaß, so mir nichts, dir nichts sie abfertigen durften wir nicht. Wir suchten einen ganzen Morgen, kehrten alles siebenmal um; der Junker war in einer stillen Wut, daß ich alle Augenblicke glaubte, er fahre los und speie Feuer. Aber da war nichts zu finden. Endlich fällt mir was plötzlich ein. „Herr Oberamtmann', sage ich, ‚war's wohl ein Schreiben, welches nicht geöffnet wurde?' ‚Warum nicht gar!' schnauzt der Herr, öffnet aber doch alsbald die Schublade, reißt das Schreiben auf, und richtig, darin war das Geschäft, über welches berichtet werden sollte. Ja, da standen wir wie die Butter an der Sonne; das Aufbegehren war uns auf einmal vergangen, jetzt, was machen? Da ist der Schreiber dann kommod, der muß herhalten, oder der Landjäger, der das Zimmer aufräumt; durch sie kömmt so ein Schreiben unter andere Schriften oder in ein Protokoll und wird vergessen, aber in Zukunft soll besser Obacht gehalten werden. Aber wohl, seither macht der Herr die Schreiben auf!"

„Aber", frug der Amtsrichter, „merktet ihr dann nicht als der Wischer wirklich kam, daß etwas anderes in dem Schreiben stecken mußte?" „Ja, der Wischer kam eben nicht", antwortete der Schreiber. „Wahrscheinlich war von einem die Rede gewesen, aber unterlassen worden, weil man gefunden haben wird, es trage doch nichts ab."

Man denke, wenn das alles der Oberamtmann gehört hätte! Darum ist's gut, daß der liebe Gott unser Gehör eben recht beschnitten hat; er weiß wohl, warum. Als der Amtsverweser oder Amtsstatthalter mit seinem Gefolge von dannen zog, wunderten sie sich alle, wie es doch gewarmet habe. Er hätte fast Lust, die Kutte auszuziehen, sagte der Polizeier. Er hätte diesen Morgen nicht geglaubt, daß es so bald ändere. Der gute Polizeier hätte aber auch nicht gedacht, daß einige Pfund Fleisch, einige Flaschen Wein in seinen Magen kämen, und was diese Quantitäten in einem alten, leeren Polizeiermagen für Veränderungen hervorbringen können, hatte er längsten nicht mehr erfahren.

Mit dem Protokoll war der Oberamtmann äußerst unzufrieden. Der Schaden auf dem Lewatacker war ihm viel zu kläglich dargestellt. So gehe es, wenn man die Sache nicht selbst mache, auf niemand könne man sich verlassen, zuverlässige Leute seien selten auf der Welt. „Rari nantes in gurgite vasto", würde der Oberamtmann gesagt haben, wenn Latein seine starke Seite gewesen wäre, wie sie es eben nicht war.

Als sie fort waren, befahl der Amtsrichter, sein Reitwägeli zu rüsten, in der Brunnmatt, wo es am wenigsten gefroren sei, Mutten abzustechen und den Boden des Wägeli damit zu belegen. „Was Tausend willst?" frug die Frau Amtsrichterin, die noch keinen näheren Bericht unter vier Augen erhalten, aus der Küche heraus, wo sie die Ordres gehört hatte. „Will morgen auf Bern und, um dem Oberamtmann nicht ungehorsam zu sein, auf meinem Herd bleiben." Die Frau Amtsrichterin lachte zwar, doch gefiel es ihr nicht ganz. „Du bist wohl alt für sellig Witze!" sagte sie. „Mach eine Vorstellung, du kannst so wohl schreiben und d'Wort stelle, oder wenn du es nicht gerne selbst machst, so laß einen Advokaten kommen; sie beten auch ums tägliche Brot, oder wenn sie schon nicht beten, so nehmen sie es doch gern."

„Nichts Schriftliches und erst nichts von Advokaten, die alles auf die lange Bank ziehen", antwortete der Amtsrichter. „Ich will die Sache über den kurzen nehmen, wie die Schwinger sagen. Ich habe nicht Zeit zu warten, bis die Schrift abgefaßt, eingegeben, überwiesen, gelesen, Bericht erstattet, Anträge gestellt, beraten und schließlich das Ganze zu besserer Untersuchung und Vervollständigung der Akten zurückgesandt ist. Ich weiß, wie es geht. Ich mache die Sache mündlich ab, und morgen schon ist der ganze Tschuep aus." „Wie willst es dann machen?" frug die begreiflich g'wunderig gewordene Frau. „Das sage ich dir jetzt nicht, sondern erst morgen, wann ich heimkomme." Damit mußte die Frau sich begnügen, wenn sie schon Frau Amtsrichterin war; dies mögen andere Weiber, die immer alles auf der Stelle wissen wollen und nicht Frau Amtsrichterinnen sind, sich merken.

Am folgenden Morgen war Dienstag, wo in Bern immer ein bedeutender Wochenmarkt ist, an welchem benachbarte Kantone mit Lebensmitteln sich versehen. An diesem Tage gaben die Mitglieder der Regierung ihre Audienzen und hielten in der Regel keine Sitzungen, zu Erleichterung des Landmanns, der, wenn er wegen andern Sachen auf Bern kam, auch bei ihnen seine Geschäfte abtun konnte. Der Amtsrichter fuhr also auf Bern und hielt vor dem Hause eines einflußreichen Ratsherrn, mit dem er in sehr gutem Vernehmen stand. Er sandte einen Buben in den Hausgang, wo in Bern in der Regel die Handhaben der Glockenzüge sind, hieß ihn läuten und, wenn man Bescheid gebe, sagen, der Herr Ratsherr solle so gut sein und hinunterkommen, der Amtsrichter auf der Säublume möchte ein Wort mit ihm reden. Der Junge tat es um einen Batzen, kriegte im Hausgang mit dem Kammerdiener Händel, der meinte, der Bube wolle ihn zum besten halten, bis er den ihm wohlbekannten Amtsrichter auf seinem Wägeli vor dem Hause sah.

„Was kömmt Euch in Sinn, Herr Amtsrichter?" sagte Pierre, „der Herr Ratsherr kömmt nicht hinunter, das ist nicht der Brauch; steigt ab und kommt herauf, es ist eben niemand bei ihm, der Junge kann Euch das Roß halten." „Ich darf nicht, Pierre. Bitte, tut mir den Gefallen und sagt dem Herrn, ich ließ ihm dringlich anhalten, hinunterzukommen nur einen Augenblick, hinauf dürfe ich nicht." Pierre schüttelte bedenklich den Kopf und meldete dem Herrn. Der Herr wußte nicht, was das zu bedeuten hatte; den Amtsrichter kannte er zu wohl, um zu glauben, er habe nicht bestimmte Gründe, diese Bitte zu stellen; aus Gründen und Pflichtsinn ging er hinunter, aber mit ernstem, strengem Gesicht, mit dem sich nicht spaßen ließ.

„Verzeiht, Herr Ratsherr, daß ich Euch bemühe, aber ich durfte nicht anders. Des Herrn Oberamtmanns Rehe geschändeten mir meinen Lewat, ich ließ es ihm sagen, er mir abputzen; darauf schoß ich eins, ließ es liegen und ihm es anzeigen, und er verfügte, daß ich bis auf weitern Bescheid nicht ab meinem Herd solle. Darum, hochgeachteter Herr, kann ich nicht ab meinem Wägeli, wo ich, wie Ihr seht, noch auf meinem Herd bin, denn ich bin der Meinung, daß man sich der Obrigkeit unterziehen soll. Aber ich möchte inständig gebeten haben, daß man dem Herrn Oberamtmann melde, er solle mich freilassen, denn gerade jetzt habe ich nicht Zeit, daheim zu sein."

Als der Ratsherr das sah, lachte er gar herzlich über diesen wohlangebrachten Witz und sagte: „Es ist verdammt kalt da; kommt um ein Uhr zu mir zu einer Suppe, da wollen wir das Weitere besprechen." „Aber ich darf nicht ab meinem Herd", antwortete der

Amtsrichter. „Wenn ich es erlaube?“ frug der Ratsherr. „Aber Ihr gebt mir doch dann auf alle Fälle ein paar Buchstaben?“ bat der Amtsrichter. „Kommt auf alle Fälle und gleich nach halb eins!“ antwortete der Ratsherr und ging lachend ins Haus.

Der Amtsrichter fuhr zum „Storchen“, wo der seltsam belegte Boden seines Wägelis Aufmerksamkeit erregte und viele Fragen erzeugte. Es gebe sehr warm, sagte der Amtsrichter, ging seinen Geschäften nach und fand sich zur gesetzten Zeit beim Ratsherrn richtig ein. Derselbe empfing ihn nicht mit ernstem Gesicht, führte ihn ins Kabinett zum Kaminfeuer und ließ sich da erzählen. Der Amtsrichter tat es aufrichtig, redete vom Jagen ums Schloß, daß er aber nicht dabeigewesen, bekannte, daß die gedrohten Würste ihn böse gemacht und verursacht, sein Ärgernis an den Rehen zu nehmen, und weil ihm der Herr Oberamtmann so bösen Bescheid habe zugehen lassen, habe er es probieren wollen, ob die Gesetze was gelten oder nicht. Daß er heute so auf Bern komme, geschehe nicht aus Bosheit, sondern er habe die Verfügung respektieren wollen und doch aus der Sache nicht gern einen Handel erwachsen lassen. Wenn so was einmal schriftlich werde, so werde das Giecht immer größer, und gegen den Oberamtmann habe er eigentlich nichts, wenn er nur nicht so vom Zorn sich hinreißen ließe.

Nun sprach auch der Ratsherr freundlich und väterlich, gab dem Amtsrichter recht, bemerkte aber: wie sie beide in ihren amtlichen Stellungen sich in acht nehmen müßten, persönliche Empfindlichkeiten nicht mächtig werden zu lassen, sie müßten sie um ihres Amtes willen unterdrücken, sprach von den guten Eigenschaften des Oberamtmanns, wie das Amt ihm viel zu verdanken hätte, mehr als es wüßte. Das erkannte der Amtsrichter vollkommen an und erklärte, er seinerseits wolle den Handel gern vergessen dahin und daweg, wenn der Herr Oberamtmann es auch tun wollte. Der Herr sei ihm wirklich eigentlich lieb, aber unterntun, das lasse er sich einmal nicht gern, selbst vom eigenen Bruder nicht. Pierre meldete, die Suppe sei serviert.

Als der Amtsrichter ins Speisezimmer trat, stand ihm sein Oberamtmann gegenüber. Dieser war nämlich, als sein Zorn verraucht war und er das Protokoll gelesen, nach und nach verlegen geworden. Woaus jetzt, was machen? Er hatte den Amtsrichter an der Hand, der Gesetz und Recht ganz gut kannte. Er entschloß sich endlich, obschon mit großem Widerstreben und auf dringlich Bitten seiner Frau, zu tun, was er in Notfällen schon mehr als einmal mit gutem Erfolg getan, nämlich nach Bern zur Beichte zu fahren, das heißt, zu einigen einflußreichen Mitgliedern zu gehen und zu sagen: „Ihr Herren, seht, so bin ich drin, wie machen, um so ungeschlagen als möglich darauszukommen? Helft mir, wenn es euer guter Wille wäre!" Nun lasen ihm die Herren, Verwandte oder Freunde, ein scharf Kapitel und halfen ihm bestmöglichst, aber in der Regel nicht parteiisch, nicht gewalttätig, sondern sie zeigten ihm den Weg oder halfen ihm aus der Patsche kommen ohne Verletzung des Rechts, aber auf die Weise, wie er sich und das Ansehen der Obrigkeit, deren Stellvertreter er war, am wenigsten blamierte.

So war er auch jetzt zu dem Herrn Ratsherrn, der sein Vetter war, gekommen und hatte seine Verlegenheit geklagt; der hatte ihm scharf zugesprochen, wie er durch solche Torheiten die Regierung kompromittiere, die einflußreichsten Männer auf dem Lande vor den Kopf stoße, statt allem aufzubieten, sie anhänglich zu machen oder zu erhalten. Wer der Republik treu dienen wolle, müsse seine Persönlichkeit opfern können und nicht bloß im Krieg, sondern eben in solch scheinbaren Kleinigkeiten usw.

Der Oberamtmann bekam einen hochroten Kopf, beugte sich indessen der ihm wohlbekannten Überlegenheit des Vetters und fragte endlich: „Aber und jetzt?" „Wißt Ihr was, Vetter, esset heute bei mir z'Mittag! Ich weiß zwar wohl, Ihr esset nicht gern irgendwo à l'hazard du pot, aber so einmal zur Seltenheit wird nit z'töten gehen." „Ja, Vetter, so ist es bös refüsieren; wenn Ihr also erlaubt, werde ich mich zu rechter Zeit einfinden", antwortete der Oberamtmann. Er wurde, als er kam, zu seiner Cousine, der Frau Ratsherrin, geführt und war ebenso überrascht als der Amtsrichter; sie standen sich da verblüfft gegenüber und wußten nichts miteinander anzufangen, doch das dauerte nur einen Augenblick.

Der Vetter Ratsherr sagte: „Gället, Vetter, das ist brav von mir, daß ich Euch den Amtsrichter bringe? Ich wußte, daß ihr gute Freunde seid und daß ich Euch keinen angenehmern Tischgenossen bringen konnte als ihn." Es waren beide, der Amtsrichter und der Oberamtmann, nicht dumm und begriffen den Herrn Ratsherrn vollkommen; es wurde ein scharmant Mittagessen. Auch hatte die Cousine Ratsherrin dafür gesorgt, daß der Vetter vom Lande das à l'hazard du pot nicht merkte, und der Vetter Ratsherr schonte seine Weine nicht, war sehr fleißig mit Anstoßen und Gesundheitmachen, und von der ganzen Geschichte war nie die Rede mehr.

Als der Oberamtmann und der Amtsrichter zur Haustür hinausgingen, der eine die Stadt auf-, der andere die Stadt hinunterwollte nach ihren Fuhrwerken, gab der erstere dem letztern die Hand und sagte: es würde ihn sehr freuen, wenn er ihn bald bei sich sehen würde. Wenn der Herr Oberamtmann es erlaube, werde er mit vielen Freuden nächstens kommen, antwortete der Amtsrichter.

Die Sache muß sich auch auf die Länge recht gut gemacht haben, denn als im nächsten Jahr der Oberst mit dem Amtsrichter jagte, war der Oberamtmann auch dabei.

Der Ball

1853

Es war einmal ein Mann, der war Vater und sogar Ratsherr, war mit sechs Kindern gesegnet und namentlich mit einem Sohne, dem man Jacot sagte. Auf diesen hatte er gehofft, er sollte sein Nachfolger sein in Ehr und Ämtern, seine rechte Hand in Familie und Haushalt, und aus dem allem wollte es nichts werden. Jacot war ein herzguter Bursche, aber über seiner Wiege hatte die Sonne nicht geschienen; er war unbehülflich, hatte immer Unglück, was er anfing, lief ihm krumm. Er hatte ein Pöstlein, aber ein sehr mageres, es erhielt ihn dürftig beim Ordinäri; gab's aber leicht was extra, mußte der Vater an Tanz, und Väter haben eine sehr große Ähnlichkeit mit den Kühen: beiden ist nichts schmerzlicher, als wenn man immer noch rupft und milcht und ist längst keine Milch mehr im Euter, kein Geld mehr im Sack.

Herrn Gygampf plagte dieses schmerzlich, er hatte seinen Jacot deswegen an einen großen Schießet gesandt, wo er sich mit Schießen und Reden einen Namen machen, mit hohen Eidgenossen bekannt werden konnte, wo ihm dann eine gute Anstellung nicht fehlen konnte, hatte eine beträchtliche Handvoll Geld geschwitzt, und es war wieder all nichts. Jacot hatte nicht geredet, schlecht geschossen, nicht einmal eine Nummer im Stich, und von den hohen Eidgenossen sagte er, man habe sie ihm gezeigt von weitem und beinahe hätte er sie gehört, aber er sei wohl weit von der Tribüne gesessen; wie sie heißen, wisse er nicht mehr recht, man hätte es ihm gesagt, aber er habe es wieder vergessen. Dieser arme Jacot stund vor seinem Vater Ratsherr, und dieser las ihm ein streng Kapitel.

„Und jetzt, d's Geld ist der Bach ab und du der gleiche Schlufi, was soll's jetzt? Was Kinder doch für eine Plage sind; nichts als

Verdruß und für was am End? Wenn man alles macht, sie vorwärtszubringen, d's Geld am Maul abspart, sich duckt und bückt, jedem Schelm und jedem Babi, das zu was stimmen kann, die höchste Ehr erweist, den Staub von den Schuhen leckt, so müssen die Kind, weiß Gott, auch nachhelfen, sich etwas gefallen lassen, sich Mühe geben und nicht den Löhl machen wie du, sonst hilft, weiß Gott, alles nichts. Natürlich liegen sie einem am Herzen, dafür kann man nichts, das ist Natursache; man möchte sie versorgen, wenn sie irgendwo in einem Spital sterben müßten, hätte man es doch ungern, obschon, wenn man gestorben ist, es auf eins herauskommt, sei man in einem Spital gestorben oder in einem Palast. Aber es schreit alles nach Geld, die Frau will Geld, die Kinder wollen Geld, der Anstand will Geld, die verfluchte Wohltätigkeit, wo in der Mode ist, will Geld, alles will Geld, von Vorschlagen ist keine Rede, ein Quartal reicht kaum zum andern, und wenn das Jahr um ist und wie Heuschrecken obendrein noch die Kontos kommen und die heillosen Büchlein, möchte man aus der Haut fahren und diese dem Schinder verkaufen. Vermögen sammeln kann man bei den Lumpenbesoldungen also nicht außer in den Kantonen, wo man schöne Gelegenheit hat, etwas nebenbei zu machen; man muß suchen, die Kinder gut zu plazieren im Staat oder mit Heiraten, aber da müssen sie selbst auch Beine machen und nicht bloß die Maulaffen. Und beim Heiraten heißt's auch immer wieder: ‚Geld, Geld!' Der Haufe muß zum Haufen, und unsereiner mag sein Gärnli auswerfen, wie er will, so fischet er nichts, kann allemal, wenn er nachsieht, sagen: ‚Aber nüt, aber nüt!' Höchstens sieht er einen alten, abgemagerten, halb abgestandenen Hürlig, den man noch selbst erhalten sollte. So kann ich d's Lisette und d's Gritli da haben, sie auf die Bälle schicken, allemal in einem neuen Rock, und hier und da tanzt einer, der ein Pöstlein will, mit ihnen, macht sich zärtlich mit süßen Augen, und hat er das Pöstlein, sieht er sie nicht mehr mit dem Rücken an. Am Ende muß ich alles entgelten, an allem schuld sein, heulen mir die Ohren voll: wären sie eleganter gewesen, hätten sie wenigstens einen gekriegt, wenn nicht zwei, die dummen Dinger, die nicht wissen, wo Barthlome Most holt und was Trumpf ist auf der Welt! Wenn ich nicht mehr da bin, hast du sie auf dem Hals, kannst dann sehen, wie machen und wie weit man kommt, wenn man nichts ist, gar nichts als ein hölzerner Stock."

„Vater“, sagte Jacot, dem diese Predigt durchs Leder zu dringen begann, „Vater, Ihr seid ungerecht gegen mich; ich tue, was ich kann, bin immer zu rechter Zeit auf dem Bureau, mache meine Arbeit fertig, ehe andere dieselbe angefangen, muß daher doppelt soviel machen als andere, weil der Chef sagt, ich mache sie am besten und werde damit auch zu rechter Zeit fertig. Ich besuche die Vorlesungen regelmäßig, schreibe sogar nach, ja repetiere selbst zuweilen, ich will's im Examen mit jedem probieren.“

„Pah, Examen, Dummheiten!“ schreit Herr Ratsherr Gygampf, „mach, daß du zu guter Gesinnung kömmst und dieselbe an den Tag legen kannst. Trage die Standesfarbe Tag und Nacht, wo man sie am weitesten sehen kann, stelle dich dar als Trumpf, mit dem man stechen kann Könige, Königinnen und Aser, soviel man will, opfere dich dem Vaterland, trage nur zum Beispiel, wo vaterländische Feuer brennen, einige Reiswellen dazu, wirst du deinen Weg hundertmal besser machen, als wenn du alles wüßtest, was in den Büchern steht und die andern alle nicht wissen. Mach jetzt, was du willst, entweder tue, wie ich dir sage, oder suche eine reiche Frau, aber das sollst wissen, daß ich dir nicht mehr mit Geld nachhelfen kann oder will!“

Jacot stand da wie der Butter an der Sonne, und als er wieder was sagen wollte, war der Vater fort. Es wurde ihm ganz elend im Gemüte, er fiel in sehr bedenkliche Gedanken. Er dachte: wenn ihm bis dahin nichts geholfen, was noch sein könnte, das ihm helfen könnte, und, wenn nichts sei, was dann? Endlich schien sein Gesicht sich aufzuheitern; es war ihm nämlich etwas eingefallen.

In einem der vielen eidgenössischen Feldzüge in den vierziger Jahren, in welchem wissen wir nicht, hatte er als Unterleutenant seinen Mut ebenfalls im Lande herumgetragen und war einige Zeit in einem Quartier gelegen, wo zwei Töchter waren, ein Sohn und zwei lebende Eltern, wie man zu sagen pflegt. Die Leute waren sehr reich, aber so recht bäurisch, wie man sie selten mehr sieht, waren sehr mißtrauisch und sehr stolz, aber eigentlich mehr innerlich als äußerlich, denn Stolz und Reichtum hätte man von weitem nicht hinter ihnen gesucht. Nur wenn ihnen jemand zu nahe auf den Leib rückte, gaben sie zu verstehen: sie seien dann noch wo daheim, zählten sich nicht zu allen Leuten und könnten es machen ohne irgendwen, und ob höflich oder nicht höflich, sei ihnen ganz gleichgültig, sie täten, wie es sich ihnen schicke, hätten nicht viel auf dem Federlesismachen, könnten es ohne das. Sie arbeiteten wie Pferde, und Vergnügen kannten sie weiter keine als zuweilen z'Märit gehen und an den üblichen Tagen brav kücheln und Fleisch kochen, daß jeder sich zweimal mehr als satt essen konnte und noch übrigblieb, oft mehr, als gegessen wurde, fast soviel als jene Witfrau, die an einer Aufrichti kochte, nicht nur daß zweihundert Personen mehr als satt wurden, die meisten heimtrugen, sondern endlich nach vier Wochen die Arbeitsleute allesamt fortliefen, weil die Reste noch kein Ende nehmen wollten und nicht mehr recht appetitlich waren. Dabei waren sie nicht zänkisch, aber ebensowenig freundlich; es war, als wenn über ihrem Hause immer ein umwölkter Himmel sei, die Sonne nie scheine. Mit Lesen gaben sie sich nicht ab außer an einem Sonntag, wo Betbücher zur Hand genommen und in der Bibel gelesen wurde. Wissentlich und absichtlich taten sie nichts Böses, aber sie forschten nicht sonderlich, was böse sei, und hielten gar manches nicht für schlimm, weil es ihnen kommod war und von Jugend auf angewöhnt, und es paßte doch zur rechten Frömmigkeit wie eine Faust auf das Auge. In ihr Haus war noch keine Zeitung gekommen, und wer sich darüber wunderte, den ließen sie es merken, daß sie Zeitungen für eigene Werke des Teufels hielten und die, welche an den Zeitungen Freude hatten, für leibhaftige Kinder des Teufels. Sie waren wohltätig, aber nach ihrer Weise und wollten selbst die gütigen Geber sein. Wer für sogenannte wohltätige Zwecke sammelte, kriegte nie einen Kreuzer, konnte froh sein, wenn er vom Ringgi nicht belästigt wurde. Man könne nie wissen, wer die Sache am Ende bekäme; es sei nicht alles sufer in der Welt, und wenn solche Stürmine recht Lüt wären, so hätten sie nicht Zeit, für andere im Lande herumzufahren, sondern genug zu tun, zu sich selbst zu sehen.

Bei diesen Leuten war unser Jacot einquartiert gewesen längere Zeit und war wohl für die Leute gewesen. Jacot war gutmütig, belästigte nicht, bramarbasierte nicht, wußte in langen Abenden kurzweilig zu erzählen, ging sogar in die Kirche, ohne daß er expreß hinein kommandiert war.

Mit dem Sohne stund er auf gutem Fuße und mit den Mädchen auf noch besserm, besonders mit Trineli, welches die feinere Art hatte als Stini, die Jüngere, welche die größte Freude und volles

Genügen hatte, wenn die Schweine wuchsen, zum Mästen sich gut anließen, die Kühe viel Milch gaben und das Heu melchig wurde, während Trineli etwas am Weltschmerz litt; europamüde und lebenssatt war es zwar noch nicht, aber es klagte sehr: wie sie keine Freude hätten, nirgends hinkämen, ganz versauren müßten. Werchen und immer werchen, ohne zu wissen warum, weil man längst mehr als genug hatte, und ohne was davon zu haben, als im Sommer zu schwitzen und im Winter zu frieren, selb sei doch auch nichts; so wisse man ja gar nicht, für was man auf der Welt sei und was für ein Unterschied sei zwischen Mensch und Veh.

Solche Reden hatte Jacot gerne gehört und d's Trineli in diesen Ansichten sehr bestärkt, denn er fand einen höheren Zug darin, ein Zeugnis, daß Trineli zu Höherem geboren, als Kraut z'b'schütten und Schweine zu mästen, und sagte es Trineli auch, aber ohne alle besondere Anwendung. Auf zweckdienliche Applikationen verstund er sich durchaus nicht. Seither hatte er oft gedacht: „O Jacot, was bist doch für e Löhl! Hättest da eine reiche Frau und noch dazu eine hübsche haben können und sinnetest nicht daran! Ja, dumm bist, selb ist wahr, und wenn du zu nichts kömmst, bist du selbst schuld. Der Vater hat recht, aber ich will ihm zeigen, daß ich's auch anders kann." Und er ward sehr gedankenvoll, unser Jacot. Es war, als ob sein Kopf sich ausdehne wie die Flügel einer Henne, wenn sie auf einem Dutzend Eier sitzt und brütet, und Jacots Seele brütete wirklich auch, aber nicht über Eiern, sondern über Gedanken.

Es gibt auf Erden nicht bloß melancholische Menschen, es gibt auch melancholisches Wetter, und zwar zu allen Jahreszeiten. Bekannt sind die herrlichen Herbsttage mit ihrer milden Sonne, dem klaren Himmel und — im Hintergrunde das duftige Wesen — dem wunderbaren Schleier, gewoben aus den feinsten Atomen im Gebiete der Dünste, welcher das Letzte birgt, Herbsttage wie die spätern Tage des Christen, der die Hitze des Tages ertragen, durch die Mühen des Lebens glaubensfroh und siegreich sich durchgerungen, Früchte des Geistes trägt, an dessen mildem Wesen die Menschen sich erquicken, dessen klares Auge sehnsuchtsvoll nach dem Schleier blickt, hinter welchem sein Jenseits liegt. Um so häßlicher stechen dann die Tage ab, und um so melancholischer sind sie, an welchen grauschwarzes Gewölke am Himmel hängt, wüste, unheimliche Bysennebel und ein saurer Wind über die Erde streicht, sauer und frostig die ganze Luft ist und sauer und frostig jedes Menschen Gesicht, jedes Gesicht der Abdruck eines Gemütes, das mit nichts zufrieden ist, nicht mit Gott, nicht mit der Welt, nicht mit sich, das alles vergrännet und alles vergiften möchte im Himmel und auf der Erde samt dem Teufel und allen seinen Geistern.

Und wenn man dann noch gar an einem solchen Tage in einem offenen Schopfe oder einem zügigen Tenn sitzen muß an einem unendlichen Haufen weißer, bekanntlich so schrecklich erkältenden Rüben, daß selbst viele Kühe sie nicht ertragen mögen, und da Laub abhauen muß von einer Tagheiteri zur andern, ja vielleicht noch beim Laternenschein, so möchte ich denn doch fragen, ob sich wohl etwas Melancholischeres zwischen Himmel und Erde denken läßt als das Sitzen an frostigen Herbsttagen beim Bysennebel an einem unendlichen Rübhaufen, der gar nicht mindern will, gäb wie man sich schicken mag. Und wenn man dazu noch ein junges, hübsches Meitschi ist und Geld hat mehr als genug und das Sitzen am Rübhaufen noch für eine Lustbarkeit nehmen soll, wenn man nicht ausgelacht oder gar gescholten werden will, ja, da soll es doch niemanden wundern, wenn das Meitschi melancholisch wird und brütet über trübseligen Gedanken. Oder was meinet ihr, ihr Töchter zu Stadt und Land mit den Rosenfingern in dänischem Leder und den Füßchen in galanten Bottines, wenn ihr so sitzen solltet und Rüben abhauen in zügigem Tenn, und die Rüben wollten nicht mindern, und die Luft würde alle Stunden saurer, was meint ihr, was kämen euch da für Gedanken: dächtet ihr ans Hängen oder an Ins-Wasser-Springen?

Ganz sicher werdet ihr es daher Trineli, das eben an einem solchen Tage an einem solchen Rübhaufen saß, nicht verunguten, wenn es weinerlich war durch und durch, seufzte ohne Unterlaß und wirklich streng ans Sterben dachte in allem Ernste. Nicht daß es an einen frevlen Tod dachte, bewahre, aber es dachte: es glaube, es habe die Auszehrung, es sei ihm seit einiger Zeit so schwer im Gemüt und in den Beinen und habe an nichts in der Welt mehr Freude, und darum sei ihm das Sterben recht. Was es doch auf der Welt für gut Sach hätte? Essen und Trinken genug, jawohl, aber keine Freuden; einen Tag wie den andern am Angstkarren der Haushaltung ziehen, fast mehr als man möge, und nicht etwa wegen der Notdurft, sondern wegen dem Überfluß, daß man alle

Tage noch mehr z'viel hätte. Vater und Mutter hätten daran ihre Freude, es gönne sie ihnen wohl, aber warum auch es daran seine einzige Freude haben solle, das dünke ihns strengs. Es arbeite recht gerne, aber unnötig Hund sein, selb nit. Warum da sechs Tage hintereinander Rüben abhauen, wo man es in der halben Zeit machen könnte, wenn man armen Kindern ein'ge Batzen für z'helfen geben würde? Die täten es nicht nur gerne, sondern wünschten noch Gottes Glück und Segen dazu. Aber das müsse nicht sein, weil Großvater und Großmutter es auch nicht gemacht und sich im Grab umkehren würden, wenn nicht alle im Herbst halb erfrieren und die Gesundheit verderben würden, wie sie es auch getan. Ein Bettlerkind hätte es besser. Komme eins vor die Türe und begehre sich zu wärmen, so lasse man es in die Stube und einen ganzen Tag auf den Ofen, bis es Wärme g'nug habe. Und gehe es zweimal hinein im halben Tag, so sage die Mutter: „Bist schon wieder da, du magst doch, weiß Gott, nichts erleiden!", und der Vater sage: „Wenn es länger währte, so wollte ich dir einen expressen Ofen im Tenn machen lassen."

So trüb sah es in Trinelis Seele aus, und wollte es Stini klagen, so lachte dasselbe es aus und sagte: es sei ein Zipperynli und möge nichts ertragen. Was es doch für eine Arbeit wolle, die ringer gehe als diese? Hocken könne man ja dabei, und wieviel man abhaue, zähle niemand nach. „Was wotsch Bessers, he?" Bei der Aussicht auf solchen Trost klagt man lieber nicht und seufzet eben bloß.

Als es am besten daran war, sah man von weitem den Polizeier kommen. So ein Polizeier, wenn er sein Handwerk versteht, ist ein wichtiger Mann und namentlich auf abgelegenen Höfen ein wahrer Weibertrost. Er weiß zu b'richten, was man begehrt, verrichtet alles, was man will, gibt allen recht und besonders den Weibern, wenn der Mann nicht daheim ist und sie über die Männer klagen; er macht für die Mutter den Spion, für die Tochter den Botschafter, rühmt seine Heldentaten gegen die Bettler, versichert, sie vollständig bettelfrei machen zu wollen. Er hütet sich aber wohl, einen Bettler anzurühren, ja, er ist imstande, wenn er einen von weitem sieht, einen andern Weg einzuschlagen oder wenigstens hinter einen Baum oder Hag zu stehen, um ihn nicht sehn zu müssen; er weiß aber wohl, warum.

Es geht den Gemeinden zuweilen wie den Bettlern. Wenn diesen nämlich die Läuse gar zu lästig und üppig werden, so setzen sie sich an einem schönen Nachmittag an die Sonne und beginnen einen Läusleset und verschaffen sich für einige Zeit eine Erleichterung. So machen es zuweilen auch die Gemeinden, wenn sie vor Bettlern und Vagabunden fast nicht mehr Platz haben vor ihren Häusern. Sie geben scharfe Befehle an ihre Polizeier, bei Verlust ihrer Stellen sich hinter die Bettler hinzumachen, Bettlerleset zu halten und bettelfrei die Gemeinde zu machen. Nun müssen die Polizeier doch ein Zeichen tun, wenn sie bei ihrem wichtigen Amte bleiben wollen, müssen einige Personen mit großem Lärm aufgreifen und mit vielem Bombast aus der Gemeinde führen, alles im Troste, daß nach vierzehn Tagen das Gebot veraltet, kurz, alles im alten sein werde.

So kam einmal ein solches Bettlerfieber zwei aneinanderstoßende Gemeinden an, und die Polizeier kriegten Instruktionen bei Hängen und Köpfen. Es war den Mannlene z'wider, aber Mus ist über Suppe. An einem schönen Morgen griff der Polizeier von Körbliwyl eine Frau auf, tat, als ob er sie fressen wolle, und führte sie ihrer Heimat Salbinigen zu. Die Frau starb nicht am Schrecken, sondern wartete ihm auf dem Wege mit Redensarten auf, daß er dachte: „Oh, hätt ich sie nicht, oh, hätt ich sie nicht; so kann ich es ausfressen, was die Manne einbrocken." Als er gegen das Brücklein kam, welches die Grenze zwischen Körbliwyl und Salbinigen ausmachte, sah er von der andern Seite her den Polizeier von Salbinigen kommen, und der eskortierte ebenfalls eine Frau. „He", dachte er, „das trifft sich, da können wir tauschen, ich komme der Täsche los und kann es kürzer abtun. Wahrscheinlich dachte der von Salbinigen das nämliche. Als der von Körbliwyl näher kam, dachte er: „Was hat der andere für eine, sie kommt mir ganz bekannt vor, die sollte ich kennen; wohl, der will ich!" Akkurat das gleiche dachte der andere über des Körbliwylers Frau.

Aber kurios war's, je näher sie sich kamen, pressierten sie immer weniger; sonst macht der G'wunder schnelle Beine, aber es verging ihnen je länger, je mehr der G'wunder, und wenn sie jüngere Beine gehabt, sie hätten rechtsum gemacht, ehe sie an der Grenze zusammengetroffen. „Da hab ich dir eine", sagte der Körbliwyler zu dem Salbiniger, „das ist e Rechti, kennst sie?" „Warum sött ih nit!" sagte der Salbiniger kleinlaut. „Da hast aber auch eine, und die ist dem Teufel ab dem Karren gefallen, kennst sie?" „Nur z'gut", sagte der Salbiniger. „Wie heißt sie?" frug der andere. „He, es ist meine Frau", antwortete der Salbiniger, „und deine, wie heißt die?" „Es ist auch meine", antwortete der Körbliwyler. „So, das chunnt sufer use", sagte der Salbiniger zu dem Körbliwyler, „du meine und ich deine, wem sollen wir sie jetzt bringen?" Verstummt sahen sie einander an und stunden da wie der Butter an der Sonne.

Aber nicht lange, denn nun ging das Mundstück den Weibern los, fast wie eine verdeckte Batterie auf unvorsichtige Baschkiren oder Kosaken. Das feuerte, als ob sie es lange vorher abgeredet, aufs Tempo; die Polizeihelden verstummeten ganz, und erst als Kinder und Weiber herbeiliefen, um sich gratis zu ergötzen, ging ihnen das Maul wieder auf, und der tusig Gottswillen hielten sie den Weibern an, sie sollten schweigen, an ihre Kinder denken und heimgehen.

„Ja, du", krachte es wie aus einem Munde, „du Hudel und Saufhund, denk du zuerst daran und gib d's Exempel! Wart du, ich will dir auch den Marsch machen; nicht acht Tage geht's, so will ich dich auch auf dieses Brücklein führen bei den Ohren, wenn du statt zu polizeieren bei deiner Vrenle hockest und säufst und spielst und Bettelmenscher gastfrei hältst, und dann will ich mit dir, zu wem du willst, nur zum Schinder nicht, sonst müßte ich am Ende noch die Kosten zahlen, und was gilt's, die andere bringt ihren, wo der Mann sein sollte, auch daher. Kein Haar besser als meiner ist er, und wissen wird sie auch, mit welcher Täsche er sein Geld verbraucht, sonst kann ich es ihr sagen; dann wollen wir abraten, zu wem wir sie führen wollen, und nicht fragen, zu wem sie begehren."

So ging's fort, und je mehr Leute kamen, desto lauter schrien sie und machten die Polizeimänner ganz zu Staub und Asche. Sie taten es in vollem Bewußtsein, daß sie dem ganzen Publikum Autoritäten sein müßten in diesem Fache, und im Interesse aller Bettlerorden, denn vor diesen zwei Helden waren eine gute Weile alle Bettlerweiber und andere Bettler vollständig sicher.

Ob der anrückende Polizeimann einer von den beiden war, welche von ihren Weibern so zusammengedonnert wurden, wissen wir nicht, aber er hätte es ganz gut sein können, er und seine Frau. Derselbe war auch Briefträger, was aber in dieser Gegend wenig oder keine

Bedeutung für seine Person hatte, denn ein Brief war in diesen Landen ein rarer Vogel, und brachte er einen, der nicht frankiert war, kriegte er Verdruß wegem Porto, und war einer sogar mit Nachnahme behaftet, da konnte er Vorsicht brauchen und zusehen, daß er nicht die ganze Pastete auf dem Hals behielt. Der war Trineli ein großer Tröster, war ihm wie ein Stern einem Schiffer, der demselben den Weg zum Hafen zeigt. Denn wenn der Polizeier kam, konnten die Mädchen, wenn nicht dringliche Arbeit draußen war, ohne Anstand in die Stube. Denn daß, wenn der Polizeier da war, die Meitschi der G'wunder treibe und der G'wunder seine Berechtigung habe, darüber hatte die Mutter keinen Zweifel, sondern war vollständig einverstanden.

Gravitätisch kam der Mann daher, wurde von weitem von Stini angerufen: „Lebst du auch noch, hab gemeint, du seiest gestorben und e Kindlifresser worde!" „Wenn selb wär", antwortete der Polizeier, „so hätt ich gleich bei dir angefangen; ich glaub, das schlechtest Fleisch hättest nicht, nit d's zärtest, aber küstigs." „Bidank mih", sagte Stineli, „bigehre emel einist noh nit so vome ne alte Polizeier g'fresse z'werde." „Lieber de vome ne junge?" antwortete der Polizeier. „Allweg", sagte Stini, „wenn's g'fresse sein muß, vo wege ein junger hätte bessere Zähne, machte g'schwinder. Es weiß kein Mensch, wie lange du mit deinen Storzen machen würdest, käulest ja an einem Brotrauft vom Neu bis zum Wedel."

Der Polizeier, der fühlen mochte, daß hier sein Mundstück sowenig ausreiche als jenen die ihren gegen die Weiber, wandte den Diskurs und frug: „Wo habt ihr den Bruder? Hätt einen Brief für ihn." „Was, einen Brief, woher, von wem? Gib her, zeig ihn!" scholl es wie aus einem Munde. Ein Brief bei ihnen war eine seltene Sache, und daß gar der Bruder welche bekam, unerhört. Aufgebote erhielt er wohl zuweilen, aber Briefe, wer sollte ihm welche schreiben?

Gravitätisch zog der Polizeier seine Brieftasche aus einem seiner Hinternklopfer, sperrte sie auseinander, blätterte langsam drin herum, daß die Mädchen ungeduldig aufsprangen, ihm wollten suchen helfen, bis die Brieftasche ihm aus den Händen fiel und der ganze Inhalt unter Kraut und Rüben kam. „Ihr Dilders Meitscheni, daß ihr doch nicht warten könnt! Ihr könnt jetzt zusammenlesen, mein altes Kreuz mag das Bücken nicht ertragen, aber ume hübschli, ume hübschli, vo wege er kostet e Batze, und ich muß machen, daß ich ihn kann wiedergeben, wenn er ihn etwa nicht wollte. Wenn er versalbet ist, nimmt der Posthalter mir ihn nicht wieder ab, von wege das ist e Kuriose." Die Mädchen schossen in den Papieren herum, lagen auf den Knien, wollten lesen, was auf den Briefen stand, brachten es selten weiter als bis zum Buchstabieren, konnten mit der neumodischen G'schrift gar nichts machen, rissen einander die Papiere aus den Händen, weil jede glaubte, sie könne es besser als die andere.

Dem Polizeier ward himmelangst. „Nit, nit", rief er an einem fort, „laßt mich machen; ihr verderbt mir ja alles!", warf sich endlich auch auf die Knie, suchte zu retten, soviel möglich, schrie mit den Mädchen, sie mit ihm, bis es endlich unter dem Tennstore dunkel ward, weil unter demselben stund die kleine, dicke Haselbäurin, hässig fragend: „Was Tüfels git's?" Sie hatte den Polizeier auch gesehen, und ordentlich heiter war es ihr ins Gesicht gefahren, aber da er so lange ausblieb, sprengte sie die Ungeduld vor die Türe, um zu erkunden, bei welchem Babi er stehe oder in welchem Loch er stecke. Vor der Türe hörte sie mit großem Zorn den Lärm im Tenn und kam daher wie ein Pulverfaß, imstande, die ganze Scheuer samt der Mannschaft in die Luft zu sprengen.

Als sie alle auf den Knien sah, sogar den Polizeier, und der Ruf ertönte: „Mutter, e Brief, Bäni hat einen Brief; er seit d'rvo, er söll e Batze koste —" „— ja und da leerten sie mir die Täsche aus und hürschen mir alles durcheinander", da kam die Neugierde über den Zorn; sie schalt ein wenig wegem ungattlig Tun, frug aber um so eifriger: „Wo ist er, wo habt ihr ihn?" Endlich ward der rechte gefunden, in die Stube gezogen, nach dem Bäni gerufen.

Der wollte lange nicht kommen. Was ihn der Brief angehe, sagte er, es hätte ihm niemand zu schreiben. Man könne nicht wissen, es könnte was darin sein. Akkurat das gleiche sagte im Sonderbundsfeldzuge ein Dragoneroffizier. Es marschierte eine Kolonne gegen Luzern, vorauf an der Spitze eine Abteilung Dragoner. Plötzlich stockt die Kolonne, will gar nicht mehr ab Platz. Ein Major sprengt vor, kommt zu den Dragonern, findet sie halten ein paar hundert Schritte vor einem Wäldchen, durch welches die Straße führt. „Z'Donner, Herr Leutenant, was soll's, warum rückt Ihr nicht vor?" brüllt der zornige Major. „Verzeiht, Herr

Major", antwortete der Leutenant, „es chönnt öpper drinne sy." Geradeso hatte es Bäni; er fürchtete, es könnte öppis drinne sy.

Es wäre ihm doch z'wider, den Brief zurückzunehmen, sagte der Polizeier, er sei g'schmuslet, er zwyfli, daß der Posthalter ihn wiedernehme, und ein Batzen sei schon Geld für ihn. „Es wär doch auch nicht recht", sagte Trineli, „wenn er unsertwegen in Schaden käme; tu du ihn auf, Bäni, und zahl d'r Batze!" „Mach es nit", sagte er, „ha de Brief nit verschmuslet; wer's g'macht het, soll's zahle." „Du meinst nur", rief Stini, welches der G'wunder am meisten plagte, „es schreibe dir eine, sie hätte dich nötig, und macht dir e B'stellig, und das soll niemand wissen; wenn's nur d'r Batzen wäre, würdest du wohl aufmachen." „He, wenn's dich wundernimmt, so zahl du den Batzen und mach ihn auf." „Gibst einen halben Batzen", sagte Stini zu Trineli, „so gebe ich den andern, und dann ist er unser. Was gilt's, er ist einen Batzen wert!"

Trineli willigte mit Freuden ein, die beiden Halbbatzen wurden zusammengesucht, da keine für die andere einen ganzen geben wollte, und endlich der Brief behändigt und aufgemacht. Die ganze Haushaltung stund eng gedrängt drum herum und guckte drein, der Polizeier ausgenommen, der behaglich an seinem Schnapse saß.

„Teurer Freund!" konnte endlich Trineli, welches die gelehrtesten Anlagen hatte, lesen. „Wie tür wohl?" glossierte Stini, „wenn einer kein Kreuzer wert ist, so ist öppis z'viel." Nun waren sie aber auch mit ihrem Latein zu Ende; es war ihnen alles Gekratz, aus dem sie nichts machen konnten, denn es war wieder neumodische G'schrift. Endlich brachten sie von der Unterschrift das Wort „Gygampf" und endlich „Leutenant" heraus, und endlich dämmerte es ihnen, und endlich rief Trineli: „Ei, das ist ja der Leutenant, wo bei uns einquartiert gewesen und so e Ordliche g'si ist und g'seit het, er well de schrybe, und mir so höhn worde sy, daß er's nit to het."

Nun wollte alles den Brief haben, sehen, ob's wirklich von dem sei und was drin sei, besonders Bäni, dem es ordentlich gewohlet zu haben schien. Er sagte, er sei an ihn gestellt, die Schwestern aber sagten, sie hätten ihn bezahlt, so daß ihm das Schicksal wieder nahestund, das ihm schon einmal gedroht. Zum Glück konnte Bäni am allerwenigsten damit machen, denn er war noch in dem seligen Glauben erzogen, was er nicht könne, das vermöge er ums Geld durch andere machen zu lassen.

Trineli kam wieder ans Brett, und mit Hülfe des Polizeiers, der als Briefträger in diesem Fach Studien gemacht, brachte es heraus, daß der Brief wirklich von Jacot Gygampf sei, der sich noch einmal bedanke für alle erhaltenen Guttaten und wie er sie alle nie vergessen könne und noch auf dem Todbett ihrer werde gedenken müssen und die bei ihnen verlebten Tage nie werde vergessen können, denn es seien die glücklichsten seines Lebens gewesen. Es war so rührend, daß selbst die Mutter und Bäni nasse Augen bekamen und der Polizeier sagte: „Das ist e G'schickte; ich las viel Briefe, aber ein solcher kam mir noch nicht unter die Augen. Und ein Guter muß es sein, er könnte sonst nicht so schreiben; es könnte es mancher Pfarrer nicht so, er würde sonst nicht so trocken predigen, daß man daran fast erstickt wie an sechswöchigem Krüschbrot oder an ere ung'schmutzete Erdäpfelrösti. He nun, die einen sind so, die andern anders; es wird halt o nit alle gä sy."

Schließlich kam man noch darüber, daß er verlange, sie wiederzusehen und nicht erst jenseits änet d'm Grabe, sondern noch diesseits auf dieser Welt. Jetzt begann es der Mutter stark zu rinnen, man denke, wie es den Töchtern ging! Es sei ihm, er habe von einer Partie gehört, welche der Adel ihrer Gegend alle Winter hätte an einem bestimmten Tage, wenn ihm recht, am alten Neujahr. Nun hätte er großen Mut, und sein Herz verlange sehr darnach, derselben beizuwohnen, wenn er wüßte, daß er seine teuren, ewig unvergeßlichen Bekannten dort antreffen würde. Wenn sie auch noch an ihn dächten und wenn sie teilnähmen an dieser Partie, so sollten sie es ihm doch melden und zugleich auch, wann das alte Neujahr sei, ob etwa vor dem Neujahr oder nach dem Neujahr, damit er sich zu rechter Zeit einrichten könnte.

„Herr Jeses", sagte der Polizeier, „es Ratsherresühnli und weiß nit, wann das alt Neujahr ist! Es gibt doch dumm Lüt in den Städten, viel dümmer als auf dem Lande; wenn das alt Neujahr ist, weiß doch bei uns jedes Kind. Mit Schyn weiß dann der auch nicht, wenn der alt heilig Tag ist, und ist doch so e wichtige! Ja, man sagt nicht umsonst, sie lernten in den höchsten Schulen am mindesten und gar keine Religion, vo wege da seien nur Fremde angestellt mit längen Schnüze und käme die meisten aus Heidenländern, wo man Kinder fresse und ander Lüt. Allweg wüst Uflät sy's", sagte der Polizeier, „ih han ere afe g'seh."

Endlich schloß der Brief mit so schönen Worten, daß es selbst dem Polizeier übers Herz kam und er sagte: „Nun, es ist zwar eine strenge Sache, daß e Mönsch und gar noch es Ratsherresühnli nit weiß, wenn das alte Neujahr ist, aber ganz möge haben sie ihn doch nicht; Religion hat de noch, er glaubt noch an etwas, das merkt man gut dem Schreiben an, und wenn der zu rechten Leuten käme, wohl, der ließe sich berichten, der wäre noch auf den rechten Weg zu bringen."

Jacot hatte aber auch wirklich sehr angewendet. Auf des Vaters Herzensergießungen hin war er innerlich ganz zerschlagen worden und hatte einen festen Entschluß gefaßt. Das müsse jetzt ganz anders kommen; dem Vater wolle er zeigen, daß er nicht ein solcher Maulaff sei, wie er meine, daß er für sich selbst zu sorgen wisse. Trineli wolle er heiraten, seinen Posten aufgeben, zur Frau aufs Land gehen und da in der Landluft vergnügte Tage leben. Wenn er einmal eine reiche Frau habe, dann hätte man ihn gerne wieder in der Stadt, er wisse es wohl, und ein schöner Posten könne ihm nicht fehlen, denn Leute mit Geld fehlten da, und hätte man sie doch so nötig wie Milchküh, aber oha, dann wolle er auch nicht, dann habe er sie auch nicht nötig, dann wolle er ihnen sagen, wo ihm wohl sei, und wenn selbst der Vater komme, wolle er ihm sagen: „Vater, du wolltest ja selbst, daß ich einmal zu mir sehe und dir ab dem Hals komme; jetzt wirst doch nichts dawiderhaben." Wenn es dann endlich doch sein müsse, so woll' er auslesen; wenigstens ein tausendkröniger Posten müsse es sein, anders gehe er nicht. Darum hatte er mit dem Brief so angewendet wie noch nie.

Darum hatte er aber damit einen so tiefen Eindruck gemacht, so daß sogar niemand mehr daran dachte, daß er nicht wisse, ob das alt Neujahr vor oder nach dem Neujahr sei. Den Mädchen ging damit eine Sonne auf. Von dieser Partie hatten sie mit dem Leutenant wohl gesprochen, waren aber nie dran gewesen, die Eltern hatten es nicht tun wollen. Von selligem Zeug, sagte der Bauer, hätte man seinerzeit nichts gewußt und sei doch wohl dabei gewesen; das sei nüt anders als e Meitschimärit, und auf solchem hielten sie nichts, die besten Kühe kaufe man bekanntlich im Stall. Auf solchen Plätzen wolle eins d'r größre Narr sein als d's ander, und brächten nichts heim als d'r Gring voll neu Sachen und meinten, gleich müßten Schneider, Schuhmacher, Näherinnen und d'r

Hung wisse, wer noch alles, z'weg und alles machen, was sie noch nicht hätten, und alles müß zwängt sein, und hätten den Hals voll Plärens, bis d's letzt Nägeli eingeschlagen sei, und sollte es ein ganzes Jahr gehen und pläret sein müssen dreimal im Tag, morgens, abends und nachts. Die Mutter redete ungefähr ebenso und machte besonders den Trumpf geltend, daß sie nie auf einem Tanzboden gewesen und doch einen Mann bekommen mit einem zahlten Hof und anders dazu, und sei doch nicht die Reichste gewesen, viel Reichere als sie stünden noch jetzt bei jedem Zaunstecken still und frügen: „Wettisch mih öppe? Wenn d' mih neuis schätztist, du chönntisch mih viellicht überchо, wär für mys Alter noh e verflucht e Bravi u wüßt afe neuis vo d'r Hushaltig und angere Sache."

Solche Reden hatten die Mädchen beschwichtigt, wenn auch nicht befriedigt. Sie dachten: wenn es die Mutter so z'weg gebracht ohne Partie, so wüßten sie nicht, warum sie es nicht noch viel besser machen müßten, denn sie hätten doch ganz ander Nase und wären gegen die Mutter ein Herrenfressen. Aber wohlverstanden, so dachten sie, sie sagten es der Mutter nicht ins Gesicht, sie waren zu wohl erzogen dazu, das heißt, die Mutter hatte für ihr Alter noch eine verdammt brave Hand, und wo sie hinschlug, da klepfte es, wie wenn die beste Wascherin ein achtpfündig Hemd auf einem Waschbrett sauber klopft.

Indessen waren die Dinge denn doch anders als zu der Mutter Zeiten. Damals waren noch keine Bälle gewesen wie jetzt; bei der Mutter Eltern war kein so vornehmer Leutenant, dessen Vater Ratsherr war und der Jacot Gygampf hieß, einquartiert gewesen, und es nahm sie gar zu wunder, wie es so an einem Ball gehe und wie man mit einem Leutenant fortkomme im Tanzen. Ein glücklich Zeichen war, daß die Mutter am Brief Freude hatte. Sie hatte nicht geglaubt, daß e sellige Herr an sie noch denke, es Ratsherresohn, man denke!

Sobald der Vater heimkam, erzählte sie ihm die wichtige Begebenheit, von wem sie einen Brief erhalten und wie sie das für eine Ehre anzusehen hätten und daß Bäni ihm schreiben solle, ob das alt Neujahr vor oder nach dem Neujahr sei, von wegen er möchte gerne an den Ball kommen und sie sollten auch kommen. Der Vater war nicht halb so hingerissen wie die Mutter. Ho, sagte er, wegen der Ehre möge er nicht viel hören und auch wegen der

Liebe nicht. Man könne leicht zehn Ratsherren auf die Waage tun, sie zögen nicht, was ein währschafter Bauer, und wegen der Liebe denke er, der Leutenant erinnere sich mehr an ihre Hammen und Magenwürste; nach denen werde er mehr Appetit haben als nach ihnen.

„Aber Vater, nicht wahr, wir können gehen, Bäni soll ihm schreiben, wenn das alte Neujahr ist?" schrien die Mädchen. „Wegem Schreiben kann Bäni machen, was er will. Es ist die Frag, ob er euch nicht will für e Narre ha. Daß eine in der Stadt nicht weiß, wenn das alt Neujahr ist, selb b'richtet mich niemand, und noch dazu e Ratsherresöhnli." „Aber gehen können wir doch?" frug Stini. „Es ist noch lang", sagte der Vater, „man kann sich b'sinne! Daneben wüßt ich nicht, warum ihr gehen solltet, ihr seid ja noch nie gewesen, was brucht es sih jetz?" „He, einmal muß immer das erstemal sein", antwortete Stini. „We niemere hürate wett, wenn er nit scho g'hüratet g'ha hätt, wer wär uf der Welt?" frug Stini, des Vaters Liebling. „Allweg du, du hättest deine Nase z'vorderst g'ha, gäb g'hüratet oder nit g'hüratet", antwortete der Vater und brach ab.

Damit aber war die Sache begreiflich nicht abgetan; wenn die Könige auch schweigen, deretwegen redet das Volk doch. Bäni mußte erstlich schreiben, das heißt, Trineli mußte in seinem Namen schreiben und setzte auch keck, ohne von dem bedenklichen Falsum Notiz zu nehmen, Bänis Namen unter den Brief. Der Brief lautete:

„Geliebter Freund!

Deinen Brief hat uns der Polizeier gebracht, und es hat uns gefreut, daß Du uns nicht vergessen hast und noch weißt, wo wir wohnen. Es wird uns freuen, Dich zu sehen, denn wir hatten lange Zyti nach Dir und taten Dich zum Essen rufen, als Du lange schon fort warest. Aber mit dem alten Neujahr tust Du vexieren. Du weißt so gut als wir, daß es nach dem Kalender aufs nächste Jahr am 13. Jänner ist. Da kannst zeigen, ob es Dir Ernst ist; wenn ich kann, komme ich auch, und vielleicht die Schwestern kommen auch, wenn Vater und Mutter es erlauben. Es wird mich freuen, Dich zu sehen und wieder Bekanntschaft mit Dir zu machen. Du warest uns allen gar anständig, und ich und die andern auch haben oft zusammen gesagt: wenn man immer solche Einquartierung bekäme, so hätte man sich ihrer nicht zu erklagen, d's Gunträri, sie wäre einem noch wert, und wenn sie fortginge, täte man noch an sie denken. Denk auch an uns und komm am alten Neujahr; wir wollen auch kommen, wenn Vater und Mutter es erlauben, aber es täte uns sehr g'mühen, wenn Du nur vexieren würdest. Ich soll viele Grüße vermelden und grüße Dich aufrichtig, und vergiß nicht

Deinen

aufrichtigen Freund

Bendicht Treu.

Es ist doch sonderbar, wie so ein Brief verschiedenen Klang haben kann, je nachdem ein Name darunter steht! Nun, dem Jacot Gygampf klang es gar nicht schlecht mit dem Bendicht Treu darunter, aber was meint man, wenn unter demselben Trineli Treu gestanden wäre, wie hätte es da geklungen, was meint man?

Der Brief hatte die trüben Gedanken aus Trinelis Seele verjagt wie ein frischer Morgenwind die Nebel auf dem See, ja, er hatte selbst das Rübenabhauen in die angenehmste Arbeit verwandelt; er hatte Stoff zu Gesprächen gebracht, die am schönsten ungestört sich führen ließen, denn weder Vater noch Mutter gaben sich mit Rübenabhauen ab. Beim jungen Volk war der Besuch eine vollendete Tatsache, aber die Vorbereitungen zur definitiven Vollendung dieser Tatsache boten eine Welt voll zum Reden dar.

Wer einige Erfahrungen in der schönen Welt gemacht hat, weiß, daß vor einem Ball die Mädchen zwei Hauptstoffe zur Unterhaltung haben: wer ihn besuche und was sie anziehen wollten, die Toilette. Mit dem ersten Stoff wollen wir uns nicht beschäftigen, da das umliegende Publikum uns nicht interessiert, es uns ganz gleichgültig ist, was für Notabilitäten der Umgegend am Rübhaufen gemustert und durch die Hecheln gezogen wurden. Von den Toiletten dagegen müssen wir etwas erwähnen, indessen nur kurz, wie weitläufig auch die Verhandlungen geführt wurden.

Als reiche Töchter waren sie ziemlich versehen, hatten schöne und kostbare Kleider, sogar sehr schöne Strümpfe, welche sonst zuweilen selbst bei den Hoffärtigsten, die aber doch das comme il faut nicht recht verstehen, zu fehlen pflegen. Aber zwei Faktoren fehlten ihnen, welche in jüngerer Zeit in der ländlichen Toilette sich Rechte erwarben: Mäntel oder Schals. Mit dem einen oder dem andern kann man es auch schon machen, aber wer es zu beiden bringen kann, feiert Triumphe. Ob Mantel oder Schal oder beide und wie dazu kommen, das waren die zu lösenden Hauptfragen.

Mit denselben wurde begreiflich zuerst um die Mutter herumgeschwänzelt, denn in der Regel muß man erst mit dieser im reinen sein, ehe man solche Gegenstände vor den Vater bringen darf. „Aber Mutter, wie habt Ihr es gemacht ohne Mantel, ohne Schal, wenn es regnete, schneite oder so recht kalt war und man noch wenig gedeckte Fuhrwerke hatte, wie brachtet Ihr weiß und trocken die Hemder davon und erfroret nicht halb oder ganz?"

„Oh, wegen solchem hatte man keinen Kummer, man hatte wärmer als jetzt. War's kalt, so zog man von des Vaters Mutzen unter dem Hemd an, und machte es strub dazu, so zog man große weiße, tuchene Kaputröcke, wie man sie in jedem Hause hatte, über alles an, und auf den Kopf nahm man einen großen Wässerhut, wie ihn das Männervolk beim Wässern braucht, da konnte man fahren, wohin man wollte, man wurde weder naß, noch hatte man kalt, und wenn man auspackte, kam man wie aus einem Druckli."

Die Mädchen lachten hellauf über diese Schutzmittel, wo man ausgesehen haben werde wie ein alter Chorrichter. In der Tat, geschmackvoll mögen die weiten, elben Röcke mit den großen Knöpfen und die niedern, breiten Hüte nicht ausgesehen haben, aber praktischer waren sie sicher als Parapluie, Mäntel und Schal, des sind wir sicher, selbst wenn in Ermanglung einer tuchenen Kutte ein alter Chorrichtermantel den Dienst verrichten müßte. Endlich möchten wir doch fragen, was für ein Mädchen vorteilhafter war: wenn das Publikum in der Vilmerger Kutte einen alten Chorrichter oder Gerichtsäß erwartete und dann auf das angenehmste überrascht war, wenn ein munter, lustig Meitschi unter dem Wetterhut hervorblickte und aus der Kutte sich wickelte, oder wenn aus der eleganten Hülle, in der man eine Löwin des Tages erwartet, ein gelbes Granggelbein sich herausschält?

Die Mutter war bald erobert, die Mädchen brauchten nur ihren Stolz in Wallung zu setzen; sie wußten, daß sie nicht die sein wollte, welche es weniger vermöchte als die und jene, oder daß man sagen könnte, sie vermöchten's, aber sie seien zu geizig, b'sunderbar die

Mutter, sie ließ sie nackt laufen, wenn sie nicht fürchtete, sie müßte vor Chorgericht.

Als die Sache vor den Vater kam, sagte dieser: „Das ist mir es G'stürm; wer sagt, daß sie gehen, wer hat's erlaubt? Es braucht sich dessen nicht. Ich war auch niemals an einem Dinggeläriball oder wie man sagt, und wurde doch Chorrichter, und wer weiß, ob ich nicht Ammann werde; weiß darum gar nicht, warum sie so unnütz Geld verklopfen wollen." Die Mutter begehrte sehr auf, ob er dann den Kindern nichts gönne, man müsse den Kindern auch was gönnen, wenn sie arbeiten sollen, und es nähmte sie wunder, ob sie nicht so gut seien als andere Leute, welche auch an den Ball gingen.

„Ball, Ball", sagte der Vater, „es ist nicht nur der Ball, d'Sach hat eine noch ganz andere Nase, da kann man Schneider, Schuhmacher, Näherinnen sieben Wochen auf der Stör haben und d'Krämer manche Stund ringsum auskaufen, daß es kei Gattig hat und einem das Liegen weh tut und es ist, als ob alles eines Tags vertan sein müsse." „Ja, hast du nicht Geld, so muß man sehen, daß man bekommt; es ist schon jemand, der vorstreckt, und wenn wir gedroschen haben, so können wir Korn verkaufen und können es dann wiedergeben." „Halt d's Mul, Frau, so komm mir nicht; hab genug des Kärs. Es ist noch lang bis derthi, me cha geng noh luege." Mi cha de luege, das ist ein mächtig Wort, das ist kräftiger als viel Pfund Pulver, mit dem hat man schon manche schwere Frau alle Wände aufgesprengt.

Jacot Gygampf hatte große Freude am Briefe, wenn er auch die Hand nicht kannte, die ihn geschrieben, daher auch den rechten Geist nicht fassen konnte, der in den Buchstaben lag. Aber der große Schiller singt davon, wie sich auf Erden mische das Weiche mit dem Harten, und das wäre gut so, aber es mischt sich auf Erden auch das Süße mit dem Sauren, und das lieben nicht alle Leute; die Mischung wird nicht bloß bitter, sondern geht oft bis zur Gattung der Wiener Tränkli. Die haßte Jacot in den Tod, und doch war es sein Schicksal, nicht selten solche zu sich nehmen zu müssen, und zwar gerade in Zeiten, wo er Hoffnung kriegte, jetzt könnte es ihm bald werden wie einem Fischlein im Bache.

Wir wissen schon, daß Jacot eine oder zwei erwachsene Schwestern hatte, von denen eigentlich nur eine so recht zählte, sintemalen, man denke, sie bereits über zwanzig Jahre alt und äußerst sehnsüchtigen Gemütes war. „Ach, wenn Liebe nicht wär, ich lebte nicht mehr", war der Text zum Grundton ihrer schönen Seele. Wenn Lisette sich im Spiegel besah und endlich so recht besehen hatte hinten und vornen, so sagte sie: „Schön, was man sagt, schön bin ich nicht, das muß ich selber sagen, auch eigentlich nicht recht, was man sagt, lustig, aber dagegen angenehm, höchst angenehm, und das ist doch die Hauptsache, das bleibt, von wegen das kommt vom Herzen. Hergegen, was ist mit der Schönheit? Die ist übernächtig, und man hat viele Exempel, daß es in kurzer Zeit aus den Schönsten die wüstesten alten Hexen gegeben hat und böse nota bene. O ja, wenn man mir ins Herz sehen könnte, da könnte man sehen, was für eine Liebe und was für ein Glück für alle, die auch mich lieben wollten, darin wohnt! Oh, wenn ich doch nur bald an Tag legen könnte, was mein Herz schwellt, daß es zerspringen möchte!"

Man sieht, echt weibliche Gesinnung durchströmte die gute Lisette, und sie war nicht hohl, schwach, konnte höchstens Worte gebären wie andere Sorten von Liebe, zum Beispiel die vom Vaterland und von der Freiheit, o nein, sie war lebensfähig, bereit, je eher, je lieber tatsächlich sich zu bewähren. Aber die Gelegenheit wollte nicht kommen, denn wenn sie gekommen wäre, Lisette hätte sie ganz gewiß beim Schopf ergriffen. Ihr Fehler war es also nicht, er lag darin, daß leider die Gelegenheit nicht kam; nur hie und da schimmerte Morgenröte von irgendeinem Aspiranten her, der auf des Vaters Gnade lauerte. War aber der Moment vorbei, wo er sich erzeigen konnte oder erzeigt hatte, verfinsterte sich der Himmel wieder; statt Sonnenschein gab es Regenwetter, weil der erschienene Stern sich unsichtbar gemacht.

Nun, mit dieser Lisette wäre einer gewiß nicht so schlecht gefahren, denn neben ihrem Herzen hatte sie noch Fleiß, war gutmütig, konnte Strümpfe flicken und eine Suppe kochen und schrie nicht alle Tage nach einem neuen Rock; auch konnte sie ganze Abende daheim bleiben, ohne sich aus Langerweile und zugleich als Mittel dagegen am Boden herumzuwälzen oder die Haare sich aus dem Kopf zu raufen. Aber das sind halt Tugenden, nach denen der Zeitgeist eben nicht schreit wie ein Hirsch nach einer Wasserquelle, und Lisette machte sich nicht splendid, war nicht reich, und der gute Herr Gygampf war nicht der Mann, der eine solide Garantie eines immerwährenden Kredites darbot; man sah ihn in kundigern Kreisen bloß als eine zufällig aufgetauchte, schnell vorübergehende Zelebrität an.

Der gute Jacot ließ nun unglücklicherweise in seiner Freude Worte von dem Ball und seinen Aussichten fallen, und diese Worte waren in Lisettes Herzen, was Funken in einem Pulverfaß, mit dem Unterschiede nur, daß Funken in einem Pulverfaß eine Explosion verursachen, hier jedoch Lisettes Herz bloß mit starker Glut und stillen Flammen füllten. Begreiflich wollte sie mit Jacot, mit ihm fischen gehen nach dem lang ersehnten Glück, denn das war eine Gelegenheit, und was sie da gelten, was sie für Aufsehen machen müßte!

Als er nicht gleich sich willig zeigte, ein ärgerlich Gesicht machte, da weinte sie der Mutter, wie der Jacot so unartig sei, so selbstsüchtig, da flatterte sie um den Vater und sagte ihm: er sei das beste Papali unter der Sonne; wenn jemand ihr ein Freudeli gönne, so sei er's. Nun wolle der Jacot an einen Ball und sie nicht mitnehmen, und doch koste ja ein Chaisli oder ein Schlitten gleich viel, fahre eins oder führen zwei. Und wenn man den Schlitten brauchen könnte, hätte sie eine schreckliche Freude, denn mehr als sieben Jahre sei sie nicht im Schlitten gefahren. „Bei solchen Gelegenheiten macht man oft die angenehmsten Bekanntschaften, Vaterli, Vaterli, gäll, ich kann gehen?" „Mi cha de luege", sagte Herr Gygampf. Das stellte Lisette vollständig zufrieden, denn wenn Herr Gygampf einmal gesagt hatte: „M'r wei du luege", so wußte man, die Sache war vollständig entschieden, wenn man sie sich nicht selbst verdarb.

Herr Gygampf dachte nicht daran, daß Lisette dem Jacot lästig sein könnte, sondern seufzte bloß über vermehrte Kosten; indessen in der Hoffnung, es sei eine Wurst an eine Speckseite, ließ sich schon was wagen. Übrigens gehörte Herr Ratsherr Gygampf zu den Vätern, welchen es keine Beschwerde war, sondern eine Freude, vorauf auf der Chaise eine Tochter im Lande herumzuführen und dabei in väterlichem Ergötzen zu denken: „O lueget doch und sehet, was das für eine ist, oh, wenn ihr recht wüßtet, wie das eine ist, ihr wäret 's Lebes nit sicher, weil sie alle wollten und doch nur einer sie haben könnte." Es ist wirklich rührend, Väter zu sehen, wenn sie mit ihren Töchtern z'Märit fahren in väterlicher Zärtlichkeit und diese Zärtlichkeit nicht abnehmen will, im Gegenteil zunimmt, wie sie viele, viele Jahre durch die gleichen Töchter z'Märit führen und alle Jahre besser vorauf auf der Chaise.

Ein ganz anderes ist's mit den Brüdern; bei denen ist die Zärtlichkeit nicht halb so groß und währt nicht so lang, es sei denn die Schwester ein Liebeleiter nach Art, wie man auch Weinleiter hat. Aber wenn man das Schlepptau sein soll und bei jedem Schritt und Tritt wenigstens zwei an den Kuttenfecken hat und viere haben müßte, wenn man vier Kuttenfecken hätte, jä, dann wird das Leben schwer. Ach, der gute Jacot war schon so oft Schlepptau gewesen, und behülflich war ihm die Lisette nie gewesen, und hier konnte sie es am allerwenigsten sein; sie kannte die Mädchen, nach welchen Jacot angeln ging, nicht, sie konnte ihm nur im Wege sein, sie gab ihm nicht Ansehen, Relief, wie der Weltsch sagt; sie zog mit ihrem unscheinbaren, auf dem Lande lächerlichen Wesen ihm zum allerwenigsten Spott zu, vielleicht gar die Frage: wie manche solche Schwester er noch habe. Jacot ward unwirsch, ja, er kriegte sogar ein Stück Weltschmerz; er frug, ob er denn dazu geboren sei, keine Freude ungetrübt genießen zu können. Einer nach dem alten Glauben hätte gefragt, ob ihm keine reine Freude geordnet sei. Am Ende kömmt's auf eins hinaus, klingt aber ganz anders, und so ist's noch mit vielen andern Redensarten.

Desto größere Freude hatte die gute Lisette, die jetzt wieder einmal an die Sonne sich stellen konnte; sie erzählte allen Menschen ihre Aussichten, die Glückliche. Sie hatte eine Freundin, Rosalie Gälblächt, eine scharmante Person; ihr Vater hatte ein Spezereilädeli, und sie war Modiste, hatte einen besonders guten Ruf, fürs Montieren nämlich. Die Familien waren befreundet, man sah Herrn Gygampf oft in Herrn Gälblächts Lädeli, er versah sich dort mit Schnupf, Zimmet und andern häuslichen Bedürfnissen, und wollte er seinem Weibervolk Neujahrgeschenke machen, so besorgte sie ihm Rosalie Gälblächt oder war wenigstens seine Ratgeberin. Er aber leistete, wenn der Staat Bedürfnisse hatte — Karrensalbe für den Staatswagen, Salatöl oder Schwefelpulver zum Ausputzen — und Herr Gälblächt Lieferant sein wollte, die nötige Fürsprache.

Als Rosalie Gälblächt vernahm, was Lisette Gygampf für ein Glück bevorstand, da glich ihr Gemüt einem Apothekerlaboratorium, in das Feuer gekommen; Feuerströme von allen Farben, einer feuriger als der andere, durchflammten ihr Gemüt, sie war ganz weg, sie mußte hin, sie mußte mit, sie versprach Lisette alle Himmelsgüter, wenn sie ihr dazu behülflich sei. Sie versprach ihr, alles, was nur zu montieren war, gratis zu montieren, ja, sie wollte was am Chaisli bezahlen und noch mehr an einem Schlitten. Gewiß finde man noch eine vierte Person, dann koste es noch weniger, und was sei dagegen das Glück, an der Seite des herzigen Jacot durch die Gefilde zu rasen, daß Roß und Reiter stoben und Kies und Funken schnoben!

„Ja, Lisettli, du herzigs Lisettli, du Mignonne, dazu mußt du mir verhelfen; ich weiß zwar wohl, daß der gut Jacot die größte Freude hätte, wenn ich ihn selbst fragen würde, dä Läcker hat mir schon manches zu verstehen gegeben, aber mit d'r Sprach darf er nit recht füre. Ach, dä gut Mönsch ist noh so schüch, und gäb was me macht, die Schüchi wott ihm nit v'rgah, und er wär imstand, us luter Schüchi mih nit mitz'welle. Drum, Lisettli, sag du ihm's, ich will dann nachher auch noch döppele, bis er's recht begreift."

Lisette war bestochen, wäre eigentlich lieber die einzige Sonne des Tages gewesen, trug indessen den Trost der Mädchen im Busen, der, in eine kurze Formel gefaßt, so lautet: „Mach nur, was d' kannst, magst mich doch nicht!" Nun hatte Jacot bereits zwei Begleiterinnen; ob er auch noch zur dritten kam, wird sich zeigen. Aber ob es eigentlich zweckdienlich sei, zwei mitzubringen, wenn man eine erobern will, ist wirklich eine bedenkliche Frage.

Ein solcher Tag, wo eine Partie ist, wie man zu sagen pflegt, Tanzen und Ball und Essen und Trinken, an welchem die edelsten Söhne durch das ganze Land weg teilnehmen, ist ein ungeheuer wichtiger Tag; er kann viel wichtiger sein als hundert Tage voll Heldentaten, welche in der Weltgeschichte verzeichnet stehen, und doch verzeichnet sie solche Tage selten oder nie. Die Weltgeschichte hat es wie die Parvenus im allgemeinen: sie schämt sich zumeist des Schoßes, aus welchem sie geboren worden. Es ist bekannt und angenommen, daß aus Studenten nie was Rechtes geben würde, wenn nicht Examen wären, ja, nicht einmal das Saufen würden sie gehörig lernen, was doch eigentlich nichts anders ist als die Steigerung einer natürlichen und ganz von selbst zutage tretenden Anlage, wenn nicht das Stürzen, das Vor- und Nachsaufen wäre und ganz besonders das Setzen, wobei man den Stoff ums Vaterlands willen gratis kriegt, wie man sich da auf Kosten des Vaterlandes im Schießen übt mit geliefertem Pulver. Warum sollte nun das weibliche Geschlecht nicht ähnlicher Erziehungsmittel bedürftig sein, wenn es die Stufe erreichen soll, welche ihm von der Natur angewiesen ist, und das ist denn doch wohl keine andere als Freiheit und Gleichheit, Gleichstellung mit dem Manne. Und wie nahe wir der Verwirklichung dieses Zieles sind, sehen wir daraus, daß im großen Rate des Kantons Bern bereits zwei Stimmen und nota bene eine von einem Stadtberner gefallen sind, den Mundtod des Weibes aufzuheben und ihm Stimme zu geben in der Gemeinde.

Ein vortreffliches Erziehungsmittel wie die Examen bei den Studenten sind Bälle und Partien bei Mädchen. Da zeigt es sich, ob es zieht oder nicht, was für eine Stelle es einzunehmen vermag in der Welt, wie es Reize entfalten, Garne auswerfen, Menschen fischen kann. Ja, es sind nicht bloß Examentage, sondern eigentliche Schlachttage und noch mehr. Die heutigen Helden gehen selten selbst ins Feuer, sondern schicken andere hinein, machen niemanden nieder und lassen sich nicht niedermachen, von wegen sie gehen zur rechten Zeit. Die Mädchen dagegen gehen selbst ins Feuer, schicken niemanden für sie; je feuriger es hergeht, desto feuriger schlägt ihr Herz, desto kühner trotzen sie mit offener Brust allen Geschossen, Spießen und Schwertern, schießen nach allen Herzen, verwunden bis in Tod, nehmen gefangen, schleppen die Gefangenen hinter sich her, je mehr, desto lieber; so legen sie Proben ab, und zwar nicht gegenüber alten, verwitterten Professoren mit großen Perücken wegen Mangel an Haaren, Perücken, welche die Diebe freilich nicht gestohlen, die Motten dagegen halb gefressen und bald ganz gefressen haben werden, sondern gegenüber der Blüte der Menschheit, herrlichen Jünglingen mit kühnen Herzen und schönen Handschuhen, frisierten Locken und geschornen Nacken. Ja, das will was sagen, da ist's begreiflich, daß auf solche Tage die Mädchen mit der größten Sorgfalt sich vorbereiten, mit viel größerer als die englischen Jockeis ihre Renner auf den Tag des Rennens, ja selbst mit noch größerer als gewisse Kriegskommissäre auf Lager oder Feldzüge, wo auch nicht das Düpflein fehlt, ausgenommen alles, was Roß und Mann bedürfen. Daß man auf solche Tage sich gründlich vorbereitet, und zwar viel gründlicher als die Studenten zumeist auf ihre Examen, versteht sich von selbst.

Des Haselbauren Töchter hatten endlich durch Vermittlung ihrer Mutter die erwünschte Erlaubnis erhalten, und nun ging's mit Macht ans Z'wegmachen und Präparieren. Wo Geld genug ist und es einen nicht reut, da macht es sich, da ist bloß der Kummer, daß man das Schönste und Beste treffe beim Kaufen und das Gekaufte nicht verpfuscht werde durch unkundige Hände. Wo aber das Geld fehlt, wo man die Kreuzer sollte z'weg ziehen können, daß Franken aus ihnen würden, ja, da geht es mühsam zu, da muß man zehnmal stadtauf, stadtab, bis man das Wohlfeilste hat und doch das Schönste, das glitzeret und glaret in alle Gäßlein hinein, daß man von weitem meint, was es sei, und sieht man es näher an, ist's kreuzerige Rustig. Die guten Kinder meinen, durch den Schein ersetzen zu können, was dem Wesen abgeht. Die guten Kinder gedenken, es gut zu machen, und machen es gerade schlimm; für alle Kundigen legen sie damit ein Zeugnis ab über den Zustand ihres Geldsäckels, vom Mögen und Nicht-Können, ein Zeugnis über ihren Geschmack, ja ein Zeugnis über ihren Sinn, dem das Scheinen genügt, der das Sein für überflüssig hält. Das ist ein fataler Sinn das, besonders bei Mädchen, denn was hat man am Ende von ihrem Liebenswürdigscheinen, wenn sie später als Frauen als das Gegenteil sich erzeigen?

Ungefähr so ging es bei Haselbauren und bei den Gygampfischen. Die beiden Töchter im Haselhof kriegten famos neue Mäntel. Der Stoff war schön, und der Hofschneider der dortigen Gegend hatte sich verflucht und vereidet, er wolle ihnen Mäntel machen, wie man noch keine gesehen; man werde Respekt haben nicht für G'spaß, wenn sie mit denen daherkämen. Er hielt auch Wort, er machte Mäntel, für die es starke Schultern erforderte, sie zu tragen, und ersinnete Zutaten, Bequemlichkeiten daran, daß es einem wundernahm, warum er nicht noch Platz für eine Bettflasche und einen dito für eine Kaffeemaschine angebracht. Die guten Mädchen meinten auch, was sie hätten an diesen Mänteln, und kaum ging ein Tag vorüber, daß sie dieselben nicht probiert hätten, — und richtig, die Freude erlebten sie, daß keine auf den Platz kamen, die von weitem ihren ähnlich gewesen wären.

Bei der Lisette und der Rosalie, da war's anders, da sagte die Rosalie des Tages oft: „Habe doch nicht Kummer, ich montiere dir dann, daß man meint, was es sei, daß du die Reichsten ausstichst:

hier ein Bändeli, dort ein Meyeli und kühn Schwüng an allem, du glaubst nicht, was das für Effekt macht. Es müßt kurios gehen, oder es wird heißen: ‚An der Jungfer Gygampf hat man gesehen, was Geschmack ist', und Geschmack ist immer die Hauptsache." Aber es kostete wirklich viel Scharfsinn, um die ganze Lisette geschmackvoll herzustellen, denn Herr Gygampf schwitzte sehr schwer und spärlich, und wenn Madame Gygampf nicht noch mit einigen Fähnlein ausgerückt wäre, die vor dreißig Jahren in der Mode gewesen waren und es nächstens wieder werden könnten, womit also Lisette den Schein gewann, als ginge sie der Mode voran, es hätte vielleicht Tränen gekostet; so gab es jetzt ein glücklich Gesicht, und Lisette hatte den heimlichen Trost, daß selbst Rosalie Gälblächt, die offenbar für sich viel mehr angewendet hatte, gäb wie sie das Gegenteil versicherte, ihr nicht nachkomme, denn was Dreißigjähriges brachte die nicht auf.

Von einer vierten Person abstrahierte man; erstlich konkurrierten drei Töchter um die Mitfahrt, man wollte keine böse machen, begehrte wirklich auch nicht so große Konkurrenz, und Jacot ward es himmelangst, ein ganzes halbes Dutzend gaumen zu sollen; wo da Zeit nehmen zu den eigenen Geschäften? Darum wurde ihm insinuiert, mit dem Fuhrwerk es so wohlfeil als möglich zu machen, bei einem mindern Kutscher mache man es viel billiger; wenn alles auch nicht so elegant sei, so sei die Hauptsache, daß man fahren könne und wohlbehalten ans Ort komme, und in der Regel sei das der Fall mit den Rossen bei den mindern Kutscheren; die seien viel sicherer, hätten weniger Mucken und stellten nie draus, besonders wenn man mit dem Haber vorsichtig umgehe.

Je näher das alte Neujahr kam, desto feuriger schlugen ihm die gedachten Gemüter entgegen. Andere, welche es schon mitgemacht, nahmen es freilich viel kaltblütiger; sie hatten es erfahren, daß nicht halb soviel herauskomme, als man sich vorstelle; viele werweiseten, ob sie gehen wollten, ja, es waren sogar welche, die gar nicht gingen; sie hätten's schon oft probiert, aber es helfe alles nichts, klagten diese. Von vielen wurde über das Verderben der Welt geklagt, wie alles alle Jahre schlechter werde und die Menschen unverschämter. Noch vor einigen Jahren habe man eine anständige Gesellschaft angetroffen, seinesgleichen. Man habe gewußt, mit wem man tanze, sei nicht Gefahr gelaufen, mit Menschern, die aus der Stadt verwiesen worden, zusammenzutreffen, mit Wirten, die neu rekrutieren wollten, mit Besenbinderstöchtern und verlumpeten Schreibern, kurz, mit allem Güschigut zu Stadt und Land tanzen zu müssen, wie es jetzt geschehe, wo jedes Gassenmensch meine, es hätte das Recht, an allen Orten zu sein, wo andere Menschen auch seien, und je schlechter eins sich aufführe, desto vornehmer sei es von wegen der Aufklärung und Bildung.

Auch am Orte selbst, wo das Fest stattfinden sollte, fand man Mißvergnügte, namentlich alle Köchinnen unter sechzig Jahren, welche weibliche Ansprüche machten. Die schimpften schrecklich über die Ungerechtigkeit in der Welt, daß sie am Feuer verschmachten müßten, damit andere sich lustig machen könnten, und nichts davon hätten als Zorn und halbtote Glieder. Auch unter den Stubenmädchen gab es Mißvergnügte, sowohl unter denen, welche Liebhaber hatten, als unter denen, welche gerne gehabt hätten. Sie klagten bitterlich über das G'schleipf mit den Mänteln und andern Sachen, über den Verbrauch von Schuhen und alles umsonst, ohne daß man ihnen nur Dankeigist sage.

Im ganzen genommen, ist es sonst stille am Orte. Wer am Feste teilnehmen will, hat mit der Toilette zu tun oder tut Geschäfte ab. Die Wirte sind in großer Geschäftigkeit, machen Wein, fassen Haber, schießen in Metzg und Küche herum, machen mit Befehlen den Metzger sturm und die Köchin d's Teufels, bis die Geschäftigkeit mit dem Vorrücken der Zeit in Spannung übergeht. Der Wirt stellt sich unter die Haustüre, beide Hände auf die Hüfte gestemmt, sieht nach dem Wetter, sieht nach dem Kirchenzeit, schießt dann ins Haus, rennt die Frau fast um und schreit: „Mach noch mehr Pasteten, d's Wetter chunnt gut!" Die Frau sagt: „Sorg du für den Keller, mach, daß man weiß, wo man Wein nehmen muß; für die Küche laß mich sorgen, da hat es noch nie gefehlt." „Darf man denn keinem Menschen mehr was sagen?" schrie der Wirt, „die Köchin ist auch wie ein Säugfuchs; wenn man unter die Türe steht, riskiert man, daß sie einem in die Beine schießt." „Und wenn sie es täte", sagte die Frau, „so täte es dir recht geschehen; du wüßtest doch dann, was du das Haus vollzubrüllen hast für nichts und wieder nichts!"

Der Wirt streicht sich aus dem Feuer, schießt in ein Nebenstübli, dort sitzen Stubenmeitli, vielleicht auch eine Tochter oder zwei, ruhig am Tisch und essen behaglich. „Seid ihr noch da? Es dünkt mich, ihr solltet die Ranzen voll haben, daß es euch hinten einen Hozer austreibt.“ „He“, sagte eins aufstehend, „wir müssen selbst den Verstand haben und, wenn wir's haben, nehmen, daß wir es einstweilen machen können. Wenn andere den Verstand hätten, von Zeit zu Zeit zu sagen: ‚Wenn du was magst, so findest dort und nimm!‘, so müßten wir nicht für d'Fürsorg futtere.“ „Ho“, sagte der Wirt, „dich braucht man weder zu fragen noch zu heißen, du greifst zu, wo was ist, aber wart nur!“ und schoß weiter. Grinsend sahen die Mädchen ihm nach. „Das ist doch hüt aber e Stürmi!“ sagte die Sprecherin. „Ich will unserm Regieriger sagen, er solle ihn allemal, wenn's so was gibt, vierundzwanzig Stund hinterntun, es ging alles noch einmal so ring.“

Der Wirt ist wieder unter die Haustüre geschossen, es schlägt ein Viertel über zwei, und sein Gesicht wird lang. Er weiß zwar wohl, daß die Leute nie um diese Zeit da sind, daß sie alle erst nach dem Essen daheim verreisen, aber er ist ein unerträglicher Jasti, mag nie warten, bis die bestimmte oder gewohnte Zeit da ist. Es schlägt halb drei, da wird sein Gesicht noch länger; kein Bein hat sich noch gezeigt. Er schüttelt den Kopf, er dreht sich um, er läuft ins Haus, er steht unter die Küchentüre, die Köchin sieht ihn nicht an, er läuft ins Lokal der Stubenmeitli, es ist keins sichtbar, er begegnet im Hausgang seiner Frau, er sieht sie bedenklich an und sagt: „Heute fehlt's, noch niemand da, kannst sehen, daß du nicht aber zuviel kochest, sonst mache ich dich verantwortlich.“ Sie sieht ihm über die Achsel nach und sagt: „Bist e Stürmi!“ Drei Uhr schlägt's, der Wirt schießt vom Stalle her um eine Ecke wie eine Mauerschwalbe; da er im Hause wenig Anklang fand, hatte er seine Aufmerksamkeit dem Stalle zugewandt.

Horch, es klingelt, es ist ein Schlittengeschell; hochauf gumpet es ihm innerlich und äußerlich, die Tabakspfeife fliegt in die Tasche. „Mareili! Stüdeli! Gretli!“ schreit er ins Haus. Die weißen Präservativscheuben fliegen weg, die Halstüchli um die Ohren werden festgezogen, es ist das Gürten der Morgenländer und anderer Juden, ehe sie in Kampf sich stürzen; sie schießen daher wie Möwen übers Meer, ehe der Sturm angeht, und draußen klingelt es näher und näher, und um die Ecke kommt's trapp, trapp, schwer und doch schnell, ein mächtiger Gaul erscheint, ein grüner Schleier weht hinter ihm, ein Herr in weitem Mantel sitzt daneben, hat eine große Tabakspfeife im Maul, lupft den Deckel, schreit: „Servitör!" — und fährt vorüber. Höflich war der Wirt gar nicht, sondern zornig drehte er sich um, schreit zum hintern Glied: „Ume e Pfaff!", läuft in die Küche, schreit: in's Teufels Namen, sie sollten abgeben mit Feuern; heute gebe es nichts, es sei ein Pfaff vorbeigefahren, die seien, was rote Schnecken auf den Wegen, bedeuteten schlecht Wetter.

Während er noch schimpfte, ging es draußen mächtig los mit G'schell und Springen und Schreien: „Johannes! Mädeli! Peter!" und noch mehr. Johannes, der Wirt, wädelete in seinem schnellsten Schritt zur Haustüre, war auf einmal ganz voll Zärtlichkeit, Peter, der Stallknecht, ebenfalls, und Mädeli lief sie sogar über. Überdem glänzte der Wirt über und über wie Moses, als er vom Berge kam, bekannte, daß noch niemand da sei, aber wenigstens vierhundert Personen erwartet würden, öppis wenigs, wo vielleicht in die andern Wirtshäuser gingen, nicht gerechnet, fragte, was man befehle, schrie plötzlich: „Mädeli, e Schlitte, lauf, Mädeli, lauf, hörst, noch einer, ruf Sämi, Bäbi, Stüdi, sie sollen helfen! Man kann die Leute nicht draußen stehenlassen bei solchem Winde und dazu noch die Kälte."

Endlich kamen die ersten Gäste dazu, zu sagen, sie möchten ein warmes Zimmer. „Frau, Frau, es warms Zimmer!" schrie der Wirt auf der Treppe, schellte im Zimmer, schoß dem Schellen nach, schreiend: „Es warms Zimmer!", als ob die arme Frau es auf einem Präsentierteller die Treppe auf bringen sollte. Mit den neuen Gästen kam Mädi die Treppe auf, und unten fuhr ein frischer Schlitten an, und rasch hintereinander einer nach dem andern, als wär's ein Wettrennen oder Wettfahren, wo viele zusammen abgefahren, von denen jeder der erste sein wollte.

Da ward es sehr lebhaft im berühmten Gasthof zum weißen Ochsen. War der Wirt unten, sollte er oben sein, war er oben, sollte er unten sein; hier schrie man nach Schlüsseln zu Zimmern, dort nach Leuten zum Auspacken, hier nach Wein, dort nach Tee; wer Wein bestellt, kriegte Tee, und Wein, wer nach Tee geschrien, und gar nichts, wer zuerst bestellt; es hürschete schrecklich im Hause, und schrecklich ward geschrien, viel ärger als in der Arche Noah, wo doch auch viele Männlein und Weiblein zusammenkamen, aber

Noah verstund die Sache besser als der weiße Ochsenwirt. In der Arche waren keine Stubenmeitli, und die Männlein und Weiblein brauchten Verstand, wollten nicht alles durcheinander und alles auf einmal.

Draußen war nicht minderes Gewühl und Geschrei und alles durcheinander, Rennschlitten und Holzschlitten, elegante Chaislein und G'stellwägeli, auf denen noch Borsten sichtbar waren von Schweinen, die man jüngst darauf geführt. Indessen auf die Fuhrwerke achtete man wenig, sie waren es nicht, an denen man über den Wert der Leute das Maß nahm; den eigentlichen Maßstab gaben die Rosse ab. Vor Fuhrwerken, auf denen keine hoffärtige Näherin z'Märit gefahren, tanzten dreißigdublönige Rosse. Fußgänger sah man keine. Wer nicht ein Fuhrwerk vermochte, schlich hintenum und zu hintern Türen ein. Die zuerst Angekommenen hatten großen Vorteil, großes vorläufiges Vergnügen, besonders die Frauenzimmer. Sobald sie sich notdürftig gewärmt, stellten sie sich an die Fenster, inspizierten die Ankommenden, ließen Witze fliegen; ungehechelt kam niemand an, und wo man weder Roß noch Fuhrwerk, weder Gang noch Kleidung was anhängen konnte, nahm man wenigstens die im scharfen Winde rot angelaufene Nase z'weg.

Die Schwestern Treu samt ihrem Bäni waren zeitlich angekommen in mächtigen neuen Mänteln, welche zarte Schultern aus der Stadt eingedrückt hätten. Ihr Schlitten war nicht hoffärtig, aber das Roß desto schöner. Sie taten sehr schüchtern in der ungewohnten Versammlung, aber als man einmal wußte, wie der Bauer hieß, der ihr Vater war, fand man sie reizend und angenehm, besonders der männliche Teil der Gesellschaft; der war ganz einig in diesem Urteil.

Der Strom der Ankommenden nahm immer noch zu, und von ferne her hörte man ungattliche Töne von allen Sorten; endlich kam man darüber, daß sie herkämen von stimmenden Musikanten; man sprach von Anfangen und wie es am lustigsten wäre, wenn nur noch wenige seien und hergegen viel Platz.

Da kam langsam um eine Ecke eine alte, demütige Kreatur mit tief gebeugtem Haupte, daß man unwillkürlich ausrief: „Häb Sorg, häb Sorg, du trappest dir ja selbst aufs untere Maul!", das weit vorhing, ob von Natur oder aus Gewohnheit oder aus Hunger, blieb uns unbekannt. Hinter ihm her kam ein alt, verwittert

Chaisli, in welchem drei Personen mit Not zu unterscheiden waren. Es war ein Fuhrwerk, von dem man glauben konnte, es habe sich im Siebenjährigen Kriege verirrt oder sei von Kirgisen in der Schlacht bei Zorndorf gefangengenommen, in die Steppen geschleppt worden und erst jetzt wieder zum Vorschein gekommen. An den Fenstern geschah ein groß Geschrei: „Luegit, luegit!", und wer einen Kopf hatte, fuhr damit ans Fenster; „e Hebräer!" schrien diese, „e Muser, e Muser!" jene, und trotz der Kälte sprangen Fenster auf, um besser zu erkunden, ob ein Muser oder ein Hebräer daherkomme mit Sack und Pack.

Ein Hebräer war es nicht, denn zuerst stieg ein Herr aus in einem Mantel mit einer sogenannten Polismütze auf dem Kopf, und bekanntlich lassen sich nur in Rußland die Hebräer zum Militär verstehen, weil sie halt müssen, denn sie lieben halt das Schießen nicht, das heißt das Schießen, welches klepft; auf das Schießen, welches nicht klepft, sondern ganz im stillen getrieben wird, verstehn sie sich schon besser. Mauser konnte er schon sein und sein Roß mit dem hangenden Kopf dressiert haben, die Mäuselöcher aufzuspüren. Andere meinten, das Roß sei kurzsichtig, suche z'fresse und könne ohne Brille keins finden. Während man darüber stritt, half der Herr zwei Wesen aus dem Chaisli; himmlische Wesen waren es nicht, sondern bloße Frauenzimmer; sie hatten keine Polismütze auf den Köpfen, sondern etwas anderes, man wußte aber nicht recht, was.

Plötzlich stieß ein Kopf einen Schrei aus, es war Bäni Treus Kopf. „Tusig, tusig! Das ist der Leutenant Gygampf, d's Ratsherre Sohn, ich kenn ihn wohl, er war bei uns einquartiert." „Was, e Ratsherresohn und schämt sich nicht, so zu fahren; das muß e sufere Ratsherr sy, d'r Alt, daß er d'r Suhn so lat fahre! Da sieht man, was für Pack das Land regiert. Es wird ihm niemand ein recht Fuhrwerk anvertraut haben, und das wird er nur bekommen haben, weil man dachte, in dem mache er sich kaum mit dem Schelmen draus."

Jacot hatte keine Ahnung vom umgekehrten Aufsehen, welches er mit seinem Equipage machte, und seine Töchter noch weniger. Er hatte die Maschine ein Franken wohlfeiler per Tag, als er sonstwo eine hätte erhalten können, und war sehr zufrieden damit. Man sitze darin vortrefflich, etwas eng freilich, die Beine könne man nicht recht strecken, und die Kissen seien gleichsam zusammengesessen, aber das seien Nebensachen; das Roß laufe sehr gut, sechs Stunden hätten sie in fünfen gemacht, sagte er.

Der Stallknecht hatte endlich geruht, mit spöttischen Mienen heranzutreten und den Engeländer, wie er das Roß nannte, auszuspannen. Jacot trat mit Würde herzu, der Stallknecht frug: „Was muß dä Engeländer ha?“ „Ob es wirklich ein Engeländer ist, weiß ich nicht bestimmt“, antwortete Jacot, „jedenfalls ist's ein vortrefflicher Läufer, wir machten sechs Stunden in fünf, denket! Er muß aber jetzt seine Sache recht haben; gebet ihm diesen Abend ein halb Imi Haber und morgen auch ein halbes, und wenn er daneben noch Heu mag, so gebt ihm auch, aber überfüttert mir das Roß nicht, hört Ihr's!“ „Habt nicht Kummer, Herr, da ist keine Gefahr, an einem halben Imi Haber hat sich noch kein Roß überfressen, ja, wenn's ein halb Mäß wäre.“ „Ja“, sagte Jacot mit kundiger Miene, „es mögen darum nicht alle Rosse den Haber gleich ertragen, es ist ein großer Unterschied so zwischen einem groben Baurenroß und einem feinen Chaisenpferd.“ „Allweg“, sagte der Stallknecht mit spöttischem Blick, von dem aber Jacot nicht Notiz nahm, sondern dem Rufe seines Schwesterchens folgte, das mörderlich fror da draußen und doch nicht gerne alleine seinen Eintritt in die große Welt machte.

Jacot trat unter seiner Polismütze sehr militärisch auf, man hätte glauben sollen, er sei ein erprobter Held, eine kühne Seele. „Sind die Töchter aus der Haslere da?“ frug er das geleitende Mädchen. „Kenne die nüt“, antwortete dieses unerschrocken, denn es war unter mehr Bärten schon gestanden als der halbe eidgenössische Generalstab vor Kanonen. „Kenne nit die Halbe, sie fliegen daher wie Käfer an einen Weidstock; es ist gerade, wie wenn es nachher nie mehr gut wär.“

„Ist auch ein Perückier oder eine Coiffeuse hier?“ frug Rosalie Gälblächt. „Kann nit Weltsch, und Weltschi wohne keini hier.“ „Ich meine jemand, der die Haare schneidet und strählt“, frug Rosalie. „O ja“, sagte das Meitschi, „der Gattig gibt es schon. Da gleich oben ist einer, der soll das Haarabhaue b'sunderbar gut könne, es ist der Vehdokter. Danebe weiß ich es nicht, wir Weibervolk können das selbst, aber das Mannevolk rühmt ihn“, und dazu machte das Meitschi ungefähr ein Gesicht wie der Stallknecht hinter dem Engeländer hervor. Offenbar war das Meitschi mit dem fremden Zuzug wenig zufrieden, hatte es wahrscheinlich wie eine Hausfrau, wenn Tessiner daherkommen als Einquartierung; wird gefürchtet haben, für ihns bleibe nichts mehr übrig.

Lisette wandte sich zum Bruder und wollte ihm sagen, es wäre vielleicht besser, sie gingen erst in eine besondere Stube, um Toilette zu machen, ehe sie sich präsentierten in der Welt, da machte das Meitschi ung'sinnet die Türe des Empfangzimmers auf, welches ganz voll Leute war, daß man eigentlich gar nicht wußte, wo die hinsollten, welche noch draußen waren. Die sämtlichen Füße zögerten, die verhängnisvolle Schwelle zu überschreiten, denn es hat eine Nase, so in eine unbekannte Stube voll unbekannter Leute zu treten, besonders wenn man Pläne im Kopfe hat. Man kann eben auch nicht wissen, wer alles da drinnen ist und was alles einem begegnen kann.

Indessen bei Jacot dauerte dieses Zögern nicht lange, unter seiner Polismütze wohnte Mut und das Bewußtsein, als Leutenant seinem Zuge voran sich stürzen zu müssen ins Gemenge. Er grüßte mit Manier, sah sich um nach den lieben Gesichtern mit Adlerblicken, fand sie endlich halb versteckt in einem Winkel und stürzte mit einem: „Ha!" gegen sie vor. Den armen Dingern ward fast übel, viel ärger als armen Küchlein, wenn der Habicht auf sie niederschießt; die Küchlein haben doch Flügel und können ins Weite oder wenigstens sich bergen unter der kühnen, schlachtfertigen Mutter; die Mädchen hatten aber keine Fecken und stunden an der Wand, und durch diese konnten sie nicht, hatten keine Gluggere, welche sich vor sie stellte, und der Bruder, der Schlufi, hatte sich abseits gedrückt, als er den Freund gegen das Haus rücken sah, ohne sich um die Schwestern zu kümmern.

Sie schämten sich so sehr der Bekanntschaft, seit der liebe Herr Gygampf mit dem Engeländer gekommen, seit sie das Gespött und das Gelächter über ihn gehört, sie hätten in die Erde kriechen mögen. Da sie das nicht konnten, so wurden sie böckisch, taten fremd, gaben kurze, schnippische Antworten, daß Jacot ganz verlegen wurde und zweifelhaft, seien sie es eigentlich oder nicht. In seiner Verlegenheit stellte er ihnen seine Schwester und Jungfer Gälblächt, eine gute Freundin von seiner Schwester, vor und sprach den Wunsch aus, da diese hier fremd seien, möchten sie dieselben in ihren Schutz nehmen. Statt daß sie nun artig wurden, wurde

Trineli rot, und Stini lachte bei dem Namen Gälblächt laut auf, sagte: sie wären selbst zum ersten Male hier und hätten selbst gerne jemand, der zu ihnen luegte.

Lisette redete sehr höflich, fast zärtlich: wie sie nicht habe warten mögen, ihre werte Bekanntschaft zu machen, so viel Liebs und Guts habe der Bruder von ihnen erzählt. „Ih wett nit so viel Mühy ha mit Vexiere; sövli umerkig sy m'r nit we m'r scho ame ne Nebeusort wohne", antwortete Stini. Nun wollte Lisette hoch und teuer versichern, wie von Vexieren nit die Rede sei, sondern alles der ernsteste Ernst, aber die höflichste Antwort, welche die gute Lisette erhielt, gab Trineli: me wüss' wohl, wie d's Militär syg und b'sungerbar so d'Lütenante, das syg öppe überall bekannt, sie liefen für e Zytvertrieb jedem Haghuri nah, es bruch nit emal d'Nase mitts im G'sich't z'ha.

Das weibliche Gefühl ist empfindlich und fein das weibliche Ohr, wahrscheinlich empfand Trineli zu dem übrigen die Gegenwart der Jungfer Gälblächt übel, und Jungfer Gälblächt meinte, Trineli stichle auf sie, und hielt die Antwort für eine anzügliche Rede. Man hätte einander nicht viel vorzuhalten, antwortete Jungfer Gälblächt, wo einem Fürtuch ein Leutenant von ferne in die Nase komme, habe es keine Ruhe, bis es ihm vor den Füßen sei. Der Stich wegem Fürtuch, das bekanntlich nur zur ländlichen Kleidung gehört, ging Stini durch die Haut, und was es gegeben, wissen wir nicht, denn es hatte schon angefangen zu sagen: das wisse dann noch niemand, wenigstens sie seien ohne Leutenant gekommen und wüßten den Weg heim ebenfalls ohne Leutenant, wenn nicht in Lisettes Ohren das Fecken und Prüfen der Geigen und Klarinetten gedrungen und ihr himmelangst geworden, sie könnte das Beste versäumen, den Anfang, wo das Anknüpfen am besten sich macht, weil am wenigsten Tänzerinnen noch da sind.

Sie hatte an der Schwestern Bruder gedacht, geschwärmt für das Leben im Grünen, gesagt: Herrlicheres könne sie sich nichts denken, für Essen brauche man nicht zu sorgen, das wachse einem gleichsam unter den Füßen, den schönsten Speck brauche man nicht zu kaufen, man habe ihn selbst, Milch brauche man nicht, man habe nur Nidle, Äpfel und Birnen ungezählt. Da sei ein frei Leben, da könne man wohltun, habe Zeit, sich zu bilden und Bildung zu verbreiten auf dem Lande, und wie schrecklich gerne würden die Baurenweiber und -töchter sich bilden lassen und einführen in die Geheimnisse der Natur! Oh, so an einem schönen Nachmittage mit den Nachbarfrauen und -töchtern am Schatten im Kühlen sitzen und ihnen vorlesen aus dem „Buch der Welt" oder vom „ewigen Juden" und die Teilnahme in ihren Gesichtern und das Beben im Herzen und das Heben der Seele und das Ausdehnen des Blickes, oh, wie herrlich, oh, wie schön! Und alle diese Träume hatte sie an den Bruder Bäni geknüpft, er war gleichsam das Dampfschiff, an dessen Schlepptau sie in diese Herrlichkeiten hineinfahren wollte.

Dieser Bäni war nicht da, drüben rixete, raxete es schon so schön; gewiß war der schon drüben, und sie stak noch in ihren Hüllen, so gleichsam eine Auster in der Schale. Die gute Lisette fuhr daher wie eine Bombe ins anzügliche Gespräch. „Mein Gott", rief sie, „sie fangen schon an, und wir sind noch nicht toilettiert. Ich bin freilich schon angezogen, aber man muß sich doch z'weg machen; in denen Ketzis Mänteln verdrückt und verrumpfet man alles. Wo können wir das wohl machen? Hier ist's mir z'wider, die Leute gaffen einen so unerschämt an, ja, ich glaube gar, sie lachen über uns." So frug die gute Lisette, und Stini antwortete: „Was wollt ich wissen, bin nicht bekannt hier, müßt ein Stubenmeitli fragen." „Wo ist ein Stubenmeitli?" frug Lisette. „Ho", sagte Stini, „Ihr müßt luege, sie stürmen ja immer aus und ein", aber ein Fuß war ein Fuß, den Stini Lisette zulieb bewegte. Rosalie Gälblächt wurde ganz zornig, fing an weltsch zu reden, was heutzutage etwas mißlich ist, wenn man nämlich schimpfen will, doch so, daß es niemand hören soll. Endlich wurde ein Stubenmeitli aufgetrieben, die zornigen Schönen verschwanden, hörten aber noch das Gekicker, durch welches man sich wegen dem Weltsch rächte.

Der Bäni war dem Jacot ausgewichen und zu seinem Roß gegangen. Der Jacot war dem Bäni nachgegangen, bis er desselben habhaft geworden, und derselbe hatte vorgeschlagen, um nicht mit Jacot zur Gesellschaft zu müssen, eine Flasche zu trinken, und Jacot hatte es nicht ausgeschlagen; so waren sie miteinander unten in die Gaststube gegangen, welche an solchen Tagen durch die eigentliche Gesellschaft gemieden wurde.

Lisette und Rosalie kamen in große Aufregung; zwei Mächte balgeten sich in ihnen: sie wollten pressieren, von den ersten sein auf dem Schlachtfelde, aber auch von den Schönsten, dazu aber mußten sie anwenden, Zeit brauchen, sie hatten es nicht von Gott empfangen, mußten die Schönheit selbst machen nach den Wahlspruch: „Helf, was helfen mag!“ Endlich waren die Schönen mit der Schönheit fertig, wußten nichts mehr nachzubessern, hatten ihre Schnupftücher mit den gestickten Zipfeln graziös in den Händen. Rosalie stellte einen blaßblauen, Lisette einen blaßroten Schmetterling dar, nur eins fehlte: der Kavalier, der unten gemütlich mit Bäni eine Flasche trank ohne alle Ahnung, wie es droben über ihn herging.

Endlich riß der Jungfer Gälblächt die Geduld. „Komm!“ rief sie, „sie werden uns nicht fressen, aber ich hätte nicht geglaubt, daß dein Bruder ein so wüster Mensch wäre. Erst läßt er nicht nach, bis wir mitkommen, und jetzt läßt der uns so schändlich im Stich.“ So können Mädchen und andere Menschen die Sachen kehren, ihnen Turnüre geben, wie man im Weltschland zu sagen pflegt. Und sie gingen, die zornglühenden Jungfrauen, mit flatternden Nastüchern, blaßblau und blaßrot. Wären sie geritten, man hätte sie für Walküren nehmen können, die am rosenroten Blut der Jünglinge ihre Freude hatten.

Als sie mit Majestät in den Saal traten, ganz anders als vorhin ins Empfangszimmer — damals waren sie nicht zornig, noch in den Schalen, das Bewußtsein ihrer Schönheiten hatte sich noch nicht entfalten können, denn sie hatten sich noch nicht schön gemacht —, da war er zum größten Teil noch leer, bloß einige Paare trieben sich den Wänden nach, und in der Mitte stund der Wirt und fluchte schrecklich. Die niedrige Dienerschaft, Kindermädchen, Sudelmägde, Herdknechte und einige Schönen des Dorfes, welche es nicht zu seidenen Schürzen und silbernen Göllerkettlein und weißen Strümpfen gebracht, hatten die Zeit, wo die Meisterschaft mit Empfangen vollauf zu tun gehabt, klug benutzt, waren in den Saal geschlichen und hatten sich ein Privatvergnügen verschafft. Die Musikanten, welche in dieser Schichte der Gesellschaft die vertrautesten Freunde besaßen, hatten mit Freuden ihnen gratis aufgemacht und wärmten sich dabei im noch kalten Saale die halb erfrorenen Finger. Das ging ganz prächtig, aber unten vermißte man die Leute doch; da fluchte man übers Babi, dort über den Joggi, die sich unsichtbar gemacht. Hatte man das Babi nicht, suchte man das Mädi, wollte den Köbi nach dem Joggi ausschicken, aber es war das eine Kunst, denn sie waren ebenfalls unsichtbar.

Als das Notgeschrei nach Leuten größer ward als bei einer Feuersbrunst das Geschrei nach Wasser, schoß der Wirt daher: Die Donstige wolle er runtergeben, es komme ihm schon z'Sinn, wo die Hagle seien, schoß die Treppe auf, fand sie richtig im Tanzsaale in vollem Vergnügen und war Selbstsüchtling und Aristokrat genug, sie darin zu stören, und zwar grob. Die Gestörten fanden das weder artig noch volkstümlich, sie murreten sehr und frugen, ob sie Hunde seien und nicht Menschen wie andere. Sie ließen sich durch das Bewußtsein nicht heben, vermißt worden zu sein. Wer vermißt wird, der ist was wert, der kann nicht sagen, man achte sich seiner nicht, „ih bi nüt, m'r sy alle nüt i Gottsname!", wie einst ein Ratsherr sagte. Wer vermißt wird, kann an die Brust schlagen und ausrufen: „Hier ist der Mann!", und wäre es auch nur die Sudelmagd. Die Eingeschmuggelten strichen sich eben vor dem Donner des Wirtes der Türe zu, durch welche unsere Schönen eintraten.

Der Wirt erblickte sie, erschrak, denn er hatte vernommen, daß Ratsherrenzeug da sei. Wirte gehören in der Regel zu den Unzufriedenen, lieben daneben Gönner in der Höhe sehr. Unzufrieden sind sie wegen erlittenen Ungerechtigkeiten, das heißt, weil sie gebüßt wurden wegen Übertretungen; Gönner lieben sie im Glauben, solche würden sie bei zukünftigen Sünden vor Strafen bewahren. Es behaupten viele, Wirte täten sich nie bekehren, sie würden bloß klüger. Wir haben in diesem Punkte keine Erfahrung.

Es hörte daher plötzlich das Donnern auf; der Wirt ward wie der Mond im blauen Himmel, er schwamm in lauter Holdseligkeit. Er befahl einem dienstbaren Geiste, seiner Frau zu befehlen, sie solle doch die Gäste einladen, den Ball zu beginnen, es sei alles z'weg, und wenn es nicht anginge, täten ihm die Musikanten erfrieren. So hätten es die Leute, klagte der Wirt, könnten nie anfangen, wollten nie aufhören, man wäre immer übel dran. Ob er die Ehre haben könnte, es wagen dürfe, einen mit ihr zu haben? und bot recht artig der Rosalie die Hand. Er hielt sie für die Ratsherrentochter, weil sie etwas Steifes im Rücken hatte und etwas Verächtliches in den Maulecken. Er strengte sich sehr an und schwenkte sein kurzes Röcklein, daß es recht rührend war.

Jungfer Gälblächt developpierte dagegen ihre Kunst nicht. Ihr Herz war nicht im Tanz, sie tanzte wie eine Dulderin, um nicht zu sagen wie ein Schaf, das zur Schlachtbank geführt wird. Ja, sogar die Lisette kam zum Tanzen. Die Wirtin hatte ihren Bruder ausgesandt, den Wirt zu suchen und ihm zu sagen, es sei pure Unvernunft, ihr das zuzumuten; er wisse ja, daß sie nicht angezogen sei, dafür sei er da oder für was sonst? Daß der Wirt die Tochter nicht fahren lasse, ehe der Tanz aus war, begriff er. Er nahm die beste Partie und tanzte mit, und wenn die Wirtin noch andere nach dem Manne gesandt, sie hätten sicher ebenfalls getanzt.

Als der Geige letzter Strich gestrichen war, sagte der Wirt: „Excusez, ich will machen, daß es rückt", setzte seine Jungfer Gälblächt auf eine Bank ab und winkte, wie es schien mit Nachdruck, denn es kam ganz schwarz einher, Pärleni um Pärleni, jeder mit der seinen. Zuletzt kam das noch ungeregelte Volk, e Tschuppele Weibervolk, e Tschuppele Mannevolk, ganz zuletzt Jacot und neben ihm noch einer. Lisettes Herz pochte stürmisch. „Ist das ihn, ist das my Bäni?" frug dasselbe mit freudigem Bangen und Schlottern.

Jacot war weg, suchte mit den Augen, stürzte vor, auf Trineli zu, faßte es bei der Hand, das heißt, wollte es fassen, denn als er es beinahe hatte, war einer da, ob vom Himmel herab oder von unten herauf, begriff er nicht, hatte Trineli bei der Hand, sagte: „Ergüsi, dä Kehr ist's an mir", trampelte mit Trineli weiter, und Trineli seufzte nicht, sah ganz vergnüglich aus, obgleich er tanzte, daß das ganze Haus erzitterte, ungefähr als ob der Christoffel in Bern endlich einmal ab Platz gekommen und ein Tänzlein wagen wollte. Wahrscheinlich war es ein Dragoner, ob auch ein Leutenant oder nur ein Wachtmeister, wissen wir nicht. Jedoch ist bekannt genug, daß auch die ganz gemeinen Dragoner ganze Bursche sind und mit dreißig Jahren alle wenigstens dreizentnerig.

Da wurde Jacot von seiner unglücklichen Stimmung ergriffen, und zwar sehr. Er konnte sehr melancholisch werden, meinen, er sei zum Unglück geboren, und das Schicksal hätte ihn besonders auf dem Strich; was er tun möge, verderbe es ihm, was er noch so gut planiert, dadurch mache es ihm einen Strich. Da habe er sein Glück z'weg gehabt, da müsse ihm der Teufel zwei Weibsbilder mitgeben, und die hätten ihm alles verdorben, denn da habe Trineli denken müssen, er sei bereits doppelt versehen, obgleich er doch ausdrücklich von seiner Schwester gesprochen. Das Schicksal weise alle Menschen gegen ihn auf, niemand habe ihn lieb, der Packesel aller solle er sein, und alle seien gegen ihn, und seine Liebe werde mit Undank vergolten. Er lehnte sich an die Wand und wurde sehr interessant, das heißt, er machte ein schwermütig Gesicht ganz jämmerlich, es war zum Erbarmen.

Da säuselte es neben ihm ganz leise und rauschte so wunderlich, und als er aufsah, stund Jungfer Gälblächt neben ihm, hatte die Hand auf seine Schulter gelegt und frug ganz hold: „Herr Jacot, Herr Jacot, warum so trübselig, und geht doch so lustig? Fehlt Euch was, Kopfweh etwa, wollt Ihr Schmöckwasser?“ Und als er es barsch verneinte, sagte sie: „So kommt und tanzt mit mir, die Musik ist nicht so schlecht, aber sie trampeln wie die Elefanten; es nimmt mich nur wunder, daß das Haus es hält. Kommt, wir wollen ihnen zeigen, was Tanzen ist!“

Der Jacot dachte: „Herr Jeses, da hei m'r's, die bringt mih my Seel noh um alle Kredit.“ Daß der Engländer ihm wegem Kredit viel gefährlicher sei als die Rosalie, daran dachte er nicht. Aber was machen? Absagen konnte er nicht und mit schön Tanzen doch vielleicht ein Herz rühren, wenigstens Trineli neben ihrem Trampeltier schalus machen. Er nahm also die Gälblächt in Arm, und sie legte zierlich eine Hand auf seine Achsel, senkte das Haupt seitwärts, streckte eins ihrer Augelein aufwärts, und nun schwebten sie miteinander dahin, leise, leicht, sanft, zwei Engeln gleich, die auf blaßblauen Wölklein gen Himmel fahren. Dann schaukelten sie sich wieder wie mutwillige Schwimmer auf des Meeres schäumenden Wogen auf den Wellen des Tanzes; bald rasch und wild, wiegten sie sich rechts, wiegten sich links, fuhren gradaus, fuhren rundum, warfen die Köpfe auf und hin und her und alles so sittig und doch so kühn, daß aller Augen sich auf sie richteten. Die Jünglinge lachten und meinten, die täten wie Komödianten, als ob sie z'Narre g'raten wollten, die Mädchen aber wurden vor Eifersucht und Zorn ganz aschgrau und klemmten ihre Tänzer in die Schultern, daß mancher das Jahr darauf nach Schinznach mußte der gefährlichen Wunden wegen, welche den Knochenfraß fürchten ließen. Neutrale, die an den Wänden herumstunden, sagten dagegen: „O schön, o schön!“ Das waren Töne für Rosalie, die salbeten ihr Herz mit Öle, daß es ganz wurde wie Sammet und duftete wie Rosenöl und Müsg.

Da schwebte noch ein ander Paar daher, als ob es einen Wettkampf gelte, fast als ob ein venezianischer Gondolier mit seiner Gondel daherkäme und zeigen wollte, daß er noch schöner gondeln könne als der andere mit seiner blaßroten Gondel. Das war die Lisette, welche mit noch einem daherkam, aber von weitem sah man, daß diese den andern nicht nachmochten, von wegen der Tänzer schlenggete seine Beine gar schrecklich um die arme Lisette herum, als ob sie ihm nur mit Packfaden angemacht seien und er sie umarmen, das heißt genauer umbeinlen wollte. Was das Schönste an der Sache war, das war nämlich Lisettes Gesicht; das war akkurat wie der Himmel, wenn er offen ist und alle Engelein mit Zinken und Schalmeien den Vater im Himmel preisen.

Das war nämlich so: Begreiflich machten die beiden städtischen Damen großes Aufsehen, besonders unter den männlichen Anwesenden; die weiblichen rümpften fast sämtlich einfach die Nase und sagten: „Pfi Tüfel, das wird was Gräubäsigs aus der Stadt sein, man kennt solche Vögel; wenn ich nur nicht neben ihnen sitzen muß, es gruseti mir, ich muß es sagen.“ Das männliche Geschlecht ist solchem Grusen viel weniger unterworfen. Es ist sonderbar, in der Stadt gruset es den Städterinnen vor den Bäurschen und auf dem Lande den Bäurschen vor den Städtlichen, und manchmal haben es die Männer akkurat umgekehrt.

Endlich vernahm das Publikum, es seien Damen, nicht G'schöpfer oder gar Kreaturen, und zwar vornehme Damen, sie seien von denen obersten an der Regierig. Wir können nicht sagen, daß diese Kunde den Eindruck beim weiblichen Teil verbesserte. „Was brauchen die hieherzukommen?“ hieß es, „wenn es was mit ihnen wäre, könnten die in der Stadt bleiben; die brauchten nicht hieherzukommen und andern den Platz zu verschlagen. Wenn was mit ihnen wäre, so würden sie nicht so weit herkommen und in solcher Kälte; es werden von denen sein, welche in die Weite müssen, wo man sie nicht kennt, damit jemand sich mit ihnen abgebe.“ Und nun wurden sie einer Inspektion unterworfen, die bis am Morgen dauerte und nichts an ihnen schonte, von obenan bis untenaus, hinten nicht und vornen nicht. Die adelichen Baurensöhne sahen sich gar nicht nach ihnen um, die arme Lisette schmachtete umsonst nach ihrem Bäni, aber sie soll getröstet werden, so hatten es die obern Mächte samt dem Schicksal beschlossen.

Es waren noch andere Leute da, Leute der Neuzeit, denen die Zukunft gehörte, Leute mit moderner Bildung, die herkamen zu Fuß und Roß aus allen Schreibstuben und Bureaus aller Arten in weiter Runde, wie die Geier in Südamerika in ihren Hungermonaten ein Aas wittern auf hundert Meilen und sich auf dasselbe stürzen zu Tausenden. Die Haupthechte darunter waren erprobte Fürsprecher, denen nichts mehr fehlte als Geld, die Hürlig bildeten die Subjekte, welche Sinns waren, nach zehn Jahren, wenn es gut ging, ein Examen zu machen, aber noch nicht wußten, was für eins, — wenn sie nämlich nicht früher irgendein Posten der sauren Arbeit des Kopfbrechens überhob. Der Glücklichen auf diese Weise gab's wirklich viele, und doch ward viel geklagt, daß man im Kanton Bern keine Klöster aufzuheben gehabt. „Oh, Klostervogt wäre schön, wäre schön!" hörte man überall seufzen.

Einer aus diesen Modernen, der für sein Leben gerne einen Posten glücklich gemacht, vernahm kaum, daß eine Ratsherrentochter da sei, und zwar des berühmten Herrn Gygampfs Tochter, als er vorschoß wie eine Spinne, die eine Fliege am Netz verspürt, und die erstaunte Lisette faßte, als ob er Fangzähne hätte im Maul. Aber er hatte eigentlich keine Fangzähne, sondern lange Beine, ein dünn Schnäuzchen, schöne grade Haare, die er hin und her warf wie ein Roß den Schwanz, wenn die Bremsen bös sind; auch hatte er etwas steife Ellbogen, denn er war seines Handwerks ein Schreiber. An den Ellbogen sah man es ihm an, auch wenn er sein Handwerkszeichen nicht trug, die Stößli nämlich. Bekanntlich erkennt man die meisten Handwerker an ihren Schurzfellen. Ob weiß oder schwarz, ob kurz oder lang, merkt man den Zimmermann, Schmied, Maurer usw., den Schreiber aber an den Stößlene an den Armen. Die ledigen tragen sie elegant aus neuem, graublauem Tuche, den verheirateten machen sie die Weiber, wenn sie nämlich nähen können, aus alten Schürzen.

Der hatte erkundet, wes Vaters Kind die Lisette sei, und als er mit Staunen vernommen, derselbe sei Ratsherr und noch dazu der berühmte Gygampf, da kam große, große Glut in ihn und Heldenmut. „Bastian Krebsli" — so hieß er nämlich, — „jetzt oder nie!" rief er aus, warf sich vor und eroberte richtig die Lisette. Ach, in was für ein Glück der Mensch versank, als ihm der große Wurf gelungen, eines Ratsherrenkindes Tänzer zu sein! Millionen hätte er umschlungen, Millionen abgeküßt Stück für Stück, nicht bloß der ganzen Welt einen Kuß gegeben so gleichsam en bloc, was eigentlich gar nichts sagen will.

Und wie nun der Glückliche tanzte! Jedes Glied an ihm tanzte, jedes Glied an ihm arbeitete wie ein Pferd. Wer nun weiß, wie manches Glied ein Mensch hat, der rechne, mit wieviel Pferdekraft er tanzte! Es hätte es diesem Menschlein, der noch dazu ein Schreiber war, kein Mensch zugetraut. Wenn der sich nicht einen nahrhaften Posten erwerchete, so spielt die Gerechtigkeit keine große Rolle in der Welt. Und was fortan die gute Lisette glücklich war, und wie sie in Huldigungen schwamm, denn es waren sehr viele von diesem Handwerk da, die durch eines Ratsherren Tochter glücklich zu werden nötig hatten, kann man sich denken.

Ach, dem guten Jacot ging's anders; der war geschwebt, der hatte sich gewiegt von der Rechten zur Linken, von der Linken zur Rechten, schöner hätte nichts genützt, und als der Tanz fertig war, hatte er galant seine Tänzerin zu einem Sitze geführt und sich so rasch, als er konnte, auf Trineli gestürzt. Aber da kam er übel an. Der Dragoner hielt das Meitschi noch fest bei der Hand und sagte: „Ohä, ume hübschli, das Meitschi ist mir einstweilen noch nicht erleidet", und das Meitschi zuckte nicht in des Dragoners Klauen, und der arme Jacot mußte abfahren mit Glanz.

Er fuhr aber auch zurück, als sei ihm ein Hurnuß ins Gesicht gefahren; hinter ihm gab's einen mörderischen Schrei, und als er erschrocken nach dem Schaden sah, stund ein Mädchen da, hob den Fuß auf wie ein überfahrner Hund — würden wir sagen, wenn das Gleichnis nicht zu despektierlich wäre — und grännete ihn an gar grimmiglich. Jacot machte seine höflichsten Entschuldigungen und fragte demütig, ob er die Ehre haben könnte, mit ihr zu tanzen. Er meinte, es sei ein vornehm Fräulein, so wie sie glänzte und glitzerte prächtiglich. „Wie wollt ich auf einem Bein? Das andere habt Ihr mir ja abtrappet!" hässelete sie im ersten Augenblick, ließ aber alsbald etwas runter und sagte: „Wenn hoppe gilt, will ich's probieren."

Und sie tanzte zu Jacots Verwunderung gar nicht schlecht, tat noch artig dazu, nur kam sie Jacot doch wohl zimperlich vor. Indessen tanzte sie gegen die andern genommen recht gut, hatte Manschetten und, wie es schien, nicht bloß baumwollene, hatte Bildung; sie sprach zur Verwunderung vom Theater, von der Lektur, wie die ihr Leben sei, kannte die großen Dichter dieser Zeit, die Luise Morgenthau, den Victor Hugo, den Arthur Bitter, den Sue, den Postheiri und den berühmten Wälti, und sie kannte einige sogar persönlich und konnte nicht genug rühmen, was das für artige Herren seien, ganz g'mein, schier noch g'meiner als ander Lüt. Dann sprach sie von ihren Verwandten; das waren lauter reiche Wirte, Müller und andere Magnaten, ließ weltsche Worte fliegen und merken, daß sie auch außerhalb der Kuhweide gewesen.

Jacot dachte: da erwahre sich auch wieder das Sprüchwort, es sei kein Unglück so groß, es sei noch ein Glück dabei; wenn es mit Trineli fehle, so hätte er nicht bessern Ersatz finden können. Allem Anschein nach sei das ein fetter Vogel. Jacot meinte das nicht eigentlich, sondern uneigentlich, wegen den reichen Vettern von allen Arten. Am Leibe war seine Tänzerin nicht fett, sondern schlank und in der Mitte nicht ganz wie ein Wespi, aber fast; daneben hatte sie schöne Züge, lebhafte Augen, Augen, die spielen konnten einem Dudelsack z'Trotz, nicht so schmachtende wie die Jungfer Gälblächt, so blaßblaue, sondern glitzerige, dunkle. Jacot dachte, das gescheutest sei, er mache es wie andere, er behalte die einstweilen, bis was Besseres ihm anlaufe, doch nahm es ihn wunder, wer sie denn eigentlich sei und woher.

Das ist bei solchen Bällen, wo die Tänzer aus allen Windgegenden sich zusammenfinden, eine Hauptsache, sich möglichst bald im Personal zu orientieren, von wegen Mißgriffe können sehr fatal werden. Die ersten Stunden werden daher hauptsächlich dem Informieren geweiht; erst nachher bilden sich die Liaisons, und das Gleiche gesellt sich zum Gleichen. Das giltet jedoch hauptsächlich dem hergelaufenen Volke; was die eigentliche Noblesse betrifft, die Ausschließlichen, die kennt sich. Da muß jedes geneigte Ohr herhalten, ja bis zum Stallknecht steigt man nieder, will wissen, ob die von Süd oder Nord gekommen, in welchem Fuhrwerk, mit welchem Roß. Manchmal vernimmt man was und manchmal nicht das Rechte. Unser Jacot fühlte sich auch gedrungen, Näheres über seine Begleiterin zu vernehmen, die ihm mit jedem Tanze liebenswürdiger erschien. Es sei kurios, dachte er, wie es Leute gebe, zu denen man ganz von Natur unwillkürlich hingezogen werde. Es sei, als ob man expreß füreinander geschaffen und nur darauf warte, bis man sich gefunden, um dann ewig beisammenzubleiben.

In einem Zwischenraum, wo die Geiger äußerlich ruhten und innerlich sich erquickten und stärkten, setzte Jacot seine Tänzerin neben seine Schwester, unter dem Vorwand, er wolle einige Bekannte grüßen, gleich wiederkommen, noch ehe der Tanz beginne, und daß Jungfer N. sage, sie sei engagiert, und ihm nicht untreu werde. Jacot marschierte lange nach Entdeckungen aus, aber es erging ihm wie vielen Entdeckungsreisenden: er machte lange keine Entdeckungen, und bis zum Stallknecht hinunter stieg er nicht, vielleicht hätte der alsbald aushelfen können. Aber Jacot kannte diese Quelle nicht, er kannte, da er kein Pferdekundiger war, die Bedeutung der Stallknechte nicht.

Endlich kam er zu einem Kameraden, das heißt, der Kamerad war Major, während Jacot bloß Leutenant war, allein im Alter waren sie nicht viel verschieden. In den eidgenössischen Armeen avanciert man gar kurios, und zwar ohne Heldentaten, Waffentaten wollten wir sagen, denn Heldentaten geschehen auf allen Gebieten des menschlichen Lebens ohne Schießen und ohne Stechen. Die Geschmäcke sind sehr verschieden. Es bleibt wohl der eine oder der andere ein simpler Hundsfott, ohne daß er Major würde, wenn man nur durch Hauen und Stechen dazu avancieren könnte. Solche Hundsfötter, das heißt Majore ohne Hauen und Stechen, kommen in die Mode, scheinen bei gewissen Geschöpfen beliebt und bevorzugt zu sein, begreiflich wegem Adel der Gesinnung und weil sich gleich und gleich immer findet und weil man nach der Achtung der Nachwelt trachtet und weil man den Kindern ein Exempel hinterlassen will, was die Väter für Begriffe gehabt und wen sie für ehrenwert gehalten und für des Vaterlandes würdigen Sohn.

Nun, auf einen solchen Major, ob von den Dragonern oder von der Infanterie, wissen wir nicht, stieß Jacot und frug: „Kennst du meine Tänzerin dort, die Hübsche gleich neben meiner Schwester?" „I der Tausend, wie kömmst du zu der, du Glückskind? Da hast einen schönen Griff getan, mach nur, daß du den Fisch behältst, von wegen solche Fische sind rar und glatt", lautete die Antwort. „Wer ist's, wie heißt sie?" frug Jacot in vaterländischem Eifer. „Kann dir den Namen nicht sagen", antwortete der Major, „aber sie soll da unten herauf sein, eines Großrats Tochter, reich, Verfallenes und Zukünftiges, es wahrs Hunghäfeli. Paß auf, sonst steche ich sie dir ab!" „Das wirst mir nicht machen", sagte Jacot, „das wäre kein Freundschaftsstückli." „Ich sage dir nichts als: paß auf!" antwortete der Major.

Jacot war befriedigt, schoß wieder zu seiner Schönen, welche mit Lisette auf den liebenswürdigsten Fuß sich gesetzt hatte; sie waren zunächst am du und du. Wenn ihnen was Nasses serviert worden wäre, das Schmollis wäre sicher schon abgetan gewesen. Erst jetzt bot Jacot allem auf, tat mehr als das mögliche mit Reden und Tanzen, und nach dem nächsten Tanz ließ er servieren eine ganze Flasche Neuenburger, und Bastian Krebsli zog ein großes Paket Feigen aus der Tasche und servierte sie ebenfalls und schnetzelte sie sogar mit seinem Sackmesser, als die Damen sie wohl sehr angenehm fanden, aber wohl groß für das Loch, worein sie sollten.

Das Nachtessen nahte, das Verlangen war groß darnach. Vielen ist es der Hauptwitz, den einen einfach wegem Essen, den andern wegen den Bekanntschaften, welche sich da machen, hauptsächlich aber fortsetzen und kultivieren lassen. Wem es Ernst ist ums Herz und der Geldsäckel es zuläßt, der hält sein Augenmerk z'Gast und macht sich splendid nach seinen Umständen. Ja, es war eine Zeit, man spricht von ihr wie die Juden vom Paradiese, wo man sich nicht bloß zum Roten, wo man sich zum Champagner verstieg, während sich jetzt so viele beim besten Willen nicht über ein Glas Bier zu erheben vermögen. Jacot dachte stark daran, sich seine Tänzerin zuzugesellen. Man müsse das Eisen schmieden, während es warm sei, dachte er.

Während er noch so dachte, klopfte ihm Bäni auf die Achsel und sagte: „Los neuis, du wirst doch das Mensch, mit welchem du tanzest, nicht z'Gast haben wollen?" Jacot ward ergrimmet in seinem Gemüte. „So", dachte er, „nicht mit mir tanzen wollen und jetzt noch befehlen wollen, mit wem ich tanzen soll! Was sich das Baurenpack nicht einbildet!" „Hör du", sagte er und maß den guten Bäni mit großen Augen von oben herab, „ich muß mir verbeten, meine Tänzerin Mensch zu nennen; sie wird wohl so vornehm und so brav sein als deine Schwestern und die andern."

Nun streckte sich Bäni und sagte: „Hör du, wenn ich nicht dächte, du wüßtest nicht, was das für ein Mensch wäre, ich hätte dir eine gestreckt, daß du das Feuer im Elsaß hättest brennen sehen. Lue, das ist die Schwester von des G'schäftsmann Schallers Frau, du hast sicher von dem schon gehört, dem Bluthund, wo es eine Gnade für ihn wäre, wenn man ihn hängen täte und erst nachher schindete und nicht vorher. Es sind hübschi Meitschi g'si, aber ganz von gemeinen Leuten her; der Vater war Wegknecht, die Mutter handelte mit Zwiebeln und Körblikrautwasser, beide starben im Umgang. Die da hat eins oder zwei Uneheliche, und letztes Jahr sollen die Landjäger sie gebracht haben aus dem Aargau; jetzt ist sie beim Schwager, macht d'Dame, kommt daher wie ein Pfau, daß man meinen sollte, wer sie sei, aber lue recht, alles, was silbrig scheint, ist Neusilber, nicht manchen Batzen wert, und unter dem hoffärtigen Mänteli ist gewiß nur ein kudriges oder verfötzelt baueligs Hemli. Sie wird gedacht haben, es kenne sie hier niemand, aber ich sah die zu oft hier oder dort auf Märkten, wo sie nach gut Schick fischte."

„Du bist ganz an der Unrechten", sagte Jacot, „es ist eine Großratstochter unten herauf von reichen Leuten her." „Wer sagt das? Die kenne ich zu gut", sagte Bäni. „He, wer sagt's? Dort der Major Federenstiel hat es gesagt." Da lachte Bäni sehr. „Ja, der wird Ursache haben, sie zu kennen, besser als ich und du, und wird nicht umsonst der Lugi-Jacobli heißen. Als der Ball war auf dem Flöhboden, du weißt, da war ich gerade in Garnison, mußte auch auf den Ball, und da tanzte der Major mit der und mit keiner andern, und sie kannten einander gut, das sah man wohl. Zudem ist der Major mit dem Schaller gut verbündet, sie spielen einander arme Teufel in die Hände zum Aussaugen, von wegen es ist einer ein Blutsauger wie der andere. Der hätte schön den Buckel vollgelacht, wenn er dich da hätte hineinsprengen können!" „Dumm", sagte Jacot, „daran dachte der nicht, wir sind Duzbrüder." „Ja, Fründ wie Hünd, das ist Trumpf gegenwärtig. Daneben mach, was du willst; behalte sie, dir se abspenstig machen wird niemere bigehre."

Das fiel Jacot wirklich auf. Er hatte ganz ruhig mit ihr tanzen können, nicht einmal einer aus der zweiten Klasse war gekommen und hatte gefragt, ob er nicht auch einmal die Ehre haben könnte. Er fuhr auf den Major los, obschon die Geiger bereits stark an einem neuen stimmten, mit der hastigen Frage: „Aber was hast du mir gesagt, meine Tänzerin sei eines Großrats Tochter und von reichen Leuten her; es soll ja ein Mensch sein und von verlumpeten Leuten her?" „So", sagte der Major kaltblütig, „soll sie das? Habe mich geirrt mit Schein, tut mir leid; nimm eine andere!" „Es heißt, du kennest sie wohl, sie sei d's Schallers Fraue Schwester, und wenn ich wüßte, daß du mich zum besten halten wolltest, so wollte ich es dir zeigen!" sagte Jacot. „Wie?" fragte der Major kurz und strich den roten Schnauz.

Jä, wie? Da war Jacot an. Eine Ausforderung zu riskieren, fiel ihm nicht ein, und wär sie ihm eingefallen, so hätte er sich lächerlich gemacht, und hätte er dem Major siebenmal Hundsfott gesagt, so hätte der gelacht und gesagt: „Geh mir vom Leibe, bist ein Tropf! Meinst, ich hätte mein Leder dafür, um Löcher darein machen zu lassen mit Stechen oder Schießen?" Heutzutag giltet d's Maul, mit dem schießt und sticht man; hat man nicht wahres Blei, schießt man die Leute mit Erlogenem, das heißt erlogenen Tatsachen tot. Das ist die neue Mode, wobei man nichts riskiert als einen Prozeß, dessen Ausgang aber ein zweifelhafter ist, insofern man für Richter oder Geschworne von seiner Partei sorgt, von wegem Eid hin, Eid her, oder das Verdrehen kann und ihn hinausziehen bis ins ewige Leben. Er durfte überhaupt dem Major nicht zu nahe treten, da derselbe zu den Hauptheldren seiner Partei gehörte, vor denen die zweifelhaften, etwas unentschiedenen Ratsherren wie zum Beispiel Herr Gygampf zu schlottern hatten und demütiglichst bei jedem Anlaß um ein gnädig Urteil bei der nächsten Wahl baten.

Dem armen Jacot tat es im Herzen sehr weh, daß nicht bloß die rechten Mädchen nichts von ihm wollten, sondern auch der Freund ihn verriet. Der Tag war also hin. Karriere sollte er also keine machen und dem Vater sagen: „Aber nüt!" Er ließ die Geiger geigen, die Mamsell sitzen, stellte traurig sich in eine Ecke und machte schwere Gedanken.

Da seufzte es neben ihm zart, und zwar zweimal, da er das erstemal nicht recht hörte; als er sich umsah, siehe, da war es Rosalie Gälblächt. Ach, ach, „sic transit gloria mundi", wie der Lateiner sagt, und die Würmer, welche in Jonas' Kürbisstaude kamen, leben immer noch. Im Anfang war sie so glücklich gewesen, das heißt fetiert, sie hatte Hof gehabt, viel mehr als die Lisette. Sie war größer als die Lisette, lebhafter von Gebärden und konnte sich recht anmütig machen, wie es einer Tochter in einem Lädeli, besonders wo man montiert, wohl ansteht; auch hielt man sie für Lisettes Schwester, also auch eine Ratsherrentochter. Wie da die Subjekte, das ganze Stößliregiment, um sie flatterte und stolperte, es läßt sich nicht beschreiben, ja sogar zwei Sekundarlehrer zeigten sich im Gewühle, selbst ein Fürsprecher spannte seine Bähre auf.

Lisette war dagegen fast einsam, die Anbeter machten sich nicht Plätze ab. Mit Bastian Krebsli rivalisierten bloß Samewel Gröggel und Josephli Guggus, und von allen dreien hatte nur einer eine Brille. Man denke, die Gemeinheit! Das stach die Lisette begreiflich, so gut sie war, war sie doch weiblicher Art, und bekanntlich heißt es nur von den Tauben, daß sie weder Galle noch Gift hätten, und nicht von den Weibern. Samewel Gröggel wollte mal auch was sagen. „Oh, was doch Euere Jungfer Schwester für eine scharmante Tochter ist, die kann tanzen, als wenn sie es expreß g'lernt und Tanzlefzge g'no hätt!" sagte er. „Das ist nicht meine Schwester", begehrte Lisette auf, „o b'hüt is! Die geht uns gar nichts an. Wir trafen sie auf dem Wege an, und da wir zuweilen etwas bei ihr schneidern lassen, luden wir sie aus Erbarmen auf, weil sie fast erfroren war." So was fällt selten auf unfruchtbaren Boden.

Josephli Guggus hatte auch gehört, was Lisette sagte, und Bastian Krebsli ebenfalls. Wohl, die lachten schön, daß sie den bessern Teil erwählet, und ihre Herzen brannten, es die andern merken zu lassen, wer feinere Nasen gehabt und den bessern Bissen gewittert, und lange ging's nicht, so hieß es allenthalben: „Nit e Ratsherre Tochter, ume e Schneidere, hei se nume us Erbarme mitg'no", und auseinander stoben die Anbeter wie Krähen von einem Düngerhaufen, wenn man einen Schuß unter sie gelassen.

Bloß ein Sekundarlehrer, der etwas morgenländisch sprach und mit seinem Einkommen in Zwiespalt lag, blieb kleben. Als der von einer Schneiderin oder Modistin hörte, schien ihm ein großes Licht aufzugehen. Eine solche Person schien ihm das schreiendste Bedürfnis dieser Gegend, und wenn es ihm gelingen sollte, diese Lücke auszufüllen, dieses Bedürfnis zu befriedigen, so werde ihm ein Monument der dankbaren Nachwelt nicht fehlen. Gerade eine solche Person fehlte, welche den Geschmack verbesserte und der Industrie aufhalf. Eine solche Person konnte große Arbeitsschulen errichten und leiten, in denen man mit Häkeln, Sticken, Strohflechten, Seidespinnen und Weben, Baumwollenzwirnen, Montieren und Modearbeiten von allen Arten Tausenden Brot verschaffen könne. Wenn man damit einen großen Modeladen und andere Laden oder Magazine verbinden würde, wo man alles finde nach dem allerneusten Schnitt und wohlfeiler als in London und Paris, weil man hier wohlfeiler arbeiten könne als dort, so sei man imstande, dem Geschäft einen solchen Schwung zu geben, daß Pariser hieherreiseten, um sich mit den neusten Artikeln zu versehen, und Millionen ins Land brächten. Und ob Geld nicht das schreiendste Bedürfnis des Vaterlandes sei? Wenn jemand es nicht glauben wolle, der solle nur zu ihm kommen, dem wolle er schreiende Beispiele von Exempeln vor Augen stellen. So dachte der Mann, und man sieht, er dachte großherzig und echt vaterländisch. Er beschloß, sich zu opfern; er kultivierte Jungfrau Gälblächt und begann folgende Betrachtungen.

Er hätte schon lange im Sinne, sich ehlich zu verbinden, aber er finde hier nicht, was sein Herz und seine Stellung bedürfe. Er sehe hauptsächlich auf Bildung, eine Person, die imstande sei, ihn zu verstehen und zu begreifen, kurz, wo man Freude habe, mit ihr zu leben, und ein vernünftig Wort mit ihr sprechen könne. Auf Vermögen sehe er gar nicht, er habe eine schöne Stelle und brauche wenig, aber er sehe auf eine Person, welche ihm würdig zur Seite stehe und ihm helfe, seinen Einfluß auf die Jugend, namentlich den weiblichen Teil sichern, ja ausdehnen. Denn endlich sei die Zeit gekommen, wo dem Lehrstand die Gewalt über das Menschengeschlecht gegeben sei. Bildung sei die Hauptsache in der Welt, und die Lehrer seien die Träger der Bildung; somit seien sie die Hauptmacht auf der Welt, und von ihnen hingen jetzt die Völker ab, viel mehr als ehemals von Königen und Fürsten. Nicht durch die Waffen, durch Kanonen und anderes Geschütz werde ein Volk mächtig, sondern durch Bildung; das gebildetste Volk sei das Hauptvolk, und von wem hätten die Völker die Bildung? Also! Wer Verstand habe, könne es greifen. Und so sei es recht, denn wie die Könige die Raubtiere gewesen, schädliches Ungeziefer, seien die Lehrer so gleichsam die Engel, welche den dummen Menschenkindern das Licht brächten in die Finsternis, viele Kenntnisse von allem Nützlichen, ja den eigentlichen Fortschritt in allen Dingen. Hätte er eine Person, wie er sie haben sollte, so wollte er Großes verrichten für Kinder und Kindeskinder; Millionen wollte er ins Land ziehen, über Mangel an Arbeit sollte niemand mehr klagen, was kein Staat vermöge, das wollte er tun, wenn er schon nur ein Lehrer sei, aber eben darum suche er eine anständige Person, die ihn begreife und die gehörigen Fähigkeiten besitze. „Um Vergebung z'frage, sind Sie nicht eine Schneiderin oder Modiste oder beides zusammen, was noch vorteilhafter wäre?"

Da war Jungfer Gälblächt aufgefahren und hatte gefragt, warum er so frage und wer ihr nachrede, sie sei eine Schneiderin. Und der Lehrer hatte gesagt, sie solle ihm das nicht übelnehmen, das tue ihren Ehren keinen Abbruch, denn gerade deswegen und weil sie ihm so gebildet vorgekommen, auch spreche sie ja Französisch, wie er gehört, habe er sich entschlossen, ihr Herz und Hand anzubieten; sie würden miteinander sehr glücklich sein, sie würden einen ausgezeichneten Platz einnehmen in der Welt, davon sei er ebenfalls überzeugt. Daraufhin protestierte Jungfer Gälbleächt wiederholt gegen die Schneiderin, verwarf seinen Antrag mit Heftigkeit. Da sagte der Lehrer: he nun, wenn sie keine Schneiderin sei, so sei es ihm leid, daneben sei sie doch Modiste, das genüge ihm einstweilen; sei das Schneideren notwendig zu seinen Plänen, so werde das einer Modistin ein Leichtes sein, sich dasselbe zuzueignen.

„Ganget m'r furt, Ihr syt e wüste, e uverschante Mönsch!" rief Jungfer Gälblächt und lief fort, wollte Lisette klagen, aber die widmete ihr wenig Aufmerksamkeit, schien auffallend das Weite zu suchen, wenn die Freundin in die Nähe kam, während der Lehrer desto eifriger um sie herstrich, ungefähr wie ein Hai um das Schiff, von welchem aus ihm ein Opfer entrissen worden, das er sich schon sicher glaubte. Kaum hatte Rosalie Jacot ihre Erlebnisse mit großem Abscheu summarisch mitgeteilt und wehmütigst um seinen Schutz gebeten, als der greuliche Hai schon wieder sichtbar war und gegen sie zu manövrierte in immer engern Kreisen.

Da kam der Wirt und verkündete mit großem Pathos: die Suppe sei serviert; wenn es den Herrschaften gefällig sei, könne man speisen. Es war sehr merkwürdig, dem Prozesse zuzusehen, welcher jetzt im Tanzsaale vor sich ging. So ein Tanzsaal gleicht dem Weltenraume, in welchem der Weltstoff schwimmt, aber in noch ungebundenen Atomen. Wie das sich sucht und findet, bindet und abstößt, auseinandergeht und wirbelt und kreiset, weiß jeder, der Blicke geworfen in diese seltsamen Räume, wo es so wunderlich wirbelt und das eine ans andere sich hängt und vom einen das andere sich löst. Rollt aber aus des Wirtes mächtigem Bauche das holde Donnerwort: „Die Suppe ist serviert", dann packt es mit Geistergewalt den ungebundenen Weltstoff; plötzlich erfolgt ein Niederschlag, die meisten Atome binden sich, und alles fährt durch eine enge Röhre, die Türe des Saales, ab, die gebundenen voran mit Gewicht, die ungebundenen werden später nachgeschwemmt langsam. Sie fahren gleichsam in eine andere Retorte, das heißt, im Eßsaale werden eine Menge Bindemittel in Anwendung gebracht, namentlich ansehnliche Massen Wein werden zugegossen, auch hie und da wird Bier gebraucht, fördert aber das Binden nicht sonderlich, steht daher auch bei solchen Operationen nicht in großem Ansehen. Nachdem die Masse einige Stunden gestanden oder vielmehr gesessen, wird sie wieder nach und nach in den ersten Weltenraum zurückgebracht, um zu endlicher Entwicklung noch einmal tüchtig durcheinandergerüttelt zu werden, bei welchem Rütteln noch viele flüchtige Atome sich binden.

So ungefähr war es auch hier, und mit Sturmesgebraus strömte aufs Zauberwort des Wirtes die Menge in den Eßsaal und erschien bald in langen Reihen geordnet, sich unterwerfend den ferneren Behandlungen. Jungfer Gälblächt hing mit Hast sich an Jacots Arm und floh, so rasch sie konnte, den immer näher kreisenden Hai, dessen Zähne, bereits entblößt, ganz nahe glänzten, und flüsterte sanft und zart: „O Herr Jacot, nicht wahr, Ihr erlaubet, daß ich an Euch mich halte, Ihr schützet und rettet mich vor dem abscheulichen Menschen; es wäre mein Tod, wenn ich wieder in seine Nähe müßte! Oh, warum blieb ich nicht daheim! O Herr Jacot, was das für ein unverschämt, ungehobelt Volk ist, da mir so mir nüt, dir nüt zu sagen, ich sei eine Schneiderin und er wolle mich heiraten! Ist das nicht gräßlich? Oh, mein Lebtag bringt man mich nicht lebendig mehr an einen solchen Ort. Oh, wie wahr, wer Pech anrührt, besudelt sich!"

Jacot hatte nichts dawider. Ein verwundet Herz hat keinen bessern Trost als eine mitfühlende Seele, und an Jungfer Gälblächt erhielt er doch eine Art von Haltpunkt; er war nicht einsam an fremdem Orte. Lisette war nichts für ihn, die war weg; die saß glücklich zwischen vielen, die ihr Reverenz bewiesen, absonderlich Bastian Krebsli, dem jedoch Samewel Gröggel wie Josephli Guggus sehr heiß machten.

Wer beobachtet, dem fällt bei solchen Staatsmahlzeiten immer eine andächtige Stille auf, welche über die Suppe hinaus bis zum dritten und vierten Gerichte hinaus dauert. G'wunder, was kömmt, und Appetit über das, was da ist, versenken den Menschen in diese rührende Beschaulichkeit. So geschah es auch hier. Mit Bedenken wurde die Suppe genossen; sie war dünn, Krebse blieben unsichtbar, Kuchipulver stach auffallend vor. Die Nasen windeten nach Besserem, die Augen lagen in den Türen, es trat Spannung ein, und zwar große. In der Küche schien weise Bedächtigkeit zu herrschen und angenehme Berücksichtigung nicht des ungeduldigen, sondern des verständigen Publikums. Man wollte die Suppe sich erst ordentlich setzen und Platz machen lassen für was Besseres, ehe man weiterschritt. Wie es scheint, war da in der Küche größere Weisheit als in mancher eidgenössischen Weisheitsbüchse, das heißt Ratssaal, wo man von einem so entsetzlichen Fortschrittsteufel behaftet ist, daß alles hoggisboggis übereinanderpürzelt, was oben sein soll, unten ist und das Hinterste das Vorderste wird und selten was lebendig zum Vorschein kommt, ungefähr wie in einem großen Theater oder Schulhause, wo viele Kinder beisammen sind und ein einziger Ausgang, wenn es Feuer ruft, jedes das erste sein will, die eine Hälfte bloß tot rauskömmt und die andere halbtot.

Am Ende kam das Essen doch, und zwar nicht schlecht; offenbar war grusam angewendet worden, was man übrigens schon dem von weitem durch alle Dunkelheit in hellem Schweiße glänzenden Wirte ansehen konnte. Das Mahl trug merkwürdig auffallend den Charakter der Gesellschaft: es war halb herrschelig, halb bäurisch, und auffallend besser und währschafter war der bäurische Teil als der herrschelige. Der erste Teil war repräsentiert durch schönes Schweinefleisch, gutes Voressen, mächtige Bratenstücke, fette Gänse und handfeste Pasteten, der andere durch miserable Salätchen, charakterlosen Senf, sauersüße Zwetschgen, mondsüchtige Cremchen und schauderhafte Blancmangers, die halb den Fröschen, halb den Hafneren entstammt schienen und dere dunkelgelbe Schybli, wo die einen haben wollten, es seien Läckerli, und die andern behaupteten, es seien gedörrte oder altbackene Kutteschnittli, daß es bald blutig Köpf gä hätt deretwege. Sie hatten offenbar den guten Willen, es allen zu treffen, allen alles zu sein, und verstunden halt nicht alles, sondern das eine besser als das andere, wurden deshalb ausgehöhnt und verdienten es doch eigentlich nicht, denn sie meinten es gut; aber so geht es Wirten oft und andern Leuten ebenfalls: je mehr man es allen treffen will, desto wenigern trifft man's.

Der Wein war just nicht gälblächt, aber sauerlächt. Böswillige behaupteten, er stehe eigentlich für nichts da, als um Appetit nach besserem zu machen, während andere behaupteten, der Wirt kenne gar keine Geographie, er meine, die Welt gehe nicht weiter als bis Pfauen oder höchstens bis Cudrefin, dort wachse der beste Lacôte, hier der allerbeste Neuenburger. War der den Leuten dann nicht gut genug und wollten sie Mehbessern, Bouschierten, so brachte er greuliche Flaschen daher voll Staub und Spinngewebe und fluchte schrecklich, er wisse nicht, was es für welchen sei, aber was Famoses; sein Großvater habe ihn dem Noah abgekauft bei der Steigerung, welche derselbe gehalten, als er aus der Arche gekommen, über die Vorräte, welche ihm übriggeblieben. Nun, mit dem Weine ging es eigentlich erst später recht an; nur einige, welche sich ordentlich sehen lassen wollten oder wirklich bessern und roten brauchen mußten, gaben sich mit dem Getränk von Pfauen her nicht ab.

Man ließ sich wohl sein, erwarmete nach und nach, aber doch kaum jemand mehr als unsere Rosalie neben ihrem Jacot. Sie saß weit von ihrem Hai, sah kaum seine schrecklichen Blicke, die noch viel spitziger waren als die preußischen Spitzkugeln, aber desto näher bei ihrem Jacot und je länger, je glücklicher. Mit weiblichem Scharfsinn erfaßte sie alsbald dessen Gemütszustand. Sie sah, er war verletzt, hintangesetzt von der Menschheit, sie wollte ihn heilen; sie war nicht unkundig in solchen Kuren, sie griff nach guten Mitteln. Sie suchte nicht nach Trostpredigten, wo sie sein Unglück ausstrich und vom Hängen und Erschießen der Missetäter sprach, aber sie rückte ihren Stuhl nicht weiter von ihm weg, als daß es durchaus sein mußte, damit eine Aufwärterin ein gut Plättlein zur Not, und zwar von weitem her, zwischen ihnen durchschieben konnte.

Sie machte sich ganz traulich, sagte bald: „Herr Gygampf", bald: „Herr Jacot" — als Hausfreundin konnte sie sich das wohl erlauben —, „soll ich Sie servieren? Unsereine, die in der Küche bekannt ist, kennt die guten Bißchen besser als so ein Herr, der eigentlich nie recht weiß, was er ins Maul stößt, Kröpfli, Kabis oder Rosekohli, und von wessen Fleisch er ißt, ob von einem Hahne oder einem Güggel." Sie vertraute ihm, welche Macht sie daheim sei und welche sie noch werden könnte, wenn sie die gehörige Hülfe und Unterstützung hätte, und was hier für ein Volk sei und eine gebildete Person siebenmal aus der Haut fahren müßte täglich, wenn sie mit derlei Volk leben müßte jahraus, jahrein. Wer sich an die Stadt gewöhnt, begreife eigentlich erst, daß er ein Mensch sei und was für ein Unterscheid sei zwischen ihm und einem Hornvieh, wenn er aufs Land komme. Sie kriege Gänsehaut über und über nur bei dem Gedanken, daß sie drei Tage mit solchen Menschen leben müßte, geschweige dann drei Jahre, Herr Jeses!

„Und wie grob es uns Euere Bekannte gemacht haben, Ihr glaubt es gar nicht, es war ganz, als ob sie sich unserer zu schämen hätten, jawolle! Es dünkte mich, auch gegen Euch seien sie recht grob gewesen, und ich glaubte, wie groß Euere gegenseitige Freundschaft sei. Aber so hat man es mit diesem Volk, man weiß nie, woran man mit demselben ist. Wo sind sie jetzt, ich sehe sie nirgends", und musterte mit der Lorgnette, welche sie umgehängt, die Gesellschaft, als wäre sie bestellter Inspektor, teilte dann dem Jacot ihre Bemerkungen traulich mit. Sie waren spitzig, man kann sich's denken, sahen zuweilen wie drollig aus, machten Jacot lachen. Daß Jungfer Gälblächt so viel Geist habe, hätte er nicht geglaubt, dachte er. Dieses Benehmen stach gar auffallend ab gegen das der übrigen Damen.

Diese waren im allgemeinen schweigsam, ließen sich unterhalten, was ebenfalls dürftig geschah, hocketen sich selbst, wie man zu sagen pflegt, auf dem Maul und lachten nur vermeukt. Man ärgerte sich daher über Jungfer Gälblächt, wie billig, vergalt ihr Lorgnettieren mit giftigen Bemerkungen. Es sei eine freche Person, sie möge sein, wer sie wolle, allweg nichts Rechtes. Dere wolle man auf die Spur kommen, man werde saubere Dinge hören. „Wenn sie noch einmal mich so ansieht durch ihr Glas, so gränne ich sie an", sagte eine, „und ich gaffe durch die hohle Hand, die ist doch meine; wer weiß, ob sie ihr Glas nicht bloß entlehnt hat, um hier damit vornehm aufzuziehen?" bemerkte eine andere. Einige meinten: es würden Mann und Frau sein, sie täten sonst nicht so zusammen, und andere sagten das Gegenteil: wenn es Mann und Frau wären, so täten sie sich besser in acht nehmen, wie sie täten. Eine strenge Sache sei's, wenn man jetzt das Graubäsige aus der Stadt auf dem Lande haben müsse. Vielleicht wäre es nicht übel, wenn man ein wenig räumte, es wär für ein andermal. Wenn man dem Wirte es auftragen würde mit der Erklärung, wenn er die Gesellschaft nicht säubere, so komme ihm das nächste Jahr niemand mehr, er täte es schon.

Am meisten schien das die Mädchen Treu zu empören, besonders Trineli, das heißt, es tat ihnen weh, daß der Leutenant nicht bei ihnen saß, daß alles so gegangen. Es klemmte Trineli förmlich das Herz zusammen, es hätte die abscheuliche Täsche verkratzen mögen, daß sie ein Gesicht bekommen, als hätte man es geeggt, aber daß das Eifersucht sei, das wußte es nicht; daß sie durch ihr sprödes Wesen und ihre grobe Unhöflichkeit schuld an diesem Stand der Dinge seien, daran dachte Trineli ebenfalls nicht und Stineli noch weniger. Wie der Leutenant unschuldig sei an seinem Begleit und ein alter Schimmel kein städtischer Maßstab sei für den Wert der Personen, daß sie also Sachen für übel aufnahmen, die gar nichts zu bedeuten hätten, wußten sie noch weniger.

Aber so geht es allenthalben in der Welt seit Urzeit und wird so gehen in alle Zeiten: man macht dem Nächsten eine schreckliche Rechnung über seine Sünden, welche man ihm von Gott und Rechts wegen übelnehmen müsse, und diese Rechnung macht man täglich größer und wird alle Tage bitterer, eben daß er die Rechnung alle Tage größer mache, statt einmal ans Abzahlen zu gehen, und hat keinen Gedanken daran, daß am Wachsen der Rechnung gar niemand — oder doch wenigstens zum großen Teil — anders schuld sei als der, welcher die Rechnung macht, und nichts oder zum wenigsten Teil der, welchem man die Rechnung aufstellt. Noch weniger hat man einen Begriff davon, daß der Nachbar ebenso eine Rechnung haben könnte und vielleicht hat, die noch viel verflüchter aussieht, nach welcher der Schuldige nach Kaiser Karlis Halsgerichtsordnung zum allerwenigsten an seiner Haustüre aufgehängt werden müßte, bis der Strick verfaulet sei, daß also, wenn es ans gegenseitige statt nur ans einseitige Rechnen ginge, man in der allergrößten Verlegenheit wäre, auszumachen, wer dem andern heraus schuldig sei.

Da haben die rohen, sogenannten ungebildeten Menschen einen unendlichen Vorteil über die quasi feinen und sogenannten gebildeten Leute. Den erstern läuft endlich der Zorn über, sie packen aus, sie sagen einander tapfer wüst, sie machen sich so gleichsam gegenseitig offen Rechnung, kommen dabei unwillkürlich über viele irrige Ansätze; die Spannung weicht, sie geben sich endlich die Hände, sagen: „He nu so dann, so wollen wir wieder z'friede sein miteinander!“ und werden nicht bloß z'friede, sondern wieder gute Freunde. Diesen Vorteil haben aber eben die feinen Leute nicht; das Auspacken ist nicht anständig, das Wüstsagen giltet erst nicht, selbst feinere Anspielungen wagen wegem guten Ton die meisten nicht, sie müssen alles bei sich behalten, kommen nie zum Frieden, leiden schrecklich an den immer wachsenden Rechnungen, die kein Ende finden bis vor Gottes Richterstuhle, wo sicher manche umgekehrt werden wird.

Wir sind überzeugt, der Friede zwischen Jacot und Trineli wäre unter vier Augen mit wenig Worten geschlossen und die Rechnung getilgt worden, sobald Jacot die Erscheinung der Jungfer Gälblächt und des fatalen Schimmels erklärt und gerechtfertigt hätte. Leider geschah das nicht; die Lorgnette der Jungfer Rosalie war eine schlimme Vermittlerin. So eine, welche nichts zu tun wisse, als die Leute auszuführen, gehöre gar nicht daher, so eine könne ein andermal daheim bleiben, so einer sollte man, wenn man sie nicht fortjagen wolle, doch wenigstens eintreiben, daß sie nach Gott schreien lerne, hieß es allgemein.

Diese Rache schien ein elegant gekleideter Mensch übernehmen zu wollen. Derselbe war schön ausstaffiert mit Nadel, Ringen und Ketten, trieb Luxus mit Weste und Hemd, machte sich durch vielerlei Bewegungen wichtig und saß Jacot und Rosalie gegenüber; es war ein Indienne- oder Cotonneprinz aus dem Elsaß, wahrscheinlich von Mülhausen, oder ein Duxenänderler von Lörrach oder gar Vollblut aus Frankfurt. Derselbe machte wie alle von dieser Sorte sich gerne wichtig, faßte die allgemeine Stimmung mit Takt auf und fand darin die schönste Gelegenheit, eine Rolle zu spielen, der Held des Tages zu werden. Er machte sich anfangs recht artig, leitete mit einigen Aufmerksamkeiten gegen Rosalie die Bekanntschaft ein, erwarb sich das Recht zum Gespräch, machte allerlei Bemerkungen, frug allerlei und endlich auch, wo sie herkämen, denn er sehe es ihnen sehr wohl an, daß sie nicht aus der Nähe seien. Sie kämen von Bern, sagte Rosalie geschmeichelt und hoffte daraufhin Komplimente zu kriegen, daß man es ihr eben von weitem ansehe, daß sie aus einer großen Stadt und gebildeten Kreisen komme.

„So, von Bern!“ sagte der Mann, „da bin ich ganz gut bekannt, mache Geschäfte dort, aber nicht bedeutende, es ist kein ordentlich Handelshaus daselbst, eigentlich nur Krämer. Bin allemal froh, wenn ich aus dem Nest bin, denn langweilig ist es dort ganz schuderös. Eine Straße wie die andere, ein Gesicht wie das andere, alles so steinerne, steife Brunnröhrengesichter, es ist zum Tollwerden. Ich wette, es gibt in der ganzen Stadt nicht drei passable Mädchen, von hübschen will ich gar nicht reden.“ Jungfer Gälblächt wurde bei so anzüglichen Reden ganz rötlich.

„Und wie sie äußerlich sind, sind sie auch innerlich“, fuhr der Göttliche fort. „Mein Lebtag — und doch kam ich weit herum, war dreimal in Amerika — sah ich keine so steifen, kalten, vornehm sich streckenden Menschen. Offenbar wollen sie die Engeländer nachahmen; da geht es ihnen wie allen Affen, sie übertreiben es himmelweit. Es ist ungut, engherzig, ungastlich Volk. Redet ein Berner einmal mit einem Fremden, meint er, er habe sich schon viel zuviel verköstigt; höher es zu treiben, sei Sünde. Keine Tasse Tee, keinen Löffel Suppe bietet er einem Fremden an, keinen ladet er in sein Haus. Zutritt in anständige Gesellschaft erhält man nicht, geschweige daß ein Berner, was man sagt, ein Haus macht; teils haben sie es nicht, teils sind sie zu stolz, teils zu bequem. Das macht auch das Leben in Bern so unangenehm und so teuer; da man nirgends eingeladen wird, nichts umsonst kriegt, muß man selbst zahlen, und verschafft man sich ein Privatvergnügen, ist es hundemäßig teuer.

Ich habe einen guten Bekannten und Freund, der sich jetzt in hoher Stellung in Bern befindet und sehr reich ist, der hat sich über dieses gemeine, engherzige Wesen gar bitterlich beklagt. ‚Freund‘, hat er mir gesagt, ‚du glaubst gar nicht, was hier für ein ungefreutes, kostspieliges Leben ist für einen Fremden; nirgends wird er eingeladen, nie kann er sich ein Diner oder ein Abendessen ersparen, nie darauf rechnen, einen Abend ohne Auslagen zuzubringen; will er was haben, muß er in Kneipen gehen und bezahlen, will er mal seiner Familie was verschaffen, muß er wieder in Kneipen gehn, nach Weiermanns Haus oder ins Meyerysli, und kann bezahlen, statt wie anderswo in Familienkreisen er sich kann vergnügen lassen. Du weißt‘, hat er g'sagt, ‚ich bin reich, habe nicht nötig, exakt auf den Kreuzer zu sehen, aber ich tue es gerne. Daneben will man selbst leben und auch etwas den Kindern hinterlassen, das ist doch ganz natürlich, und doch braucht kein dummer Berner Verstand, begreift's und tut seine Schuldigkeit. Die meisten derselben haben Landgüter, haben Equipage; wäre es nicht höchst anständig, wenn sie mir Sonntag morgens Equipage schickten, daß ich mit meiner Familie bei ihnen auf dem Landgut den Sonntag zubringen könnte? Aber auch nicht einer hat es getan; da lassen sie mich ganz kaltblütig auf meine eigenen Kosten bei Weiermanns Haus sitzen oder auf dem Breitenrain an der Sonne oder beim Käser im Staub. Da ist's denn doch nichts als billig, daß man sich hohe Besoldungen dekretiert, der Gugger möchte sonst dabeisein. Am bösesten machen sich', hat er g'sagt, ,die Mitglieder der Behörden; die hasse ich noch viel mehr als die Patrizier, die machen es am schlechtesten, sind noch ärgere Aristokraten als die Patrizier. Man denke, keins der Mitglieder ladet ein, kein einziges traktiert, bei keinem konnte ich noch soviel genießen, als mir im Auge weh getan hätte.' Er war in schrecklicher Indignation, als er das g'sagt hat, mein Freund. ,Und doch wär es ihre Pflicht und Schuldigkeit, wenn sie sich an mich, an uns lehnen würden, denn was sind sie ohne das? Nichts, gar nichts, hell nichts! Aber wohl, denen treibt man es ein, die müssen es büßen, die kujoniert man, daß sie nach Gott schreien möchten. Da ist kein Anlaß so unbedeutend, daß man ihn nicht ergriffe, um sie zu lähmen, der öffentlichen Verachtung preiszugeben, das Volk gegen sie zu erbittern, und beim ersten besten Anlaß muß das ganze Pack in die Luft, es ist auch nicht schade darum; ich glaube nicht, daß ein einziger darunter sei, der einen faulen Rappen wert sei', hat mein Freund g'sagt, ,und hat man keinen Anlaß, macht man einen.'"

So sprach der Indienneprinz, nur hie und da mit giftigen Einreden der Jungfer Gälblächt begleitet, von denen er nicht die mindeste Notiz nahm, dagegen unter großer Aufmerksamkeit der Umsitzenden, vielen beißenden Bemerkungen und großem Gelächter bei den gesalzensten Stellen, und beim Schluß wurden sogar viele Bravos laut. Es war gerade die Zeit, wo an Bern jeder Sturmbock gesetzt war, um es zu vernichten, wo jede Schmach ihm nachgeredet, jeder Frevel ihm angedichtet, wo es zum Schandpfahl gemacht werden sollte, um von jedem Buben mit Hohn angespuckt zu werden, wo man das Schlechteste von ihm glaubte, nichts von ihm hoffte, als es werde an einem schönen Morgen in Flammen aufgehen und mit Stumpf und Stiel verbrennen, nichts von seiner Herrlichkeit übrigbleiben als das Inseli und das innere und das äußere Bad und vielleicht sonst noch hie und da eine Gelegenheit. Es war zur Zeit, wo man gegen alle Städte und namentlich die Hauptstädte auf neue Art, welche selbst Napoleon nicht kannte, Schulmeister die Trommler, Musterreiter die Pfeifer waren, zu Felde zog. Die dummen Leute wußten nicht, was sie trommelten und was sie pfiffen, am allerwenigsten, wem in diesem Feldzuge die allerschärfsten Schlappen warteten.

Nun, unser Mülhauser blickte glücklich um sich, er hatte zwei Würfe mit einem Stein getan; er strich sein dünn Bärtchen mit Behaglichkeit, lächelte schlau ringsum und sammelte den Beifall ein, der ihm wurde, den niemand durch Widerspruch verkümmerte, denn es war eine angenommene Sache, ein ausgemachter Satz, daß Städte dem Lande seien, was Wölfe und Bären den Schafen, Feinde von Natur zum Ausrotten.

Jacot worgete es aber schon lange im Halse, daß er fast blau wurde; endlich sagte er: „Ich komme aus Bern, und mein Vater sitzt dort in bedeutenden Behörden." „So", sagte der goldene Prinz gegenüber. „Soviel ich weiß, hat mein Vater seine Besoldung für sich und nicht für andere, welche eine viel größere haben als er", sagte Jacot weiter. „Ja", sagte der Prinz, „er wird es haben, wie es im Sprichwort heißt, er wird meinen: selber essen mache fett." Ein gewaltig Gelächter machte den Chor. „Er macht es wie andere", antwortete Jacot, „er meint nicht, vom Schmarotzen leben zu sollen, und glaubt daher auch nicht, Schmarotzer erhalten zu müssen, so gleichsam Kostgänger." „Ja, ja, das glaub ich", sagte der baumwollene Prinz, „der Berner hat nur Klauen zu nehmen, nicht zu geben, er weiß besser ziehen wann steuern."

Ein schrecklich Gelächter donnerte den armen Jacot nieder, keine Stimme erhob sich für ihn; es war niemand aus Bern da, Lisette war in eigene Angelegenheit verwickelt, und Bastian Krebsli und Kompanie ignorierten den ganzen Handel. Sobald das Gelächter etwas verhallet war, rief der Herr in majestätischer Ruhe: „Herr Wirt, Champagner!" Hei, wie da der Wirt geflogen kam, man hätte glauben können, es wäre ein Engelein, wenn irgendwo geschrieben stünde, daß Engelein drei Zentner schwer würden und Rücken hätten wie Tennstore.

In göttlichem Selbstbewußtsein, welches diesen reisenden Weltgöttern eigen ist, gab er dem Wirt splendide Ordres, und zwar laut; der Respekt vor diesem Herrn wuchs ins Unendliche. Die Masse ist selten in einem klaren Bewußtsein über den Wert und die Natur dessen, was um sie vorgeht; sie spendet Beifall und Tadel nach dem Luft, der da geht, ungefähr wie der Rauch, der auch vom Winde getrieben wird. Bei allen Kämpfen aber von den kleinsten bis zu den größten, von den Kriegen der Spatzen auf den Dächern bis zu den Kriegen der Völker, ist die Menge auf Seite des Tapfersten, bangt um ihn, freut sich über ihn; Fußtritte dem Besiegten zu geben, juckt es überall die Menge, und sie tut es, sooft sie kann. So geschah es auch hier. Der glänzende Mülhauser oder Lörracher oder gar Frankfurter hatte ungeteilten Beifall, war der Held des Tages, und noch lange wird von dem vornehmen Herren die Rede gewesen sein, der einem Ratsherrensöhnchen von Bern so donnersschön den Marsch gemacht.

Auf dieser Stimmung der Masse, zu welcher wir voran die holden Krämer und Krämerinnen, den größten Teil der Wirtshausbevölkerung, zählen, beruhten die glänzenden Siege, welche diese Wandergötter zur Zeit ihrer Herrlichkeit gemacht. Später, als nach Erfahrungen die Besonnenheit kam und die Not die Augen auftat, nahm ihre Herrschaft ein traurig Ende, und ihre hohle Heldenhaftigkeit platzte meist ohne großen Donner. Um zur selben Zeit einem solchen trompetenden Helden standhaft die Spitze zu bieten, weder durch Schlagwörter noch durch eine brüllende Menge sich einschüchtern zu lassen, dazu brauchte es einen erprobten Mut und kluge Kaltblütigkeit. Wer wollte die einem jungen, abhängigen Menschen und noch dazu auf so ungünstigem Terrain zumuten? Jedenfalls will es was sagen, einzig standzuhalten, ohne irgendwelche Aufmunterung, ohne irgendwie eingeschüchtert zu werden. Leonidas hatte doch dreihundert Spartaner bei sich, als er auf das unermeßliche Heer der Perser fiel, und Jonathan, als er sich an die Philister machte, wenigstens einen Waffenträger. Aber Jacot hatte gar niemand, Jungfer Gälblächt war längst verstummt; ein Wunder war's, daß sie nicht vor Gift verspritzte.

Da machte Jacot das Dümmste, was er machen konnte: er stund auf und strich sich. Da geschah ihm auch, was jedem Tiere, das einem Gefecht entrinnt, begegnet: es folgte ihm ein schallend Gelächter, und dann ward flott in Champagner auf die Heldentaten des Helden und die Niederlage des dummen Bernersöhnchens getrunken.

Unser gute Jacot war ganz zerschlagen in seinem Herzen; so drinnen war er noch nie gewesen, wo alles gegen ihn war, eine allgemeine Verachtung über ihm zusammenschlug, er mit vollem Recht hätte singen können, wenn es ihm eben ums Singen gewesen wäre: „Feinde ringsum!“ Und dazu noch das demütigende Bewußtsein, daß er nicht bloß unterlegen, sondern daß er aus dem Kampfe gelaufen sei und daß hinter ihm her gar schrecklich werde gelacht werden. Oh, das Ausgelachtwerden ist ein fürchterliches Gespenst, ausgelacht zu werden ist schwachen Gemütern ebenso schrecklich als gehängt werden; die Furcht, ausgelacht zu werden, hat unendlich viel Böses getan und noch unendlich mehr Gutes verhindert. Und diese Furcht ist nichts anders als Gespensterfurcht, denn das Auslachen ist eigentlich nur dem ein Etwas, der sich davor fürchtet. Wer ihm kühn auf den Leib gehet, sieht, daß es höchstens ein Irrwisch ist, der flieht, wenn man ihm näher rückt, und endlich verschwindet.

Als Jacot hinausging, wußte er wohl, warum, aber nicht, wohin. Instinktmäßig ging er die Treppe ab zum Haus aus; wir glauben, er wäre instinktmäßig weitergegangen ohne Engeländer bis nach Hause, wenn es draußen nicht so heillos kalt gewesen wäre. Die Kälte war's, die ihn plötzlich an seinen Engeländer erinnerte, er bekam damit sein Ziel; er trappete über die Straße dem Stalle zu. Es war Mondschein, zwölfe schlug es eben, er trappete in den Stall; finster war es drinnen, an einem Balltag gibt es um Mitternacht keine Geschäfte im Stall, und draußen schien der Mond. Daher und weil jetzt an den meisten Orten die Stallknechte das Öl selbst anschaffen müssen — wahrscheinlich aus gewissen Gründen und weil damit der Wirt bedeutende Ersparnisse zu machen glaubt, worin derselbe recht haben mag, wenn nicht zufällig der Stallknecht mit der Köchin in magnetischen Rapporten steht — löscht der Stallknecht das Licht, lange ehe der Wirt Feierabend macht drinnen.

In einem solchen Sack finde er seinen Schimmel nicht, dachte Jacot, ließ die Türe offen, damit der Mond die Laterne mache. Aber Mond hin, Mond her, er fand den Schimmel doch nicht, schritt wieder der Türe zu; da donnerte es draußen: „Welch verflucht Kalb läßt die Türe offen bei solcher Kälte!“, und die Türe wurde zugeschlagen und ernstlich zugemacht, denn als Jacot endlich dazu gelangte, da war's zu, er konnte nichts dran machen.

Ja, jetzt war Jacot doch wirklich übel dran. Sicher vor dem Elsässer oder Lörracher war er freilich, aber in totaler Finsternis in einem unendlichen Stalle voll wilder Rosse hinter verschlossenen Türen, das war denn doch mehr, als er wollte; es ward ihm wirklich angst, die Rosse könnten ihn ja beißen oder schlagen, von beidem war er nicht Liebhaber, und die Rosse liebte er überhaupt nicht, daß ihm etwa ihre Gesellschaft das schönste Ende einer kostbaren Partie gewesen wäre. Ein heller Ballsaal und ein finsterer Roßstall, man denke, welcher Gegensatz! Aber was machen?

Endlich sah er einen hellern Punkt, wie er glaubte, in der Gegend, wo er hereingekommen, er hielt es, wie es auch war, für ein Fenster; bekanntlich sind Stallfenster nicht besonders hell, wegem Brechen hat man sie je dicker, desto lieber, daher man sich auch keine Mühe mit Waschen gibt. Er tappete mit den Händen hin, dachte aber nicht daran, daß Vorsicht mit den Füßen noch nötiger sei, stolperte über die Schale, trat stolpernd einem Roß auf den Stiel; das glich unglücklicherweise seinem Engeländer nicht, sprang wiehernd und schlagend auf die Beine. Andere Rosse wachten erschrocken auf, wußten nicht, was es gebe im fremden Stalle unter lauter fremden Gesellen, sprangen auch auf, brüllten, schlugen; es war plötzlich, als sei der Teufel los. Zur Not hatte sich Jacot auf den Beinen erhalten, an die Wand gedrückt, doch jeden Augenblick des Todesstreichs gewärtig, denn retten konnte er sich nicht; er sah die schlagenden Beine nicht, nicht die Richtung, in welche sie fuhren.

Da erhob sich plötzlich im Hintergrund eine schreckliche Stimme: „Was Donners soll das, was ist los?", und hintendrein klatschte es gewaltig von mächtiger Peitsche, und in die Peitschenschläge donnerte es fort: „Wollt ihr stille sein, ihr verflucht Vieh!", und nachgerade ward es stille, und die donnernde Stimme wurde sanfter und sprach endlich: „Muß Licht machen, sehen, ob eins ab ist oder was das Wesen angerichtet." Es war ein Gehülfe des Stallknechts, den er als schlafende Wache im Stall gelassen, um im Fall der Not Ordnung zu schaffen oder allfälligen Dieben den G'lust zu vertreiben, der in Erwartung dieser Fälle zuhinterst im Stalle sich ins Stroh gelegt und da entschlafen war.

Jacot glaubte sich gerettet, dachte nicht daran, daß noch eine Anfechtung kommen könne, nahte sich dem Lichte vorsichtig, damit er ja keinem Roß auf den Schwanz trete. Kaum sah ihn der Bursche, als der einen gewaltigen Brüll ausließ und frisch nach der Peitsche griff, denn er nahm ihn für einen Dieb. Mit großer Not konnte der arme Jacot dem Burschen bedeuten, daß er kein Dieb sei, sondern ein Gast, und zwar ein vornehmer, eines Ratsherrn Sohn.

„Was! Bist der, wo mit dem weißen Schimmel kam, dem Engeländer, wo ein halb Imi haben muß z'Abe und es halbs z'Morge, damit er sih nit überfreß?" „Ja", sagte Jacot, „gerade der bin ich, wollte sehen, ob er seine Sache habe; da schloß mich einer aus Bosheit ein, jetzt möcht ich wieder hinaus." Der Bursche brummte allerlei, das einen sehr anzüglichen Inhalt erraten ließ, doch nicht ganz verständlich war, und machte endlich auf.

Als Jacot hinaustrat und im Schatten der Scheuer blieb, um zu überlegen, was er jetzt machen solle, sah er zwei Wesen ums Haus schweben hastig, in entgegengesetzter Richtung stillestehend, hinausspähend in die Nacht. Es waren weibliche Wesen, in bäurscher Kleidung das eine, in städtischer das andere. Jacot wußte nicht recht, waren es wirkliche, lebendige Wesen oder waren es gespenstige Schatten, welche wiederkommen mußten, wenn irgendwo gegeiget und getanzt wurde. Sie liefen so wunderlich, kamen ihm so seltsam vor, und seine Mutter erzählte oft, wie sie Mädchen gekannt, welche die Tanzwut gehabt und wahrscheinlich an derselben gestorben und welche man jetzt sehen könne, wie sie herumführen um die Wirtshäuser, in denen man tanze, aber nicht hineinkönnten, wenn sie nicht einer hineinführe und mit ihnen tanze; wer es aber tue, der müsse sterben. Sie habe solche Fälle erlebt und von vielen gehört, man solle ein Exempel daran nehmen, sonst könnte es einem auch so gehen, wenn man vor dem Tanztüfel sich nicht hüte. Am besten sei's, man lasse ganz vom Tanzen, von wegen der Teufel sei ein Schelm; wenn man gar nicht tanze, könne er einem aber nichts machen. Jacot hatte eigentlich nicht daran geglaubt, sondern gedacht, es sei ein Kniff der Mutter, ihnen das Tanzen zu verleiden; jetzt kam's ihm vor, man könne nicht wissen, was dran sei, vielleicht sei doch was, jetzt könnte man es erfahren. Aber hitzig drauf war er doch nicht, er tat einen Schritt und dann noch einen, da verschwand das bäursche Wesen in der Türe des Hauses. „Wird nichts sein", dachte er, „die ist einmal hinein ohne einen, der sie führte." Er trat aus dem Schatten der Scheuer hervor in hellen Mondschein; es war wie am Tag.

Da kam von der andern Seite her die Städtliche ums Haus geflogen, erblickte ihn, stund still, schlug die Hände über dem Kopf zusammen, stürzte auf ihn zu, schrie: „O Jacot, seid Ihr's, warum macht Ihr mir das, was geht Ihr und hängt Euch? O Gott, o Gott!" „Dumm!" sagte Jacot, „wenn ich mich gehängt hätte, ich stünde ja nicht da." „O Gott, o mein Herz!" und Jungfer Gälblächt fällt ohnmächtig zusammen, doch so glücklich, daß sie an Jacots Halse hängenblieb. Jacot war gerührt über diese Angst um ihn, aber doch in etwelcher Verlegenheit mit der Jungfer Gälblächt am Halse mitten in hellem Mondschein.

Da kam aus der Tür die Bäursche wieder und hinter ihr her ein Mann; sie blieb plötzlich stehn, zeigte mit dem Finger, und der Mann kam auf Jacot zu; es war Bäni. „So", sagte der, „mit Schein lebst noch, und es ist nicht Gefahr um dich." „Komm, hilf mir!" sagte Jacot, „ich glaub, es sei der Jungfer Gälblächt übel geworden, wir sollten sie ins Haus tragen." „Die magst alleine; nimm sie nur recht, so kommt die schon zu sich", sagte Bäni, ging auf die Bäursche zu und verschwand mit ihr im Hause.

Den guten Mädchen, denn die Bäursche war Trineli, war doch um den Jacot, als er nicht wiederkommen wollte, angst geworden. Trineli hatte schon lange Mitleid gehabt mit ihm, und das war über die Eifersucht gewachsen und machte ihr angst, er könnte was Lätzes machen oder doch wenigstens sich sehr härmen oder trinken im Zorn; es wollte Schlimmes verhüten, wollte ihm sagen, sie hätten das Spiel mit ihm nicht angezettelt, es machte sich still vom Tische auf und suchte ihn. Ähnliche Gedanken trieben auch die Rosalie nach, sie wollte ihn retten. Sie suchten beide, beide fanden nichts; es trieb sie ums Haus herum mit dem gleichen Erfolg, es trieb Trineli zum Bruder, er solle doch den Leutenant suchen, sie hätten es ihm wohl stark gemacht vor der ganzen Gesellschaft, er sei nirgends zu finden, es sei die Frage, was er anstelle. Bäni war gutmütig und ging Trineli nach, freilich mit der Bemerkung: es wär sich wohl d'r wert wegen selligem. Wenn sich alle hängen wollten, wo ausgeführt worden seien, die Welt wär längstens ausgestorben. Als er nun die Gälblächt an Jacots Halse fand, so kann man sich denken, was er dachte und wie es Trineli ward, als Bäni die Nachricht brachte.

„Pfi Tüfel!" sagte es und tanzte bald darauf wie Ketzer mit dem Dragoner.

Jacot begriff bald, daß er aus dem Mondschein kommen müsse, und trug halb, schleifte halb die Rosalie dem Wirtshause zu und machte, daß er in ein Zimmer kam, wo er sie absetzen oder ablegen konnte. Hier ging die Ohnmacht bald zu Ende, und das Leben kehrte mit den Worten wieder: „Wo bin ich, mein Gott, wo bin ich?" „Hier, Rosalie, wird es Euch wieder besser?" antwortete Jacot. „Wer redet mit mir?" sagte Rosalie träumerisch, „es ist eine bekannte Stimme; mein Gott, seid Ihr es, Jacot? Was ist mir begegnet, wie kam ich hierher?"

Jacot erzählte und frug, ob sie denn so Angst um ihn gehabt. „O Jacot, wenn Ihr wüßtet!" seufzte Rosalie. „Oh, was?" frug Jacot weich. „O Jacot, ich sage es Euch nicht, wenn Ihr es nicht selbsten wißt, das muß Euer Herz Euch selbsten sagen." „Habt Ihr Angst gehabt um mich, Rosalie?" frug Jacot zärtlich. „O Jacot", seufzte Rosalie schmachtend. „O mys Rosalie!" „My Jacot, o Jacot!" „O mys Herz, mys Lebe!" und zwischendrein knatterte es wie das Bataillonsfeuer zwischen den Kanonendonner, es werden wahrscheinlich Küsse gewesen sein.

Endlich hörte man wieder Rosalies zarte Stimme, in verständlichen Tönen fragend: „Wann wollen wir annoncieren, und was werden die Leute sagen?" „Und die Mama?" sagte Jacot mit etwas bedeckter Stimme. „Was hat die Mama zu sagen?" frug Jungfer Rosalie, „was soll es anders als sie freuen, ich möchte wissen! O Jacot, was wollen wir für ein göttlich Leben führen, wie die Engel im Himmel, das soll eine Freude geben." „Ja", sagte Jacot, „ach, was für ein Leben! Wenn wir nur wüßten, wo das Geld nehmen, es ist doch teuer zu leben in Bern, wir werden vielleicht einstweilen noch warten müssen; vielleicht wäre es besser, einstweilen noch nicht zu annoncieren."

„Aber Jacot, Jacot, wie redst, einstweilen nicht annoncieren, von was leben! Wir wollen leben wie die Vögel im Hirse. Und woher Geld nehmen? O Jacot, wir wollen zusammen ein Geschäft betreiben, das ganz anders rentieren soll als so ein Lumpenposten, wo einer am Ende gar nichts davon hat, als daß er dumm wird wie ein Hornvieh; das sollte deine Mama doch am besten wissen. O Jacot, mein Lieber, Lieber, und was für ein Geschäft! Du weißt, ich habe schon jetzt in unserem Lädeli einen scharmanten Verdienst, wenn ich bis dahin schon meinen amies und besonders deinen Schwestern alles umsonst machte. Ich eröffne einen eigenen Laden oder Magazin, stelle ouvrières ein, besonders Lehrtöchter, die kann man mager halten und zieht doch schönes Lehrgeld; ich regiere das Geschäft, betreibe Arbeit und Handel, du führst die Bücher, behältst einstweilen deinen Posten, bis unser Geschäft schwunghaft geht und es Summen regnet durchs Kamin hinunter, ich dir Reitpferde zum Neujahr gebe und du mir Landgüter. Deine Mutter soll erfahren, daß eine Tochter wie ich, eine Modiste vom Fach, welche montieren und troussieren kann, eine andere Partie ist als so ein Baurentotsch, welche ihre Strümpfe muß vom Schneider plätzen lassen, die Schwiegereltern hundertjährig werden und der Tochtermann grau wie jährigs Brot, ehe er endlich zu seinen paar tausend Pfündlene kömmt. Nein, Jacot, my Jacot, du sollst erfahren, was du an deiner Rosalie hast, und deine Mutter soll einmal noch Gott danken, wenn sie es bis dahin schon nie getan, als wenn irgendein Mensch, den sie haßte, unglücklich wurde."

„O Rosalie, du schwärmst, oder hat dich der Herr Lehrer angesteckt, der dir so schöne Propositionen machte?" „Pfi tusig! Aber wie der Mensch die Träume g'schmöckt het, die ich schon lange hege, begreife ich nicht. Es ist nur korrumpierts Zeug, was er vorbrachte, und wo käme man hin mit einem halbverrückten, ungebildeten, rohen Menschen, wie er ist. Nein, aber du und ich, freue dich doch recht, o freue dich, wir wollen unser Glück machen, wir wollen glücklich sein."

Es ist wahr, Jacot freute sich nach und nach sehr, indessen begann ihn auch die Verlegenheit zu plagen, wie sie unverdächtig in die Gesellschaft wieder einrücken könnten. Er teilte sie endlich Rosalie mit. Die war aber nicht halb so erschrocken, sondern ganz kuraschiert. „Vor dieser Gesellschaft habe ich gar keinen Respekt, es ist mir daher auch hell eins, was sie sagt; Schlechts haben wir nichts gemacht. Wer weiß aber, was geschehen wäre, wenn die andere, die dich auch suchte, ja, ja, ich habe es wohl gemerkt, dich gefunden hätte, du Vögeli, was du bist! Wir wollen gleich miteinander gehen und nicht verstohlen zu verschiedenen Türen ein, es hat sich keins des andern zu schämen", dozierte Rosalie.

„Ja, miteinander", sagte der nicht halb so kühne Jacot, „aber erst in Eßsaal und von da in Tanzsaal. Ich ging vom Tisch fast ungegessen, der Kerl verdarb mir den Appetit; jetzt käme er mir nach, und zur Freud eine Flasche vom Bessern, es lohnt sich wohl!" „Meinst, du Vogel, aber Champagner!" sagte Rosalie, grübelte ihr Geldsäckeli hervor und gab Jacot einen Fünfunddreißiger. „Nimm", sagte sie, „ohne Komplimente! Was mein ist, ist dein, und was dein ist, ist mein, nicht wahr Jacot, o my Jacot?"

Im Eßsaal achtete man, wie Jacot gerechnet hatte, sie wenig; sie konnten auf diesem Wege am unbemerktesten in die Welt eintreten. Er hatte ganz recht. Der Eßsaal war ziemlich belebt von Ab- und Zugehenden und von Stammgästen. Die letztern bestunden aus solchen, die im Tanzsaal absolviert hatten; es waren teils Ehemänner, teils Unglückliche, denen ihr Glück abgeblüht war, die im Tanzsaal keine Aussichten, keine Hoffnungen mehr hatten und sich andern Trost suchten. Aus dem Tanzsaal strömte es ab und zu, einzelne Herren, die der Durst plagte oder denen für den nächsten Tanz ein Fisch entgangen, nach welchem sie geangelt; dann kam hier ein Paar, dort ein Paar Hand in Hand, mit glücklichen Gesichtern. Es waren zumeist wirklich Glückliche, die nach dem Grundsatz, daß man jedes Stüdeli, das man gesetzt, alsbald begießen müsse, wenn es wachsen solle, die neugepflanzte Liebe mit Wein erkräftigen wollten. Dahin gehörte also das Paar recht eigentlich, und sie ließen sich eine gute Weile kreuzwohl sein. Rosalie selbst hatte Hunger gekriegt und famösen Durst. Sie speisten ab einer Gans und tranken Markgräfler dazu, und zum Champagner ließen sie einen Zuckerbrotkuchen anwachsen und wurden sehr merklich glücklich dabei.

Unterdessen kam auch Lisette herein mit Bastian Krebsli und hintendrein noch einige, welche das Glück ihrer Gesellschaft genießen wollten. Krebsli bestellte Wein, bouschierten. „Zehnbatzige die Flasche?" frug die Stubenmagd. „Warum nit gar Zehnbatzige", begehrte Krebsli auf, „fünf Batzen die Flasche!" „Wir haben den fünfbatzigen nur offen, der wohlfeilste bouschierte, den wir haben, ist sechs Batzen die Flasche." „Aber er ist doch dann gut?" frug Krebsli. „Bessern gibt es nicht für sechs Batzen die Flasche", antwortete die Stubenmagd.

„Herr Jeses, jetzt ist mir nicht mehr zu helfen!" schrie auf einmal Lisette auf. „Sitzt dort nicht mein Bruder?" „Ja", sagte Krebsli, „dort sitzt er, und neben ihm sitzt die Schneiderin, welche Ihr mitgebracht." „Und trinken Champagner, Herr Jeses! Nein, jetzt ist mir nicht mehr zu helfen, der abscheuliche Mensch! Ich will es der Mama sagen und auch dem Papa, wie der sich aufgeführt hat. Wohl, die werden ihm schön!" jammerte Lisette.

Unterdessen erhoben sich Jacot und Rosalie, die letztere mit strahlendem Gesichte, schwebte mehr, als sie ging, war fast gar wie ein Engel, wenigstens wie einer von den mindern. Und erst im Tanzsaal, wie sie sich da machte, wie sie schwebte, wie sie sich wiegte, wie sie sich gehen ließ bald links, bald noch mehr links und dann rechts, es ist unbeschreiblich, es läßt sich gar nicht sagen. Und Jacot war ihr würdiger Tänzer, ein junger Kriegsgott, ein Alexander. Sie kümmerten sich um die ganze Welt nicht, sie taten, als wären sie alleine hier, als bedürften sie keines Menschen mehr, hatten das vollste Genügen an sich selbsten. Einmal, als Lisette, die mit ihrer Flasche Sechsbatzigem bald fertig worden war, besonders da sie nicht Zuckerbrot dazu hatten, sondern nur einige vertrocknete Mandeln für einen Batzen, mit zornigem Gesicht an ihr vorüberrauschte, wiegte sich Rosalie ganz graziös und lächelte die Lisette selig an, daß diese flammte vor Zorn und mit ihrem Krebsli davonschnurrte in allen Ecken herum wie ein entronnener Schwärmer oder ein in einen Frosch verkleideter Feuerteufel. Da lächelte Rosalie noch seliger.

Nach und nach minderten die Tänzer, die Geigen wurden heiser, der Tag kam langsam und sah wie ein wüster, alter, grauer Mann zu den Fenstern herein, und wen er ansah, der wurde auch grau und wüst, daß es dem einen vor dem andern graute, eins nach dem andern verschwand, weil keins das andere mehr ansehen durfte, bis endlich alles verstoben war. Und als alles verstoben war, tanzte noch der Stallknecht mit der Köchin den letzten.

Die Schlacht war also geschlagen, die Walstatt leer, kein Kämpfer behauptete sie, und doch gab es Sieger. Sie war hart gewesen, die Schlacht, und doch hatte sie einstweilen kein Leben gekostet; was es nachher geben konnte, wußte man noch nicht; die Zahl der Verwundeten kann man nicht angeben, nur so viel läßt sich sagen, daß bei den Ärzten des Ortes sich niemand gemeldet, dagegen hatte es Glückliche gegeben, vide Exempel an Jacot und Rosalie; hinwiederum waren ganze Schiffsladungen Hoffnungen untergegangen, viele Säcke waren leer geworden, viele Köpfe dagegen voll. Wollte man die Wirkungen der Schlacht recht erkennen, so mußte man in die untern Zimmer gehen, wo die einen frühstückten, andere zur Abreise sich rüsteten. Da sah man schachmatte Menschen, aschgraue Wangen, gläserne Augen, hängende, verlampete Haare und Toilette ganz schuderöse. Wenn man die Mannschaft gesammelt in eine Kolonne auf zwei oder vier Glieder und mit ihr auf die Straße gezogen wäre, so hätte männiglich geglaubt, das sei eine Karawane, die über die höchsten Schneegebirge Tibets und durch die heißesten Wüsten Afrikas gezogen und durch die Hände aller wilden Völker von den Afghistanen weg bis zu den Kabylen gegangen, die furchtbarsten Reiseabenteuer durchgemacht hätte. Nun, das geschah nicht, man kriegte die Masse nicht zu Gesichte; es ging den meisten wie dem Reiter in der Leonore, als er Morgenluft witterte: fort ging es, hurra, hopp, hopp, hopp in sausendem Galopp, daß Roß und Reiter schnoben und Kies und Funken stoben.

Unsern Lieben, das heißt dem Jacot, der Lisette und der Rosalie, war das Davonsausen verhalten, ihr Engeländer liebte es nicht. Zudem mußte gefrühstückt sein, die Liebe hatte ihnen Hunger gemacht, ein Zeichen, daß es eine gesunde, währschafte Liebe war, nicht eine der schmachtenden, die bloß von der Luft zu leben vermag. Zum Rat, was man frühstücken wolle, ob Kaffee oder Kässuppe oder saure Leber oder sonst noch was, wollte die Lisette sich nicht einfinden; sie war lange wie verschwunden. Im Roßstall war sie nicht, das wußte Jacot, der sie dort suchte; wo sie gewesen, blieb ein Geheimnis. Sie kam endlich mit verweinten Augen, woraus sich mit Sicherheit schließen ließ, daß sie geweint, aber worüber, was jedenfalls die Hauptsache gewesen wäre, vernahm man nicht.

Eins von zweien muß es gewesen sein, entweder war ihr das Herz gebrochen, als sie aus dem Kreise ihrer Anbeter scheiden und Abschied nehmen mußte von ihrem Bastian Krebsli, Samewel Gröggel und Josephli Guggus, oder es lief ihr das Herz über, weil sie mit zweien fahren mußte, alleine ohne einen. Ach, sie hatte wohl Hoffnungen, schöne Hoffnungen, aber was sind Hoffnungen gegen einen, gegen einen Leibhaftigen! Ach, die gute Lisette hatte es vielfaltiglich erfahren, wie eitel alle Hoffnungen sind, wie ein Spatz in der Hand unendlich besser wäre als eine Taube auf dem Dache. Ach, und sie hatte keinen Spatz in der Hand, und die Tauben waren übers Dach geflogen, sollten freilich wiederkommen, aber man weiß ja, wie es die Vögel dem Noah machten, und seither sind sie sicher nicht besser geworden. Und mit diesen zweien sollte sie heimfahren, diesen abscheulichen Menschen, die Skandal gegeben, die sich offenbar versprochen, die sie kompromittiert und den Vater blamiert und wahrscheinlich heiraten wollten und leben, aber von was um Gottswille, von was? Wohl, denen wolle sie bei der Mutter einbrocken, die sollten ihre Heiligen kriegen, die müßten erfahren, was es heiße, einer ganzen Familie den Todstich geben! Hätte Jacot eine gute Partie gemacht, er hätte damit die ganze Familie gehoben; mit dieser schlechten Heirat bringe er alle in Mißkredit, untergrabe sie, statt sie zu heben. Es sei so viel für ihn getan worden, und er denke nicht, was er der Familie dagegen schuldig sei. Sie lebte bloß noch durch den Trost, wenn auch nicht blutiger, doch schrecklicher Rache; sobald die Mama es wisse, die werde dann, wohl, die werde! Aber mit denen mußte sie heimfahren! Ach, wenn doch nur Gott gewollt, daß ihr Bastian Krebsli ein Fuhrwerk gehabt, der hätte sie sicher heimgeführt, aber eben, da lag's. Gott hatte es nicht gewollt, daß der ein Fuhrwerk haben sollt'.

Sie wollte weder Kässuppe noch saure Leber, auch nichts von Kaffee, gar nichts; sie kehrte ihnen den Rücken, antwortete kaum, gab alle Zeichen tiefster Verachtung von sich, und Rosalie lächelte selig und frug einmal um das andere: „Aber mein liebes, herziges Lisette, ist dir nicht wohl? Sag, was fehlt dir? Bin ja deine beste Freundin und — doch, wenn du so böse dreinsiehst, mußt es nicht wissen.“ Man kann denken, was bei solchen Worten Lisette für Augen machte, eine Tigerkatze, welche man in den Schwanz klemmt, ist sicher ein Turteltäubchen gegen sie.

Da war nichts anders zu machen, sie mußten endlich zusammen vom Land stoßen, aber langsam ging's; der Engeländer meinte nicht, daß er für zwei halbe Imi des Tages sich den Atem auslaufen müsse, er nahm es langsam vorab, als ob er vor altem einem Trompeter in der östreichischen Landwehr angehört hätte. Es mußte daher noch einmal eingekehrt sein, wo es dem Schimmel gut ging, denn da redete ihm Rosalie für ein Imi z'Best statt nur für ein halbes. Sie war in einem Zustande, wo das Herz für alle Geschöpfe empfindet, für vernünftige und unvernünftige, ausgenommen für ihresgleichen, die eifersüchtelnde, kolderndе Lisette per Exempel.

Als sie an der Wärme auftauten, ward auch die Rede flüssig, nur die von Lisette nicht. „Das war ein merkwürdiger Tag“, sagte Jacot, „und wieviel man doch erleben kann an einem Tage!“ „Ja, und ganz andere Sachen als man denkt, oder was meinst, my Herzige?" sagte Rosalie. „Gäll, du hast es erfahren, wie wahr es ist: ‚Der Mensch denkt und Gott lenkt.' Aber gäll, was das für es grobs Volk ist auf dem Lande, es uflätigs, hochmütig, dumm, uverschant! Wenn sie jemand, der keinen Kittel anhat und nicht nach Mist stinket, beleidigen können, so meinen sie, was sie gemacht haben. Nein, mit solchen Leuten zu leben, wäre mir Höllenqual, ich habe an einmal genug. Ich verachte sie souverän, ich glaube wirklich nicht, daß viel Gutes an ihnen sei als Hochmut, Neid und Bosheit. Der liebe Gott wird wohl wissen, warum er die Art von Kreaturen etwas nebenaus auf das Land getan hat."

Der Jungfer Gälblächt Großvater war als Eselibub in die Stadt gekommen, das heißt, er hatte säugende Eselinnen für Milchkuren aus dem Guggisberg in die Stadt gebracht alle Sommer, hatte als lustiger Junge gefallen, Platz gefunden als Laufjunge in einem Handelshause und endlich einen bleibenden Wohnsitz in der Stadt. Jacot Gygampfs Aristokratie schrieb sich bloß vom Vater her. Der war in die Stadt gekommen, er haßte eigentlich noch die Städter, da sie ihn nicht für ebenbürtig nahmen, war aber schon nicht mehr daheim auf dem Lande und bemitleidete die Menschen, die auf demselben leben mußten. Seine Kinder zählten sich dagegen vollständig zu den Städtern, sagten höchstens: „Eigentlich wären wir auch vom Lande, aber wir kennen eigentlich niemand mehr dort, und der Vater hat schon lange gesagt, er wolle das Burgerrecht kaufen."

Jacot sagte: „Etwas recht hast, Rosalie; ich hielt es auch nicht mehr aus auf dem Lande. Aber man muß es ihnen nicht übelnehmen, sie sind vielfach betrogen, lange vernachlässigt worden; man muß sie heranbilden, das ist die Aufgabe der Aufgeklärten im Volke. Einstweilen, nun ja, ist es schwer, mit ihnen umzugehen; es ist ein Verding, ihre Grobheiten zu schlucken, und es ist ein Glück für mich, daß ich es einstweilen nicht nötig habe, und an einen Ball zu fahren, wird mir kaum mehr einfallen, wo da der Größte ist, der unsereinen, einen Städter, am tiefsten beleidigen kann."

„Aber von allen die Gröbsten und Unverschantesten sind die Herren Lehrer und die Herren Schreiber; die müssen einen Magen haben, mit Büffelhaut gefüttert, welche solche Kreaturen vertragen mögen." Potz, wie war das der Lisette ins Fleisch geschossen, jetzt ging ihr das Maul auf, und was die den neuen Stadtaristokraten den Pelz wusch, Stern und Granaten! Es sei gut, daß der Engeländer ein ganzes Imi habe statt nur ein halbes; je eher er die auseinanderbringe, desto besser sei es, dachte er.

Wenn es uns nicht ginge mit der Zeit wie Jacot mit dem Gelde, der sein letztes ausgab für diesen Halt, so könnten wir noch ein Gespräch erzählen, das einige Stunden von da, aber zu gleicher Zeit zwischen den Kindern Treu angesponnen wurde, ganz in der nämlichen Tonart, nur daß die Städter Bauren und die Bauren Städter waren und daß alle einig waren und den Städtern die Schatten noch etwas dunkler auftrugen und unter städtischer Kleidung eine gar zu schlechte Haut beargwohnten.

Das Imi Haber stärkte den Engeländer so, daß Jacot meinte: es sei gut, daß er ihm nicht noch eins hätte geben lassen, er hätte ihn nicht halten können; er liefe ja schon jetzt wie ein Tüfel, er wolle wetten, in zwei und einer halben Stunde führen sie die drei langen Poststunden. Lisette war aber nicht der Meinung, hässelete beständig mit dem Bruder, warf ihm vor, er glaube, er führe Mist; sie plagte die Ungeduld, der Mama zu stecken, was hinter ihrem Rücken angestellt worden, ein famoses Wetter den Glücklichen zusammenzublasen.

Endlich langte man an; Lisette schoß wie ein Pfeil heim, Jacot mußte das Fuhrwerk an Ort und Stelle bringen, und Rosalie, nachdem sie mit Jacot die nötigen Abreden getroffen, wanderte mit Stolz nach Hause; sie hatte den großen Wurf getan, sie hatte eine Seele erworben, und zwar eine männliche lebenslänglich. Lisette traf die Mutter nicht zu Hause, auch nicht die Magd; der Vater war da. Sie fuhr fast aus der Haut vor Ungeduld, dem Vater wollte sie keine Eröffnungen machen; sie wußte, von der Mutter Seite her donnerte das Geschütz am kräftigsten, die Schüsse wirkten unwiderstehlich. Sie nahm sich kaum Zeit, die Füße etwas zu wärmen, sie schoß fort in der Stadt herum, die Mutter zu suchen.

Unterdessen kam Jacot heim, ging zum Vater. Der Vater frug: „Und, wie ging's?" „Gut, aber ganz anders, als wir gedacht", antwortete Jacot, erzählte seine Abenteuer und setzte dann auseinander, wie seine Rosalie eine bessere Partie sei als Trineli Treu. Er hätte nicht gewußt, was mit derselben anfangen in der Stadt, und was hätte er auf dem Lande anfangen sollen? Ausgerückt wäre der Alte doch nicht, und zähe sei er noch wie Händscheleder.

Rosalie dehne ihr Geschäft aus, nehme Lehrtöchter an, er führe die Bücher, behalte seinen Posten, und nach welcher Seite hin es besser gehe, im Geschäft oder im Staatsdienst, dahin könne er sich hauptsächlich werfen. Der Herr Ratsherr überschlug die Sache, fand sie nicht so dumm, sagte endlich: „He nun, eine Laus im Kraut ist besser als gar kein Fleisch. Große Sprüng wirst nicht machen, daneben ung'sinnet gibt's auch was."

„Aber und d'Mama?" sagte Jacot. „D'Lisette tut wie ein Säugfüchslein, wird mir eine schöne Suppe gebeizt haben." „Häb nit Kummer", sagte Herr Gygampf, „die Mutter kam ihr gestern über einige Schüldchen und ist fürtaub; die richtet kein Wetter an, die kriegt eins. Bring den Abend die Jungfer Gälblächt her; der Vater ist gar nicht ohne Vermögen, hat Kredit im untern Gewerbsstand, d'Sach wird sich schon machen. Die Hauptsache wird die sein, daß du der Mutter ab der Kost kömmst und zu ihnen ziehst, sie klagt immer über deinen Appetit. Weißt was, wenn's den Alten freut, bring ihn gleich mit; sag, ich wäre selbst gekommen, wie es der Brauch wär, wenn ich nicht wichtige Depeschen zu beantworten hätte."

So ging's. Es gab einen glücklichen Abend, alle Gesichter glänzten vor Freude bis an das der armen Lisette. Als sie es endlich wegen schrecklichem Kopfweh zu Bette trug, da wurde erst recht alles ein Herz und eine Freude, und als Frau Gygampf hörte, daß Jacot zu Gälblächts ziehe, um das Geschäft zu besorgen, holte sie selbst vom Allerbesten im Keller, und Mitternacht schlug's, man wußte nicht wie. Da rief Jacot: „Oh, wie doch in vierundzwanzig Stunden alles ändern kann! Gestern um diese Zeit war ich im Roßstall in Höllenangst; erst wollten mich die Rosse totschlagen, dann der Stallknecht, und jetzt, o Rosalie!" — und hingerissen sank er ihr an Hals. Ob er noch dort hängt, wissen wir nicht, aber wir glauben's.

Ich strafe die Bosheit der Väter an den Kindern bis ins dritte und vierte Geschlecht

1853

Wer von Konstantinopel nach Bern fährt oder läuft, es kömmt in eins, der trifft in einem ziemlich engen Tale, in welchem aber die flüssigsten Wiesen sind, die fruchtbarsten Äcker, die Talwände mit dem schönsten Holz bewachsen, einen Bauernhof; links von der Straße, nämlich von Konstantinopel her, steht etwas erhöht das mächtige Haus mit Lauben ringsum, rechts ein dunkler Stock, aus Stein erbaut. Selbst im Sonnenschein hat das Ganze etwas Düsteres, man weiß nicht, woran es liegt, aber trotz dem reichen Aussehen sagt man sich unwillkürlich: „Da gefiele es mir nicht, da möchte ich nicht wohnen." Wie es Menschen gibt mit finstern, unheimlichen Gesichtern, bei denen es uns unwohl ist, die man lieber im Rücken hat als im Gesicht, lieber hundert Schritt vom Leibe als nur drei, wo es uns wird, als berge ihre Haut ein schwarz Geheimnis, ein schaurig Rätsel, gerade solche Häuser gibt es auch. Wenn wir über ihre Schwelle treten sollen, zaudert unwillkürlich der Fuß, wir greifen in die Tasche nach dem Messer, wir achten uns wohl der Einrichtung, damit wir im Fall der Not das Loch ungesäumt wiederfinden. Ungefähr so ging es mir allemal, wenn ich bei dem Hause vorbeikam, ohne daß ich jedoch demselben weiter nachdachte oder nachfrug.

Einmal, anfangs des Sommers war's, ging ich wieder das Tal hinauf mit schnellen Schritten; ein Gewitter drohte am Himmel, die schwarzen Wolken sahen gar zornig über die schwarzen Tannen herein ins schwarze Tal. Ich holte einen Wanderer ein, wahrscheinlich ein Handwerksmann aus der Gegend, der, als ich ihn erreicht, alsbald seinen Schritt verlängerte, weil er lieber in Gesellschaft als allein der Gefahr entgegenging. Man hörte es donnern, man sah einzelne Windstöße durch die Tannen fahren, einzelne Tropfen fielen schwer in den Staub. Das beschriebene Haus stand eben vor uns, düsterer als nie. Das nächste Dorf war noch eine kleine halbe Stunde weit.

„Wollen wir etwa da unterstehen?“ fragte mein Begleiter, „ins Dorf kommen wir kaum, ehe es losbricht.“ „Lieber nicht“, sagte ich, „bei schönen Tagen ginge ich nicht gerne in dieses Haus, verschweige denn bei einem Gewitter. Es wird mir immer ganz unheimlich, wenn ich an diesem Hause vorbeigehe, ich weiß nicht warum.“ „Kurios, so wollen wir weiter“, sagte der Mann, „es ist mir ganz recht so; ich denke erst jetzt daran, hätte sonst nichts gesagt von Unterstehen, aber wir müssen ausziehen, was wir mögen, wenn wir nicht naß werden wollen bis ins Mark hinein.“

So zogen wir denn aus, brauchten die Beine nach Vermögen, dazu allen Atem, den wir im Kasten hatten, gaben mit Fragen und Antworten uns nicht ab und kamen unter Dach noch mit trockner Haut; bloß der Rock hatte was abgekriegt. Als wir unterm Dach geborgen saßen und uns gütlich taten an einem Glas Wein, gedachte ich der Worte meines Begleiters: er hätte nicht gleich daran g'sinnet, und frug nach deren Bedeutung. Er wollte nicht gleich mit der Sprache raus; endlich erzählte er mir folgende Geschichte:

„Es waren zwei Brüder, der ältere ist gestorben, der jüngere lebt noch, ist einstweilen ganz munter; ungleichere Brüder gab es nicht auf der Welt. Der ältere war ein lustiger Bruder, arbeitete nicht am liebsten, lebte gerne gut, meinte aber nicht, er müsse alles alleine haben, sondern gönnte andern auch davon, war wild dazu und nahm's auch mit den Worten nicht genau, sowenig als mit dem Gelde. Der andere war hart wie ein Abweisstein von Granit. Solang er lebt, weiß man von keinem Gefühl als fürs Geld. Sonst ist er unempfänglich und unbeweglich. Probier's, wer es wolle, ein Bettler oder ein Pfarrer, ihn für einen Kreuzer d'r Gottswille z'bewege, es ist all vergeblich; da kann man ihn streicheln, ihn rühmen oder schelten, es ist all eins. Er lächelt in sich und denkt: „Red du nur, du Löhl; solang du magst, mag ich hören.“ Wenn der meint, was er ausgerichtet, so sagt er endlich: es sei ihm einstweilen nicht darum, er könne nicht eintreten; wenn er allenthalben geben wollte, wo man es begehre, er wäre längst um seine Sache. Arbeitsam ist er, braucht nichts vor den Leuten, aber was er braucht, wenn es die Leute nicht sehen, das weiß man nicht, dem Anschein nach nicht wenig. Je weniger er andern es gönnt, desto besser scheint er es sich schmecken zu lassen privatim. Wie mit dem Gelde ist er sparsam mit Worten, aber was er sagt, ist schwer, scharf, gehauen und gestochen.

Beide hatten schöne Höfe, der Ältere den, an welchem wir vorbeigegangen sind, der Jüngere einen andern, noch schönern eine Stunde davon; den Wald besaßen sie gemeinsam. Der Jüngere hatte noch viel Geld am Zins, dem Ältern begann es nach und nach daran zu fehlen. Ein Baurenhund und ein Bauernhof haben es mit ihrem Bauern gleich: ist er ihnen treu und denkt an sie, sind sie ihm treu und lassen ihn in keiner Not stecken. Nun war der Ältere öfters nicht daheim, überwachte die Arbeit nicht, und war er daheim, so mochte er doch nicht bei der Arbeit sein, machte auf und davon, wenn es nur fertig wurde, gäb wie, war ihm gleichgültig. Die Frau war auch nicht eine, in deren Kittel ein Bauer stak. Sie hielt sich an der Vorschrift, daß Eheleute Lieb und Leid miteinander teilen sollten, dachte daher: wenn sie liebe, was ihr Mann liebe, so werde sie nicht viel fehlen. Die Kinder lagen umher wie verzettelte Zweige und taten, was ihnen wohl gefiel.

Ein ehrlicher Bruder hätte große Betrübnis darüber gehabt, wäre zu seinem Bruder und zu dessen Frau gegangen, hätte ihnen gesagt: ‚Bruder, Schwägerin, so geht das nicht, so kommt ihr um euere Sache, euere Kinder gehen zugrunde, werden Bettler und schlecht dazu. Denkt doch, Gott hat sie euch gegeben, Gott wird sie aus euerer Hand fordern!‘ Und wenn er in einem Wirtshause mit dem Bruder zusammengekommen an einem Markte oder sonst bei einer Gelegenheit, so wird man denken, wird er zu ihm gesagt haben: ‚Bruder, komm, wir wollen heim; du hast genug, ich habe genug, und daheim haben wir Weiber und Kinder.‘

Aber so tat, so sprach der Bruder nicht. Um das Hauswesen kümmerte er sich nicht, aber wenn er dem Bruder was verkaufen konnte, so sparte er es nicht. Er gab es ihm so teuer als möglich, aber auf Borg, soviel der Bruder wollte. ‚Mach's auf!‘ sagte dieser, ‚komme dann und zahle, wann ich Geld habe.‘ ‚Kann's machen‘, sagte der Jüngere gleichgültig und sprach nicht mehr davon. Es ist sehr faßlich, wie das dem Ältern anständig war; es war ihm gerade, als kriege er die Sachen von seinem Bruder verehret. Manchmal kam er zum Bruder und wollte bar Geld. ‚Kannst's aufmachen, 's geht zum andern‘, sagte er. ‚Komme nächstens, wollen dann zusammenrechnen. ‚Wie du willst!‘ sagte der Jüngere. Aber das Nächstens wollte nicht kommen. Trafen sie in einem Wirtshause zusammen, so ließ es sich auch der Jüngere wohl sein, und wenn er auch von Heimgehen sprach, tat er doch nicht nötlich, trank mit, bis der Bruder kaum noch Babi sagen, geschweige Geld zählen konnte, schaffte dann für beide ab und machte allweg selben Tags einen schönen Taglohn, denn d's Aufmachen vergaß er nie, d's Aufmachen war sein Beten geworden.

So ging es mehrere Jahre. Da kam ein kalter Winter, das Holz ward teuer, und wer welches zum Verkaufen hatte, löste viel Geld. Die Brüder wurden rätig, aus ihrem gemeinsamen Walde eine Partie zu schlagen und zu verkaufen. Sie hatten ihre Knechte bei solchem Wetter nicht zu gebrauchen; auf solche Weise verdienten sie ihnen, wenn auch nicht den Lohn, so doch das Essen. Die Brüder zeichneten das Holz, die Knechte fällten dann und spalteten. Der Jüngere half dabei, der Ältere zeigte sich wenig. Am Morgen nach dem Frühstück zogen die Knechte aus nach dem Walde, der zwischen den beiden Höfen lag, und hatten das Mittagsbrot bei sich, das zumeist aus Brot, welches sie sorgsam vor dem Gefrieren bewahren mußten, und Äpfelbranntenwein bestund. Sonst nicht Freund vom Schnaps, so muß ich doch gestehen, daß bei solcher Arbeit in kaltem Wald ein Gläslein Schnaps mir ebenso zweckmäßig scheint als kalte Milch oder dünner Wein, welche kaum vor dem Gefrieren zu bewahren sind, auch wenn man wie üblich ein Feuer dabei hat. Denn wenn die Kälte bedeutend ist, so sprengt man das Geschirr, wenn man die Sache wärmen will, oder die Sache bleibt kalt, wenn man das Geschirr schonen will. Die Bäurin sorgt in der Regel schon dafür, daß keiner zuviel kriegt, und wenn der Meister Aufsicht führt, so lassen es die Knechte schon sein, extra holen zu lassen, um nachzubessern. Im nämlichen Walde holzeten noch andere Bauren, so daß da ein reges Leben und viel Lärm war und die Hasen gar nicht wußten, wohin sie sich flüchten sollten, um ein ruhiges Schläfchen zu haben.

Eines Abends befahl der Jüngere seines Bruders Knechten: sie sollten ihm sagen, es müsse noch mehr Holz gezeichnet sein, daß er ohne Fehler morgen gegen Mittag in Wald komme. Es war gar mörderlich kalt; war einer nur einige Minuten im Freien, war er ein Greis geworden, nicht bloß mit weißen Haaren, sondern weißen

Bärten ringsum. Die Tannenwälder waren durch Reif und Schnee fast undurchdringlich geworden, unter den weißen, festen Dächern des kleinen Tannenaufwuchses feierten die Hasen ihre Hochzeitsfeste, und die Füchse holten sich hier ihre Weihnachtsbraten und hielten in der Nähe ihre Neujahrsschmausereien.

Wie ein aufrechter Eisbär kam der Ältere zu den Holzern, traf aber den Jüngern noch nicht, fluchte darüber, setzte sich zum Feuer, zog die Branntenweinflasche, die man gerne in der Brusttasche mit sich trägt, wenn es so kalt ist und gar in den Wald geht, aus der Tasche und tat manch braven Schluck, bis endlich der Bruder kam. Als sie sich gegenseitig Bescheid getan, denn der Jüngere hatte noch eine größere Flasche bei sich als der andere und sagte dazu noch zum Ältern: er solle nur nehmen, er habe dann noch mehr, trappeten sie ihren Buchen nach, und wo eine war, welche nicht mehr wachsig schien, ward sie zum Tode bestimmt.

Wie von ungefähr trappeten sie zu einem Feuer, um das einige Bauren saßen, gute Bekannte, Anstößer, deren Ländereien aneinanderstießen, die zu gleichen Zwecken dahergekommen schienen. Sie waren eben auch daran, aus ihren Taschen die Herzstärkungen sich zu Gemüte zu führen, brachten es den Ankommenden, lachten viel, wie das sich wohl treffe, es sei, als ob der Teufel die Rechten aus allen Ecken hertrage. Jawohl war's ein Teufel, der sie herbrachte, aber der, welcher es sagte, wußte nicht, was er sagte, wie es oft geht dem Menschen.

Es ging lustig her ums Feuer; man rühmte, man klagte, tat groß, machte sich klein, trieb Wortspiel in alle Weise, erhob diesen Tag, wo man lustig sein könne, ohne daß die Weiber ihre Nasen dazwischenstecken könnten, wo man nicht den Hund machen müsse an harter Arbeit, schimpfte über die Arbeit, das Hundeleben der Bauern. Wenn ihm jemand seinen Hof abkaufen würde, er täte ihn wohlfeil geben, sagte einer, gut haben möchte er auch noch einige Jahre, ehe er davonmüßte; was hätte man sonst vom Leben als werche wie ein Roß und fressen wie ein Hund, daß es längs Stück die Schweine besser hätten?

So klagten die dicken Mannen, die da ums Feuer saßen im dicken Buchwald voll Schnee ringsum und unten und oben, denn in den dichten Ästen der Buchen hatte der Schnee sich gefangen und fast wie zu einem Dache gewölbt. Wer diese Klagen hörte, dem mußte ganz jammersüchtig und herzbrechend werden im Gemüte, und sehr begreiflich, daß die Männer alleweil sich stärken mußten in ihrem Jammer aus ihren dicken Flaschen; sie wären sonst in Ohnmacht gefallen oder gar schwermütig geworden.

Am meisten kam es dem ältern Bruder übers Herz. Noch heute täte er seinen Hof verkaufen, wenn ihn jemand wollte, sagte er. „Rede nicht zu laut!" sagte der jüngere Bruder, „es könnte dir ung'sinnet ein Käufer sich stellen, und dann?" „Das wäre mir ganz d's Rechte, er soll nur herkommen, er muß ihn haben und wohlfeil." „Wie teuer müßte ihn einer haben, per Exempel ich, wenn ich ihn begehrte?" frug der Jüngere. So ging das Spiel an und ging und ging, bis der Jüngere den Hof gekauft hatte fast ums halbe Geld, die Männer Zeugen waren und die Brüder sich die Hände drauf gaben. Und als das geschehen war, rauschte es über ihnen; eine Masse Schnee stürzte plötzlich dumpf dröhnend über sie, deckte sie samt dem Feuer. Das Feuer unten hatte allgemach die Luft darüber erwärmt und den Schnee in den Ästen gelöst, der Handschlag ihn entsetzt, decken wollte er die Tat. Aber Schnee ist Schnee; der Schnee verging, die Tat blieb. Erschrocken fuhren denn doch die Männer auf; viel Redens war nicht mehr, und wenn auch sturm im Kopf, war es doch manchem unheimlich im Gemüte, als er heimging, und als er am Morgen erwachte, dachte er bei sich, sie hätten bloß Flausen getrieben, und er sagte keinem Menschen was davon, nicht einmal seinem Weibe.

Indessen alle hatten es nicht so; wo ein halb Dutzend beisammen sind, da ist allweil wenigstens ein Mund, der rinnt. Gleich am zweiten Tage kam des Älteren Frau auf denselben eingestürzt, heulend: ‚Ist's wahr, daß du den Hof verkauft?' Dem hatte auch etwas davon gedämmert; er hatte aber nicht bloß die Augen, sondern den ganzen Kopf voll Schnaps gehabt und sich damit getröstet: es sei entweder ein Traum oder nur Spaß gewesen; wär es Ernst gewesen, so hätte der Bruder sicher sich schon gekündet. Er brüllte daher sein Weib tapfer an, bis es getröstet war. Das währte aber nicht lange.

Der Jüngere kündete sich, der wußte ganz genau, was geschehen war. Freilich kam er nicht zum Bruder ins Haus und sagte ihm: ‚Weißt, der Hof ist jetzt mein!' Er liebte den Spektakel nicht, den eine solche Kunde absetzen mußte, auch nicht Schläge, welche sehr möglich gewesen wären, denn sein Bruder war ein handfester Mann und hatte Söhne und Knechte. Er kannte genau des Bruders Gänge, er wußte, daß er keinen Wochenmarkt in benachbartem Städtchen fehle und in welcher Pinte er immer zur nämlichen Zeit anzutreffen sei.

Dort fand er sich ein mit zwei Männern, welche auch um jenes Feuer gesessen. Dem Ältern kam nichts Böses in Sinn; er brachte sein Glas dem Bruder, und erst nach einer Weile und noch manch anderm Glas sagte dieser: ‚Wie wär's, wenn wir gingen, den Kauf anzugeben und darüber zu g'loben, es schickte sich heute gar wohl.' ‚Mir recht', sagte der Ältere, ‚aber die Weiber sollten dabeisein. Du zahlst doch Wein, bis die Kuh einen Batzen giltet?' ‚He', sagte der Jüngere, ‚man kann ein andermal bei den Weibern nachbessern, aber heute hülfe ich es fertigmachen', und zu seinem großen Schrekken sah der Ältere, daß aus dem Spaß bitterer Ernst wurde. Nun wollte er aufbegehren, wollte wie ein in bewußtlosem Zustande gebundenes Roß seine Bande sprengen, aber man trank ihm zu, man sprach ihm zu, bis er wieder zum Glauben kam, er habe einen prächtigen Schick gemacht und könne glücklich werden, erst jetzt so recht erfahren, was eigentlich Leben sei.

Der gute Tropf, der zu Hause oft ein Wüterich war, der wurde willenloser als ein klein Kind, wenn man ihn auf die rechte Weise zu nehmen wußte; er hatte keine eigene Ansicht mehr, man konnte ihm eingeben, welche man wollte. Der gute Tropf ging hin und gab den Hof, gab den Boden unter seinen und seiner Familie Füßen weg; kein Wunder, daß er und seine Familie verschlungen wurde von dem ungeheuren Abgrund, wo die vergangenen Herrlichkeiten der Welt begraben liegen. Stolzen Mutes ging er am Abend noch heim, als hätte er einen Preis gewonnen; am folgenden Morgen kam dann der Katzenjammer nach. Natürlich vernahm es die Frau alsbald, wahrscheinlich gleich nach Mitternacht, was gegangen war, und weckte das ganze Haus vor Tag mit ihrem Jammer bis an ihren Eheherren, der, wenn er im rechten Salb lag, von den Posaunen des Jüngsten Gerichtes im mindesten nicht berührt worden wäre.

Geschehen war geschehen, heulen konnte man wohl, aber es half nichts. Ein gewisser stumpfer Trotz setzte im Ältern sich fest; er wollte nicht der sein, der dumm gehandelt, der sich habe beschummeln lassen. Er habe getan, was er für gut gefunden, was solle er barren mit einem solchen Tätsch von Weib? Dazu habe er auch das Recht; er sei weder bevogtet, noch werde jemand an ihm verlieren, er habe Vermögen genug für sich und seine Familie, sie würden niemand plagen, und darum gehe es niemand was an, was er mache. So haben schon viele aufbegehrt, sie kannten nicht bloß die kommenden Tage nicht, sondern nicht einmal die Richtung, nach welcher die Wege gingen, auf welchen sie liefen, dachten nicht, daß sie schnurstracks gingen ins Gantloch und in die Bettlerglungge.

Der gute Mann hielt sein Vermögen auch für sehr bedeutend, aber es kam ein Tag, wo er aus dem Irrtum kam. Den Hof hatte er also verkauft um eine bestimmte Summe; diese Summe hielt er, einige geringe Schulden abgerechnet, für sein Vermögen. Da war sein Irrtum. Der Bruder zeigte sich nicht bei ihm, Nutzen und Schadens Anfang war etwas hinausgestellt, und derselbe hatte gesagt zum Ältern: ‚Es ist dann nicht, daß du ab dem Hof mußt, bis du was anderes hast, du kannst dableiben, solang du willst; es wäre ja Platz für dich und deine Familie, auch wenn ich einen Pächter hätte.‘

Eines Tages trafen sie einander auf dem Wege, und der Jüngere sagte zum Ältern: ‚Wir müssen doch einmal das Rechnen anstellen; willst zu mir kommen, oder wollen wir es beim ‚lahmen Stiefel‘ machen? Allweg mußt dein Buch mitbringen; du wirst es auch aufgemacht haben?‘ Und als er das sagte, schoß er einen Blick unter seinen dichten Augenbraunen herauf und sah, was er wollte, eigentlich schon wußte. Dem Bruder war das Rechnen wie Feuer unter der Nase; er hatte es wie viele Leute, die nie was abmachen können. Hier ließ er sich endlich dazu verstehen, denn nach dem Rechnen ward ihm Geld flüssig, er konnte unbehindert über Summen verfügen, und das gefiel ihm.

Beim ‚lahmen Stiefel‘ fanden sie sich am abgeredeten Tage. Der Ältere kam mit einem dünnen Kalender in der Tasche. Da sei neuis aufgemacht, sagte er, man könne sehen, ob's recht sei. Der Jüngere hatte ein starkes Buch unter dem Arme; das werd es ausweisen, wieviel es sei, sagte er. Richtig, das Buch sagte was, und zwar ganz was anderes als des Ältern Kalender; ihr Inhalt stund im Verhältnis zu ihrer Dicke. Während im Kalender nur einige hundert Gulden stunden, fanden sich im Buche viele tausend, ja, und was das fatalste war, der Ältere mußte am Ende dran glauben, von wegen es stund in einem ordentlichen Hausbuch, welches ordentlich paginiert war und sogar ein Register hatte, eine zur selben Zeit sehr auffallende Eigenschaft. Ja, was paginiert ist und ein Register hat, das muß man glauben, das macht d'Sach aus, besonders wenn einer noch dazu stehen darf.

Den Hof mußte also der Ältere lassen, denn was vor Zeugen verkauft war, war verkauft ohne Widerrede. Jetzt wäre es anders. Wahrscheinlich übten noch mehrere Brüder oder andere Leute solche Manieren aus, brachten die Leute in benebelte Zustände und schlossen bei solchen Anlässen angenehme Käufe, denn nun ward verordnet, daß kein Kauf gültig sei, bis er vor dem Notar angegeben und gelobt ist. Dadurch ist wirklich mancher infamen Prellerei vorgebogen worden, aber ob der Gesetzgeber wird machen können, daß in paginierte und registrierte Hausbücher kein Schelm Schelmereien wird schreiben können, daran zweifeln wir sehr.

Der Ältere sprang freilich hochauf, als ihm der Unterschied klar wurde zwischen seiner und des Bruders Rechnung, aber er sprang doch nicht drüberaus. Der Bruder sagte einfach: ‚Tue doch nicht so wüst, es hilft dir nichts, von wegen ich stehe zu meinem Hausbuch.' Am wildesten tobte der Ältere gegen die Zechen, welche der Jüngere für ihn bezahlt und aufgemacht. Erstlich, sagte er, sei es eine gottvergessene Schande, so was aufzumachen. Zahlt sei zahlt, sein Lebtag hätte er nie gehört, daß man das, was einer für den andern in einem Wirtshause bezahlt, wieder eingefordert. Wenn er das wollte, könnte er leicht noch einmal so reich sein. War sehr möglich. Zweitens, sagte er, mehr als d's Halb z'viel hätte der Bruder aufgemacht. Eine Kuh hätte es nicht gesoffen, geschweige ein Mensch, was er da bezahlen solle. Aber das Hausbuch war paginiert und registriert, und der Bruder sagte: er stehe dazu!

Sie hatten mehrere Zusammenkünfte beim ‚lahmen Stiefel', es wurden diese und jene beigezogen, etwas wurde abgemarktet ‚wegen Fried und Ruhs twillen', wie der Jüngere sagte, aber die Hauptsumme blieb. ‚Was willst machen?' sagten dem Ältern alle, ‚das Hausbuch ist recht, und dein Bruder steht dazu. Hättest auch aufgemacht, was du geglaubt, es möchte es erleiden, dann hättest auch dazu stehen können.' Man sprach wohl davon, es sollte der Jüngere zum Eid angehalten werden, aber das wollte der Ältere nicht. „Hans macht den Schelm an mir', sagte er, ‚und wenn ich ihm schicklich, daß ich nicht in große Ungelegenheit käme, beide Beine abenandereschlagen könnte, ich tät's uf my Seel. Aber sy Seel dem Teufel zusage, selb begehre ich denn doch nicht, von wege es ist mir von wegen der Familie.' So ward sein Vermögen bedeutend geschmälert und kam bar in seine Hände.

Es ging rückwärts, als die Familie auf dem Hofe lebte, das Vermögen ein angenageltes war und aus Grund und Boden bestund; man kann denken, wie es jetzt ging, als das Vermögen flüssig war und es nichts brauchte, als davon zu nehmen. Es hieß wohl, es müsse was anderes gekauft sein, aber das verzog sich, und derweilen ward tapfer gebraucht, und als ein Heimwesen gekauft wurde, war es ein ungeschickter Kauf, brachte neuen Verlust. Es war, als ob alle gelähmt seien, niemand den Mut zur Arbeit hätte, keins ein Herz zum Vater; jedes rechnete nur, um wieviel er es gebracht, trachtete nach seinem Nutzen, lief seinem Vorteil nach, ließ Eltern Eltern sein, alle Bande rissen, mit dem Hof war aller Segen fort, die ganze Familie ging Stück für Stück zugrunde, die einen starben, die andern wurden Bettler. Das war ein Bruderstück.

Den Alten sah man noch lange an langen Stecken guten Leuten nachgehen. Man hätte ihn wohl von der Gemeinde aus in Umgang getan, wenn es nicht aus Achtung für den Jüngern unterlassen worden wäre, denn der wurde immer angesehener, je reicher er wurde. Die Gemeinde unterstützte ihn daher auf andere Weise. Des Jüngern Neffen- und Nichtenkinder bettelten oft vor seiner Türe, aber sie erhielten wenig oder nichts wie die andern auch. Wenn man sie dann in einem Nachbarhause fragte: ‚Was hat er dir gegeben?', so antworteten sie traurig: ‚Nichts, und doch wäre es ihm wohl angestanden; unser Großätti und er sind Brüder, und der Hof, den er hat im Graben, war einmal unser.' ‚Hast ihm das nicht gesagt und ihn g'vetteret?' ‚Nein', antwortete einmal ein Mädchen, ‚aber der Bruder hat es gemacht, und dem hat er gesagt: wir seien schlechte Leute, wo man nichts als Schand erleben müsse, er solle ihm nicht mehr zum Hause kommen. Da sagen wir lieber nicht, wer wir sind, sonst bekämen wir gar nichts mehr als vielleicht noch Schläge, er wär's imstand.'

Es sind seit der Zeit viele Jahre verflossen, man vergaß die Sache allgemach, sie schien für immer mit Gras überwachsen zu werden. Er arbeitete zumeist den Hof als sogenanntes Zugut von seinem

Stammgut aus. Viel Glück hatte er nicht damit, und geschah was Ungeschicktes, so trug es sich auf diesem Gute zu. Sein Gesinde arbeitete ihm nie gerne hier, machte immer, daß es so bald möglich wieder wegkam.

Unterdessen wuchs seine Familie nach, darunter drei Söhne, so rechte Mondkälber voll Übermut wegen ihrem Geld und ihrer Kraft; auf ihnen hielt der Vater viel, meinte, drei Buben wie er werde kaum einer haben, so weit der Himmel blau sei. Von Jugend auf wurden sie in diesem Übermut erzogen, das Bewußtsein ihnen eingegeben, daß kein Teufel ihnen etwas zu befehlen hätte, daß das Geld die Hauptsache sei, und wer Geld habe, habe weiter keinem Hund was nachzufragen. Von Gefühlen, weder von religiösen noch sogenannten menschlichen, war weder die Rede, noch sahen sie daheim eine Spur davon; rücksichtslos und hart war man gegen alle Menschen. Was muß in solcher Luft aus wilden Buben werden? Sie hatten alle fingerslang Prügeleien, und das Geld, welches diese kosteten, war das einzige Geld, welches den Vater nicht reute. ‚Trappen laßt euch nicht; sieht einer schief euch an, so gebt ihm verflucht, daß er künftig weiß, wer ihr seid! Wenn es schon viel Geld kostet, so macht es nichts, wenn er nur abgekriegt, daß er nach Gott schrie, je mehr, je besser.‘

Daß bei solchen Gelegenheiten die Bursche sich in der Regel betranken, achtete er nicht; er meinte, es gehöre dazu. Daß sie auch zu Hause dem Schnaps zusprachen, achtete er wenig. Derselbe kostete ihn nichts, an die Macht der Gewohnheit und deren Wachstum dachte er nicht, sondern nur ans Geld. Er hatte überhaupt gar keinen Gedanken an die Möglichkeit, daß es anders gehen könne in seinem Hause, als er es im Kopf hatte, oder daß seine Söhne anders ausfallen könnten, als er sie haben wollte. Daß ein rechter Hausvater zu rechter Erziehung den lieben Gott nötig hätte, fiel ihm auch nicht im Traume bei.

So wuchsen sie auf als gewaltige Knebel bis zur Zeit, wo üblicherweise solche Knebel nach Weibern greifen. Das ist ein wichtiger Punkt in einem solchen Hause, und wenn ein Sohn mit einer kömmt, deren Vater nur Geißen hat oder nur ein Kuhli oder zwei, ja, dann hat es gefehlt, dann ist ein Jammer voll Zorn, als ob Gott der Sohn von den Juden noch einmal verraten und gekreuzigt worden wäre, und wenn noch zwanzig Jahre die Krankheit den armen Leuten die Kartoffel fräße, das Korn dabei in gutem Preise bliebe, so würde dieses Unglück für viel geringer geachtet als das erste. Auch diese Epoche ging für unsern Mann glücklich vorüber: die beiden ältesten Söhne heirateten ziemlich nach seinem Willen, während der jüngste einstweilen noch bei ihm blieb.

Dem ältesten übergab er den Hof, den er so wohlfeil gekauft; der sollte ihn nun einstweilen bearbeiten und dann besitzen. Wie der nun da einzog, war es, als hätte die Strafe auf ihn gelauert und fasse ihn plötzlich. Es ergriff ihn eine gewaltige Trinksucht. Es war, als wäre der Geist seines Oheims umgegangen unstet, hätte eine bleibende Stätte gesucht und sei, als der Neffe ins Haus gekommen, in diesen gefahren, hause nun da und fahre fort, wo er es beim Leben gelassen. Diesem Oheim wurde er in all seinem Tun und Lassen immer ähnlicher; es mußte dem Vater wirklich vorkommen, als habe er seinen ältern Bruder vor sich. Er hatte die ganze Liederlichkeit, nur nichts von der Gutmütigkeit, welche der Oheim doch noch hie und da an Tag legte. Er war in allen Dingen hart wie sein Vater, und je mehr er trank, desto böser wurde er; er ist keiner Kreatur Freund, er schlägt Menschen und Tiere, Weib und Kinder, ob er auch den Vater schon in die Finger genommen, darüber herrschen im Publikum zwei verschiedene Meinungen. Er arbeitet wenig oder nichts mehr; der Vater hat den Hof wieder an die Hand genommen, vielleicht daß ihn der Sohn sonst auch verkauft hätte. Der Vater muß ihn nun wieder bewirtschaften und alle Wochen so manchmal hinüberkommen und alle Mühe und alle Not austrappen und immer das Herz voll Zorn fassen; für Mitleid ist kein Platz in demselben. Mit dem Sohn hat er nicht das mindeste Erbarmen. Wenn ihm derselbe nur bald aus den Augen wäre, soll er gesagt haben; daß er das ob seinem Bruder verdient, daran sinnet er nicht von ferne.

Im letzten Winter, es soll gerade am Tag gewesen sein, da er seinem Bruder den Hof abgekauft, kam er vom Markte heim, es war schon finster. Er stolperte über etwas; es war ein Betrunkener, der in der Straße lag, und als er noch etwas genauer hinsah, war es sein zweiter Sohn, der da in der Straße lag. Da fluchte er und sagte: es nehme ihn doch wunder, ob sie alle drei den gleichen Weg dem Teufel zuwollten. Dieser Sohn wohnt bei seinem Schwiegervater, muß sich dort in acht nehmen, aber wo er Gelegenheit hat, besudelt er sich, wird dem ältern immer ähnlicher. Der Vater merkt es jetzt, daß er angesteckt ist, und was sagt er dazu? ‚Mira', sagt er, ‚zu dem kann sein Schwäher sehen, der geht mich nichts mehr an; er wollte ihn einmal drüben haben, jetzt sehe er zu!' Es will manchmal die Leute dünken, als wäre es ihm recht, wenn die beiden Ältern nur bald fort wären, so könnte er dem Jüngsten desto mehr zuschanzen, ihn desto reicher machen. Dann bliebe ein desto größerer Stock beisammen. Den liebt er und sonst nichts auf der Welt, und am meisten haßt er die, welche ihn für etwas ansprechen, sei es für sich selbst oder für andere. Aber fluchen tut er nicht mit ihnen; kaltblütig, spöttisch, vom Himmel hoch herab weiset er sie ab, daß man noch lange nachdenken muß, ob man dann eigentlich irgend in etwas gefehlt, daß er so habe kommen dürfen, und daher meist erst lange nachher zu dem Zorn kömmt, den man hätte haben sollen gleich ihm gegenüber, um ihm einmal seinen roten Schnabel so recht vaterländisch zu waschen.

Das graut nun aber den Leuten immer mehr. Die alte Geschichte, welche vergessen schien, taucht immer mehr auf. Es werde sein, daß vielleicht schon seine Großkinder das Brot suchen müßten, wo seines Bruders seine, sagen sie. Es werde viel geändert in der Welt, aber an Gottes Wort werde man nicht viel machen können, das werde noch immer da durchmüssen, daß die Sünden der Väter gestraft würden bis ins dritte und vierte Geschlecht an den Kindern.

Sie möchten es zwar dem Alten besser gönnen, wenn er selbst abtun müßte, was er verschuldet, von Rechts wegen hätte er es verdient, aber der Herr werde ihm an einem andern Orte aufmessen wollen, was ihm gehöre, sagen die Leute. Vom Jüngsten wird auch schon allerlei geschwatzt, während andere sagten: der habe des Vaters Art, der gönne es sich auch und andern nichts, aber er nehme nicht mehr, als ihm wohl mache, selten sehe man ihn mit einem Sabel."

So ward mir erzählt, während es draußen brauste und stürmte. Doch ging die Rede nicht so ununterbrochen, sondern es gab dazwischen noch gar manche Rede und Gegenrede, denn Wirt und Wirtin mischten sich auch ein und gaben ihren Senf dazu, aber der Kürze z'lieb ward es so zusammengezogen und viel ausgelassen. Namentlich giltet dieses von dem, was die Wirtin zu erzählen wußte. Sie war sehr bekannt im Geisterreich und namentlich mit zwei oder drei Geistern, welche auf jenem Hofe umgingen, die man sehen könne am heiterhellen Tag, von denen die Dienstboten Wunder zu erzählen wüßten und von denen sie einmal einen selbst gesehen, doch nur am Rücken.

Als das Gewitter sich verzogen hatte, gingen wir weiters, und Neues verdrängte das Alte.

Als ich ein Jahr später wieder nach Konstantinopel gehen wollte, kehrte ich in selbem Wirtshause ein, wo ich das Obige vernommen hatte. Die Wirtsleute kannten mich noch, und kaum hatte die Wirtin mir meinen Schoppen gebracht, als sie neben mir absaß und sagte: „Jä gället, Herr, wie es doch gehen kann! Erinnert Ihr Euch, was wir hier von dem steinigen Bauer und seinem dunkeln Hofe gesprochen? Wißt Ihr, wie es dem im letzten Winter ergangen?“ Solche Leute meinen: was ihnen als gar wichtig vorgekommen, das müsse auch herumgekommen sein in der ganzen Welt vom Nordpol bis zum Südpol. Als sie sich sattsam verwundert, daß ich nichts gehört, und doch hätte die ganze Welt davon geredet, erzählte sie folgendes:

Im vergangenen Winter hätten sie wieder geholzet im nämlichen Walde, wo der Handel um den Hof vorgegangen. Es sei eine große, schöne Buche gefällt worden, welche man unversägt gelassen, weil man sie für Wagnerholz habe brauchen wollen. Ein alter Knecht verfluche sich, sooft man wolle, aber die Leute könnten es ihm schier nicht glauben: es sei die nämliche, von welcher damals, als der Hof verkauft worden, der Schnee ins Feuer gefallen, „allweg stund sie nicht weit davon, und darauf, ob's akkurat die gleiche war, kömmt es am Ende nicht an.

Es war sehr kalt und hart gefroren und kein Schnee und das Aufladen auf den Wagen ein schwer Stück Arbeit. Der Vater war nicht dabei, sondern der jüngste Sohn. Der sagte: sie wollten, ehe sie dran gingen, noch einen braven Schluck nehmen. Sie nahmen einen und vielleicht einen nur zu braven und gingen ans Werk. Wie es ging, weiß niemand recht, ob eine Winde fehlte oder ein Mensch: die schwere Buche, die schon bald oben war, fiel zurück, der Sohn kam drunter, sie fiel ihm auf den untern Leib, und ehe man ihn darunter hervornehmen konnte, war er tot. Denket, Herr, tot!

Jetzt, hätte man denken sollen, gehe es dem Alten ins Herz, er werde tun, daß niemand dabeisein dürfe. Die Knechte brachten statt der Buche mit Zittern den Sohn heim, tot. Der Alte sieht sie kommen von weitem, aber ohne Buche, steht vor das Haus, ruft sie an: was das sei, daß sie ohne Buche kämen. Es wäre ihnen lieb, sie hätten sie, sagten sie, und leid sei es ihnen, daß sie ihm das bringen müßten. Der Alte tat wohl einen Ausruf, aber glaubt Ihr, daß ihm ein Auge naß geworden wäre? Er befahl, den Sohn ins Bett zu legen, den Arzt zu holen. Als er hörte, man habe bereits einen abgeschickt, es werde aber kaum mehr was zu machen sein, sagte er: he, so hätte man es können bleibenlassen. Weiter tat er kein Zeichen, daß er ein Gefühl hätte; es graute allen Leuten, sie schlugen die Hände über dem Kopf zusammen, und am liebsten wäre niemand mit zum Grab gegangen. Es glaubten viele: wenn es da kein Zeichen gebe, so gebe es niemals mehr eins. Aber es gab keins, denn daß beide Brüder sich betranken, war nur das Gewohnte."

„Und jetzt", frug ich, „wie geht es? Denn es geschieht oft beim größten Schmerz, daß man wie verstockt ist in den ersten Tagen und daß er erst nachher losbricht."

„Nichts von dem", sagte die Wirtin, „er ist wie ein Stein, nur redet er vielleicht noch weniger als früher, ist immer wüster gegen alle Leute, nicht bloß gegen die Armen. Seine Sohnsfrau in jenem Hause läßt er fast im Elend, sie und die Kinder müssen es entgelten, was ihm der Junge stiehlt und sonst vertut. Kein Mensch kann begreifen, wo er mit dem Gelde hinkömmt und was er eigentlich auch sinnet und was er sich für eine Rechnung macht. Es sind viele Leute, welche sagen, und es ist ihnen Ernst: wenn der d'r Gottswille nur nicht sterbe bei ihren Lebzeiten; wenn einer, käme der wieder und bös, sie dürften die Straße nicht mehr fahren weder bei Tag noch bei Nacht. Und luegit, Herr, wenn man ihn ansieht, so muß man es glauben. Wenn er so steinig daherkömmt mit seiner stotzigen, feurigen Nase, so ist es fast, als ob es der Teufel selbst sei; man muß sich fürchten, man mag wollen oder nicht. Daneben ist's gut, daß es so ging, es glaubt jetzt wieder mancher, daß ein gerechter Gott im Himmel ist und daß es nicht gleichgültig ist, wie man auf Erden tut. Der mache sich jetzt nur noch so stettig gegem liebe Gott, aber wenn es Zeit sei, werde der es ihm schon zeigen, wer Meister sei, sagen alle Leute."

Aber, sagte ich, die Leute hätten doch noch bessere Ursachen, um an Gott zu glauben, als so etwas. „Ja", sagte die Frau, „die Leute sind darum gar wunderlich; sie wollen die Sache vor Augen haben und mit den Händen greifen, und wer es da nicht greifen kann, ja, dem, Herr, ist nicht mehr zu helfen." Da half Disputieren nichts mehr, und ich muß sagen, ich vergaß die Sache auch nicht.

Nur schien es mir sonderbar, wie es an einem Orte so gehe, an andern Orten anders. Ich kannte Leute, welche viel Böses getan, immer so unsauber waren im Gewissen wie jener Alte; denen war nichts Absonderliches begegnet. Im Frieden schienen sie süße Früchte ihrer Ungerechtigkeit zu genießen, hellauf, vom zürnenden Gott vergessen zu sein in alle Wege. Und warum bei diesem steinernen Klotz an den Kindern strafen, die nichts verschuldet und deren Strafen ihm nicht einmal weh zu tun schienen, warum nicht ihn selbsten schlagen mit einer Pein, die in Mark und Bein ihm fährt? Da dachte ich, daß nicht umsonst gesagt sei: „Meine Wege sind nicht euere Wege, und meine Ratschläge sind unerforschlich", dachte an den armen Hiob, der anfänglich auch mit solchen Fragen in seinem Elend sich selbsten noch peinigte, an David, der in seinem dreiundsiebenzigsten Psalm sie aufwarf und beantwortete. Es ist so vieles auf Erden wunderbar vor unsern Augen, vieles wird im Lauf der Jahre uns klar und vieles wohl erst, wenn die Rätsel aufhören und von Angesicht zu Angesicht wir schauen, was den Augen, die aus Erde gebaut sind, verborgen war.

Über diese Gedanken war wiederum manches Gräslein gewachsen und entweder vom Vieh gefressen worden oder im Schnee erfroren, und weitherum war ich gewandert, nicht bloß hin und her zwischen Konstantinopel und Bern, sondern durch Steppen und allerlei wüste Orte und bin doch nicht der Ewige Jude noch viel weniger dessen Frau, die ihm der Franzose Sue angehängt hat, als hätte der arme Teufel nicht an sich selbsten genug. Ich muß halt auch wandern und weiß nicht, wie lange, doch hoffentlich nicht so lange als der ewige Jude, und ich weiß auch, warum. Aber nicht darum wie er, weil ich den Heiland nicht will absitzen lassen vor meinem Hause, sondern weil ich ihn eben suche, daß er bei mir einkehre und Herberge mache. In Konstantinopel bin ich zwar immer noch gerne und wandere von dort nach Bern, die Türken habe ich nicht ungerne, sie rauchen guten Tabak und haben gutes Rosenwasser, handle damit nach Bern, wo man gerne zu gutem Geruch kommen möchte und es fast nicht z'weg bringen kann.

Als ich nun das letztemal durch jenes düstere Tal Bern zuschritt, war es wieder Frühling und sehr lieblich; in mannigfaltiger Farbenpracht schimmerte das von verschiedenartigem Laubwerk eingefaßte Tal. Auf jedem Baumzweig saß ein Sänger und pries auf seine Weise seinen Schöpfer und Herrn. Es war, als sei es das Jugendfest der Schöpfung, die Feier der Tage, wo der Herr endlich sein Werk betrachtet und gesagt hatte: „Siehe, es ist alles sehr gut." So wanderte ich in stiller Freude den schattigen Weg entlang und vergaß meine armen Beine und kam mir selbst vor als ein Jüngling auf der Wanderschaft. Hätte gerne mitgesungen den Preis auch meines Schöpfers, wenn ich es so schön gekonnt wie des Waldes Vögelein.

Als ich zur Beugung des Tales kam, wo das dunkle Haus so unheimlich vors Auge trat, stellte es mich unwillkürlich, obschon ich nicht daran gedacht hatte. Es war nicht mehr da, das dunkle, unheimliche Haus, heiter sah man weiter ins Tal hinaus, weißlicht schimmerte es über den Platz hin, auf welchem das Haus gestanden war. Als ich genauer hinsah, schien es mir Bauholz zu sein, bereits überhauen; das alte werde wahrscheinlich verbrannt sein, dachte ich. Ungefähr hundert Schritte vor mir stand ein Mann im Wege und hackte etwas in der Straße, als wäre er ein Wegknecht, aber für einen solchen kam er mir sonderbar vor. Er trug eine blaue, halbleinene Kappe, wie sie vor hundert Jahren allgemein waren, und einen grauen Mantel mit einem Kragen, der über die Arme hing, und die Sonne schien so warm.

„Den fragst!" dachte ich. Aber den konnte ich nicht fragen, der glitt vor mir weg oder machte sich vorwärts, ich wußte fast nicht wie, aber an ihn heran konnte ich nicht kommen. So kam ich unvermerkt dem Bauplatz nahe, dort verschwand mir der Mann, aber auf einem behauenen Holz saß ein Weib und gaumete ein Kind. Es war ein blasses, aber junges Weib mit verständigen Augen, aber ernsten Mienen. Sie sagte mir, das Haus sei das ihre gewesen, im letzten Sommer abgebrannt und sie kaum mit dem Leben davongekommen. Da sei Holz für ein neues, sie wollte, es wäre schon gebaut.

„Und der alte Mann, der vor mir ging und hinwegkam, ich weiß nicht wie, wer ist das?" frug ich. Sie sah mich seltsam an, ehe sie antwortete, und ich sah sie auch an und sah, daß sie eigentlich recht schön und noch mehr als schön war, daß sie so ein inniges Gesicht hatte, wo man gerne hinter die Scheibe schlüpfen möchte, um zu erfahren, was dahinter für Liebes und Gutes wäre. Als sie merkte, daß ich ein Fremder war und keine Bosheit hinter der Frage, sagte sie: „Es ist der Großvater." Darauf begann sie mit dem Kind, das unruhig wurde, zu pläpperlen, und ich ging weiter. Da fiel mir plötzlich ein: das sei in alle Wege der harte Mann, von dem man gesagt, der sei steinern, der sei unempfindlich gegen Gottes Gerichte, und was war jetzt mit dem, daß er mich so seltsam floh, so seltsam auf der Straße verkehrte?

Man kann denken, daß ich lange Beine machte dem bekannten Wirtshause zu, und nicht viel fehlte, ich hätte die Stimme den eilenden Beinen noch weit vorausgesandt und meine Fragen abgeschossen, sobald das Wirtshaus mir in den Gesichtskreis trat. Es traf sich gut für das, was mich brannte. Die Wirtsstube war leer bis auf die Wirtin, und so eine einsame Wirtin lechzet zunächst nach einem Gast, ebensosehr als dieser nach einem Schoppen. Sie begrüßte mich als einen alten Bekannten, und sehr viel war es von uns beiden, daß sie nach meinen Bedürfnissen sich erkundigte, ich verständigen Bescheid gab, sie der Befriedigung meiner Wünsche nachgehen ließ, ehe ich aufs Tapet brachte, was sichtlich uns beide drückte.

Freilich hatte sie kaum Schoppen und Glas auf den Tisch gestellt und Antwort auf die Frage erhalten: „Oder befehlet Ihr wyters öppis?", als wir wie aufs Tempo uns zwei andre Fragen zuwarfen. „Jä gället, Herr", sagte sie, „wie es doch geht, aber da kann man wieder sehen, daß, was auch die Menschen sagen, Gott der Herr doch immer der Stärkste ist. Und zwingt er's nicht mit dem einen, kommt er mit dem andern, bis der Mensch am Boden ist. Jedermann hat gemeint, der Bauer im dunkeln Tal sei von Stein und an dem bringe Gott nichts ab. Aber wohl, dem hat er es auch gezeigt, und man weiß nicht, soll er einen erbarmen oder soll man es ihm gönnen." Natürlich sagte ich nun auch, was ich gesehen, so neugierig ich auch war, zu vernehmen, was geschehen, aber so hat man's: reden tut man noch lieber als hören, 's ist aber jedenfalls ein Fehler.

Endlich kam die Wirtin zum Fortfahren und redete also: „Ja, denket doch, Herr, wie es gehen kann in der Welt ganz ung'sinnet, wie niemand dran denkt. Da ging der Alte einher so stotzig und stark wie ein Eichbaum, man hätte denken sollen, drei Tage nach dem Jüngsten müsse Gott der Herr ihn noch totschlagen, wenn er ihn tot haben wolle, und daneben hat er alles regiert in seiner Familie und in der Gemeine, es mußte ihn alles fürchten. Mit Arbeiten und Geizen wurde er immer ein ärgeres Scheusal. Vor einem Jahr trat er mit seinen Häusern aus der Brandkasse. Hier brenne es doch nicht, und er wollte ein Narr sein, länger für andere zu bezahlen, hat er gesagt.

Im vergangenen Jahr ward es spät Frühling, dann gleich schrecklich heiß; das Gras wuchs schnell, war ungewöhnlich mastig, kam schnell und heiß aufeinander, und mancher Heustock verbrannte. Dem Alten sagte man oft, sein Heu rieche wohl stark, er solle dreinschroten lassen, aber er wollte nicht. ‚Wird mit der Zeit schon bessern', sagte er, jetzt hätte er mit dem Emd zu tun, das pressiere. Er pressierte mit dem Emd, und am Tage, wo er alles hereinhatte, sagte er: nicht um manche Dublone wollte er, daß er noch eine Handvoll draußen hätte; die, welche noch draußen hätten, könnten sehen, wie sie es hereinbrächten, es gebe ander Wetter. Seine Leute aber waren strapliziert, sie konnten kaum mehr auf den Beinen stehen, und wo sie ablagen, da lagen sie. Wir hatten selben Tag auch viel eingemacht, und schwer lag der Schlaf auf uns; wir hörten stürmen und brüllen und konnten nicht erwachen, bis uns fast die Fenster eingeschlagen wurden, und als ich endlich ein Auge auftat, war die Stube ganz heiter. Wohl, da tat ich das andere auch auf; wir meinten, unser Haus sei in Brand. Gottlob war es nicht; sobald wir draußen waren, wußten wir, wo es war, denn blutrot stand die Flammensäule hinter dem Walde, und Funken sprühte es bis hierher.

Was man schon lange gesagt, war geschehen: das Feuer im Heustock ausgebrochen, alles spindeldürr, alles im Brande, ehe jemand erwacht; mit Not wurden die Kinder gerettet, halb verbrannte der betrunkene Sohn, alles Vieh blieb im Feuer. Da sah man den Mann wild und zornig; sein Verlust war groß, es brannte ihn, aber mehr noch, daß er daran schuld war, was er zwar niemand eingestand, ja sich selbst es ableugnete, hauptsächlich aber darüber, daß es da nicht nach seinem Willen ging, daß eine Macht über ihm war, an der er nichts machen konnte, daß ihm ein Haus verbrannte, wozu er den Befehl nicht gegeben, ja ganz gegen seinen Willen. Niemand hatte Erbarmen mit ihm, aber wohl mit der armen Frau, die das größte Leiden hatte. Sie sollte ihrem Mann abwarten, für alles sorgen und hatte nichts. Der Alte wollte mit Geld nicht ausrücken; wenn die Leute nicht besser gegen sie gewesen wären, sie hätte es nicht machen können.

Endlich konnte der Mann sterben, aber des Schwiegervaters Zorn mußte sie alle Tage frisch haben. Er hatte im Kopf, noch selben Herbst ein neues Haus unters Dach zu bringen, aber das gab's ihm nicht. Es ist kurios: seit die Leute merkten, daß ein Stärkerer über ihm war, waren sie auch nicht mehr so untertänig gegen ihn, wollten die Hände ihm nicht mehr so unter die Füße legen. Er brachte die Werkleute nicht herbei, wie wüst er auch tat. Die Nachbarn wollten ihm nicht fahren, wie er dachte. Sie sagten ihm begreiflich nicht ab, aber heute wollte es sich diesem nicht schicken, morgen jenem nicht, wie man es hat mit Sachen, die einem zuwider sind. Zudem war es ein böser Herbst, wo man nichts machen konnte, die Tage zur Arbeit so gleichsam nur stehlen mußte. All sein Zorn ging dann über die arme Frau aus, sie sollte an allem schuld sein.

Letzten Winter bald nach dem Neujahr war's, da bekam er einen Brief von Bern; darauf fuhr er hinein, und am Abend kam er wieder, aber wenn das Roß nicht den Weg besser gewußt als er, er wäre nicht heimgekommen, denn er war nicht bei sich, er kannte niemanden und wußte nicht, wo er war. Es brach ein schreckliches Fieber aus, es hieß, es sei der Hirnbrand; es dachte niemand, daß er davonkäme. Und doch schlug er durch und brachte das Leben davon, aber was für eins! Er redet kein Wort mehr, von seinem Hof hat er sich fortgemacht und hält sich bei seiner Schwiegertochter auf, kennt aber keine Zeit, weiß nie, ist's Morgen oder Abend; bei keiner Mahlzeit stellt er sich ein, er ißt, wenn er hungrig ist, was er findet. Um nichts kümmert er sich, jetzt kann seinethalben bauen, wer da will. Er geht mit einem Pickel oder einer Haue Straß auf, Straß ab, kratzt darin, suchet und kann nichts finden, schüttelt den Kopf, geht weiter und kratzt an einem andern Ort. Man wollte es ihm verbieten, aber er tat so wüst, daß man es bleibenließ und dem Wegknecht aparten Lohn zahlt, damit er ausbessere, was der Alte verdirbt, denn er macht oft große Löcher. Läßt man ihn machen, so tut er niemanden etwas, im Gegenteil, er flieht vor den Leuten, weicht aus, daß man oft nicht weiß, wo er hinkommt. Ein trauriger Anblick!

Die Leute sagen: verdient hat er sein Unglück, aber es könne sie jetzt doch fast erbarmen. Daneben sei es ihnen lieber, er müsse jetzt umgehen und abbüßen, als daß er nach dem Tode abbüßen und wiederkommen müßte. Das wäre ihnen zum Entsetzen. Es sei schon so einsam und lang durch das Tal, daß es einem oft für nichts und wieder nichts kalt den Rücken auffahre. Wenn man dann erst noch den Alten da antreffen müßte, wie er kratze in der Straße, so dürfte kein Mensch mehr den Weg brauchen weder Tag noch Nacht."

„Aber", frug ich endlich, „weiß man nichts, was ihm in Bern zugestoßen oder ob das ihm nur so von selbst, wie man zu sagen pflegt, gekommen ist?"

„Man redet davon wohl freilich, aber eigentlich vor die Leute läßt man es nicht; man verheimlicht's so gut möglich. Wie bekannt, gönnte er niemanden etwas und gab niemand etwas, nicht einmal steuern und tellen wollte er wie üblich und bräuchlich, ja, auch sein Geld gönnte er den Nachbarn nicht, wenn sie es ihm auch verzinsen und versichern wollten mehr als gesetzlich. Da geht nun die Rede, und es soll mehr als gewiß sein, er habe alles Geld, welches er habe auf- und anbringen können, einem Bankhaus in Bern gebracht, und das habe ihm das in fremde Länder gebracht, wo es für Eisenbahnen verbraucht worden sei. So habe man ihm das hier nicht nachweisen können, und darum habe er keine Steuern davon bezahlen müssen. Das ist nun vor Gott und Menschen nicht recht, man denke, wenn es alle Menschen so machen wollten! Dazu war hier eine schreckliche Geldnot, es mußte mancher von Haus und Hof, weil er kein Geld finden konnte, und hatte doch doppelte Sicherheit und mehr, und verkaufen konnte er nicht.

Nun habe ihm das Bankhaus geschrieben, er soll eilends auf Bern kommen wegen wichtigen Sachen, und habe ihm da gesagt, das Geld sei alles verloren bei Heller und Pfennig, außer wenn man noch einmal viel setze, sei vielleicht etwas wiederzugewinnen. Das habe ihm ins Gemüt geschlagen wie ein Blitz. Er wolle sich besinnen, habe er erwidert, sei zum Stall gegangen, habe gesagt: ‚Stallknecht, spann an!', und das seien die letzten Worte, die man von ihm gehört, und weiter weiß man nichts, was er denkt und was er sinnt. Aber die Leute sagen, er suche das Geld, das er an den Eisenbahnen verloren, auf der Straße, so gleichsam als sei es da verlochet, so wie andere wiederkommen müssen, wie die Leute sagen, um vergrabene Schätze zu suchen oder zu hüten. Das ist, was man weiß davon, und das ist die lautere Wahrheit; die Köchin im Schloß hat es mir selbst erzählt. Ihr Herr wisse es ganz gewiß, hat sie gesagt."

Ich hatte andächtig zugehört und dachte jetzt daran, wie wunderbar des Herrn Wege seien und wie ans Licht kam, was unerforschlich gewesen. Gott weiß, was im Menschen ist und was sein Schatz ist. Hier zeigte Gott es klar, was ein Geiziger ist und wo er seine Liebe hat, nicht beim Bruder, nicht bei den Kindern, geschweige bei den Armen; er hat sie beim Gelde, da ist seine Seele. Und wenn dann der Geizige das Geld lassen muß, wenn so einer armen Seele genommen wird, was sie hat, was bleibt ihr dann, und was wird aus ihr hier in der Zeit, dort in der Ewigkeit?

O Mensch, bedenke!

Ein Bild aus dem Übergang 1798

1853

Wer steht, sehe zu, daß er nicht falle, und wer fällt, der trachte darnach, daß er wieder aufstehe! Ist er etwas wert, so mag es ihm gelingen mit Gottes Hülfe; will Gott nicht und taugt er nichts, ist faul bis ins Mark hinein, bleibt er liegen, wie es auch am allerbesten ist. Nach fünfhundertjährigem ruhmreichem Bestehen machte Bern die Probe; es fiel, aber es bleibt nicht liegen, in dem gebrochnen Stamme blüht ein neues Leben auf, denn der Stamm war nicht faul bis ins Mark hinein.

Mit Leben und Sterben geht's gar kurios. Glaubt man sich am besten dran, kömmt der Tod daher, und meint man, jetzt greife er zu und alles sei aus, so ist er weg und kömmt nicht wieder, einstweilen heißt das. Das erfuhr ein armes Webermannli an selbigem Tage, an welchem Bern fiel.

Schon lange war's, daß es in Frankreich unruhig war, sumste und brummte wie in einem Bienenkorbe, der stoßen will, und gäb wie er stieß, Schwarm auf Schwarm davonflog, so ward es doch nicht stille, es sumste und brummte fort. Schwarm auf Schwarm flog aus; es war, als wolle Frankreich noch ein Frankreich gebären, als solle Himmel und Erde ein Frankreich werden. Endlich, im Jahre 1798, kamen die Schwärme auch über die alten Berge her, frugen nicht, ob's erlaubt sei oder nicht, und wehren half nichts, und wo was geflogen kömmt, helfen Tor und Riegel nicht.

Das Sausen und Brausen in Frankreich hatte schon frühe ein Jucken in unserer alten Schweiz erzeugt, und goldene Verheißungen waren dazugekommen, und für's Teufels Gewalt wollte man auch surren und sumsen; ans Schwärmen dachte man freilich nicht, und worauf es eigentlich abgesehen war, merkte man nicht. Die Berner, auf die oder vielmehr auf deren Geld es eigentlich abgesehen war, standen am Anrichtloch; im Weltschland setzte der Franzos sich fest und manövrierte einen halben Winter ins Bernbiet hinüber mit seinem surrenden, brausenden und ansteckenden Sumsen.

Die Franzosen verstunden den Pfiff; das Eisen machten sie weiß, ehe sie es klopften, und in den Brei bliesen sie, ehe sie dreinbissen; sie liebten nicht, sich das Maul unnötig zu verbrennen. Es geriet ihnen nur zu gut bei den dummen Schweizern; sie bissen an den Angel. Die Franzosen sagten nämlich nicht: „Haltet den Kopf dar, er muß abgehauen sein, und nachher wird der Rest gefressen", sondern sie sagten: „Surret und summet, so sollt ihr Brüder heißen, und lieb werden wir euch haben zum Fressen."

Das nahmen viele für bar an, nur die Berner nicht, wollten nicht dran glauben, und das Sausen und das Schwadern gefiel ihnen überhaupt nicht. Desto besser gefiel es den lieben Eidgenossen, und zwar so, daß nach den Verhandlungen der letzten Zeit man über ihre bundesbrüderlichen Gesinnungen einigermaßen im Zweifel sein konnte. Indessen tat man holdselig gegeneinander, und es hieß: wenn Bern seine aristokratische Regierungsform wegtäte, wollte man ihm brüderlich helfen, wenn es nötig sei; werde es aber nicht sein, da die Franzosen nur den Aristokraten den Krieg machen, mit allen andern Menschen Brüder sein wollten. Da gab es Unterhandlungen zwischen Gutmütigkeit und Treulosigkeit, zwischen Menschen, die das Beste suchten, und Menschen, die fest das Schlechte wollten, Unterhandlungen, daß, wer sie liest, bald sturm, bald zornig, am Ende zu der Weisheit kömmt, daß zwischen Wind und Wellen nur kräftige, rücksichtlose Entschlossenheit retten kann, daß laue Freunde, perfide Bundesgenossen gefährlicher sind als offene Feinde.

Damals waren die Berner nicht witzig. Seit Jahrhunderten hatten sie andern geholfen und, daß die Freunde von Laupen und Murten andere geworden, noch nicht erfahren. Als der Feind den Toren nahte, opferten die Berner den Freunden die alte Verfassung, lösten die eherne Kette, die alles zusammenhielt, auf der das Vertrauen ruhte. Als der Sturm wütete, schraubte man das Steuerruder ab, suchte ein neues, sägte Masten ab, setzte „provisorisch" neue ein, bis man aus Frankreich neue bekäme. Da gab es großen Riß und Jammer, es ging ein Schrei durchs Volk wie in einem Schiffe, wenn es einen Leck bekömmt und schäumendes Meereswasser stromsweise eindringt. Das Vertrauen zu der

Schiffsmannschaft, den Offizieren des Schiffes ging verloren, und das Geheul begann: man sei verraten und verkauft. Es war so lange geschrien worden, die alte Regierung habe das Vertrauen des Volkes verloren, daß sie es am Ende selbst glaubte und ihre Machtvollkommenheit in der gefährlichsten Zeit dem Volke zustellte. Da erst verlor das Volk das Zutrauen zu der Regierung; sein Instinkt sagte ihm, was kommen müsse, wenn in der Nähe der tobenden Brandung die erfahrnen Hände vom Steuer lassen; es schäumte vor Weh und Wut.

Der alte Berner Mutz, der durch so manche Mauer gebrochen, zu Schlacht und Hochzeit mit gleicher Freudigkeit gegangen, loderte hochauf, drängte dem Feinde entgegen. Es waren noch die Söhne der Berner, welche, nachdem sie zwei große Schlachten geschlagen, in einem Tage in die dritte sich stürzten und in der Birs oder auf dem Kirchhof zu St. Jakob den Tod fanden. Wenn damals dreißigtausend Berner, in Kriegsglut entbrannt, losgelassen worden wären auf die zerstreut liegenden Feinde, denen eine bedeutende Zahl erst nachrückte, Bern hätte gesiegt oder wäre erst nach großartigem Heldenkampfe gefallen. Aber Gott wollte es nicht. Als das Vertrauen gebrochen war, der Kriegsmut in Mißmut, in heillosen Wirrwarr sich verwandelt hatte, kurz, als alles war, wie die Franzosen wollten, da schlugen sie los, treulos, ehe der Waffenstillstand abgelaufen war.

Als die Franzosen losschlugen, zogen die lieben Eidgenossen heim und ließen Bern im Stich. Doch so gleichsam zum Trost schrieben sie noch: ihr Sinn und Gedanke sei stets gewesen, mit fester Schweizer Treue, mit freudiger Aufopferung alles Blutes bis auf den letzten Mann ihren lieben Eidgenossen von Bern zur Hand und Hülfe zu stehen, wie sie denn davon bis auf diese Stunde sattsamen Beweis von sich gegeben hätten. Diese, Glarner und andere, hörten noch den Kampf von Fraubrunnen her; sie machten, daß sie fortkamen. Diesen Glarnern vergalt wenige Jahre später Bern dadurch, daß es ihnen ihre hungernden Kinder abnahm und nährte, einige bis auf diesen Tag. Diese Guttat vergalt jüngst ein hochgestellter Glarner, von Bern um einen Ehrendienst angesprochen, mit höhnenden, schnöden Worten. Müssen interessante Leute sein, die Glarner!

Nun mit aller Übermacht die Feinde auf das überraschte, verlassene Bern, ein schmählich Opfer, mit dem die Eidgenossen die eigene Sicherheit zu erkaufen meinten. Und wie ging es ihnen? Man kann sich die unaussprechliche Verwirrung, welche in Bern herrschen mußte, als es hieß: „Feinde ringsum!", kaum denken; in Bern war nie ein Feind gewesen — fast hundert Jahre lang hatte man im Frieden gelebt, und als man die letzten Male kriegte, war es weit unten im Aargau und in den freien Ämtern, vom Kanonendonner hörte man nichts —, und dazu tönte der Name Franzos so fürchterlich, alle Greuel dachte man in ihm zusammengefaßt.

Die besten Männer stunden vor dem Feinde, die erfahrnen Leiter der Republik hatten die verwirrte Stadt verlassen, suchten draußen Kampf und Tod. Das alte Haupt der Republik, Steiger, der greise Held, stand unten im Grauholz; als sei er der sichtbar gewordene Heldengeist des alten Berns, gebot er Achtung fernehin dem heranstürmenden Feinde. Ungewohnte Hände hatten die Zügel des Regiments ergriffen, und Botschaften, unglückliche, unsichere, kamen zu allen Toren ein, von oben her, von unten her; jede erzeugte Maßregeln und Befehle, die, kaum gegeben, wegen neuen Berichten widerrufen wurden.

Da, gegen Morgen am 5. März, erschienen die sichersten Botschafter, die bei Laupen und Neueneck geschlagenen Truppen. Da ertönten die Glocken der Stadt, läuteten Sturm, riefen zum Streit und nicht umsonst. Im Sturmschritt eilten Truppen durch die Stadt, die kühnern Studenten schlossen sich an, Weiber, Greise ergriffen Waffen, eilten nach. Wenige, welche die Waffen tragen konnten, aber derselben kaum kundig waren, blieben zurück, besetzten die Wachen und hüteten mit klopfendem Herzen die Stadt. Draußen ging's vorwärts, den rasenden Feinden entgegen; einer riß den andern hin, der rechte Schlachtenzorn erwachte in den Bernern: sie stürzten auf die siegenden Franzosen, als wären sie die Sieger, stellten, warfen sie von den Höhen ihrer Batterien weg in den Talgrund, stürzten dort auf sie, nahmen sie unter die Kolben, schlugen tot, was sie erreichen konnten, jagten, kaum Atem fassend, den Rest Freiburg zu.

Stille war es in der entvölkerten Stadt geworden, die Weiber weinten und beteten daheim, öde war es auf den Straßen; Weibel sah man hin und her eilen, Neugierige ihnen nachstreichen, das Neueste zu vernehmen. Still ging's auf den Wachen zu, besonders auf der Zeughauswache, welche hauptsächlich aus schittern G'hausmannlene und zähmeren Studenten bestund. Unter den ersteren befand sich ein armer Weber, der im Altenberg wohnhaft war. Man kennt den Weberschlag im allgemeinen, die blaßroten oder ganz bleichen Männchen mit den schmalen Backen und dünnen Gliedern, die zittern, wenn der Bysluft geht, und bei starkem Wetterluft nie ohne Stecken ausgehen aus Furcht, die Luft könnte sie entführen in fremde Lande, wo sie mit der Sprach nicht z'weg kämen. Natürlich sind die üblichen Ausnahmen hier ebenfalls sorgfältigst vorbehalten, denn es gibt Weber, mit denen ihrer zwei mehr als genug zu tun hätten.

Unser Weber gehörte nicht unter diese Ausnahmen. Er war ein schlotterhaftes Stadtkind; ob er je Pulver gerochen, wissen wir nicht, jedenfalls hatte er es nicht selbst abgebrannt, denn die Flinte war ihm ein durchaus unbekanntes Ding und dazu noch e wüsti Sach. Da die Glocken gingen, scharfe Befehle ergingen, sich einzustellen, da ward ihm sehr bange ums Herz. „Frau", sagte er, „ich denk, ich bleib da, vo wege es geht ums Leben. Verrichten tue ich doch nichts, und g'winnt man, so hat man mich ja nicht nötig gehabt, und verliert man, so hätte ich der Sache doch keinen andern Schwung gegeben. Und denke, wenn ich umkäme, was aus unsern armen Würmern würde, unseren lieben Kindern!"

„Ho, öppe nit viel anders, als wenn du dabliebest, am Ofen hocketest und Tee tränkest, vo wege ich wäre immer noch da, und wer sieht zu ihnen und kuranzte sie als ich! Schämst du dich nicht, daheim zu bleiben, wo die ältesten Mannli laufen wie Zwanzigjährige, so schäme ich mich; ich will nicht mein Lebtag hören, was ich für einen Fösel und — zum Manne habe. Gehst du nicht, so mach die Hosen runter, und ich will darin gehen an deinem Platz", sagte die mannliche Frau.

Verblüfft sah der Mann sie an und machte Anstalt, der Frau das Verlangte abzutreten, denn er war gewohnt, sich ihren Befehlen zu unterziehen ohne Widerrede. Jä, aber diesmal war's nicht so gemeint. Als die Frau merkte, wie er es nahm, wäre sie erschrocken, wenn sie ihres Regiments nicht so sicher gewesen wäre. „Was!" rief sie geistesgegenwärtig, „ich glaube gerne, du trätest mir jetzt die Hosen ab, aber ich mangle sie nicht, ich habe die schon lange. Ja, es wär dir d's Rechte, wenn ich dahintenblieb im Krieg, aber so ist's nit g'meint; was sollte aus den Kindern werden? Jetzt machst, daß du fortkömmst, oder ich will dir! Ich führe dich an den Ohren in die Stadt."

Da machte traurig das Mannli sich auf, und seine leichten Beine wurden ihm zentnerschwer. Z'Trotz der Frau, dachte er, wolle er machen, daß die Franzosen ihn erschössen. Wenn man dann käme und ihr sage, er sei totgeschossen, daure es sie doch; sie müsse denken, sie sei schuld daran, und das werde sie ihr Lebtag plagen. Als er aber weiter kam, dachte er: nein, das mache er nicht, das wäre ja dumm, es wäre ihr gerade das Rechte. Er wolle zu seinem Leben Sorge tragen, die müsse ihn noch länger haben. Er denke immer, weil sie so zornig werde, bekäme sie einen Schlagfluß. Dann wolle er witziger sein als das erstemal und nicht so auf eine Hübsche, Handliche sehen, wo Herrenköchin gewesen, sondern auf eine Manierliche, wo d'Sach und d's Lebe ihm gönne. Solche häusliche Gedanken wälzte der Weber in seinem Busen, als er in den großen Krieg, wo Sein oder Nichtsein des Vaterlandes entschieden werden sollte, eilte.

Der gute Weber erfuhr, was Hochmut für Früchte bringt. Er war in seiner Jugend ein üppig Bürschli gewesen, denn er verdiente schön, konnte sich lustig machen, und unter dem Weibervolk war er gerne gesehen, denn wenn ihn eine freundlich ansah, zahlte er Wein, sogar Bratis; das machte ihn zum Hochmut noch eitel. Das merkte sich eine Herrenköchin, die gerne einen Mann hatte, sie wußte wohl, warum. Sie hatte ihn alsbald gefangen, und zwar so, daß er meinte, was für eine Gnade sie ihm antue und was für ein Glück er mache. Sie verstund das Handwerk aus dem Fundament und gehörte zu dem kecken Schlage, der hübsch und nicht hübsch, Alte und Junge von allen Sorten um den Finger wickelt, und zwar nolens volens, wie der Lateiner sagt. Dem armen Weberlein vertrieb sie bald Hochmut samt Eitelkeit, dressierte ihn, daß er parierte wie ein Schoßhündlein und sogar gerne anfangs. Später kam es ihm wohl anders, aber er konnte nichts mehr daran machen, er war in ihrer Gewalt, er vermochte nicht, wider den Stachel zu lecken. Er brütete oft über finstere Gedanken, ja, er machte sogar schwarze Anschläge, die man dem schlichten Weberlein nicht zugemutet hätte, und wenn er heimkam unter ihre Augen, ja, so war er fertig, so wickelte sie ihn um den Finger oder sagte: „Kusch!" zu ihm; er ward wieder ganz zahm und köselte lange Zeit nach ihrem Winke und Willen.

Er machte sich die hintern Gassen auf, der Nähe nach dem Sammelplatze, dem Zeughause zu, weil er sich verspätet wußte, und vernahm dort, daß sein Korps längst abgezogen und es zweifelhaft sei, ob er es einhole, überdies noch gefährlich. Am besten täte er, er bliebe da; es sei ein Ehrenposten, und die Wache sei schwach, und sei es doch so wichtig da, denn wenn alles genommen sei, so komme es zuletzt noch ans Zeughaus, und erst wenn die Feinde das hätten, sei alles verloren. Das gefiel ihm, und er blieb. Das ist immer ein großer Trost für einen Helden, denn man kann nie wissen, was vor dem Letzten noch alles sich ereignen kann.

Auf der Wache sah es sehr ernsthaft aus. Essen und Trinken war da die Fülle, aber wenn einer dem andern davon anbot, hieß es gewöhnlich: man sei nicht hungerig, habe gar nicht Appetit. Mehrere horchten nach dem Schießen, ob es nahe oder weite, und allemal hellten die Gesichter drinnen sich auf, wenn es hieß: es gehe vorwärts, das Gewehrfeuer höre man nur noch ganz dünn. Zwischendurch machte man sich mit den Waffen zu schaffen, lud die Flinten, schärfte die Säbel, klopfte die Feuersteine z'weg und bramarbasierte ganz nach Art der ungefiederten Helden mit denselben gewaltiglich. Der eine hatte einen Säbel, mit dem er Roß und Mann mit einem Streiche spalten wollte, der andere eine Flinte, die so weit schoß als eine Kanone; ein dritter führte Pistolen bei sich, mit denen er sich vor einem Dutzend Husaren nicht fürchtete, wenn er sich gehörig verstecken könne, wo sie ihn nicht sähen. Man nahm die Waffen zur Hand, plänkelte mit denselben herum, werchete sich gewaltsam Kurasche in den Leib, daß es sie jeweilen ankam: wenn einer nur die Franzosen hätte, er fräße sie, gehörig gesalzen und an einer anständigen Soße, allein.

Allmählich erwärmte sich unser Weberlein an diesem Feuer, er begann sich mannlich aufzurichten; er frug nach einem Feuerstein, da er seinen in der Hitze ab seinem Schloß verloren; er schraubte ihn mit Hülfe einiger andern sogar auf, doch schärfen wollte er ihn nicht lassen. Er begehre nicht, daß der Schuß so geschwind, ehe er recht gezielt, losgehe. Es sei ihm nicht ums Schießen, sondern ums Treffen, und wenn er alle auf hundert Stunden mit einem Schuß erschießen könnte, er tät's, wahrhaftig, er tät's, sie erbarmten ihn wäger keis Brösmeli. Als der Feuerstein aufgepflanzt war, gingen die Kameraden ans Laden; sieh, das wollte er lange nicht zugeben.

Das sei lange frühe genug, wenn es müss' geschossen sein; so ein Schuß im Gewehr trage nichts ab und könnte von selbsten losgehen und alle erschrecken, ja sogar treffen, so sagte er.

Unsere Soldaten wurden wieder lustig, als man das Schießen immer dumpfer hörte, ja, als Fuhrleute, welche Verwundete brachten, erzählten, wie die Franzosen davonliefen, daß man ihnen auf Rossen nicht nachmöchte, und wie man sie von Bäumen herunterschieße dutzendweise, als wären sie Eichhörnchen oder Herrenvögel. Es mußte dem Weber, gäb wie er zappelte, geladen sein, und zwar scharf, wie sie sagten. Er solle nur sachte machen, denn wenn das losgehe, töte es alle, die es treffe, darauf könne er zählen, b'richteten sie ihn. Der arme Kerl kriegte neue Angst, denn er hatte sein Lebtag nie geschossen, war sein Lebtag nie mit einem Gewehr umgegangen. Man hätte sehen sollen, mit welchem Beben er es in die Hände nahm, mit welchem Respekt er es weit vom Leibe hielt und wie leise er es fernhin in eine Ecke stellte.

Man begann Appetit zu bekommen, man nahm die Vorräte zur Hand, man ließ welche holen, man teilte freigebig mit. Der Weber, den seine Frau eben nicht überflüssig versehen hatte und bei Essen und Trinken, besonders wenn es nichts kostete, dem Tapfersten nicht nachstand, griff rüstig zu, genierte sich im mindesten nicht.

Man war recht munter, und als man am besten dran war, machte die Schildwache die Tür auf und rief ängstlich, sie sollten kommen und horchen. Wohl, die kamen unb'sinnt, hörten pung, pung!, aber nicht gegen Westen, Neuenegg zu, sondern ganz umgekehrt, gegen Norden. Von Fraubrunnen her oder noch viel näher schoß es. Klein und grob donnerte es von dorther, und in der Stadt hörte man ein groß Getümmel; als ob die Leute die Köpfe verloren hätten und jeder seinen wiedersuche, rannten sie durcheinander. Von unten herauf kämen die Franzosen, alles sei verloren, alles tot und ganz kaputt, schrie es durcheinander.

Es war ein Jammer, ganz entsetzlich. Die einen schrien: man solle sich wehren bis auf den letzten Blutstropfen, es werde doch das Kind im Mutterleibe nicht geschont, und schöner sei es, einen ehrlichen Soldatentod zu sterben, als sich metzgen zu lassen wie ein Kalb. Andere schrien: man solle ums Himmels willen kapitulieren, die Stadt übergeben, sonst würde sie an allen vier Ecken angezündet und alles verbrannt mit Mann und Maus. Ein altes Stelzbein wollte, daß Sturm geschlagen, mit sämtlicher bewaffneter Mannschaft ein Ausfall gemacht werde. Die Flüchtlinge schlössen sich an, es ginge wie obenaus, im Nu wären die Franzosen wieder in Fraubrunnen. Aber das war die Stimme eines Predigers in der Wüste. Die Ohren, welche seine Stimme gehört hätten, die waren nicht mehr da, die waren bei Neuenegg. Ja, auf der Zeughauswache meinte ein G'hausmannli: entweder sei das ein Narr oder ein Verräter, jedenfalls würde es nichts schaden, wenn man ihn einstweilen hintern täte. Da die Wache eigentlich nicht zu aktivem Dienste beordert war, so fand auch diese Stimme nicht Gehör. Man könne nicht wissen, was komme, mutwillig was anfangen, wäre dumm; es sei frühe genug, auszurücken, wenn Befehl käme, daß es sein müsse. Wenn der Brülli Anhang finde, so könne es Krieg geben in der Stadt selbst; darum sei es besser, man lasse das einstweilen machen und blase nicht drein. Die Herren würden doch wohl so witzig sein, die Stadt zu übergeben zu rechter Zeit, hieß es. Gottlob seien die Hitzköpfe fort und die Weisen daheim geblieben.

Da ging's dem Zeughause gegenüber pung, pung! Dort, jenseits der Aare auf dem Breitfeld stund eine bernische Batterie, die zu feuern begann, sobald die Franzosen am jenseitigen Ende des Feldes sich bemerkbar machten. Diese antworteten; plötzlich war der Krieg vor der Stadt, das Zeughaus ungedeckt dem feindlichen Feuer ausgesetzt. Mein Gott, was da für eine Angst über die Manne im Zeughause kam und wie die Gesichter bleich wurden! Ein kleiner Student mit einer Patrontasche, die ihm bis an die Waden, welche etwas quer an den Beinen placiert waren, hing, schrie: es sei den Franzosen verraten worden, daß hier das Zeughaus sei! Gewiß wollten sie es in die Luft schießen, man mache es so im Kriege, da seien sie alle verloren. Und manchmal, sagte einer, der einen Spaß selten unterdrücken konnte, sprenge man sich selbsten in die Luft; so wüßte man am geschwindesten, woran man sei, erschrecke dazu noch den Feind und komme ung'sinnet zu großem Ruhme, woran man sonst nie hätte denken dürfen. Wohl, der hatte Zeit zu schweigen, wenn der Heldenmut der erschrockenen Helden sich nicht über seinem Haupte entladen sollte! Denn sie nahmen den Spaß für Ernst und entsetzten sich billig über solch vermessene Rede.

Aber jetzt, was machen? Sich in die Luft schießen lassen? Davonlaufen wäre das kürzeste gewesen. Aber daran dachten sie nicht, es fiel ihnen gar nicht ein. Es lag ihnen noch so ein altbernerischer Gehorsam in den Gliedern, daß sie nichts anders wußten, als einstweilen da zu stehen, wo sie stunden, und wenn ihnen einer dazu geraten hätte, davonzulaufen, so würden sie geantwortet haben: „Was würden unsere gnädigen Herren sagen, wenn wir da fortliefen? Wohl, die würden uns!" Man muß bei dieser Sprache aber nicht vergessen, daß es schittere G'hausmannleni und die zähmern Studenten waren, welche das Zeughaus hüteten und denen ein heiliger Respekt tief in den Gliedern saß.

Man sprach davon, einen über die Aare, welche etwas weiter unten, gegen das Rathaus zu, sehr seicht war, zu der Batterie zu schicken und den Kanonieren sagen zu lassen: sie sollten mit dem lümmelhaften Schießen aufhören; ob sie nicht daran dächten, daß hinter ihnen das Zeughaus sei, welches in die Luft fliegen könnte, wenn es eine Kugel treffen täte? Man schlug dazu den Weber vor, dem die Aare am besten bekannt sei und dem es am meisten daran gelegen sein solle, indem er da drüben wohne, und wenn man mit dem gefährlichen Schießen die Franzosen hieherlocke, so könne er zusehen, wie es seiner Frau und Kindern erginge; lebendig sehe er sie nimmer wieder, alles Lebendige verhacketen die Franzosen, als wär's Kraut und Rüben.

Aber unser Weberlein wollte nichts davon hören, es tat wüst, wir müssen es sagen. Und er gehe nicht, erklärte er; in solchen Zeiten müsse jeder zu sich selbsten sehen. Um seine Frau mache es ihm nicht angst; das sei eine, die sich zu helfen wisse, er möchte einem jeden von ihnen eine solche gönnen. Er möge das Wasser nicht ertragen, er habe es gar auf der Brust. Wenn er durch die kalte Aare müßte, auch wenn das Wasser ihm nur bis an die Knie ginge, so nähmte es ihn, er erlebte den Sommer nicht mehr. Es solle ein anderer gehen, um den es weniger schade wäre, der keine Kinder hätte, wo's vielleicht niemand übel, aber vielen wohl käme, wenn er dänne käm. Weber sind, wie gesagt, oft lützel in den Gliedern, aber mit dem Maul, da sind sie z'weg; sie nehmen es sogar mit den Schneidern auf, und zwar mit Glanz.

Pung, pung! ging es draußen immer strenger, die Gefahr ward dringlicher, der Streit heftiger. Die G'hausmannleni wollten einen Studenten senden und nahmen die Partie vom Weber, die Studenten waren in der Mehrzahl; es weiß kein Mensch, welchen Heldenkampf die Welt erlebt hätte, hätte nicht ein Weibel sie darum gebracht. Ein solcher kam plötzlich mit starkem Schnaufen dahergerannt und brachte die Nachricht: es sei eine Kapitulation abgeschlossen worden, die Franzosen wollten im Frieden einziehen, nicht plündern, niemand fressen, weder gebraten noch ungebraten; bei Todesstrafe sei von nun an jeder Schuß verboten, wer schieße, der müsse auf der Stelle erschossen werden ohne Erbarmen.

Da war die Freude groß und der Streit zu Ende. Also Friede war's, und mit dem Leben kamen alle davon, und gerne blieb man auf dem Posten, wie es streng befohlen ward, bis man abgelöst wurde. Nun waren die Herzen leicht geworden, und damit man ja ganz sicher sei, daß kein Unglück geschehe, und auch daß die Franzosen sehen könnten, daß man gut Freund sei und ihnen eigentlich gar nichts Leides hätte tun wollen, also auch nicht im mindesten riskiere, kriegsgefangen zu werden, wurde man rätig, aus allen Gewehren die Schüsse zu ziehen. Das werde den besten Eindruck machen, meinte man. Mit Eifer ging man allseitig ans Schüsseausziehen, aber es war leichter gesagt als getan. Bei den meisten war es das erstemal, daß sie es versuchten, und Schüsse ausziehen hat eine Nase, fast wie das Zahnausziehen; das kann auch nicht jeder, und wenn die Flinten hätten Laut geben können wie die, denen man Zähne auszieht, es hätte ein schrecklich Gebrüll abgesetzt.

Plötzlich kracht ein Schuß, hochauf fahren alle; leichenblaß steht unser Weber neben seinem rauchenden Gewehr, das am Boden liegt. Er hatte gebohrt an ihm, hatte gezerrt an ihm, wollte es auf eine steinerne Platte stellen, um noch besser zu zerren und zu bohren, da fiel es ihm aus den müden Händen und ging los, denn es war ein alt, wunderlich Schloß an ihm vom Großvater selig: wenn es abgehen sollte, ging's nicht, und wenn es nicht abgehen sollte, so ging's.

Wie ein elektrischer Schlag war mit dem Schuß der Gedanke in alle gefahren: „Herr Jeses, jetzt muß doch noch einer erschossen sein und das Leben verlieren, und noch dazu müssen wir es machen, denn es hieß ja: wer schieße, müsse auf der Stelle erschossen werden." Darum war der Jammer groß, und alle umringten den Weber und schrien: „Warum machst uns das an, warum ließest das Gewehr fallen, warum bist nicht gegangen, wo man dich schicken wollte; jetzt hast's!"

„Nit, nit!“ sagten die Gutmütigen, „es ist jetzt nicht Zeit zu Vorwürfen, der arme Teufel ist gestraft genug und wir damit, wir müssen das Urteil vollziehen; es ist jetzt darum zu tun, wo und wer es machen soll von uns. Wir werden losen müssen, und am besten wird es sein, man vollziehe das Urteil im Zeughaushof. Einer muß mit ihm beten, ein Theolog, bis alles fertig ist, und wenn er was will z'trinken oder z'esse, so muß man es ihm geben. Reich doch einer Wasser und Wein, es wird ihm, glaub, übel; er ist ja weiß wie der Tod, das arme Mannli, und wär ja fast entronnen gewesen.“

Es war auch Ursache genug zum Übelwerden: so mir nichts, dir nichts erschossen zu werden, und nachdem man geglaubt, jetzt sei alles gewonnen. Das arme Mannli hatte keine Sprache mehr, es schlotterte, es wimmerte, es rang die Hände, mit Abscheu wies es Essen und Trinken ab; es drehte die Augen um und um, wahrscheinlich nach dem Theologen. Es wurden Anstalten gemacht zum Losen. Da schrie und weinte das Mannli gar bitterlich, und der sprach, und der andere sprach: „Und treff's mich oder treff's mich nicht, auf den armen Teufel schieße ich nicht; schieß meinethalben, wer will!“

„Ha, so laßt ihn laufen; was fragen doch die Franzosen darnach!“ sagte der, dem lustige und ernste Worte entrannen ung'sinnet. Und wie ein elektrischer Funken fuhr es wieder durch alle. „Ja, laßt ihn laufen!“ und: „Lauf, lauf!“ rief's wie aus einem Munde. Und das arme Mannli wollte, bleich wie der Tod, davonstürzen, aber einer, der den einen Arm in der Binde trug, erst gekommen war, hielt ihn und sagte: „Nit, so kömmst du nicht zehn Schritte weit. Zieh erst den Atem recht, trink das Glas Wein aus, dann geh in Gottes Namen; es wird nicht halb so pressieren.“ Diese Kaltblütigkeit gab Ärgernis; es ertönte wiederum wie ein Lauffeuer: „Lauf, Weber, lauf!“, und der arme Kerl lief, lief spornstracks durch die Aare, und nach langen Jahren erzählte er, wie er hätte erschossen werden sollen, wie er sich gerettet, wie er durch die Aare geschwommen und wie es ihm davon auf die Brust gekommen.

Als der gute Leinweber aus dem Gesichte war, wandte sich der mit der Binde zu den übrigen: „Ihr seid allesamt Donners Küh, und jetzt macht, daß ihr heimkommt, sonst will ich euch das Erschießen eintränken!“, und dazu machte er Augen wie Pflugsräder.

Und sie ließen sich das nicht zweimal sagen, sie liefen vielleicht heute noch, wenn ihre Beine nicht anderer Meinung gewesen wären, vergaßen im Schrecken, zu fragen, ob er ein gnädiger Herr sei; sie liefen, sie liefen vielleicht heute noch, wenn eben nicht Franzosen ringsum gewesen wären. Die waren aber nicht halb so gefährlich, als man sich vorstellte. Einer von Lützelflüh wollte trotz den Franzosen heimlaufen, geriet beim Klösterli unter einen Trupp Husaren, die einen Wagen mit Geld aufgeschlagen hatten. „Nimm, Bauer, nimm!" rief ein deutscher Husar ihm zu. Der, nicht faul, griff zu und füllte alle Taschen. Mit dem Gedanken, jetzt wolle er des Vaters Heimwesen von Schulden erleichtern, ging er dummerweise auf der Straße fort. Oben am Berge lief er einer andern Truppe in die Hände. Die erleichterten ihn, und mit leeren Taschen kam er heim.

Der Besuch

1853

Sommer war's, nach dem Heuet ungefähr, denn die Wiesen waren frisch gemäht, und im Felde stund noch das Korn. Gegen Abend ging's, aber noch brannte die Sonne heiß, und dunkle Wolken stocketen am Himmel. Da saß auf einem Abweissteine an einer staubichten Landstraße ein junges Weib, hatte ein Kind an der Brust, und ein Kinderwägelchen stund vor ihr. Es war offenbar kein arm Weib, denn im Wägelchen war schönes, reines Bettzeug, und es selbst trug ländliche Tracht, zwar nicht hoffärtige, aber reiche, und doch schien es unglücklich, denn so munter, als der Bube auf seinem Schoße sog, ebenso stark weinte es gar bitterlich. Als der Junge endlich seinen Durst gestillt, wischte es, so gut es ging, die Tränen ab, packte ihn sorgfältig ins Wägelchen und zog fürbaß, aber mühsam, offenbar ermatteten Schrittes.

Das war eine junge Baurenfrau, die Frau des Sohnes des Tanzbodenbauers, welche heimwollte zum Besuch über den Sonntag, denn es war Samstagsnachmittag. Stüdeli war da aus den Dörfern herauf, wie man im Emmental zu sagen pflegt, hatte auf dem Tanzboden sich eingemannet. Der Tanzboden ist dem Weibervolk sonst ein sehr beliebter Aufenthaltsort, wie bekannt, und dieser Tanzboden, von dem hier die Rede ist, noch dazu ein recht schöner Hof und der Bauer nicht verschuldet und doch Stüdeli da oben nicht wohl, denn das Heimweh wollte ihns nicht loslassen. Wenn schon nicht die Worte, so doch die Töne klangen ihm immer und immer im Herzen: „Herz, mys Herz, warum so trurig, und was soll das Ach und Weh? 's ist so schön im fremden Lande, Herz, mys Herz, was witt de meh? Was m'r fehlt? Es fehlt m'r alles, bi so gar verlasse hie, möcht zum Ätti, möcht zum Müetti, ha nit Luft und ha nit Fride, bis ih i mym Dörfli bi."

Nun, in fremdem Lande war das Frauceli noch lange nicht. Der Tanzboden war kaum vier Stund von Straudachigen, wo Stüdeli daheim gewesen, entfernt, und doch schien es ihm, es sei auch so, wie es im gleichen Liede heißt: „Es ist wohl schön da oben, doch zur Heimet wird es nie!“ Dieses Weh nach einer Heimat, die nicht zwei Stunden weit entfernt liegt, findet man oft im Schweizerland. Ja, es gibt Bauern, denen es nicht wohl wird, bis sie wieder auf den Hof, in das Haus, in welchem sie geboren wurden, eingezogen. Drei Stunden sind eine große Weite im Schweizerlande; wo innige Liebe ist, sind hundert Ellen eine grausame Weite.

Stüdeli war auf den Tanzboden gekommen, es wußte kaum wie, fast wider Willen. Stüdeli hatte auch ein Meitschiherz; flinke Buben gefielen ihm wohl. Einen Kurs in der spekulativen Philosophie hatte es nicht durchgemacht, es war noch viel zu jung, um was dran zu begreifen. 'Es fragte nicht nach Geld und Sachen, die Lüstigsten waren ihm die Liebsten; eines Geißenhändlers Bub war der Allerlüstigste, der war ihm auch der Allerliebste. Nit eben so, was man sagt, im Ernste, von Heiraten war keine Rede; aber d'r Tüfel sei immer ein Schelm gewesen und werd noch immer einer sein, dachten die Alten, ung'sinnet könnt's fehle.

Da kam einmal eine Bettlerfrau, es war im Winter, und fragte: ob sie nicht hineinkommen und sich wärmen dürfe? Dieses schlägt man in der Regel nicht ab; so eine weiß was zu erzählen, und gerade die war eine der Rechten. Hauptsächlich drehte sich ihre Rede um den Tanzboden herum und vergaß dabei Peter nicht, den Sohn. „Das wär einer für dich“, sagte sie zu Stüdeli, „werchbar, huslig, hübsch, frein wär er, kurz alles, was einem Burschen wohl ansteht und Meitschene sonst anständig ist.“ Stüdeli verlachte diese Reden, aber der Mutter gingen sie in die Ohren. Das schickte sich, wenn die zusammenzubringen wären, dachte sie. Das Meitschi sei ihr nicht erleidet, aber man wäre doch dann Kummers los.

Als die Bettlerin endlich ging, ging die Mutter ihr nach, und korbeten die Sache zusammen, so gut, daß es allerdings einen Käs gab, wie man zu sagen pflegt. Stüdeli wehrte sich nicht auf Leben und Tod; die Bäurin stak ihm doch noch tiefer im Kopf als des Geißenhändlers Bub, und da Geißenhändlersbuben wohl selten zu Bauern werden, so zog der Baurensohn vor. Übrigens war Peter, wenn auch nicht der Lüstigste, so doch gar kein übler Bursche, hatte gesunden Verstand, einen tüchtigen Körper. Am meisten war es Stüdeli zuwider, daß es so weit vo Müetti wegmüßte und dazu noch ins Emmental hinauf, in die wüsten, schwarzen Berge hin. Daß es so hell und heiter im Emmental ist wie irgendwo, sieht man ihm freilich von ferne nicht an. Des Geißenhändlers Bub tat anfangs wüst; erst redete er von Erschießen, dann von z'Krieggehen, und endlich machte er es wie die meisten in ähnlichen Fällen: er nahm eine andere.

Stüdeli war recht hellauf als Braut, freute sich sogar auf die Hochzeit wie die andern auch, wenn sie es zuweilen auch nicht erzeigen wollen, und blieb als junge Frau noch einige Zeit recht wohlgemut daheim. Da begehrten aber die Schwiegereltern ernstlich, daß es zu ihnen käme. Es sei ja dumm, sagten sie, und die Leute würden ihnen wenig darauf halten, wenn sie eine Schwiegertochter hätten und, statt diese ins Haus zu nehmen, einer Jungfrau den Lohn gäbten, für ihre Sache zu machen. Daneben verlauf d'r Jung eine Zeit, es sei nicht zu sagen, und wenn man schon die Zeit nicht achten wollte, so sei dann erst noch von den Schuhen zu reden.

Stüdeli mußte also von den Dörferen herauf auf die Höfe und trug das Bewußtsein in sich, es sei eine Art von Mißheirat, weil man in den Dörfern gebildeter sei, den Komment des Lebens viel besser kenne als da oben in der Wildnis. Es hatte eine Sekundarschule besucht, konnte französisch schreiben, das heißt französische Buchstaben machen, sagte: „Merci bien!", hatte eine Arbeitsschule besucht, konnte Pantoffel sticken und Hosenträger. In seinem Dorf gehörte Stüdeli unter die Gebildetsten; es hatte sogar „Martin, das Findelkind" gelesen und vom „Ewigen Juden" gehört. Indessen hatte ihm dieses durchaus nicht geschadet; es hatte die glückliche Gabe, so zu lesen, daß es grusam kurzi Zyti hatte darob, so sagte es wenigstens; ob es eigentlich so war, können wir wirklich nicht sagen, jedenfalls so, daß diese Bücher ihm durchaus nicht schadeten. Wir wissen nicht, sollen wir sagen, weil es sie nicht begriff oder weil es unter die Reinen gehörte, denen alles rein ist. Es ist mit dem Lesen eine eigene Sache: es geht mehr Leuten, als man glaubt, so glatt über die Haut weg wie Wasser, macht nicht den mindesten Eindruck, hinterläßt nicht die geringste Spur.

Dagegen betrachtet man in den Bergen und auf den Höfen die Dörfer als einen gemeinern, roheren Schlag von Menschen, ungefähr wie in London die Bewohner der vornehmen Quartiere die Leute in der City oder in Bern die Leute in der Junkerngasse die hinter den Spychern. Anspruchsvoll ist man also in beiden Lagern, aber das ist wahr, daß der Stolz der Dörfer weit plumper, beleidigender hervortritt als der der Höfer. Wenn man sich zu Heiraten herbeiläßt, so betrachtet man es immer als eine Art von Herablassung, zu welcher man nur bestimmt wird durch eigentümliche persönliche Zuneigung, welche aber selten sich findet, oder durch Geld.

Beides war mehr oder weniger hier der Fall. Stüdeli bekam einmal ein sehr schön Stück Geld, und nachdem einmal die Bettlerfrau die beiden zusammengebracht, gefiel Stüdeli Peter absonderlich wohl, und Stüdelis Mutter war aus bekannten Gründen so holdselig gegen den etwas schüchternen Peter, so holdselig, wie er es nie erlebt hatte, so daß man fast sagen könnte, eigentlich sei die Mutter die Leimrute gewesen, an welcher der Vogel hängenblieb. Dieses soll übrigens ein Fall sein, der sich nicht selten ereignet. Stüdeli ging ungern auf den Tanzboden hinauf, aus der Heimat in die Fremde, welche weit, weit, mehr als drei Stunden weit von der Heimat lag, daß es fast nicht zu erleben war.

Und fremd kam es Stüdeli da oben vor, alles schien ihm anders, auch die Menschen, es konnte sich gar nicht auf sie verstehn. Sie waren schweigsamer, redeten leiser, brauchten den a mehr als den o, sagten ja statt jo, o statt au, fluchten selten, und wenn ein Tadel kam, so war er so gedreht, daß es nicht wußte, was es daraus machen sollte, ob es gehauen oder gestochen seie. Doch fiel sehr selten einer, den es auf sich beziehen konnte. Es war ihm anfangs himmelangst, es sei unter Stündeler oder Pietisten geraten, indessen sah es seine Täuschung bald ein. Es waren rechtschaffene Christen, aber frömmer zu scheinen als andere, davon war in ihrem ganzen Wesen keine Spur. Sie arbeiteten immer so fleißig als in den Dörfern, aber es schien ihm, als machten sie sich viel unnötige Mühe mit allzu exaktem Arbeiten und Aufräumen. Es mußte immer alles an seinen bestimmten Platz, wenn man es schon am andern Morgen wieder brauchte, und ums Haus herum war es immer, als ob es Sonntag sei; da war nichts von Gräbel sichtbar, es ward ihm ganz unheimelig dabei.

Aber auch es war den Leuten da oben fremd, die Sprache schon dünkte sie gar grob, und hier und da entrann Stüdeli ein „Donner!", was allemal einen Eindruck hervorbrachte, als hätte es wirklich gedonnert. Es sah hier und da etwas schmuslig aus, besonders an Hemd und Händen, daß man es eher für eine Jumpfere angesehen hätte als für die Sohnsfrau; das hatten sie sehr ungern. Es machte sich mit dem Gesinde wohl gemein, schien fast lieber bei demselben zu sein als bei ihnen. Und einmal klagte es sogar einer Magd, es wollte von ihr wissen, was sie gegen ihns hätten. Es tue doch, was es könne, und doch sei es ihnen nicht recht, es könne nicht darüberkommen, warum nicht. Nit daß sie ihns plagten oder böse Worte geben täten, aber es merke wohl, wie sie es auf dem Strich hätten.

Da sagte ihm einmal die Großmutter, sie müsse ihm was sagen, aber ungern solle es es doch ja nicht haben. Wenn es was zu klagen habe, so solle es es ihnen selbst sagen und nicht den Jumpfern; das sei bei ihnen nie der Brauch, daß man in solche Sachen die Diensten hineinziehe. Sie wüßten wohl, daß es Orte gebe, wo man das pflege, aber sie könne nicht glauben, daß es da gut gehe. Darnebe sei es ihnen ja anständig, und wenn sie einmal aneinander gewohnt seien, werde es ganz gut gehen. Aber anfangs müsse man miteinander Geduld haben, das sei überall so, wenn es gut kommen solle, und tue man das nicht, nun, dann müsse man es haben, wie man selbsten es mache.

Mein Gott, wie ging diese Rede übel, und was Stüdeli alles darin fand! Es war, als ob man mit einer eisernen Eichte ihm übers Herz gefahren wäre, und ein alter Pfarrer, der hundert Predigten über das Wörtlein „und" gehalten, war sicher nur ein Tropf gegen Stüdeli, das in der kurzen Rede ganze Fuder von bösen Worten und Trümpfen fand; mehr als drei Tage hatte es rote Augen. Also niemanden klagen sollte es, niemanden sagen, was ihm das Herz abdrücken wolle, so alleine alles ertragen und verworgen? Ach, es war sehr elend, das arme Stüdeli!

Es gibt zwei Mittel im weiblichen Leben, welche die Weiber munter und frisch erhalten, die sind Kaffee und Klagen. Hat ein Weib Kaffee, kann es klagen, beides nach Herzenslust, dann ist es glücklich, schwimmt obenauf; hat es nur das eine oder das andere, so geht's wohl, aber kümmerlich und gedrückt; fehlen beide, ja, dann fehlt's wirklich, dann ist es Zeit zu sagen: „O ihr Hügel, stürzt über mir zusammen, und ihr Berge, decket mich!" Nun, Kaffee hatte Stüdeli, aber klagen sollte es nicht und hatte so viel auf dem Herzen!

Ans Heimgehen dachte es so oft, keine Nacht verging, daß es nicht seufzte: „Oh, wenn ich doch bei der Mutter wäre, ach, nur eine Stunde!“ Aber die Mutter war drei Stunden weit, man denke! Und beim Abscheid hatte sie ihm gesagt: „Heimkomme mir dann nicht so bald! Droben würden sie es ungern haben und hier dich auslachen, weil du nicht länger es habest aushalten mögen.“ Das war Stüdeli tief in das etwas empfindliche Herz gegangen, und wenn die Mutter es machen könne ohne ihns und es nicht so bald als möglich zu sehen wünsche, he nu so de, so werde es es auch machen können ohne sie, hatte es anfangs gedacht. Aber nachgerade war den Worten der Mutter die verletzende Schärfe entwichen, und es rechnete, die Zeit werde längst um sein, wo ein Besuch daheim übelgenommen oder bespottet werden könne.

Da traten andere Umstände ein, wo reisen und besonders so weit, ein bedenklich Ding ist. Die Füße sind in einer Verfassung, wo engere Lederschuhe das Fußgehn verleiden, und Fahren ist eine gefährliche Sache. Und das mußte es sagen: es hatte bei weitem nicht mehr so viel Ursache zur Unzufriedenheit wie früher, man brauchte in seinen Umständen viel Verstand gegen ihns, und was die Hauptsache war, es gewöhnte sich, ohne daß es es merkte, alle Tage mehr an Sprache und Lebweise da oben.

Darauf war ein munterer Junge auf die Welt gekommen. „Jetzt“, dachte Stüdeli, „wird es zu machen sein, daß ich mit der Mutter reden kann“, sie müßte ihm Gotte sein. Peter, der Mann, meinte zwar: weil es ein Bube sei, wäre es passender, wenn der Schwäher Götti wäre. Es werde nicht so lange gehen, so könnte es ein Mädchen geben, da könnte die Schwiegere Gotte sein. Allein Stüdeli sagte, er sei ein wüster Mann, vo selligem z'rede, und es erzwängte es, von seiner Schwiegere unterstützt, die behauptete, in solchen Dingen müsse man den Weibern ihren Willen lassen.

Die Mutter kam und wurde vom ganzen Tanzbodenpersonal sehr zuvorkommend empfangen, so daß es ihr da oben ausnehmend gefiel und sie der Tochter nicht genug sagen konnte, wie gut es es habe und wie es es dem lieben Gott nicht genug danken könnte, daß er es so gut mit ihm gemeint und ihm diesen Platz da oben geordnet habe. B'sunderbar anständige und manierliche Leute seien da.

Man merke denen gar nicht an, daß sie so nebenaus wohnten in einer so groben Welt. Und Sachen genug seien da, man müsse sich recht verwundern, nicht in vielen Häusern da unten sehe es so aus. Das kam dem guten Stüdeli sehr übers Herz, machte es fast elend. Also auch die Mutter, der es ganze Kratten voll zu klagen gehabt, hielt es nicht mit ihm, war auf der Seite der andern! Die Welt kam ihm vor wie ein graulicher Schlund und in demselben es die allein fühlende Brust.

Stüdeli hatte auch den Wahlspruch: „Wer nicht für mich ist, der ist wider mich!" Es ist nicht bald ein christliches Wort, das die Menschen, absonderlich die Weiber, so ihrigen wie dieses Wort. Leider fehlt da aber immer eines: sie sind nicht Christus, dem ein solches Wort ziemte, er war die Wahrheit; wer unter den Menschen, besonders den Weibern, ist die absolute Wahrheit, auf deren Seite man stehen muß? Da klagt so manches Weib unter Heulen und Zähneklappern: „Ach, er het's nie mit m'r, er ist e Wüste!" Das gute Weibchen meint, es habe absolut recht in allen Dingen und unbedingt und ungeprüft müsse das Mannli B sagen, wo es A gesagt. Ja, das ist ein schwer Ding, und begreiflich bringt es nicht jeder Mann übers Herz, denn da läuft kein Weib ohne Brille in der Welt herum, und dieselben sind bunt gefärbt, oft anders, oft das eine Glas grün, das andere rot. Und da immer recht geben unbedingt, ohne Einrede — denn jede Einrede, von Widerspruch wollen wir gar nicht reden, wird als Zeugnis von Feindschaft, wenigstens als ein Mangel von Liebe und Vertrauen aufgenommen —, selb ist eine harte Sache. Die Weiber haben wirklich die auffallendste Ähnlichkeit mit den politischen Despotlein, die jede andere Meinung verdammen, die unbedeutende Schattierungen in den Ansichten als Vaterlandsverrat verschreien.

Es schickte sich jedoch Stüdeli nicht, die Mutter zu verschreien, aber ihr Betragen tat ihm im Herzen weh. Jetzt habe es keinen Menschen mehr auf Erden, der es gut mit ihm meine; wenn es doch nur sterben könnte! Nun, so Ernst mit dem Sterben war's ihm denn doch nicht. Der Mensch redet gar unbesonnene Dinge, und es wäre niemand erschrockner als er, wenn der liebe Gott aus allem Ernst machen wollte. Ja, es kommt uns alle Tage wohl, ist der liebe Gott witziger als wir. Stüdeli hatte gar ein hübsches und liebes Bubeli; wenn es hätte von dem wegsollen, es hätte doch was abgesetzt, und die Augen wären ihm aufgegangen, wie unendlich schöner es auf dem Tanzboden sei als unten im schwarzen, kalten Grabe. Aber eben der liebe Gott war witziger als es, er stellte es nicht auf die Probe. Er wußte, daß auch ohne dieselbe es ihm auf dem Tanzboden immer besser gefallen werde, je mehr es sich daran gewöhne. So geschah es auch, und dazu trug die Mutter viel bei, weil sie so wüst gegen ihns gewesen und mit den andern es gehalten hatte.

Selbes Jahr war ein schöner Heuet, und wenn schön Wetter ist, geht alles ring, die angestrengtesten Arbeiten werden mit Lust und Jubel abgetan. Stüdeli war ein sehr werkbar Mensch, wie man zu sagen pflegt, und viel lieber bei der harten Arbeit draußen als bei der leichtern Hausarbeit. Es wurde auch deswegen sehr gerühmt, und darauf hielt es etwas. Die Schwiegermutter sagte öfter: „Dä halb Tag bleib du daheim, kannst im Garten was machen, draußen bist nicht nötig, sind Leute genug draußen, machen einander fast Plätzen ab, aber der Vater will es so haben. Er sagt, wenn die Leute begehren zu verdienen, solle man ihnen Arbeit geben, was sollten sie sonst?" Stüdeli ließ sich selten bereden, und wenn es der Hausgeschäfte wegen nicht gleich mit ausmarschieren konnte, so marschierte es desto geschwinder nach.

Einmal ging es ihm auch so; die Landwehr war schon lange am Heukehren, als es hinter einem Haselhag herkam, ohne daß sie es sahen. Als es eben zu ihnen stoßen wollte, hörte es jemand sagen: „Es scheint, üsi Birlig-Stüdle well hüt am Schatte blybe", und ohne weiter was zu denken, trat es durch den Hag. Erst als seine Erscheinung offenbar einen Eindruck machte, alles schwieg, um so eifriger die Hände gerührt, seltsame Blicke sich zugeworfen wurden, fielen ihm die Worte auf und ob sie wohl ihm gegolten. Sobald es mit einer ihm zugetanen Magd ein vertraut Wort wechseln konnte, frug es, warum es sie heute so erschreckt und was da gesagt worden. Lange wollte das Jungfräuli nicht mit der Sprache heraus, endlich nach vielen Vorreden, es solle es doch recht nicht an ihm zürnen, es vermöge sich dessen durchaus nichts, im Gegenteil, es habe oft gewehrt, bekannte es: es heiße hierherum das Birlig-Stüdeli, aber nicht Birlig-Stüdle, wie der Unflat da gesagt. Daneben sei es nicht böse gemeint, um es auszuführen, d's Gegenteil, bei allen rechten Leuten sei es b'sunderbar ästimiert. Das war ein Stich für Stüdeli, gegen den alles Bisherige bloße Flohbisse waren.

Wer auf dem Lande gewesen, weiß, daß man zumeist das abgemähte Gras zwei Tage liegenlassen muß an der Sonne, wenn es gut Heu werden soll. Über Nacht rechet man es auf und stößt es in kleine Haufen zusammen, damit der Tau nicht alles netze und der über Nacht feucht gewordene Boden früh von der Sonne getrocknet und erwärmt werde, dann zettet man wieder. Dies macht man hauptsächlich und dann die Haufen etwas größer, wenn zweifelhaft Wetter ist. Diese Haufen nennt man in den Dörferen Birlig, im Emmental Schöchli. Als nun Stüdeli da oben von seinen Birligen sprach, da horchten die Leute hochauf, und als sie endlich merkten, was Stüdeli darunter verstehe, da pfupften sie sehr und fanden im höchsten Grade lächerlich, daß man da unten solchen Haufen Birlig sage, es seien ja Schöchli, und wer das nicht wisse, der müsse hingernache der Welt daheim sein. Da ist noch die alte, mächtige Rechtgläubigkeit zu Hause, wo man, so wie es nur einen Gott, nur eine Wahrheit gibt, auch nur einen Ausdruck für eine Sache, nur einen Gebrauch, nur eine Sitte kennt und für die allein wahre und seligmachende anerkennt, alle andern als dumm, lächerlich, ketzerisch verlacht und verdammt. An solchen Orten betrachtet jeder sich als der Darsteller der rechten Sitte, der rechten Sprach- und Lebensweise. Da gibt es noch prächtige Selbstbewußtsein und glückliche Selbstgenügsamkeit, potz Habicht! Stüdeli meinte mit ebendem Recht, Birlig sei das rechte Wort und Schöchli sei ein lächerlich Wort für Birlige, denn das seien ja Birlige und nicht Schöchli, und jetzt solle es deswegen verlacht, verspottet werden von Leuten, welche das Rechte nicht wüßten, und das müsse es sich gefallen lassen — das Unterziehen der Minderheit unter die Mehrheit —, ja sogar einen Übernamen davontragen, für sein Leben lang Birlig-Stüdle — „Nit Stüdle, ume Stüdeli", schaltete die Magd ein. „Blas dir drein, Stüdle oder Stüdeli kömmt in eins! — Birlig-Stüdeli heißen, daß Kind und Kindeskinder noch mit mir das Gespött treiben!"

Kurz, Stüdeli wurde fast krank darob, das alte Weh erwachte stärker als nie, es tat recht wüst, so daß es die Leute ärgerte. Stieße es nicht immer den Kopf mit den Diensten zusammen, so hätte es sich und ihnen diesen Verdruß ersparen können. Sie vermöchten sich dessen ja nichts, sie hätten denselben ihm nicht angehängt, und wenn sie ihn verbieten wollten, so hülfe es nichts, sie könnten nicht immer bei den Leuten sein, es würde das Übel nur ärger, wurde ihm auf sein Aufbegehren geantwortet. Jetzt hatte es die Übeltaten seiner Mutter ganz vergessen; in den höchsten Nöten bleibt denn doch die Mutter die letzte Zuflucht. „O Müetti, mys Müetti, wenn ich doch bei dir wäre, wenn du wüßtest, wie es deinem Kinde geht, wie man es ihm macht, wohl, du würdest anders reden, würdest sagen, ob du eine Birlig-Stüdle zur Tochter haben wollest oder nicht!" Allweg möcht es dies der Mutter klagen, möchte hören, was sie dazu sage. Es müsse zu ihr, stellte sich immer fester in ihm, und je eher, je lieber; wie lange man lebe, wisse man nicht.

Das vernahm also der Peter: es wolle nächsten Samstag zu den Eltern. Peter meinte, das pressiere nicht so, gäb acht Tage früher oder später. Mit dem Heuet seien sie nicht ganz fertig, er könne es nicht begleiten, die Rosse brauche man. Das habe nichts zu sagen, antwortete Stüdeli, es kenne den Weg alleine, und für das Kind nehme es das Kindswägeli; nicht weiter, als es ja sei, gehe es schon. Aber am Samstag müsse es sein, es hätte ein Blangen nach den Eltern, daß es ihm fast das Herz abdrücke, länger halte es es nicht aus. Gehe es jetzt nicht, gebe es gar nichts mehr daraus; nach dem Heuet hange ein Werk am andern, und wenn d'Birlig-Stüdle schon nicht recht reden könne, für z'werche sei es gut genug. Kurz, Stüdeli tat wüst, bis Peter sagte: „Nun, wenn du es zwängen willst, so zwäng's, aber nimm's nicht für ungut, wenn man dich so gehen läßt, wie du gehen willst; bei uns ist das der Brauch, daß das Nötige vorausgeht und d'G'lüst hintennach. Häb's daher nit ungern, wenn wir bei unserem Brauch bleiben; dir wollen wir auch nicht davor sein, wenn dir das Heimgehen vorzieht." „Ja, ja, Brauch über G'lust, Brauch über alles, das kann man hier alle Tage erfahren", sagte Stüdeli. „He nu so de!"

Am Samstag machte es mörderlich heiß, ein Gewitter drohte auf den Abend. Dessenohngeachtet machte Stüdeli sich z'weg und antwortete der Großmutter, welche fragte, ob es dann sein müsse, ein trockenes Ja. Doch brachte ihm diese, als es abfahren wollte, ein Gütterli mit Milch für das Kind. Stüdeli meinte, es hätte es nicht nötig, aber die Großmutter meinte: wohl, so ein Ammeli sei schon oft kommod gewesen, und diesmal gab doch Stüdeli nach.

Um das abreisende Stüdeli drängte sich die Familie nicht, man ließ es ziemlich einsam abziehen. Die meisten waren auf dem Felde; wer da war, machte den Abschied kurz, sah ihm aber lange nach, und in den Herzen grollte es, daß so etwas Unnötiges habe gezwängt sein müssen. Wo es wohl d'r Brauch sei, während einem Werch z'Dorf zu gehen? So was mache man zwischen den Werchen, wenn man sonst nichts zu tun habe. Die Leute würden schön die Nase rümpfen, wenn sie das Sühniswyb auf dem Tanzboden mit dem Kinderwägeli daherfahren sähen. Geschlagen sei man mit einem solchen Zwängkopf. Geglaubt hätten sie, es habe gebessert; wie es scheine, wolle es wieder ins alte G'läus. So dachten sie; es war keins, das nicht so grollte bei sich. Aber das müssen wir sagen: dieser Groll brach nicht aus, man redete gar nicht darüber, jedes verwerchete denselben in sich, bis er erstickt war. Das war auch Brauch da oben, und zwar ein schöner. Es ist mit diesem Groll nämlich wie mit einem Brand in verschlossener Kammer. Bleibt dieselbe verschlossen, so erstickt das Feuer oder ist doch bald gelöscht. Reißt Tür und Fenster auf, so entwickelt sich erst des Feuers Macht, bald steht das ganze Haus im Brande.

Bei Stüdeli grollte es aber auch nicht wenig. Ihns so ziehen zu lassen! Hätte man nicht ein Pferd entbehren, ihns durch einen Knecht können führen lassen wenigstens eine Strecke weit oder durch eine Magd das Wägeli ziehen lassen? Das sei doch weder Bruch noch Gattig, daß man ein Söhnisweib das Kinderwägeli ziehen lasse, wenn man vier Rosse im Stalle habe, akkurat wie ein Bettelweib, und sövli weit und sövli heiß! Man sieht, es hat jede Sache zwei Seiten, und je nachdem man sie betrachtet von dieser oder jener, erhält sie Farbe und Form.

Je heißer es wurde von der glühenden Sonne, desto hitziger brannte der Groll. Sein Lebtag wolle es nie, nie mehr z'friede werden, dachte es. Kein kühl Lüftchen ging, drohender stockte es am Himmel. „Mein Gott, noch ein Wetter auf alles hinauf!" dachte es. Die Wetter fürchtete es sehr, lief stärker, bekam immer heißer, verlor den Atem; das Kind erwachte, fing an zu schreien, und Stüdeli kam's an, ihm schreien zu helfen, doch für einstweilen ließ es es bei Weinen und Schluchzen bewenden. Es nahm das Kind aus dem Wägeli, setzte sich auf einen Abweisstein und stillete es; da fanden wir Stüdeli.

Als das Kind satt geworden, fielen ihm die Augelein wiederum zu. Stüdeli packte es wieder ein, deckte ihm das Gesicht mit einem Nastuch, denn von Engeländer Schleiern wußte man auf dem Tanzboden nichts, fand dabei das Ammeli oder Milchgütterli. Stüdeli, ganz verlecknet von Hitze und Staub, setzte es an den Mund und trank es aus. „Es ist alles für etwas gut", dachte es, und nachdem es den Mund abgewischt, setzte es den Marsch fort. Die Milch hatte ihns erquickt, doch nicht bis in die Füße hinab, die brannten ihns schrecklich, taten ihm sonst noch weh; es war matt, müde, es hatte sich anfangs überlaufen, und des Ziehens war es nicht gewohnt, und die Wolken wurden immer schwärzer, laufen sollte es immer stärker, wenn es nicht ins Wetter kommen wollte, und es mochte immer minder; daß es einem so elend werden könne auf Erden bei lebendigem Leibe, hatte es nie gedacht. Es verzichtete aufs Heimkommen, dachte ans Sterben; das könnte ihnen dann wohl ein Gewissen machen da oben, und das möchte es ihnen wohl gönnen, denn sie wären doch schuld daran. Aber das arme Bubi! Dann tat es wieder einen Schritt weiter und noch einen, und endlich waren es ihrer hundert, und die Stunde, welche es noch nach Hause hatte, kurzete mit jedem Schritt, aber langsam, langsam: eine Stunde ist eine Ewigkeit, und die wird immer länger, je größer der Jammer, je enger die Schuhe werden, in denen man steckt.

Endlich sah man das Dorf, endlich war die March erreicht; es schien, es sollte doch noch sein, daß es hinkomme. Es setzte sich, es schöpfte Atem, es machte einigermaßen Toilette; d's Bubi schlief süß, sonst hätte es auch herhalten müssen. Als es so über die Häuser sah, das ihre als eins der bedeutendsten, da fing es plötzlich an sich zu schämen und zu denken: „Aber du mein Gott, was werden die Leute denken, wenn du so daherkommst wie ein Bettelweib? Sie werden meinen, du seiest fortgelaufen oder man hätte dich ausgejagt, die werden lachen und es dir gönnen mögen: ‚Das geschieht der recht, der war hier keiner recht, es hat ein Fremder sein müssen, einer da oben; jetzt kann sie es erschmöcken, was das für Leute sind da oben. Die wird einen Schuh voll hinausgenommen haben! Nun, es sollte jeder so gehen, der vor Schmäderfräsigi keiner recht ist daheim herum.'" Jetzt kam es Stüdeli, was das Zwängen kann und daß man erst alles bedenken sollte, ehe man etwas durchstieret. Es hätte manchen Batzen gegeben, es säße auf dem Tanzboden als da, zunächst vor seinem Dorfe.

Doch langes Werweisen galt nicht, hier und da fiel schon ein Regentropf. Stübeli war nicht so dumm, daß ihm nicht eine Ausrede einfallen sollte. Das Roß sei krank geworden, mit dem sei der Mann heimgefahren, und es habe ein Wägeli geliehen, weil der Bub ein gar schwer Tragen sei. Nun, Ausreden sind kommod, besonders wenn sie geglaubt werden, aber leider ist es nicht alleweil dumm, das hochgeehrte Publikum. Stübeli glaubte sich stich- und schußfest, fuhr kühn dem Dorfe zu, geschwind und immer geschwinder, ganz nach dem Takt der Regentropfen, die ebenfalls immer rascher fielen, bis es endlich platzte da oben und Ströme, wahrscheinlich noch aufgesparte von der Sündflut her, niederprasselten. Im Nu waren Stübeli samt Bagage fletternaß; es dachte schon ans Ertrinken und war nicht mehr als einen halben Scheibenschuß vom Dorfe.

Da sah es die alte, bekannte Brechhütte, wo es so oft seinen Hanf zerschlagen, neben der Straße stehen, mit einem Giebeldach versehen, der die Wände nicht mehr hölzern waren, daher alle Herbst abgebrochen wurden, sondern, wohl gemauert, Hitze und Kälte Trotz boten. Rasch fuhr es in die Grube, wo notdürftig Scherm war, und sah in Angsten nach dem Bubi, das nicht bloß noch lebte, sondern sogar noch schlief trotz Donner und Blitz. Es schermte es bestmöglich, aber sorgfältig, um es nicht zu wecken.

Da dunkelte es beim Eingang; Stübeli sah sich kaum nach den beiden hereinstürzenden Gestalten um, sorgte fürs Kind, da rief es plötzlich: „Donner, bist's oder bist's nicht? An dich hätte ich nicht gedacht! Mit Schein ist's dir gegangen wie mir, immer zweimal böser ehe einmal besser." Erschrocken sah Stübeli, die Stimme kannte es, es war des Geißenhändlers Bub und neben ihm ein weiblicher Kopf, naß wie eine Maus, daher nicht mehr strub — aber die nassen Mäuse sind bekanntlich noch viel ekelhafter als die struben —, so ein rechtes Dascheli, dem man die Blätterhaftigkeit naß und trocken auf einen halben Scheibenschuß ohne Brille ansah. An die Begegnung hatte Stübeli nicht gedacht. Stich um Stich ging ihm durchs Herz, es verlor fast den Atem, doch die Besonnenheit nicht. „Wer ins gleiche Wetter kömmt, wird ungefähr gleich naß, selb ist seit langem der Brauch", sagte Stübeli, „d'rnebe, wenn es dir bös ging, ging's dir anders als mir; mir ging's gut, nit bös."

„Habe geglaubt, weil du so daherkamest wie aus einer Kanone, du seiest mit dem Schelmen draus und d'Landjäger hinter dir."

„Ho, es sollte dir z'Sinn cho, daß üser Gattig Lüt auch springen, wenn ein Wetter platzt; vor den Landjägern z'springen, will ich einer andern Gattig Lüte überla." „Du hast recht", antwortete des Geißenhändlers Bub, „von den Springige warest nie, hest immer ordeli g'wartet, öppe hert springe het me nit müsse, bis me dih ebsoge het." Da flammte die Baurentochter in Stüdeli auf, es richtete sich auf und sagte: „Vo dem wirst öppe nit viel z'b'richte wüsse, oder hest, su säg's!" „Aparti viel wüßt ich nicht", sagte d's Geißenhändlers Bub, „aber was nicht war, konnte werden. Wo du einmal draus warest, da erleidete mir alles, und ich hing mich an das Dasch da; es besaß einige Taler und hatte einen Vetter, der drei Geißen besaß. Ich meinte, wie gut ich es gemacht, aber d's Geld ist zum Tüfel, d'Geiße bym Schinder und d's Dasch ist m'r bliebe."

Aber das Dasch hatte auch ein Maul, und zwar eins, wie man in dem Eiertätschgesicht nicht erwartet hätte. Das findet sich oft beim Weibervolk, daß, wenn alles fehlt, doch das Maul ausbündig ist und allen Fürsprecheren gewachsen, sogar den dümmsten. Nun brach's los, und zwar zweischneidig; es hieb nach dem Manne und nach Stüdeli hin, daß diesem weh wurde, denn mit einem solchen Mensch wollte es nicht handgemein werden, nicht mit des Geißenhändlers Bub gemeine Sache haben. Es tat, als höre es das Daschi nicht, sagte: das Kind sei naß geworden, es könnte sich erkälten, und wenn es schon noch regne, habe doch das Wetter aufgehört, deckte das Kind noch mit seinem Fürtuch zu und fuhr zum Loch hinaus, ehe des Geißenhändlers Bub ihm anerbieten konnte, er wolle ihm das Wägeli ziehen.

Nun, es war bald im Dorfe, aber seines Vaters Haus nicht das erste und nicht das zweite; es ging eine lange Gasse hinab neben vielen Häusern vorbei, und unter den breiten Dächern stund, durch das Wetter vom Felde verjagt, viel Volk, und dabei vorbei mußte Stüdeli in seinem Aufzuge, auch eine nasse Maus. Das war ein recht Spießrutenlaufen! In die Erde hätte Stüdeli versinken mögen. Es antwortete den grüßenden Stimmen nicht, es dachte nur an die flutenden Glossen unter den breiten Dächern, und ganz atemlos fuhr es unter seines Vaters breites Dach, wo das ganze Volk versammelt stund. Sie hatten da auch gelacht und gewitzelt, als sie die Frau das Dorf abkommen sahen. So ist's: fällt jemand um, wird behagelt oder beregnet, macht es allen, die es sehen, zuerst gutes Blut, und erst wenn's gar übel geht, kömmt sehr langsam das Mitleid nach. Eigentlich sind wir ein Lumpenvolk, wir Menschen nämlich.

Als nun aber die Frau gegen das Haus einbog, als man in ihr des Hauses Tochter erkannte, da schlug man die Hände über dem Kopf zusammen. „Aber mein Gott, mein Gott! Was hat's gegeben? Wo kömmst du her?" tönte es von allen Seiten, und ganz bleich kam die Mutter aus der Küche gefahren. Als sie das Geschrei hörte, meinte sie erst, es brenne. Als sie nun Stüdeli sah in dem Zustande, bachnaß, und das schreiende, triefende Kind, da wurde ihr Schrecken noch größer. „Herr Jses, mein Gott! Was ist mit dir? Was bringt dich so?"

Stüdeli war noch keine gemachte Natur, aber die Anlagen dazu hatte es: es konnte sich fassen, wenn's nötig war. Auf all das Geschrei antwortete Stüdeli nicht mit Gestöhne und Zähneklappern, sondern mit lachendem Munde. Da sei nichts, um so notlich zu tun. Im Wetter seien sie naß geworden und werden bald wieder trocknen, wenn sie einmal in die Stube kämen. Und ins Wetter sei es gekommen, weil das Roß Bauchweh bekommen, der Mann mit demselben heimgefahren und es daher sich verspätet. Sie hätten einmal z'Dorf kommen wollen, es sei schon so lange nicht hier gewesen, daß es sich kaum mehr kenne. Glaubwürdiger konnte kaum was sein, denn bekanntlich kriegen die Pferde auch Bauchweh, und dann ist es mit dem Springen aus. In ein Gewitter kommen ist auch keine Kunst, es begegnet gar zu vielen Leuten, und wenn es regnet, wird man naß, was kein Mensch in Zweifel ziehen wird. Kurz, die Auskunft war über alle Erörterungen erhaben, genügte vollständig allen, wie es schien, und ohne weiteres Gerede schaffte man so schnell als möglich Mutter und Kind ins Haus, sorgte dafür, daß sie trocken wurden und das Kind beruhigt, was nicht lange ging.

Als sie wieder in die Wohnstube kamen, da war viel Wohlgefallen an Mutter und Kind. Stüdeli war eine stattliche, hübsche, junge Frau und freundlich mit den Mägden, welche ab und zu gingen, den Tisch zu bereiten. „Wo weit D'r hocke?" frug die eine Stüdeli. „Mit wie mängem redst?" frug dasselbe. „He", war die Antwort, „ume mit eim, aber es wott sih m'r neue nit angers schicke." „Su mach's z'schicke, sust red ih kei Wort mit dir meh." „Selb wär m'r nit aständig, da wirde ih wohl müsse", antwortete die Magd, ganz selig im Herzen über solche Niederträchtigkeit und Gemeinheit wie sie es nannte. E selligi werd me nit bald atreffe, die so gar nüt hochmütig sei, sagte sie draußen in der Küche. Aber noch mehr erfreute das Kind, so hübsch, so schön und selligi Kruselhaar, akkurat wie es Engeli. Es flog von Arm zu Arm und wurde gebutelet, als ob man ihm das Herz aus dem Leibe schütteln wollte, und je wilder es ging, desto mehr lächerte es den kleinen Türken. Das gebe einmal einen Rechten, war das allgemeine Urteil. Selbst die Knechte machten ihm auf ihre Weise den Hof, per se zuhanden der Alten.

Stüdeli brachte einen recht heitern Abend ins Haus; kein Mensch hätte ihm angesehen, wie es auf dem Tanzboden eigentlich doch so gleichsam drausgelaufen und welch Elend es unterwegs ausgestanden. Es war selbst recht munter und glücklich jetzt im trocknen. Nur eins saß ihm quer im Kopf: das war die Begegnung mit des Geißenhändlers Bub in der Brechhütte. Es kannte sein Dorf, es wußte, wie prächtig in diesem guten Boden die Geschichten wuchsen, wie schnell aus einer Laus ein Elefant sich herausbildete und wie wahrscheinlich das Gröblichste durch sein Daherrennen mitten im Wetter gemacht wurde. Es machte endlich bei sich selbsten aus: am besten komme es allem zuvor, wenn es den Hergang selbst erzähle, so gleichgültig als möglich, und gar nichts daraus mache. Nicht wahr, das war nicht dumm? Die Unbefangenheit von Stüdeli und die lustige Art, wie es von dem Daschi sprach vor dem Gesinde, nahm allerdings der Sache den Stachel.

Der ganze Einzug von Stüdeli war bereits auf der Trommel im ganzen Dorf, die verschiedensten Mutmaßungen wurden herumgeboten, immer so scharfsinnige, als man sie von Gelehrten hört über vorsündflutliche Inschriften. Des Geißenhändlers Bub rührte das Kuchipulver ein, und dessen Daschi streute den Pfeffer darüber und das Körblikraut. Als noch an selbem Abend die Knechte vom Hause auf den gewohnten Sammelplatz kamen, wurde schon viel geschwatzt, und des Geißenhändlers Bub, der immer da war, wo er schwatzen konnte und zu schmarotzen hoffte, wärmte allerlei giftiges Zeug ins Gerede und was er gesagt und absonderlich sein Daschi, daß die Stüdle nicht mehr hätte warten dürfen, sondern mitten durchs Wetter die Flucht genommen. Der hatte aber Zeit, nicht bloß zu schweigen, sondern auch sich zu streichen, wenn er nicht des Melchers Tatzen an seinem Kopfe haben wollte. Wie Ritter oder vielmehr wie die Knappen eines Ritters verfochten sie die Sache von ihres Bauren Tochter. Sie wüßten, wie es sei, sagten sie, sie hätten es selbst gehört, und wer es nicht glauben wolle, dem wollten sie die Sache begreiflich machen. Das schlug den Klatsch für den Augenblick so ziemlich nieder, denn wenn die Dienstboten einmal zur Seltenheit für ihre Meisterleute gute Zeugnis abgeben, warum sollten dieselben nicht wenigstens halb so gut geglaubt werden als die bösen, die jedenfalls immer noch etwas mehr als ganz geglaubt werden?

Stüdelis Vater hatte dasselbe viel zu fragen über die äußern Angelegenheiten des Hauses, Landbau, Viehzucht und so weiter, und Freude an der Tochter, die über alles verständig Bescheid wußte. Darob wurde es ziemlich spät, daß die Mutter endlich sagte: „Du wirst froh sein, an die Ruh zu gehen; es ist dir z'weg g'macht in deinem alten Stübli."

Als Stüdeli zu Bette war, kam die Mutter. „Wenn du nichts dagegenhast, so liege ich diese Nacht bei dir. Hätte noch allerlei mit dir zu reden; diesen Abend gab's es nicht und morgen wahrscheinlich auch nicht, in einem solchen Hause ist man nie ruhig." Stüdeli zeigte große Freude und fühlte doch eine beträchtliche Beklemmung, die es gar nicht für möglich geglaubt diesen Nachmittag. Als es aus Ägypten, aus dem Diensthause zog, da war es ihm z'vorderst; es dünkte ihns, wenn es bei der Mutter sei, so hätte es ganze Fuder zum Abladen, und jetzt hätte es fast lieber geschwiegen. Es fürchtete, die Mutter könnte es noch auslachen. Indessen war das nur vorübergehend. Als sie im Bette waren und gebetet hatten, nahm Stüdeli die Mutter um den Hals und küßte sie gar herzlich. „O Mutterli, o Mutterli, wie lieb bist mir, wenn ich dich doch geng by m'r hätt!" sagte es. Die Mutter erwiderte diese Zärtlichkeiten, dann frug sie: „Jetzt, Stüdeli, sag mir, warum kamst heute dahergeschossen wie aus einem Stuck; habt ihr g'uneiset da oben, oder was ist?" „O Mutter", antwortete die Tochter, „du bist doch immer die Merkigste, vor dir kann man nichts verbergen. G'uneiset aparti nit, aber ich hatte das Herz so voll, daß es mich düechte, es müsse versprengen, wenn ich es nicht bei dir leeren könnte."

Nun erzählte Stüdeli so ziemlich aufrichtig alles, was begegnet war, und frug schließlich die Mutter: ob es denn das gelassen annehmen könnte, wenn es sein Lebtag Birlig-Stüdle heißen müßte, ob es wohl einen wüstern Übernamen geben könnte auf der Welt als Birlig-Stüdle? „O ja", sagte die Mutter, „noch viel wüstere gibt es, und je böser du darüber wirst und je mehr du es erzeigst, desto länger heißest du so, und desto weiter kömmt er herum. Da war doch wirklich nicht Ursache, daheim gegen deine Leute wüst zu tun. Warum mußten sie es entgelten? Sie sagten dir ja nicht so, hingen den Namen dir nicht an. Denk doch, wie ungern sie haben müssen, daß du da im Heuet ausrissest, wo es jedermann in Sinn kommen mußte, es habe etwas Ungerades gegeben, denn so mir nichts, dir nichts führest du nicht im Heuet mit einem Kinderwägeli in der Welt herum."

Stüdeli unterbrach die Mutter oft mit einem: „Du hast recht, aber denk, aber lue, aber wenn du noch jung wärest!" Und die Mutter ließ sich gerne unterbrechen, um um so gründlicher der Tochter Herz ausputzen und fegen zu können. Sie mahnte hauptsächlich zu Sanftmut und Ergebung, nie in der ersten Aufregung auffallende Schritte zu tun, nie was erzwingen zu wollen, was nicht, von Gott geboten, sein müsse, immer an der andern Menschen Platz sich zu setzen und zu denken, wie sie das aufnehmen, was sie dabei denken müßten und wie es einen Austrag nehmen müsse. Fortlaufen könne man wohl, aber das Heimkommen habe eine Nase, denn der Mann, der seine Frau wiederhole, die bloß wegen einer Kleinigkeit fortgelaufen, der werde sein Lebtag nie viel sein. Sie sei auch einmal auf dem Wege gewesen, so fortzulaufen. Sie habe den Hühnern misten wollen; er sei dazugekommen und habe mit ihr aufbegehrt, ob sie nichts Besseres zu tun wisse, als den Hühnern zu misten, es dünke ihn, es wären nötigere Sachen zu tun, als den Hühnern zu misten. Wenn das nicht gute, drehe er den Hagle noch den Hals um.

„Da schien es mir, als würde es auf einmal ganz schwarz um

mich; das hätte afe kei Gattig, daß ich den Hühnern nicht mehr misten solle, wenn die Zeit um sei, das sei ein unerhörter Zwang, bei dem ich nicht leben könne. Wenn er einen Funken Liebe zu mir hätte, so könne er nicht so gegen mich sein, lieber weg, dänne, je eher, je besser. Damals hatten wir nur noch ein Kind, das nahm ich, legte nicht einmal andere Kleider an und lief mich außer Atem. Da mußte ich absetzen, um Luft zu fassen, und sah zurück. Es sei doch ein schön Haus, dachte ich, viel Sachen darin, z'werche und z'esse g'nue, er daneben sonst kein Uflat. So hing sich ein Gedanke an den andern, ich dachte daran: was die Leute sagen würden, wenn sie mich in den allerschlechtesten Kleidern, in schmutzigem Hemd und Fürtuch herumlaufen sehen würden oder wenn er gar ausschicken würde, mich zu suchen in den Bächen und an den Bäumen, wie ich das nachher doch ungern haben würde, wie ich erst heimsollte, ihm zu sagen, wohin ich ginge, und vor allem mich anders anziehen, vielleicht daß es ihm doch dann leid sei und er mir anhalte, ich solle bleiben und ihm verzeihn, dann könne ich immer noch machen, wie ich wolle, denn recht anhalten müsse er mir, sonst ginge ich. Ja, und dann? Ja, dann, dann holt er mich wieder. Ja, und wenn nicht? Was da machen? Scheiden? Warum nit gar, scheide will ich nicht, es ist mir hier nicht erleidet. Selbst wiederkommen wie der verlorne Sohn? Wär da etwas gewonnen? Ja, er könnte es mir mein Lebtag vorhalten und sagen: ‚Lauf nur fort, kommst von selber wieder!' Und als ich zum Hause kam, machte ich stillschweigend meine Arbeit, sagte ihm erst lange, lange nachher, was ich einmal gewollt. Und seither dachte ich kein einzig Mal mehr ans Fortlaufen. Vor allem aus laß Kleinigkeiten sich nicht ansetzen, laß nichts anbränten und bitter werden in deinem Herzen! Ist's einmal bitter im Herzen, wird alles bitter, was drein- und drauskommt, und alles dir ein Ärgernis, was dir vor Augen kömmt, und wenn es der liebe Heiland selbsten wäre. Da ist dann eine Sache dabeizusein, daß böser nichts ist auf Erden, und du selbst hättest die größte Pein. Das wäre noch was ganz anders als d'Virlig-Stüdle heiße."

„Ja, ja, hast recht, Mutter", sagte Stüdeli, „sehe es jetzt wohl ein. Wenn ich aber nur d'r tusig Gottswille wieder daheim wäre!" „Das wird keinen Kopf kosten", sagte die Mutter, „mach nur kein sauer Gesicht, tue, als ob gar nichts Zweispältiges vorhanden gewesen, so werden sie auch so sein und weder mit Mienen noch Worten was merken lassen. Das sind feine Leute." So besprachen sich Mutter und Tochter über dieses und anderes, was die Leute nichts angeht, und als endlich Stüdeli einschlief, war ein bedeutender Teil der Nacht vorüber, aber auch Stüdeli an Weisheit bedeutend reicher geworden.

Das Gewitter hatte die Luft geläutert, es war ein prächtiger Sonntagsmorgen, den jedoch Stüdeli fast verschlief. Sobald es flott war, nahm es sein Bubi auf den Arm und ging in den Garten den Blumen nach. Aber der Garten gefiel ihm nicht wie früher, die Wege waren gar zu eng, der Buchs nicht geschoren, ein G'nist darin, wenn man es sagen durfte, und vieles verkümmert und halb erstickt. Es fand den auf dem Tanzboden schöner; wenn es hier wohnen sollte, das müßte ihm anders werden, dachte es. Es war nicht lange alleine; eine Gespielin nach der andern kam, ihns zu grüßen, zu fragen: warum es gestern so dahergekommen wie eine Bombe, welche vom Himmel gefallen? Sie hätten gemeint, d'Franzosen oder gar d'Russen seien hinter ihm her. Stüdeli hielt sich gut, gab Bescheid mit lachendem Munde, frug, wie ihnen sein Bubi gefalle, dem man es allerdings von weitem ansah, daß es nicht armer Leute Kind war. Aber der kleine Kerl war heute recht unartig, entfremdete sich vor den Töchtern des Dorfes, wollte zu keiner gehen, wendete sich unwillig der Mutter zu, wenn eine ihn nehmen wollte. Die Töchtern wurden recht empfindlich. „So", sagte eine um die andere, „bin ich dir nicht gut genug? Du bist doch ein recht hochmütiger Emmentaler!"

Auf dem Kirchweg machten sie dann ihre Glossen auch über Stüdeli. Das sei auch nicht mehr das alte, sagten sie, es sei hochmütig geworden und tue so vornehm und werde doch kaum viel Ursache dazu haben. Wenn eine das Kinderwägeli selbst ziehen müsse, so könne man daraus abnehmen, ihr Höfli werde nicht Rosse ertragen, höchstens ein paar magere Kühli, vielleicht gar nur Geißen. Es nehmte sie doch wunder, was die für ein Gesicht gemacht, als des Geißhändlers Bub zu ihr in die Brechhütte geschloffen sei und hintenher seine Blättere. Das hätte sich doch treffen müssen, daß beide gerade da zusammengekommen, schöner nützte nichts. Es könne kaum ein abgeredet Spiel gewesen sein, daneben könne man es nicht wissen; für nichts und wieder nichts werde doch die Frau ihnen beiden nicht wüst gesagt haben. Die solle bedenklich ausgekehrt haben, daß eben das Stüdeli mitten im Wetter die Flucht genommen und dahergekommen sei wie aus einer Kanone.

So zergliederten die Kirchenleute den Besuch, er bildete das Tagsgespräch, die nouvelle du jour. Schüchtern redeten einige dazwischen und gaben wieder, was Stüdeli selbst erzählt und durch die Knechte ins Publikum gekommen war, aber sie fanden ungeneigte Ohren und wagten nicht, mit Energie ihre Meinung zu vertreten; sie wollten die Gunst des Publikums nicht aufs Spiel setzen. So hat es die arme Wahrheit, ihre treuen Liebhaber sind rare Vögel, selten einer wagt für sie ein Gefecht; sobald es hitzig zu werden scheint, macht er sich auf den Rückzug, geschweige daß einer ordentlich dafür einsteht.

Der Pfarrer predigte wirklich über diesen Vorfall nicht, zog ihn nicht einmal an, aber man hätte glauben sollen, er habe das nämliche Thema vorgehabt, denn wo die Predigt die Gespräche unterbrochen, da setzten die Kirchgänger sie nach der Predigt fort; der Predigt gedachte kein Mensch. Heute hätte, glauben wir, der Pfarrer alles mögliche sagen können, selbst, sie seien Schelmen und Spitzbuben und die Regierung bestehe aus Räubern und Mördern, sie hätten wenig Notiz davon genommen, allweg die Weiber nicht, er wäre kaum verklagt worden. Es werden, einige Alte ausgenommen, im Dorfe nicht viele gewesen sein, welche, als sie heimkamen, den verlesenen Text anzugeben gewußt hätten.

Unterdessen benützte die Mutter die stille Zeit während der Predigt, Stüdeli ihre Pflanzplätze zu zeigen; nachher gab es sich nicht mehr, wie sie wohl wußte. Pflanzplätze sind der rechten Weiber Ehrenplätze, zugleich eine Gelegenheit für Mütter, Töchtern auf den Zahn zu fühlen. Freilich war es wohl früh im Jahr und noch wenig Entwicklung da, sondern nur die Anfänge, und bloß einige Pflanzen und das Aussehen des Ganzen, ob es sorgfältig oder nachlässig gearbeitet sei, ließen sich beurteilen. Stüdeli rühmte, wie recht, und doch machte es die Mutter schließlich fast böse.

Als sie die Pflanzungen verlassen wollten, drehte Stüdeli sich noch einmal um und sagte: „Aber Mutter, eins ärgert mich, das sollte nicht sein, du vermagst dich freilich dessen nichts, aber dem Ganzen gibt es ein bös Aussehen: das sind euere Bohnenstecken. Sieh, das sind krumme, dünne, kurze, keine zwei Klafter lang, es sind eigentlich nur Erbsstecken, nicht Bohnenstecken; an denen können die Bohnen nicht hinauf an die Sonne wachsen. Da solltest unsere dagegen sehen, schön grade, halbe Tannli sind's. Weißt was, das nächste Jahr muß euch mein Mann drei-, vierhundert bringen; wir haben deren genug in unserem Berge, es tut dem Aufwachs nur wohl, wenn er erdünnert wird, und nehmen wir sie nicht, sprechen andere Leute zu. Es gibt auch bei uns deren Leute genug, welche meinen, es sei erlaubt, alles zu nehmen, was nicht schreit: ‚Wotsch mih la sy, du Donner!'"

„He", sagte die Mutter, im ersten Augenblick etwas empfindlich, „es ist kurios, daß dir die Bohnenstecken nicht mehr recht sind; sie sind nicht besser, nicht böser, als wir sie von je gehabt, und hatten, wenn sie gerieten, immer Bohnen genug und so schöne als andere Leute." „Ja, Mutter", antwortete Stüdeli, „z'selbist hatte ich noch keine anderen Bohnenstecken gesehen, als wie man sie hier hat, ich meinte, sie seien alle so, aber seit ich unsere sah und andere da oben, gefallen mir die nicht mehr; die andern so schön gradauf und diese krumm und g'hogeret, man darf fast nit luege. Du hast doch das nicht ungern, Mutter?" „Warum sollte ich, b'sunderbar wenn du Wort haltest und machst, daß ich fünfhundert schön grade bekomme", antwortete die Mutter, und ein fein Lächeln überflog ihr Gesicht.

„Mutter, sollte ich nicht noch zur Base Gotte gehen? Jetzt wär's vielleicht noch Zeit, ehe die Predigt aus ist, und sie könnte es zürnen, wenn ich mich nicht zeigte", frug Stüdeli. „Hast ganz recht", antwortete die Mutter. „Es ist eine wunderliche Base, lange macht die es nicht mehr, aber notti ist sie eine gute, und dich hatte sie immer b'sunderbar lieb, und sooft ich sie sah, fragte sie nach dir. Aber säume dich nicht lange, sonst kömmst mitten i d'Kilcherlüt."

Die Base Gotte wohnte zuunterst im Dorfe; eine Strecke weit hatte Stüdeli zu gehen neben vielen Häusern vorbei, bei welchen wenige Menschen zu sehen waren. Das Dorf schien fast verlassen. Nicht etwa, daß die ganze Bevölkerung in der Kirche war, bewahre, man war hier eben wegen der Bildung und wegem Sue über die Gottesdienstlichkeit hinaus, aber die einen schliefen noch, die andern schliefen wieder, die dritten kochten, und die vierten und Hoffärtigsten strählten und rissen ihre Haare am Kopfe herum, weil es Locken darin geben sollte und nicht geben wollte.

Das Dorf kam Stübeli anders vor als früher. Früher hatte es dasselbe für das schönste gehalten im ganzen Kanton; jetzt schüttelte es über gar vieles den Kopf. Die Strohdächer mit ihren braunen Gesichtern und grünen Anflügen kamen ihm gar häßlich vor, hingen wie alte, wüste Nachtkappen über die kleinen Fenster herein. Obschon es Sonntag war, sah es gar nicht aufgeräumt aus: Gräbel hinter dem Hause und Gräbel vor dem Hause, Stöcke, Reiswellen, Holz von allen Sorten, Wagen und Bännen, kurz, alles, was denkbar war, bunt durcheinander. Hier und da schien es akkurat, als ob man sämtlich Material zusammengeschleppt habe, um im Fall der Not ums ganze Haus herum alsbald eine Wagenburg schlagen zu können. Die Misthaufen schwammen in einer braunen Soße, die sich aber auch auf die Straße wagte und gerne mit dem Bache vermischte, aus welchem die Weiber unten im Dorfe den Kaffee machten, daher immer behauptet wurde: unten im Dorfe trinke man stärkern und bräuneren Kaffee als oben im Dorfe.

Bei der Base Haus sah es nicht schöner aus als bei den andern, und war ihm doch dasselbe von Jugend auf wie ein kleines Himmelreich erschienen, denn wenn es dahin kam, gab ihm die Base was Gutes. Es weiß kein Mensch, wie mancher Eiertätsch dort um Stübelis willen den Weg aller Eier gewandert.

Drinnen im Hause ging es ihm nicht besser. Die Base war sehr freundlich, zog für ihns und das Bubi aus allen Ecken alles hervor, womit sie glaubte den guten Willen zeigen zu können, sogar einige neue Silberstücke drückte sie Stübeli in die Hand. Nicht daß sie glaube, es hätte sie nötig, Mangel sehe man ihm keinen an, d's Gunträri; es sei nur ein Zeichen, daß es sich an sie erinnere, daß sie auch noch da sei. Sie denke oft an ihns, und es solle einmal erfahren, daß sie es nicht vergessen. Sie erzeigte Stübeli und dem Bubi eine recht großmütterliche Liebe und hatte die Augen voll Wasser, als Stübeli pressierte und Abscheid nahm, denn trotz allem Guten kam es ihm in der Stube unheimlich vor; es war ganz eine andere als früher, eng, nieder, voll Fliegen, schwarz und nicht aufgeräumt.

Es entschuldigte sein Pressieren, weil es den Kirchenleuten entrinnen wolle, und als es zum Haus austrat, kamen sie gerade daher. Es glaube, der Pfarrer habe heute ihm wohl z'Trotz eine kurze Predigt gehabt, früher sei er um diese Zeit kaum beim zweiten

Teile gewesen, verschweige beim dritten. Es hatte sich zu weit vorgewagt, um durch eine Hintertüre entweichen zu können unbemerkt. Es stürzte sich also kühn in den Strom und stund viel Pein aus mit Grüßen und Danken, ehe es endlich landen konnte am elterlichen Hause.

Recht ärgerlich kam es zu der Mutter in die Küche und klagte: wie es mitten in die Leute gelaufen, was es just habe meiden wollen. Es wisse nicht, wie es komme, setzte es hinzu, „aber die Leute sind mir alle so grob vorgekommen. Ich weiß nicht, taten sie gegen mich expreß so oder ist es ihr Brauch, was ich nicht glauben kann, denn früher waren sie nicht so. Und doch weiß ich nicht, was ich den Leuten zuleid getan, daß sie so gegen mich sind." Die Mutter sagte nicht viel dazu als: „Es wird dih öppe ume düecht ha", was aber Stüdeli nicht glauben wollte. Die Mutter hatte das Zepter in der Küche heute selbst zur Hand genommen und, wenn zu rechter Zeit gegessen werden sollte, nicht viel Zeit mit Schwatzen zu verbrauchen. Nicht daß eine große Mahlzeit bereitet wurde, es war das Gewohnte ungefähr, aber die Stücke Fleisch, welche aufgestellt wurden, waren ausgewählt und alles mit besonderer Sorgfalt gekocht. Die Mutter wollte der Tochter zeigen, daß sie es nicht verlernt, daß sie es noch könne.

Die Mutter hatte der Tochter die Wahl gelassen, ob sie ihr im Stübli decken solle oder ob sie mit den andern an Tisch wolle. Stüdeli wählte das letztere. „Wenn ich apart essen würde, da täten sie erst recht aufbegehren und mich ausführen. Ich müßte geng hören, wie ich hochmütig geworden, eine Emmentaler Bäurin vorstellen wolle; wenn sie eine solche wären, so hätten sie doch das Kinderwägeli nicht ziehen, sondern mit Roß und Wägeli kommen wollen, und was dere uv'rschamte Sachen mehr sind. So redet man doch da oben bei uns nicht miteinander", grollte Stüdeli.

Bei Tische fing ein jüngerer Bruder von Stüdeli plötzlich zu lachen an, und als man ihn frug, was das zu bedeuten hätte, antwortete er: „He, wil Stüdi so ganz e Emmetauere ist u so emmetauerisch redet; hier sagt man den Kirsi Kirsi, wie sie heißen, und längs Stück hat es jetzt immer von Kriesene b'richtet und anders noch mehr; ich sage ihm künftig nur das Kriesi-Stüdi." Stüdeli kriegte ein rot Gesicht, die andern lachten, die Mutter sagte: „Du bist immer der Uverschamtest, Sämi, und daß ich den

Namen nie mehr von dir höre, sei mir d's Herrgetts! Weißt nit, daß Ubername anhängen eine Sünde ist? Einen Namen gibt Gott mit der Geburt, einen andern Vater und Mutter in der Taufe; das sind die Nämen, wo gelten sollen, und die geben sie, welche das Recht dazu haben, und wer noch was hinzutut, der tut's i's Tüfels Name, merk dir dies, Bub! Kriesi und Kirsi lat Gott wachsen, und an jedem Ort sagt man ihnen, wie es der Brauch ist, Kriesi oder Kirsi, und es ist beides gleich gut, und niemand hat das Recht, den andern auszulachen. Weißt es, Bub!"

„Ja, Mutter, ich lachte nicht deswegen, ich lachte bloß wege Stüdeli. Allbets konnte es auch Kirsi sagen wie wir; es sagt jetzt nur aus Hochmut Kriesi, es meint, das sei vornehmer", sagte Sämi so mit der rechten gegenwärtigen Pflegelhaftigkeit eines übermütigen Schuljungens, wie man sie jetzt in den Dörfern, absonderlich in denen, wo Sekundarschulen sind, wo das französische Abc und Kappeleweltsch gelehrt wird, zu finden sind. „Sag du mir, wie du willst", sagte Stüdeli, „es ist mir gleichgültig, aber wenn du mir einmal noch Kriesi-Stüdi sagst, so mußt du mir ‚dr my Gott-Seel-Sämi' heiße. Weißt, warum? Ich hörte heute was, als ich beim Stall vorbeiging, das hört man im Emmental nicht, und das sagtest du aus Hochmut, daß man glauben sollte, wie ein Großer du seiest. Ich schämte mich fast für dich." „So", sagte der Vater zu Sämi, „mit Schein bekommen ich und du noch miteinander zu reden."

Stüdeli sah alsbald, daß es in eine alte Wunde gestochen; es war ihm leid, es fing von seiner Abreise an zu reden. Es wolle zeitlich gehen, damit es zeitlich daheim sei, und vielleicht komme ihm der Mann entgegen, er habe davon gesagt. „Mit Roß und Wägeli?" frug der Vater. „Zweifle", antwortete Stüdeli. „Das von gestern brauchen sie nicht und die andern auch nicht. Die hatten gestern stark gearbeitet, und dann nehmen sie am Sonntag keins aus dem Stalle; sie sagen, man müsse gegen die Tiere Verstand haben so gut als gegen die Menschen." „So kann ich dich einen Plätz führen", sagte der Vater, „meine taten gestern wenig oder nichts, und wenn auch, so bekommen sie zu fressen, daß sie auch am Sonntag den Brauch ertragen mögen." Stüdeli ließ sich auf dieses Kapitel nicht ein, sondern bat ihn, seinetwegen nicht Mühe zu haben. Wetter und Weg seien gut, und es möchte den Leuten nicht die Freude machen, daß sie lachen könnten: wenn es reiten wolle, müsse es heimkommen, da hätte man Roß und Wägeli, um es wegzuführen, aber um es zu bringen, hätte es keine. Es wolle gehen, wie es gekommen, und das möge es ganz wohl v'rbringen. „Ja", ergänzte die Mutter, „ich will es begleiten, und eins von den Meitschene zieht das Wägeli schon", und somit war die Reise geordnet.

Sehr freundlichen Abscheid nahm Stüdeli von allen Hausgenossen, nur Sämi war nicht sichtbar. Dadurch, daß es sich weder eines Knechtes noch einer Magd verschämte, jedem die Hand und einen guten Wunsch gab, machte es nicht bloß gutes Blut, sondern sicherte sich lebhafte Verteidiger gegen den Vorwurf der Hochmütigkeit, der ihm den Tag über so oft gemacht worden war.

Es war ein schöner, klarer Sonntagsnachmittag, so recht wie der liebe Gott sie liebhat und als eine seiner schönsten Gaben den Menschen zur Erquickung sendet und nicht, um sie zu entheiligen mit Wüsttun und sie auszufüllen und Lüderlichkeiten von allen Sorten. Oh, wenn einmal unser Herrgott die Lehr- und Ladenjungen, die Schuster- und Schneider- und andere Gesellen, die Mädels, die Jungfern, die Mamsells, die Damens und Junker frägt: „Laßt mal hören, was habt ihr mit euern Sonntagen gemacht?", hui, wie werden da ihre Gesichter brennen vor Scham und Angst, daß es eine Röte am Himmel geben wird, als wäre eine Welt im Brande!

Zwei Mädchen statt nur eins galoppierten mit dem Kinderwägeli voraus auf der staublos gewordenen Straße, und sittigen Schrittes wandelten Mutter und Tochter nach. Als sie zum Dorf aus waren, fing Stüdeli an bitterlich zu klagen. „Mutter", sagte es, „wie bin ich doch z'weg, so muß mir ja das Leben erleiden! Hier werde ich ausgelacht, droben werde ich ausgelacht, droben sagt man mir Birlig-Stüdle, hier d's Kriesi-Stüdi; wer möcht am End so dabeisein, wenn man keinem Menschen nicht einmal mehr recht reden kann? Ist das nicht zum Drauslaufen?" Und dabei seufzte es schwer und machte fast eine Miene, als ob Tränen am Nachrücken seien.

„Wohin wolltest laufen?" frug die Mutter kaltblütig. „Du könntest nirgends den Ort finden, und wenn du so lange laufen würdest als der Ewige Jude, wo du es allen Leuten recht machen, verschweige recht reden könntest. Das nimmst viel zu schwer, und das kömmt davon her, daß du meinst, es solle alles recht sein, was du machst. Das bessert dir hoffentlich, so gut als es mir gebessert; ich hatte es früher ungefähr auch so. Nebst dem bist du im Übergang, ohne daß du es merkst. Jetzt bist noch halb Aargauere, aber schon halb Emmetalere oder noch mehr, und in kurzem wirst eine ganze sein. Du redst schon fast wie eine Emmentalerin, und daß dir so manches bei uns mißfiel, ist ja auch ein sicher Zeichen, daß es dir droben besser gefällt. Das hat sich dir erst erzeigt, als dir unser Dorf wieder vor Augen kam und dir alles weniger gefiel als früher oder gar mißfiel, und doch ist's immer das gleiche, hat sich hell nichts geändert. Daneben muß man sich solcher Kleinigkeiten gar nicht achten, sie sind ja nicht redenswert. Wenn man sich ihrer achtet und sie zu Herzen fasset, so ist es immer ein sicher Zeichen, es gehe einem eigentlich recht gut, denn wenn man etwas Schwerers hätte, so würde man Kleines liegenlassen und über das Große ächzen und klagen. Da muß man sich hüten, daß man sich nicht versündige. Denn achtet man sich des Kleinen, stößt sich daran, nimmt es als eine Bürde auf, so wird sie akkurat so schwer wie das schwerste Elend und das Herz so voll Jammer, als ob das Unglück einem über dem Haupte zusammenschlüge.

Lue, das ist d'Hauptsach, daß du es machst wie eine gute Hausmutter. Die wäscht ab, sobald angerichtet und abgegessen ist, und ehe sie zu Bette geht, räumt sie auf, sieht nach, ob allenthalben alles in Ordnung ist, stellt jede Sache an ihren rechten Ort, und was nicht in die Küche gehört, wirft sie draus, alles G'hüder in Kratten, um morgens auf den Mist zu wandern. Sieh, so mach es auch mit deinem Herzen! Putz es alle Abend aus von allem täglichen Unrat, was sich ansetzen will, was nicht hineingehört, und absonderlich von allem, was nichts bedeutet und doch sich schwer machen will. Stell alles an den rechten Ort, wo es hingehört, wo es Gott wohl gefällt, damit du es am Morgen, gleich wenn das Tagwerk anfängt, wieder bei der Hand habest, die Geduld, die Sanftmut, die Freundlichkeit, den Frieden, die Liebe und was alles Gutes und Schönes im Herzen sein soll; dann b'segne dich und bet recht ernsthaft: ‚Vater, vergieb mir meine Schulden, wie ich vergebe meinen Schuldnern, und führe mich nicht in Versuchung, sondern erlöse mich von allem Bösen!', dann hest's g'wunne und ein gutes Leben hier mit einem guten Leben dort z'sämeg'hängt. Es ist gar nichts, das dir davor sein könnte als e böse Kopf und es wunderligs, epfindligs Herz. Nun, Unglück wird es dir genug geben, wo du meinst, das Herz müsse dir abenandere. Aber die Unglück, wo vo Gott chömme, die mache nüt, da kömmt es immer wieder gut, und was vonenandere het müsse, das chunnt geng wieder z'säme. Aber das, wo man selbst macht, das ist zum Verderben, und das, wo im Herze wächst, das ist wie d'r Rost, das frißt z'erst Grube und gryft z'letzt d's Ganze a, daß es überall nüt meh nutz, ganz nüt meh als Rost ist. Mach's so; glaub, es chunnt gut, du hast alles z'weg, für e glücklichi Frau z'werde, und was du z'klage hest, sy ume Bagitellsache; ob du ja Birlig-Stüdle oder Kriesi-Stüdi heißest, es kömmt ja nichts darauf an, wenn das Birlig-Stüdle nur dem Mann lieb ist und das Kriesi-Stüdi Gott wohl gefällt. Glaub m'r, es war manche Frau ganz anders z'weg, z'weg, daß es se düecht het, wenn ere niemer anders d'r Kopf abschryß, su schryß si ne selber ab, u wär sih so reuig g'si un ist so glücklich worde, du glaubst nit!"

„Mutter, ih glaub d'r wohl", antwortete Stüdeli, „aber ih cha nit, ih bi gar so ne schwachi Person, lang nit, was du." „G'späß", antwortete die Mutter, „was nit bist, sottst werde u nit eis Tags; so macht es sih nit, wie viel meine, sondere by längem. Fa ume a, selb ist d'Hauptsach; wo nie ag'fange wird, da git's nüt, und ebe, daß me nit afat, da ist d'r Fehler. Fa a, su chunnt's gut, zell druf u glaub m'r!"

So sprachen sie zusammen, kamen unvermerkt weiter, sahen ung'sinnet sich vor einem Dorfe, welches mehr als eine Stunde entfernt war. Stüdeli erschrak, machte der Mutter Entschuldigungen, daß es sie so weit habe kommen lassen, aber es hätte ihm wieder viel geleichtet; wenn nur noch das Heimkommen überstanden wäre, dann hätte es allen Mut, es komme gut. „Allweg schreiß dir den Kopf nicht vorher ab", antwortete die Mutter, „nachher wärest du dich sicher reuig. Aber allweg komme ich noch mit bis ins Dorf, die Kinder hätten mir nichts darauf, wenn ich nicht mit ihnen ins Wirtshaus ginge; sie hielten es mir ihr Lebtag vor, und nicht mehr, als sie dazu kommen, wird es ihnen nicht schaden und dir auch nicht, du hast dann noch einen strengen Weg immer obsig." „Miech nüt, Mutter, wenn die letzte zeche Schritt nit wäre", antwortete Stüdeli mit Seufzen. Als die Kinder hörten, daß es ins

Wirtshaus gehe, taten sie Sätze wie junge Böcklein; es war, als sei ihnen das Himmelreich verheißen und stracks gehe es darauflos.

Als sie ins Dorf kamen, sah man schon gegen das Wirtshaus, denn die lieben es auch, daß sie von den Leuten gesehen werden, und zwar schon von ferne. Da begann Stüdelis Zunge zu stocken und seine Füße langsamer zu gehen, endlich rief es: „Mein Gott, mein Gott, Mutter, luegit doch, steht dort nicht mein Mann, dort, vor dem Wirtshaus in der Straße?" „Es düecht mih, es syg so eine d'r Postur nah, d'rnebe sollst du ihn besser kennen als ich und hast jüngere Augen", antwortete die Mutter. „Es ist ihn gewiß, Mutter", sagte Stüdeli, und seine Beine kamen wieder in Gang, doch nicht in Lauf. Gar manche Stadttochter wäre geflogen, ja hätte vielleicht geglaubt, was sie mache, wenn sie ihm bis an den Hals fliege; das unterließ Stüdeli wohlweislich. Die Sitte auf dem Lande ist viel strenger; sie hält im allgemeinen gar nichts auf dem Fliegen, sie hält inbesondere gar nichts auf dem Fliegen um die Hälser. Doch konnte Peter an Stüdelis leuchtendem Gesichte und der Mutter Freundlichkeit sehen, wie willkommen sein Erscheinen war, und es war wirklich, als ob Wolken aus Peters Gesicht wegflogen, als ob ein ganz anderer Schein sich darüberlege.

Wer geglaubt, es seien da Wolken gesessen und verschwunden, hätte ganz recht gehabt. Es hatten da Wolken gesessen, und zwar nicht ganz leichte, wenn auch nicht gerade Gewitterwolken. Aber so ein Ehemann ist wirklich bös z'weg in solchen Fällen, er ist der arme Teufel zwischen Amboß und Hammer. „Hör, du bist der Mann, du mußt den Verstand machen, wenn sie ihn nicht selbsten hat", sagen die Alten. „Wenn du mich liebhättest, du würdest anders mir helfen und auf meiner Seite sein", heißt es auf der andern Seite. Nun, wem soll er helfen, besonders wenn man dabei sagen könnte, wie das Sprüchwort heißt: „Oppis het d'r Herr Major recht und öppis d's Lisabethli"? Er denkt, Vater und Mutter sollten die Witzigern seien, er denkt, sie wär doch die Jünger und sött in alt Lüt sich chönne schicke und ihnen auch was könne z'G'falle tue. So denkt er in einem Augenblick, so in einem andern anders, und je nachdem einer ein Gemüt hat, greift es tiefer oder minder tief. Am tiefsten greift's, am meisten leidet die größte Liebe.

Peter hatte wirklich ein gut Gemüt, liebte beide Teile und mit Grund. Peter hatte aber auch Gerechtigkeitsgefühl; das sagte ihm, seine Frau sei diesmal offenbar im Unrecht. Er selbst war wirklich auch verletzt worden durch ihr Zwängen, welches offenbar Aufsehen machen mußte, was er bestmöglichst zu verstreichen suchen mußte. Es war ihm angst, wie Stüdeli heimkommen werden, versöhnt oder erst recht anfechtig. Das erstere durfte er kaum hoffen, und doch hätte er mögen und namentlich aus Liebe für Stüdeli, daß es das Vergangene vergessen hätte und versöhnt und freundlich käme. Seiner Leute war er sicher, daß sie dieses hoch aufnehmen und recht zu würdigen wüßten. Diese Unruhe trieb ihn seiner Frau entgegen, obgleich es ihm höllisch, wirklich höllisch z'wider war, das Kinderwägeli ziehen zu helfen; er hätte lieber einen Wagen, mit zehn Zentnern beschwert, gezogen, von wegen es war ihm nicht wegen der Mühe, sondern wegen den Leuten.

Das freundliche Entgegenkommen verscheute begreiflich seine Bekümmernisse; es war ein Wecken aus schweren Träumen in eine heitere Wirklichkeit, so wie auch sein Erscheinen Berge abwälzte und Kümmernisse verjagte. Kaum wirkte wohl ein Begegnen, ein Entgegenkommen freud- und segensreicher als dieses. Es ist überhaupt um das Entgegenkommen ein gar schön und herzig Ding. Nur muß man es die Meitschi nicht wissen lassen, die könnten es mißbrauchen, jedenfalls übertreiben; überhaupt steht es ihnen in der Regel sehr übel an.

Wenn es so abdeckt auf den Gesichtern und heiter wird in den Herzen, dann schmeckt der Wein, und wäre er in der Lüneburger Heide gewachsen. Das war der nicht, welchen unsere Gesellschaft hier trank; der war am Genfer See gewachsen, in unsaubern Wirtshänden nicht verpfuscht, ein anmütig Wynli, und mundete absonderlich der Mutter. Jetzt sei es beim Schieß Zeit, daß sie aufhöre, wenn sie noch heimwolle, g'wüß heig si es Ketzerli und das es bravs. Si wüss' sih nit z'b'sinne, daß es ihr so gegangen. Wenn sie nur d'r tusig Gottswille scho heim wäre. Es war wirklich etwas an der Sache, denn als sie Geld zählte, weil sie absolut die Ürti berichtigen wollte, klagte sie, sie komme nicht z'weg, bald verschieße sie sich und bald sehe sie die Stücke doppelt. Doch gefährlich war es nicht, denn als man auseinanderging, war ihr Schritt fest, ihr Gang gerade, man sah ihr nichts an. Nur wer sie genau kannte, hätte etwas gemerkt; es lächerete sie beständig, als ob Witz um Witz ihr durch den Kopf flöge. Nun, sie hatte Ursache zu heller Zufriedenheit, sie hatte ein gut Werk getan mancher Mutter zum Exempel.

Wenigstens ebenso glücklich wanderte das junge Ehepaar seines Weges. Stüdeli mochte fast nicht warten, bis sie zum Dorfe hinaus waren, um Peter seine reumütigen Geständnisse zu machen, zu sagen, wie es ihns so freue, daß er ihm entgegengekommen und sein Wüsttun ihns nicht habe entgelten lassen, und seine Vorsätze für die Zukunft mitzuteilen und namentlich, daß es von nun an ganz eine Emmentalerin werden wolle. Halb sei es sie schon; da unten habe man ihm Kriesi-Stüdi sagen wollen und ihm sonst vorgehalten, es rede ganz emmentalerisch. Nun wolle es lieber nur einen Übernamen statt zwei; mit den Birligen wolle es nichts mehr zu tun haben, sondern nur noch von Schöchlene wissen. Überdem gefalle es ihm da oben weit besser als da unten, es hätte nie geglaubt, wie doch die Augen ändern könnten; es sei ihm alles ganz anders vorgekommen, die Menschen und die Häuser, kurz, alles zusammen, und aller G'lust sei ihm vergangen, zu züglen; auf dem Tanzboden wolle es leben und sterben, wenn man es nur recht liebhaben wolle da oben und es ihns nicht lassen entgelten, daß es sich so verfehlt.

Peter hätte ein Hund sein müssen, wenn ob solchen Liebesreden sein Herz nicht hätte weich werden sollen wie Grasanken und er nicht auch ausgepackt hätte, wie lieb es ihnen sei, niemand was gegen ihns hätte, dagegen das größte Bedauren, weil man glauben müßte, es sei ihm nicht wohl bei ihnen. Wenn man einmal das wisse, daß es ihm recht und es gerne bei ihnen sei, werde die größte Freude sein und alles ihm die Hände unter die Füße legen. Sie hätten anfangs großen Kummer gehabt, als es am Samstag so bös fort sei, „und wenn deine Mutter wäre wie manche andere Frau, so hätten sie alle Ursache dafür gehabt. Aber das ist eine, wie man sie nicht findet, wie die Merzeglöckli, wenn der Schnee abgeht, die werde ich nicht vergessen, und wenn ich hundertjährig würde, und wenn ich ihr Liebs und Guts erweisen könnte, würde ich nie fragen: ‚Was kost's?' Daran dachte man, und das war unser Trost, und er fehlte nicht, und wenn du jetzt so kommst, so wirst sehen, was da für eine Freude und eine Liebe ist."

Unter solchen Gesprächen wird der Weg kurz; sie waren daheim, ehe sie sich's versahen, und die zehn letzten Schritte hatten keine

Bedeutung mehr. Man flog ihm freilich ebenfalls nicht an Hals, aber man kam ihm entgegen; man erkundigte sich mit herzlicher Teilnahme, wie es ihm gestern im Wetter ergangen, alle Hände waren bereit, ihm irgendwas zu tun, daß es fast nicht reden konnte, weil ihm das Weinen immer zuvorderst war. Als Stübeli am Abend mit Peter in ihr Stübchen kam, da nahm es ihn um den Hals und sagte: „Das habe ich nicht verdient, aber ich will es zu verdienen suchen, zähle darauf!"

Die Frau Pfarrerin

1854

Eine Hauptsache für jeden Menschen, welche bei weitem nicht genug beachtet wird, ist, zu wissen immerdar, was für Zeit es sei. Wer die Sache kurz nimmt, wird die Nase rümpfen und sagen, schwer sei das nicht, wenn man eine Uhr habe, und so wichtig sei es auch nicht; habe man ja doch eben die kürzeste Zeit, wenn man vergesse, was für Zeit es sei, — wenn man nur die Eßglocke nicht überhöre, selb sei allerdings fatal. Der Ausdruck hat aber eine weitere Bedeutung, wie die meisten wissen, und diese werden die Wichtigkeit dieser Kenntnis zugeben und zum Kalender raten, der zur gründlichsten und umfassendsten Kenntnis der Zeit verhelfe. Der zeige, wenn Neu und Wedel sei, und die Zeichen alle, wenn Haarschneiden gut sei und b'schütten und Bohnen setzen und z'Acker fahren und den Hühnern die Flügel beschneiden, daß der Habicht sie nicht nehme, und Weizen säen, daß die Spatzen ihn nicht fressen, wenn es regnen, wenn es winden werde, wann man daheim zu bleiben habe, wenn man nicht verhagelt sein wolle. Ja, darin könne man sogar sehen, wann es heilige Zeit sei, absonderlich heilige Sonntage, was zu wissen Bäckern und Kommandanten absonderlich not täte, den ersten, damit sie nicht das Nachtmahlbrot zu backen vergäßen, den andern, damit sie wüßten, wann sie, allen Bärenwirten z'Trotz, nicht tanzen lassen sollten, sondern sie und ihre Offiziere samt Soldaten sich anständig aufführen.

Den Pfiffigsten wird diese Auskunft nicht genügen; sie werden sagen, um die Zeit, über die man Auskunft in den Kalendern finde, gäbten sie wenig, aber pfiffig werden sie sagen, die rechte Zeit und die wichtigste hätte ihre eigenen Organe, aus denen lerne man sie kennen, und das seien die Zeitungen. O nein, der Meinung sind wir nicht. „Da ich noch ein Kind war, da redete ich wie ein Kind", sagt der Apostel Paulus, „jetzt sehen wir wie durch einen Spiegel in einem Rätsel." Da sieht man nicht einmal, wann Kaffee kaufen gut oder Korn verkaufen, nicht, ob man einen Stock zum Spazieren mitnehmen soll oder einen Regenschirm; da sieht man bloß eines, daß leicht man zum Toren wird, wenn man sich für einen Weisen hält, daß man oft Torheit findet, wo man Weisheit gesucht.

Der Kalender, welcher uns immer am besten gefiel, am sichersten anzugeben schien, was für Zeit es sei, ist der Markt eines bedeutenden Ortes, auf welchem dessen Bevölkerung sich mit Lebensmitteln versieht. So auf einem Markte von allerlei, vom obern Tore bis zum untern Tore, was man da nicht alles sieht, und wie die Zeit von dannen rennt, und was man nicht alles für Leute kennt! Wenn es Winter ist, das merkt auch der Dümmste, an der eigenen roten Nase erstlich und an den Nasen der Marktweiber, an ihrem Wärmapparat verschiedener Art, am kurzen Märkten und raschen Laufen der Kaufenden, am Mangel eleganter Damen, ausgenommen ums Neujahr herum, wenn sie den fetten Gänsen, guten Enten, anderem Wildbret und sonstigen Leckerbissen nachstreifen.

Daneben ist der Markt nicht uninteressant; er enthält die ausgepackten Vorratskammern der Umgegend: im Herbste das Eingekellerte, Eingesetzte von allen Sorten, welches nach dem Neujahr immer mehr zusammenschmort, wenigstens an Frische verliert, bis nach und nach die Gewächse aus Treibhäusern und Couches auftauchen, Rübchen wie Nädelchen und Salatstäudchen, die durch das Vergrößerungsglas sichtbar werden, Spinat mit den schnellen Beinchen, die sich nirgends ordentlich stillehalten wollen; zu Zuckererbsen und Bohnen gelangt man bei uns trotz aller List und aller Müh erst viel später. Dann kommt, was unterm Schnee verborgen lag, das Nüßlikraut, die Rabünzli, das Säukraut usw.; da kömmt die Köchin Markttag um Markttag mit was Neuem heim, wo man nicht darauf zu achten hat, ob das Gemüse sechs Kreuzer oder sechs Batzen kostet, und mit dem Beisatz: „Lueget, Frau, kum es Hämpfeli, und sollte drei Batzen kosten, und z'Not konnte ich einen Kreuzer abmärten."

An Orten, wo es knapper geht und die Kreuzer gewogen werden, kömmt die Köchin bloß mit Berichten: „Es wär wohl öppis anders dag'si, es klein Körbchen mit Rabünzli, aber gar Hagels tür, das ganze Körbli für sieben Batzen, und wir hätten nicht für einmal genug gehabt; Ihr hättet mir ein schön Gesicht gemacht, wenn ich damit heimgekommen wäre." „Es ist fatal", sagt dann die Frau, „der Herr grännet afange über alle Winterköch und wott doch dann nicht ausrücken mit dem Geld; er begreift nicht, daß, wenn man zuerst von einer Sache haben will, man es doppelt so teuer zahlen muß als einige Wochen später." „Ja, geht mir mit den Herren; es hat in Gottes Name keiner mehr Verstand einer Kleblaus groß. Da ist ihnen daheim nichts wohlfeil genug und nichts gut genug; da sollte man ihnen daheim für ein Fränkli für die ganze Haushaltung kochen so gut, als sie für sich allein kaum halb genug kriegen um dieses Geld."

Nun wird es recht kurzweilig auf dem Markte, jeden Tag was Neues, namentlich, sobald die Temperatur es erlaubt, auch Blumen und Blumenstöcke. Erst hier auf den Steinen sieht man die Entfaltung der Natur in ihrer Mannigfaltigkeit und ihrem Reichtume so recht augenscheinlich. Es kommen die ersten Erdbeeren aus sonnigen Rainen, die ersten Kirschen von Basel her, die Bohnen aus dem Wistelach, die Erbsen von den Halden um die Stadt, und ein Birnbaum nach dem andern sendet seinen Segen, bis ein kühn Weib mit den ersten Erdäpfeln kommt, unbekümmert darum, wie manchem Stadtherren es Bauchweh kramet. „Warum frißt er, wenn es ihm nicht wohl macht!" würde es auf daherige Vorwürfe sagen.

Je mehr das Neue überhandnimmt, desto seltener wird das Alte, desto mehr sticht es gegen das Neue ab, die eingeschrumpften Erdäpfel, die eingefallenen Äpfel, die runzlichten Birnen, aber nicht desto minder wert sind sie, oft stehn im Preise sie viel höher als das verdächtige Neue, von dem man so recht nicht weiß, taugt es etwas oder nichts; denn begreiflich kömmt es am Ende denn doch darauf an, nicht ob eine Sache jung ist oder nicht, sondern kann man sie brauchen oder nicht. Je mehr das Alte schwindet, hie und da nur noch ein Halbdutzend Äpfel in die Ecken eines Korbes sich schmiegen, desto massenhafter rückt das Neue an; die Köpfe der Marktweiber reichen nicht mehr aus als Transportmittel, da müssen Wagen und Pferde her, und hochgetürmt ziehen Kabisköpfe ein, füllen Plätze aus, machen den Strohköpfen in der Stadt den Rang streitig, selbst jetzt noch, wo sich dieselben doch durch so viele Eidgenossen verstärkt haben. Jetzt legt das Jahr die Proben ab über den empfangenen Segen. Man kann es von weitem sehen, ob die Käufer um einen

Wagen sich drängen oder, wir möchten fast sagen, die Wagen um die Käufer, und kömmt man näher, so empfindet man den richtigen Standpunkt ganz bestimmt an den Wistelachern; sind die zärtlich, dann aufgepaßt, dann haben die Zwiebeln, Gurken und andere Herrlichkeiten in Hülle und Fülle, mehr als ihnen lieb ist; sind sie aber noch gröber als sonst, dann zugegriffen ohne Komplimente!

Aber nicht bloß die Verschiedenheit der Jahre merkt man; wer fünfzig Jahre gelebt hat, merkt um diese Zeit besonders einen gar mächtigen Unterschied zwischen ehedem und jetzt. Ehedem ging es um diese Zeit bis gegen Weihnacht viel lebhafter, wir möchten fast sagen, wilder zu: da kellerte man noch ein, machte Vorräte auf den Winter, machte Kabis ein, metzgete sogar. Seit aber die baumwollenen Hemdchen aufgekommen sind, welche man gemacht kauft, weil Weib und Töchtern keine mehr nähen können, seitdem macht man nicht Kabis ein, metzget man nicht, beides stinkt und macht Mühe, man kellert auch weder Äpfel noch Erdäpfel ein; in Vorräten liegt alleweil ein Schaden, totes Geld und Abgang, ein unnötig Geschlepp, und wirklich an vielen Orten nachts nicht mehr so viel Speise, um eine hungerige Maus zu sättigen.

Da sieht man aber eben auch, was für Zeit es ist. Ja, noch viel mehr sieht man, wenn man nicht bloß in die Körbe der Verkaufenden, sondern auch in die Gesichter der Käufer sieht: da kann man Betrachtungen anstellen über die Zeit im allgemeinen und die Zeit im besondern, da kann man merken, ob es eine gesegnete oder ungesegnete ist in dieser oder jener Gegend und in diesem oder jenem Hause, wie auf die Üppigkeit die Spärlichkeit folgt, wie der G'lust wäre, wenn das Geld noch wäre. Lustig ist's wie in bestimmten Häusern ein regelmäßiger Wechsel ist wie zwischen Ebbe und Flut, daß man mit Sicherheit aus dem Marktkorbe schließen kann, besonders wenn die Frau selbst noch Einkäufe besorgt, beginnt ein Monat oder geht er zu Ende. Wenn ein Quartal der Mond wäre, könnte man auf dem Markte an heiterhellem Tage sehen, in welchem Stadium er wäre, und drei Wochen nach dem Neujahr bis gegen Ostern werden sicherlich auch in den Marktkörben die Fasten sehr merkbar sein.

Und wie erst die Leute selbst kommen und verschwinden, mager werden oder fett, avancieren oder verkümmern, es ist merkwürdig! Da trohlet der Stoff zu den interessantesten Lebensbeschreibungen recht eigentlich auf der Gasse herum. Wahrscheinlich werden auch die Herren, welche bedächtigen Schrittes, mit den Händen auf den Rücken, den Augen in allen Körben und in allen Gesichtern, Geschichtsforscher sein, welche, hier auf dem Markte auf- und abwandelnd, Neuperipatetiker, ihre wichtigsten Geschichtsstudien machen oder Figuren in Novellen suchen. Anfangs wird es ihnen gehen wie andern; sie sehen ein buntes Durcheinander ohne besondere Merkmale, ohne eigentümliche Züge. Erst bei längerem Beschauen trittet das Besondere auseinander, und einzelnes macht sich bemerkbar, trittet immer eigentümlicher hervor, so daß, fehlt es einmal im Gemenge, der Beschauer es vermißt und sucht; er hat das Ganze nicht mehr, das Vermißte muß eine Lebensveränderung erlitten haben, welche, nimmt einen wunder.

Doch es gibt nicht Männer nur, welche Anlage haben zur Geschichtsforschung, daherige Studien unwillkürlich machen und sich auf dem Markte auch um die Menschen kümmern und nicht bloß um Rüben und Rabünzli. Wir hatten eine Base, eine kuraschierte Frau mit hellen Augen, raschen Entschlüssen und Urteilen, sie hätte den besten Schützen gegeben: ein Blick und paff, d'Sach war richtig. Sie kam in ihren Reden, mit denen sie nicht kargte, oft auf ihre Markterfahrungen. Am liebsten redete sie davon, wie sie immer lange vorausgewußt, ob eine Haushaltung verlumpen werde oder nicht. Wenn eine junge Frau alle Erstlinge gekauft, ihr nichts zu teuer gewesen, bei keiner jungen Gans habe vorbeigehen können, so habe sie in der Regel es getroffen, wenn sie gedacht: „Kauf du nur, du arms Tröpfli! Es kömmt dir schon anders, wenn du Verstand hast, und hast keinen, je nun, so ist's nicht schade um dich, wenn dir auch das Geld ausgeht." Richtig habe ihr keine lange das Beste vor der Nase weggekauft. Sie war unerschöpflich in Geschichten über dieses Thema. Doch sah sie aber auch noch anderes als der Menschen Schwächen; auch das Bessere, Anmutige entging ihr nicht, kurz, selten etwas Bemerkenswertes. Mit besonderer Vorliebe hielt sie folgendes Marktbild fest, aber sie mußte in recht weicher, schöner Stimmung sein, wenn sie es zum besten geben sollte.

„Vor einigen Jahren", erzählte sie, „traf man jeden Markttag außer bei ganz grundschlechtem Wetter eine ältliche Frau an. Sie fiel weder durch ihre Kleidung auf noch durch ihre Gestalt. Die Kleidung war äußerst einfach, aber ebenso reinlich; sie war von mittlerer Größe, hatte nichts Auffallendes im Gesicht beim bloßen Ansehen, sie fiel mir bloß auf durch die Stetigkeit ihres Daseins, das mir gar nicht notwendig schien, denn sie hatte in der Regel nur ein ganz kleines Körbchen am Arme, kaufte wenig und zuweilen gar nichts. Hatte sie auch ihren Einkauf gemacht, ging sie nicht heim wie andere Frauen, sondern regelmäßig die ganze Straße durch von oben bis unten und bei schönem Wetter und wenn der Markt so recht viel Neues brachte, hin und her.

Unwillkürlich fing ich an, mich zu achten, was sie eigentlich da treibe und was sie kaufe; im Handel war sie mir nie in Weg gekommen, hatte weder eine Taube noch ein Hähneli mir vorweggeschnappt. Sie kaufte nichts Meisterlosiges, überhaupt nichts aus dem Tierreich, sondern bloß aus dem Pflanzenreiche und hier auch zumeist das Allerwohlfeilste und was zum Kochen wenig Feuer brauchte, immer nur für einige Kreuzer, jedoch fast immer etwas Obst; hier und da märtete sie sich eine Blume ein, ein Röschen oder ein Stiefmütterchen, und oft gaben die Weiber eins ungebeten, auch einige Salatblättchen, woraus ich schloß, daß sie ein Vögelchen haben müsse, sonst aber wahrscheinlich alleine haushalte. Ihre Geschäfte wären also in einigen Minuten abgetan gewesen, wenn nicht etwas anderes sie gefesselt hätte, und was das war, sah ich bald, als ich einmal aufmerksam auf sie war.

Es war eine unendliche Freude an den Früchten und Pflanzen selbst, nicht um sie zu essen. Sie freute sich zum Beispiel recht herzlich über den ersten Blumenkohl, aber sie kaufte den ganzen Sommer keinen, wenn er mißraten war und hoch im Preise blieb. Es waren ihr liebe Bekannte, Freunde, Kinder, die in fremden Landen gewesen, weit über Meer, die wieder herkamen und von ihr mit herzlicher Freude bewillkommt wurden. Natürlich war immer das erstemal bei Wiedererscheinen in jedem Jahr die Freude am größten, aber sie verging nicht, loderte bei jedem schönen Stück neu auf, und wenn die Pflanze oder Frucht immer seltener erschien, so ward ihre Freude an ihr um so inniger, fast wie an einem Menschen man sie hat, dem man zuruft: ‚Ach, lebst auch noch!‘, den man verloren gegeben und doch noch wiedersieht. So wimmelte der ganze Markt von obenan bis untenaus von lieben Bekannten, die sie ja alle grüßen mußte, und wäre es nur mit einem Blick. Vor allem war es das Obst, welches von den Bäumen kam, welches ihr Augen und

Herz gefangenhielt. Den Beeren von den Sträuchern schien sie nicht viel nachzufragen, sie beachtete sie kaum; auch auf den Baselkirschen hielt sie nicht viel, sie seien so wässericht und hätten keinen ordentlichen Geschmack, sagte sie. Nur was auf unsern Bäumen wuchs, fand ordentlich Gnade vor ihren Augen. Über unsere Kirschen freute sie sich sehr; von ihr zuerst vernahm ich, daß auch die Kirschen verschiedene Namen hatten, ich meinte bis dahin, es gebe rote und schwarze und nebenbei noch Weichsel- oder Zahmkirschen. Doch erst bei den Äpfeln und auch Biren ging ihr das rechte Leben auf; mit einem freudigen Ausruf ward jede neue Sorte, welche auf dem Markte erschien, begrüßt. Wenn die neuen erschienen und alte und neue in den Körben lagen, dann war ihr ein Jahr umgegangen, das alte schloß sich, ein neues hatte begonnen, und in neuer Reihe marschierten die alten Sorten auf eine nach der andern, und jede wurde von der Frau mit Namen begrüßt, denn sie kannte alle wie ein Feldmarschall seine Regimenter.

Da sah ich dann auch, wie die Marktweiber die Frau kannten, ihr herbeiriefen, neue Sorten zu zeigen, nach ihrem Namen zu fragen, wie sie ihr von weitem Äpfel in die Höhe hoben, wenn sie wußten, daß sie diese besonders liebte und sie vielleicht im vergangenen Jahr gefehlt hatten, oder ihr ein halbes Dutzend, welche abgesondert im Korbe lagen, aufdrangen, sagend: ‚Nehmt sie nur, nehmt sie; das werden die einzigen dieser Art sein, welche Ihr dieses Jahr sehet, sie gerieten nirgends. Unter die andern sie zu mischen, wäre schade, und apart sie zu verkaufen, lohnt sich nicht der Mühe; da dachte ich, ich wolle sie z'Ehren ziehen und Euch sie bringen, Ihr wüßtet sie am besten zu schätzen, und ich hätte selbst Freude, wenn sie Euch recht gut dünken.' Sichtlich mit Freuden, aber erst nach langem Weigern nahm sie die Frau geschenkt. Denn wie sie auch die Kreuzer abmödelete, hier konnte sie nach ihrer Weise verschwenden, schienen die Kreuzer sie nicht zu reuen, hier kaufte sie nicht immer vom Wohlfeilsten, hier konnte sie wählig sein, kaufte aber oft auch recht Unscheinbares, anfänglich zu meiner Verwunderung, bis ich merkte, daß es besser war als schön.

Es war ein eigener Verband zwischen der Frau und den Weibern, und zwar ein recht freundlicher. Durch das Intresse, welches die Frau am Inhalt ihrer Körbe nahm, die Freude, welche sie hatte, wenn sie schöne Produkte sah, ihr sachkundiges Urteil, nützliche

Winke aller Art war sie den Weibern wert geworden; ihr Erscheinen tat ihnen wohl, sie freuten sich sicherlich schon daheim darauf, wenn sie was Schönes bringen konnten, sie wechselten gerne einige freundliche Worte mit ihr, das eintönige Markten unterbrechend. Nicht selten geschah es, daß sie zur Schiedsrichterin oder Ratgeberin aufgerufen wurde. Gar manches Dämchen kennt nichts von dem, was es kaufen will, und steht vor den Körben, als wären es lauter Tennstore, steht kummervoll von einem Bein aufs andere; es möchte Äpfel und ist in Seelenangst, man möchte ihm Zwiebeln für Äpfel anhängen, von wegen sie hatte gelesen, das sei einmal irgendwo einer Dame passiert. Und wenn auch die meisten zwischen Zwiebeln und Äpfeln zu unterscheiden wußten, wie manchem Dämchen ist bekannt, welche Äpfel am besten für Kuchen sind, welche am besten für Brei oder Kompott usw.? Nun, da ward meine Frau gar oft von irgendeinem Weibe als Autorität angerufen. ‚Die kann am besten sagen, lüge ich oder lüge ich nicht; die weiß einen Renetten von einem Holzöpfel zu unterscheiden', hieß es.

In einem ähnlichen Fall kam ich mit ihr ins Gespräch. Ich wollte ein Quantum zum Einkellern für den Frühling kaufen und verweisete zwischen zwei Wagen; auf beiden priesen zwei Weiber ihre Ware an, als hätte jedes die allerbesten Äpfel, fast mit menschlichen Tugenden. Da deutete das eine der Weiber auf die eben vorübergehende Frau und sagte: ‚Die kann sagen, was ich für Äpfel habe, die kennt sie.' Sie gab ganz gefällig Bescheid, daß die Äpfel der andern Frau, für jetzt zu brauchen, passender und besser seien, aber für später wären ihr die Äpfel der Frau, welche sie angerufen, viel lieber. Von da an wechselten wir öfter einige Worte, aber zu einer eigentlichen Bekanntschaft kam es nicht; wir suchten sie beide nicht, fragten nicht einmal nach unsern Namen, wenigstens ich nicht.

Da geschah es einmal im Winter, als es recht kalt und glatt, daß sie umfiel auf dem Markte und an Bein und Arm sich übel wirsete. Ob sie bloß ausglitt oder umgerannt wurde, wußte sie später selbst nicht, wahrscheinlich das letztere. Wahrscheinlich ward die Menge durch einen der schrecklichen eidgenössischen Postwagen, vor denen weder Mann noch Maus sicher ist, auseinandergesprengt, und einer, der in Todesangst sein Leben retten wollte, hatte die alte, schwache Frau umgerannt, doch glücklicherweise nicht gegen den dahindonnerenden Wagen zu; eidgenössisch überfahren wurde sie nicht. Man lief ihr zu, stellte sie auf die Füße; sie hatte nichts gebrochen, unter großen Schmerzen konnte sie gehen, doch nicht alleine. Zufällig war ich der einzige Mensch in der Nähe, der eine Bekanntschaft mit ihr hatte; ich konnte nicht anders, ich bot ihr meine Begleitung an, sie nahm sie dankbar, doch unter tausend Entschuldigungen an, wie sie zu meiner Zeit noch üblich waren, wo nicht jeder Schlingel meinte, unser Herrgott habe die Welt um seinetwillen erschaffen und ebenfalls das übrige Gesindel, um ihm die Hände unter die Füße zu legen. Dem sagt man jetzt altväterisch, wenn ein Mensch von Herzen für eine Wohltat danket; man sollte sich schämen. Aber was will man: wenn man dem lieben Gott nicht mehr danken will, weil es nichts abtrage, warum soll man Menschen danken?

Es war wirklich aber auch eine große Mühe, die arme Frau, welche unsäglich litt und alle Augenblicke stillestehen mußte, in ihr Quartier zu bringen. Billigermaßen sollte jede eidgenössische Postkutsche verpflichtet sein, hinten aufgeschraubt ein Transportmittel, Sänfte oder Karren, mit sich zu führen, um die hinter ihr liegenbleibenden Toten oder Schwerverwundeten aufzuraffen und in ihre Quartiere zu bringen. Glücklicherweise wohnte die Frau nicht drei Treppen hoch, sondern nur zwei, hintenaus in einem Stübchen gegen ein Höflein, aber von der Sonne beschienen. Im Stübchen war es unbeschreiblich reinlich und heimelig, und wie ich richtig vermutet, ein Vogel empfing uns mit freundlichem Gezwitscher. ‚Du Arms', sagte sie, ‚meinst, du bekommst deinen Salat, und habe ich dir keinen.'

Leidend sank sie auf einen Sessel. ‚Du mein Gott! Und jetzt, was fange ich an?' Sie war, so gleichsam zu sagen, alleine auf der Welt, hatte niemand als eine Wochenmagd, die einmal des Tages kam, abends um sechs Uhr, um ihr Holz und Wasser zu tragen, alles übrige besorgte sie selbst. Im Hause hatte sie das Stübchen gemietet, mit den übrigen Hausbewohnern hatte sie keine andere Gemeinschaft, als daß man sich grüßte, wenn man einander auf den Treppen begegnete; das will zwar schon was sagen. Ein solches Vereinzeltsein mag zuweilen gehn, aber früher oder später kömmt dann doch die Frage: ‚Und jetzt, was?', kömmt oft so plötzlich, daß sie einem den Schweiß austreibt.

Damals kam er auch mir und nicht bloß der halb ohnmächtigen Frau. Und jetzt, was? Ich war alleine da, die Wochenmagd kam um sechs Uhr; es war zehn Uhr. Wäre ich nur zu Hause gewesen, da hätte ich schon jemand senden können, aber durfte ich sie alleine lassen? Und wen rufen im wildfremden Hause? Es war nicht einmal ein Glockenzug im Stübchen. Da klopfte es an die Türe, ein lustig Kindergesicht guckte hinein und rief: ‚Die Mama schickt mich und läßt fragen, ob sie der Frau Pfarrere mit etwas behülflich sein könne, sie habe gehört, sie sei krank heimgekommen.' Das war ein Engelein in der Not, das mit großem Mitleid die arme Frau streichelte, die vor Husten die Antwort nicht fand.

‚Könnte die Mama selbst kommen?' sagte ich, sah nicht das Kopfschütteln der Kranken, und zur Türe hinaus war das Kind, ehe sie es zu einer Antwort brachte. ‚Mein Gott, was denkt Ihr!' sagte sie endlich, ‚eine so vornehme Frau . . .' Aber ehe sie vollenden konnte, trat diese schon ein, allerdings eine vornehme, aber äußerst liebliche Erscheinung. Mitleidsvoll wandte sie sich zur Frau Pfarrerin; mich grüßte sie kaum, steif und von der Seite. Ich nahm's für Hochmut, dachte bei mir: ‚Sie sind doch alle gleich'; später kam ich darüber, daß sie schüchtern war. Weit über dreißig und vornehm — ich wollte es lange nicht glauben, aber es war doch so: sie war schüchtern, wurde leicht verlegen und sogar rot aus einfacher Verlegenheit.

Und jetzt, was machen? Vor allem aus müsse sie ins Bett, wurden wir rätig, dann wolle ich nach meinem Arzte aus. Sie wollte nach dem ihren senden, sagte sie, aber der sei etwas bequem, und wenn er sich einmal eine Tagesordnung gemacht, so weiche er nicht mehr davon ab, und wenn man ihm nachliefe mit der Nachricht, seine Frau wolle sterben, würde er antworten: sie solle warten, er habe noch vier Visiten zu machen; sobald die abgetan, werde er alsbald kommen. Die Dame schickte nicht nach dem Kammermeitli, wie ich erwartet hatte, sondern legte selbst Hand an zur unaussprechlichen Verlegenheit der guten Frau Pfarrerin. ‚Aber nein, Frau Landvögtin, aber mein Gott, Frau Oberstin, ich bitte, ich muß mich ja schämen!' Und als sie zum linken Fuß gekommen war, kostete ihr der fast das Leben. Als die Dame darnach griff, um ihn vom Strumpfe zu befreien, rief die Frau Pfarrerin: ‚Nei, es hat doch g'wüß kei Gattig!', bückte sich, wollte selbst ziehen, verlor den Halt und wäre beinahe mit dem Gesichte voran unters Bett gefahren. Nun, ich griff noch zu rechter Zeit zu und verhütete den Sturz, aber es geschah so unsanft, daß die gute Frau laut aufschrie und der Tränen sich nicht erwehren konnte. Mit großer Mühe brachten wir sie zu Bette, das so reinlich war, daß die Frau Pfarrerin uns gerne gebeten hätte, uns drei Schritte weit davon entfernt zu halten, wenn die Höflichkeit es ihr erlaubt hätte.

Endlich war sie unter vielen Schmerzen im Bette und hätte nun wenigstens ruhig sein können, wenn die Höflichkeit nicht gewesen wäre. ‚Aber mein Gott, was die Frauen Mühe mit mir gehabt, und wie das mich plagt, daß die Frauen da um mich herumstehn, ich ihnen nicht einmal Sessel geben kann, um wenigstens doch zu sitzen.' Übrigens glaube sie, brauche sie uns nicht lästig zu fallen, sie könne wohl alleine sein, bis der Arzt komme; es sei ihr so unendlich leid, daß wir ihretwegen so Mühe hätten. ‚Ich glaube nicht, daß es so böse ist', sagte ich, ‚geschunden und gequetscht indessen seid Ihr brav, und das ist manchmal schon genug. Jetzt will ich um den Arzt aus, hernach komm ich bald wieder.' Die Frau Landvögtin übernahm die Wache und tat noch mehr. Sobald ich fort war, rief sie Lisette, ihr Kammermädchen, und machte mit ihr kalte Aufschläge, gab der guten Frau, die zu fiebern begann, zu trinken.

Ich fand den Arzt rasch, und alsbald ließ er sich von mir dirigieren. Er fand die Verletzung an sich unbedeutend, dagegen die Erschütterung und den Schreck in solchem Alter bedenklich, daher er nichts sagen könne; man müsse zuwarten, es werde sich jedenfalls bald zeigen, die Hauptsache sei Ruhe und gute Abwart. Oh, Ruhe hätte sie, sagte die Frau, und wenn sie wisse, was machen, und es ihr nicht böse, so könne sie schon machen, was sie nötig habe. Da erklärte die Frau Landvögtin dem Arzt: sie meine, sie könne es mit der Wochenmagd machen, die im Tage nur einmal komme. ‚Das werdet Ihr bald merken, daß es nicht geht; nein, dafür muß anders gesorgt werden.' Nun machte er ihr den Vorschlag, sie in den Spital transportieren zu lassen, wo alle Burger unentgeltlich aufgenommen und verpflegt wurden, sobald sie krank wurden. Er sei Arzt dort, sagte er, und besser als dort sei sie nirgends aufgehoben, das verspreche er ihr.

Das könne sie nicht, sagte die Frau zu der andern großer Verwunderung, in ein so großes Haus, ein so großes Wesen hinein dürfe sie nicht. In einem großen Saale könnte sie nicht krank sein, da hätte man ja Tag und Nacht weder Ruhe noch Schlaf; krank sein könne man nur in einem kleinen Stübchen. Man redete ihr warm zu, dieses Vorurteil fahren zu lassen, in einem Tag sei sie an den Saal gewöhnt, und was sie wünsche, habe sie alsbald. Sogar Lisette mischte sich ein, und feine Ohren hätten bemerkt, daß ihre Stimme am schärfsten tönte. Wahrscheinlich fürchtete sie bei der Güte ihrer Herrin, mit der Frau vielfach belästigt zu werden.

Die gute Frau Pfarrerin fühlte gar wohl, daß dieses Weigern als eine kindische Meisterlosigkeit vorkommen mußte; sie kam in sichtbare Angst. Da sagte die Frau Landvögtin: ‚Nein, meine liebe Pfarrerin, seid nur ruhig, es ist dann nicht, daß dieses absolut sein muß. Ich begreife gar wohl, daß man lieber alleine krank ist als unter einem Dutzend, wo, wenn einer schlafen möchte, ein anderer hustet. Ich hätte es ganz auch so. Eine gute Abwart wird sich wohl finden.‘ ‚O ja‘, sagte Lisette, ‚fürs Geld sind immer Leute zu haben, die gerne etwas verdienen möchten.‘ ‚Lisette‘, sagte die Frau Landvögtin, ‚geht doch hinauf und seht, ob die Köchin vom Markt zurück ist, und ist sie noch nicht heim, so b'schließt das Vestibül, der Herr ist auch ausgegangen. Es ist ein Strolchenvolk in der Stadt, man ist nirgends mehr sicher.‘

‚Ihr werdet doch denken‘, sagte die Frau Pfarrere, ‚für eine arme, alte Frau tue ich dumm; es ist so, ich will gerne meine Schwachheit bekennen. Auf dem Erdboden habe ich nichts Lebendiges mehr, das mich liebt, als mein Vögelein und, ich möchte fast auch sagen, meine Blumenstöckli. Was sollte aus dem armen Vögeli werden, wenn ich in Spital müßte? Es würde wohl jemand ihm zu fressen geben, aber liebhätte es niemand, und niemanden könnte es seine Liebe erzeigen. Es würde vor Längizyti nicht fressen, und ich könnte nicht schlafen. Herr Doktor, wenn es z'Umache ist, ich halte an, was anzuhalten ist, so laßt mich hier. Ganz ohne Geld bin ich nicht, ich habe auch ein Sparhäfeli, nicht ein großes, aber doch dachte ich auch an die bösen Tage.‘

Der Arzt war nicht einer von denen, die nicht eintreten können, nicht fühlen, was andere fühlen, böse werden, wenn man sich ihnen nicht ohne Widerrede unterwirft, aber spotten tat er gerne und sehr oft, um seine Weichheit dahinter zu verbergen. ‚Ja, wenn es so ist, Frau Pfarrerin, so sage ich kein Wort mehr. Ein solcher Grüsel bin ich denn doch nicht, daß ich eine solche Liebe stören möchte. Wenn nur Frau X. da wäre‘, — er meinte mich — ‚die hat ihre

Nase an allen Orten und kennt alle Leute, die wüßte uns sicher eine Abwart, die paßte.'

‚Danke für das Zutrauen, Herr Doktor!' sagte ich, da ich längst eingetreten war, aber eben nicht nötig fand, mich kundzugeben, ‚aber Ihr habt recht, ich weiß zwei für eine; es frägt sich nur, welche eben zu haben ist.' Die Frau Landvögtin ward verlegen, aber der Doktor nicht. ‚Da weiß ich jetzt my Seel nicht, welches Sprüchwort ich anwenden soll, ob das vom Horcher oder das vom Wolf. Aber sei es das eine oder das ander, so ist's gut, daß Ihr Rat wißt.' Es sei ihr so leid, daß sie uns so Mühe mache, sagte die Frau Pfarrerin, wir seien viel zu gut; aber wenn der Herr Doktor meine, sie müsse im Bette bleiben, so sei sie dankbar, wenn man für eine sorgen wolle. Ihr Ruhbett sei ein Kastenruhbett, so daß sie kommen könne, wann sie könne, G'scheer gebe es nicht.

So ward die Sache abgeredet. Ich machte mich nach der Abwärterin auf, welche beim Arzt die näheren Instruktionen zu holen hatte. Die Frau Landvögtin übernahm die einstweilige Überwachung.

So hatte ein sogenannter Zufall Personen zusammengewürfelt und in Verbindung gebracht, die sonst nie in Berührung gekommen wären; um freundliche Erinnerungen wäre mein Leben ärmer geblieben, um Vorurteile reicher. Wie vieles in der Nähe ganz anders sich macht als in der Ferne, man glaubt es gar nicht. Es gibt Verhältnisse, Lebenslagen, sie schimmern weithin; dort wohne, sollte man glauben, das leibhaftige Glück, nach dem Mitgenusse seufzen lüsterne Seelen. Und wären sie dort, säßen sie mittendrin, sie würden erschreckt die Augen aufreißen, würden meinen, sie seien verirrt, ans unrechte Ort geraten, würden nicht rasten, nicht ruhen, bis sie wieder heraus wären aus der Pein, die ihnen von ferne wie ein Vorhof der Seligkeit vorgekommen.

Und wie es mit den Verhältnissen so oft der Fall ist, geht es auch mit Menschen. Menschen, von ferne die liebenswürdigsten, werden nicht selten in der Nähe die widerwärtigsten. ‚Als wir noch nicht verheiratet waren, dünkte mich immer, ich müsse meine Braut fressen, und jetzt bin ich so reuig, tat ich es damals nicht', seufzte ein beschwerter Ehemann. Umgekehrt geht es aber ebensooft. Lagen, von denen man versicherte, man möchte nicht gemalt darin sein, können sehr angenehm und heimelig werden. Menschen, von denen man sagte, sie hätten rechte Längizytig'sichter, bei denen hielte man es nicht aus: „gut Lüt, gut Lüt, i Gottsname, aber längwylig vom Tüfel!", und gerade diese Leute können uns recht lieb werden, ja sich eigentlich einnisten in unser Leben, daß, wenn sie uns genommen werden, eine rechte Lücke entsteht in unserem Dasein, die lange sich nicht füllen will. Sie haben halt das meiste und Beste nicht auf dem Gesicht, sondern tiefer innen.

Eine ähnliche Erfahrung sollte ich jetzt machen. Wer mir gesagt hätte, es würde mir zwischen einer alten Pfarrfrau und einer eleganten und vornehmen Frau Landvögtin recht wohl und heimelig, ja absonderlich wohl und heimelig werden, den hätte ich sehr ausgelacht, und doch ging es mir jetzt so. Freilich wäre es nicht allen so gegangen, ja vielen nicht und gerade den Tonangebern, Ausschließlichen, der Creme der Gesellschaft nicht. Es gibt Leute, welche über alles, was nicht nach ihrem Salon oder ihrem Kaffeehaus riecht, die Nase rümpfen, für nichts Intresse haben und unendlich langweilig finden, was nicht in diesen Kreisen besprochen wird. Diese Leute halten sich für sehr fein gebildet und sind es eben nicht, sondern äußerst borniert, grusam beschränkt, denn nur in einem ganz kleinen Gebiete des Menschenlebens sind sie einigermaßen bekannt. Und so einer kann unter sinnigem Grännen und schrecklichem Aufblick gen Himmel sagen: die dummen Leute, die könne er gar nicht leiden. Wen heißt er dumm, und können nicht mit dem gleichen Rechte andere ihn den Allerdümmsten beizählen? Das ‚dumm' ist ein gar seltsam Wort, es gleicht gar oft dem Stein, der den Schleuderer selbst ins Gesicht schlägt.

Die Folgen des Unfalls waren ganz andere, als die gute Frau sie sich anfangs gedacht. Es ist mit dem menschlichen Körper fast wie mit Wein, den man in Flaschen gezogen, jahrelang unberührt liegengelassen, so daß er sich auf das feinste abgeklärt, goldgelb herrlich leuchtet. Werft die Flasche unbedacht hin und her, so mischt sich die Unreinigkeit, die sich abgesöndert hat, mit dem Reinen wieder und trübt es dergestalt, daß man den Wein lange nicht wieder hell kriegt, daß es fast ein anderer Wein geworden zu sein scheint. Ähnlich ist es mit dem menschlichen Körper. Laßt einen ältlichen Menschen, der jahrelang ein einförmig stilles Leben geführt, von einem Unfall betroffen werden, durch einen Beinbruch zum Beispiel oder ja auch durch einen wenn auch indirekten Mupf von einem eidgenössischen Postwagen, so daß der Körper erschüttert wird, die Lebensweise geändert werden muß, so trittet so gerne eine Hinfälligkeit hervor, die man gar nicht geahndet; der Schaden wird zur Nebensach, die Kränklichkeit nimmt eine ganz andere Gestalt an, geht nicht selten endlich in Tod über.

Die gute Frau Pfarrerin hatte gehofft, wenn nicht noch in selber Woche, so doch in der nächsten Woche aufstehen, Steg und Weg wieder brauchen zu können, aber sie täuschte sich schwer, täuschte sich von Woche zu Woche, und wenn auch mit Seufzen, nahm sie doch die Täuschungen ergeben hin. Die Schäden wollten nicht recht heilen, die verstrauchten Glieder sich nicht kräftigen, und allmählich schlich eine allgemeine Schwäche sich ein. Der Arzt tat sein möglichstes, nahm aber nach und nach ein fatales Kopfschütteln an. Die Abwart war gut, ich hatte es glücklich getroffen; sie erfüllte nicht bloß ihre Pflichten treu, sondern sie liebte die Kranke, die so geduldig litt, nie befahl, sondern so freundlich um das Nötige bat und, wenn möglich, jedes Schläfchen schonte.

Indessen konnte die Abwart nicht ihre ganze Zeit der Frau Pfarrerin widmen, sie hatte noch andere Verbindlichkeiten, welche sie nicht lösen durfte. Sie mußte Sorge tragen zu ihren Leuten trotz allem Kredit, in welchem sie jetzt stund, von wegen man kann nie wissen, was es geben kann. Das ist eine Vorsicht, gut für alle, und manchem käme es wohl, er hätte sie beobachtet, und zwar manchem nicht nur in den obersten, sondern auch in den untersten Ständen. Ja, Ratsherren per Exempel brauchen noch oft Vorsicht, aber so manches Stüdi, das einmal zu einem Platz gekommen, wo man zweimal in der Woche frisch kocht, und nun meint: von da aus liefen die Wege zu allen Herrlichkeiten der Welt unfehlbar, und unbekümmert um Gott und Menschen könne es Schüsseln und Kacheln himmeldonnern an den Wänden herum, das mache alles nichts, ihm fehlten die besten Plätze nicht, wenn es einmal einen Mocken abdämpfen und saure Leber anbrühen könne, läßt sich nicht träumen, daß es im nächsten Jahr sechs Monate ohne Sohle an den Schuhen werde Meister suchen müssen, keinen Tag wissend, wo es am Abend sein Haupt zur Ruhe werde legen können.

Eine Wochenmagd oder auch Abwart hat gar ein zufälliges Einkommen, weil keine bleibende Anstellung; Empfehlungen machen da die Hauptsache, und um die kommt man so leicht. Man braucht nur an einem Orte uneben zu trappen, so ist die Gnade verwirket.

‚Das ist e Madame', heißt es, ‚wohl, da läßt sich luegen, daß man die Majestät nicht verletzt; die möchte ich um keinen Preis mehr und rekommandieren keinem Menschen.' Unsere Abwart hatte sich also einige Zeit vorbehalten, mußte zudem auch für die Frau Pfarrerin Verrichtungen machen, so daß sie alleine war in diesen Zwischenräumen. Wir ordneten die Zeit so, daß diese Zwischenräume des Alleinseins ganz klein wurden oder ganz verschwanden. Ich muß sagen die Frau Landvögtin tat da das Beste und nicht bloß durch Lisette oder eine andere Stellvertreterin, sondern, wenn möglich, in eigener Person. Ja, wenn sie auch wußte, ich war da, so kam sie doch noch zuweilen mit der Arbeit und half die Zeit vertreiben. Und wenn jemand sagte: ‚Die Frau Landvögtin ist aber fleißig, man sollte meinen, wie nötig sie es hätte, man muß sich schämen', antwortete sie: ‚Bin es gewohnt von Jugend auf; meiner Mutter hätte jemand müßig sein sollen! Die sagte, jede anständige Bernerfrau arbeite, nume Güschigut und junge Gärnäseni täten nichts.'

Was uns am meisten auffiel, war eine Verlassenheit oder Vereinzelung, wie sie wohl selten vorkommen wird. Sie fragte, schickte nach niemanden, niemand fragte nach ihr. Nur ihr Vögelein zwitscherte, bis es zu ihr konnte, und nur die Blättchen schienen ihm recht zu schmecken, die es von ihr bekam oder die sie zwischen die Stäbe steckte. Auch des Marktes muß ich gedenken, wo ihr Ausbleiben natürlich den Marktweibern auffiel. Großes Bedauern erweckten die Folgen des Unfalles; hier eine Frau, dort eine ließ sie grüßen, ihr sagen, sie solle doch ja machen, daß sie bald wiederkomme, man habe recht Langeweile nach ihr. Hier eine, dort eine gab mir eine Blume, einen Apfel für sie mit dem Bedeuten, man habe den expreß für sie mitgebracht, weil man sich erinnere von früher her, wie sie Wohlgefallen daran gehabt. Ein Weib gab dem andern das Beispiel, daß, wenn ich alles hätte annehmen wollen, ich eine eigene Magd hätte mitnehmen müssen, freilich kaum für lange; so was ist selten anhaltend bei den Weibern. Aber ich bat, es nicht zu gut zu machen auf einmal — wie wollte sie das alles brauchen, da sie alleine sei? —, aber jeweilen ein Zeichen werde sie sehr freuen, die arme Frau, welche es kaum lange mehr machen werde. Nun trug ich denn allemal etwas heim, und ward es mir zuviel, so schob ich es zurück aufs nächste Mal. Mein Trägerlohn aber war ein reicher. Ach, was die gute Frau Pfarrerin sich freute über die Gaben und über die Weiber, daß sie ihrer gedächten und daß die Äpfel so schön geraten; sie ward jedesmal glücklich bis zu Tränen. Solch ein kindlich Gemüt kam mir in meinem Leben nie vor. Aber was solch ein Gemüt für ein Schatz ist, begreift die Welt nicht; es ist auch ein Gut, das über allen Verstand geht, so gut als der Friede Gottes. Das sogenannte Glück, nach dem alle jagen, ist außerhalb den Grenzen der beiden nicht möglich, ist nichts als ein trügerisches Wesen oder ein garstig Gespenst.

Daß wir nach Verwandten, Bekannten fragten, denen man vielleicht etwas wissen lassen könnte, wird jedermann begreiflich finden. Doch durften wir es nur leise, unbemerkt tun, sie hätte sonst geglaubt, es sei nur, um ihnen unsere Last zuzuschieben. Aber sie antwortete immer: sie hätte niemand als den Waisenvogt ihrer Zunft, den sie kenne und den sie einstweilen ruhig lassen wolle, solange es möglich sei. Er meine es nicht bös, aber er sei ein grober Polteri, trete in nichts ein, und wenn man nicht alles mache exakt, wie er befehle, so behandle er einen ärger als eine Magd oder gar, als ob eigentlich Leben und Sterben nur von seiner Gnade abhingen. Sie schlotterte ordentlich, die gute Frau, wenn sie von ihm sprach. Wie schlotterte sie aber erst, als sie vernahm, daß derselbe mein Vetter sei; ich hatte die größte Mühe, sie zu beruhigen und ihr begreiflich zu machen, daß ich durchaus nicht beleidigt sei. Der Vetter sei mir zwar lieb, aber ich kennte ihn zu gut, um es übelnehmen zu können, wenn jemand über seine Schwächen lache oder sich beschwere. Es war ein Mann, wie man zu sagen pflegt, von altem Schrot und Korn, ehrlich und tüchtig bis ins innerste Mark hinein und dazu in Privatgeschäften mild und angenehm, doch ganz anders, sobald er auf den amtlichen Boden kam: da kam er wie auf den Wolken der Majestät, Majestätsverbrechen waren ihm Widerspruch und Einrede, da ward er rücksichtslos und streng, schien hart und hochmütig. So mußte ihn die arme Frau erfahren haben, es nahm mich wunder, wie.

Überhaupt drängte es mich, den Umhang vor ihrer Vergangenheit aufzuheben, um zu erfahren, wie es gekommen, daß sie so eigentümlich geblieben oder geworden. Aber nicht bloß ich war g'wunderig, der Frau Landvögtin ging es akkurat gleich wie mir. Als ich einmal des Nachmittags zu ihr wollte, traf ich auf der Treppe die Frau Landvögtin an. ‚Sagt mir doch', redete diese mich an, ‚wisset

Ihr nichts vom Leben unserer Frau Pfarrerin? Es nimmt mich z'Tod wunder; sie sitzt sorgfältiger darauf als eine Gluggere auf ihren Eiern und möchte nicht das Geringste merken lassen, und gerade deswegen nimmt es mich so wunder.' Gerade gleich gehe es mir, sagte ich. ‚Nun, wißt was, Ihr seid eine so resolute Frau, so stecht sie diesen Nachmittag geradezu an! Es ist absurd Wetter, so gerade recht, daß man nicht gestört wird und besonders geneigt ist, etwas zu hören. Sie ist so eine Gute, daß sie es nicht abschlagen darf, und was wir zu hören bekommen, bringen wir ihr nicht aus; wir dürfen es also wohl wagen.'

So war es mir gerade auch, und sobald die Frau Landvögtin, die noch einen kleinen Ausgang gemacht, sich gesädelt hatte und die Lismete im Gang waren, fragte ich: ‚Was hättet Ihr gesagt, Frau Pfarrere, wenn ich meinen Vetter heraufgebracht hätte? Ich traf ihn fast vor der Haustüre an und hatte gute Lust, ihm zu sagen, er sei ein sauberer Vogt und kümmere sich schlecht genug um seine Anvertrauten; was der wohl für ein Gesicht gemacht hätte!' Meine kleine Bosheit hätte ich bald bereut der Angst wegen, in welche die arme Frau geriet. ‚Mein Gott, nur das nicht!' rief sie, ‚ich glaube, der Schlag rührte mich, Gott behüte mich davor', rief sie, ‚wenn ich ihn plötzlich unter der Türe sehen würde. Wohl, der würde mir schöne Sachen sagen, daß ich mich nicht habe krank melden lassen bei ihm und nicht in den Spital gegangen, er ließe mich noch jetzt auf der Stelle transportieren.'

Nachdem wir sie bestens beruhigt, fuhr ich fort und bat sie, uns zu erzählen, warum sie den guten Waisenvogt so fürchte, uns überhaupt unsern G'wunder zu stillen und uns von ihrem vergangenen Leben zu erzählen; wir wüßten ja gar nichts von ihr als den Namen, und in Bern sei es bräuchlich, daß man nicht bloß diesen, sondern auch die Herkunft eines Menschen, wenigstens bis zu Großvater und Großmutter hinauf, genau wisse, sonst bleibe ein Mensch immer verdächtig. Sie entschuldigte sich anfänglich mit dem Nichts ihrer Geschichte. ‚Mein Gott, was wollte ich erzählen', sagte sie, ‚was wollte einem so unbedeutenden Menschenkinde, wie ich bin, Merkwürdiges begegnet sein; Ihr würdet einschlafen darob.' Als wir ihr sagten, schon das sei merkwürdig, daß sie hier niemand kenne und dahergekommen scheine fast als wie vom Himmel herab, sagte sie: ‚Das ist ganz natürlich, ich bin darum nicht von hier, sondern . . .', und somit kam sie in ihre Geschichte hinein, und als sie einmal im Zuge war, vergaß sie die Bedenken.

‚Als ich jung war, dachte ich nicht daran, daß ich je Burgerin von Bern werden würde, doch, um Vergebung, es ist nicht alles Gold, was glänzt. Ich bin aus einem der kleinen Städtchen, wo, wie das Sprüchwort sagt, man am obern Tore einen Schoppen Nidle ausleeren und am untern Tore wieder auffangen kann, ohne einen Tropfen zu verlieren. Dort war mein Vater Torwärter und hatte zugleich die Stadtuhr zu überwachen und zu sorgen, daß immerdar zu rechter Zeit Mittag sei. Es war ein wichtiger Posten, aber auch ein beschwerlicher. Die Uhr war alt, stund daher gerne still, und merkte das mein Vater nicht alsbald, so kam die Frau Burgemeisterin oder Frau Burgerschreiberin oder eine andere Frau vom hohen Adel des Städtchens dahergelaufen und machten meinem Vater und später mir den Marsch und drohten, wenn man d's Zeit nicht besser besorge, gebe es ander Wetter.

Unter dem Tore hatte mein Vater ein Lädeli angebracht zum Verdienst und Zeitvertreib, wo man das beste Schwefelholz fand, denn mein Vater machte es selbst, doch hielt er es soviel möglich geheim. Nebenbei waren noch andere wichtige Sachen zu haben, Tabak zum Beispiel und oft auch Kaffee, im Winter Nüsse und Kastanien. Mein Vater war Witwer, hatte keine Kinder als mich, und eine Magd vermochte er nicht und dachte nicht daran. Als Burger hatten wir Land zum Pflanzen, einige Fruchtbäume. Vater und ich besorgten das gemeinsamlich, so gut es gehen wollte. Ach, mein Vater selig war gar ein guter Mann, er meinte nie, daß ein Mensch an zwei oder drei Orten zugleich sein könne; wenn ob dem Lädeli eine Pflanzung oder ob dem Garten das Lädeli versäumt wurde, er schmälte mich nie, und mit der Zeit nahm er es am geduldigsten; er aß, wenn gekocht war, und meinte nicht, daß es immer nur nach zwölf zu gleicher Zeit geschehen müsse, wie zum Beispiel die Frau Stadtschreiberin mit ihrer spitzigen Nas.

Ich wußte oft nicht, wo wehren, das Nötigste abzutun, aber ich war zufrieden; es kam mir nicht in Sinn, daß ich's bös hätte, und am Sonntag hatte ich recht schöne Tage. Da konnte ich im Lädeli sitzen und alles sehen, was aus- und einging, löste manchen schönen Kreuzer, erhielt manches gute Wort, und Abend wurde es, ich wußte nicht wie. Dann träumte ich noch die schönsten Sachen, und war der

Montag da, so freute ich mich wieder auf den Sonntag. So lebte ich fast in lauterem Glücke, wenn auch in stillem. Ich war sehr wenig unter Gespielen, meist daheim, wo ich mehr als genug zu tun hatte, aber der Vater hatte mich lieb, und was wollte ich mehr? Hier und da weinte ich wohl auch, wenn mir ein Blumenstöcklein draufging, das ich liebhatte, oder der Vater mir einen kleinen Verwies gab. Da . . ., doch das darf ich g'wüß nit säge, das muß ich überspringen', sagte die alte Frau, noch jetzt rot werdend.

Aber wir andern merkten wohl, was jetzt kommen müsse, das Kurzweiligste von allem, wie sie Burgerin von Bern geworden, und ließen daher nicht nach mit Bitten und Schmeicheln, bis sie wieder anfing: ‚Da ... da ...', aber stotterend fast nicht mehr in Zug kam.

‚Da steht eines Tags, an einem Montag gegen Abend war es, plötzlich ein kleiner Herr vor meinem Lädeli und frägt nach Schwamm; er müsse seinen verloren haben und möchte doch rauchen auf dem Heimweg. Ich bediente ihn wie andere Menschen so gut als möglich; er wählte lange, ich riet ihm, und endlich ging er, ohne daß ich was anders dachte, als das sei ein freundlicher Herr und habe eine gar liebliche Stimme, der werde sicher schön singen können, den möchte ich einmal hören.

Am nächsten Montag steht er plötzlich wieder vor dem Lädeli; ich erschrak recht, denn ich hatte ihn ganz vergessen. Er rühmt den Schwamm sehr und frägt, ob wir etwa auch Tabak hätten, er sei mit dem seinen fast aus. Ich sagte, wir hätten wohl Tabak, aber so einem Herrn sei er wohl zu schlecht. Er meint nein; seit er so guten Schwamm hier gefunden, habe er das Zutrauen, wir würden auch guten Tabak haben, und ich muß ihm ein Päcklein von unserm geben. Ich tat's mit rechter Angst, er finde ihn nicht gut und meine dann, ich hätte ihn angeführt.

Diesmal vergaß ich ihn die Woche durch nicht; mit Bangen und Sorgen erwartete ich den Montag und mochte doch fast nicht warten, bis er da war, um zu vernehmen, wie dem Herrn der Tabak geschmeckt. Endlich kam der Montag, und der Herr kam auch. Er hatte ihm recht gut geschmeckt wie lange keinen, er hätte es nicht erwartet, aber es seien nicht immer die großen Läden, wo man das Beste finde, er wollte künftig allen bei uns nehmen. Ich wußte nicht, was darauf sagen; wenn er es nicht so freundlich gesagt, ich hätte geglaubt, er wollte mich zum besten halten.

Am Abend sagte ich dem Vater: es komme da ein Herr, ich wüßte nicht, wer er sei, aber er wolle den Tabak bei uns nehmen, er solle ja machen, daß wir immer recht guten hätten und ich nicht mit Schanden bestehen müsse. Wenn ich nur wüßte, wer er wäre. Als ich dem Vater auf seine Fragen antwortete, er sei, seit ich ihn bemerkt, immer an einem Montag gekommen, sagte er: das werde sicher der Vikar im Blackenboden sein, der komme alle Montage ins Städtchen; die Leute lachten sehr über ihn, er kaufe immer in der Apotheke einen Vierlig Täfeli und einen halben Schoppen Magenelixier und trinke beim ‚Hirschen' einen halben Schoppen Vierbatzigen und nie mehr. Das machte mich sehr böse, daß die Leute einen so freundlichen Herrn auslachen konnten, und er erbarmete mich sehr. Ich war deswegen das nächste Mal desto freundlicher mit ihm aus Erbarmen wegen den bösen Leuten. Er schwatzte auch länger als sonst; es freute ihn, als ich ihm Herr Vikar sagte, daß ich wüßte, wer er war. Er erzählte, wie der Montagnachmittag die Zeit sei, wo er sich eine Freude gönne; am Dienstag in der Früh müsse er dann schon wieder anfangen studieren für den nächsten Sonntag.

Nun freute ich mich noch immer auf den Sonntag, aber hauptsächlich, weil nach ihm der Montag kam. ‚Ach, wenn es doch nur Montag wär!' dachte ich die ganze Woche, litt aber immer an großer Angst, der Vater möchte mich verschicken auf unser Land am Montagnachmittag, dann finde der Vikar vielleicht gar niemanden und nehme künftig seinen Tabak an einem andern Orte. Wir meinten nicht, daß immer jemand im Lädeli sein müsse. War ich nicht daheim, so ging der Vater ganz ungeniert seine Wege, ja, oft bei wichtigen Angelegenheiten, zum Beispiel dem Bohnen- und Kabissetzen, gingen wir beide. Ich zog daher die ganze Woche alles z'weg, von dem ich am nächsten Montag dem Vater sagen konnte, wenn ihn etwa das Gelüsten ankommen sollte, mich auszusenden, das müsse abgetan sein, es sei ja morgen auch ein Tag.

Der Herr Vikar war sehr pünktlich, wenig Minuten werden gefehlt haben, daß er früher oder später vor dem Lädeli stand, aber nie mehr unerwartet oder unversehens; wie klein er auch war, immer von weitem schon hatte ich ihn kommen sehen. Ehe er ins Städtchen ging, hielt er jedesmal an und frug an, ob wir noch von dem Tabak hätten; wenn nicht, so müsse er sich im Städtchen versehen. ‚B'hüt is Gott wohl, Herr Vikari!' antwortete ich; dann hielt er sich nicht länger auf. Ungefähr zwei Stunden nachher, welche Zeit aber allmählich sehr zusammenschrumpfte, erschien er wieder und machte seinen Einkauf, und wir redeten zusammen ein wenig vom Wetter und von Feuersbrünsten und Mordtaten, wenn es irgendwo welche gegeben.

Wenn er schon klein war, so schritt er doch recht stattlich einher, besonders von hinten zu sehen, daß man Respekt haben mußte vor ihm; daher sah ich ihm immer nach, so weit ich konnte. Für mein Leben gerne hätte ich ihn predigen hören, aber das gab sich nicht, ich durfte den Vater nicht darum fragen. Hingegen, wenn irgend jemand aus dem Blackenboden bei mir einsprach, so vergaß ich nie, zum Ruhm meiner Sachen zu sagen, ihr Herr Vikar nehme auch alles bei mir und sage, er finde es nirgend so gut. Nichts konnte mich böser machen, als wenn man mir antwortete, selb wolle nicht viel sagen, von wegen er sei gar e Dumme und sei nicht schuld daran, daß die Pferde nicht Hörner hätten. Viel lieber hörte ich, wenn sie sagten, es sei ein guter Herr und hätte für so einen Kleinen ein b'sunderbar schönes Wort, und ein Eifriger sei er mit dem Studieren, er wende an, er werde immer bachnaß darob. Sie trauten, es gehe ihm wohl schwer, aber mit der Zeit werde es ihm auch bessern, er sei noch gar e Junge.

Einmal, als er eben seine Einkäufe in den Taschen untergebracht hatte, gab es einen plötzlichen Schneesturm. Es wurde ganz finster, ganze Haufen trieb es durch das Tor, daß ich nicht anders konnte als ihm geschwind die Türe auftun und in unsere Stube führen, denn im Lädeli hätten wir kaum beide Platz gehabt. Er war schon über und über voll Schnee, als er hineinkam. Ich hätte ihn abklopfen sollen, aber ich durfte nicht vor Respekt, der Vater schmälte nachher mit mir bedenklich. Aber ich hatte auch schnell einige Sachen zu verstoßen, die unnötig herumlagen, und mußte daher entschuldigen, daß es so wüst bei uns aussehe, und hätte gerne gesagt: der Vater ziehe immer allerlei hervor und tue es nicht an seinen Ort, wenn er es nicht mehr brauche, aber ich durfte doch nicht recht, und zudem rief, sobald er wieder sah, der Vikari: ‚Nein aber, was habt Ihr doch für einen schönen Rosenstock; so einen sah ich mein Lebtag nicht.'

In der Tat hatte ich beim Fenster vornen einen Rosenstock voll prächtiger Rosen, wie ich sie auch noch nie gehabt. Er ward recht eifrig und erzählte, wie er ein großer Blumenliebhaber sei, besonders die Rosen gerne habe, aber es noch nie höher als bis auf drei Geschirre gebracht. Wie er sich so auf eine Pfarrei freue, wo er einen Garten habe, sonst noch Land und Blumen ziehen könne nach Lust und Liebe. Da wolle er erst recht leben, und mit einem Garten voll Blumen sei er reich genug. Im Blackenboden habe er nicht einmal ein einzig Stöcklein, aber wenn ich ihm im Frühling ein Schoß geben wolle, so werde er mir sehr dankbar sein. Begreiflich sagte ich ja und wagte es endlich, zu fragen, ob ich ihm nicht eine Rose mitgeben dürfte. Und als er sagte: ‚B'hüt is, gar gern!', brach ich einen Stengel ab, an welchem eine eben aufgegangen und ein Knopf zum Aufgehen war. Ach, wie er so freundlich danken konnte!

Von da an ward unser Verkehr traulicher, und er kam nicht bloß vors Lädeli, sondern auch zuweilen in die Stube, indem er nach den Blumen fragte und sie zu sehen begehrte. Mein Vater hatte viel auf dem Vikar, nicht bloß wegen der Ehre, daß er unser Kunde war, sogar bei uns einsprach, sondern daß er ihm geduldig zuhörte, wenn er eine seiner Geschichten zum besten gab, und sogar darüber lachte, was dem Vater selten mehr begegnete, da er selten auf jemand stieß, dem er sie noch nicht erzählt hatte; er sagte oft: solche seien rar im Lande; wenn viele derer wären, ging's auch besser im Lande.

Der Rosenstock machte unsern Verkehr lebhafter, der Herr Vikari fragte immer nach demselben und fragte auch wohl: ob er nicht etwa ein Röschen davon haben könnte, er täte gerne etwas einstellen, und im Pfarrhause hätten sie gar nichts Grünes. War das nicht deutlich genug gesprochen, ich sollte ihm für etwas Grünes sorgen? Und ich tat es so gerne, dachte die ganze Woche dran, und hätte ich es nicht getan, hätte der Vater mich gemahnt.

Er war so bescheiden und klagte gar nicht über des Pfarrers im Blackenboden, wenn wir ihm auch Anlaß dazu gaben, indem wir, gestützt auf das, was die Blackenbödeler über des Pfarrers zu sagen pflegten, ihn zuweilen bemitleideten. Er könne nicht klagen, sagte er dann, sie meinten es nicht bös, aber verstünden es nicht besser. Er sei nicht meisterlosig und nie hungerig zu Bette gegangen, nur sei es ihm nicht angenehm, wenn die Frau Pfarrerin immer sage, was das Stückli Fleisch auf dem Tische gekostet und wie teuer abermal das Brot sei und ein Pfarrer, wenn er einen Vikar habe, z'arme

Tage geraten müsse notwendig. Das stelle ihm zuweilen den Appetit, daß er nicht recht esse; wenn er daher hungerig bleibe, sei es seine Schuld, denn genug wäre dagewesen. Das rührte mich immer; das gäbte einmal ein gut Mannli, mußte ich denken, ich mochte wollen oder nicht. Ja, lacht nur, ihr Frauen, ihr habt recht, aber daß er mein Mannli werden könnte, daran dachte ich doch wahrhaftig nicht, nein, das fiel mir nicht von weitem ein.

Die Frau Pfarrerin war besonders berühmt wegem schlechten Kaffee, wo Kaffee hieß und zumeist auch nicht eine Bohne darein sein sollte. Als ich ihn einmal darüber fragte und er entschuldigend sagte: das wiss' er nicht, etwa viel Tugend habe er nicht, aber doch keine Abkust, er sei zu trinken, besonders wenn man durstig sei, sagte mein Vater: ‚Mach dem Herrn Vikari ein Kaffee; er kann dann unterscheiden, was eigentlich Kaffee sei oder nicht. Er tut uns wohl die Ehre an und trinkt eins mit uns und schämt sich unserer nicht, wenn wir schon geringe Leute sind.' Der Vikar war sichtlich erfreut über die Einladung und gab ein Kapitel gegen den Hochmut los und erklärte: wenn er schon Burger von Bern sei, so wüßte er nicht, warum er eigentlich stolz darauf sein sollte, von wegen er sei nicht schuld daran, daß er es sei; so habe es ihm Gott geordnet, er hätte ebensogut in einem Städtchen, ja sogar in einem Dorfe geboren werden können, wenn es Gottes Wille gewesen wäre.

Ich zitterte vor Freude und Angst, dem Herrn Vikari aufwarten zu dürfen, obschon ich fast nicht wußte, wie ich das machen sollte. Es war die erste Visite, die ich servieren sollte, und noch dazu ein Vikar, wenn auch ein kleiner, man stelle sich das recht vor! Ich machte alle Augenblicke etwas Verkehrtes, was meinen Vater bitterlich ärgerte und das er allemal rügte, um zu zeigen, daß man es denn doch eigentlich besser wüßte. ‚Aber Setti, wie dumm! Setti, was denkst? Setti, bischt z'hinterfür im Kopf?' kam alle Augenblicke, ich hätte klaftertief in den Boden sinken mögen. ‚Es ist mir recht leid, Herr Vikari, ich hätte Euch nicht einladen dürfen, wenn ich gedacht, wie dumm Setti zur Sache tun würde. Es ist sonst gewiß nicht so dumm, man kann es recht ordentlich brauchen. Wenn es Gottes Wille ist, daß es einmal einen Mann bekömmt, so wird der sich verwundern, was es alles kann. Pflanzen kann es recht ordentlich, und mit Kochen kann es auch mehr als eine Mehlsuppe machen. Es wäre ihm ein recht guter einmal zu wünschen.'

,Aber Vater, was schwatzt Ihr auch!' rief ich endlich, auf dem Punkte fortzulaufen, ,schweigt doch um Gottes willen, sonst laufe ich fort, ich will gar keinen Mann.' ,He', sagte der Vater, ,welle oder nit welle, man kann nicht wissen, und wenn du immer so dumm tust, so bekömmst du keinen, wie gerne du auch einen möchtest. Gället, Herr Vikari?' Was der Vikari antwortete, hörte ich nicht; ich hatte mich ins Kucheli hinausgemacht, so böse über meinen Vater, ich schäme mich dessen noch jetzt, ich glaube, ich hätte ihm in die Haare fahren können. Indessen es verrauchte, als der Vikari mir den Kaffee rühmte und mir z'lieb, wie er sagte, drei Kacheli voll trank und endlich sagte, er habe seit langem nie so wohl gelebt.

So machte sich der Verkehr immer heimeliger, aber auch von weitem kam uns nichts anderes in Sinn. Auch als mich die Leute mit einem Liebeshandel unter dem Tore aufzuziehen begannen, weckte es keine Gedanken; ich betrachtete es als üblichen Spaß und lachte dazu. Es war mir bloß angst, der Vikari vernehme etwas davon, werde böse darüber und nehme den Tabak an einem andern Orte; das wäre mir leid gewesen, nicht wegem Profit bloß, sondern wegem Vater, der so gerne mit ihm schwatzte und selten fehlte zur üblichen Zeit.'

Da lachten wir, und die Frau Pfarrerin fuhr fort: ,So kam es mir wenigstens vor, und böse machten mich die Leute, daß sie sich über so was aufhielten, ging es sie doch nichts an; redeten sie nicht auch, mit wem sie wollten, und wir ließen sie machen!' ,Aber, Frau Pfarrerin', sagte lächelnd die Frau Landvögtin, ,und wegen Euch, wäre es Euch nicht auch leid gewesen, wenn der Vikari nicht mehr gekommen wäre?'

,Hintendrein vielleicht wohl, Frau Landvögtin', sagte die Frau Pfarrerin, ,aber g'wüß dachte ich damals gar nicht an mich. Ich dachte wohl daran, in welche Herrlichkeit eine Frau Pfarrerin komme, wie sie in Haus und Garten walten könne und unter den Weibern sei fast, was eine Königin, b'sunderbar wenn sie einen so guten, gelehrten Herrn zum Manne hätte, wie der Vikari einer war. Aber daß ich zu einem solchen Glück kommen könnte, das fiel mir wirklich nicht ein. Er gab mir aber auch keine Ursache, an so was zu denken. Er war nicht wie andere junge Herrleni, die jedem Fürtuch Komplimente machen und tschänzeln mit jedem Zaunstecken. Von dem war bei ihm keine Spur; er war so freundlich, aber doch ernsthaft, nannte mich immer Jungfer Lisette, und nicht einmal die Hand gab er mir, und doch e Vikari — denket! Er redete auch nicht von Etablieren und zukünftigen Aussichten, er machte den Mund auf keine Weise süß; er rühmte auch seine Predigten nicht; wenn er je darüber sprach, so klagte er, wie schwer es ihm gehe.'

‚Das sind gerade die Schlimmsten, Frau Pfarrerin', sagte Erzählerin dieses, ‚sie demütigen sich nur scheinbar, damit man sie desto mehr erhebe und rühme.'

‚Nein, wahrhaftig nicht, das tat er nicht; der war viel zu aufrichtig, er war gar nicht, wie jetzt die Leute sind. Und es hätte ihm nichts genützt, ich rühmte ihn nicht; ich hätte ihm doch nicht sagen können, was ich von den Leuten hörte: er werde wohl bald fortwollen, er sei schon lange da, keiner noch so lange. He nun, man werde sich drein schicken müssen, aber reuen tue er sie, wenn er schon so ein Kleiner sei.

Einmal an einem Montag kam er nicht, und alles Warten und alles Luegen half nichts, er kam nicht, und die ganze Woche durch kam keine einzige Seele aus dem Blackenboden, die man hätte fragen können, ob der Vikari fort sei oder krank. Er war auch schon an einem Montag ausgeblieben, aber er hatte es allemal vorher gesagt und zwei Päckli Tabak zusammen genommen. Er möge hinkommen, wohin er wolle, sagte er, so fänden die Leute, er rieche sehr gut. Das war eine lange Woche, und was da einem in Sinn kam, was begegnet sein könnte, und wäger dem Vater so gut als mir! Er sagte oft, wenn das Laufen ihm nicht so z'wider, er wollte nicht so lange im G'wunder sein.

Am nächsten Montag machte es gar so schlecht Wetter; da werde er per se nicht kommen, dachten wir. Indessen auf die Vorsorge machte ich etwas früher zu Mittag wie gewöhnlich, damit alles abweg sei und ich noch Zeit hätte, mich ein wenig z'weg zu machen, wenn er kommen sollte, nicht zu putzen, bewahre, da hätte mir der Vater ein schön Kapitel gelesen, aber bei der Arbeit, welche mir oblag und am Morgen nach fünf Uhr anfing, war man des Mittags nicht mehr wie aus einem Druckli. Allweg schadete es nicht, wenn man ein wenig Strähl und Wasser brauchte und allfällig das Halstuch, welches bereits den Sonntag mitgemacht, aufpflanzte.

Während wir am besten beim Essen waren, klopfte es an der Türe, was bei dem Verkehr, den wir hatten, wo gar oft jemand etwas zum Hüten gab, oft geschah; der Vater rief: ‚Ume yne!' Und herein kam — der Herr Vikari, ganz schwarz angezogen, in vollem Staat, mit dem Dreieck auf dem Kopf, wie es damals bei Feierlichkeiten noch üblich war. Mein Gott, wie erschrak ich; ich meinte, ich müsse unter den Tisch, es war mir gar nicht mehr zu helfen: nit z'weg g'macht und der armselig Tisch, an dem wir saßen! Mein Gott, es wird mir jetzt fast schwarz vor den Augen und katzangst, wenn ich daran denke.

Er machte Entschuldigungen, daß er störe, aber er habe in einer wichtigen Angelegenheit mit uns zu reden und daher einen Augenblick gewählt, wo er uns beisammen finde und ungestört sein Anliegen vorbringen könne. Wir würden gehört haben, daß er Pfarrer geworden sei ins Bohneng'schüch. Nun, das sei viel gemacht vom Herr Vikari, daß er die Mühe nehme, uns dieses selbsten zu annoncieren. Aber nun kam es noch ganz anders, daß Vater und ich ganz verschmeiet wurden. Er begehrte mich zur Frau und tat so schön dar, wie er eine Waise sei, verlassen auf der Welt, und er eine Frau haben müsse, welche ihm Vater und Mutter sei und alles in allem, daß ich noch heute weinen muß, wenn ich daran denke. Nun erzählte er, wie er in mir alles in allem gefunden, daß der Vater laut aufweinte wie ein Kind, daß ich nicht wußte, werde es ihm übel oder nicht, und als er aufhörte, keins von uns ihm antworten konnte. Also ich, das arm Torwärtermeitschi, sollte Frau Pfarrerin und Burgerin von Bern werden! Das war zu groß für meinen Kopf, es wollte gar nicht als Wahrheit hinein, es kam mir vor als geträumt.

Der Vater konnte zuerst antworten und redete von der Ehre und unserer Armut; nur ich in meiner Angst jammerte: ich könnte den Vater nicht verlassen, wer das Lädeli hüten sollte, wenn ich fortginge? Da kam das Beste noch nach. Wenn es nur das sei, was die Jungfer Lisette hätte, so habe er daran auch gedacht, und das sei leicht beseitigt. Er möchte den Vorschlag machen, daß mein Vater mit uns käme; es wäre ihm ein großer Dienst, wenn er sich dazu verstehen könnte. Es sei etwas Land zur Pfarrei, mit dem wüßte er nichts anzufangen; überhaupt verstehe er nichts vom Landleben und sehe erst jetzt ein, wie wichtig es sei für den Pfarrer, wenn er wüßte, was üblich und bräuchlich sei; mein Vater verstehe das aus dem Fundament, wie er sehe, da könnte er ihm äußerst behülflich sein, denn daß er etwa als Knecht oder Tagelöhner einstehen solle, daran denke er nicht von ferne, davon solle er überzeugt sein.

Das war wirklich eine Leiter zum dritten Himmel; was wir darauf antworteten, weiß ich wirklich nicht mehr. Ich weiß bloß noch, daß wir uns endlich setzten, das Lädeli vergaßen. Der Vater sagte: ‚Lisette, räum doch ab und reich Wy, e Maß, g'hörst!' Daß wir Wein holten, geschah hier und da; bald tat es der Vater, bald ich und ganz ungeniert, denn wenn man keinen im Keller hat und welchen haben sollte, muß man ihn holen. Diesmal dachte der Vater nicht daran, zu gehen, wie unendlich gerne ich es auch gehabt.

‚Jä gället, Frau Pfarrere', sagte die Frau Landvögtin, ‚Ihr wäret gerne beim Herrn Vikari daheim geblieben; ich hörte noch nichts vom Verlobungskuß, es ist sonst überall der Brauch, daß man sich da um den Hals fällt und Müntschi git.'

‚O b'hüt is, Frau Landvögti, das ist gar nüt g'si, dara het niemer denkt. Wenn der Vater gegangen wäre, so wären wir erst in Verlegenheit gewesen und hätten nicht gewußt, was sagen, und aus Verlegenheit wäre ich wohl ins Lädeli gelaufen. Nein, ich schämte mich zu gehen, weil ich dachte, sie täten es mir ansehen, was vorgegangen, wüßten, daß der Wein für den Vikari wäre, täten mich tapfer aufziehen, und dachte noch niemand daran.

Das Stubenmeitschi, als es mir den Wein gab, fragte mich leise: ‚Lisette, sahst heute den Vikari noch nicht oder weißt, ob er kömmt?' Glücklicherweise sah es mich nicht an, es setzte hinzu: ‚Er kehrt gewöhnlich bei uns ein, da möchte ich ihn frage, was für Schriften man nötig hat zum Heiraten, er weiß das am besten, aber sag es niemanden!' ‚Häb nit Kummer', antwortete ich ehrlich.

‚Aber Frau Pfarrerin', sagte die Frau Landvögtin, ‚erlaubet zu fragen: Wann gab Euch dann der Herr Vikari das erste Müntschi?' ‚Am Hochzeitstage', antwortete die Frau Pfarrerin unb'sinnt. ‚Das wäre mir wohl lange gegangen', bemerkte die Frau Landvögtin, ‚und Euch, Frau Pfarrere?'

‚Ihr seid eine Böse!' antwortete die Frau Pfarrerin und fuhr fort: ‚Ihr habt keinen Begriff, wie der Gedanke, Frau Pfarrerin, ja Burgerin von Bern zu werden, alle andern Gedanken verschluckte, unmöglich machte, wer hätte da an ein Müntschi denken sollen! Ich konnte gar nichts denken, lief aber doch unglücklicherweise zum

Bäcker um ein frisch Brötchen. ‚Hast Besuch, Lisette? Wen hast?' fragte die Bäckerin. ‚D'r Vik..', kam mir raus, ehe ich dran dachte; dann schoß mir alles Blut in Kopf, und lief davon. ‚So, Lisettli, so!' rief sie mir nach, ‚wer hätte das von dir gedacht!'

Wie der Nachmittag verging, weiß ich nicht; in der Nacht tanzte Bett, Turm, Stadt mit mir in der Welt herum, und in Zwischenräumen wollten mich die Frau Pfarrerin und die Burgerin von Bern fast versprengen, und wie oft ich sagte: ‚O Lisettli, ist's möglich?', weiß ich nicht.

Am folgenden Morgen schon lief allerlei im Städtchen herum, Verdächtiges hauptsächlich, als ob der Vikar hier einen Einzug hätte. Alle wollten ihn bei mir gesehen haben, sein Tabakhandel mit mir kam jetzt auf die Trommel; wahrscheinlich kam alles von der Bäckerin aus. Es muß ein arger Spektakel gewesen sein, denn gegen Mittag schritt unser Herr Pfarrer daher und stellte sich beim Vater unter dem Tor und sagte ihm: er müsse doch fragen, was an der Sache sei; plötzlich kämen ihm da Dinge zu Ohren, an die er nicht gedacht, uns nicht zugetraut, und wie er leider vernommen, sei das ganze Städtchen voll davon. Er solle ihm jetzt aufrichtig sagen, ob es wahr sei, daß ich ein Zöök mit dem Vikari habe, ihn locke, daß er g'sotte und brate bei uns sei. Als ihm der Vater nun sagte: das sei nicht wahr, aber der Vikari sei Pfarrer geworden ins Bohneg'schüch und ich seit gestern unerwartet seine Braut, da verstunete er und wollte es fast nicht glauben; wir hätten Spaß für Ernst genommen, man müsse nicht gleich alles für bar annehmen. Als er es endlich glauben mußte, wünschte er mir Verstand zu meinem Glück, es sei größer, als ich denke; vielleicht wüßte ich nicht, daß ich auf eine der besten Zünfte komme, aber es fehle mir noch sehr viel, um Frau Pfarrerin zu sein mit Ehren und nicht mit Schanden, das erträume einem nicht. Sie wollten mir gerne verhelfen zu allem, was ich nötig hätte. Ich solle forthin zu ihnen kommen, sooft es mich freue. Daran aber hätte er wirklich nicht gedacht, es heiß nicht umsonst, stille Wasser seien tief.

Was es erst jetzt für einen Lärm im Städtchen gab, kann man sich denken, aber alle Leute schienen mein Glück mir zu gönnen, selbst im Pfarrhause, wo doch sieben Töchtern waren. Alles war so gut gegen mich, es war, als ob das ganze Städtchen mein Glück sich als eine Ehre anrechne. Man lud mich allenthalben ein, und ich mußte immer wieder erzählen, wie alles zu- und hergegangen vom ersten Päckli Tabak an bis auf den letzten Tag. Der Vater meinte, die Leute trieben das Gespött mit mir, aber ich glaubte es ihm nicht; ich hätte nicht gewußt, warum sie das tun sollten. Das war eine Art Weltschland für mich, wo ich einen Begriff erhielt, wie man Besuche machte oder Besuche empfing. Bei meinem Vater unterem Tor hatte ich nicht Gelegenheit gehabt, hierin Erfahrungen zu machen.

Leider war diese Zeit sehr kurz; wir mußten pressieren mit dem Aufziehen und hatten so viel zu tun mit Raten und Anschaffen. Da kam uns der Vater sehr kommod; er hatte Verstand in der Sache und sparte uns viel Geld. Der Herr Vikari und ich waren lötige Kinder, und des Herrn Pfarrers im Blackenboden halfen ihm auch nicht; sie waren schrecklich bös über diese Heirat, sie sagten: es sei eine Schande für die ganze Stadt Bern und jeden Burger, daß ein Burger die Frechheit hätte, ein so gemein Mensch als Burgerin herzuschleppen; das soll ihm nicht vergessen werden, auf Kindskinder nicht. Da sie keine Töchtern hatten, so hieß es, sie seien deswegen so böse über seine Heirat, weil sie ihn gerne als Vikar behalten hätten, denn er sei gar ein kleiner Esser, und Wein trinke er fast keinen; so einen wohlfeilen bekämen sie kaum mehr, klagten sie.

Ich mußte auf Bern, wo ich noch nie gewesen. Es war ein großer Tag für mich, ich freute mich, aber mit Furcht und Zittern. Da war ich also künftig daheim und durfte doch kaum abtrappen in den Lauben. Er führte mich, damit ich mehr Mut bekomme, überallhin an der Hand; ohne dieselbe hätte ich kaum gehen dürfen, glaube ich. Es war eine große Erlösung für mich, als wir die Tore im Rücken hatten. Ich hatte große Angst, wir verirreten uns und fänden den Heimweg nicht mehr, trotzdem daß der Herr Vikari mich immer versicherte, er kenne von Jugend auf jedes Eggeli und wollte jedes Haus finden mit verbundenen Augen.

Nächst diesem Tag war der wichtigste in meinem Leben der Tag, wo wir Hochzeit hatten und in die Gemeinde zogen. Bis dahin hatten wir viel Not auszustehen. Denn wir beide verstunden von allem nichts, und der Herr Vikari sagte oft: wenn wir meinen Vater nicht hätten, er wüßte gar nicht, wie das gehen sollte. Wir nahmen unsere geringen Habseligkeiten mit. Der Vater wollte nichts davon zurücklassen; man könne alles brauchen, sagte er, was man habe, brauche man nicht zu kaufen, es brauche ja ohnehin schon so viel Geld. Denn ein prächtiges Möble schaffte der Herr Vikari an unter Vaters Beistand, und viel Geschenke bekamen wir, ich wurde ganz beschämt; es war fast, als wolle das ganze Städtlein an unserer Aussteurung teilnehmen, wir hätten nie geglaubt, daß wir den Leuten so lieb seien. Wir glaubten lange, unsre Habe nicht auf ein Fuder bringen zu können. Am Ende gab es sich aber; der Vater meinte, ein solcher Aufzug werde Respekt ins Dorf bringen. Er ging mit dem Fuder einen Tag früher ab als wir und wollte uns alles einrichten. Am folgenden Tage wollten wir auf dem Wege uns kopulieren lassen und gegen Abend einziehen im Bohnen-g'schüch.

Das war ein Tag, von dem ich wenig zu sagen weiß, als daß ich nicht wußte, ging ich auf dem Kopf oder auf den Füßen. Ich war so voll Demut und voll Glück, daß ich den ganzen Tag kein Dutzend Worte sprechen konnte, ich schwamm in einer Herrlichkeit, die unaussprechlich war; ich konnte den begrüßenden Leuten kaum danken, ungehindert ließ ich die Tränen rinnen die Backen ab. ‚Üsi Frau Pfarrere isch ume noh es King', hieß es im ganzen Dorfe, ‚aber es het scho us mengem King e rechti Frau gä; sie ist emel nit hochmütig.' O nein, hochmütig war ich nicht, aber es war, als sei mir der Himmel aufgegangen und ich mitten darin.

Man lachte viel über uns, aber wir merkten es nicht. Aber wir, besonders mein Mann hatte eine so aufrichtige Liebe zu den Menschen, daß das Lachen verging und es hieß: er sei b'sungerbar e Gute; wenn er chönnt, er hulf alle Lüte. Mein Vater stellte am meisten vor und war die Respektsperson im Hause. Unter den Bauern fühlte er den bekannten Burgerstolz in eben rechtem Maße; er saß unter ihnen wie unser Burgemeister daheim mit seinen Untergebenen, hatte viel erlebt, wußte was zu erzählen, mit dem Lande auch umzugehen, besonders mit den Bäumen, was ihm ganz vorzüglich Achtung verschaffte. Wir lebten sehr einsam, das Dorf lag abgelegen, und besondern Verkehr hatten wir auch mit den andern Pfarrern nicht; mein Mann war schüchtern und ich noch mehr. Ich begreife, daß man nichts mit uns zu machen wußte. Wenn wir auch nicht gerade dumm waren, so wußten wir es doch nicht zu zeigen, daß wir es nicht waren.

Aber wir lebten nicht desto weniger glücklich und namentlich mein Mann an der Gemeinde, der Vater an den Bäumen, ich am Garten, und je enger früher unsere Gebiete waren, desto weiter und schöner kam jedem das Feld vor, das sich ihm eröffnet, und was das eine freute, freute auch das andere. Und diese Freuden wurden im regen Leben um uns jeden Tag neu und anders; jede Jahreszeit brachte ganze Körbe voll, wir konnten uns wie Kinder freuen über das, was wir ernteten, und das, was nachwuchs, und den ganzen Winter über aufs herzlichste auf den Frühling. Besonders mein Mann, der in der Stadt aufgewachsen und keinen Begriff vom Segen und den Freuden des Landes hatte, war ganz glücklich; ein neues Leben war ihm aufgegangen, und dazu kam das Gefühl, daß er doch auch etwas sei, unabhängig und geehrt und geliebt. Aber er war wirklich auch gar so lieb und gut, daß es gar nicht auszusprechen ist. Er hatte es nicht so, wie ich oft hörte, daß die, welche am armseligsten aufgewachsen, später am meisterlosigsten seien und fast nicht es ihnen zu treffen, daß sie zufrieden seien; er sagte so oft: er hätte nie gedacht, daß man so glücklich sein könne, und am allerwenigsten, daß er es je werde.

Mein Vater war es nicht weniger als mein Mann, aber er schrieb nicht nur sein Glück, sondern unser aller ihm zu. Man sollte sehen, wie es ginge ohne ihn, wir wären arme Tröpfe und möchten nicht g'fahren, — und wir glaubten es. Wir glaubten alle, daß wir ein Glück über Verdienen hätten, absonderlich ich. Ich war oft so kindisch, daß ich mich schämen mußte, und dann dachte ich wieder: wir hätten ein viel zu großes Glück, so könne es nicht bleiben, wir würden es büßen müssen. Dann wurde ich fast schwermütig, und ich mußte oft dran denken, wo der liebe Gott anfangen werde mit seinen Gerichten. So arm wir eigentlich waren und andern vorkommen mochten, für so reich hielten wir uns, denn keins von uns hatte je so viel Geld gehabt, und da wir in gewohnter Armütigkeit fortlebten, keine fremden Leute hatten, die Leute keine Ansprüche an uns machen zu dürfen glaubten, so hatten wir immer übrig und schienen uns selbst im Glücke zu schwimmen. Glücklichere Leute hätte man sicher weit umher nicht antreffen können, als wir waren, und zwar mehrere Jahre lang.

Da starb zuerst mein Vater sehr rasch und unerwartet; er hatte seine Rüstigkeit so bewahrt, daß wir gar nicht dachten, er könnte uns sterben. Er machte uns eine große Lücke ins Leben, er fehlte uns allenthalben. Dazu hatten wir keine Kinder, kamen uns gar so einsam und verlassen vor, machten uns nach und nach ein Gewissen daraus, so alleine für uns zu leben unbelastet, während andere unter ihrer Bürde fast erliegen mußten. Wir meinten, Gott meine es auch so und durch den Tod meines Vaters habe er uns einen Fingerzeig geben wollen. Wir freuten uns recht kindlich, als wir endlich eins fanden, welches uns beiden gefiel, einen schönen Knaben mit weißem Kruselhaar, und freuten uns schon damals sehr auf den Gottslohn, den wir ob ihm verdienen wollten, und um so mehr, da das Kind aus einer verwahrlosten, liederlichen Familie kam. Du arms, liebs Tröpfli, wie gut ist's dir gegangen, daß du in andere Hände gekommen bist, wo du ein rechter Mensch werden kannst, Gott und den Menschen lieb!

Wir hatten eine unaussprechliche Freude an dem Kinde, es war unser klein Herrgöttlein; wenn mein Mann es nicht an der Hand hatte, trug ich es auf den Armen, sein Wille galt unumschränkt, und was wir dazu noch ersinnen konnten, taten wir. Ja, wir vergaßen beinahe Blumen und Bäume ob ihm; es konnten Lieblingsäpfel reifen, wir merkten es nicht, er konnte Blumen und Töpfe zerschlagen, wir wehrten nicht, wir sahen zu mit blutendem Herzen. Es sei sich gar nicht zu wundern, daß er es so mache, er wisse es nicht besser; wenn er Verstand erhalte, werde das schon anders kommen.

Aber das wollte nicht anders kommen, sondern das Gegenteil; er wurde immer böser, roher, verderben war seine Lust, und trotzen tat er statt gehorchen. Was wir ihm auch taten, kein Funke Liebe wollte sich bei ihm zeigen, nicht eine Spur von Leid, wenn er auch sah, wie sehr er uns betrübt hatte. Flattieren konnte er wohl, bis er hatte, was er wollte; hintendrein höhnte er uns aus. Wir hofften lange, lange, es komme noch besser, und sprachen zu, aber es kam nicht besser; Hand legen an ihn durfte keins von uns, auch als es uns schien, es wäre vielleicht gut. Im Dorfe konnte er auch machen, was er wollte; niemand sagte ihm die Wahrheit. Die andern Kinder meinten, sie dürften nicht anders als ihn regieren lassen; er wurde ein eigentlicher Tyrann. Wir jammerten zusammen, wir weinten aus Erbarmen als wie über ein eigenes Kind auf bösen Wegen, aber was machen? Er war hart wie ein Stein, mit

Worten brachte man nichts ab, und wer sollte ihn schlagen? Er sah unser Leid, aber er achtete sich dessen nicht das mindeste; wir verheimlichten eins dem andern, was wir wußten, um den Verdruß einander nicht schwerer zu machen.

Sobald die Leute von weitem merkten, daß der Knabe uns Leid verursache, wir nicht mehr ganz blind an ihm seien, begannen sie zu b'richten, leise erst, nach und nach immer lauter, und konnten sich nicht satt verwundern, daß wir ihn noch bei uns hätten, nicht dahin schickten, wo er früher gewesen. Sie erzählten, wie er unserm Ansehen schade und, was er ungestraft tun könne, auf unsern Konto geschrieben würde. Wir wollten lange nicht einmal daran denken, daß wir ihn wegtun könnten, wir hatten ihn ja angenommen. Endlich begriffen wir, daß wir damit nicht versprochen, ihn ewig bei uns zu behalten, sondern nur, für ihn zu sorgen; dafür brauchte er ja nicht bei uns zu sein, ja, an einem andern Orte konnte es noch viel besser geschehen als bei uns. Wir sagten es ihm: er müsse fort, wenn er nicht besser tue. Allein er lachte uns aus: er gehe nicht, wir sollten es nur probieren, und zuletzt könne er mit seinem Leben machen, was er wolle. Und dazu konnte er wieder flattieren, daß wir es nicht übers Herz brachten, Ernst zu brauchen und eine Drohung auszuführen; wir ergaben uns in den täglich neu werdenden Verdruß, meinten: es müsse so sein, es sei jedem Menschen doch auch seine Portion Leiden bestimmt, die müsse er geduldig tragen, und wir hätten ja sonst gar nichts als dieses Elend mit unserem Gottliebeli.

Weiß Gott, wie es am Ende gegangen wäre, wenn der liebe Gott sich nicht unserer erbarmet und als wie mit seiner Hand eingegriffen hätte. Er nahm uns den Knaben ab, sandte den Tod und ließ ihn zu sich bringen. Der Knabe zeigte in seiner Krankheit viel Gutes, wir meinten, er hätte sich sicherlich gebessert, baten inbrünstig um sein Leben; sein Tod hielt uns sehr hart, wir haderten mit Gott. Aber endlich kamen wir zu der Erkenntnis, daß er sich nur unter der Hand Gottes gedemütigt, da die als Krankheit so schwer auf ihm lag, da, wenn Gott diese weggezogen und ihn unsern Händen wieder übergeben, er der Alte wieder geworden wäre, und das ward unser Trost, daß Gott ihn nicht wieder zurückfallen ließ in den Trotz der Sünde, sondern ihn abrief in den guten Stunden, wo er zerknirscht war und den Willen zur Besserung hatte.

Wir erkannten endlich, wie gut es Gott mit uns gemeint, daß er uns von einer Last befreit, welche wir in unserem Gutmeinen selbst aufgeladen hatten. Er gab uns keine Kinder, er wußte, daß unsere Hände zu schwach waren, solche zu regieren, warum wollten wir weiser sein und ladeten solche Erziehung uns auf und wollten haben, was andere, und dachten nicht an das, was wir vor Tausenden voraushatten? Und doch wollte er nicht, daß um unserer Torheit willen eine Seele verlorengehe, ließ ihn nicht in der Verhärtung sterben, nicht zum Verbrecher reif werden, stieß uns nicht auf Lebzeiten den glühenden Stachel ins Herz, daß wir schuld an dem Verderben einer Seele seien. Das war die bitterste Zeit, die wir hatten; wir sollten die Unvollkommenheiten dieses Lebens eben auch so recht empfinden nach unserem Verdienen.

Darauf flossen unsere Tage wieder dahin friedlich und lieblich, und jeder brachte uns etwas Gutes und meist etwas Frohes. Wir waren in der Besorgung großer und kleiner Pflanzen recht geschickt geworden, hatten viel Glück dabei und dieneten vielen Leuten weit umher.

So floß eine Reihe von Jahren fast unbemerkt dahin, wir wurden nachgerade alt, als mein Mann mir plötzlich starb. Daran hatte ich nicht gedacht. Er war nicht krank gewesen, kaum unpäßlicher als sonst. Er dökterlete gerne, wahrscheinlich weil er kränklich war von Jugend auf, daher nahm man es als ein Gewohntes hin, daß ihm etwas fehle, und ob etwas mehr oder etwas minder, merkte man nicht. Das war ein Schlag aus heiterem Himmel, als ich so plötzlich tot ihn hatte; erst jetzt empfand ich, wie lieb ich ihn hatte, eigentlich nur in ihm gelebt fast vierzig Jahre lang; er war mein Vater, mein Mann, mein Kind, mein alles gewesen.

Und doch ermaß ich meinen Verlust noch nicht, wußte nicht, was mit ihm alles zerrissen war und zu Grabe ging. Das Dörfchen war meine Welt geworden, außerhalb demselben kannte ich niemand mehr. All meine Hoffnung, mein Trost war, in demselben bleiben zu können, bei meinen Bäumen, meinem Kirchlein, in der Nähe von dem, das mir lieb war, bei den guten Leuten im Dorfe, bei denen mir so lange so wohl war. Mit einem einzigen Stübchen wollte ich vorliebnehmen, und gerade eins, wie ich es wünschte, wußte ich. Vermögen hatten wir keins zusammengebracht, anfangs und im Leben nicht. Wir hatten wenig gebraucht für uns, aber als die Leute das merkten, so brauchten sie desto mehr, desto nötlicher, und wir gaben beide gerne und behielten auf diese Weise nichts für uns.

Als alles Überflüssige verkauft war, blieb eine kleine Summe; zudem hatte ich Rechte in zwei Witwenstiftungen, aus deren Ertrag ich prächtig zu leben hoffte. Dem Abgeordneten der Zunft war das nicht recht. Er gab mir ziemlich unverblümt zu verstehen, ich sei eine dumme Frau und verstehe das Ding nicht; ich wüßte nicht, was alles dahintenbleibe, wenn ich nicht mehr Frau Pfarrerin sei und alles kaufen müsse, und die Burgernutzungen, welche ich aber nur bekomme, wenn ich in Bern wohne, seien auch etwas zu rechnen. Aber es war mir, als sollte ich sterben, wenn man mir von Weggehen redete; darum hatte ich furchtsame Person den Mut, mich dem Wegziehen zu widersetzen, dem grimmigen Gesichte des Herrn Waisenvogtes z'Trotz. ‚Probiert's meinetwegen!' sagte er endlich, ‚Ihr werdet es bald erfahren, wer recht hat.'

Er hatte recht; ich dachte nicht, was mir mit meinem Manne alles begraben wurde. Den neuen Pfarrsleuten kam ich als eine dumme, alte Frau vor, mit der man nichts zu reden wüßte, von der man lieber wollte, sie wäre nicht da. Ich durfte weder im Garten noch im Baumgarten herumgehen, sie waren fremdes Besitztum geworden; man ermunterte mich nicht dazu, von ferne nur durfte ich sie noch ansehen. Die Leute waren auch anders geworden, fremder, kälter; es war, als ob sie fürchteten, die Pfarrsleute zu beleidigen, wenn sie gegen mich freundlich wären wie ehedem; dagegen blieben die Ansprüche die alten, und gegen wen wir früher gut gewesen, meinte das Recht zu haben, immer die gleichen Guttaten von mir zu fordern. Man hielt mich auch für reicher, als ich war, man ließ sich nicht ausreden, ich hätte geheime Schätze. ‚So ein schön Einkommen, keine Kinder, ein so einfach Leben, da müßte es ja der Tusig tun, wenn die nicht ein schön Vermögen haben sollten!' sagte man immer. Ach du mein Gott, wenn man gewußt, wie oft wir eng im Gelde gewesen, man hätte nicht so gesprochen. Aber wir hatten es nicht im Brauch wie andere, die, wenn sie einmal einen Kreuzer gespendet, auf den Markt laufen und gackeln als wie Hühner, die hintereinander drei Eier gelegt.

Nach und nach verzehrte ich meine Vorräte, oder sie gingen mir sonst fort, ich brauchte immer mehr Geld, wurde immer ärmer und mußte dem Waisenvogt schreiben: ich könnte es mit dem Gewohnten nicht mehr machen, er sollte mir mehr senden; ich hoffe, es werde schon wieder bessern, aber es sei alles gar teuer. Er schrieb mir barsch und kurz: habe er's nicht gesagt? Ich werde jetzt wohl froh sein, auf Bern zu kommen, er werde mir Losement besorgen; in Bern käme ich viel besser aus, da werde ich wenigstens meine Sache nur für mich brauchen und nicht fort und fort gerupft werden, als ob ich noch Frau Pfarrerin sei. Der Herr hatte vollkommen recht, jetzt sehe ich es wohl, damals aber nicht. Es war mir viel schrecklicher, als wenn er mir geschrieben, er hätte mir den Totenbaum bestellt. Ich stellte vor: ich wolle arbeiten ums Geld, und einstweilen könnte man mein Kapitälchen angreifen, es wären ja keine Kinder da. Aber da half alles nichts, es blieb bei des Herren Wort.

Da war eine Zeit des Weinens. Am meisten schmerzte mich das Zureden der Leute: ich sollte doch nicht so wüst tun, es sei gewiß in Bern ein lustig Leben, und sövli Holz und noh sövli Geld dazu, ich solle doch denken! Ich glaubte endlich zu merken, daß die Leute meiner satt seien, meiner gerne los wären, von wegen man könne nicht wissen, wie es mit mir noch kommen könne. Das tat mir grusam weh, das machte mir das Zügeln leichter. Aber als es endlich sein mußte, da wollte das Herz mir doch brechen; die Bäume blühten so herrlich, und noch manches Auge wurde naß, und noch manche alte Mutter sagte: ‚Es wird mir ung'wahns tue, wenn ich Euch nicht mehr habe; hier sehen wir uns kaum mehr, aber so Gott will, einmal an einem andern Orte und vielleicht nicht über langem; mit mir geht es alle Tage äne abe, und Ihr habt auch grusam g'schlechtet die letzte Zeit.'

Da war ich nun in der weiten, steinigen Stadt und kannte keinen lebendigen Menschen als meinen Herrn Waisenvogt, wo es mir immer war, wenn ich ihn von weitem kommen sah, als müsse ich drauslaufen, als sei er der Bär aus dem Graben und komme her, mich zu fressen. Es war undankbar von mir, denn er hatte für mich gesorget wie ein Vater. Dieses Stübchen hatte er mir empfangen, und daneben fand ich alles, was ich nötig hatte, und eine scharfe Vermahnung, keinen Stadtbesen, keine Hoffartsnärrin zu werden, wie es Frau Pfarrerinnen, welche in die Stadt kämen, oft im Brauch hätten, gab er mir obendrein. Ach, der Mann meinte es gut, aber wie weit er nebendurch schoß, das begriff er nicht. Schüchtern von Natur und dadurch noch mehr eingeschüchtert, machte ich keine Bekanntschaften, ja, im Anfang durfte ich kaum aus meinem Stübchen, sah keinen Baum, keine Blume, hörte kein Vögelein pfeifen. Da erfuhr ich, was es heißt, sterben aus Langerweile, aus dem Gefühl, verlassen zu sein von allen Lebendigen, niemanden zu sein auf der weiten Welt, zu leben, ohne daß jemand auch nur die geringste Teilnahme an einem genommen hätte.

So lebte ich einige schreckliche Wochen durch und wäre wohl gestorben, wenn mir Gott nicht den Gedanken eingegeben hätte, etwas Lebendiges in meinem Stübchen zu hegen. Ich wagte mich auf den Markt und fand mich da alsbald in einer bekannten Welt; was in den Körben war, kannte ich alles, und mit den Bauernweibern war ich gewohnt zu reden; ich lebte neu auf und hatte eine recht herzliche Freude an all dem Schönen und oft recht sorgsam Gepflegten, was ich da sah. Ich kaufte einige Blumenstöckli, später mein Vögeli und ging später doch alle Markttage auf den Markt; das war mein Leben, und allmählich ans Ausgehen gewohnt, fand ich andere Orte noch, wo ich ungestört an Blumen und Bäumen mich erfreuen konnte, die schönen Totenhöfe zum Beispiel und die an Werktagen verlassenen Lustörter der jungen Welt um die Stadt herum. So lebte ich allgemach mich in die Stadt hinein, ohne nähere Bekanntschaft mit irgendeinem Bewohner zu machen; die Marktweiber blieben meine einzigen Bekannten, die mich recht liebhatten; ich lebte ein recht stillvergnügt Leben, wie ich nicht geglaubt, daß es mir noch beschert sei. Und war ich einmal trüb im Gemüte, so kam mein Vögelchen und pickte so lange an mir, bis ich mit ihm zu schnäbele begann.

Auch kam ich mit dem Gelde besser fort als auf dem Lande. Es machte kein Mensch irgendeine Anforderung an mich, so daß ich mich recht schämte, so wenig Gelegenheit zu haben, um Gutes zu tun, und ängstlich dachte, wie das einmal gehen solle, wenn Gott mich frage: ‚Und dann du, was hast du getan?' Ich muß auch dem Waisenvogt es allemal, wenn er mir Geld bringt, bekennen, daß ich damit weiter komme als im Bohneng'schüch; das schenkt er mir nie. Er ist ein guter Mann, aber ich kann nicht helfen, er kömmt mir immer vor wie der Bär aus dem Graben. Einmal lud er mich zum Mittagessen ein, aber als es vorüber war, waren sie froh und ich noch mehr, und seither ließ er es sein. Ich glaube nicht, daß ich zehn Worte gesprochen, der Hals war mir wie zugeschnürt; sie redete viel, besonders weltsch, und war eines Weibels Tochter, daneben sehr geputzt. Oh, als ich endlich aus dem Hause heraus war, ich weiß noch jetzt nicht, wie, da war mir, als käme ich aus dem Bärengraben und hätte mein Leben gerettet ganz unerwartet. So dumm war ich in meinem Leben nie gewesen; wenn sie an mir das Maß für die andern Pfarrsfrauen genommen haben, so geschieht diesen bitter Unrecht, aber gottlob, seither erhielt ich keine Einladung mehr und lebte vergnügt mein stilles Leben fort mit rechtem Dank gegen Gott, bis er mich heimsuchte und ich es erfuhr, wie es mit dem Alleinsein nicht gemacht sei, wie dankbar ich jetzt dem Herren sein müsse, der mir seine Engel sandte zur Stunde, als ich sie bedurfte.'

So erzählte uns die Frau Pfarrerin in mehr als einem Nachmittage, denn das Reden machte sie müde und tat ihr doch wohl. In ihrem wahrhaften Stilleben hatte sich doch viel bei ihr angesammelt, das Herz war ihr voll geworden ihr unbewußt; unsere Teilnahme erwärmte es, schloß es auf, und sichtlich wurden diese Mitteilungen ihr zu einem eigentlichen Labsal. Erst jetzt erhielt ihr Leben eine feste Gestalt, sie konnte es sozusagen ansehen, hatte erst jetzt ihre Freude daran und ward Gott so recht innig dankbar dafür. Wir gestunden ihr offen: ein so vergnügt Leben sei uns nie vorgekommen, wir hätten es nicht für möglich gehalten; besondere Glücksfälle kamen wohl nicht vor, aber was hatten sie zu bedeuten gegen ein andaurend vergnügliches Dasein in gegenseitiger Liebe! So eine Gabe, nur das Freundliche wahrzunehmen und wohl daran zu leben, bei großer Beschränktheit keinen Mangel zu empfinden, kein Gefühl zu haben für das Bittere, Giftige im Leben, gehe über alle Schätze der Welt, sei uns aber in der Größe noch nicht vorgekommen im Leben.

Von Mal zu Mal entwickelte sich merklich ihr Geist und reifte, während wir uns nicht verhehlen konnten, daß der Körper schwächer werde, und der Arzt, der erst die beste Hoffnung hatte, den Kopf zu schütteln begann. Sie aber schien dieses nicht zu bemerken, wenigstens wurde sie heiterer, man möchte fast sagen, es fuhr, besonders in Gesprächen mit der Frau Landvögtin, wie ein Schimmer von Mutwillen über ihr Wesen hin.

Eines Nachmittags waren wir wieder bei ihr, und wir waren eben mitten in einer sehr interessanten Gespenstergeschichte, welche die Frau Landvögtin aus ihrer Familie zum besten gab, als die Frau Pfarrerin mit allen Zeichen des Schreckens auffuhr und ausrief: ‚Um Gottswille, d'r Vogt, d'r Vogt! Ich will unter die Decke!', und fuhr runter. ‚Schlafen, schlafen!' rief die Frau Landvögtin, und so legte sich die Frau Pfarrerin, statt vollends unterzufahren. Starke Schritte tönten gegen die Türe, und eine schwere Hand polterte daran. Ehe ich noch: „Herein!' rufen konnte, tat sich die Türe weit auf wie vor jemand, der gewohnt, hinlänglich Platz zu haben, und unter derselben erschien mein lieber Vetter, blieb verdutzt da stehen, langsam sich zurechtfindend, ob er wohl am rechten Orte sei.

Ich hob warnend den Finger in die Höhe, legte ihn auf den Mund. Verwunderend erkannte er mich, machte Anstrengungen, auf den Zehn näher zu kommen, aber vergebliche: mit dem ganzen Fuß mußte er abtrappen. Er wollte flüsterend nach der Frau Pfarrerin fragen: er habe vernommen, sie sei krank, aber das ging auch nicht, sein Lebtag hatte er das Flüstern nicht gelernt. Ich gab ihm leise zu verstehen, daß man die Frau nicht wecken dürfe, es sei ein wichtiger Schlaf, aber er hörte nicht mehr gut und wollte mich nicht verstehen. Die Frau Landvögtin machte dazu ihr schlimmstes Gesicht, daß ich mich kaum halten konnte. Er hatte erst vernommen, daß seine Anbefohlene krank sei, und war alsbald gekommen, um Anstalten für den Transport in den Spital zu machen.

Als er vernahm, daß die Frau Pfarrerin und jene von der Post Überstoßene die gleiche sei, die Krankheit also von lange her schon, sah er mich giftig an und wunderte sich, daß niemand den Verstand gehabt, an den Spital zu denken. Vermögen sei keins da, ohne Zuschüsse von der Gesellschaft vermöge sie nicht daheim krank zu sein, aber ehe die Gesellschaft etwas zahle, müßten die vorhandenen Hülfsmittel benützt werden. Das könne er nicht verantworten, man hätte es ihm auf jeden Fall sollen sagen lassen, er hätte erwartet, dies fiele mir bei; auch hätte es ihn gefreut, wenn ich selbst gekommen wäre, er hätte lange nicht die Ehre gehabt, mich zu sehen.

Zum Glück merkte er selbst nicht, wie laut sein Flüstern geworden, er hätte sonst gegen den Schlaf der Frau Pfarrerin Verdacht schöpfen müssen, aber sie schien bombenfest zu schlafen; mit dem Gesicht gegen die Wand gekehrt, lag sie so stille da wie gestorben. ‚Die gute Frau hatte eine sehr schlimme Nacht, ich bin doch so froh, daß sie einmal wieder recht schlafen kann', sagte ich. ‚Wenn es der Vetter erlaubt, so komme ich morgen zu ihm und will ihm sagen, warum man sie nicht in den Spital transportierte und warum es auch noch jetzt nicht geschehen kann.' ‚Das wird doch sein müssen', sagte er, ‚das ist nur Meisterlosigkeit, und wer zahlt?' ‚Enfin, Vetter, morgen um welche Zeit ist es Euch am liebsten?' ‚Es wird mich freuen', sagte er, ‚aber an der Sache wird das nichts ändern, Ordnung ist Ordnung; Burger, die nicht Vermögen haben, werden im Spital verpflegt, es hat sich dessen niemand zu schämen. Sie ist eine Burgerin, ist krank, hat nicht Vermögen, also gehört sie in Spital. Ordnung ist Ordnung, Bäsi, und für die Kranken wird gesorgt wie in wenig Privathäusern; Landvögt wären froh, wenn sie immer diese Abwart hätten.'

Kaum war die Türe hinter ihm zu, so ließ die Frau Landvögtin ihre Burgerlust über die Hiebe, welche er ausgeteilt, los. So seien die Burger am schönsten, in ihrer Pflichttreue und ihrer Rücksichtslosigkeit bei der Erfüllung derselben. So ein rechter Berner Burger nähmte unb'sinnt den Teufel bei den Hörneren, wenn er sich ihm in Weg stellte in Ausübung seiner bürgerlichen Rechte und Pflichten. Weinerlich drehte sich die Frau Pfarrerin um, der Mutwillen war ganz verflogen. Sie machte sich ein Gewissen mit der Verstellung, aber um alles in der Welt hätte sie kein Lebenszeichen von sich geben dürfen. ‚Das gebt mir auf mein Gewissen', sagte die Frau Landvögtin, ‚daran trage ich nicht schwer. Späße sind ja wohl erlaubt, besonders wenn sie Ärgernissen vorbeugen, überhaupt Ungutes verhüten, von dem man nachher wollte, es wäre nicht.'

Am folgenden Morgen machte ich mich auf zum Vetter; er war gar nicht gnädig. Für alle meine Gründe wegem Vögeli, ihrer Schüchternheit, dem Bedürfnis von Stille hatte er gar keine Ohren. ‚A bah!' sagte er, ‚gewöhnt hat sie sich bald, und verpflegt wie dort wird sie nirgend und ohne daß es sie einen Kreuzer kostet.' Ich sagte: einstweilen habe sie Geld genug, und lange werde sie es kaum mehr machen. ‚Und wenn sie es noch lange macht und kein Geld mehr da ist?' frug er. ‚Spare sie es jetzt, so kann sie es immer noch später brauchen, wenn es gebraucht sein muß, was aber nirgends geschrieben steht.'

Nun rückte ich mit der schweren Batterie vor. Bei ihrer Schwäche stünde ich für gar nichts, wenn man sie wider Willen und ohne Not in den Spital transportiere, und ob er es auf sein Gewissen nehmen wolle, wenn er so um nichts und wieder nichts, bloß um etwas zu erzwingen, das nicht nötig gewesen, eine Person töte? ‚Bäsi', sagte er, ‚das verstehn die Frauen nicht; wo man seine Pflicht tut, da hat man sich vor dem Gewissen gar nichts zu fürchten, und Ordnung ist Ordnung. Indessen damit Ihr seht, daß ich nicht eigensinnig bin, so will ich es der Waisenkommission vortragen; was dann die spricht, das geschieht dann, Bäsi.' ‚Und ich rede mit dem Arzt, und was dann der sagt, das geschieht, Vetter.' ‚So', sagte er, ‚also mit der Waisenkommission wollt Ihr es probieren?' ‚Wenn sie will, aber sie wird nicht wollen. Mein Arzt ist der Frau Pfarrerin Arzt, und der Arzt ist Mitglied euerer Waisenkommission, und jetzt, Vetter, was meint Ihr?' ‚Ja', sagte er, ‚wo die Weiber die Nase in einer Sache haben, da ist es aus mit allem Verstand.' Nun, der gute Herr Vetter mußte sich diesmal darein schicken, daß es nach Weiberköpfen ging und nicht nach seinem; es war auch ganz vernünftig so.

Die Frau Pfarrerin schien eine Natur gehabt zu haben von äußerst schwacher Art, die gesund schien, solange die Tage in stiller Einförmigkeit über sie weggingen, die aber harte Stöße nicht zu ertragen vermochte. Auch möglich, daß in ihrem Wesen sich schon lange der Krankheitsstoff eingeschlichen hatte, ohne daß sie es selbst bemerkte, der erst nach den groben eidgenössischen Zärtlichkeiten Bahn erhielt und sich geltend machen konnte. Was es war, weiß ich eigentlich nicht, denn die Ärzte titelieren die Krankheiten nach ihren eigenen Köpfen: was der eine ein Schleichfieber nennt, dem sagt ein anderer Schleimfieber; wissen sie mit etwas nichts zu machen, so sagen sie ihm Grippe, und was ihrer Kunst den Weg vorläuft, dem sagen sie galoppierende Schwindsucht; den einen plagen die Hirnentzündungen im Traum, andere glauben nur an Herzerweitungen, die dritten reden bloß noch vom Rückenmark, und wenn ihnen der Verstand ganz stillesteht, so sagen sie, es fehle offenbar in den Organen, aber sie könnten in Gottes Namen nicht darüberkommen, in welchem. Daher werde ich mich wohl hüten zu sagen, was die Frau Pfarrerin eigentlich gehabt, damit nicht jeder Arzt sage: das sei nicht wahr, sie hätte dies gehabt oder jenes, oder es sei ein eigentlich gar Nichts gewesen, aber man habe sie offenbar verpfuscht, nur wisse er nicht, wer, ob der Arzt oder die Weiber, wahrscheinlich beide zusammen.

Sie lebte scheinbar auf, doch nur geistig; sie wußte sich viel inniger auszudrücken, ihre Gefühle schienen lebhafter als früher. Sie redete viel von einem Reischen ins Bohneng'schüch, sobald sie genesen sei, sie hätte ein recht Heimweh nach ihres guten Manns selig Grab, möchte sehen, wie die Bäume gewachsen, möchte wissen, ob die Leute sie noch kennten, ihrer gedächten. Wenn ich ihr vom Markte was heimbrachte als Geschenk eines Marktweibes, so freute es sie wie ein Kind, sie konnte vor Freude darüber weinen. Allgemach verscholl sie aber auf dem Markte, es wird am Ende alles vergessen, aber um ihr nicht wehe zu tun, ließ ich sie es nicht merken, sondern brachte ihr fort und fort die Andenken, und ein jedes war eine Labung für sie. Auch diese Täuschung gab ich der Frau Landvögtin aufs Gewissen, und sie nahm sie gerne; es gehe zu allem andern, sagte sie.

Am rührendsten war ihre Zärtlichkeit zu ihrem Vögeli. Sobald morgens die Aufwärterin wach war, mußte sie es aus dem Käficht lassen, und den ganzen Tag über entfernte es sich wenig von ihrem Bette und flattierte und schnäbelte, wie ich es noch nie gesehen. Sie stürbe nicht ungerne, sagte sie zuweilen, wenn es sein müßte und das Vögeli nicht wäre. Es ginge niemand auf der Welt übel, wenn sie nicht mehr wäre, als gerade dem Vögeli. Sie wüßte wohl, wir würden es nicht verhungern lassen und es so gut besorgen, als wir es verstünden, aber einmal nun liebe es sie, so könnte es niemand mehr lieben wie sie; daher täte ihr das Sterben fürs Vögeli weh, und in die alte Heimat wäre sie auch gerne noch einmal gewesen, doch an dem hange sie nicht; wie der Herr wolle, sie schicke sich gerne darein.

Es war der Wille des Herrn, daß sie sterbe. Eines Morgens, als eben die Sonne ihre Stübchen vergoldete, schied sie leise, ohne schweren Atemzug; bloß das Vögeli, das auf ihrem Kopfe saß, merkte ihr Scheiden, flatterte ängstlich um ihren Kopf herum, setzte sich auf ihre Achsel, schlug, so laut es konnte, seine Triller, pickte dann und zerrte, als ob es sie wecken wolle, und als es sie nicht wecken konnte, setzte es sich trübselig aufs Hauptkissen, flatterte von Zeit zu Zeit über sie hin, setzte sich, wenn es sie immer so still und unbeweglich sah, wieder ans alte Ort, sträubte schon nachmittags sein Gefieder, und als man es mit Sonnenuntergang wie üblich z'Sädel tragen wollte, war es schon für immer z'Sädel gegangen; tot lag es auf ihrer Achsel, wo es im Leben so viel gesessen war; es war seiner guten Herrin nachgegangen, ihre Liebe zu missen vermochte es nicht einen Tag lang. So innig hängt wohl selten der Mensch am Menschen; man vermißt einander wohl, aber selten werden die Herzen wahrhaftig blutig gerissen, geschweige daß sie sterben.

Nun, eine Lücke riß ihr Verlust auch in mein Leben, wie ich sie selten empfunden und worüber mein Vetter sich nicht wenig ärgerte. Er könne nicht begreifen, was mir da sollte zu Herzen gehen, sagte er, wir seien ja gar nicht verwandt, nicht einmal von der nämlichen Gesellschaft, nicht manchen Monat daure unsere Bekanntschaft, und da sei ein Nötlichtun, das nicht natürlich sei, sondern affektiert, unnatürlich, sentimental; die Herren von der Waisenkommission fänden es auch so und hätten sich sehr aufgehalten darüber.

Beim Mangel an allen Verwandten nahm niemand von ihrem Tode Notiz als die Herren von der Waisenkommission; sie füllten auch die Kutsche, welche hinter ihrem Sarge herfuhr. Ihr Scheiden machte also keinen Lärm auf Erden, ging ganz stille vorüber. Desto größere Freude wird im Himmel gewesen sein bei den Engeln, die schon lange sie kannten und liebten, als sie zu ihnen kam, mit ihnen den Herrn zu loben und zu preisen, wie es nur die reinen Seelen vermögen."

Zur Textgestaltung

Für die Textgestaltung der „Kleinen Erzählungen" gilt das gleiche, das im „Nachwort" zu der ersten Abteilung unserer Gotthelf-Ausgabe — enthalten im Bande „Zeitgeist und Bernergeist" — gesagt wurde: Zugrunde gelegt wurden die Texte der Ausgaben bei Springer, Berlin, jedoch wurden nach Möglichkeit Lesarten früherer Drucke berücksichtigt. Zu diesem Zwecke wurde die von R. Hunziger und Hans Bloesch herausgegebene Schweizerische Nationalausgabe herangezogen und sorgfältig verglichen. Für die mundartlichen Ausdrücke war ich durch das bereits dem Bande „Zeitgeist und Bernergeist" beigegebene Wörterverzeichnis für die Gesamtausgabe zumeist auf eine bestimmte Schreibweise festgelegt und bin deshalb um der leichteren Verständlichkeit willen hier bisweilen von Gotthelf abgewichen, der in der Behandlung der mundartlichen Ausdrücke oft sehr willkürlich verfährt. Das genannte Wörterverzeichnis hat also ohne weiteres auch für die drei Bände der „Kleinen Erzählungen" volle Gültigkeit. H. L.

Inhalt des dritten Bandes

Inhalt der Ausgabe

Erster Band

Zweiter Band

Dritter Band

Druck von Fischer & Kürsten in Leipzig

www.ingramcontent.com/pod-product-compliance
Lightning Source LLC
Chambersburg PA
CBHW060818310726
48980CB00002B/337
* 9 7 8 3 8 4 6 0 7 8 2 3 5 *